일제강점 초기
일본어 민간신문 문예물 번역집

1

경성 편

일본학 총서 39
일제강점 초기 한반도 간행 일본어 민간신문의 문예물 연구 4

일제강점 초기 일본어 민간신문 문예물 번역집

경성 편

고려대학교 글로벌일본연구원
일제강점 초기 한반도 간행 일본어 민간신문의 문예물 연구 사업팀

간행사

　이『일제강점 초기 일본어 민간신문 번역집』(전4권)은 1876년 강화도 조약 체결 이후부터 1920년 12월 31일까지 한반도에서 발행한 현재 실물이 확인되는 20종의 일본어 민간신문에 게재된 문예물 중 주요 작품을 선별하여 번역한 것이다. 이 번역집은 2016년부터 2019년까지 한국연구재단의 일반공동연구사업의 지원을 받아 수행한 연구 성과를 담은 결과물이다.

　강화도 조약 체결 이후 수많은 일본인들이 한반도로 건너와 이주하였고 그들은 정보 교환과 자신들의 권익 주장을 목적으로 한반도 내 개항 거류지를 비롯해서 각 지역에서 일본어 민간신문을 발행하였다. 이들 민간신문은 당국의 식민정책을 위에서 아래로 전달하기 위해서 발행한『경성일보(京城日報)』나『매일신보(每日申報)』와 같은 통감부나 조선총독부의 기관지와는 달리 실제 조선에서 생활하던 재조일본인들이 자신들의 필요에 의해서 창간한 신문들이었다. 예를 들어 조선총독부의 온건한 식민지 정책에 만족하지 못하여 강경파 정치단체의 도움을 받아 신문 창간에 이른 경우도 있으나 대부분 실업에 종사한 재조일본인들이 자신들의 정보 교환, 권인 주장, 오락 제공 등의 필요와 이익을 위해서 신문 창간에 이르렀다. 이렇듯 자신들의 권익을 위해서 창간된 일본어 민간신문은 재조일본인들의 정치·경제·문화 활동, 생활 상황, 일본 혹은 조선에 대한 그들의 인식을 여실히 보여주고 있고 지역 신문의 성격이 강했기 때문에 일본인을 중심으로 한 그 지역 사회의 동향을 살필 수 있는 중요한 자료라 할 수 있다.

　이렇듯 일제강점기에 한반도에서 발행된 일본어 민간신문은 식민지의 실상을 파악할 수 있는 중요한 사료라 할 수 있지만 신문들이 산재해 있고 보존 상태가 열악하여 연구 축적이 많이 이루어지지 않은 것이 실상이다. 또한 이들 민간신문에는 다양한 문예물이 다수 게재되어 있어 당시 한반도에 거주한 재조일본인들이 향유한 대중문화·문학에 관한 연구도 당연히 많지 않다. 일본어 민간신문에 게재된 문예물을 통해 한반도 내 일본어문학의 실상과 더불어 재조일본인의 의식, 나아가 식민지에서의 제국문학의 수용 양상을 파악할 수 있을 것이다.

이에 본 〈일제강점 초기 한반도 간행 일본어 민간신문의 문예물 연구〉 사업팀은 현존하는 일본어 민간신문의 조사, 발굴, 수집에 힘을 썼고, 이들 민간신문에 실린 문예물을 목록화하여 『일제강점 초기 일본어 민간신문 목록집』(전3권)을 작성하였다. 『일제강점 초기 일본어 민간신문 번역집』은 이 목록집에서 정리한 문예물 중 주요 작품을 선별하여 번역한 번역집이다. 번역 선별에 있어서 본 사업팀은 다음과 같은 기준을 세우고 작품을 선정하였다.

① 주요 작가의 미발견 작품

일본에서 기간(旣刊)된 작품의 재게재가 아니라 한반도에서 간행된 일본어 민간신문에 처음으로 작품이 게재된 주요 작가의 미발견 작품들을 선정하였다.

② 시대적 상황이 반영된 문예물

개화기 및 일제강점 초기는 러일전쟁, 한일병합, 제1차 세계대전 등 한반도를 비롯한 전 세계가 격동의 시대로 접어들던 무렵이었다. 『조선일보』의 경우 러일전쟁, 『경성신보』의 경우 한일병합, 『부산일보』의 경우 제1차 세계대전 등 이들 민간신문은 국내외 정세의 변화와 함께한 매체들이며, 자연히 문예물에도 이와 같은 시대적 배경은 뚜렷이 반영되고 있다. 본 번역집에서는 이처럼 게재/연재 당시의 사회적 분위기의 영향이 명확히 드러나는 작품을 선별하여 번역 소개함으로써 일제강점기 사회상을 파악하기 위한 자료로 제공하고자 하였다.

③ 독자 참여 문예

당시의 일본어 민간신문에는 다양한 문예란을 마련하여 독자들의 참여를 모집했다. 그 중에서도 특히 단카(短歌)나 하이쿠(俳句) 등의 고전 시가는 연일 투고작을 게재함과 더불어 신년 등 기념일에는 전국적으로 응모 행사를 개최하여 순위를 가렸다. 이처럼 신문 특유의 독자 참여 문예물은 해당 신문 독자층의 지역적 분포 양상을 파악하는 유일한 단서이자, 일본어신문 독자층의 대부분을 구성하고 있었던 재조일본인 사회의 시선이 직접적으로 드러나는 귀중한 자료라 할 수 있다.

④ 장르적 다양성

이 시기에 간행된 신문에는 일반적인 소설 문예 외에도 고금동서를 망라한 다양한 장르의 문예물이 게재되었다. 특히 일제강점 초기 간행된 신문 문예란의 대부분이 역사적 가나표기(歷史的仮名遣い)를 사용하는 데에다 그 해독에는 고전문법에 대한 기본적 소양이 요구되기 때문에 한국인 연구자들의 자료 접근이 용이하지 않을 뿐 아니라 현대 일본어에 익숙한 연구자들조차 접근이 어려운 실정이다. 특히 고단(講談)이나 단카, 하이쿠 같은 장르는 일본 고전에 대한 이해 없이는 연구는커녕 자료 번역조차도 곤란하다고 할 수 있으므로, 본 번역집에서는 최대한 다양한 장르의 문예물이 번역 소개되어 당시의 신문 독자들이 즐겼던 대중문예의 다양성을 가늠할 수 있도록 하였다.

⑤ 일본어 문예물의 유통 경로

한반도에서 간행된 일본어신문에는 내지 일본에서 기간(既刊)된 문학이 재연재되거나 한국의 고전 소설, 혹은 서양 문학 등이 일본어로 번역되어 게재되는 등 당시 문학의 다양한 유통 경로를 보여주는 실례가 적지 않다. 본 번역집에서는 이처럼 양국 문예물의 유통 경로를 보여주는 작품을 선정하여 번역 소개하고자 하였다.

⑥ 각국의 번역 문학

일본 문학 장르, 일본인 작가의 창작물 외에도 「임경업전(林慶業の傳)」
등 조선의 위인을 소재로 하는 이야기나 「벌거벗은 임금님」 등 서구의
동화, 소설도 민간신문에 번역 연재되었다. 1905년 2월 14일에 게재된
「프랑스 기병의 꽃(佛蘭西騎兵の花)」이라는 표제의 작품도 코난 도일 원
작의 영국 소설 『제라르 준장의 회상(The Exploits of Brigadier Gerard)』을
번역 소개한 것으로 이러한 자료를 발굴, 소개하는 것은 재조일본인 미
디어 연구의 측면에서뿐만 아니라, 일본과 한국에서의 번역 문학 관련
연구에서도 중요한 의의를 가지고 있다고 판단하였다. 이에 본 번역집
에서는 일본어 민간신문에 게재된 일본어 번역소설을 한국어로 번역하
여 지금까지 한국어 신문이나 잡지를 주요 대상으로 삼았던 한국 근대
문학의 형성과 번역 연구 분야의 공백을 보완할 수 있을 것이라 기대하
여 선정하였다.

이 『일제강점 초기 일본어 민간신문 번역집』은 총 4권으로 구성하였고
지역별로 나누어 분권하였다. 제 1권은 경성에서 발행한 『대한일보(大
韓日報)』, 『대동신보(大東新報)』, 『경성신보(京城新報)』, 『경성약보(京城藥
報)』, 『용산일지출신문(龍山日之出新聞)』, 『법정신문(法廷新聞)』, 『경성일
일신문(京城日日新聞)』의 문예물을, 제 2권은 인천에서 발행한 『조선신
보(朝鮮新報)』, 『조선신문(朝鮮新聞)』, 『조선일일신문(朝鮮日日新聞)』의 문
예물과 대구에서 발행한 『조선(朝鮮)』과 평양에서 발행한 『평양신보(平
壤新報)』, 『평양일일신문(平壤日日新聞)』 그리고 신의주에서 발행한 『평
안일보(平安日報)』의 문예물을, 3권에서는 부산에서 발행한 『조선신보
(朝鮮新報)』와 『조선일보(朝鮮日報)』의 문예물을 4권에서는 3권에 이어
부산에서 발행한 『조선시보(朝鮮時報)』, 『부산일보(釜山日報)』의 문예물
을 번역 수록하였다. 또한 각 신문별로 가능한 다양한 장르의 문예물을
번역 수록하도록 하였다.

본 사업팀은 1920년 이전까지의 일본어 민간신문으로 번역 대상 시기를 한정하였는데 이는 기존의 식민지기 일본어문학·문화 연구의 시기적 불균형 현상을 보완하기 위해서 대상 시기를 일제강점 초기로 집중하였다. 2000년대 이후 한국에서는 일제강점기 재조일본인 연구 및 재조일본인 문학, 한국인 작가의 이중언어문학 작품의 발굴과 분석 등에 관한 연구가 활발히 이루어졌는데 이들 연구는 주로 총독부가 통치 정책을 문화정책으로 전환하여 조선 내 언론·문화·문학 등이 다양한 양상을 보이기 시작한 1920년대 이후, 또는 중일전쟁 이후 국민문학, 친일문학이 문학과 문화계를 점철한 1937년 이후부터 해방 이전까지의 연구들이 주를 이루고 있다. 때문에 상대적으로 강화도 조약 이후부터 1920년까지 한반도 내 일본어문학·문화에 대한 연구는 많지 않으며, 또한 일제강점기 초기의 일본어 문학·문화 연구의 경우도 단행본, 잡지 혹은 총독부 기관지 연구에 편중되어 있다. 따라서 이 번역집 간행을 통해 현재 특정 매체와 시기에 집중되어 있는 식민지기 일본어문학·문화 연구의 불균형 현상을 해소하는데 일조할 수 있을 것이라 기대하고 있다. 나아가 기존의 '한국문학·문화사', '일본문학·문화사'의 사각지대에 있던 일제강점기 일본어문학 연구의 공백을 채우고 불균형한 연구 동향을 보완할 수 있기를 바란다.

마지막으로 이 『일제강점 초기 일본어 민간신문 번역집』이 간행될 수 있도록 지원해 준 한국연구재단의 일반공동연구지원사업단에 감사의 뜻을 전한다. 그리고 본 사업팀이 무사히 연구를 수행할 수 있도록 많은 편의를 봐주신 고려대학교 글로벌일본연구원의 서승원 전 원장님과 정병호 원장님께 감사의 말씀을 전한다. 그리고 한 글자 한 글자 판독하기 어려운 옛 신문을 상대로 사업기간 내내 고군분투하며 애써주신 본 연구팀의 이현희, 김보현, 이윤지, 김인아 연구교수님들, 많은 힘이 되어주시고 사업 수행을 끝까지 함께 해주신 김효순, 이승신 공동연구원 선생님들, 그리고 번역을 함께해주신 김계자, 이민희, 송호빈 선생님, 판독이 어려운 글자를 한 글자 한 글자 같이 읽어 준 연구보조원 소리마치 마스미 씨에게도 진심으로 감사의 뜻을 표하고 싶다. 그리고 이 번역집 간행을 맡아 주신 보고사와 꼼꼼하게 편집해주신 박현정 부장님과 황효은 과장님께도 감사의 말씀을 전하는 바이다.

2020년 4월
유재진

일러두기

1. 일본의 인명, 지명 등의 고유명사 표기는 기본적으로 국립국어원의 외래어 표기법을 따른다.

2. 본문 내의 서명 및 신문, 잡지명 등은『 』, 기사나 평론, 수필, 시가 등의 제목은「 」, 강조 혹은 인용문의 경우 ' ' 기호로 구분했으나, 문맥상 원문의 표기를 준수한 경우도 있다.

3. 판독이 불가능한 글자의 경우 □로 표시하였고, 문장의 경우 (이하 X행 판독 불가)로 표기하였다. 문맥이나 문장상으로 파악할 수 있는 경우도 있었으나, 가능한 한 억측이나 추측을 피하고자 하였다.

4. 일본 고유의 정형시[단카(短歌), 하이쿠(俳句) 등]의 경우 되도록 그 정형률(5·7·5·7·7조나 5·7·5조 등)에 맞추어 해석하였다.

5. 본서의 모든 각주는 각 역자에 의한 것으로, 원저자에 의한 주는 본문 내에 병기하였다.

6. 원문의 오탈자의 경우 역자 임의로 수정, 보완하였으며, 부가적으로 해설이 필요한 경우 각주로 명기하였다.

7. 본문에 사용된 강조점은 모두 세로쓰기 원문의 방점을 그대로 옮긴 것이다.

8. 이하 국내 미소장 신문 자료의 경우 명시된 일본 도서관에 소장된 자료를 저본으로 사용하였음을 밝힌다.
   ① 도쿄 대학 대학원 법학정치학연구과부속 근대일본법정사료센터 메이지 신문 잡지 문고 원자료부(東京大学大学院 法学政治学研究科附属 近代日本法政史料センター 明治新聞雑誌文庫 原資料部) 소장 자료
   · 경성 지역-『대한일보(大韓日報)』, 『대동신보(大東新報)』, 『용산일지출신문(龍山日之出新聞)』, 『법정신문(法政新聞)』
   · 인천 지역-『조선일일신문(朝鮮日日新聞)』
   · 평양 지역-『평양신보(平壤新報)』, 『평양일일신문(平壤日日新聞)』
   ② 일본 국립국회도서관(国立国会図書館) 소장 자료
   · 대구 지역-『조선(朝鮮)』
   · 신의주 지역-『평안일보(平安日報)』

차 례

대한일보
大韓日報

동운화당을 방문하다(東雲畵堂を訪ふ)

가요세이(花葉生)

상

예술계 위쪽에서 사람은 찾는다면 많은 남녀 음악가가 있다. 하지만 우리 경성에서 단청(丹靑)가를 찾으라는 명을 듣자 문득 아마쿠사 신라이(天草神來)[1]나 도리고에 세이키(鳥越靜岐)[2] 두 사람만 떠올랐다. 기자는 한 지인의 소개를 받아 단청계의 명가 청주어사 청수 동운화백과 만날 기회를 얻은 날은 그저께인 25일로, 다행히 안식일이라 서대문안 프랑스 공사관 근처 화백이 한가로이 지내고 있는 저택을 방문했다.

벽돌로 쌓은 튼튼해 보이는 저택들이 양옆으로 늘어선 모습을 차 안에서 바라보았다. 세 시 너머 태양을 뒤로하고는 도착, 저택을 올려다보았다. 으스스한 후피향나무 잎으로 드리워진 그늘은 한국풍의 자색 문을 감추고 있었다. 현관 정면을 마주하니 오른편에 굵은 붓글씨로 『일본미술, 사진기술교수(日本美術, 寫眞技術敎授)』라고 쓴 간판이 걸려있었고, 더욱 요란하게 쓰인 『동운화당』이라는 간판이 왼편에 걸려 있는 것이 눈에 들어왔다. 화백을 만나기 전에 먼저 마음을 가다듬었다.

"실례합니다."라고 문을 열고 들어가니 코밑과 눈썹에 수염을 기른

---

[1] 아마쿠사 신라이(天草神來: ?~1917)는 일본에서의 활동은 불분명하지만, 1902년 조선에 건너와 개인 화실을 열고 1915년까지 체재하면서 1913년 덕수궁 장벽화인 「송학도(松鶴圖)」를 그렸다.

[2] 도리고에 세이키의 본명은 호소키바라 세이키(細木原靑起:1885~1958)로 메이지 중기 경성에서 『경성일보(京城日報)』 등에 도리고에 세이키라는 이름으로 만화를 그렸다. 그 후 1909년 일본으로 돌아가 『도쿄일일신문(東京日日新聞)』과 『오사카매일신문(大阪朝日新聞)』 등에 만화를 그렸다.

아름다운 법의를 입은 사십이 조금 넘어 보이는 눈에 띄게 하얀 털이 많은 사람이 마중을 나와 기분 좋게 기자를 맞이했다.

"자아, 들어오시지요."라고 아주 정중하게 말했다.
"선생님은 자택에 계시는지요."라고 묻자 "동운은 바로 나요."라고 천천히 입을 열었다.

속으로 몰래 웃음을 참고는 우선 명함을 전달하고 초대면의 인사로 들어갔다.

화백은 접대를 위해 하인을 불러 차를 준비시켰다. 그는 지극히 말이 없는 사람이었다. 침착한 간사이(關西)³⁾ 사투리로 말을 할 때마다 가벼운 미소를 머금고 있었다. 마주하고 앉은 응접실은 네 마 정도로 된 온돌로 바람이 잘 통하도록 멋진 창을 달아서 서양풍에도 관심이 있는 것처럼 생각이 들 정도로 아주 넓고 밝았다.

창밖은 가을 풀이 시들어가고 푸른 바람을 넘어 여름 국화가 희고 노랗게 피어 있어 말로는 형용할 수 없는 향기를 내뿜고 있었다. 기자의 등 뒤로 화백이 휘호한 호테이 와조(布袋和尙)와 그 외의 산수화가 걸려있었다. 전면에는 화백의 특기인 영필을 발휘했다고 알려진 재경성의 부호 신진코쇼호(淸人廣昌號) 주인의 호상이 걸려있었고 그 외에도 진귀한 사진들이 리본으로 장식되어 실내를 꾸미고 있었다.

"야, 잘 오셨습니다. 몸은 어떠신지요. 이제 괜찮으신가요? 아하하 그것참 다행이군요."
라면서 진심으로 후한 대접을 받았다. 이야기는 점차 화담으로 옮겨갔다.

---

3) 관서지방(關西地方)의 준말로 오사카와 교토 지역을 일컫는다.

"아, 사조(四條), 원산(圓山)과 말씀이군요. 글쎄요. 둘 다 경성에서는 우수하지요. 사조파는 홍춘(興春) 계통이고, 원산파는 응학(應學) 계통이지요. 저 말씀인가요? 아니 요즘은 딱히 괜찮은 작품이 나오고 있지 않습니다. 하지만 이번 박람회에 출품하려고 호랑이를 두 장 그렸습니다만, 다소 기간이 짧은 것과 방문객이 많아서 한 장은 도저히 개회 시기까지 시간이 맞지 않을 것 같습니다. 뭐 그런 상태지요."

이렇게 말하면서 장지 한 장 정도의 용맹스러운 커다란 호랑이가 으르렁거리는 대작의 9할 정도 완성된 것을 보여주면서 득의양양했다.

(미완)

(1907년 8월 27일)

[김계자 역]

대동신보
大東新報

하이쿠노렌가(俳句の連歌) 커다란 연(大凧之卷)

고무엔 바이초(香夢園梅鳥) 독음(獨吟)

커다란 연이 실을 늘어뜨리며 힘차게 솟네 동쪽 서쪽 모두 다 안개 낀 흐릿한 산

大凧の糸のばしたる勢ひかな東もにしもみなかすむ山

새로이 지은 암자에 매화나무 바꿔 심었네 귀에 익어 익숙한 노랫가 락이로다

新らしき庵に梅をうえかへて聞き覺えたる謠なりけり

납작한 돌의 위에까지 비추는 달빛 멍석에 흐드러진 연둣빛 살진 억새풀 이삭

平なる石のうへまで月むしろ 攘もよぎらし太る穗すゝき

뒤따라오는 개를 보니 외롭네 구월 다하여 높은 명성 바라지 않고 살아가는데

附いて來る犬に淋しき九月盡 錄高あてにせず暮せども

가망이 없는 님과 덧없는 세상 의리에 사네 문득 나도 모르게 떨어 뜨린 머리빗

のぞみなき緣と浮世の義理と義理 發と思わずおとす橫ぐし

등불 따라서 뒤따라가는 남편 추위 보이네 바로 그때 때마침 흩날리는 눈송이

行灯の後に我良のさむがりて をりも折とてふりしきる雪

경사스러운 고희에 돌아보네 달빛 명소에 도요새 나는 연못 다시 잡은 붓자루

祝われし古稀に巡らん月名所 しぎ立つ澤にとり直す筆

여러 나라에 퍼뜨리고 싶구나 볏자리 멍석 해마다 창고 늘고 사람 사는 마을에

万國に廣げてみたき稻むしろ 歳々倉庫のふへるひと里

늘어뜨려진 비단도 보람 있네 활기 넘치고 바라는 화창한 날 나무랄 데 없는 봄

をりおろす絹もかひあるぞ盛 祈る日和につみもなき春

(1906년 2월 16일)

[김계자 역]

왈가닥 열전(お天馬列傳)

이토 세이조(伊藤政女)

롤랑 부인 하면 누구나 알고 있는 굉장한 왈가닥이다.

"아, 자유여. 그대의 이름으로 얼마나 많은 죄악이 저질러지고 있는가."

절박한 순간에 멋진 말을 남긴 미인. 그려놓은 듯한 자태로 오랫동안 지롱드 당의 중심인물이 되어 싸움이 한창인 프랑스 혁명의 꽃으로 불린 여자로서 좋아하는 사람이 상당히 많은 인물인데, 여기에서는 사람들이 그다지 떠들어대지 않는 동서의 여자를 써보려고 생각한다.

날아다니거나 뛰어다니기만 한다고 해서 진짜 왈가닥인 것은 아닐 터이다.

딱 잘라 말해 재미있기로 치면 그라쿠스 형제의 어머니가 한 일이 그러하다.

뛰어난 이름은 고금에 감출 길이 없다. 로마의 아프리카누스 스키피오에게 외동딸인 코르넬리아라고 하는 사람이 있었다. 미인이라는 소문이 천하에 높은데, 예의 키케로가 좋아한 티베리우스 그라쿠스에게 시집을 갔다. 부친이 뛰어나고 남편이 뛰어나 제법 즐거운 생애를 보냈는데, 그러는 사이에 티베리우스는 저 세상 사람이 되고 많던 자식들도 하나 죽고 둘 죽는 악운이 찾아왔다. 코르넬리아는 한탄하는 속에서도 마음을 위로하며 남은 그라쿠스 형제와 여동생을 지키고 길러, 부친을 닮든 조부를 닮든 훌륭하게 되라고 몸과 마음을 다 바쳐 기원했다. 멀리서 코르넬리아의 용모와 재치가 뛰어나다는 소문을 듣고 이집트의 왕 프톨레마이오스로부터 종종 사람이 와서 황후로 모셔가려고 하였다. 가난을 버리고 영화를 따르라고 하였다. 받아들이면 여자의 행복과 눈앞의 금은보화가 힘을 들이지 않고 들어올 터인데, 코르넬리아는 뒤도 돌아보지 않고 전부 물리쳤다. 그리고 오로지 그라쿠스 형제의 사람이 될 것을 기원하며 보냈다.

그런데 과연 스키피오의 딸답게 뛰어난 재량이 나라 전체에 따라올 자가 없을 정도로 박학하여 만약 여자가 아니라면 철학자 중에서 제일의 위치를 차지했을 것이라고 했다. 키케로도 칭찬할 정도의 여자이고 보니, 주위에 몰려드는 명사(名士) 재원(才媛)이 모두 코르넬리아를 받들어 모시고 각국의 제왕이 사시사철 선물을 보내주었다. 생전에 이미 석상이 세워졌다고 하니, 그야말로 보기 드문 명예로운 이야기가 갖가지 있다. 그 중의 하나는 아버지 시비오, 남편 티베리우스의 그늘에서 코르넬리아가 어떻게 당시 로마에서 분방한 여자가 되었는지 하는 것이다. 성격이 매우 과격한 것을 그대로 두어 그라쿠스 형제에게 공명을 재촉한 나머지 보잘것없는 죽음을 맞게 한 것은 안타깝지만, 시비오의 딸, 티베리우스의 아내, 그라쿠스 형제의 어머니로서 실로 대담한 여자였다. 이런 이야기가 전해진다.

언젠가 캄파니아에서 온 사리분별 없는 귀부인이 세상에 진귀한 보화를 보여주며 코르넬리아에게도 비장의 보물을 보여 달라고 하자, 코르넬리아는 그라쿠스 형제를 그 사람 앞으로 데리고 와서 웃으면서 말했다.

"이것이 내 비장의 보물이오. 연성(連城)의 벽이 다 뭐란 말입니까."

반드시 그런 것은 아니지만, 가인(歌人)이라는 사람에게 기개가 있다는 이야기는 그다지 듣지 못했다.

후지와라노 데이카(藤原定家)가 신칙찬집을 편찬할 때 오로지 호조(北條) 가문을 두려워하며 고토바(後鳥羽), 쓰치미카도(土御門), 준토쿠(順德) 천황의 노래를 넣지 않은 것을 두고 남편이 죽고 불문에 들어간 여동생 나카노(中野)가 기개가 없다며 안타까워했다.

"신칙찬은 노래가 갖추어져 있지 않고 주나곤 뉴도(中納言入道) 님이 편찬한 것이 아니라면 손에 들고 볼 생각도 들지 않는다. 노래에 능한 천황은 한 사람도 들어 있지 않고 대단치도 않은 천황의 노래를 어제(御製)라고 수록하다니, 눈앞이 막힌 듯한 기분이다. 노래를 읊어 흥이 깨지는 것 같구나. 뉴도 님이 고른 노래는 70수라 들었는데, 보기에도 딱할 뿐이다."라고 쓴소리를 내뱉은 것은 제법 후련해지는 일이 아닌가.

(1906년 2월 16일)

[김계자 역]

경성신보
京城新報
|

경성신문
京城新聞
|

경성신보
京城新報

【문원(文苑)】

도쿄 소경(1) (東京小景 一)

몰명학사(沒名學士)

야스쿠니 신사에 참배하다(詣靖國神社)

嘉永年間以後, 合祀薨于國事人士之靈, 今爲別格官幣社. 每歲二回, 勅使參向, 祭祀丁寧, 實無遺憾焉. 幾多英傑, 地下可瞑矣.

가에이(嘉永, 1848-1855) 연간 이후, 순국하신 분들의 영령을 함께 모셨는데 지금은 별격관폐사(別格官幣社)가 되었다. 매년 2회 칙사가 참배하여 정중히 제사 지내니 정녕 유감이 없다. 수많은 영걸들께서 지하에서 눈 감으실 수 있으리라.

眼中不置一身寧	일신의 편안함 마음속에 두지 않더니
白骨長城掃妖熒	백골(白骨)의 장성(長城)되어 전운(戰雲)을 쓸어내네
天下之安誰所□	천하의 안정은 누가 이룬 바이던가
儼然大字仰威靈	엄숙히 큰 글자로 위령들을 우러르네

(1908년 1월 8일)

【풍시림(諷詩林)】

신문을 읊다(律新聞)

春秋有法所曾期	춘추(春秋)의 필법(筆法)은 일찍이 기약했던 바
抱負文章天地知	문장으로 세상 소식 알리고자 마음먹었네
堪笑千金律新紙	천금(千金)을 비웃으며 신문을 읊노라니
自由文筆不可移	제멋대로 문필을 전할 수 없지

(1908년 6월 16일)

【풍시림(諷詩林)】

신학문(新學問)

頑愚未識五洲狀 둔하고 어리석어 세상 물정 모르지만

須養人材育俊英 빼어난 후학들을 길러야 하리

格物致知新學問 신학문의 이치를 철저히 익히라

聖明垂勅訓儒生 성왕께서 칙명 내려 유생들을 이끄셨네

(1908년 6월 18일)

【한시(漢詩)】

안중근 공판을 듣고 느낀 바 있어(聽安重根公判有感)

구리하라 슈(栗原主)

兇行事殘多論評 흉악한 범죄에 논란은 많았지만

處罪嚴正裁決明 처벌은 엄정하고 재판은 명쾌했네

未覺頑迷悟毋誡[1] 고집과 어리석음, 경계할 바 못 깨닫고

激憤人帶可憐情 격분하는 사람들 참 안쓰럽구나

(1910년 3월 3일)

---

1) '悟毋'는 '毋悟'의 오식으로 추측된다.

【문원(文苑)】

春畝公詩存拔翠 『순포 공 시존(春畝公詩存)』[2] 발췌(拔萃)

청나라를 정벌하며(征淸歌 二十七年)

(메이지(明治) 27년(1894년))

大風吹起渤海浪	큰 바람 발해(渤海)에 물결 일으키고
朝鮮八道戰塵颺	조선 팔도에 전장(戰場) 먼지 흩날리네
可憐小邦苦外侵	가련쿠나 작은 나라 외침(外侵)에 고통 받건만
千里山河無城障	천리(千里) 산하(山河) 변변한 성곽도 없어
日東天子愛蒼生	일본의 천자(天子)께선 만물을 사랑하사
直發三軍進大旌	삼군(三軍)을 곧장 내어 진군하셨지

君不聞海洋島外沈敵艦

그대는 듣지 못했는가, 해양도(海洋島) 밖에서 적함 가라앉힌 일을

又不聞平壤城頭鏖萬兵

또 듣지 못했는가, 평양성(平壤城) 앞에서 대군 무찌른 일을

瀋陽胡族彼何爲	심양(瀋陽)의 오랑캐 저들이 어찌하여
敢逞鴟張抗王師	제멋대로 기세등등 천황 군대에 저항할까
早應燕京樹降幡	어서 응전(應戰)하여 북경(北京)에 항복 깃발 내걸고
長使東洋致緝熙	동양은 영원토록 성황(聖皇) 광명 누리라
獅舌醻甜久苦饑	사자는 혀를 날름거리며 굶주림에 괴로워하고
鷲目耽耽暗窺機	수리는 매섭게 노려보며 가만히 기회를 엿보네

---

2) 이토 히로부미(伊藤博文, 1841~1909)의 시집. '슌포(春畝)'는 그의 아호이다.

割斷大事鐵與火　철포와 화염으로 이 큰 전쟁 동강내어
我武我文揚國威　우리의 문무(文武)로 국위를 선양하세

(1910년 7월 8일)

【문원(文苑)】

대동강변의 풍경(大同江畔所見)

아키가와 교로(秋川漁郎)

歌管邑邑枕水樓　가녀린 가락 속에 강가 누대에 누워
料知漂客作豪遊　짐작컨대 나그네는 호탕하게 노닐겠지
漁翁不管世間事　어부는 세상사 관여치 않고
風雨滿江獨下釣　비바람 세찬 강물에 홀로 낚싯대 드리우네

(1911년 7월 22일)

[송호빈 역]

사계-잡음(四季雜吟)

다마이 난켄(玉井南軒)

가을이 되어 덩굴풀이 정원의 풀 위에 나네
秋立つやむぐらが庭の草の上

달이 진 뒤에 등롱에 다가오는 가을의 정취
月落ちて燈籠に迫る秋の色

연말 대청소 깜빡하고 못 버린 파지 꾸러미
煤除やうかとは捨てぬ反古包

(1907년 11월 28일)

시사 교쿠(時事狂句)

니마시코(二猿子)

이토공의 근황(伊藤公の近情)

세상 무탈해 늙은 영감 한가히 낮잠을 자네
世は無事と親爺ノンキに晝寢哉

거류지의 근황(居留地の近情)

여기저기서 시끄럽게도 우는 벌레의 소리
遠近に八釜敷なる虫の聲

거류민의 근황(居留民の近情)

튀어 오르는 잉어 잠잠한 잉어 있네 여름 달

はねる鯉沈む鯉あり夏の月

(1908년 8월 14일)

백로음집(白露吟集)

쇼카(松花)

매미는 울고 길어진 낮시간의 더위로구나

蟬の聲に日足の永き暑さ哉

가스이(可醉)

마타리꽃을 파는 집이 있구나 변두리 마을

女郎花賣る家のあり町外れ

(1908년 9월 10일)

백로집(白露集)

마쓰하나(松花)

마타리꽃이 이슬 품은 들녘에 날 밝는구나

女郎花露もつ野邊の夜明かな

고토(湖東)

만월대에서 고려왕이 더위를 피하는구나

滿月の臺高麗王の納凉かな

(1908년 9월 17일)

긴코카이 소모임(吟光會小集)

샤세키(射石)

버려진 부채 가을을 읊고 있는 시 한 구 주웠네
捨扇秋の拾遺の一句かな

히텐시(飛天子)

하얀 국화가 그려진 고려자기 팔러오누나
白菊や高麗燒を估りに來る

(1908년 11월 7일)

음광소회집(吟光會小集)

난로쿠(南六)

양반 떨어진 정자에서 물새 소리 듣는 밤
兩班の離亭に千鳥聽く夜かな

히텐시(飛天子)

맑은 종소리 한산사에서인가 가을 맑은 물
澄む鐘は寒山寺かな秋の水

(1908년 11월 11일)

교유치시(魚友痴史)

동가오란(6) 한국의 농작(韓國の農作)

추운 나라의 풍년 바로 이 때 문이지 햇살의 은총
寒國の豊年是れぞ日のめぐみ

동양척식회사 위원회(東拓委員會)

품격이 없는 요보의 질문으로 체면 깎였네
柄に無きヨボ質問で味噌を付

(1908년 9월 30일)

다가온 겨울(冬隣)

샤세키(射石)

여물 말리고 풀을 찌니 겨울이 다가왔구나
干す草に煮る草に冬隣りけり

난로쿠(南六)

겨울을 앞둔 마을로 시집오는 소문이어라
冬近き村に嫁入噂かな

(1908년 11월 19일)

아픈 중에 읊다(病中吟)

히텐시(飛天子)

잠 안 오는 병 올빼미와 비슷한 병이로구나
不眠症梟に似たる病ひ哉

온돌 병상에 귀찮게 하고 있는 겨울의 파리
溫突の病に燥れぬ冬の蠅

몸져누웠네 인삼으로 유명한 나라의 겨울
病に籠る人參に名有る國の冬

(1908년 11월 26일)

홍연자향(紅煙紫香)

무라(むら)

늦가을 비에 절 문간을 나서는 두부 파는 이
時雨るゝや山門を出る豆腐賣

말뚝잠 자다 화로를 엎어버린 어린 여자애
居眠るや火桶覆へせし女の童

두건 쓴 자기 모습에 웃음 짓는 어린 승려여
頭巾した我影に笑む雛僧かな

(1908년 12월 2일)

시사 하이쿠 평(時事俳評)

지하루(ちはる)

○「한성 소식」[1]을 읽고(漢城便りを讀みて)

겨울 추위가 아직 살을 에는 한성의 소식
餘寒身を切ると漢城便りかな

---

1) 『경성신보』에 실린 「한성소식(漢城便り)」을 읽고 적은 하이쿠. 1909년 1월 26일 이
전에 실린 글을 보고 읊은 하이쿠라고 보이나 원문은 미발견.

○「근시편편」[2)]을 읽고(近時片々を讀みて)

눈 흩날리며 내리고 사람 소리 나는 왜성대[3)]

雪片々降つて聲あり倭城台

○ 북한 순행[4)]에 대하여(北韓御巡幸に就て)

추위 속 수행 동행을 하고 있는 대사 순례여

寒行の同勢大師巡りかな

○ 야간 열차의 축소(夜行列車の縮小)

쌓이는 것도 없이 사라져 가네 봄 내리는 눈

積るともなくて消へけり春の雪

○ 동척[5)]의 사무 개시(東拓の事務開始)

더듬어 가는 여자 안마사인가 으스름달밤

探り行く女按摩や朧月

---

2) 『경성신보』 2면 하단에 매일 연재되던 「근사편편(近事片々)」란의 오기.

3) 조선 시대의 지명으로 현재 서울특별시 중구 예장동과 회현동 1가에 걸쳐 있던 지역을 가리킨다. 임진왜란 때 이 지역이 왜장 마시타 나가모리(增田長盛)를 비롯한 일본군의 주둔지였기 때문에 자신들의 왜장 혹은 왜성과 관련 있다고 보고 이곳을 왜장, 왜장터, 왜성대 등으로 불렀다. 대한제국 때에는 일본 공사관이 있었고 1905년 을사늑약이 체결된 이후에는 통감부 청사가 위치하였다. 1910년 한일 강제병합 이후에는 통감부 청사가 조선총독부 청사로 사용되었다.

4) 1909년 1월 27일부터 2월 3일까지 순종이 평양, 신의주, 의주, 개성을 순행(巡幸)하였던 일. 순행의 취지에 대하여서는 『경성신보』 1909년 1월 21일 2면의 〈잡보(雜報)〉 「한황 북한 순행(韓皇北韓巡幸)」에서 '이는 임금의 은덕을 베풀기 위함'이라고 밝히고 있다. 그러나 실제로는 당시 통감이었던 이토 히로부미(伊藤博文)가 통감 정치의 치적을 선전하기 위해 순종을 앞세워 지방 순행을 결행한 것이었다.

5) 1908년 12월 조선의 토지와 자원 등을 수탈할 목적으로 설립된 동양척식주식회사(東洋拓殖株式會社)의 약자. 대영제국의 동인도 회사를 본뜬 식민지 수탈기관으로, 1908

○ 현 내각[6]의 운명(現內閣の運命))

너무 늘어진 실에 걸리어 있는 연이로구나

伸べ過ぎた糸から凧のかゝりけり

○ 송 내상[7]의 궁상(宋內相の窮狀)

형님의 지혜 애원해 빌리었네 걸려있는 연

兄の智惠泣いて借りけり懸り凧

(1909년 1월 26일)

시사 하이쿠 평(時事俳評)

지하루(ちはる)

○ 송 씨, 어 씨의 격투[8](宋、魚の格鬪)

원숭이 재주 지나치게 잘 부려 물려버렸네

猿まわしこなし過して咬まれけり

········

년 제정한 동양척식회사법에 의해 세워졌다. 자본금 1,000만 원이며 조선은 설립 자본금의 30%에 해당하는 국유지를 출자했지만 주요 목적은 일본의 식민지로부터의 경제적 이익을 위해 토지와 금융을 장악하고 일본인들의 식민지 개척 및 활동을 돕는 것 곧 일본 제국의 식민지에서의 착취를 위한 기관이었다. 동척은 일본 정부의 특별법으로 막대한 후원과 보조를 배경으로 일본 자본주의의 최전방에서 식민지 지배 정책의 첨병 역할을 하였다. 그러나 초기에는 한국인의 저항, 그리고 토지와 자본 확보에 어려움을 겪는 등 순탄하게 진행되지 않았다.

6) 박제순 내각 이후 1907년 들어선 이완용 내각을 가리킴.

7) 조선 후기 친일정치가로 매국 행위를 하였던 송병준(宋秉晙, 1858~1925)을 가리킴. 헤이그 특사 사건 후에는 황제 양위운동을 벌여 친일활동에 앞장섰고, 1907년 이완용 내각이 들어서자 농상공부대신, 내부대신을 역임하였다.

8) 내무대신 송병준(宋秉晙)과 시종무관 어담(魚潭)의 열차 내에서의 격투 사건(순종 일행이 평양에 도착할 즈음에 송병준이 술에 취한 채 시종을 드는 궁녀들이 탄 열차칸으로 들어가 난동을 부리자 어담이 종용하다가 서로 칼부림에 이른 일)을 읊은 것으로

○ **송 내상의 결사[9]**(宋內相の決死)

엉터리 거짓 우스꽝스러운 액 떨쳐내기

出多羅目の僞り可笑し厄拂

○ **동척과 공권자**(東拓と空權屋)

황무지 이용방법을 설파하는 불에 탄 들판

荒蕪地の利用法說く燒野かな

○ **요시무라 이사부로[10]의 성공담**(芳村伊三朗の成效談)

영험한 산에 하나의 봉우리만 높이 솟았네

靈山の一と峯高うそびへけり

『경성신보』 1909년 1월 29일 3면 「궁정 열차 안에서의 쟁투(宮廷列車內で爭鬪)」, 그리고 1909년 2월 4일과 5일자 3면에 「송씨, 어씨 격투의 진상(宋魚搯鬪の眞相)」(一), (二)이라는 제목으로 자세히 사건의 정황을 다루고 있다.

9) 1909년 2월 5일자 3면 「송씨, 어씨 격투의 진상(宋魚搯鬪の眞相)」(二)의 기사 중에는 「송씨 결사를 공언하다(宋決死を公言す)」라는 내용이 있다. 이는 송병준이 어담과 칼부림을 한 후 분해하며 북한에는 친일파를 배척하는 파가 많으므로 이번 북순(北巡)을 결사의 각오를 하고 온 것이라며 사람들 앞에서 공언한 일화를 가리킨다. 그러나 이는 어담과의 쟁투 후 자신의 경거망동을 무마하기 위해 한 옹색한 변명에 지나지 않았다.

10) 나가우타(長唄) 가문의 하나인 요시무라 가(芳村家)의 제7대 본가(家元)이다. 1900년대 조선에 나가우타 동호회로는 1908년 11월에 설립된 나가우타 기호회(長唄嗜好會)가 있었는데 회의 번영을 위해 도쿄에서 요시무라 이사부로를 사범으로 초빙하였다. 1909년 1월 15일 기사(3면) 요시무라의 경성에서의 시연은 기호회 회원의 증가와 나가우타의 유행을 불러오는 등 반향이 적지 않았고 『경성신보』에서는 1909년 1월 28일부터 2월 20일까지 13회에 걸쳐 「7대 요시무라 이사부로(七代目芳村伊三朗)」라는 제목으로 요시무라의 생애부터 당시까지의 업적을 연재한 기사가 있다.

○ 나가우타회[11]의 성황(長唄會の盛況)

나가우타의 간주 흐를 때 수염 꼬고 있구나

長唄の合ひの手に髭捻りけり

(1909년 2월 2일)

시사 하이쿠 평(時事俳評)

지하루(ちはる)

○ 환행의 성대한 의식[12](御還幸の盛儀)

환행하실 때 깃발 올려다보네 봄날의 바람

御還幸の御旗仰ぐや春の風

○ 순행과 완미파[13]의 각성(御還幸と頑迷派の覺醒)

얼음 덩어리 녹아 흐르고 물은 따뜻해지네

塊氷の解けて流れて水ぬるむ

---

11) 샤미센(三味線)을 반주로 하는 노래 장르로 가부키(歌舞伎)의 음악인 한편 가부키와 분리되어 순수한 음악으로 연주되기도 한다.

12) 1909년 2월 3일 순종이 북한 순행 후 경성으로 돌아왔을 때 이루어진 환행 행사.

13) 당시 일본의 통감부 정치에 반감을 가지고 있었던 배일(排日)주의자들을 가리 킴. 1909년 2월 5일 2면의 「통감의 북한 시찰(統監の北韓視察)」이라는 기사를 보면 북한 쪽은 남한과 분위기가 다르게 일본의 보호정치에 대해 반감을 가지고 있는 자들이 많아 환영 인파 중에는 일본의 국기는 들지 않고 한국 국기만 들고 있고 신의주 학교 교사들은 일본 국기를 파기해 버렸다는 내용이 적혀 있다. 이처럼 당시 순행 일행이 환영을 받지 못하였다는 사실은 이토 히로부미를 비롯한 일본 측 인사들이 배일주의 자들의 존재를 다시금 느끼고 한인에 대한 통치의 방향성을 각성하는 계기가 되었다.

○ 순행 후 남한 폭도(御巡幸後の南韓暴徒)

뒤돌아보니 지금 나선 우리 집 흐릿해졌네

見返れば今出た吾が家霞み兒

○ 야마모토 형사의 순직[14](山本刑事の殉職)

뜨거운 피가 튀어 있네 서리가 내리는 밤아

熱血の迸しつて居る霜夜かな

○ 궁내부 대신의 결혼 중지[15](宮相の結婚中止)

갑작스러운 파경 소식이구나 봄은 추운데

不自然の破鏡の沙汰や春寒し

(1909년 2월 5일)

시사 하이쿠 평(時事俳評)

지하루(ちはる)

○ 민 궁상의 도일[16](閔宮相の渡日)

지는 꽃 자취 따라서 날아가는 나비로구나

散る花の跡追ふて飛ふ蝴蝶かな

---

14) 서소문 외곽에서 지나인으로 분장하고 단총으로 무장한 이들을 진압하다 당시 27세
였던 야마모토 마사오(山本雅夫) 순사가 순직한 사건으로 1909년 2월 3일 3면의 「서
소문 외관 순사 살해(西小門外の巡視殺し)」와 2월 4일 3면 「순사 살해의 후담(巡査殺
しの後談)」에서 사건을 자세히 다루고 있다.

15) 1909년 1월 30일 3면의 〈삼면전보(三面電報)〉란의 「궁상의 결혼 중지(宮相の結婚中
止)」 '다나카 궁내대신의 결혼은 궁내성의 반대로 중지되었다(29일 도쿄에서)'와 관련
한 하이쿠.

16) 1909년 2월 15일 민병석(閔丙奭) 궁내부 대신이 순종의 명으로 비서관과 여관(女

○ **내부의 여명(内部の空明け)**

들뜬 마음에 언덕까지 늘어선 꽃구경인가

浮かれ出て岡までぞろり花見かな

○ **내상과 이용구의 회견[17](内部と李容九の會見)**

노려보면서 서로 울어 대누나 봄의 고양이

睨み合ふて泣き合ひにけり猫の戀

○ **일진회의 사직 권고[18](一進會の辭職勸告)**

떨어지려나 새끼 고양이 엿보는 동백꽃이여

落つるかと小猫の覗く椿かな

○ **요시무라 이사부로의 묘기[19](芳村伊三郎の妙技)**

봄바람 같군 낭창한 버들가지 흔드는 손길

春風や柳ノ＼の糸さばき

(1909년 2월 16일)

官) 등을 대동하고 일본 천황에게 친서를 전하고 온 일. 1909년 2월 10일 2면 「민 궁상의 도일기(閔宮相の渡日期)」, 1909년 2월 13일 2면 「민 궁상의 도일(閔宮相の渡 日)」, 1909년 2월 17일 2면 「민 궁상 일행 여정(閔宮相一行程日)」 기사 참고.

17) 송병준과 어담의 열차 안에서의 사건으로 당시 일진회(1904년 8월 조직된 대한제국 말기 대표적인 친일 단체)의 회장이었던 이용구(1868~1912)는 송병준을 불러 질책 하였다. 관련 기사는 미발견.

18) 비판 여론이 거세지자 이용구는 일진회 총재였던 송병준에게 사직을 권하였다. 송병 준은 일진회는 사직하지 않았으나 이 사건으로 내무대신에서 해임되었다.

19) 나가우타 가문의 요시무라 이사부로는 샤미센 연주에도 능하여 이른 시기부터 나가 우타에서 샤미센으로 전향하였다. 『경성신보』의 「나가우타회 순서표(長唄の會番組)」 를 보면 요시무라는 샤미센 연주를 담당하였던 것을 찾아볼 수 있다.

시사 하이쿠 평(時事俳評)

지하루(ちはる)

○ **대동척 희망 논평[20]에 대하여(對東拓希望論評に就て)**
 (그 첫 번째)미나미야마세이의 논평[21] (其一)南山生の評論

씨를 뿌리네 4분의 1평 정도 삼태기 바닥
種蒔くや二合半ばかり畚の底

 (그 세 번째)우에야마세이의 논평[22] (其三)上山生の評論

배우와 극장 모두 바꾸지 않은 두 번째 흥행
俳優も小屋も替らず二の替り

 (그 네 번째)에스, 엣치세이의 주의[23] (其四)エス、エツチ生の注意

산 흙을 쥐니 작은 마디와 같은 고사리구나
山土を握りこぶしのわらび哉

---

20) 「대동척 희망 논평(對東拓希望論評)」은 다양한 분야의 사람들이 동척에 대한 저마다의 의견을 적은 글로 2월17부터 2월27일까지 12회 연재되었다.

21) 미나미야마세이(南山生)라는 필명의 기고자는 동척에 대해 그 사업의 뜻은 장대하다며 찬성하는 입장이었다. 그러나 자금 확보가 무엇보다 시급하다고 하며 사회 당국의 보조가 없으면 양두구육(羊頭狗肉)에 그칠 것이라는 비판도 겸하였다.

22) 우에야마세이(上山生)라는 필명의 기고자는 동척 사업을 연극에 비유하며 '자본금의 충당과 국가의 후원이 없으면 이루어질 수 없다'라고 하며 동척 사업의 앞날을 걱정하는 입장을 표명하였다.

23) 에스, 엣치세이(エス、エツチ生)라는 필명의 기고자는 동척 사업의 주주 중 한 사람으로 특히 한국 정부 출자의 역둔토(역에 딸린 소작지)를 매입하는데 있어 질 좋은 역둔토를 선택하고 손해가 나지 않는 이용방법을 강구할 것을 강조하였다.

(그 다섯 번째)미나미무라세이의 희망[24](其五)南村生の希望

북채가 없는 기생도 몰래 왔네 봄 내리는 비

撥持たぬ妓もこそり來て春の雨

○ 하이효시의 하이쿠 비평(俳評子の俳評)

음력 2월 뜸[25] 정말이지 뜨거운 바람이구나

二日灸如何にもあつき思ひかな

(1909년 2월 21일)

시사 하이쿠 평(時事俳評)

지하루(ちはる)

○ 사회종횡을 읽고(社會縱橫を讀みて)

여왕벌 다가오면 찌르기 위해 벼르고 있네

親蜂の寄らば刺さんと構へけり

○ 통감 정치 질문[26](統監政治の質問)

작살 하나가 급소를 찔렀도다 고래잡이배

一のもり急所突きけり鯨船

---

24) 미나미무라세이(南村生)라는 필명의 기고자는 척식회사가 설립된 것은 알고 있지만 회사 건물이 어디 있는지도 모른다고 말한 한국 친구의 이야기를 듣고, 대회사의 존재를 위엄 있게 알릴 건물이 필요함을 피력하였다.

25) 음력 2월 2일과 8월 2일에 뜨는 뜸. 이때 뜸을 뜨면 연중 병이 없고 건강하다고 한다.

26) 1909년 2월 21일 2면의 「통감정치의 질문(統監政治の質問)」과 관련한 하이쿠로 이 기사에서는 당시 이토 히로부미의 통감정치에 대한 불만이 일본에서도 일어 제국의회에서 보호 정책의 방침, 지방행정의 쇄신, 법령의 남발, 일본 관사의 풍기와 폐단, 신문 등 언론 억압 다섯 가지에 대해 답을 요청 한 상황을 다루고 있다.

○ **관선민장 철폐안**[27]**(官選民長撤廢案)**

한가롭구나 넓은 들판에 소들 풀어 기르네

長閑さや廣野に牛の放ち飼ひ

○ **송 내상의 이상한 기염(宋內相の怪奇氣焰)**

울다가 지쳐 결국 떨어지네요 저녁 종다리

鳴き盡きて果は落ちるよ夕雲雀

○ **다나카 궁상의 집념(田中宮相の執念)**

계집아이로 간사하게 변신한 버드나무여

小娘に狸化けたる柳かな

○ **사카이 마사히라**[28]**의 파탄(酒井政平の破綻)**

가랑눈이여 내린 대로 사라져 무엇도 없네

淡雪や降るだけ消へて何もなし

(1909년 2월 24일)

---

27) 1906년 9월부터 실행해오던 거류민단법이 1909년 2월 22일 개정된 것과 관련한 하이쿠로 그 중에서도 민장(民長) 선출 방식의 변화에 대해 읊고 있다. 1909년 2월 26일 2면의 「민장관선문제(民長官選問題)」 참조.

28) 당시 일본인 거류민 사회에서 성공자 중의 하나였던 사카이 마사히라가 파탄하게 된 사건과 관련한 하이쿠로 1909년 2월 21부터 3월 17일까지 「酒井政平の破綻」이라는 제목으로 20회에 걸쳐 그 경위와 소송 내용을 자세하게 다루고 있다.

자선-오구(自選五句)

남산(南山)

교교한 달빛 기암의 소나무여 시원한 바람

月皎々奇巖の松や風涼し

한강(漢江)

시원한 아침 잉어 뛰어오르니 물 가득 차네

朝涼し鯉跳て潮滿ちて來る

(1909년 5월 11일)

자선-십구(自選十句)

조도(恕堂)

남산 국사당(南山國師堂)

어두운 나무 그늘 봉우리를 오르니 사당이구나

木下闇峯を登りて祠堂かな

남산 봉수대(南山烽燧臺)

돌로 된 보루 비를 맞고 나 있는 꽃 같은 이끼

石壘や雨に打たるゝ苔の花

노인정(老人亭)

낡은 기와에 진기한 풀 무성히 참새는 우네

古瓦や奇草茂りて雀鳴く

(1909년 5월 29일)

신라의 풍속(新羅の風俗)

조도(恕堂)

소 동상에게 비 기원하는 어느 마을 백의인
牛像に雨乞ふ一村の白衣人

그물질하는 어부의 화톳불에 모이는 벌레
四手網漁夫の篝や灯取蟲

등불 모여든 벌레 잡아 버리는 무희로구나
灯取蟲摘み捨てたる舞子かな

무더운 날에 나무 그늘진대서 죽세공하네
暑き日を樹蔭に竹の細工かな

무더운 날에 모래 먼지 날리는 군용 마차여
暑き日を砂煙立てゝ兵車かな

(1909년 6월 11일)

『일요음』 용산 스미레카이/제3회 예회(호슌테이 평)
『日曜吟』 龍山すみれ會/第三回例會(芳春亭 評)

슈타로(取太郎)

청죽의 발을 말아서 올려보니 흐릿한 낮달
靑すだれ捲くや薄すら晝の月

단스이(淡水)

놔주는 손에 어둠을 남겨놓고 가는 반딧불
放す手に暗を殘して飛ぶ螢

(1909년 7월 31일)

일제일구(一題一句)
이슬(露)

시라쿠(四樂)

아침 소낙비 여승이 손에 드는 이슬 맺힌 갓
朝立ちや尼が手にする笠の露

주요(中庸)

아침 이슬이 처마 끝에 촉촉한 여승의 암자
朝露や軒端にしけき尼のいほ

로쿠보(六坊)

옮은 향기가 가시지 않는 촉촉한 소매의 이슬
移り香のさらぬ間茂し袖の露

무라(むら)

패배한 사람 소매 무겁게 하는 아침의 이슬
落人の袖おもたし露の朝

참외(甜瓜)

로쿠보(六坊)

노래 부르는 여자 참외 한 손에 보기 흉하네
歌ひ女が甜瓜片手の不樣かな

주요(中庸)

고려의 들에 참외는 풍년이고 날은 쨍하네
高麗の野に甜瓜の出來や日は盛

(1909년 8월 26일)

『제5회 6구집』 스미레카이/▲여름 달(무라 판정)
『第五回六句集』 すみれ會/▲夏の月(むら 判)

단스이(淡水)

안쪽 깊숙이 보이는 나무 사이 여름날의 달
奧深く見ゆる木の間や夏の月

주요(中庸)

할 일도 없이 나룻배를 타누나 여름에 뜬 달
用なきに渡船に乘るや夏の月

(1909년 9월 5일)

돈다이샤(豚酒舍)

판임(判任)

판임이면서 자신의 몫의 돈을 모으고 있네

判任で一人前の金子を溜め

상인(商人)

탈세는 해도 증세한다는 것은 반대를 하네

脫稅はしても增稅にや反對し

종교가(宗敎家)

자신께서는 돈만 밝히는 종교 신자로구나

御自分は拜金宗の信者なり

(1909년 9월 21일)

영춘하평(迎春賀評)

고우세쓰안 지하루(降雪庵千春)

설날의 각 신문사(元旦の各新聞紙)

새해 첫 인쇄 경사스럽다 하는 사회면 기사

初刷りや目出がらるゝ社會記事

경성 시민의 새해 첫 꿈(京城市民の初夢)

새해에 꾸는 첫 꿈에 삼천 냥의 복권이구나

初夢や三千兩のたから籤

한국 학생의 시필(韓國學生の試筆)

배일이라는 글자 늘어놓는 첫 새해 글쓰기
排日の文字ならべけり筆はじめ

한국 정치가의 봄맞이(韓政治家の迎春)

쥐 한 마리가 온돌방 훔쳐보는 신년 인사여
鼠一匹ヲンドル覗く御慶かな

(1910년 1월 5일)

봄-5구(春五句)

지하루(千春)

막과자 올려 있는 걸상 위태한 등나무의 꽃
駄菓子載せし床机危なし藤の花

황혼 접어든 등나무 절 주변은 빛나고 있네
黄昏かるゝ藤の寺あたり灯けり

어지러운 실 뽑는 누에 잠자는 한가한 시간
亂れ髪綿はむ蚕の眠むるひま

귀와 입에는 욕심이 닿지 않는 새해 옷 단장
耳口に慾は届かず衣更へ

봄 끝자락에 풀잎 쓸데없게도 자라나 있네
行く春を草徒らに伸びてけり

(1910년 4월 22일)

시사 하이쿠 평(時事俳評)

지하루(ちはる)

○ **새로운 통감의 내한(新統監の來韓)**

달을 보려고 온 것은 아니어라 두견새이여

月を見に來たのではなし時鳥

○ **관제의 대개혁이여(官制の大改革乎)**

몹시도 땀을 흘려서 나온 허튼 농간이어라

大汗を流して小さき細工かな

○ **통감과 야소교(統監と耶蘇敎)**

수상한 느낌 흰 옷을 입은 중아 나무 밑 어둠

怪し氣な白衣の憎や木下闇

○ **금융 매우 활발치 못함(金融の大緩漫)**

오월 장맛비 연못에 넘쳐나는 고여 있는 물

五月雨や池に溢るゝ溜り水

○ **연재 여자다운 모습(連載の女振り)**

사람 칭찬을 하는 이야기 듣기 좋은 납량대

人譽むる話し聞きよし納涼臺

(1910년 6월 21일)

시사 하이쿠 평(時事俳評)

지하루(ちはる)

○ **아리요시 장관의 다변(有吉長官の多辯)**

천둥도 우쭐하면 떨어지는 것이 당연하다

雷の調子に乗れば落ちるべし

○ **어용신문의 불근신(御用紙の不謹愼)**

도시락 오래 갈 수가 없는 더위로구나

辨當の長もちならぬ暑さかな

○ **경룡합병 발표(京龍合併の發表)**

새색시 기쁜 듯이 치고 있구나 첫 해 모기장

花嫁の嬉しゆう釣るや初蚊帳

○ **대스모 전 경기(大相撲の前景氣)**

소리 드높이 관객 끄는 북 오월 하늘의 맑음

音高き櫓太古や五月晴れ

○ **여성 교원의 간통(女教員の有夫姦)**

단정치 않게 둘러멘 띠 화려한 무명의 홑옷

だらしなき引かけ帶や派手浴衣

(1910년 6월 22일)

시사 하이쿠 평(時事俳評)

지하루(ちはる)

○ **통감의 가족동반(統監の家族携帯)**

낙으로 논에 자라난 화초 뽑고 있는 노부부

樂しみに田草取るなり老夫婦

○ **덕수궁 내의 궁전(德壽宮內の宮殿)**

안팎의 수로 메말라져 있구나 구름 봉우리

內外の堀は涸れけり雲の峯

○ **동척의 이민규정(東拓の移民規定)**

식단의 맛난 음식 탐탁지 않은 연꽃 구경객

こん立の馳走ばれなし蓮見客

○ **민장전의 비사(民長殿の祕め事)**

냇물에서의 고기잡이 강물 속 조심스런 발

川狩りや川の中なる忍び足

(1910년 6월 23일)

시사 하이쿠 평(時事俳評)

지하루(ちはる)

○ **아카시 사령관의 수완(明石司令官の敏腕)**

어린 대나무 벌써 구름 일도록 살랑거리네

若竹やすでに雲沸く戰ぎ振り

○ 루스벨트 개전(ルーズベルト凱戰)

　　찌는 더위여 준마가 달려오는 모래의 먼지

　　炎天や駿馬かけ來る砂烟り

○ 구세군의 경품권 흥행(救世軍の富籤興行)

　　짧은 여름 밤 아직 가시지 않는 저녁 술기운

　　短夜やまださめ切らず宵の酒

○ 양국의 봉황과 큰 강(兩國に鳳と大の川)

　　여기저기로 새끼 은어 뛰노는 여울이로다

　　縱橫に若鮎のぼる早瀬かな

　　　　　　　　　　　　　　　　　　　　(1910년 6월 25일)

시사 하이쿠 평(時事俳評)

지하루(ちはる)

○ 시국과 경찰권 위임(時局と警察權委任)

　　훈훈한 바람 울타리까지 오는 맑은 바닷물

　　薰風や垣根まで來る湛へ汐

○ 한국 유학생의 배일(韓國留學生の排日)

　　자기 멋대로 풀이 자라나있는 오월의 장마

　　我が儘に草の伸びけり五月雨

○ 각 세키토리[29]의 한국관(各關取連の韓國觀)

바위의 그늘 뒤 생각지도 않은 맑은 물이여
岩かげに思ひ掛けなき淸水かな

(1910년 6월 29일)

하이쿠(俳句)

무코(無黃)

압록강(鴨綠江)

여름의 강물 출렁대며 두 나라 쪼개고 있네
夏の川漾々と二邦を劃しけり

을밀루(乙密樓)

달이 나오니 어찌나 을밀루에 훈풍이 부네
月ならば如何に乙密樓の風薰る

**조선인은 놀기만 하고 게으르다고 사람들에게 들었는데 평안도의
논밭과 들을 잘 경작하고 있는 것을 보고(朝鮮人は遊惰なりと人の言
ふを聞きしが 平安道の田野よく耕されたるを見て)**

여름의 들판 녹색 우거진 나라 풍요롭겠네
夏木立いおしむ國は富みぬべし

---

29) 일본 스모에서 우리나라의 장사급에 해당하는 주료(十兩) 이상의 씨름꾼을 높여 부르
는 말을 가리킴.

평양숙박(平壤宿泊)

피곤해 잠든 얼굴 가지고 노는 한밤중 파리
疲れ寝の顔をなぶるや夜の蠅

경복궁(慶福宮)

경복궁이어 흙 계단 삼단에 핀 엉겅퀴의 꽃
慶宮や土階三等花薊

경성 거리에서의 생각(京城街上所見)

초록의 적삼 머리 위에 인 것은 무엇이려나
綠衫や頭に載せし物は何

삼베옷이여 상중에 있는 이의 노송나무 갓
麻衣や裏に居る人の檜笠

(1910년 6월 5일)

한양음사 구집/가주엔 주인선
(漢陽吟社句集/花儒園主人選)

한칸(半韓)

잔잔한 바다 돛대에 와서 우는 때까치 소리
朝凪や帆柱に來百舌鳥の鳴

돈촌(鈍蝶)

들판 폭풍우 아랑곳하지 않는 때까치 소리
野嵐の氣遣はなし鵙の聲

고타케(梧竹)

조릿대 잎에 바람이 불고 있는 초저녁 달밤
笹の葉に風生まれけり宵月夜

달이 뜨기를 기다리면서 얕은 바닷물 건너네
月の出をまちて淺潮を渡鳧

새 메밀에 해질 녘 되어 바쁜 산속의 집아
新蕎麥に暮忙かしき山家哉

(1910년 9월 14일)

한국합병 후 바쇼의 기일/헌정 구
(韓國合併後芭蕉の忌日/獻句)

도운(孥雲)

고려의 들도 우리의 들 되었네 초겨울의 비
高麗の野も我野とも成て初時雨

한칸(半韓)

바쇼 옹 기일 낙엽 지는 소리에 밤 깊어 가네
翁忌や落葉の音に夜の更ける

고치쿠(悟竹)

오락가락 비 마른 들판에 낡은 바쇼의 구비

時雨るるや枯野に古き翁塚

(1910년 11월 27일)

기사라기카이 송년회 구집(그 첫 번째)/무라 찬
(如月會納會句集(其の一)/むら撰)

슈스이(萩水)

눈앞 가까운 산의 경치여 오늘 아침의 가을

眼に近き山の景色や今朝の秋

소나기 내린 뒤 처마의 끝에 이슬 맺히네

村雨のあとや軒端に霧せまる

야요이(彌生)

까마귀 와서 우는 묘지의 앞에 가을이 오네

鳥來て鳴くや墓前に秋の立つ

후비조(不美女)

풀과 나무에 비치는 오늘 아침 가을의 정취

草に樹に映るや今朝の秋の色

(1910년 12월 13일)

기사라기카이 송년회 구집(그 두 번째)/무라 찬
(如月會納會句集(其の二)/むら撰)

야요이(彌生)

아침 추위에 참새 부부 나란히 앉아있구나
朝寒やすずめの夫婦列ひ居る

하루에(春江)

기나긴 밤을 숙직으로 새우는 한 칸의 공간
長き夜を宿直に明かす一間哉

지요(千世)

추운 아침에 기차를 기다리는 플랫폼이여
朝寒の氣車待プラットホーム哉

아침 추위여 술을 사러 나가는 배의 승무원
朝寒や酒買ひに行く船の人

(1910년 12월 16일)

병합 기념 기사라기카이 구안/경성 니슌안 종장 찬
(併合紀念如月會句案/京城二春庵宗匠撰)

바이카(楳花)

바쇼의 기일 귀에 스며 들리는 밤 내리는 비
芭蕉忌や耳に染込む夜の雨

덴뇨(天女)

오늘 아침도 또 찻잎 찔 정도로 떨어진 잎아

今朝も又茶を煮る程の落葉哉

산쇼(三勝)

날마다 부는 바람에 시달리어 고요한 겨울 산

日毎吹く風に勞わて山眠る

(1911년 1월 7일)

한양음사 홋쿠슈(상)/방영 50장 갑을 역렬-가주엔 선
(漢陽吟社發句集(上)/芳詠五十章甲乙逆列-花儒園選)

세이토(西都)

눈 녹는 소리 쓸쓸하게 들리는 깊은 산이여

雪解の音すさましき深山哉

조민(如眠)

꽃도 향기도 옛날과 변함없는 성의 매화꽃

花も香も昔かわらす城の梅

시스이(紫水)

달이 드리운 처마에 향 나는 매화 가지 하나

月かかる軒に匂ふや梅一枝

아사마쓰(朝松)

병 앓는 부모 약값이로구나 바지락 캐기

痛む親の藥の代や蜆堀り

고치쿠(悟竹)

매화에 와서 날을 보내고 있는 작은 새구나

梅に來て日を暮たる小鳥哉

아사마쓰(朝松)

눈 녹는구나 찾아오는 이 없는 산에 있는 집

雪解や訪ふ人もなき山の家

(1911년 2월 10일)

벚꽃 피는 우이동(중)/교코쓰세이
(櫻の牛耳洞(中)/魚骨生)

구세키(愚石)

붉은 비단옷 소매 걷는 여자여 꽃 피어있는 산

紅絹を袖をまくる女や花の山

다이토(袋人)

마치 벚꽃의 명소 요시노 같은 우이동이네

宛として花の吉野や耳牛洞

꽃에 취하여 무거운 총이어라 작은 새 명중
花に醉ふ銃の重さや小鳥打

작은 새 바쳐 꽃의 신 받들려는 의향이로다
小鳥供へて花神祀らん志

작은 새 잡고 꽃 구경도 했다네 뭐든 흥나네
小鳥狩らん櫻も狩らん何も興

(1911년 5월 21일)

인천 우즈키카이 하이쿠 제8집/
가을 오제 발췌 상좌 50장 역렬/고타니 단바 선(1)
[仁川卯月會俳句第八輯/
秋五題拔萃上座五十章逆列/小谷丹葉選(一)]

잇테키(一滴)

안개 낀 아침 추억이 많이 있는 항로이구나
霧の朝思ひ出多き航路かな

가이조(開城)

기러기 울고 어두운 창문 때리는 조약돌 같은 비
雁鳴や闇の窓打礫あめ

뎃슈(鐵舟)

문득 향 나네 장로 계시는 거실 국화의 꽃
不斗薰る長老の居間菊の花

간게쓰(翫月)

엄마의 젖을 찾는 아이 손 차네 기러기 소리
乳を探る兒の手冷たし雁の聲

저녁매미여 지금 저무는 해에 초조해 우네
蜩や今暮るる日にいらち鳴

뎃슈(鐵舟)

안개 낀 아침 채소 가게 사람은 정신이 없네
朝霧や靑物市一の人忙し

(1911년 9월 29일)

경성 신춘 구초/명란젓, 첫 까치
(京城新春句抄/明太の子, 初鵲)

세시기에는 없으나, 조선 땅에 있는 하이진이라는 자들이 동해야
한다라고 많은 사람들에게 간청한다
　歲時記にこそなけれ、鮮土に於ける俳人たるものゆるがせにすべ
きやわと諸氏に切望したり

고토(湖東)

명란젓으로 주막에서 술 석 잔 기울였구나
明太の子に幕酒三杯傾けぬ

시카쿠(子角)

첫 까치 우는 소리로 가득하네 오늘 아침 봄
初鵲の聲も豊かや今朝の春

고가니(小蟹)

까치여 옛날 왕성 있던 자리는 황량하구나

かささぎや舊王城は荒寥と

체한 느낌아 명란젓으로 구를 짓는 맛 있네

食積や明太の子で俳味あり

(1912년 1월 21일)

인천 하이단 우즈키카이 석상 즉음/주제, 봄눈, 팥죽, 교미기의 고양이/출석 구자 상호선
(仁川俳壇卯月會席上卽吟/題、春の雪、小豆粥、猫の戀/出席句者相互選)

3점 부(三點の部)

시키요(色葉)

교미기 고양이 보고 씨름을 하나 쳐다보는 소녀

猫の戀猫の角力かと少女見る

4점 부(四點の部)

잇코쓰(一骨)

팥으로 쏜 죽 다시 정월 초하루 기분이 드네

小豆粥又元日のこころなり

7점 부(七點の部)

잇파이(一俳)

집안 관례로 신에게 공양하는 팥으로 쑨 죽
家例とて神へ供へつ小豆粥

8점 부(八點の部)

하이코쓰(俳骨)

가까운 들의 쥐도 잡지 않는 교미기 고양이
其の野鼠も捕らず猫の戀

17점 부(一七點の部)

잇파이(一俳)

땅에 떨어질 때까지의 운치여 봄 내리는 눈
地に落る迄の風情よ春の雪

(1912년 2월 14일)

[김보현 역]

한국에서 천장절을 축하하다
(韓國に在りて天長節をほきまつる)

다마이 난켄(玉井南軒)

천황 폐하의 위세 널리 미치어 조선 사람의 소매에도 빛나는 국화의 하얀 이슬

大君の稜威あふれて韓人の袖にも匂ふ菊の白露

(1907년 11월 3일)

경성 고아원의 고아를 보고(京城孤兒院の孤兒を見て)

다마이 난켄(玉井南軒)

버려진 아이 우는 소리 들으니 이유도 없이 눈물이 맺혀오네 고향의 하늘

孤兒の泣く聲聞けばそぞろにもなみだぐまるる故郷の空

(1907년 11월 10일)

고려의 옛 도성을 지나며 읊은 노래/반가
(高麗の舊都を過て詠る歌/反歌)

다카하시 나쓰마로(高橋夏麿)

그 옛날 옛적 고려의 수도 몹시 황폐해져서 종다리가 머무는 곳이 되어버렸네

昔の高麗の都はあれはててひばりのとことなりにけるかも

(1908년 7월 7일)

동가오란(22) 흥영同可娛欄(廿二) 興詠

애국부인회원 이치마루 모토코 님으로부터 위문주머니를 받고
(愛國婦人會員一丸モト子樣より慰問袋を賜りて)

교유치시(魚友痴史)

모국 땅에서 몇 겹의 바닷길을 거쳐 멀리서 온 위문주머니의 깊이
위로하는 마음

　母國より八重の潮路をはるばると慰問袋の深き御同情

진실 된 마음 담겨있는 주머니 줄 풀어보니 넘쳐흘러 나오는 수많은
위문품들

　御誠意の籠もりしふくろ紐解けば溢れ出たる厚き賜物

가벼이 할 수 없는 은혜가 깃든 물품을 받고 더욱더 내 직책의 중요
함을 느끼네

　輕からぬ惠與の品を領て尚ほ己が職責の重きさを知る

(1908년 11월 1일)

동가오란/도도이쓰(본지 등재 광고)
[同可娛欄/都々逸(本紙登載廣告)]

교유치시(魚友痴史)

난몬유(南門湯)

장기간 앓은 병의 낫기 어려운 것도 모두 낫는 효험의 인삼 목욕물
永の病氣のなんもんさへも全癒す效驗の人じん湯

(1908년 10월 14일)

근사소가(近事小歌)

교유치시(魚友痴史)

남한 순행(南韓御巡幸)

자줏빛 구름 길게 낀 남쪽의 하늘에 학 문양의 마차가 가만가만히
紫雲たなびく南の空へ鶴の御車靜づ靜づと

가루타 대회(歌留多大會)

꽃은 벚꽃이어라 질 때 미련도 없이 가루타 놀이 승패 마찬가지로
花は櫻よ散り際潔よく歌留多遊びの勝負も

고토부키자의 이마무라사키(壽座の今紫)

옛날과 변함없는 이마무라사키의 색도 우아하여라 교토의 인형
むかし變らぬ今紫の色もゆかしき京人形

(1909년 1월 21일)

이요 정조(俚謠情調)

우로코(うろ子)

벌레(虫)

가을의 쓸쓸함을 벌레한테 듣고서 밝은 달과 말할까 풀로 된 암자
秋の哀れを蟲から聞いて名月と語ろう草の庵室

방심하고 있으니 초가을 바람 불고 겨울옷 지으란 듯 벌레가 우네
油斷して居りや早秋風よつづれさせてふ蟲が啼く

다듬이질(砧)

다듬이 치면 아픈 어머니 눈을 뜨네 치려 하니 걱정이 되는 다음날 죽

打ば病母がお眼を覺す打にや氣に成翌日の粥

날 깊어 달마저 기우는 처마의 끝 효심으로 기운 내 다듬질하네

ふけて月さへ傾ぶく軒端孝をちからに打きぬた

(1909년 9월 7일)

응모 와카/칙제 신년의 눈(應募和歌/勅題 新年雪)

경성 히로오카 마사루(京城 廣岡克)

천황 폐하의 크나큰 은덕처럼 온화하게도 내리는 옥돌 같은 새해
첫날의 눈

すめらきの大御心をかくやはとしつかに降れるあら玉のゆき

경성 가와사키 미쓰에(京城 川崎みつゑ)

천황 폐하의 치세 몇 천대 걸쳐 번영하리라 새로운 해의 첫날 내리
는 새하얀 눈

君ケ代は幾千代かけて榮ゆらん年のはしめにふれるしらゆき

경성 우시쿠사 교진(京城 牛草魚人)

우러러보는 후지산의 드높은 봉우리에 흰 눈 아득히 떠오르는 새해
첫해로구나

あふき見る不二のたか根の白雪にほのほののほる初日の出かな

목포 시오이 모쿠쿄(木浦 塩井默響)

새해의 첫날 차곡차곡 쌓이는 눈은 잘사는 세상 될 것이라는 증표라는 것이겠지

あら玉の年の内よりつむゆきはゆたかなる世のしるしなりけり

새해 첫날 해 그림자 눈에 비친 것을 천황의 위세로구나 하고 생각을 하는 기쁨

はつ日かけゆきにうつりて天皇のみいつかくやと見るそうれしき

경성 히다카(京城 飛高)

몇 천 년에도 변함없는 천황의 치세 신년을 맞이하여 내리는 오늘 아침 하얀 눈

幾千代もかはらぬ御代の新玉をむかゑてつもる今朝のしらゆき

문산 후루사토 신(汶山 古里新)

한국 사람도 새해가 된 오늘을 기뻐하리라 백금처럼 빛나는 남산을 덮은 흰 눈

から人も年立つ今日を祝ふらんしらかねまかふ南山のゆき

경성 후루하라 후타바(京城 古原二葉)

새해 첫 햇빛 포근하게 비치니 남산 백제 땅 깊이 쌓인 이 눈도 오늘은 녹으리라

はつ日影のとかにさしぬ南山百濟の深ゆきけふそとくらむ

경성 유리코(京城 ゆり子)

몇 대의 시간 흘러 산봉우리의 소나무 가지 고요한 눈에 날 밝아
오는 술년의 신춘

幾代經しみねの松ケ枝音もなう雪に明け行く成のはる春

경성 모리 이쓰유(京城 森逸遊)

새로운 해에 처음 내리는 눈은 맑고 깨끗이 번성해 나아가는 천황의
은덕이어라

新たまの年の初めに降るゆきは清く榮ゆる御代のかけかも

경성 혼다 준(京城 本多潤)

청소를 하고 새로 맞이한 넓은 정원에 목화 무성한 것과 같이 쌓이
는 새 하얀 눈

掃淸め年迎へたる廣庭に綿しけることつめるしらゆき

경성 잇초 사도(京城 一潮佐堂)

새해 정화수 맞이하는 사람이 헤매고 있네 천황 치세 더해져 풍요로
운 눈에서

若水を迎ふる人ぞ迷ふらん御代しかつなるとよのみゆきに

경성 슌도(京城 春道)

천황의 치세 천대를 축하하는 새해 소나무 장식 색 선명하고 내리는
새하얀 눈

君ケ代の千代をことほく門松のいろ深かれとふれる白ゆき

어린 아이가 조종을 하는 대로 움직이는 연 줄에 닿아 내리네 처마
의 새 하얀 눈

　おさな子の引き手にかよふ凧の糸に触れてまひけり軒のしらゆき

선자 교류(選者 去留)

조선의 들에 쌓이는 새하얀 눈 밟고 헤치며 이렇게 찾아왔네 오늘
아침 새 봄이

　からの野につもる白雪踏わけてとゝきにけりなけさのはつ春

(1910년 1월 1일)

신년의 눈(新年雪)

조치원 세이토세이(鳥致院 西頭生)

문 앞의 장식 소나무의 가지도 처지게 내린 눈은 올해도 풍요로울
징조로구나

　門松の枝もたゆみて降るゆきは今年もみのるしるしなるらん

새로운 해의 경사스러운 일들 연주를 하고 산 정상 대나무는 눈 속
에 묻혀있네

　あらたまのとしのよことや奏ずらんおのへの竹は雪にふしつゝ

내려 쌓이는 눈을 헤치고 나와 피는 매실은 고려의 저 끝까지 향기
감도는구나

　ふりつもる雪をしのぎでさくうめは高麗のはてまで匂ひけるかな

(1910년 1월 7일)

삼면 정가(21일 본지 기사)
[三面情歌(廿一日本紙記事)]

한국 아이의 익사(韓童の溺死)

스이힌세이(水賓生)

한국의 아이 일본 땅에서 애처롭게 꽃봉오리인 채로 져버렸구나

韓の撫子大和の土地で哀れ蕾のままで散り

영사와 미인(領事と美人)

나라에 담이 없이 전개된 천황 은덕 사랑에는 인종도 무엇도 없네

國に垣なき開た御代は戀に人種の別も無り

탈영범 체포(脱營兵逮捕)

나라의 기둥이 될 몸이 될 것을 잊고 대장부의 체면을 구겨버렸네

那家の柱と可成身をも忘れますら夫面汚し

(1910년 7월 30일)

겐긴카이 선외 수일(絃吟會選外秀逸)

오늘 내리는 비(けふの雨)

돈라쿠보(吞樂坊)

안타까운 여인의 마음이 통하여서 당신을 붙잡았나 오늘 내린 비

切ない妾の心が通じ主を止めたか今日の雨

교쿠고안(曲肱庵)

나 너무 기쁘구나 창문 내리는 비에 당신과 둘이 작은 다다미방에

妾うれしい窓うつ窓にぬしと二人で四疊はん

추위(さむさ)

교쿠고안(曲肱庵)

불타는 연정으로 추운 것을 잊고서 사랑스러운 그대와 있는 왜성대

燃ゆる思ひに寒さを忘れ可愛あなたと倭城臺

나미코(浪子)

밤 추위 아침 추위 으슬으슬한 추위보다도 부모님의 의견이 마음에 사무치네

夜寒朝寒うそ寒よりも親の意見が身にしみる

가즈미(一美)

몸에다 걸친 옷만 입고 추위에 대충 자네 총[1]이 시간 보내는 여행지 하늘

着のみ着のまま丸寝の寒さチョンが暮しの旅の空

돈라쿠보(呑樂坊)

그대를 기다리는 사이 초조한 고통 싫은 술도 마시며 추위 달래네

主をまつ間の自烈度辛さきらひなお酒も寒しのぎ

(1910년 11월 26일)

---

1) 조선의 미혼 남성을 비하해 불렀던 일본어.

신궁봉제회 조선본부 간사 주재원으로
처음 경성에 살게 된 여름
(神宮奉齋會朝鮮本部幹事常在として初て京城にすまひたる夏)

야스모토 지소쿠(安元滋足)

장마가 길다고 하여(梅雨久といふに因みて)

기나긴 꼬리 닭 있는 수풀에는 비가 내리고 장마 길어지는 날 며칠이 되겠구나

しだり尾の鶏の林の雨ふりき長長し日も幾日へぬらむ

못가의 반딧불이(澤螢)

물달개비 핀 얕고 맑은 물 바닥 그림자까지 보여 날아가 버린 반딧불이로구나

こなぎさく淺澤水の底淸みかげさへ見ゐて飛ぶ螢かな

빗 속의 연꽃(雨中蓮)

장마 빗줄기 소리는 요란하고 연꽃의 잎에 연못 모습 개운치 않은 철이로구나

梅雨の音さはがしき蓮葉に池のこころもすまぬ頃かな

달빛을 받은 물오리(月前水鷄)

머리를 묶은 어린애들이 더럽힌 강물에서 달빛을 받으면서 우는 물오리여라

うなゐらが今日も濁しし川水を月にすませて鳴水鷄哉

(1911년 7월 28일)

패랭이꽃(なでしこ)

가토 우메오(加藤梅雄)

京城學舍生徒佐藤哲三君の歸鄕せらるるに其別れの#居てよめる
(경성학사 생도 사토 데쓰조 군이 귀향하게 되었는데 그 이별할 때를 읊은 노래)

말로 하는 건 한계가 있을텐데 오늘 그대와 생각 못 한 이별을 어떻게 말해야 하나

言の葉は限ありけり君とけふあらぬ別をいかにいはまし

수영 연습(水練)

잠수하고서 다시 올라오기를 물속이면서 물이란 것을 잊고 하는 물놀이

くぐりては又うかびいで水のうちに水をわすれて水遊なり

반딧불이(螢)

깜깜한 밤도 마음 내키는 대로 왕래하면서 부럽게 날고 있는 반딧불이여

くらき夜も心のままに行かひてうらやましくも飛ぶ螢哉

(1911년 7월 29일)

문원(文苑)

가가쿠시(蚊學士)

만한 시찰을 위해 경성에 온 친구를 보낼 때
(滿韓視察のため京城に来りたる友を送りけとき)

몹시 황폐한 길을 개척해가는 나라를 위해 중국 고려도 밟고 헤쳐 나가라 그대

荒れはてし道ひらきつゝ國のためこまもろこしも踏み分けよ君

(1911년 8월 8일)

서툰 노래(歌屑)

운유가슈쿠도 슈진(雲遊霞宿堂主人)

맹인이 된 친구를 생각하다(盲目となりし友を思ふ)

뜻하는 바를 이루지 못하는 한 가슴에 묻고 바람도 애석하다 하는 고향의 가을

こころざしとげぬ恨を胸にして風もいたまむ故郷の秋

처량하게도 불어대는 가을의 바람 고향의 친구여 오늘 밤도 홀로 듣고 있는가

さびしくも吹くか秋風故郷の友よ今宵もひとり聞くらむ

(1911년 9월 22일)

그날그날(其の日へ)

스기노야슈진(杉の舍主人)

밤 다듬이질(小夜砧)

밤 다듬이질 깊은 생각을 하며 치고 있는가 자주 끊기면서도 소리 들리네

さよきぬたもの思ひつつうつならん絶間かちにもおとのきこゆる

만월(滿月)

무엇이든지 차면 기우는 것을 천황 은덕에 가을의 한가운데 달 보고 있네

何こともみちたらひたる大み代にあきのもなかの月を見るかな

(1911년 9월 26일)

한강 부근(漢江のほとり)

쇼킨세이(松琴生)

강가 기슭의 버들은 시들었고 정박한 배의 거적 위에 잔잔히 하얀 눈이 내리네

江の岸の柳は枯れてかかり船苫の上うすく白雪のふる

배들은 모두 항구를 떠나가서 넓은 강에는 살얼음 어네 한창 겨울 해질 무렵

船はみな港に去りてひろき江に薄氷し眞冬の夕ぐれ

(1911년 12월 16일)

[김보현 역]

화성(華城) 땅의 님에게[1] (華城の地の君に)

영등포 류요세이(永登浦 流葉生)

초록빛 소나무도 팔달로 나고	緑の松も八達の
산의 아랫자락에 도읍을 삼아	山の麓に都せし
그 이름도 그윽한 화성 이 땅에	其名も床し華城の地
백화가 난만하여 웃음 짓는 속	百花爛漫笑む中に
뜬세상의 속진에 물들지 않는	浮世の塵に汚さじと
싸리 겹겹 울타리 높이도 자라	萩の八重垣丈高く
휘휘 둘러쳐놓은 그 안쪽에는	結い遶らせし其奥に
다소곳한 향 나는 보라 제비꽃	やさしく匂ふ董花
거기 내린 이슬의 구슬 눈동자	そが置く露の玉眸に
아아 부정 타버린 죄인 아들이	哀れ汚れし罪の子が
몹시도 그 마음에 실성 일으켜	いたく情意を狂わして
죄에서 벗어나지 못했으므로	摘みさる事のなかりせば
자기의 마음은 항상 영원하도록	己が心は常永久に
청정하고 편안히 지낼 수 있기를	清く安けく過ぎなんを

(1908년 5월 1일)

---

1) 화성이 정조의 행궁이었으므로 그 아버지 사도세자의 일화를 배경으로 한 시.

마적(상)[馬賊(上)]

만주 사내(滿洲男)

벚꽃의 향기가 감도는 사십 년	櫻の花の匂ふ四十年
봄날의 우에노(上野)를 도망쳐 나와	春の上野を落ちのひて
현해탄에 이는 파도에 폐부를 씻고	玄海の波に膓濯ひ
요하(遼河) 강물의 흐름 거슬러가는	遼河の流れ遡る
우장(牛莊)²⁾ 거리 근방에 있는 본영은	牛莊街の邊りに本營は
일찌감치 전해오는 구름의 편지	早や傳へ來る雲の文
인종 모두 평등한 청나라 들판에	人種ひとしき淸の野に
벗은 삼성(三姓)³⁾ 영고탑(寧古塔)⁴⁾	友は三姓寧古塔
흑룡강(黑龍江)이여 고목납(固木納)⁵⁾	黑龍江や固木納
뜻하는 중심점은 동일하게	志す中心點は同一に
땅에서 생기는 이익을 찾아 험준한	地の利を求め天險の
오랜 세월이 흐른 숲속	幾世久しき森の中
걸친 살갗의 옷은 얇구나	纏ひし肌の衣薄し
진의는 무거우며 몸은 가벼워	眞義は重く身は輕し
허리까지 늘어진 머리칼 길고	腰まで垂れし髮長く
쑥쑥 자란 수수에 이슬 깊구나	伸びる高粱に露深し

(1909년 7월 3일)

---

2) 랴오닝 성(遼寧省) 남부 랴오허(遼河) 지류인 사허(沙河) 북안에 있는 유서 깊은 도
시이자 중요 항구.

3) 헤이룽장 성(黑龍江省) 동부 쑹화 강(松花江)과 무단 강(牡丹江)의 합류 지역. 예로
부터 여진족의 근거지로서 '이란 하라(Ilan Hala, 세 성이라는 의미)'로 불림. 청나라
강희제가 삼성성(三姓城)을 축조하여 삼성으로 불렀다.

4) 청나라 때부터 1930년 초엽까지 만주 동부의 무단강 중류에 있던 지명. 청이 만주를
통치할 때 중요한 역할을 한 장소로 현재의 헤이룽장성 무단장 닝안시(寧安市)에 해당.

5) 헤이룽장 성 동북부의 지명.

마적(하)[馬賊(下)]

만주 사내(滿洲男)

의기는 달리는 말에 채찍을 치고	意氣は逸馬に鞭打ちて
부정한 것만을 오로지 빼앗으며	不正を奪ふ一筋に
서쪽으로 동쪽으로 달려 돌아다니네	西に東と駈けめぐる
세 자의 칼날은 모두 말 위에서	三尺の刃は共に馬の上
휘두르는 세 자의 번개 빛은	揮ふ三尺の電光は
머나먼 어디론가 날아갈지어다	遙の何處にか飛ぶと知れ
불의와 부정을 찌르는 장검	不義と不正を刺す劍
부정은 만세의 돈과 사랑	不正は万世の金と戀
손바닥에 떨어지는 것은 눈물과 반은 피	掌に落るは涙と半ば血
인도(人道)를 걷는 나는 마적이지만	人道の我は賊たるも
약자에게 주는 행복은	弱者に與ふ幸福は
다정다감한 것임을 알라	多感友情なりと知れ
아아 머리로 받아야 하는 마적의 이름	噫頭に受べき馬賊の名
시신은 들판에 묻힐지언정	屍は原野に埋むとも
의인으로서의 명성을 나는 애석해할 뿐	義人の名ぞ我は惜かる

(1909년 7월 4일)

끝나지 않은 전투(상)[つきぬいくさ(上)]

쇼난(嘯南)

올려다본 하늘에 별 깨끗하고	あほぐみ空に星冴へて
바람도 서늘하게 저물어 간다	風冷やゝかに暮れそめり

어둠의 장막 속에 휩싸인 채로　　　　闇の帳につゝまれて
조용히 조용하게 밤은 오누나.　　　　靜しづかに夜は來ぬ。
아뿔싸 동쪽으로 또 쪽으로　　　　　アレよ東にまた西に
여운을 흘려보낸 화살이 외침　　　　名殘を送くる矢の叫び
어둠속에 빛나는 번갯불인가　　　　やみにひらめくいなづまか
부딪혀 싸우려는 대도(大刀) 빛인가.　　切りむすぶらん太刀影か。
상대에 쓰러지는 무사가 입은　　　　行手に倒る武士の
군복의 소매에는 이슬 춥구나　　　　征衣の袖に露さむし
혼령은 어디에서 헤매이련가　　　　靈はいづこに迷ふらん
무사하기를 비는 아내 집일까.　　　　ぶじにといのるつまが家か。
여기에 또 저기에 겹치고 겹쳐　　　　こゝにかしこにかさなりて
손에 꽉 쥔 장검에 사랑 도리어　　　　にぎる劍に愛逆の
향하는 정 잘라낼 도리도 없이　　　　思ひを別けむすべもなく
겹쳐서 쓰러지는 적과 아군들.　　　　重なりたほる敵みかた。

(1911년 3월 16일)

끝나지 않은 전투(하)[つきぬいくさ(下)]

쇼난(嘯南)

몸부림치고 중상에 괴로워하며　　　　もだへつ、痛手に苦しみつ
헤매며 나서네 들판 속으로　　　　　さまよひ出でぬは原の中
다시금 울려 퍼진 대포 소리에　　　　またもとゞろくつゝの音
아비규환 지옥을 뒤로 하노라.　　　　鳴悲叫喚をあとにして。
죽기 적합한 봄날 궁벽한 시골　　　　正死の巷のかたほとり
풀을 깔개 삼아서 가로로 누워　　　　草をしとねによこたひて

지쳐 견디지 못해 졸고 있자니	疲れに得たへでまどろめば
댕강목 꽃내음이 향기롭구나.	卯の花の香いかんばしや。
정의로운 칼날을 번뜩이면서	正の劍をひらめかし
성심성의의 길에서 떳떳하게	誠の道にいさぎよく
쓰러져 보이리라 쓰러지리라	倒れてぞみむたほれなむ
전투 끝나지 않고 바람 차구나.	戰は無限ず風寒し。

(1911년 3월 17일)

한산쌍첩곡(韓山雙棲曲)

세이아이(晴靄)

(一)

찾아오는 사람도 없는 한산의	訪ふ人もなき韓山の
잡목의 사립문에 비가 내리고	柴の織戶に雨降りて
보는 광경 쓸쓸한 작은 책상에	ながめ寂しき文机に
홀로 집주인만이 앉아 있구나	獨りあるじは向なり

(二)

머나먼 옛날 일을 물어가면서	遠き昔をたづねつゝ
지금의 귀감으로 삼아 보려마	今の鑑になさなんと
사서(史書) 읽는 사람의 곁 가까이로	史よむ人のそば近く
다정다감 아내가 다가왔노라	優しき妹は立寄りぬ

(三)

들어올려 권하는 술과 안주의	取りてすゝむる酒肴
재료는 그냥 집에 있는 것이나	品は有あふ物ながら

마음만은 오늘의 이 무료함을　　　　心は今日のつれ〳〵を
위로하고자 하는 한결같음에　　　　慰めんとの一すぢに

(四)

한산 산골마을은 적적하지만　　　　から山里は詫しきも
서로 살뜰히 여기는 아내와 남편　　互ひに思ふ妹の脊の
마음 속 깊은 곳은 어떠하련가　　　心の裡やいかならん
참으로 돈독하고 아름답구나.　　　その睦じき美はしさ

　　　　　　　　　　　　　　　　　(1911년 4월 1일)

옛 성벽 아래에 서서(상)(古城壁下に立ちて(上))

게이키 다카시(圭木隆)

조국,　　　　　　　　　　　　　祖國、
벚꽃이 피는,　　　　　　　　　　櫻さく、
무코지마(向島) 은사님의 소식,　　向島恩師の音信、
와룡매화, 어머니의 집,　　　　　臥龍梅、母が宿、
다마(多摩)의 강물 위,　　　　　　多摩の水上、
동쪽으로는 무사시(武藏)의 대평야,　ひんがしは武藏大野、
고향에 형제들이 모시는,　　　　故鄉にはらから仕ふ、
아흔이 된 할머니에,　　　　　　九十の祖母に、
아비 없는 후손.　　　　　　　　父なき後。

어여쁜 화관,　　　　　　　　　花かつら、
서쪽 마당에 옮겨져,　　　　　　西園に移されて、

기약과 달라진 겨울 산의 절,   約違ふ寒山寺、

분주하구나,   あはただし、

반도의 사람이 된,   半島の人となりき、

불효자를 용서하오,   不孝兒の免るせ、

앰비션.   アンビション

생각지 않으리,   思はじな、

먼 곳으로의 유배,   島流し、

아카시아의 초록 잎에,   アカシャの綠葉に、

늦은 여름의 달,   晩夏の月、

산책하는 저녁 무렵,   散策の夕さり、

고토(琴)의 소리에,   琴の音に、

샤미센(三味線)의 소리에,   三味の音に、

초암을 나와,   庵出でゝ、

이웃을 들여다보니, 가을바람은 부네.   近隣の垣間見、秋風ふく、

나팔꽃 지고,   朝顔枯れ、

국화가 피며,   菊咲き、

낙엽이 지는,   落葉する、

서리 내리는 겨울,   霜の冬、

아아 쓸쓸하도다,   あゝ淋し、

추운 살갗에,   寒肌に、

원망하고 서러운 눈에 올려다본 것이,   うらみしがながし眼に仰ぎしが、

온돌의 사람,   溫突の人、

스토브에서 나는 연기.   ストーブの立つ烟。

(1912년 2월 7일)

옛 성벽 아래에 서서(하)[古城壁下に立ちて(下)]

게이키 다카시(圭木隆)

작은 분노에,	小憤に、
저주는 그만하리,	咀ふを止めん、
한강에 얼음을 깨고 잉어를 낚는다,	漢江に氷破り鯉釣れる、
외치며 걸어다니는 채소장수,	叫び歩るく野菜賣、
짐이 무거운 소와 말,	荷ぞ重き牛や馬、
건널목의 깃발 든 여자,	踏切りの旗振り女、
무릎 꿇은 거지,	土下座の乞食、
옛성에 왕비의 피,	舊城に王妃の血、
서문 밖, 흐르고는,	西門の外、流れける、
사종(邪宗)의 피로다,	邪宗の血とや、
슬픈 □, 켜켜이 싸인	悲□、疊ぬる
옛성벽,	古城壁、
여러 공사관들,	いろ〳〵に公使舘、
뾰족이 서 있는데,	とがり立つも、
하늘의 까치들,	空の鵲、
높은 둥지,	高き巢、
포플러에 트누나.	ポプラにかくる。
비바람 치는,	雨風の、
일평생에,	生涯に、
조선에 살다 지치니,	朝鮮に住み倦むと、
여직 다사다난하구나,	事なほ多し、

마음은 일찌감치,
지나(支那)의 난(亂)에,
거닐고 있는 나,
거리를 가면 조국 그립구나,
풀빛의 장옷 입은 아가씨들,
몇 명이나,
스쳐 지난다.

心は早やも、
支那のみだれに、
低徊の我、
町行けば祖國戀し、
草色の被衣乙女、
いくにんも、
すれ違ふ。

(1912년 2월 8일)

[엄인경 역]

신 불여귀(新不如歸)

시노하라 레이요(篠原嶺葉)

1회

"여보, 신문 왔어요."

이렇게 말하며 신문 한 장을 들고 와서 남편 앞에 내민 것은, 그 이름을 기요코(淸子)라 하는 스물 대여섯의 아름다운 여성이다.

"호외라니, 요즘 같은 때 무슨 호외지?"

그 신문을 손에 받아 든 것은 니시와키 요시스케(西脇義祐)라는 육군 보병대위이다. 나이는 서른하나로 기골이 장대하고 우람하며, 키가 훤칠하게 크고, 콧수염을 아름답게 기른 모습이 누구라도 한눈에 봐서 군인이라고 알 수 있는 풍모이다. 잠깐 호외를 바라보더니 이윽고 내던지며 말했다.

"뭐야, 별일도 아니네."

하지만 그 목소리는 매우 기운이 없어서, 평소 대위의 모습을 알고 있는 사람이라면 다른 사람 목소리로 들렸을 것이다.

옆에서 차를 따라 주고 있던 어머니 마키코(槇子)도 물었다.

"무슨 호외지? 무슨 큰일이라도 있냐?"

"아니에요, 별 대단한 일 아니에요. 일전에 러시아에서 온 구로하토 킨(黑鳩公)[1]이라는 사람이 어디로 갔는지 행방을 알 수 없다는 소문이 있었는데, 반슈(播州)의 스마(須磨) 해변에서 낚시를 하며 쉬고 있다는

---

1) 러시아의 장군 알렉세이 쿠로파트킨(Aleksey Kuropatkin, 1848~1905)의 일본식 표기. 중앙아시아 원정, 러시아-터키 전쟁 때 참모장으로 전공을 세웠고 러일전쟁이 일어나자 극동군 사령관이 되었으나 선양(瀋陽) 전투에서 일본군에 패했다. 이하 일본어 표기의 경우 구로하토킨 혹은 구로하토. 외래어 표기의 경우 쿠로파트킨으로 번역한다.

것이 밝혀졌다는 호외예요.”

“구로하토킨이라는 사람은 일전에 네가 이야기한 적 있는 러시아 육군대위 아니냐? 어쩐 일로 그런 곳에 가서 낚시를 하는 거지?”

“스마는 경치가 좋은데다 외국 사람들은 느긋하니까 아무 일 없이 놀고 있는 거겠죠?”

니시와키는 이렇게 대답한다. 그러자 옆방에서 뜨개질을 하고 있던 여동생 유리코(百合子)는 묻는다.

“그래도 오빠 이상하지 않아요? 호외란 뭔가 특별한 일이 있을 때 발행하는 거잖아요. 그런데 외국인이 와서 낚시를 하며 놀고 있다는 일 정도로 호외를 내다니 신문사도 어지간하네요.”

“듣고 보니 그렇기도 하지만, 그런 유명한 사람이 되고 보면, 어디에서 어떻게 지내나 모든 사람들이 주목을 하고 있으니까, 그래서 호외를 내는 것이지.”

이렇게 설명하자, 그 설명을 듣고 있던 어머니 마키코는 실감이 난다는 표정을 짓고 맞장구를 친다.

“그야 그렇겠지. 그 정도 사람이면 놀고 있는 것 같아도 무슨 짓을 하고 있는지 모를 테니까 말야.”

유리코도 납득이 되었는지 입을 다물었다.

그러자, 요시스케는 무슨 생각을 했는지 서둘러서 대답한다.

“어머니 저 오늘부터 4,5일 여행을 하고 올 테니, 저 없는 동안 집안 일 잘 부탁드려요.”

어머니는 깜짝 놀란 표정으로 묻는다.

“뭐, 여행을 한다고? 넌 참 이상하기도 하다. 갑자기 어디를 간다는 게냐?”

“그렇게 느닷없는 일도 아니에요. 전부터 가 봐야지 하고 생각하고 있었으니까요.”

"어디를 가는지 모르겠지만 군대란 그런 것이니?"

"군대에는 아직 아무 이야기도 하지 않았으니, 병이 났다고 신고라도 해 두겠습니다."

"그렇게 하겠다고. 하지만 애야, 벌써 그럭저럭 3시 아니냐. 내일 아침 일찍 가면 안 되는 게냐? ……"

"기차로 가는 거니까 오히려 밤이 더 편해요. ……여보, 기요, 옷 좀 꺼내 주지 않겠어?"

"네, 어떤 옷을 입으실 거예요?"

"글쎄, 어떤 옷을 입을까? 역시 비백(飛白) 무늬의 평상복을 한 벌로 입어야겠군."

그러자 어머니는 옆에서 참견을 한다.

"하지만 가는 곳에 따라서는 가문(家紋)이 들어간 예복을 입어야 하는 경우가 있어. 그러니 가문이 들어간 옷을 입는 게 어떻겠냐?"

"예복을 입을 필요가 있는 곳은 아니니까, 평상복이면 충분해요."

"그럼, 오시마산(大島産) 비백 무늬 옷을 꺼내 주거라."

기요코는 대답한다.

"예."

이윽고 기요코가 의복과 기타 여장을 챙겨 나오자, 니시와키대위는 그것을 몸에 걸치고 횅하니 집을 나갔다.

(1908년 4월 24일)

2회

반슈 스마 해변에 있는 어느 작은 오두막 문 앞에 서서 이렇게 묻는 사람이 있었다.

"저 잠깐 말씀 좀 여쭙겠습니다. 요즘 이 해변에서 매일 낚시를 하는 외국인이 있다는 소문이 있습니다만, 그곳이 어디죠? 혹 알고 계시면 가르쳐 주셨으면 합니다."

그 사람은, 키가 훤칠하니 크고 몸매가 다부지고 골격이 늠름하며, 피부는 이 지역 어부들처럼 칙칙하게 갈색으로 그을린 색을 하고 있지만, 어딘가 모르게 의연해 보이는 모습이 양 미간 사이로 드러나고 있다.

"아, 거기요. 바로 저기예요. ……"

맨발로 대답을 하며 문밖으로 나온 것은, 서른네다섯 정도로 보이는 바닷가 출신의 젊은이로, 더 자세히 가르쳐 주려고 하다가 입을 다물고, 이상하다는 듯이 그 사람을 뚫어져라 바라보았다. 그러더니

"커다란 바위 뒤라서요. 얼핏 보면 좀처럼 찾기 힘들어요. 볼일이 있으시면 안내를 해 드리겠습니다."

이렇게 덧붙이며, 또 얼굴을 빤히 바라본다.

"아니 친절은 고맙지만, 딱히 그 사람을 만나러 온 것은 아니네. 그저 그런 소문을 들어서 이 근처에 온 김에 잠깐 찾아온 것이네. 그럼 저 해변에 보이는, 소가 누워 있는 모양을 한 바위 근처인 거지?"

"네, 그 바위에서 세 개 정도 더 뒤에 있는 바위 뒤입니다. 근처까지 안내해 드리겠습니다."

"아니, 이제 대충 알았고, 꼭 만나야 되는 것도 아니니, 슬슬 찾아가 보겠네. 신세 많이 졌네."

이렇게 가볍게 인사를 하고 떠나려 하자, 젊은이는 어색한 표정으로 묻는다.

"저 나리, 잠깐 기다려 주세요. 잘 못 본 것이라면 백번이라도 죄송

합니다만, 아무래도 아까부터 모습을 자세히 보니, 니시와키 소장 각
하와 똑같으십니다. 혹시 니시와키 도련님 아니신지요?"

의외의 질문에 헉하고 놀라서,

"그런 자네는 누구인가?"

"그럼, 역시 니시와키 도련님이셨군요. 저는 기시노 나미고로(岸野浪
五郎)라고 하며, 지금으로부터 딱 9년 전 청일전쟁 당시에 징병검사에
합격을 해서 입영을 했습니다. 그리하여 소장 각하의 선발부대에 예편
되어 종군을 하였고, 내지에서 근무하시던 시절은 물론이고 전지에 나
가신 후에도 한 시도 소장 각하의 곁을 떠나지 않고 수행을 하였으며,
강화담판이 성립되어 개선을 하셨을 때도 신세를 졌습니다. 그런데 각
하를 모시는 은혜를 입었음에도 불구하고 이렇다 하게 혁혁한 공을
세우지도 못했으면서도 훌륭한 훈장을 받아서, 이 마을에서 열네다섯
명 출정을 한 친구들 중에서 저만 자랑스럽게 지내고 있습니다. 그것
도 모두 각하의 자비 덕분인지라, 제대를 한 후 언젠가 각하께 부탁하
여 받은 사진을 집안의 신전에 모셔 놓고 매일 문안인사를 드리고 있
습니다. 그런데 이렇게나 부하에게 따뜻하신 각하였기에, 요동반도를
청국에게 돌려주게 되자 전사하거나 부상을 당한 부하들에게 면목이
없다고 하시며 자살을 하셨다는 말씀을 듣고는, ……"

이 대목에 와서는 눈물을 뚝뚝 흘리며 말을 잇는다.

"도련님, 저는 너무나 슬퍼서 사진을 바라보며, 당시에는 매일 울었
습니다. 필시 사모님을 비롯하여 가족분들은 얼마나 원통하셨을까요?
보지 않아도, 짐, 짐작이 됩니다."

이렇게 말하며, 허리에 차고 있던 손수건을 움켜쥐고는 흐르는 눈물
을 닦는 것이었다.

(1908년 4월 25일)

3회

"어이쿠, 이상한 곳에서 이상한 사람을 만났군. 그러면 자네는 아버지의 병사였던 것인가? 나는 그 무렵 사관학교에 다니고 있어서 자네를 만난 적은 없지만, 뭐 기시노(岸野)라던가 기시카미(岸上)라던가 하는 병사가 옆에서 잘 도와준다고, 전지에서 오는 아버지의 서면에 적혀 있던 일이 어렴풋이 기억이 나네. 그리고 보니, 역시 자네 이야기를 쓴 것이로군."

"그럼 편지에까지 제 이야기를 써 주신 것이로군요."

감격에 겨워 나미고로는 더욱더 슬피 울었다.

니시와키 요시스케는 가족들한테도 행선지를 알리지 않고 여행길에 올랐는데, 뜻하지 않게 이런 스마 해변에 모습을 드러낸 것이다.

그러고 보니 어제까지만 해도 기르고 있던 아름다운 수염은 싹 깎고 군인으로서는 어울리지 않을 정도로, 정말이지 이 근방에 사는 어부로 착각을 할 만큼 하얀 얼굴에 검붉은 칠을 하고 있다. 아니, 얼굴만이 아니다. 팔다리도 바닷바람을 쏘인 자연의 색을 하고 있다.

나미고로가 돌아가신 아버지의 옛이야기를 하며 회고의 정에 못 이겨 힘줄이 울뚝불뚝 솟은 손바닥으로 눈물을 훔치는 모습을 보고,

"이보게, 기시노. 돌아가신 아버님을 그렇게까지 생각해 주는 충심은 기쁘지만, 지금에 와서 아무리 원통해 하고 슬퍼해 봤자 돌이킬 수 없는 일이네. 그렇게까지 아버님 생각을 해 주는 충심이 있다 하니, 자네에게 좀 부탁이 있는데 들어 주겠나?"

"제가 할 수 있는 일이라면 무슨 일이라도 말씀해 주세요. 소장 각하께 받은 은혜를 갚는다고 생각하면 불속이든 물속이든 무슨 문제가 되겠습니까? 아무튼 이곳은 집 밖이고, 다행히 오늘은 집에 아무도 없으니, 누추하지만 어서 안으로 들어가시지요."

"그럼 잠깐 실례를 할까?"

　　니시와키는 사방을 살피고 그대로 띠 이엉을 한 집으로 들어갔다.

　　"나리께서는 이렇게 누추한 집은 처음이시겠지요? 그래도 저희들 사이에서는 이 정도면 아직 훌륭한 편입니다. 자, 어서 들어오세요."

　　니시와키는 안내에 따라 집안을 한 바퀴 휘 둘러보았지만, 역시 실내는 다다미 6장 정도의 방에 거적을 깐 것으로, 그 방에는 너절한 옷가지와 짜다만 그물이 어지러이 펼쳐져 있다. 옆방은 다다미 3장짜리 방인데 커다란 화로가 설치되어 있고, 그 안에는 타다 남은 싸구려 석탄이 여기저기 흩어져 있다. 그리고 화로 위의 줄에는 시커멓게 그을린 주전자가 매달려 있다. 입구의 봉당에는 싸구려 석탄이 쌓여 있고, 그 옆에는 커다란 소쿠리 세 개가 늘어서 있는데 코를 찌르는 듯한 생선 비린내가 풍겨 왔다.

　　"아니, 뭐 안에까지 들어갈 것은 없네. 이곳이면 충분하네. 이곳에서 잠시 실례를 하겠네."

　　니시와키는 이렇게 말하며 화로를 향하고 거적 위에 앉았다.

　　나미고로는 진지한 표정으로 덧붙인다.

　　"들어오시라고는 했지만, 어부들의 집이란 모두 이렇게 누추하고, 방 안은 모래투성이라서요. 좀 참아 주세요."

　　"뭘, 그런 건 염려할 필요 없네. 그런 것은 아무래도 괜찮네만, 내 부탁을 하나 들어 주게."

　　"예, 예, 무슨 일이든 말씀만 하세요. 어려워하지 마시고 말씀하세요."

　　"그럼, 조금 더 가까이 오게나."

　　"예, 예, 괜찮습니다."

　　나미고로는 니시와키에게 무릎이 닿을 만큼 가까이 다가갔다. 어떤 비밀 이야기를 한 것일까?

(1908년 4월 26일)

4회

러일(日露)의 풍운은 점점 더 불온하게 기울었고, 지금은 협상이 결렬되어 포탄은 비처럼 퍼붓고 선혈은 내를 이룰 정도가 되어 오천만 국민은 모두 하늘만 노려보며 구름이 어디로 흘러가는지를 살피는 때에, 노국(露國)의 육군대신 쿠로파트킨이 갑자기 우리나라(일본)에 내유(來遊)했다.

청천벽력으로 이런 소식이 신문에 보도된 것이다. 비단 많은 국민들만이 아니라, 사회의 선각자임을 사명으로 하는 신문사도, 현재 외교의 요직에 종사하는 당국자도 의외의 소식에 깜짝 놀랐다.

비교적 외교에 어두운 일반 국민들이 놀라는 것은 별로 이상할 일이 아니지만, 유감없이 통신기관을 갖추고 있는 당국자가 깜짝 놀란 것은 어찌된 일일까? 그것은 말할 것도 없이 러일 간의 쟁점인 만주의 군사적 경영에 가장 중대하게 관여하고 있는 육군대신이 지금 당장이라도 전쟁이 터질 것 같은 상황에서 갑자기 내유했기 때문이다.

내유의 목적은 무엇일까? 갑은 우리나라의 위력에 두려움을 품고 황제의 명을 받고 화친을 위해 온 것이라 하고, 을은 우리나라의 군사를 탐색하러 왔다고 하며, 췌마억설(揣摩臆說)[2]이 도처에서 일어났지만, 그는 도쿄에는 겨우 며칠간만 머물고 아무 하는 일도 없이 표연히 서쪽으로 떠났다.

때가 때이니 만큼, 신문사는 물론 많은 국민들은 그 일거수일투족도 놓치지 않고 주목하고 있었는데, 그가 서쪽으로 떠남과 동시에 어디로 갔는지 흔적을 알 수 없게 되었다.

그래서 소문은 더한층 무성해졌고 결국은 그의 내유에 대한 의심은 깊어졌다.

---

2) 불확실한 근거를 갖고 추측하는 것.

그런데 쿠로파트킨은 뜻밖에도 일본의 풍광에 심취하여 스마의 해변에서 낚싯줄을 늘어뜨리고 자연의 산수를 벗으로 유유히 놀고 있다는 사실이 알려진 것이었다.

그러자 기민한 신문사들은 발 빠르게 호외를 간행하여 그 동정을 보도했을 정도였다.

쿠로파트킨은 스마의 해변에서 전망이 가장 좋은 어느 여관에 체재하며 여관에서 얼마 멀지 않은 해변으로 나가 수행인도 없이 종일 낚시에 빠져 있었다.

오늘도 역시 봄날 햇볕을 피해 바위 그늘에 숨어, 옅은 갈색 양복을 걸치고 온화한 해면에 느긋하게 낚싯줄을 늘어뜨린 채 고기의 입질이 낚싯대에 전해질 때마다 끌어올리며 고기가 잡히면 혼자 미소를 지으며 몹시 유쾌해 했다. 그런데 햇발이 조금씩 서쪽으로 기울어 그럭저럭 2시가 지났나 싶을 무렵, 쿠로파트킨이 낚시를 하고 있는 곳에서 네다섯 걸음 정도 떨어진 평평한 바위 위에 갑자기 낚시 도구를 어깨에 걸치고 서 있는 사람이 있었다.

몸에는 누더기가 된 헌 옷을 걸치고 허리는 새끼줄로 묶었는데 발은 맨발이다. 얼핏 보면 이 근방에 사는 어부 같은데, 딱히 이상한 구석은 찾아볼 수 없다. 그러나 자세히 관찰해 보면 그 안저(眼底)에는 확실히 비범한 위풍이 나타나 있다.

잠시 동안 우뚝 멈춰 서서 쿠로파트킨이 낚시를 하는 모습을 조용히 바라보다가 이윽고 자신도 바위 위에 앉아 재빨리 낚시 준비를 하기 시작했다.

지금까지 낚시에 전념하며 무념무상의 경지에 빠져 있던 쿠로파트킨은 낚싯대에 입질이 전해지자 번쩍 들어 올려보았다. 그러자 커다란 물고기는 공중에서 펄떡거렸고, 비늘은 마침 내리쬐는 햇볕에 반짝거렸다. 동시에 문득 눈앞에 사람의 모습이 있다는 것을 알고는 의심스런 눈빛으로 노려보았다.

(1908년 4월 28일)

5회

남루한 옷으로 몸을 감춘 어부 차림의 남자는 바위에 앉아 낚싯줄을 드리우고 있지만, 이상하게도 낚싯대가 물속에 끌려들어갈 만큼 물고기들의 입질이 전해져도 그것을 굳이 끌어올리려고 하지도 않고 품속에서 지도 같은 것을 한 장 꺼내 일사불란하게 바라보고 있다. 쿠로파트킨은 그 모습을 보고 참으로 한가로운 어부도 다 있구나, 물고기가 확실히 미끼를 문 것 같은데 그것을 돌아보지도 않고 뭔가를 펼쳐놓고 바라보고 있는 것을 보면, 낚시보다 더 재미있는 일이 있는 모양이다, 나는 겨우 며칠 동안 일본에 내유하면서 이미 이 주변에서 나흘간이나 낚시를 하며 놀고 있으니, 내 마음 속 원대한 계획을 모르는 사람들은 영웅이 마음 편히 세월을 보낸다고 생각할 것이다, 하지만 나는 요 며칠 동안 낚시 외에 다른 큰 먹잇감을 잡아 후일을 기약할 생각을 하고 있다, 아아, 똑같이 바닷가에서 낚싯줄을 늘어뜨리고 있지만, 내 야심찬 놀이에 비해 저 남자는 얼마나 느긋하게 낚시를 즐기고 있는 것일까, 하며 참으로 마음속으로 부끄러워했다. 그러자 그 어부 풍 남자는 무슨 생각을 했는지, 바라보고 있던 지도 같은 것을 손에 든 채 적갈색으로 그을린 손목을 드러내고, 슬슬 쿠로파트킨 옆으로 다가왔다. 그리고 주위를 살펴본 후, 쿠로파트킨을 보여 말을 붙였다.

"어르신, 낚시 참 잘 하시네요. 저는 아까부터 낚고 있지만 아직 한 마리도 못 낚았습니다. 어르신은 상당히 솜씨가 있어 보입니다. 좀 보여 주세요."

이렇게 말하며 옆에 있는 어롱(魚籠) 안을 들여다보았다.

"어이쿠, 많이 잡으셨네요."

꽤나 넉살좋게 말을 건다. 쿠로파트킨은 이 해변에 사는 어부라고 생각해서 그렇게 아무렇게나 떠들어대는 것을 오히려 천진난만하게 받아들여 싱긋 미소를 지을 뿐 굳이 대꾸를 하지 않는다.

그러자 동시에 그 손에 들고 있는 지도 같은 것에 눈길을 돌리더니, 순식간에 낚싯대를 내던지듯이 내려놓고 다시 여전히 정신없이 그 지도를 바라보는 것이었다. 그 눈빛은 이상하게 번득이며 확실하게 냉혹한 본성을 드러내고 있었다.

어부 차림의 남자는 그 사실을 알고 일부러 보여주는 것인지 아니면 전혀 모르는 것인지 전혀 신경 쓰지 않고 어롱 속 물고기를 들여다보고 있었다.

얼마 후 쿠로파트킨은 방금 전까지 번득이던 냉혹한 눈빛은 어디로 갔을까 싶을 정도로 지극히 다정한 표정으로 말을 걸었다.

"그 그림은 무엇입니까? 제게 보여 주지 않겠습니까?"

어부인 척하는 남자는 어롱의 물고기에 마음을 빼앗겨, 지도는 손에 들고 있으면서도 이미 잊어버린 말투로 대답했다.

"이 지도 말인가요? 네, 네, 얼마든지 보세요."

그리고는 아무렇지도 않게 손에 건네며,

"근데, 어르신, 이 그림은 무슨 그림일까요? 부끄러운 말씀이지만, 이런 바닷가 출신이라 딱하게도 배운 게 없어서요. 완전히 눈뜬장님이나 마찬가지라서 뭐라고 적혀 있는지 무슨 쓸모가 있는 것인지 도통 알 수 가 없습니다. 아시면 좀 가르쳐 주세요."

이 의외의 말에 제 아무리 쿠로파트킨이라도 깜짝 놀라서,

"당신은 이 그림이 뭔지 모르고 가지고 있었습니까? ……그런데 이 것은 대체 어디서 난 겁니까?"

쿠로파트킨은 기분 나쁜 눈빛을 하고 반문했다.

(1908년 4월 29일)

6회

어부차림의 남자는 전혀 아무렇지도 않은 표정으로 대답했다.

"이 그림 말인가요? 이것은 이상한 일이 계기가 되어 손에 넣게 되었습니다. 이삼일 전의 일입니다만, 어르신처럼 훌륭하게 수염을 기른 군인이 담뱃불을 빌리고 싶다며 저희 집에 왔다가, 잠시 앉아서 쉬고 갔습니다. 그런데 나중에 보니 뭔가 신문지에 싼 것을 그만 놓고 갔길래, 바로 뒤따라가서 돌려주려고 했습니다만, 어느 쪽으로 가 버렸는지 흔적도 없이 사라졌습니다. 그래서 필요한 물건이면 가지러 오겠지 하고 오늘까지 기다리고 있었습니다만, 그렇게 가버리고는 통 찾아오지도 않고 가지러 오지도 않았습니다. 그래서 경찰에 신고를 해야지 하고 신문지를 펼쳐서 안을 보니 이런 그림이 들어 있었습니다. 이런 것이라면 굳이 신고를 할 필요도 없을 것 같아서 경찰서에 신고하는 것은 그만두기로 했습니다. 그런데 뭐라고 쓰여 있는지 좀 잘 아시는 분께 여쭤 봐야지 하고 생각하던 차에, 어르신이 요 이삼일 동안 매일 이곳에 오시는 것을 잘됐다 싶어 어쨌든 여쭤 봐야지 하고 이렇게 가지고 온 것입니다."

어부는 자초지종을 자세히 설명했다.

쿠로파트킨은 군인이 잊고 갔다는 말을 듣고는 펄쩍 뛰어 오를 만큼 기뻤지만 내색도 하지 않았다. 무학(無學)이라는 말을 기화(奇貨)로 자못 사실인양 설명을 했다.

"아, 그렇게 해서 당신 손에 들어온 건가? 뭐, 이런 것은 가지러 올 일은 없을 거요. 걱정할 것 없소. ……이것은 일본의 지리를 상세히 그린 것으로 나 같이 일본 지리에 어두운 사람에게는 아주 편리한 것이지만, 지리를 잘 아는 사람에게는 아무 쓸모도 없는 것이오.

어부차림의 남자는 그 말을 철썩 같이 믿는 듯 바로 수긍을 한다.

"네, 어르신, 아무 쓸모도 없는 것이었군요. 저는 뭔가 중요한 것이라도 적혀 있지 않나 했습니다. 그럼 이제 신고를 할 필요는 없겠군요."

"그게 좋을 거요."

이렇게 대답하며, 쿠로파트킨은 여전히 정신없이 지리를 살펴보고 있었다.

"당신, 이거 나한테 팔지 않겠소? 나는 아직 일본에 온 지 얼마 안돼서 지리를 잘 몰라서 모처럼 지도를 구해야지 하고 생각하고 있던 참이요."

어부차림의 남자는 고개를 좀 갸우뚱하며 생각을 하더니 굳은 결심을 한 모습으로 뭔가 거북하다는 듯이 말을 머뭇거렸다.

"어르신께서 원하신다고 하면, 팔지 않을 일은 없지만. ……"

쿠로파트킨은 마음을 알아차리고는 확인을 한다.

"값을 잘 쳐 달라는 것일 테지? ……값은 얼마가 되든 당신이 원하는 값으로 사 주겠소. 얼마면 팔 거요?"

"글쎄요. 물건에 따라서는 공짜로 드려도 지장이 없습니다만, 원하는 만큼 주겠다고 말씀하시니 만 루블을 받고 싶습니다."

그는 지금까지의 어부와는 다른 사람이 된 것처럼 말투가 돌변한다.

"아니, 이 지도를 만 루블에?"

쿠로파트킨은 자신도 모르게 눈썹을 치켜 올리며 그 얼굴을 바라보았다. 그것은 말투가 바뀌었을 뿐만 아니라, 불과 지도 한 장, 그것도 남이 잊고 간 지도를 막무가내로 만 루블에 팔겠다고 했기 때문이었다.

"값이 비싸다고 말씀하시는 겁니까? 하지만 어르신, 그 정도 가치는 있습니다. 이런 지도는 두 번 다시 손에 넣을 수 있는 것이 아니니까요."

(1908년 4월 30일)

7회

쿠로파트킨은 점점 더 의심스러운 듯이 눈을 크게 뜨고 어부의 얼굴을 자세히 들여다보더니 물었다.

"당신은 어부인 척하고 있지만, 그냥 어부는 아니지 않소?"

어부차림의 남자는 미소를 지으며 되물었다.

"그럼 뭐 하는 사람으로 보입니까?"

"뭐 하는 사람인지는 모르겠지만, 그냥 단순한 어부가 아닌 것은 확실하오. 처음부터 이 지도를 내게 팔 요량으로 이곳에 온 게지."

"그렇게 짐작을 하신다면 더욱 더 그렇겠죠. 만 루블이면 싼 것 아닙니까? 어르신이 아무리 한가로이 이런 시골구석에 와서 낚시를 하고 계셔도 마음속에서는 낚시로 수선을 떨 게재가 아니죠."

"그럼 또 왜?"

"왜라니요, 좀 잘 생각해 보세요. 러시아와 일본은 지금 당장이라도 전쟁이 일어날 만큼, 위험한 지경에 와 있어요. 게다가 육군의 주권을 장악하고 있는 육군대신이 이렇다 할 별 볼 일도 없이 갑자기 일본에 왔다니요. 아니, 스마 해변에 낚시를 하러 온 것은 아니겠지요. 그렇지 않습니까? 그것을 알아채고 이렇게 귀한 물건을 팔러 오는 사람이 이 넓은 일본에 저 말고 누가 있겠습니까? 만약 어르신에게 팔았다는 사실이 알려지면 그것으로 제 목숨은 끝입니다. 바로 총살될 것입니다. 말하자면 목숨 값으로 만 루블은 싼 것이지요."

"아무래도 단순한 어부가 아니라고 생각은 했지만, 그러면 역시 변장을 하고 지도를 팔러 온 것이로군. 그럼 좋소. 만 루블에 확실히 사지. 이 그림은 확실히 사겠소. 어떤가, 내가 원하는 것이 하나 더 있는데, 돈은 당신이 원하는 대로 낼 테니까 입수해 주지 않을 텐가?"

"그야 보수에 따라서는 어떤 극비 사항이라도 손에 넣지 못할 것은 없지만, 말하자면 제 나라를 파는 국적(國賊)이므로, 방금 전에 말한

대로 이 일이 발각이 되는 날에는 목숨은 없는 것이나 마찬가지. 하지만 어차피 이 나라를 팔기로 한 이상은 지은 죄는 오십보백보입니다. 무엇이 필요한지는 모르겠지만, 꼭 필요한 물건을 손에 넣어 드리지요. 그 대신 보수는 만 오천 루블로 정하고, 그 외에 한 가지 더 하느님 이름을 걸고 약속을 해 주셨으면 하는 것이 있습니다. 그것은 다름이 아니라 만일 일이 발각되는 날에는 즉시 어르신 나라로 도주를 할 테니, 그때는 합당한 대우를 해 주시고 보호를 해 주었으면 합니다. 이 두 가지 조건을 승낙해 주신다면, 저도 맹세코 부탁하신 일을 해 내지요."

"좋소. 당신이 내 부탁을 들어준다면 만 오천 루블의 보수도, 또 일이 발각되어 피할 곳이 없을 경우의 신변보호도 하느님께 맹세하겠소. 당신은 대체 뭐하는 사람이요? 이렇게 서로 비밀을 털어놓고 부탁을 하기도 하고 부탁을 받기도 하는 이상은 이제 숨길 필요도 없지 않겠소. 털어 놓는 것이 어떻소?

"이야기가 이렇게 진행된 이상 신분도 이름도 밝히겠지만 내가 이런 모습으로 몸을 바꾼 것도 세상 사람들의 이목이 두려웠기 때문이오. 그러면 다른 말 하지 않겠다고 하느님께 맹세했으면 하오."

"좋아, 바로 맹세하지."

쿠로파트킨은 바위 끝으로 나가서 두 손을 바닷물에 깨끗이 씻은 후에 조용히 눈을 감고 두 손을 높이 들었다.

"신이시여, 나는 지금 나의 사랑하는 친구의 비밀을 들었습니다만, 절대로 이 비밀을 발설하지 않을 것을 신께 맹세합니다."

(1908년 5월 1일)

8회

"자, 이제 신께 굳게 맹세했으니 안심하고 이야기해 보시게."

쿠로파트킨은 어부차림의 남자에게 다가갔다.

"좋아, 그럼 다 터놓고 이야기하지."

이렇게 말하며, 어부는 범접할 수 없는 권위 있는 맑은 눈으로 주위를 둘러보고 안심한 듯한 태도로 자신을 소개했다.

"나는 육군 보병 대위 니시와키 요시스케라는 사람으로, 제1사단 부관으로 근무하고 있소. 하지만, 당신이 부탁을 하고 싶다는 물건도 웬만한 것은 손쉽게 손을 넣을 수 있소."

크로포트킨은 단순한 어부가 아니라는 것은 이미 알고 있었지만, 설마 육군 장교이리라고는 생각지도 못했다. 그런데 육군대위인데다가 부관이라는 말을 듣고 갑자기 경의를 일으킴과 동시에 대단한 아군을 얻었다고 기뻐했다.

"그렇습니까? 당신은 육군 대위, 허, 그리고 부관, 과연 대단하군요. 그렇지 않다면 이런 지도를 보통 사람이 입수할 수는 없다고 생각했소. 좋소. 이렇게 관직까지 밝혀 주신 이상은 뭐든 안심하고 부탁을 하겠소. 내가 부탁하고 싶은 것은 다름이 아니라……."

쿠로파트킨은 또 사방을 휘 둘러보았다. 니시와키도 함께 둘러보며 한두 걸음 곁으로 다가갔다.

쿠로파트킨은 목소리를 죽이며 물었다.

"도쿄만에 대한 해군과 육군의 수비 방법을 자세히 알고 싶은데, 뭔가 알 수 있는 물건을 손에 넣을 방법은 없겠소? 부탁하고 싶은 것은 바로 이것이오. 실은 이리저리 백방으로 손을 써 봤지만, 아무래도 입수를 할 수 없었소."

이렇게 말을 하고는 니시와키의 표정을 살폈다.

니시와키는 잠시 생각을 하는 듯싶더니 이윽고 결심을 한 어조로 대답한다.

"좋소, 확실히 상세한 물건을 손에 넣어 넘겨 드리겠소. 그 대신 약속한 두 가지 조건은 잘 알았겠죠?"

"그건 두말할 나위도 없소. 신께 맹세를 했잖소."

"그럼 이렇게 합시다. 오늘로부터 1주일 후에 요코하마(橫浜)에서 몰래 만나 건네기로."

"좋소. 그때 보수 만오천 루블과 교환하겠소. ……우선 이 지도에 대한 만 루블만 지금 건네주겠소."

쿠로파트킨은 주머니를 뒤져 러시아 가죽으로 된 지갑을 꺼내 요코하마에 있는 로신은행(露淸銀行)에서 받을 수 있는 만 루블의 유가증권을 건넸다.

니시와키는 유가증권을 품속 깊숙이 집어넣고 다시 만날 약속을 굳게 한 후, 낚시를 하던 자리를 정리하여 낚시 도구를 어깨에 메고 부지런히 나미고로의 집으로 돌아갔다. 아까부터 두 사람이 비밀 이야기를 하고 있는 바위 뒤에서 이야기를 듣고 있던 육군 장교가 한 명 있었는데, 그는 지금 막 떠나간 니시와키의 모습을 멀리서 바라보며 한 성격하는 표정으로 기분 나쁘게 씩 웃고 있었다. 이 장교는 누구이며 무엇을 하러 이런 바닷가에 와 있는 것일까?

니시와키는 얼마 안 있어 전의 그 어부 나미고로의 집에 도착했다. 그를 보자마자 나미고로는 물었다.

"어떠셨습니까? 뭐 좋은 수확이 있었나요?"

"음, 생각한 대로 수확이 있었네."

이렇게 말하여, 몸에 걸치고 있던 누더기 옷을 벗으니 나미고로는 니시와키의 옷을 꺼내 갈아입게 했다. 이렇게 해서 니시와키는 얼마간의 돈을 나미고로에게 주며 말했다.

"여러 가지로 번거롭게 해서 미안했네. 이것은 성의의 표시로 받아 주게. 그리고 내가 이곳에 왔다는 말은 다른 사람들에게는 절대로 이야기하지 말아 주게. 제발 부탁이네."

"뭘, 이런 정도의 일로 사례가 필요하겠습니까? 그보다 러시아하고 전쟁이라도 시작되면, 소장 각하의 한이 풀리도록 진력하실 것을 부탁 드립니다. 또한 이곳에 오셨던 일은 제 입이 죽어 썩는 한이 있더라도 절대로 발설하지 않을 테니, 그 점은 안심하세요."

"그 말을 들으니 좀 안심이 되네. 돌아가신 아버님의 한을 조금은 풀어 드릴 것이네. 안심하고 기다려 주게."

이렇게 말하고, 니시와키는 그날 밤 귀경길에 올랐다.

(1908년 5월 2일)

9회

아카사카(赤坂)에 있는 히토쓰기(一ツ木)의 지장(地藏) 보살 축일(祭日)은 이 근방에서는 도라노몬(虎ノ門)의 곤피라(金比羅) 축일 다음 가는 축일, 더울 때는 엄청난 인파로 오후 6시 무렵부터는 이미 마차 통행을 일절 금지시키고 참배객들의 안전을 기하고 많은 경관들은 붉은 줄을 그은 등불을 들고 만일의 사태에 대비한다. 거리 양쪽에는 하루 종일 상인들이 죽 가게를 내고 상품의 효능에 대해 주절주절 떠들어댄다. 경내로 들어가 보면 물건을 파는 흥행사들이 죽 가게를 내고 요상한 목소리를 내며 물건의 유래를 재미있고 익살스럽게 설명한다. 그 떠들썩하기가 도저히 상상할 수 없을 정도이다. 오후 6시 무렵부터 참배객들이 줄줄이 나오기 시작하면 시시각각 인파가 늘어, 8시, 9시, 10시 무렵에는 거의 모든 참배객들이 다 쏟아져 나와서 북적거려서 어깨와 어깨가 부딪히고 발꿈치와 발꿈치가 서로 닿아 옴짝달짝도 할 수 없을 정도로 혼잡스럽다. 왜 이렇게도 사람이 많은가 하면, 지장 보살이 영험이 있다고 믿고 참배를 하기보다는, 낮 동안의 더위를 견디기 힘들어 밤공기를 쐬며 더위를 식힐 겸 놀러 나오는 치들이 많기 때문이다.

하지만, 동계(冬季)가 되면 비단 이곳의 축일 만이 아니라 어느 축일이든 하계(夏季) 축일의 절반은커녕 거의 십분의 일 정도로 적막해 지는 것이 보통이므로, 지장의 영험도 이에 이르러서는 그 진가가 의심스럽다.

오늘 밤은 음력 시월 열엿새, 즉 지장보살의 축일이지만, 시쳇말로 음력 시월은 소춘(小春)이라고도 하니 초겨울 날씨 치고는 따뜻하다. 하늘은 맑고 높게 개어 있고, 완전히 모습을 드러낸 달은 교교(皎皎)히 빛나고 있다. 그런데 동계 축일 치고는 드물게 떠들썩하여 하계의 엄청난 혼잡스러움을 방불케 할 정도였지만, 그것도 한때 이윽고 여름이라면 사람들이 가장 많이 몰려나올 때인 9시 무렵이 되자 인파도 차츰 줄어들어 장사꾼들도 담배를 피울 정도로 쓸쓸해졌다. 마침 이때 지장보살의 본존이 있는 경내에서 함께 나오는 여자 두 명이 있었다. 한 명은 스물대여섯으로 보이는 약간 동그스름한 얼굴에 코가 오똑한 귀염성 있는 여자로, 꼰 명주실로 짠 천으로 된 겹옷 위에 쪼글쪼글한 검은색 비단으로 된 하오리(羽織)[3]를 입고 연두색 숄을 걸치고 있다.

또 한 명은 나이는 네다섯 살 아래로 스무 살 정도로 보이는 아름다운 영양(令孃)인데, 유행하는 앞머리는 이마를 덮을 정도로 부풀려 있고 흘러내린 머리칼이 뺨에 나부끼는데, 몸에는 성긴 오시마산 무명 겹옷을 입고 분홍색매화에 흰 눈이 쌓인 듯한 흰털로 된 좁고 긴 목도리를 둘렀다. 눈처럼 하얀 손에는 장식이 있는 검은 장갑을 끼고 에도(江戶) 토박이 모양의 검은 옻칠을 한 나막신을 신고 있어, 남자로 치면 하이칼라 차림을 하고 있다.

지장보살이 있는 경내를 나와서 왼쪽으로 돌아 쭉 늘어선 양쪽의

---

3) 일본옷 위에 입는 짧은 겉옷.

가게를 바라보며 천천히 중간 정도 나오더니, 젊은 여자는 나이가 더 많은 여자에게 묻는다.

"언니, 이제 돌아가지 않을래요? 뭐 볼만한 것도 없잖아요. ……"

"그렇네요. 그럼 이제 돌아가요. 정말이지 추워지면 썰렁할 거예요."

이렇게 말하며 발길을 돌려 지장보살 본존 앞을 지나 신마치(新町)로 나와 다시 오른쪽으로 꺾어 왼쪽으로 돌아 나카노초(中之町)로 걸어간다.

히토쓰기에서 이 두 사람을 뒤에서 몰래 따라온 청년신사가 있었는데, 두 사람이 어느 집안으로 들어가자, 성큼성큼 문 앞까지 다가가서 달빛에 비친 문패를 들여다보고는 만족스러운 표정을 하고 떠난다.

(1908년 5월 3일)

10회

아카사카(赤阪) 히카와마치(氷川町)의 어느 한적한 지역에 지붕이 없는 대문을 한 으리으리한 저택이 있다. 주인은 육군보병소좌로 오바나 도시오(尾花敏男), 아직 스물여덟밖에 안 된 청년 영관(榮冠)이다. 재작년에 육군대학을 졸업하고 작년 여름 대위에서 소좌로 승진을 했는데, 군인으로서는 너무나 두뇌가 치밀하다고 할 만큼 예민하고 재능이 대단히 풍부하여 발탁된 이래, 지금은 육군참모본부의 참모가 되어 민완가로서 점점 더 높은 평가를 받고 있다. 아버지는 유명한 이학박사로 제국대학을 비롯하여 두세 곳의 사립대학에서 교편을 잡은 대단한 명망가였지만, 지금으로부터 3년 전에 위암에 걸려 이미 저 세상 사람이 되었다. 어머니는 나카코(奈加子)라고 하여 올해 마흔 셋인데, 이는 지금으로부터 10년 전 즉 도시오가 열아홉 되던 해에 돌아가신 아버지가 후처로 맞이한 것으로, 도시오에게는 계모가 된다. 친모는 도시오가 열세 살 되던 해에 유행병에 걸려 죽었기 때문에, 지금은 계모와 하녀, 마부를 합쳐 네 식구의 단촐한 살림살이다.

도시오는 지금 막 밖에서 돌아온 모양으로, 자잘한 세로무늬 겹옷에 류큐산 무명 하오리(羽織)를 입었다. 거기에 희고 쪼글쪼글한 비단으로 된 허리띠를 꽉 묶고 헌팅캡을 쓴 채 실내로 들어왔다. 그러자 어머니 나카코는 묻는다.

"어땠느냐? 벌써 추워져서 축일이라도 썰렁했지?"

"아니요, 추운 것 치고는 사람들이 꽤 많았어요."

"그랬구나. ……하지만, 오늘 밤은 근래 없이 드물게 따뜻했으니 역시 사람들도 많이들 나온 게로구나."

"그런데 달빛이 얼마나 아름답던지 이루 말로 다 할 수 없을 지경이어서요. 정말이지 산책을 하고 있어도 겨울이라는 느낌이 들지 않았어요. 마치 봄날 저녁 같았어요."

"그랬구나. 그래서 사루와타리(猿渡) 씨도 달빛이 몹시 아름다운 밤이었다고 감탄을 한 게군."

도시오는 화로 옆에 앉아 모자를 벗으며 물었다.

"사루와타리 씨가 왔었어요?"

"응, 사루와타리 씨가 왔다가 네가 돌아오기 조금 전에 돌아가셨다."

"그랬군요. 뭔가 볼일이 있어서 온 건가요?"

"아니, 딱히 볼일이 있어서 온 것은 아니다. 고지마치(麴町)에 갔다가 돌아가는 길이라며 들렀다더구나."

"아, 그랬어요? ……오랜만에 느긋하게 돌아다녔더니 의외로 다리가 천근만근이네요."

이렇게 말하며 일어서서 자기 방으로 가려는 것을 나카코는 불러 세운다.

"얘, 잠깐 기다려라. 의논할 일이 좀 있어."

그 말을 듣고 도시오는 다시 자리에 앉는다.

"아아, 그러세요?"

그리고는 어머니의 얼굴을 바라본다.

나카코도 화로 쪽으로 더 바싹 다가가더니 약간 목소리를 낮춰 말을 꺼낸다.

"의논이란 다른 게 아니라, 언젠가 이야기했던 혼담 말인데 말이다. 실은 이번에는 다른 때와 달리 아버지가 살아계실 때부터 마음 터놓고 지내던 집안이기도 하고, 나한테 직접 이야기가 들어와서 나도 참 난처하기도 하다만, 네가 싫지만 않으면 자기 딸을 신부로 맞아달라고 하는구나. 벼락부자이기는 하지만, 이 넓은 도쿄에서 사루와타리 간베에(勘兵衛)라고 하면 모르는 사람이 없을 정도의 자산가가 아니냐. 시마코(島子) 양 본인도 예쁘기도 하고 나이도 딱 적당하고 도쿄여학교(東京女學校)를 졸업해서 여자로서는 교육도 충분하니, 나로서는 절대 부족함이 없는 혼담이 아닌가 한다. ……오늘 밤에 사루와타리 씨가 온 것도, 그 이야기를 대놓고 꺼내지는 못했지만 아마 그 대답이 듣고 싶어서 온 게 틀림없는 것 같구나. 어떠냐? 어디서 어떤 사람을 들여도 누구나 조금 부족한 점은 있는 법이니, 도저히 참을 수 없을 정도만 아니라면 들이기로 하면. ……"

이렇게 떠보며 나카코는 도시오가 뭐라 대답을 할까 하며 안색을 살폈다.

(1908년 5월 5일)

11회

도시오는 싱긋 웃으며 대답했다.

"또 결혼 이야기예요? 하지만 어머니, 사루와타리 씨의 혼담은 일전에 거절해 달라고 말씀드렸잖아요. 다른 이야기라면 그렇게 말씀하셔도 싫다고 하지 않겠는데, 혼담만은 제가 좋아하는 여자가 아니면 하루도 참을 수가 없어서요. 하하하, 안 됐지만 제발 거절해 주세요.”

“하지만 뭐라 거절을 해야 좋을지, 너무 격의 없는 사이이다 보니 거절을 할 도리가 없어서 나도 난처하구나. 뭐라고 하고 거절을 하지? 차마 당신 따님 시마코 양은 우리 도시오가 마음에 들어 하지 않는다고 할 수도 없고, 재산이 부족하다고 할 수도 없고, 벼락부자라서 싫다고 할 수는 더더욱 없고, 정말이지 거절할 구실이 없구나. 그런데 너는 시마코 양의 어디가 그렇게 싫다는 게냐? 내 눈에는 정말이지 뭐 하나 부족해 보이지 않는 처녀로 보이던데.”

“이 점이 마음에 안 든다 저 점이 마음에 안 든다, 그런 문제가 아니에요. 실은 도쿄 시내에서 이보다 더 미인은 없다고 할 정도로 예쁜 미인하고 결혼하고 싶어서 열심히 찾고 있으니, 만약 그런 미인을 만나지 못하게 되는 날에는 시마코 양도 참고 결혼할 게요. 하지만 조만간 반드시 찾아낼 생각이니 만약 거절할 구실이 없으시면, 제가 이미 약속을 한 여자가 있다고 하고 거절하세요. 그러면 아무 문제없겠지요.”

“그야 그렇기는 하다만, 대체 그렇게 예쁜 여자를 들여서 어쩌겠다는 게냐?”

“어쩌겠다니요. 어머니, 예쁜 아내를 얻을 수 있다면야, 굳이 절구통 같은 여자나 호박 같은 여자를 맞이할 필요는 없잖아요. 옛말에도 있듯이, 예쁜 마누라를 얻는 것은 평생의 복이라고요. 하하하.”

“농담 말거라. 나는 정말이지 사루와타리 씨를 볼 면목이 없어서 난처하구나.”

나카코는 당혹스러운 표정을 짓는다.

“하지만 사루와타리 씨도 너무 뻔뻔스럽지 않아요? 목숨이 아까운 장사꾼이라면 사루와타리 씨 같은 자산가의 딸을 아내로 맞이하는 것을 고마워할지 모르지만, 저는 군인이잖아요. 지금 당장이라도 나라에 무슨 일이 생기면 목숨을 나라를 위해 버려야 하는 몸이에요. 몇 억만 엔이 되는 재산이 있다고 해 봐야 무슨 소용이 있겠어요? 그보다는 이왕에 아내를 얻을 것이라면 아무리 가난한 집 딸이라도 상관없으니까 자기 마음에 드는 사람과 결혼하는 것이 재산이 많은 집 딸보다 얼마나 더 기분 좋은 일인지 뻔 한 일이잖아요. 게다가 재산이 많은 것을 내세우고 있고 또 자기 딸을 중매쟁이도 통하지 않고 어머니께 직접 받아달라니 사람을 너무 우습게 보는 것 아닌가요? 혹여 어머니께서 너무 딱해서 거절하기 힘들다고 하시면, 제가 직접 딱 부러지게 거절을 하지요."

"하지만 아무리 그래도 아버지가 살아 계실 때부터 격의 없이 지내던 사이라서, 그렇게 네가 직접 딱 잘라서 거절을 했다가는 사루와타리 씨도 영 기분이 좋지 않을 것이고, 그렇게 되면 자연히 사이도 서먹서먹해져서 나중에는 이렇게 격의 없이 지내던 사이에 불화가 생길 게다. 그러니 뭐 거절하기 어렵기는 하지만, 내가 적당히 둘러댈 테니까, 만약 네 마음에 드는 여자가 없을 때는 시마코 양을 받아들이거라. 사실은 사루와타리 씨보다 시마코 양이 더 열을 올리고 있다니 말이다."

"그럼 어머니께 맡길 테니까, 부디 잘 알아서 처리해 주세요."

(1908년 5월 6일)

12회

어느 일요일 오후의 일이었다. 아카사카 나카노마치(中之町)에 있는 니시와키 요시스케 집 현관에 와서 조용히 사람을 부르는 청년 신사가 있었다.

"뉘신지요?"

현관 장지문을 조용히 열며 예의 바르게 얼굴을 내민 것은 요시스케

의 여동생 유리코(百合子)였다. 신
사는 그 얼굴을 보자, 두근거리는
가슴을 가만히 억누르며 물었다.

"니시와키 씨는 댁에 계신가
요? 저는 이런 사람입니다. 댁에
계시다면 잠깐 뵙고 싶습니다."

이렇게 말하며 청년은 명함을
한 장 내밀었다. 그러자 어쩐지
유리코는 투명할 정도로 흰 얼굴
에 살짝 홍조를 띠며 차마 고개도
들지 못하고 부끄러워하는 모습
이었다. 하지만, 상냥한 목소리로 대답했다.

"잠시만 기다려 주세요."

유리코는 명함을 손에 들고 정중하게 인사를 하고 안쪽으로 사라졌다.

신기한 것은 신사와 유리코의 거동이다. 그들은 처음 만났는데 왜
이렇게 부끄러워하는 기색을 보이는 것일까? 얼마 후 유리코는 다시
돌아와서 대답했다.

"기다리게 해서 죄송합니다. 좀 어수선하기는 하지만, 어서 안으로
들어오세요."

"그럼, 실례하겠습니다."

유리코는 안쪽에 있는 다다미 8장짜리 방으로 안내를 했다. 방은
남쪽으로 면한 따뜻해 보이는 곳으로, 오후 2시의 태양은 정원의 나뭇
가지 사이로 장지문의 유리를 반쯤 비추고 있어 참으로 따뜻한 봄날의
한가로움을 드러내고 있다. 실내 장식도 사치스러운 정도는 아니고,
담백하고 깔끔하다. 도코노마(床の間)[4]에 걸려 있는 고 난슈옹(南州翁)[5]
이 쓴 족자를 바라보고 있자니, 미닫이문을 천천히 열고 들어온 것은

주인 니시와키 요시스케였다.

이윽고 푹신푹신한 방석 위에 앉으며 인사를 한다.

"많이 기다리셨습니다. 제가 니시와키 요시스케입니다. 앞으로 잘 부탁드립니다. 부디 마음 편히 하세요. 양복을 입는 것에 길이 들다보니, 이런 차림은 갑갑해서 못 견디겠습니다."

일면백식(一面百識)처럼 허물없는 말투이다.

"저는 오바나 도시오입니다. 불쑥 찾아와서 대단히 실례가 많습니다. 앞으로 잘 부탁드립니다."

"지금 명함을 보니, 참모본부에 근무하시는 것 같습니다만, 아시가라(足柄) 소좌를 아십니까?"

"예, 잘 알고 있습니다. 당신도 가까운 사이입니까?"

"가까운 사이는 아닙니다. 사관학교 동기생입니다만, 사정이 좀 있어서 요즘에는 자주 만나지는 못합니다."

"아, 그렇습니까? 그러면 당신도 역시 육군에. ……"

"그럼 모르시고 찾아오신 겁니까?"

"전혀 모르고 찾아왔습니다. 그런데 근위대입니까, 1사단입니까?"

"올해 봄까지 제4사단에 있다가 봄부터 1사단으로 전근을 했습니다. ……관직이요? 이제 겨우 대위입니다."

"아, 그렇습니까? 하지만 당신이 군인일 것이라고는 꿈에도 생각 못했습니다."

"아이쿠, 엉뚱한 이야기를 하느라 용건도 여쭙지 않고, 실례했습니다. 뭔가 용건이 있으신지요?"

---

4) 근세 이후, 객실에 다다미 한 개 넓이를 확보하여 바닥을 한 단 높여서 정면의 벽에는 족자를 걸도록 만든 부분.
5) 사이고 다카모리(西鄕隆盛, 1828~1877)의 별명. 사쓰마 번(薩摩藩)의 무사이자 정치가. 세이난 전쟁(西南戰爭)을 일으킴.

니시와키는 정색을 하며 물었다.

"실은 좀 복잡한 일로 부탁을 드리고 싶은 일이 있어서 찾아뵈었습니다."

도시오는 자세를 다시 바르게 했다.

(1908년 5월 17일)

13회

오바나 소좌는 어쩐지 말을 꺼내기 힘든 것 같았지만 굳게 결심한 듯이 말을 꺼냈다.

"갑자기 이렇게 부탁을 드리는 것은 좀 상궤를 벗어나는 일로 좀 이상하게 여기실 지도 모르지만, 다른 사람에게 부탁을 해서 공연히 시간을 허비하느니 제가 직접 부탁을 드리는 편이 빨리 결론이 날 것이라 생각해서 찾아왔습니다. 그러니 이 점만은 미리 양해를 드립니다. 다름이 아니라, 댁의 아가씨를 제 아내로 맞이하고 싶어서 부탁을 드리러 찾아뵀습니다. 이렇게 말씀드리면 이상하게 생각하시겠지만, 실은 여기저기에서 번거롭게 혼담이 들어옵니다. 하지만, 다른 일과 달라서 혼담은 아무리 남들이 좋다고 하라고 해도 자신의 이상에 맞지 않는 사람을 억지로 맞이할 수는 없는 일입니다. 게다가 다른 사람 손을 거쳐 번거롭게 하기보다는 제가 직접 좋은 인연을 찾는 것이 좋을 것 같아 알게 모르게 물색을 하고 있었습니다. 그런데 4, 5일 전의 일이었습니다. 히토쓰기의 축일에서 우연히 댁의 아가씨를 처음 보게 되었습니다. 그런데 이 댁의 아가씨가 하나에서 열까지 모두 평소 제가 이상으로 생각하던 바로 그런 여자였습니다. 그날 밤은 다른 부인과 둘이 있었는데, 누구신지 몰라서 실례를 무릅쓰고 뒤를 따라왔습니다. 그런데 바로 이 댁으로 들어오셔서 매우 기뻐하며 집으로 돌아갔습니다.

부탁을 드리게 된 사정은 이 정도에 불과합니다만, 어떠신지요. 이런 부탁을 드려도 될 런지요. 말씀을 드리는 김에 집안 사정도 미리 말씀드리겠습니다. 아버지는 이학박사로 대학 교수이셨습니다만, 3년 전에 돌아가셔서 지금은 새어머니와 딱 둘뿐이고, 집에 일을 하는 사람이 두세 명 정도 있습니다. 재산은 아버지의 유산이 다소 있습니다만, 그런 것을 의지하지 않고서도 따님을 주신다면 평생 걱정 없이 살 수 있는 정도는 될 것이라 맹세합니다.

대략 이런 정도이니 믿어 주시고, 부디 가부의 대답을 듣고 싶습니다."

이렇게 너무 노골적이다시피 모든 사정을 남김없이 이야기하며 부탁을 했다.

니시와키는 이야기가 너무나 의외라서, 놀랄 틈도 없이 정신없이 듣고 있다가 오바나의 이야기가 끝남과 동시에 주저하는 기색도 없이,

"어이쿠, 말씀은 잘 알겠습니다. 실은 그 아이는 제 친 여동생이라서 오빠인 제 입으로 말씀드리는 것도 좀 뭣합니다만, 아직 학교에 다니고 있던 시절부터 스무 살이 된 이때까지 대략 5, 6년 동안 3일이 멀다 하고 달라고 하며 찾아오는 사람들이 끊이지 않았습니다. 개중에는 저희로서는 분에 넘치는 화족도 있었고 여기저기에서 이야기가 있었습니다만, 저를 비롯하여 저희 가족들은 어차피 한 번은 어딘가로 시집을 가야 할 몸이기도 하고, 사람들이 자꾸 찾아 와 줄 때가 여자로서는 한창 때이기도 하니, 빨리 시집을 가서 안정을 하는 것이 좋다고 생각해서 시집을 보내자고 한 적이 몇 번이나 있었습니다. 그리고 본인한테도 그런 뜻을 이야기해서 권해 보았습니다. 하지만, 아무리 설득을 해도 싫다며 말을 듣지 않았습니다. 다만, 당신도 지금 말씀하신 것처럼, 혼사만큼은 일생일대의 운명과 관련된 일이므로 본인이 싫다고 하는 것을 억지로 보낼 수도 없어서, 뭐 조만간 가겠다고 할 때가 오겠지

하며, 오늘날까지 내버려 두었습니다. 이런 사정이므로 저는 당신이 직접 담판을 짓겠다고 한데 대해 감동을 했습니다. 어서 승낙을 받으셨으면 합니다만, 우선 본인이 뭐라고 하는지 그것을 먼저 확인하고 대답을 하기로 하지요. 부디 잠시만 기다려 주세요."

유리코는 뭐라고 대답을 할까?

(1908년 5월 19일)

14회

니시와키는 어머니 마키코와 여동생 유리코를 한 방에 불러다 놓고 이야기를 꺼냈다.

"실은 지금 와 있는 사람은 이학박사로 명망이 높은 오바나 도시아키(尾花敏秋)라는 사람의 아들입니다. 육군 보병 소좌입니다. 나이는 아직 스물예닐곱이지만, 상당이 수완이 있는 사람으로 보이고, 지금은 참모본부의 참모관이라고 합니다. 그런데 어디에서인가 유리코를 보고 아내로 맞이하고 싶다며 직접 찾아왔습니다. 뭐라고 대답을 해야 할까요?"

이렇게 의논을 하니, 유리코는 그저 고개를 푹 숙이고 부끄러운 듯이 듣고만 있다. 어머니 마키코는 미소를 띠며 대답했다.

"아유, 재미있는 분도 다 있구나. 자기 신붓감을 찾아서 자신이 직접 부탁을 하러 오다니, 대체 어떤 풍채를 한 분일까?"

"풍채요? 풍채는 정말 훌륭해요. 키가 훤칠하니 크고 얼굴은 아마 그림으로 그려도 그렇게는 못 그릴 거예요. 군인이라고 생각하지 못할 만큼 희고 갸름한 얼굴에 수염도 깔끔하게 기른 것이, 웬만한 여자는 부끄러워서 곁에 다가가지도 못할 정도예요."

"아유, 그렇게 훌륭한 분이냐? 하지만 애야, 유리코 고집은 다 알아

주니 그 이야기를 해서 거절을 하지 그랬냐?"

"그야 당연히 이야기했죠. 유리코가 지금까지 어땠는지 그 사정은 대략 이야기했어요. 풍채도 훌륭하지만 풍채만이 아니에요. 아직 스물 일고여덟 살에 소좌로 참모관에서 근무하는 것을 봐도 그렇고 말씨나 태도 모든 것으로 보아 정말로 장래가 촉망되는 사람 같아서, 어머니 하고 유리코에게 일단은 이야기를 해 보고 나서 대답을 하려고 의논을 드리는 겁니다."

"아무리 우리가 좋다고 해도 정작 본인이 싫다고 하면 별 수 없지 않느냐?"

"그야 당연히 그렇죠."

이렇게 맞장구를 치며 옆에서 듣고 있는 유리코를 보고 묻는다.

"얘, 유리코. 지금 들은 대로 너하고 꼭 결혼하고 싶다고 하며 본인이 직접 와 있는데, 어떠냐? 갈 생각 없니?"

그러자 어머니도 옆에서 거든다.

"그렇게 언제까지고 고집만 부리고 있으면 세상 사람들은 이러쿵저러쿵하는 법으로, 아유 그 집 딸은 어디가 부족해서 시집을 가지 못한다는 둥, 저기가 불구라서 시집을 못 간다는 둥 하며 좋은 이야기는 나오지 않는단다. 그러니까, 그런 나쁜 소문이 나기 전에 어차피 한번은 가야 할 것이라면 약간 모자라는 부분이 있어도 참고 가는 것이 어떠냐?"

어머니와 오빠가 번갈아가며 기를 쓰고 권하니, 유리코는 살짝 고개를 들고 대답한다.

"어머니도 그렇고 오빠도 부디 용서하세요. 지금까지는 전적으로 제가 잘못했습니다. 고집만 부려서 두 분께 걱정을 끼쳐서 정말 죄송했어요. 이제 오늘은 절대로 제 마음대로 고집을 부리지 않을 테니, 부디 알아서 말씀들 해 주세요."

이렇게 말하는 유키코는 귓뿌리까지 빨갛게 달아올랐다.

어머니와 오빠는 2, 3년 동안 고집만 부려대던 유리코가 갑자기 순순이 받아들이니 어찌된 일인가 하여 서로 얼굴을 마주보았다. 그리고 요시스케는 다짐을 한다.

"그럼 그쪽에게 약속을 할 테니 나중에 다른 소리 하기 없기다."

그러자 유리코는 분명하게 대답을 한다.

"이제 제 마음대로 고집을 부리지 않을 테니 그쪽하고 약속해 주세요."

(1908년 5월 20일)

15회

이윽고 니시와키는 오바나가 기다리는 응접실로 와서 다시 손님을 응대한다.

"오래 기다리게 해서 죄송합니다. 이야기를 서두르려 했지만 여러 가지 이야기가 나와서요. ……하지만 기뻐해 주세요. 정말 신기할 정도로 이상한 일도 다 있습니다. 천생연분인 것 같습니다. 아까도 말씀드린 바와 같이, 요 2, 3년 동안 온 집안 식구들이 입이 마르고 닳도록 설득을 해도 듣지 않았습니다만, 무슨 생각이 들었는지 지금 막 여차저차하다 했더니 바로 승낙을 하더군요. 이렇게 나오는 데는 저희 어머니를 비롯하여 저도 깜짝 놀라서 부지불식간에 서로 얼굴을 마주봤습니다. 이 역시 인연이기 때문이겠죠. 그러니 못난 동생이기는 하지만 희망하시는 대로 보내 드리겠습니다. 부디 오래오래 아껴 주세요."

이 대답을 듣고 지금까지 말을 꺼내기는 꺼냈지만 정말로 승낙을 받을지 거절을 당할지 가부 대답만을 걱정하고 있던 오바나는 뛸 듯이 기뻐하는 기색을 보인다.

"그러면 그 아가씨가 승낙을 하신 겁니까? ……이것 참 대단히 감사합니다. 제 입장에서는 이렇게 기쁜 일은 없습니다. 심심한 사의를 표합니다."

"자, 일이 이렇게 정해졌으니 이제는 결혼 날짜를 잡았으면 합니다만, 이에 대해서도 이미 뭔가 생각하시는 바가 있으신가요?"

"아니요, 그것은 결혼 승낙을 얻은 후에 정할 생각으로 지금으로서는 아직 아무 생각도 없습니다. 제 쪽은 제가 마음먹기 나름입니다만, 댁의 사정은 어떠신지요?"

"저희 쪽도 준비는 대략 해 두었기 때문에 이렇게 약속이 정해진 바에는 가급적 서두르는 것이 좋을 것 같습니다."

"저도 하루라도 서두르는 것이 좋습니다. 그러니 이렇게 하면 어떨까요? 다음 달 3일 천장절(天長節)로 말입니다."

"그러지요. 다음 달 3일. ……그럼 대략 17, 8일 정도 남았네요. 괜찮으시죠? ……그럼 11월 3일로 정하지요. ……그리고 예물은 어떻게 할까요."

"통례에서 너무 벗어나는 것도 좀 보기 안 좋으니 예물은 통상의 예법에 따라 하지요."

"그럼 예물은 그렇게 하기로 하고, 예물에 대해 뭔가 희망하시는 것이라도 있으신가요?"

"희망하는 것이라면."

"아, 일본식으로 할 것인지 서양식으로 할 것인지, 그에 대해 희망하시는 바가 있으신가 해서 여쭤 봤습니다."

"아, 그러세요. 그야 물론 일본식이 좋을 것 같습니다."

"그러면 그렇게 부탁드립니다. 그 외에 미리 협의하고 싶은 것이 있을지도 모르겠지만, 그럴 경우에는 제가 찾아뵙고 의논을 드리기로 하지요."

"저도 더 의논을 할 일이 생기면 찾아뵙기로 하겠습니다."

이런 이야기가 오가는 가운데 술과 안주가 준비되었는지 상다리가 휘어지도록 음식이 차려졌다.

니시와키는 우선 술을 한 잔 맛본 후에 말했다.

"경황이 없어 아무것도 없습니다만 축하의 표시입니다. 마음 편히 드시지요."

"걱정을 끼쳐 송구합니다."

그러는 사이 웃음소리가 방 안에 가득하고 점점 더 기분이 좋아지는 것 같았다.

(1908년 5월 21일)

16회

오바나 도시오가 니시와키의 집에서 돌아온 것은 짧은 겨울 해가 히카와(氷川) 숲으로 저물어갈 무렵이었다. 남들에게 이야기하지는 못했지만, 2년 동안 찾아 헤매다가 이상적 여자를 찾아내서 결혼약속까지 성립이 되고 보니, 전장에서 적장의 수급을 얻은 것보다 기쁘고 금강석으로 장식된 월계관을 쓴 것보다 더 기뻐서, 취안(醉眼)에 기쁜 빛을 띠며 어머니에게 이야기한다.

"어머니, 이때까지 계속 심려를 끼친 제 아내 말입니다만, 일전에도 말씀드린 바와 같이 도쿄에서 제일가는 여자를 찾아서 결혼을 하려고 꽤 고생을 했습니다. 그런데 드디어 그에 맞는 매우 아름다운 여자를 찾았습니다."

도시오가 자못 유쾌하다는 듯이 이야기를 하는데 반해 계모 나카코는 불쾌한 듯한 표정으로 대답한다.

"그런 미인이 어디에 있었지?"

불쾌해하는 어머니의 표정은 전혀 개의치 않고 말을 잇는다.

"어디라니요. 등잔 밑이 어둡다는 말은 누가 한 말인지 참 맞는 말이에요. 정말이지 엎어지면 코가 닿는다고, 나카노초(中之町)에 있었어요."

"그래서 그 아이를 맞이하겠다는 거냐?"

"물론이죠. 결혼을 하지 않을 거면 뭐 하러 애써 고생을 하며 찾아다녔겠어요. 결혼을 하느냐 마느냐의 문제가 아니라, 이미 오늘 결혼을 하기로 했어요."

계모는 안색이 바뀌며 또 묻는다.

"아니 대체 누구에게 부탁을 해서 결혼 승낙을 받았다는 게냐?"

"뭐 남에게 부탁할 거 있나요? 제가 제 발로 찾아갔어요."

"어머나."

계모는 어이없다는 듯이 도시오의 얼굴을 바라다본다.

"아무리 그래도 그렇지 자기 신부를 달라고 자신이 직접 가는 사람이 어디 있냐? 정말이지 너도 참 어지간하다. ……그래, 상대는 뭐라고 하더냐?"

"무슨 말씀이세요. 중매쟁이에게 부탁하지 않고 본인이 직접 이야기를 하러 간 것이 마음에 든다며 바로 승낙을 해 주었습니다."

"상대도 상대네. 정말 기가 막히는구나. 대체 뭐하는 집이냐?"

"뭘 하는 집안인지는 모르고 찾아갔습니다. 그런데 가서 이야기를 해 보니, 역시 우리와 같은 편으로, 지금으로부터 10년 정도 전에 청일전쟁으로 차지한 요동반도를 러시아를 비롯하여 독일, 프랑스 삼국이 간섭을 한 결과 지나에 돌려준 것을 분개하며 자살을 한 그 유명한 니시와키 소장의 영양입니다. 다만 지금은 장남 요시스케라는 사람이 가장인데, 그 사람은 대위로 1사단 부관으로 있습니다."

계모는 더욱더 불만스런 표정이 된다.

"네가 좋아서 맞이한다면 이러니저러니 불만은 없다만, 곧 결혼을 할 것이라면 한마디 정도 의논이라도 했으면 좋았지 않겠냐? 나도 알게 모르게 얼마나 걱정을 하고 있었는지 모른다."

"어머니 그러니까 평소에 말씀을 드렸잖아요. 저는 언제 어느 때 의논 없이 결혼상대를 정할지 모르니까 그때는 절대로 뭐라 하지 않고 허락을 해 달라고요."

"그러니까 절대로 불복을 하는 것은 아니지만 너무 이상한 집안에서 데려오면, 나도 돌아가신 아버님께 면목이 없어서 말이다. 네가 그렇게나 원해서 데려오는 것이라면 그것은 그것대로 됐다. 그런데 대체 혼례 날짜는 언제냐?"

"혼례 말씀이세요? 혼례는 다음 달 3일이에요. 천장절이에요."

"아유, 급하기도 해라."

(1908년 5월 22일)

17회

아자부(麻布) 가스미초(霞町) 거리에서 약간 들어간 한산한 지역에 별로 넓지는 않지만 아담한 집 한 채가 있다. 이것은 참모본부의 참모관으로 있는 아시가라 헤이타(足柄平太)라는 육군보병 소위의 집이다.

때는 10월 중순 어느 토요일 오후였다. 집안 깊숙한 방에서 마주앉아 이야기하고 있는 것은 주인 아시가라 소좌와 유명한 어용상인 사루와타리 간베에 두 사람이다.

아시가라 소좌는 조슈하기(長州萩) 출신으로 굳이 수완가라고까지는 할 수 없지만, 어쨌든 육군대학 출신이라고 하며, 특히 참모본부의 중추적 자리를 차지하고 있는 모 소장(小將)이 같은 하기 출신으로 먼 인척에 해당하므로 그 인연으로 육군부 내 고등부라 할 수 있는 참모본부에 근무하게 되었다.

키는 5척 2촌[6]으로 160센티미터가 채 안 될 것이다. 군인으로서는 작은 편이지만, 그 대신 뒤룩뒤룩 살이 쪄서 소마토제[7] 간판에라도 나올 듯한 체격이다. 둥근 얼굴에 낮은 코, 날카로운 눈, 크면서도 야무진 입을 하고 있고, 코 밑에만 종려나무 털 같은 수염을 기르고 있는데, 나이는 딱 서른.

사루와타리 간베에는 20년 정도 전에까지는 고리대금업을 했다는 풍문이 있지만, 지금은 어쨌든 유명한 신상(紳商)[8]으로 세간에서는 3백만이라고 하는데 어쩌면 5백만 정도의 재산이 있을지도 모른다. 본업은 육해군 어용상인이지만 은행, 회사 중역으로 근무했고 자선사업에도 애써 힘을 쏟고 있다.

머리에 반백의 서리가 내리고 피부가 희고 기품 있는 얼굴이지만 어쩐지 눈과 눈썹 주변에 불쾌하고 음산한 기운이 서려 있다. 이흑(二黑)[9]의 호랑이띠로 쉰하나이다.

사루와타리는 느긋하게 권련을 피우면서 물었다.

"일전에는 간사이(關西) 지방에 출장을 가셨다고 들었습니다만, 언제 귀경하셨는지요?"

아시가라도 마찬가지로 권련을 피우면서 대답한다.

"그저께서야 겨우 돌아왔습니다."

"필시 기분 좋은 일이 있었던 게지요?"

"아니 뭐 접대역 겸 감시역 겸해서니 기분 좋을 일도 없어요. 실은

---

6) 1척(尺)은 30.03cm, 1촌(寸)은 3.03cm.
7) 독일 바이엘사의 자양제로, 살을 빼는 약과는 반대로 살을 찌개 하는 약. 상품에는 살집이 좋은 신사 그림을 중심으로 그에 대비하여 몸집이 빈약한 남자의 그림이 그려져 있다.
8) 상인 가운데 상류층에 속하는 점잖은 상인.
9) 이흑토성(二黑土星)의 줄임말로 역술에서 사용하는 구성(九星) 중의 하나. 구성 중에 토(土)에 속하는 것에는 그 외에 오황토성과 팔백토성이 있는데 이흑토성은 토로서는 평탄한 토지나 논밭의 흙을 나타낸다.

정말이지 두 손 두 발 다 들었습니다."

"그것 참, 당치도 않은 감시역이었군요. 이제 구로하토(黑鳩) 장군은 돌아가는 겁니까?"

"아마 모레 요코하마(橫浜)를 출발할 것입니다."

"그 사람은 대체 무슨 목적으로 갑자기 찾아왔던가요? 아마 당신은 알고 계시겠죠?"

"뭔가 목적이 있어서 찾아온 것은 틀림이 없지만, 아무래도 확실히는 모르겠습니다."

"그런가요?"

사루와타리는 다시 권련을 한 모금 빨아들이고는 또 묻는다.

"아 참, 아시가라 씨, 실은 일전에도 찾아뵀습니다만, 부재중이어서 헛되이 돌아갔는데, 일건(一件)은 어떻게 되었습니까? 여러 가지로 번거롭게 되기도 했고, 한몫 잡으시기도 했으니, 언젠가 말씀드린 대로 절대로 한 번에 돌려주겠다 마시고, 천 엔씩 다섯 번에라도 나누어서 갚으셨으면 합니다. 어떠신지요? 그렇게 부탁드려도 될 상황인지요?"

"어이쿠, 당신이 그렇게 친절하게 나오면 입이 열 개 있어도 할 말은 없습니다. 번 데서 배당을 떼고 나서 빌린 것이라서, 오늘까지는 아니지만 약속대로 갚아야 합니다. 그것은 나도 잘 알고 있습니다. 그런데 미안하지만, 한 번에 5천만 엔이라는 돈은 내 힘으로는 도저히 어려우니까, 자꾸 봐달라고 하는 것 같지만 어떻게 좀 5백만 엔이나 천 엔씩 되는대로 갚도록 해 주세요. 실은 조만간 돈이 좀 들어올 것이니 그것이 들어오면 천 엔 만큼은 확실하게 갚겠습니다. 참으로 미안하지만, 제발 그런 줄 알고 조금만 더 기다려 주세요. 조만간 다시 좋은 돈벌이가 생기면 즉시 알리겠습니다."

"아니, 뭐 당신이 그런 식으로 정해 놓고 갚기만 해 주신다면야, 굳이 엄하게 이야기할 필요는 없으니, 공연히 기분 나쁘게 생각 말아 주세요. 부디 좋은 돈벌이가 있으면 즉시 주선해 주시기를 바랍니다."

"반드시 주선을 하겠습니다. 서로에게 이익이 되는 일이니까요. 하하하하."

이렇게 해서 사루와타리는 한나절 정도 잡담을 하고는 돌아갔다.

(1908년 5월 23일)

18회

니시와키 집에서는 11월 3일에 유리코가 시집을 간다고 해서 당사자는 물론 어머니 마키코도, 며느리 기요코도 그 준비를 하느라 아침부터 밤까지 거의 한시도 쉴 틈도 없이 바쁘다. 오늘도 아침부터 변함없이 바느질을 하느라 몹시 분주한 가운데, 오후 3시 좀 넘었을 무렵 현관으로 찾아온 사람이 있었다.

유리코는 바느질하던 옷을 내려놓고 벌떡 일어나서 나가며 말한다.

"바빠서 그런지 우연히 찾아오는 사람들도 어쩐지 평소보다 많은 것 같아요."

현관으로 나가보니, 한 번도 본 적이 없는 훌륭한 풍채를 한 신사가 서 있어서, 공손하게 인사를 한 후 묻는다.

"뉘신지요?"

"아시가라라는 사람입니다만, 니시와키 군은 댁에 계신가요?"

"예, 지금 막 귀가했습니다만, 뭔가 용무가 있으신지요?"

"예, 잠시 뵙고 드리고 싶은 말씀이 있으니 말씀 좀 전해 주세요."

"알겠습니다. 잠시 기다리세요. ……"

유리코는 안으로 들어가서 오빠의 방으로 간다.

"오라버니, 아시가라 씨라는 분이 오셔서 오라버니를 뵙고 싶다는데요."

"뭐? 아시가라가? 그래서 집에 있다고 했니?"

"있다고 하면 안 되는 거였나요? 그만 잘 모르고, 있다고 말해 버렸어요."

"이미 집에 있다고 했으니, 할 수 없지. 저쪽 방으로 들이거라."

유리코는 다시 현관으로 나가서 손님에게 말했다.

"어서 안으로 들어오세요."

"실례합니다."

아시가라는 유리코의 안내를 받으며 방으로 들어왔다. 유리코는 방석을 권하고, 담배 쟁반, 화로, 커피 등을 차례로 내온 후, 예의바르게 고개를 숙이고 물러갔다.

그와 엇갈려 들어온 것은 니시와키였다. 요즘에는 왕래가 뚝 끊겼지만, 사관학교에 있을 무렵에는 가장 친하게 지내던 사이여서 아시가라의 얼굴을 보자마자 방석 위에 앉으며 인사를 했다.

"어쩐 일인가? 잘 와주었네."

"몇 년 만인가? 꼭 5년 만이군 그래. 무엇보다 여전히 장건하니 다행이네. 아 그렇게 불편하게 앉지 말고 편히 앉게."

싹싹하게 대우를 하니 아시가라도 인사를 했다.

"자네도 여전히 장건하니 다행이네. 그런데 니시와키 자네가 도쿄로 전임을 한 것은 올 봄이 아닌가? 그리고 보니 벌써 그럭저럭 1년이 다 되어 가네. 내가 참모본부에 있는 것을 잘 알고 있으면서 왜 찾아오지 않았나? 옛정이 있다면 한번 정도는 찾아와도 좋지 않은가? 자네는 아직 예전의 일을 마음에 담고 있는 게로군. ……아니, 숨기려 해도 그런 게 틀림없네. 그렇지 않다면, 한 번도 찾아오지 않을 리가 없지. 자네가 그런 마음이라면, 나…… 역시 크게 생각하는 바가 있네."

아시가라는 머리 꼭대기에서 나는 높은 톤으로 아주 심술궂게 떠들어 댔다.

"아니 절대로 예전의 일을 염두에 두고 있는 것은 아니네. 실은 자네 집을 몰라서 한번 찾아가 봐야지 하고 생각은 하면서도 결국 이렇게 질질 끌게 되었네. 너무 나쁘게 생각하지 말아 주게. 물론 찾아가지 않은 것은 잘못했네."

(1908년 5월 24일)

19회

아시가라는 몹시 밉살스럽게 대꾸한다.

"아니 뭐 사과하지 않아도 되네. 실은 자네 같은 사람이 찾아와도 여러 가지 혐의를 받게 될지도 몰라서 오히려 아주 민폐지. 절대로 우리 집 문턱은 넘지 말아주게."

평소에도 밉살스러운 아시가라가 이렇게 폭언을 퍼붓는 것을 듣고서, 다혈질인 니시와키가 어찌 그것을 그대로 허용하랴. 불끈 쥔 주먹을 그 머리에 한방 날려 폭언을 한데 대해 마음껏 혼을 내주고 싶은 마음이 굴뚝같았지만 조용히 참고 일부러 마음에도 없는 미소를 띤다.

"자네 어쩐지 단단히 화가 나 있군 그래? 무엇 때문에 그리 화를 내는 것인가? 자네가 찾아오지 말라면 굳이 찾아가지 않겠네. 하지만, 지금 듣자 하니 내가 찾아가면 여러 가지로 혐의를 받을지도 모른다고 했네만, 대체 그게 무슨 말인가?"

"자네, 그것을 모르겠다는 말인가? 모르겠다고 하면 말을 해 주겠네. 하지만 이보게 니시와키, 오늘부로 자네하고는 절교를 할 테니 그런 줄 알게."

"좋네. 절교를 하겠다면 절교를 하겠네만, 그 이유나 알려 주게."

"그 이유를 꼭 알고 싶다면 이야기해 주겠네. 이유를 알려 주기 전에 나도 자네에게 듣고 싶은 이야기가 있네. 자네는 군인의 위엄에 가장 관계가 있는 수염은 무엇 때문에 잘랐나? 그 이야기를 들은 후에 이야기를 해 주겠네."

이렇게 말하며 아시가라는 예의 그 험악한 눈으로 가만히 노려보았다. 니시와키는 가슴이 철렁하여, 그럼 내 비밀을 알았나 하며 정신이 쏙 빠질 만큼 깜짝 놀랐지만, 다시 마음을 다잡고, 아니 아시가라가 그 비밀을 알 도리가 없어, 이건 뭔가 다른 일을 상상한 것일 거야. 이렇게 생각하고 짐짓 태연한 척하며 대답했다.

"별 이상한 것을 다 물어보는군. 수염을 깎은 것이 이상하다는 것인가? 이 수염은 콧속에 종기가 생겨서 그것을 치료하느라 깎은 것이네. 그런데 그게 뭐가 잘못 되었다는 것인가?"

그러자 아시가라는 코끝으로 흐흥 하고 차갑게 웃으며 날카로운 눈을 크게 뜨고 몰아붙인다.

"이보게, 니시와키. 거짓말도 적당히 해야지. 다른 사람이라면 그런 유치한 속임수에 넘어가겠지만 이 아시가라에게는 통하지 않지. 핑계를 대려면 좀 더 그럴듯한 거짓말을 꾸며 내게. 그렇다면 한 가지 더 묻겠네만, 자네는 이번 달 초순 병이 났다고 하며 4, 5일 출근을 안 하지? 그건 뭣 때문에 결근을 한 것인가?"

마치 아시가라는 재판관과 같은 태도였고 니시와키는 피고인의 위치에 있는 것 같았다.

"괘씸하군. 그런 것을 묻다니. 무엇 때문에 쉬었냐고? 아파서 쉰 것인데, 그게 뭐가 잘못되었다는 것인가?"

"아파서 쉬었다. 아파서 쉰 사람이 반슈 근처에는 무엇 하러 갔나? ……음? 무엇 하러 갔냐 말일세. 자, 할 말이 있으면 해 보게. 어서 떠들어 보게. 자네는 아무도 모를 것이라 생각하겠지만, 그것은 땅이 알고 하늘이 아네. 내가 알고 남이 아네. 이래도 아직도 병이 나서 쉬었다고 강짜를 부릴 텐가? 이래도 아직도 종기가 나서 수염을 잘랐다고 우길 것인가?"

아시가라는 새된 목소리가 사방에 울려 퍼질 만큼 고압적으로 윽박을 지르는 것이었다. 아니, 아시가라가 이런 비밀까지 아리라고는 꿈에도 짐작하지 못했던 니시와키는, 그럼 비밀의 열쇠가 그의 손에 쥐어진 것인가 하고 정신이 쏙 빠질 만큼 실망을 하여 순식간에 낯빛이 죽은 사람처럼 어두워졌다.

방 밖에서는 어머니 마키코를 비롯하여 기요코, 유리코 세 명이 무슨 일인가 해서 몰래 귀를 기울이고 있었다.

(1908년 5월 26일)

20회

니시와키의 안색을 빨리도 알아챈 아시가라는 점점 더 기세등등해졌다.

"자, 어서 대답하지 않겠나? 입을 다물고 있으면 모르지 않겠나? ……자네가 아무리 말로 속이려고 해도 그 정도 변명은 할 수 있지 않나? 자, 변명을 하려면 어서 변명을 해 보게."

이미 각오를 한 일이기는 하지만, 이런 중대한 비밀을 다른 사람에게 발각을 당했다고 생각하자, 니시와키는 몹시 유감스런 표정을 하며 말없이 크게 한숨을 쉬었다.

아시가라는 붉은 수염이 섞인 수염을 느긋하게 만지작거리며, 오싹할 정도로 날카로운 눈빛으로 차갑게 쏘아보았다.

"아주 한심한 표정을 하고 있지 않은가? 아니, 뭐 자네가 나쁜 마음을 먹은 기억이 없다면 어서 해명을 해 보지 않겠나?"

"……"

"해명을 못 하겠다는 것인가? 못한다면 내가 자세히 설명해 줄까?"

아시가라는 노려보듯 바라보면서 윽박질렀다.

"자네 뻔뻔스런 짓을 했더군. 이 개자식. ……"

"개자식이라고?"

"그래, 개자식이라 했다. 어쩔 텐가? 속이 시커먼 자네도 화는 나는가 보군? 황금이라는 먹이를 받고 다른 나라를 위해 일을 하는 놈을 개라고 하는 거다. 짐승이라고 하는 거다. 뭐가 이상하지?"

"그럼, 내가 개가 되었다고 하는 것인가?"

"그럼, 개가 된 기억이 없다는 것인가?"

"……"

"개가 되지 않았다면, 병이 났다고 하고는 여행을 하고, 수염을 깎고 어부로 변장을 하여 다른 나라의 군인하고 하필이면 스마 해변에서 무엇 때문에 밀회를 할 필요가 있었느냐 말이네. 이래도 아직 개가 아니라고 할 셈인가?"

"……"

"이보게, 니시와키. 자네는 대일본제국의 명예로운 군인이라는 사실을 잊었단 말인가? 특히 자네의 아버님이 무엇 때문에 자살을 했는지 잊었단 말인가? 러시아 때문에 요동반도를 청국에 되돌려주었다고 해서, 그에 분개한 나머지 자살을 한 것이 아닌가? 그런 분의 아들로 태어났으면서 부모의 원수라고 할 수 있는 러시아를 위해, 아무리 돈이 탐난다고 해도 그렇지, 군사기밀을 알려 주다니 얼마나 한심한 짓인가? 자네 같은 놈을 일본의 군인으로 살게 하는 것은, 육군 전체의 수치네. 어서 내 눈앞에서 자살하게."

"……"

"자살은 하기 싫다는 것인가? 아무리 싫어도 조만간 내가 사실을 폭로하면 자네의 목은 몸에 붙어 있지 못할 것이네. 그보다는 깨끗하게 자살하는 것이 자네를 위하는 길이기도 하고 집안을 위하는 길이기도 하네. 그래도 여전히 자살하는 것은 싫다는 것인가?"

아까부터 한마디도 하지 않고 잠자코 고개를 숙이고 있던 니시와키는, 이때가 되어서야 비로소 입을 열었다.

"그럼, 자네는 내가 자살을 하지 않는다면, 사실을 폭로하여 총살형에 처하게 하겠다는 것이로군."

그러자 아시가라는 잠시 곰곰이 생각을 한 후에 대답했다.

"그야 모르지. 자네의 비밀을 알고 있는 것은 나 혼자니까. 생사여탈은 내 마음에 달려 있지. 자네가 마음먹기에 따라 함구를 할 수도 있고 아니면 나아가서 폭로를 할 수도 있지."

"내 마음 하나라니 어쩌라는 것인가? 만약 자네가 함구를 해 준다면 어떤 맹세라도 하겠네. 그렇지 않고 자네가 끝까지 다 폭로를 하겠다고 한다면 나도 내 나름의 각오가 있네."

니시와키는 궁지에 몰린 쥐가 고양이를 무는 기세로 넌지시 각오를 드러냈다.

(1908년 5월 27일)

21회

아시가라는 지금까지의 고압적 태도를 싹 바꿨다.

"마음 하나라는 것은 말하자면 오는 게 있으면 가는 게 있다는 것이지. 자네가 비밀에 대해 함구해 달라고 하면, 경우에 따라서는 함구를 해 줄 수도 있지. 그럼 내가 하는 말을 받아들일 텐가?"

"그야 이대로 함구를 해 준다면 어떤 일이라도 받아들이지."

"좋네. 자네가 받아들이겠다면 옛 친구의 정을 생각해서 함구해 주겠네. ……다른 게 아니라, 자네가 구로하토킨에게서 받은 보수 중 많이도 안 바라겠네. 딱 3천 엔만 내게 나눠 주게. 어떤가? 싫은가? 목숨 값으로 3천 엔이라니 이렇게 싼 거래가 어디 있겠나? 싫다면 억지로 강요하지는 않겠네. 자네 마음대로 하게."

말을 마치고는 시치미를 뚝 떼고 권련을 피운다.

니시와키는 그 비열한 마음을 속으로는 경멸하면서 대답했다.

"좋네. 3천 엔의 돈으로 비밀을 지켜 준다면 나중이랄 것도 없이 지금 이 자리에서 바로 나눠 주겠네. 그 대신 비밀은 틀림없이 지켜 주겠지?"

"그야 여부가 있겠나. 아시가라 헤이타는 군인이네. 한 번 함구를 하겠다면 하는 것이니 걱정할 것 없네. 절대로 비밀에 부치겠네."

"그럼, 잠시 기다려 주게. 돈을 가지고 오겠네."

이렇게 말하며 니시와키는 방을 나갔다. 이윽고 10엔짜리 지폐다발 을 세 뭉치 정도 손에 들고 들어왔다.

"확인을 하고 받아 두게. 10엔짜리 지폐가 백 장씩 묶여 있네."

세 뭉치를 앞에 탁 내 놓으니, 아시가라는 손에 들고 확인했다.

"설마 숫자에 이상은 없겠지. 확실히 3천 엔 받았네. 하지만 니시와 키, 내게 발각된 것을 자네 다행으로 알게. 고맙게 생각하라고."

아시가라는 어디까지나 거칠고 오만한 말을 내뱉으며 인사도 하지 않고 그대로 돌아가 버렸다.

아까부터 미닫이문 너머로 이야기를 듣고 있던 마키코를 비롯한 세 여자는, 아시가라가 돌아가고나자 모두 니시와키를 둘러싼다.

"아이고, 요시스케, 나는 무슨 일인가 하여 조마조마하며 듣고 있었 는데, 너 당치도 않은 야비한 생각을 했구나. 돌아가신 아버님은 이런 한심한 생각을 하리라고는 생각도 하지 못했겠지? 요시스케는 내 성품 을 잘 닮았다며, 어렸을 때부터 이만저만 귀여워하시지 않았는데, 하필 이면 원수의 나라인 러시아의 끄나풀이 되어 일을 하다니, 얼마나 천박 한 정신 상태냐. 나는 너무 슬퍼서 아무 말도, 아무 말도 못하겠구나."

마키코는 이렇게 말하며 늙은 두 눈에 눈물을 흘린다.

그러자 여동생 유리코도 소맷자락으로 눈물을 훔칠 새도 없이 원망을 한다.

"오라버니, 이게 무슨 일이세요. 다른 사람은 몰라도 오라버니가 그런 비열한 짓을 하리라고는 오늘날까지 꿈에도 생각한 적이 없어요. 대체 무슨 생각으로 러시아 같은 나라를 위해 나라의 기밀을 알려 준 거예요? 그야 그날 그날 생활이 어려운 신분이라면 욕심 때문에 그럴 수도 있겠다지만, 군인들 사이에서는 남들의 부러움을 살 만큼 재산이 있고, 게다가 오라버니도 상당한 봉급을 받고 계시잖아요. 무엇이 부족하여 개자식이라는 소리까지 듣고도 한마디 대꾸도 할 수 없을 짓을 하셨어요? 아니, 오라버니는 그러고도 니시와키 집안의 조상들께 부끄럽지 않으세요? 세간으로부터 그렇게나 칭송을 받고 계신 아버님 위패에 무슨 면목이 있겠어요? 오라버니는 모른다고 생각할 지도 모르지만, 나쁜 일은 발 없는 말이 천리를 간다고 언제 어느 때 알려질지 모르잖아요. 만약 세상에 알려지기라도 해 보세요. 아유, 니시와키는 로탐(露探)입네, 나라를 판 국적(國賊)입네 하며, 아유, 개짐승 취급하고 욕을 퍼부으며 아무도 거들떠보는 사람도 없을 거예요. 오라버니는 각오를 하고 하신 일이라 해도 늙으신 어머니나 오라버니 하나 믿고 계시는 올케언니, 단 하나 있는 여동생이 불쌍하지도 않으세요?"

유리코는 그곳에 엎어져서 울었다.

(1908년 5월 28일)

22회

아내 기요코도 떨리는 목소리로 이야기한다.

"어머니하고 아가씨 말씀대로, 만약 이 일이 세상에 알려지면, 당신 어찌할 셈이세요? 이 일이 이대로 알려지지 않을 거라고 생각하시는 것은 큰 오산이에요. 벌써, 당신은 아무도 모를 거라고 생각하시지만 이미 지금 아시가라라는 사람이 알고 있잖아요. 그 사람도 지금은 돈 때문에 입을 다물고 돌아갔지만, 언제 어느 때 무슨 일로 다른 사람에게 이야기할지 모르잖아요. 설령 다른 사람에게 말을 하지 않는다고 해도 그 사람 앞에서는 평생 고개를 들 수 없게 되잖아요. 그렇게 되면 앞으로 그 사람이 무슨 말을 해도 싫다고 할 수도 없잖아요. 만약 그 사람을 화나게라도 해 보세요. 그런 비열한 근성을 가진 사람이니 화풀이 삼아 당장 비밀을 까발릴 거예요. 비밀을 폭로해 보세요. 당신 신분에 하자가 생겨서 어떤 험한 꼴을 당할지 몰라요. 당신뿐이 아니죠. 뒤에 남은 우리들은, 아유 로탐입네 뭡네 하며 세간에서 개, 짐승처럼 욕을 먹고 평생을 허망하게 살아야 해요. 지금 아가씨도 말씀하신 것처럼 뭐가 부족해서 그런 비열한 생각을 하게 된 것이에요? 평소에 다른 사람이 비열한 짓을 하면 그렇게나 뭐라 하셨으면서, 군사기밀을 다른 나라에 파는 큰 실수를 저지르시다니, 아무리 생각해도 당신이 무슨 요량으로 그랬는지 모르겠어요. 이는 필시 마음 깊은 곳에 뭔가 각오가 있어서 그러시는 것 같아요. 제발 저희들이 안심을 할 수 있도록 숨김없이 말씀을 해 주세요. 제발 부탁드려요.”

어머니를 비롯하여 세 명이 눈물로 설득하는 것을 아무 말 없이 팔짱을 끼고 듣고 있던 요시스케는 자꾸 딱한 생각이 들어 대답한다.

“어머니를 비롯하여 기요코도 그렇고 유리코도 그렇고, 아주 유감스럽겠지만, 이렇게 한심한 바보를 자식으로 두고 남편으로 둔 것도 팔자려니 하고 체념해 주세요. 지금 생각해 보면, 왜 그렇게 개, 짐승보다 못한 생각을 하게 되었는지 내가 생각해도 이해가 안 돼. 아마 악마에게 홀렸나봐. 하지만 지금에 와서 아무리 후회를 해 봤자 돌이킬 수가 없어. 나의 천운(天運)이 다한 것 같아. 니시와키 가의 조상은 물론 돌아가신 아버님께도 면목이 없는 짓을 저질렀어. 하지만 이런 바보가 니시와키 집안의 후예로 태어난 것이 불행이라고 체념을 하는 수밖에 없어. 기요코는 다른 집안에서 온 사람이니까 이 일 때문에 친정에까지 폐를 끼치는 일이 있으면 참으로 면목이 없으니, 싫으면 조금도 신경 쓰지 말고 지금 돌아가 줘. 그렇지 않고 이렇게 3, 4년 함께 살았으니까 나 같은 거라도 참고 살겠으면 그야 당신 마음에 달린 것이니, 어느 쪽이든 상관없어. 하지만 아시가라의 입에서 발설이 되는 일은 없겠지만, 아무래도 세간에 알려지지 않으리라는 보장은 없다고 생각하고 각오를 해야 해."

이에 기요코는 대답한다.

"설령 당신이 어떤 대죄를 지었다고 해도 일단 이렇게 부부가 된 이상, 저는 이미 이 집안사람이에요. 만일 당신의 신상에 무슨 일이라도 생겼을 때에는 저도 당신 정도로 각오를 했어요. 절대 그런 말씀은 하지 마세요."

"말도 안 되는 일로 모두에게 걱정을 끼쳐 미안하지만, 약속한 일이니 체념하고 용서해 줘. 언제까지고 이렇게 이야기를 해 봤자 소용이 없어. 자 모두 준비를 해 주세요. 이제 천장절까지는 5일밖에 남지 않았어요."

이렇게 재촉하니 내키지는 않지만 세 명은 다른 방으로 사라졌다. 그 뒷모습을 바라보는 니시와키의 눈에는 눈물이 가득 고여 있다.

(1908년 5월 29일)

23회

니시와키 요시스케의 아버지는 스케토시(祐俊)라고 해서, 앞에서 언급한 대로 육군 소장으로 세이난전쟁(西南の役)[10]과 세이타이(征台)[11]에서 수훈을 세워 용맹을 떨친 사람이다. 특히 청일전쟁 때는 모 여단장

으로서 멀리 요동 벌판에 진입하여 장군이 향하는 곳은 초목도 풍미하고 어떠한 견고한 보루도 어떠한 성채도 나아가서 뚫지 못한 것이 없으며, 공격하여 취하지 않은 바가 없어 거의 연전연승 무인(無人)의 땅을 가는 것과 같은 상황이었다. 장군이 적군으로 향하면 반드시 말을 진두에 세우고 누대(累代)의 명도(名刀) 무라사메마루(村雨丸)를 뽑아 탄환이 비 오듯 쏟아지는 가운데 서서 고개 한번 돌리지 않고 부하들을 지휘하는 것이 상례였다. 그러니 용장(勇將) 아래 약졸(弱卒) 없어서 니시와키 여단장이라고 하면 싸워 보지도 않고 도망을 치는 적군이 있을 정도로 귀신 같이 두려워하는 존재였다. 그리하여 강화극복(講和克復) 후에는 군인의 가장 큰 명예라고 할 수 있는 금치훈장3급을 받아 그 위훈을 표창받았다.

성격은 소탈하여 소위 일본 군인의 모범적 인물로 한 번 결심한 경우에는 어떤 일이라도 관철하지 않으면 안 되는 식이었다. 정이 몹시 깊고 감정이 강하며 눈물에 약한 사람으로 때로는 이것이 삼군을 질타하는 장군인가 싶을 정도였다. 그러니 일면으로 보면 발산개세적(拔山蓋世的) 용장군(勇將軍)이고 또 다른 일면으로 보면 세상의 정을 아는 정감 있는 호장군(好將軍)이었다. 그러나 강화 담판의 결과 우리나라 일본에 속해 있던 요동반도를 러시아, 독일, 프랑스 삼국이 위협적으로 간섭하여 눈물을 머금고 반환하지 않을 수 없는 지경에 이르러, 황송하옵게도 황제 폐하께서는 조칙을 발표하여 국민에게 그 수락을 표하셨다.

---

10) 1877년 사이고 다카모리(西鄕隆盛)를 맹주(盟主)로 일어난 사족(士族)들의 무력 반란. 메이지 시대 초기에 일어난 사족 반란 중 가장 큰 규모로 일본 국내 최후의 내전.

11) 세이타이의 역(征台の役)을 말함. 메이지(明治) 신정부가 불평하는 사족의 의향을 반영할 필요와 영토적 야심에서, 1874년 대만에 표류한 류큐(琉球) 선원들의 살해 등을 이유로 대만에 출병한 사건.

이 조칙이 발표된 그날 밤의 일이었다. 니시와키 소장은 분개의 정을 금할 길 없어 평소에 없이 침통해 하며 한 장의 관보(官報)를 손에 든 채, 눈물을 뚝뚝 흘리며 울고 있었다. 그런데 그 다음날 아침 집안 식구들이 눈을 떠 보니, 아들 요시스케 앞으로 유서를 한 통 적어 놓고 깨끗하게 열십자로 배를 가르고 자살을 했다. 그 유서에는 이렇게 적혀 있었다.

요시스케 전(殿)

졸자(拙者)의 이번 자살에 대해서 세상 사람들은 어리석다고 비방하고 잘못을 비웃을 것이라는 것을 미루어 짐작하기 어렵지 않지만, 좌우 세평(世評)은 졸자가 돌아볼 바가 아니며 황천황토(皇天皇土)를 안다면 그것으로 만족한다.

원래 오늘 발포한 조칙을 배독하니 강화의 결과 우리나라의 영토가 된 요동반도를 다시 청국에 반환한다는 취지가 나와 있다.

그것이 이에 이르게 된 것은 러시아, 독일, 프랑스 삼국이 동맹하여 간섭한 결과임은 분명한 사실이며, 그 중에서도 특히 러시아가 그 주모자임도 분명한 사실이다. 생각하면 절치액완비분(切齒扼腕悲憤)할 일이다.

그 요동반도는 우리 군인들이 수많은 죽음과 수많은 부상을 통해 획득한 가장 유서 깊은 땅으로 피는 흘러서 흙속에 스미고 살은 썩어 흙이 되었으며 많은 전우와 많은 부하가 분묘(墳墓)의 땅으로서 싸운 곳이다.

특히 졸자는 부하인 사졸들에게 너희들의 뼈를 묻을 요동반도는 영원한 일본의 영토이며 맹세코 사자(死者)의 초혼사(招魂社)는 반도의 진수(鎭守)로서 건설할 것이라고 하며 고무했다. 그런데 반도를 지금 다시 그들의 손에 반환되게 되었다. 그렇다면 졸자의 말을 믿고 편안히 그곳에서 전사한 부하 사졸들과 그 많은 유족들을 무슨 면목으로 대하며 이 세상에 살아 남겠느냐? 이것이 바로 졸자가 죽음을 각오한 원인이다.

　네가 만약 아비의 죽음을 슬퍼한다면 부디 아비로 하여금 자살에 이르게 한 원인을 고려하거라. 그리고 언젠가 그 나라와 간과(干戈)를 겨루어 전쟁을 할 일이 있다면 부디 아비의 원한을 위로하기에 족할 만큼 복수를 하거라. 그때 졸자는 기꺼이 눈을 감을 것이다. 지금 자살에 임하여 너에게 부탁하는 것은 오직 이것 한 가지이다. 네가 아비의 자식이라면 반드시 아비의 유지를 받들거라. 모쪼록 이 말을 남기는 바이다. 총총.

스케토시

(1908년 5월 30일)

24회

아버지의 유서를 본 요시스케는 너무 슬픈 나머지 한때는 같이 죽으려고까지 마음을 먹었지만, 다시 생각을 고쳐먹고 오로지 아버지의 원령(怨靈)을 위로하는 데에만 마음을 쓰고 그 시기가 언제가 될까 하며 몰래 적당한 시기가 오기를 기다리고 있었다.

　자식은 누구보다도 부모가 잘 알아서, 스케토시가 요시스케에게 남긴 말은 그 유지를 실행할만한 재능이 있다고 보았기 때문이다. 정말이지 요시스케는 어렸을 때부터 영리하였고, 성장을 함에 따라 점점 더 그 미질(美質)을 발휘하여 스케토시는 더 없는 자식으로 매우 총애했다.

　그리고 한번 육군에 봉직을 하게 되자 충군애국의 지정이 넘치고 윗전에 아부하지 않고 부하를 불쌍히 여기며, 참으로 훌륭한 청년사관이었다. 그리하여 육군부대 내에서도 그를 보고 삼덕(三德) 상관으로 칭송했다. 아마 지인용(智仁勇)을 겸비했다는 뜻일 것이다.

아버지 스케토시가 자살을 했을 무렵에는 아직 사관학교를 갓 졸업한 청년시절이었지만, 아버지의 유서를 읽음과 동시에, 마치 건무(建武)의 충신 남정위(楠廷尉)[12]가 그 자식 정행(正行)을 가르친 것과 마찬가지로, 첫째도 러시아 둘째도 러시아로, 하나의 병서를 펼치는데도 그와 같은 마음가짐이었고 하나의 병술을 연구하는데도 그것을 목적으로 하였으며, 거의 십년 성상을 거쳐 대위가 된 오늘날까지 단 한시도 돌아가신 아버지의 유서를 잊은 일이 없었다.

그런데 요시스케가 기다려마지 않았던 돌아가신 아버지의 유지를 실행할 시기가 와서, 지금은 바야흐로 러일의 풍운은 점점 더 험악해지고 재야의 지사 논객들은 입을 모아 러시아 정토(征討)를 주장하고 재야 공신(功臣)들 역시 한편으로는 유화적으로 교섭을 함과 동시에 또 한편으로는 전투준비를 착착 진행하였다. 그리하여 여차하면 백만비휴(貔貅)[13]와 같은 용맹한 병사들은 명령만 떨어지면 언제든 활동할 태세를 갖추었고, 소장(小將) 혈기의 군인들은 검을 쓰다듬으며 기량을 발휘할 기회를 노리며 한시라도 빨리 선전(宣戰) 대칙어(大勅語)가 내려지기를 기다리고 있었다. 하물며 니시와키는 마음속으로 얼마나 기뻐했을까? 피가 끓어오르고 살은 부르르 떨리며 하루가 천추(千秋)와 같았다.

이렇게까지 돌아가신 아버지의 유지를 받드는 데 심혈을 기울이고

---

12) 정위는 벼슬 이름. 진(秦) 나라 때 처음 설치하였고, 9경(九卿)의 하나로 형옥(刑獄)을 관장하였으며, 한대(漢代)에 들어와 한때 이름이 '대리(大理)'로 바뀐 적이 있지만, 무제(武帝) 건원(建元) 4년(B.C. 137)에 원래대로 복귀되었음. 전(轉)하여, 법조를 맡은 관부(官府)나 그곳에 근무하는 사람을 일컬었음.

13) 범과도 같고 곰과도 같은 맹수 이름. 용맹한 무사(武士). 『사기(史記)』〈오제기(五帝紀)〉에 나옴.

있는 요시스케가 적국으로 간주하고 있는 러시아의 육군대신 구로하
토킨이 내유(來遊)한 것을 기화로 변장을 하고 남의 눈을 속여 멀리
스마해변에까지 가서 밀회를 하여 국방 지도를 팔아넘긴 것은 무슨
연유일까? 1, 2만 엔의 돈이 탐나서 백정과 거지들도 꺼리는 비열한
행동을 한 것일까? 아니, 아니 그렇지 않다. 니시와키의 집안은 재산가
라고 할 수는 없어도 확실히 수만의 재산을 가지고 있다. 게다가 자신
은 육군대위로서 생활하기에 충분한 봉급을 받고 있다. 겨우 2, 3만
엔의 돈에 눈이 어두워질 니시와키가 아니다. 그렇다면 무슨 필요가
있어서 이렇게 해괴한 행동을 한 것일까? 발광을 한 것일까? 그렇지
않다. 그는 여전히 남들 못지않은 애국자이며 남들 못지않은 효자이다.

그렇다면 누군가 다른 사람에게 부탁을 받아서 어쩔 수 없이 한 짓
일까? 그렇지 않다. 그 사람은 어떠한 은인에게 부탁을 받았다고 해도
좋은 일이라면 몰라도 나쁜 짓인 것을 알면서 받아들일 정도로 줏대가
없는 사람이 아니다.

그렇다면 무엇 때문에 이렇게 불경한 짓을 한 것일까? 그것은 말로
하지 않는 것이 더 나을 것이다. 앞으로 그가 하는 행동으로 짐작하는
것이 좋을 것이다.

(1908년 5월 31일)

25회

"저는 이와타 로쿠조(岩田六造)라고 합니다만, 아시가라 씨로부터 부
탁을 받아 잠깐 드리고 싶은 말씀이 있어서 찾아왔습니다. ……예, 그
러니까 아시가라라는 것은 그 육군 소좌 아시가라 헤이타 씨를 말하는
것입니다."

이렇게 말을 꺼내는 것은, 나이는 서른 여덟아홉 정도 되었을까, 겉

보기에는 상인 같기도 하며, 곱슬거리는 수염에 붉은 얼굴이 말을 할 때마다 눈을 깜빡거리고 기분 나쁘게 입을 삐죽거리는 버릇이 있다. 대단히 신경에 거슬리는 남자이다.

니시와키의 집안은 모레가 유리코의 혼례 날이라 매우 혼잡한 상황이라서 여간한 사람이 아니면 웬만해서는 면회를 사절하고 있지만, 아시가라에게서 온 사자라는 말을 듣고 사절을 했다가 비위를 상하게 하는 게 아닐까 해서 내키지는 않지만 응접실로 안내를 해서 면회를 했다.

"저는 니시와키 요시스케입니다만, 어떤 용무로 오셨는지요? 어서 말씀해 보시지요."

"예, 알겠습니다. 바로 말씀드리지요."

다시 입을 비쭉거리고는 담배에 불을 붙이며 말을 꺼냈다.

"오늘 제가 찾아뵌 것은 다름이 아니라 좀 상의드리고 싶은 것이 있어서입니다. 예, 아시고 계시겠지만, 아시가라 씨는 지금 나이가 꽉 찼지만 아직 결혼을 하지 않았지요. 어울리는 인연을 찾으면 결혼을 하려고 작년부터 여기저기 알아보고 계십니다. 하지만 아무래도 결혼이란 어려운 것이라서 이쪽이 좋다 하면 저쪽이 넘치고 저쪽이 좋다 하면 이쪽이 모자랍니다. 혼담은 마음대로 될 것 같으면서도 마음대로 안 되는 것인가 봅니다. 네, 특히 아시가라 씨는 대단히 미인을 좋아하셔서 어지간한 미인은 성에 차지 않아 합니다. 그래서 저만해도 작년부터 올해에 걸쳐서 열 명 정도나 이야기를 해 보았습니다만, 모두 마음에 들지 않아 성사가 되지 못했습니다. 예, 그런데 어제 갑자기 부르시기에 바로 찾아갔더니 이번만큼은 중매를 꼭 서 달라고 하셨습니다. 예, 그럼 마음에 드는 분이 생겼습니까 하고 묻고는, 좋습니다, 제 직업이 중개를 하는 사람이니 괜찮으시다면 아무리 바빠도 중매를 하겠습니다, 부디 어려워 마시고 말씀해 주세요, 라고 했습니다. 그랬더니, 실은 여차저차하다며 자세히 말씀을 하셨는데 그것이 바로 댁의 아가씨입니다. 아시가라 씨가 말씀하시기로는 지금까지 당신하고는 알고 지내는 사이였지만, 니시와키에게 그렇게 아름다운 여동생이 있으리라고는 오늘날까지 전혀 몰랐다는 것입니다. 어떤 여자냐고 물으니, 그렇게 아름다운 여자는 태어나서 처음이라고 했습니다. 예, 이것 참 정말이지 엄청나게 열을 내고 있습니다. 그래서 말입니다. 제게 댁으로 찾아가서 이야기를 해서 제발 허락을 받아 달라고 말씀하셨지 뭡니까? 예, 이렇게 갑자기 찾아뵌 까닭은 바로 이것입니다.

어떠신지요? 부디 허락을 해 주셨으면 합니다."

이와타는 간단히 부탁받은 일을, 구구절절 늘어놓고 예의 그 눈을 깜빡거리며 무슨 대답이 나올까 하고 니시와키의 얼굴을 바라보고 있었다.

"아이고, 참 수고가 많으셨습니다. 실은 아시가라 군하고는 아는 사이이기도 하고, 못난 누이동생을 그렇게나 간절히 희망하신다면 저희가 부탁을 해서라도 보내고 싶지만, 유감스럽게도 그만 얼마 전 다른 곳에 보내기로 약속을 해서 이미 내일모레 결혼을 하기로 되어 있습니다. 정말이지 모처럼 이렇게 와 주셨는데, 부디 말씀 좀 잘 전해 주십시오."

(1908년 6월 2일)

26회

"나리, 다녀왔습니다."

"오, 이와타인가? 상당히 빠르군. 수고했네, 수고했어. 결과는 어떻게 되었나?"

"예, 지금 말씀 드리겠습니다."

이와타는 무릎으로 한 번 더 바짝 다가앉으며 담배를 집어 들고는 말을 이었다.

"그 댁은 상당히 훌륭한 댁이더군요."

"음, 꽤 훌륭하지. 지금 주인의 아버지 되는 사람은 돌아가시기는 했지만, 육군소장으로 재산도 꽤 있었으니까."

"아, 그래요. 육군 소장이셨군요. 그렇지 않고서야 그런 주택은 웬만해서는. ······"

아시가라는 애가 탄다는 듯이 재촉하며 거듭 물었다.

"그건 그렇고, 결과는 어찌 되었나?"

"예, 지금 말씀 드리겠습니다. 그 이후 바로 그 댁에 가서 안내를 부탁하니, 부드러운 발소리를 내며 현관으로 나온 것은 소름이 끼칠 정도로 아름다운 아가씨였습니다."

"흐흠, 그래 그 사람이야. 그 사람이 내가 원하는 여자네."

"아, 그분이세요? 대단한 미인이더군요. 그래서 즉시, 아시가라 씨한테 부탁을 받고 찾아왔는데, 주인을 좀 뵐 수 있을까요, 라고 하니, 어서 이리로 들어오세요 하고 즉시 방으로 안내를 받았습죠."

"흠, 흠."

"그러자 잠시 후에 담배쟁반이 나오고 화로가 나왔습니다. 좋은 향기가 나는 차가 나왔습니다. 이어서 아오야기(靑柳)[14]의 양갱이 나왔습니다."

"이보게. 그런 것은 아무래도 상관없네. 어서 중요한 이야기를 들려주게."

"예, 알겠습니다. 바로 지금 말씀 드리지요. 그러면 여러 절차가 있었습니다만, 그런 것은 일체 제쳐 두고 요점만 빨리 말씀드리지요. ······우선 나리가 말씀하신 대로 자초지종을 이야기해서 부디 긍정적인 대답을 해 달라고 부탁을 했습니다."

"흐흠, 흐흠."

"그러자 나리, 유감스럽군요. 조금 더 일찍 말씀하셨다면 좋았을 것

---

14) 1879년 고토리혜(後藤利兵衛)가 창업한 화과자 전문점으로 현재도 존재.

입니다. 그만 얼마 전에 혼담이 성사가 되어 내일 모레가 결혼식이라고 하시네요. 예, 그렇습니다."

"아니, 뭐라고? 모레가 결혼식이라고?"

아시가라는 예의 그 음흉한 눈을 번득이며 이와타의 얼굴을 보았다.

"니시와키 씨도 매우 안타까워하며 나리하고는 아는 사이이기도 하고 원해서 하는 결혼도 아니니 약속을 하기 전이라면 기꺼이 수락을 했겠지만, 참으로 유감스러운 일이라고 했습니다. 그리고 제게 그 뜻을 잘 전달해서 거절을 해 달라고 부탁을 하셨습니다.

"그래서 자네는 뭐라 했나?"

"다른 일로 거절을 당했다면 어떻게든 억지로라도 약속을 하고 돌아왔겠지만, 아무래도 우리 쪽보다 먼저 혼담이 성사가 되었고 게다가 내일 모레 결혼식을 올린다고 하니, 그것을 저희 쪽하고 하자고 할 수도 없어서 그대로 물러나서 돌아왔습니다. 예, 그렇습니다."

"아깝군. 아무리 다른 사람하고 혼담이 정해졌다고 해도 내가 꼭 하겠다고 하면 싫다고 할 수 없는 사정이 있는데 말이네. 자네에게 그 이야기를 해야지 하고 생각만 하고는 그만 깜빡 했네."

"아이쿠, 그렇다면 그렇다고 진즉에 말씀을 해 주셨으면 이야기를 더 해 볼 도리가 있었는데, 아깝습니다. 네, 그렇습니다."

"아 뭐, 어쩔 수 없네. 거절을 하려면 하라지. 내게도 좀 생각이 있으니까 말일세. ……"

(1908년 6월 3일)

제27회

아시가라 소좌에게서 부탁을 받고 온 이와타 로쿠조가 돌아가고 나서 니시와키 요시스케는 어머니를 비롯하여 기요코, 유리코가 의류 등을 펼쳐 놓고 이것은 장롱에 저것은 옷궤에 하며 혼수 준비에 정신이 없는 방으로 갔다. 그러자 어머니 마키코는 옷을 개던 손길을 멈추고 물었다.

"아시가라가 보내서 온 손님이라는데 또 그 일로 뭔가 언짢은 이야기라도 한 게냐?"

"아니요, 일전의 그 건은 아닌데, 이상한 말을 하고 갔어요. 유리코를 아내로 맞이하고 싶다고."

"어머나, 자기 아내로?"

"그래요. 자기 아내로 삼고 싶다네요."

"나이도 꽤 된 것 같던데 아직 결혼 전이냐?"

"지금 딱 적령기인 것 같은데 아직 결혼 전이랍니다."

"그래서, 뭐라고 하고 돌려보냈냐? 적당히 이야기해서 거절했겠지?"

"네, 조금 더 일찍 말해 주었으면 서로 아는 사이이기도 하고 동생도 기뻐했을 테지만, 그만 얼마 전에 다른 사람하고 약혼을 해서 이미 내일모레 결혼식을 올리기로 되어 있으니, 그 사정을 잘 전해 달라 하고 돌려보냈습니다."

어머니 옆에서 뭔가 바쁜 듯이 바느질을 하고 있던 유리코도 한마디 했다.

"오빠도 참 뭐하네요. 동생도 기뻐했을 거라니 그렇게 밉살스런 사람한테 누가 시집을 간다 그래요? 저는 죽어도 안 갈 거예요."

유리코는 아주 질색이라는 듯이 말했다.

요시스케는 웃으며 대꾸했다.

"그래도 거절하는 방편으로 말했을 뿐이고 너한테 시집을 가라는 것은 아니니 그렇게 화를 내지 않아도 되지 않겠니?"

"그래도 저는 그 사람 생각하면 정말이지 미워 죽겠어요. 남의 집에 와서 자기 하고 싶은 말을 다 해대고, 뻔뻔스럽게도 시집을 오라고 하네요. 생각만 해도 화가 나요."

기요코도 유리코 편을 들며 나섰다.

"정말 그래요. 사람을 무시해도 분수가 있지. 개자식이니 뭐니 큰 소리로 욕을 하고 결국에는 돈까지 챙겨 가 놓고서, 뻔뻔스럽게도 그런 말을 잘도 하네요. 그 사람도 어지간한 사람이군요."

마키코도 거든다.

"그 사람은 아마 우리 약점을 잡고는 그렇게 무리한 요구를 해도 싫다고 할 수 없을 것이라 생각해서 그런 말을 한 것이겠지. 그러니 될 수 있으면 성질을 건들지 않는 게 좋아. 그렇게 질이 나쁜 사람은 무슨 짓을 할지 모르니까 말이야."

요시스케는 어머니의 말에 수긍을 하며 맞장구를 친다.

"맞아요. 그 친구가 비열한 짓을 하는 것은 어제오늘의 일이 아니에요. 저하고 같이 사관학교에 있을 때부터 상대하는 사람이 거의 없을 정도였어요. 그래서 저도 전임을 하고서도 모르는 척하고 있었지요. 혼담도 이렇게 약속이 다 된 후라서 잘 된 일이기는 해요. 다른 이유로 거절을 하면 어떤 해코지를 할지 몰라요."

"그럼, 그럼. 그런 사람은 될 수 있는 한 성질을 건드리지 않는 것이 좋아."

이렇게 해서 아시가라에게서는 혼담에 대해서는 더 이상 아무 말이 없었고, 유리코는 만반의 준비를 하여 11월 3일 저녁 화려하게 오바나가의 사람이 되었다.

(1908년 6월 4일)

28회

오이소(大磯)에 있는 쇼센카쿠(招仙閣)라는 여관 발코니 난간에 기대어 저 멀리 파도를 바라보고 있는 젊은 남녀 두 사람이 있다.

남자는 스물 일고여덟의 피부가 희고 코밑에 멋진 수염을 기르고 있는데 키가 훤칠하니 크고 매우 호남자로 보인다. 고운 검정색 견직으로 된 겹옷에 하얀 수자직 허리띠를 둘둘 말아 묶고 손에는 작은 쌍안경을 들고 있다. 여자는 스무 살 전후로, 가지타 한코[15]가 그린 당세풍 미인이 그림에 뛰쳐나왔나 싶을 정도로 아름답다.

이는 오바나 도시오와 유리코가 결혼 다음날 함께 밀월여행에 올라 2, 3일 전부터 이 집에 숙박을 하고 있는 것이다.

날씨는 화창하여 하늘에는 구름 한 점 없다. 가까이는 일대의 송림(松林)에서 취연(翠煙)이 피어오르는 듯 하며 멀리는 담애(淡靄) 수천(水天)의 경계에 자욱하게 잠든 듯하다. 그 모습은 마치 유명화가가 그린 한 폭의 산수화인가 싶다.

도시오는 쌍안경을 들어 올려 멀리 바다를 바라보다가 말을 꺼냈다.

"유리코 씨, 유리코 씨 어서 좀 봐. 저 건너 바위 위에 갈매기 두세 마리가 앉아 있어. 완전히 그림 같군."

"어머, 그러게요. 잠깐 쌍안경 좀 빌려 줘요."

유리코는 이렇게 말하며 쌍안경을 받아서 새하얀 손으로 들어 올리고는 묻는다.

"여보, 어느 쪽이요? 어서 가르쳐 주세요."

"그럼, 내가 가리키는 쪽으로 쌍안경을 돌리고 봐. ……어때, 보이지? 저쪽에 손을 내민 것 같은 소나무에서 약간 왼쪽으로 말이야."

유리코는 가리키는 방향을 자꾸만 바라보고는 더 묻는다.

---

15) 가지타 한코(梶田半古, 1870.7.23~1917.4.23). 메이지 시대에서 다이쇼 시대에 걸친 화가. 오자키 고요(尾崎紅葉)의 『금색야차(金色夜叉)』나 고스기 덴가이(小杉天外)의 『마풍연풍(魔風戀風)』 등 잡지나 신문의 삽화로 유명하며, 그가 그린 여학생의 헤어 스타일이나 복장은 젊은 여성들의 동경의 대상이 되어 '한코의 여학생'이라는 말이 생겼을 정도이다.

"여보, 어느 소나무요? 손을 내밀고 있는 것 같은 것은 몇 개나 있는 걸요. ……"

이렇게 말하며 봄날 실개천에 비치는 달처럼 부드러운 눈빛을 하고 있다. 도시오도 기쁨에 겨운 듯 싱글벙글거린다.

"몇 개나 있다니, 그렇게나 많이 있단 말이야? 저기 야트막한 산자락에 우뚝 서 있는 커다란 소나무 한 그루 있잖아. 거기에서 약간 아래 이런 모양으로 가지가 쑥 뻗은 소나무가 있지? 그 왼쪽 바위 위야."

도시오는 이렇게 말하며 자신의 손을 쑥 뻗어 나뭇가지 모양을 만들어 보였다. 유리코는 하하하고 웃는다.

"그래요? 그럼 자세히 다시 봐야겠네요."

그리고는 다시 쌍안경을 들고 가르쳐 준 쪽을 바라보았다.

"아, 여보 보여요, 보여. 어머, 너무 귀여워요. 갈매기가 볕을 쬐며 자고 있네요. 정말 그림 같아요. ……어때요? 저기까지 슬슬 산책을 할까요? 싫으세요?"

"아니, 싫지 않아. 유리코 씨가 가고 싶다면 어디라도 가야지. 어서 준비해."

"전, 이대로 가도 돼요."

"그럼, 바로 출발하도록 하지."

"그런데, 당신은 감기 걸리면 안 되니까, 하오리라도 걸치고 오세요."

유리코는 옷상자에서, 씨실이 굵은 견직물에 수자직으로 안감을 대고 가문(家紋)을 그려 넣은 하오리를 꺼내 입었다.

"유리코 씨도 입는 게 어때? 그쪽은 추울 지도 몰라."

"그럼 저도 입고 올게요."

두 사람은 여관을 나와 한 줄기 오솔길을 나란히 걸어 바위가 있는 해변으로 향했다.

(1908년 6월 5일)

29회

잔디가 깔린 나선모양의 오솔길을 빠져나가 소나무 가로수에 이르
자 도시오는 유리코의 손을 잡고 주의를 준다.

"유리코 씨, 길이 울퉁불퉁해서 위험하니까 내 손을 잡고 걸어. 넘어
지면 큰일이야."

유리코는 도시오가 하는 대로 그 손을 맡기고, 천천히 걷는다.

소나무 가로수 길을 중간 쯤 갔을 때, 앞쪽 숲속에서 애잔하고 부드
럽게 목소리를 높여 노래를 부르는 소리가 난다.

"넓은 바다, 좁은 바다 바닷가를 거니니, 님 그리운 듯 물새가 우네."

노랫소리가 손에 잡힐 듯 들리는가 싶더니, 어느새 그 사람은 3,40
걸음 앞에 모습을 드러냈다. 그 모습을 보자마자 유리코는 부탁을 했다.

"아, 여보, 누가 오고 있으니 손을 놓아 주세요."

하지만 도시오는 손을 놓을 기색도 없이 오히려 점점 더 손을 꼭
쥐고는 대꾸한다.

"뭐, 어때. 부부가 손을 잡고 걷는 것은 당연한 일이잖아. 아무도
신경 쓰지 않아도 돼."

"그래도 시골 사람들은 이상하게 봐요."

"이상하게 생각하려면 하라지. 내가 가장 사랑하는 아내가 이렇게
울퉁불퉁한 길에서 넘어지기라도 하면 큰일이니까, 그래서 이렇게 손
을 잡고 있는 거잖아. 그것을 이러쿵저러쿵 뭐라 하는 것은 부부 사이
의 정을 모르는 거지. 그런 사람이 이상하게 생각하든 언짢게 생각하
든 알게 뭐야, 하하하."

"그래도, ……"

무슨 말인가 하려는데, 노래를 하던 아까 그 사람이 벌써 바로 앞에
나타났기 때문에 유리코는 입을 다물었다.

보니, 노랫소리가 부드러웠던 것도 당연한 일. 열 일고여덟 되는 시

골 처녀 아이가 빨간 앞치마를 두르고 눈썹 아래까지 깊숙이 쓴 수건으로 뜨겁게 내리쬐는 햇볕을 가리고는, 마침 바닷가에서 돌아오는 것인지 손에는 조개가 담긴 소쿠리를 들고 있다. 도시오와 유리코 두 사람이 가까워진 것을 보고는 길을 비켜섰다.

도시오는 예의 쾌활한 표정으로 소쿠리 속을 들여다보며 말을 건넨다.

"아가씨, 실례지만, 조개를 아주 많이 잡았네."

도시오가 길을 양보해 준 데 대한 고마움을 표하자, 시골처녀는 목까지 새빨개지면서 수줍은 듯 대답을 한다.

"감사합니다."

그리고는 고개를 숙였다. 두 사람은 그대로 또 다시 천천히 길을 걷기 시작했다. 시골처녀는 가던 길을 갈 생각도 않고 뒤를 돌아보며 두 사람의 뒷모습을 신기한 듯이 바라보았다.

그것은 두 사람이 손을 잡고 있는 것이 신기했을 뿐만 아니라, 즐거워하는 그 모습에서 연인을 연상했기 때문일 것이다.

열 걸음 정도 가서 유리코가 무심결에 뒤를 돌아다보니, 처녀아이는 아직도 멍하니 이쪽을 바라보고 있었다.

"보세요, 아직도 이쪽을 바라보고 있어요."

도시오는 미소를 띠며 뒤를 돌아다보았다.

"그래? 아직도 보고 있어? 유리코 씨가 너무 예뻐서, 그래서 바라보는 거겠지."

아직도 바라보고 있던 시골처녀아이는 그대로 걷기 시작했다.

"어머, 그런 말씀 마세요. 저를 보는 게 아니에요. 당신 모습을 보고 있는 거예요. 당신이 뒤를 돌아보니까 부끄러운 듯이 다시 걷기 시작하잖아요. 그게 증거예요."

"어이쿠, 대단한 증거를 잡았군 그래, 하하하."

(1908년 6월 6일)

30회

두 사람은 이윽고 쇼센카쿠 발코니에서 바라보던 바위 근처까지 도착했다. 바위는 다다미를 깔 것 같으면 30장은 족히 깔 수 있을 정도로 평평하고 넓은 바위로, 한쪽은 파도와 바람으로 운치 있게 가지를 뻗은 소나무에 면해 있고 또 한쪽은 크고 작은 물결이 밀려오는 벼랑에 면해 있다.

지금까지 화창한 햇볕 아래에서 날개를 쉬고 있던 한 무리의 갈매기들은 인기척에 놀라 푸드득 하고 날아올랐다.

그것을 보자마자 유리코는 안타까운 표정을 지으며 묻는다.

"어머, 당신 어떻게 하신 거예요? 갈매기들이 모두 날아갔어요."

도시오는 큰 소리로 웃으며 대답한다.

"그야 날개가 있으니 날아가는 게 당연하지. 날아가지 않고 그대로 있으면 어쩌려고?"

"저 당신한테 잡아 달라 해서 어머니께 선물하려고 했죠."

"하하하, 귀엽군. 눈이 멀고 날개가 없는 갈매기라면 잡힐지도 모르지만, 아무리 나라 해도 잡을 수 없어."

"그래도 아까 볼 때는 자고 있었는걸요. 자고 있으면 잡을 수 있겠죠?"

"자고 있다 해도 사람이 오면 잠에서 깨지. 어떻게 그렇게 쉽게 잡겠어."

"얄미운 갈매기네. 가만히 자고 있으면 좋을 텐데요."

"하하하하, 도망을 친 새는 어쩔 수 없고, 어때, 바위 위에 올라가서 저 멀리 경치 구경이나 할까?"

"그래도 저는 올라갈 수 없는걸요."

"뭘, 못 올라가겠어? 모두 다녀서 그런지 길이 나 있네. ……자, 다시 내 손을 꼭 잡고 와."

유리코는 시키는 대로 도시오의 손을 꼭 잡고 자연스럽게 나 있는

길을 따라 바위 위로 올라갔다. 유리코는 기쁜 듯이,

"아래에서 보면 그렇지 않은 것 같은데, 올라와 보니 꽤 크고 넓은 바위군요. ······어머, 저쪽 좀 보세요. 저렇게나 예쁜 소나무가 바위틈에서 자라고 있네요."

"그렇지, 유리코 씨는 시골길은 걸어본 적이 없으니 힘들지? 여기에 앉아서 좀 쉬지 않겠어?"

도시오는 약간 높이 솟은 바위 위를 닦고 손수건을 깐 후 자기 먼저 앉아서 유리코에게 권했다.

"저, 조금도 힘들지 않아요. 천천히 걸었는걸요."

그리고 잔잔한 바다 위를 오가는 어선이나 상선을 바라보며 말을 잇는다.

"저, 여보, 돛을 올린 배가 왔다 갔다 하는 저곳은 마치 수채화 같아요. 저, 이런 곳 너무 좋아요."

"그렇게 좋으면 이곳에 별장이라도 지어서 여름이 되면 피서를 올까?"

"별장을 짓지 않아도, 이렇게 가끔씩 놀러오는 것이 재미있지 않아요?"

"그야 어려운 일 아니지. 그럼 앞으로 매년 밀월여행 기념으로 놀러 오기로 하지."

"꼭 데리고 와 주세요. 저 이렇게 즐거운 적은 태어나서 처음이에요. 꼭이에요."

"꼭 오구말구. 매년 꼭 데리고 올게."

이렇게 말하며 비로소 생각이 난 듯 말한다.

"유리코 씨, 이쪽으로 와. 아무 생각 없이 있었는데, 그곳은 햇빛이 비쳐서 소중한 우리 유리코 씨가 햇볕에 타면 우는 사람이 있단 말이지."

"어머, 그렇게 말씀하시면. 저 타도 괜찮아요."

유리코는 말은 이렇게 하면서도 순순히 도시오의 말을 따랐다.

(1908년 6월 7일)

31회

도시오는 담배를 꺼내 느긋하게 피우며 멀리 바다 위를 정신없이 바라보는 유리코를 보고 말했다.

"저, 유리코 씨, 유리코 씨는 어떻게 생각할지 모르겠지만, 인간이라는 것은 참 신기하지 않아?"

유리코는 도시오의 얼굴을 물끄러미 바라보았다.

"얼마 전까지만 해도 말 한 마디 주고받은 적이 없는 사이인데, 이렇게 사이가 좋아진다는 것은, 어쩌면 아무것도 아닐 수도 있겠지만 깊이 생각해 보면 참으로 신기한 일이야."

도시오는 결혼을 함으로써 생기는 부부간의 애정에 크게 느끼는 바가 있는 것처럼 이야기를 꺼냈다.

유리코도 그 말에 공감을 했는지 생긋 웃으며 대답한다.

"정말이에요. 서로 다른 사람이면서 이렇게 마음이 편해지다니 참 신기해요."

"부부가 되면 왜 이렇게 마음이 편해지는 것일까?"

"전 모르겠어요."

유리코는 어색한 미소를 짓는다.

"그야 모르면 모르는 대로 괜찮지만 말이야. 한 가지 유리코 씨한테 물어 보고 싶은 것이 있어. 전에 내가 유리코 씨에게 청혼을 하러 갔을 때, 형님 말씀으로는 여기저기서 혼담이 들어왔고, 그 중에는 어엿한 화족도 있었지만 유리코 씨가 승낙을 하지 않아서 모두 거절했다고 하던데, 화족이 찾아와도 싫다고 하던 유리코 씨가 나 같이 재산도 없고 명예도 없는 군인한테 왜 와 준 것이지? 정말이지 너무 궁금하군. 대체 무슨 생각으로 허락을 한 것인지 알고 싶어."

"……"

유리코는 묘한 미소를 지을 뿐 아무 대답도 하지 않았다.

"나한테 이야기해도 괜찮지 않아? 내가 다른 사람한테 이야기할 것도 아니고. 나한테만 이야기하면 되니까 말이야. ……"

"그래도 좀 어쩐지 거북해요."

"그런 게 거북하다니 그러면서 시집은 잘도 왔군 그래. 하하하."

"아이 참, 또 그런 말씀을 하시네요. ……그럼 말씀드릴 테니까 웃으시기 없기예요."

"내가 왜 웃겠어. 경청할게."

유리코는 부끄러운 듯이 대답했다.

"사실을 말씀드리자면, 당신하고 결혼하게 된 것은 제 마음이 당신에게 갔기 때문이에요. 당신은 모르실지도 모르지만 제가 당신을 뵌 것은 재작년 봄의 일이에요. 마침 친구 집에서 돌아오는 길이었어요. 히가와의 가쓰(勝) 백작 댁 앞을 지나가는데 당신은 휘파람새를 넣은 새장을 들고서 언덕을 올라가고 계셨어요. ……그때의 모습이 이상하게 각인이 되어서 아무리 잊으려 해도 생각을 하면 할수록 잊혀지지 않는 거예요. 그래서 저는 아무한테도 이야기를 한 적은 없지만, 그때 마음속으로 굳게 맹세를 했지요. 당신과 부부가 되지 못한다면 평생 결혼을 하지 말자고요. 그러니까 오빠한테서 말씀을 들으셨겠지만, 화족에게서 혼담이 들어와도 어떤 상대한테서 혼담이 들어와도 다 싫다고 고집을 부리고 있었던 거예요. 그런데 하느님께서 제 마음을 불쌍히 여기셨는지, 당신이 그것도 당신이 직접 청혼을 하러 와 주셨으니, 저는 이것이 꿈인가 생시인가 하고 깜짝 놀랐습니다. 제가 바로 승낙을 한 것은 전혀 이상한 일이 아니지 않나요?"

유리코는 말을 마치고, 그만 얼굴이 빨개졌다.

(1908년 6월 9일)

32회

유리코의 이야기를 듣고 도시오는 깜짝 놀랐지만, 점점 더 만족스런 표정을 지었다.

"이야, 그것 참 신기하군. 재작년 봄에 효가와에 있는 가쓰 백작 댁 옆 언덕을 올라가는 길에 만났다니, 내가 그때 뭘 하고 있었던 것이지? 유리코 씨 정도 되는 미인을 만났으면 그것을 모를 리가 없는데, 정말 신기하군."

도시오는 고개를 갸우뚱하며 그 당시 일을 기억하려 했다.

"아무리 생각을 하려 하셔도 소용없어요. 당신은 휘파람새가 예쁜 목소리로 노래를 하고 있어서 거기에 정신이 팔려 계셨던 걸요."

"아무리 그래도 아마 봤으면 그대로 지나치지는 않았을 텐데. 그럼 정말 유리코 씨도 나를 잊지 않고 있었던 게로군. 그리고 보니 내가 일전에 지장보살 축일 때 유리코 씨를 발견한 것도 필시 하느님이 마음을 써 주신 게로군. 참으로 신기한 일도 다 있네. 아 참, 그리고 보니, 일전에 내가 처음으로 유리코 씨의 집에 찾아갔을 때도 문을 열고 나온 유리코 씨의 표정이 참으로 이상하다고 생각했어."

"제가 어떤 표정을 하고 있었게요? 지금 생각하면 어땠을지 정말 부끄럽군요."

"어쩐 표정이라니. 그 예쁜 얼굴이 발그레해져서 뭐라 형언할 수 없는 상냥한 표정을 하고 있었어. 아직도 그때의 표정이 잊히지 않는군 그래."

"어머, 당신은 그렇게 상냥한 표정을 하고 어떻게 이렇게 말씀은 짓궂으세요. ……저, 정말이지 그때는 깜짝 놀랐어요."

남자는 기분 좋다는 듯이 웃으며 물었다.

"그럼, 뭘 하러 왔다고 생각했어?"

"그런 생각은 전혀 못 하고, 그저 당신이 와 주신 것이 기뻐서 정신이 없었어요."

"그럼, 형님이 이러이러하다 하고 이야기했을 때는 깜짝 놀랐겠군."

"깜짝 놀란 정도가 아니에요! 기쁘기도 하고 부끄럽기도 해서 정신이 없어서 잘 기억은 나지 않지만 너무 기뻐서 대답을 뭐라 했는지도 몰라요."

도시오는 점점 더 만족스러운 듯이 물었다.

"내가 돌아간 후에 필시 모두 재미있어들 하셨겠지?"

"어머니도 그렇고 오라버니도 그렇고 이런 청혼은 처음이라며 엄청 재미있어 했어요."

도시오는 소리 높여 웃었다.

"그야 그렇겠지. 내가 생각해 봐도 너무 황당한 이야기였던 것 같아."

"하지만 당신이 직접 오셨으니까 이렇게 행복한 일도 생긴 거죠. 다른 사람이 이야기를 가지고 왔으면, 도저히 이렇게 행복한 일은 있을 수 없었을 거예요."

"그건 또 무슨 말이지?"

"당신 얼굴을 봤으니까, 당신인 줄 알았죠. 당신 얼굴은 한시도 잊은 적이 없지만, 당신이 오바나인지 누구인지 이름은 몰랐잖아요. 만약 다른 분이 와서 오바나에게 부탁을 받고 왔다고 하셨다면, 저는 역시 당신인 줄 모르고 거절을 했겠죠. 그렇게 되었다면 이렇게 행복한 일은 있을 수 없었을 거예요."

"과연, 듣고 보니 정말 그렇군. 역시 내가 직접 가길 잘 했네. 하하하."

(1908년 6월 10일)

33회

도시오는 유쾌하다는 듯이 웃는데, 유리코는 갑자기 무슨 생각을 했는지 침울하고 걱정스런 표정을 짓는다. 그러나 마침내 도시오의 얼굴을 올려다보며 물었다.

"저어, 여보, 오라버니 말씀으로는 아마 러시아하고 전쟁이 일어날 것 같다는데, 정말인가요?"

"아직 전쟁이 날 것이라고 확정된 것은 아니지만, 아마 십중팔구는 전쟁이 날 것 같아."

"전쟁이 나도 당신이 출정하시는 일은 없겠지요?"

"왜지?"

"그래도 참모관(參謀官)으로 본부 소속이시잖아요."

"아무리 참모관이라도 전쟁이 나면 무슨 변동이 있을지 몰라."

"그래도 우선 큰 변동은 없겠죠."

"만약 내가 전쟁에 나가기라도 하면 유리코 씨는 어쩔 생각이야?"

"그렇게 되면 저도 같이 데리고 가 주세요."

"어디를?"

"전장에요."

"유리코 씨를 데려가라고?"

"네."

"농담하지 마. 아무리 사랑하는 여자라도 자기 아내를 전장에 데리고 가는 사람이 어디 있겠어?"

"그래도 문명국에서는 모두 데리고 가지 않아요?"

"아무리 문명국에서는 데리고 간다고 해도 일본의 군인들은 그렇게 할 수 없어. 나는 사랑하는 유리코 씨니까 데리고 간다고 해도 군 규정이 허락을 하지 않아서 안 돼."

"무슨 군 규정이 그래요? 허락하지 않아도 괜찮아요."

"만약 전쟁이 나서 내가 출정을 하는 일이 생기면, 유리코 씨는 제발 어머니하고 같이 사이좋게 집을 지키고 있어 줘."

"그렇게 하기는 하겠지만,"

유리코는 말을 삼켰다.

"그래도 싫다는 것인가? 하하하."

유리코도 미소를 띠며 대답했다.

"싫은 것은 아니지만, 어쩐지 마음이 놓이지 않아요."

"하지만 군인의 아내는 남편이 언제든 전장의 이슬이 될 것을 미리 각오하고 있어야 하는 법이니, 유리코 씨도 그런 각오를 하고 있어야 해."

"그야 저도 니시와키의 딸이에요. 잘 알고 있어요. 하지만 정말이지 전쟁은 싫어요."

유리코는 어쩐지 좀 전의 활기찬 모습은 간 데 없고 매우 불안한 표정이다. 뭔가 일종의 불길한 감정이 엄습한 모습이었다. 그것을 눈치 챈 도시오는 일부러 더 큰 소리로 껄껄 웃으며 애써 유리코의 기분을 달래 주려고 했다.

"이런 이야기를 하고 있자니 벌써 전쟁이라도 난 것 같군. 하하하하. 전쟁이 날지 안 날지도 모르는데 말이야."

역시 이 말은 아주 효험이 있어서 유리코도 납득이 되었는지 생긋 웃어 보였다.

두 사람이 즐겁게 이야기를 하는 동안 해는 어느새 서편으로 떨어지고 어디에서랄 것도 없이 쌀쌀한 바닷바람이 불어왔다.

도시오는 생각이 난 듯이 유리코의 손을 잡고 원래 왔던 길을 천천히 걸어 쇼센카쿠로 돌아왔다. 그리고 다음다음날 저녁 즐거운 신혼여행을 마치고 무사히 도쿄로 돌아왔다.

(1908년 6월 11일)

34회

아카사카(赤坂) 다메이케초(溜池町)의 요리점 미카와야(三河屋)의 어느 방 한 켠에 술잔을 주고받으며 조용히 이야기를 하는 남녀 손님이 있다. 남자는 오십 전후의 말쑥한 차림을 한 신사이고, 여자는 마흔 서넛의 땅딸막하고 피부가 흰, 어쩐지 어딘가 색기가 있어 보이는데 이 역시 신사 못지않게 훌륭한 옷차림을 하고 있다.

딱 보기에 나이로 보나 옷차림으로 보나 아주 잘 어울리는 한 쌍의 부부로 보인다. 하지만 이야기하는 내용이나 태도로 보건데 절대로 그들은 부부가 아닌 것이 확실하다. 남자는 약간 술기운이 돈 것 같다. 눈가가 벌개져서 손에 든 잔을 꿀꺽 비우고 여자에게 내밀며 묻는다.

"대체 이번 일은 무슨 까닭으로 이렇게 된 거죠? 저는 도저히 납득이 되지 않습니다."

여자는 잔을 받아서 그대로 바닥에 놓고 대답한다.

"제 입장에서 보면 정말이지 당신에게 면목이 없습니다. 하지만 이번 일은 저는 전혀 짐작도 하지 못했습니다. 이렇게 아내를 맞이하겠다고 하니 깜짝 놀라서 안 된다고 하기는 했지만, 글쎄 중매인도 통하지 않고 이미 자기가 직접 가서 결혼 약속을 해 버렸다고 하지 뭐에요. 그래도 내가 나서서 이야기를 하면 억지로라도 파혼을 하겠지만, 아시는 바와 같이 저렇게 일단 자신이 한번 마음먹은 일은 무가 뭐라 해도 듣지 않는 성격이라서요. 저는 저대로 생각이 있어서, 뭐, 그냥 본인이 하는 대로 놔두고 나중에 생각을 해 보자, 이렇게 생각했어요. 어쨌든 결혼식을 시키기는 했지만 절대로 제가 승낙을 해서 시킨 것은 아니니까 나쁘게만 생각지 말아 주세요."

남자는 담배연기를 푹하고 내뱉으며 대꾸한다.

"절대 나쁘게 생각하지는 않습니다. 굳이 따지자면 제가 무리한 요구를 했으니까 오히려 당신이 딱하게 여겨졌습니다. 하지만, 실은 난처한 일이 하나 생겼습니다. 무슨 말인가 하면, 제 딸이 말입니다, 도시오 씨가 결혼하셨다는 이야기를 듣더니 그날부터 밥도 먹지 않고 몸져누웠습니다. 자신은 두통이 나서 그런다고 하지만 그게 아니라는 것은 제가 잘 알죠. 벌써 오늘로 나흘째가 됩니다만, 아직 일어날 기색도 없이 누워 있습니다. 생각해 보면 병이 나는 것도 무리는 아니어서 당신 앞에서 그런 이야기를 한 것은 아드님도 잘 알고 계실 테니까, 자신은 이미 도시오 씨의 아내가 될 것이라고 철석같이 믿고 있었던 것이지요. 시마코(島子)가 그렇게 생각하는 것도 당연한 일로, 실은 지금까지는 저도 그렇게 생각하고 있었습니다. 절대로 당신에게 불평을 하는 것은 아니지만, 당신이 확실하게 도시오의 아내로 맞이하게 해 준다고 하셔서 본인도 그렇고 저도 그렇고, 그렇게 마음을 먹고 있었던 것입니다. 그런데 아닌 밤중에 홍두깨에 등잔 밑이 어둡다고, 갑자기 다른 사람하고 혼례를 했다고 하니, 본인은 입 밖으로 말은 하지 못하지만 사실 너무 가혹하다고 생각하고 있겠지요. 저도 그렇게 생각하고요. 그래서 오늘은 당신 얼굴도 한 번 뵙고 이유라도 들어보고 싶어서 이렇게 뵙자고 한 것입니다. 무엇보다 난처한 것은 딸아이의 병입니다. 어찌하면 좋을 런지요."

사루와타리는 차근차근 이야기를 했다.

여자는 뭐라 대답할지 몰라 난처해한다.

(1908년 6월 12일)

35회

여자도 조금 취기가 돌았는지 옷섶이 흐트러지고 정강이가 드러나는 것도 개의치 않고 교태가 섞인 눈빛으로 남자를 보며 이야기를 한다.

"정말 죄송했어요. 저도 지금까지 너무 걱정을 했지만, 부디 결혼만은 제 마음대로 하게 해 주세요라며 제 말은 통 듣지 않아서요. 참으로 저도 난처했습니다. 그러나 이번 결혼에 대해서는 저도 좀 생각하는 바가 있으니까 부디 잠시만 기다려 주세요. 반드시 시마코 양이 바라는 대로 해 드릴게요. 도시오도 아직 여행에서 돌아오지 않았으니까 내일이라도 댁으로 찾아뵙고 시마코 양에게는 제가 잘 이야기를 해 두겠습니다."

남자는 눈가에 의심의 빛을 띠며 말끝을 흐렸다.

"시마코가 바라는 대로 하시겠다는 것은……."

여자는 주변을 살피며 낮은 목소리로 대답한다.

"그러니까, 조만간에 지금의 며느리를 이혼시켜서 시마코 양이 바라는 대로 하겠다는 거예요."

남자도 갑자기 낮은 어조로 되묻는다.

"그래도 도시오가 그렇게 좋아해서 결혼을 했잖아요. 그렇게 쉽게 이혼을 하지는 않을 것 아닙니까?"

"도시오가 아무리 좋아해도, 그건 말이죠, 며느리와 시어머니 관계에요. 시어머니 마음에 들지 않는 며느리를 어떻게 참고 견디겠어요?"

"아, 그렇군요. 알겠습니다. 당신이 그런 마음이시라면 필시 잘 되겠군요. 그렇다면 딸한테는 저도 말을 잘 해 둘 테니까, 당신도 기운을 낼 수 있도록 잘 설득해 주세요."

"알겠습니다. 내일이라도 찾아뵙고 마음이 편해지도록 이야기를 하겠습니다."

"너무 제 입장만 말씀드리는 것 같아서 죄송합니다만, 이것도 뭐 인연이라고 생각하고 단념하고 말씀을 해 주세요."

여자는 식은 술을 아무렇게나 마시고 대답했다.

"정말이지 세상일이란 왜 이렇게 마음먹은 대로 되지 않는 것일까요? 생각해 보면 지겨워지는 군요. 당신도 이렇게 어쩌다 만나는 것도 혹시 아는 사람들 눈에 띠지 않을까 바늘방석에라도 앉은 것 같으시죠? 게다가 또 이런 걱정거리가 생기네요. 저도 좀 안 됐다고 생각하지 않으세요?"

응석을 부리는 듯한 말투로 남자의 얼굴을 가만히 보았다.

"안 됐다는 마음이 드니까 나도 이렇게 의리를 지키고 있는 것 아닙니까? 당신에게 눈곱만큼도 동정을 하지 않는 사루와타리였다면 벌써 후처를 들였을 것입니다. 그런 사정도 조금은 생각을 해 주세요. 저도 아는 사람들 눈에 띠는 날이면 역시 당신하고 같아서 세상에 떳떳하게 고개를 들고 다닐 수 없게 됩니다. 그리고 보면 외줄타기를 하는 심정은 똑같아요. 뭐, 싫으시겠지만 이도저도 모두 악연이라고 생각하고 참아 주세요."

마침 그때 누가 오는 발소리가 나서 두 사람의 이야기는 중단되었다. 하지만 그것은 여종업원이 요리를 가져온 것이었다.

원래 이 남녀는 새삼 이야기할 필요도 없겠지만, 사루와타리 간베에와 오바나 박사의 미망인 나카코임은 이미 짐작했을 것이다. 사루와타리는 작년 가을 상처를 하고, 나카코 역시 재작년에 남편을 여의어, 서로 쓸쓸하게 지내던 차에 어느새 이렇게 남의 눈을 꺼리는 사이가 되어 오늘날까지 불의의 음욕에 빠져 지내는 것이었다.

(1908년 6월 13일)

36회[16)

"오, 아시가라인가, 일전에는 수고했네. ……오늘은 무슨 일인가? 뭔가 볼일이라도 있어서 찾아온 겐가?"

이렇게 묻는 것은 육군 소장 무라키 주도(村木忠道)라는 사람으로, 참모본부의 어느 요직을 차지하고 있는 부장이다. 아시가라가 능력이

---

16) 이하 36회(6월 14일)~43회(6월 23일) 연재분은 원문 소실로 일본국립국회도서관 소장본인 『가정소설 신불여귀(家庭小說新不如歸)』(大學館, 1906)에서 번역.

없는 데 비해 남들보다 승진도 빠르고 또 참모본부에게 근무하게 된 것도 이 무라키 소장의 힘이 있었기 때문이다.

"예, 오늘은 각하께 비밀스럽게 말씀드리고 싶은 일이 좀 있어서 이렇게 갑자기 찾아뵈었습니다."

이렇게 말하는 것은 아시가라 소좌이다.

"그런가, 자 어서 앉게나."

"예"

아시가라는 대답을 하며 옆에 있는 의자에 앉는다.

"대체 용건이라는 것은 무엇인가?"

무라키 소장은 우선 이렇게 물으며 천천히 담배를 피우고 있다.

"좀 중대한 비밀사건입니다만, 이곳에서 말씀드려도 괜찮겠습니까?"

"뭐, 중대한 비밀사건이라고?"

소장의 눈은 이상하게 빛나기 시작했다.

"음, 이곳에서 이야기해도 상관은 없지만 그럼 문을 잠그지!"

소장이 직접 일어나려는 것을 보고 아시가라는 일어선다.

"제가 잠그고 오겠습니다."

재빨리 입구의 문을 닫고 안에서 단단히 잠근 후에, 다시 앉아 있던 의자로 돌아온다.

소장은 처음과는 안색이 달라져서 자세를 고치고는 이야기를 시작했다.

"이제 됐네. 이야기해 보게."

아시가라도 자세를 조금 바꾸었다.

"다름이 아니라, 우리 육군부대 내에 군사 기밀을 외국인에게 팔아넘긴 자가 있습니다."

소장은 웬만해서는 동요하지 않는 성격이었지만, 이 이야기에는 좀 놀란 모습이다.

"외국인에게 팔아넘겼다고! 그 외국인이란 대체 어느 나라 사람인가?"

"외국인이라는 것은 바로 쿠로파트킨 장군입니다."

"아니, 뭐라고? 구로하토 장군에게 군사 기밀을? 대체 팔아넘긴 자가 누구인가?"

"팔아넘긴 사람은 니시와키 소장의 아들로, 당시 제일사단 부관을 역임하던 니시와키 대위입니다."

소장은 점점 더 의외의 사실에 충격을 받은 모습이다.

"니시와키 대위가 구로하토킨에게 군사기밀을 팔았다? 그것은 전혀 이치에 맞지 않는 이야기가 아닌가? 니시와키 소장은 요동반도 반환에 대한 러시아의 간섭에 분개하여 자살을 하지 않았는가? 그 유족인 아들이 부모의 숙적이라 할 수 있는 러시아 군무대신에게 일본의 군사 기밀을 팔아넘기다니 대체 어떻게 된 일인가? 너무 이상한 일 아닌가?"

"그렇습니다. 각하께서 말씀하신 대로 니시와키 소장이 자살한 심정으로 생각해 보면, 그 사람의 자식이 그런 짓을 할 리는 없을 것으로 생각됩니다. 하지만 사실은 사실입니다."

"대체 누구한테 들은 이야기인가?"

"누구한테 들은 이야기가 아닙니다. 제가 현장을 목격했습니다."

아시가라는 스마 해안에서 구로하토 장군과 니시와키 대위가 밀회를 한 일, 니사와키가 변장을 하고 있었던 일, 군사 지도를 팔아넘긴 일, 자신이 구로하토 장군의 접대원으로서 출장 중에 뜻하지 않게 밀회 현장을 목격한 일 등을 소상하게 이야기하기 시작했다. 처음에는 도무지 믿기지 않는 모양이었으나, 무라키 소장도 이 이야기는 믿지 않을 수 없었다.

이리하여 니시와키 소장의 처지는 풍전등화의 위기에 놓이게 되었다.

37회

지금 막 사단에서 돌아온 니시와키 요시스케를 현관으로 맞이하러 나온 아내 기요코는 남편의 얼굴을 봄과 동시에 바로 맥없이 눈썹을 찌푸리며 묻는다.

"여보, 무슨 일 있으셨어요? 안색이 너무 안 좋아요."

진정한 남자는 희노애락을 쉽게 얼굴에 드러내면 안 된다고 늘 입버릇처럼 이야기하던 요시스케가 오늘은 어쩐지 침울하게 가라앉은 얼굴을 하고 있는 것을 보고, 기요코는 늘 하던 '어서 오세요'라는 인사도 하지 않고 이렇게 묻는 것이었다.

"아니 뭐, 좀 이해가 안 되는 일이 있어서 생각을 하면서 돌아와서 그럴 거야. 안색이 그렇게나 안 좋은가?"

이렇게 말하며 요시스케는 신발을 벗고 방으로 들어갔다. 그래도 그는 기요코의 도움을 받아 제복을 벗고 화복(和服)으로 갈아입고 어머니의 방으로 건너갔다.

"어머니, 다녀왔습니다.."

"오, 어서 오너라. 오늘은 꽤 추웠지?"

"아니요, 그렇게 춥지는 않았어요."

요시스케는 화로 곁에 앉았다. 기요코는 어머니와 남편에게 차를 따라주며 역시 조신하게 옆에 앉았다. 요시스케는 먼저 그 차로 입술을 적시고는 느닷없이 말을 꺼냈다.

"어머니! 저, 엿새 안에 조선으로 해서 지나에 갈 생각이에요. 번거로우시겠지만 제가 없는 동안 기요코하고 잘 지내시기 바래요."

마키코도 기요코도 깜짝 놀란 모습으로 모두 요시스케의 얼굴을 바라보았다. 마키코는 이상하다는 듯이 물었다.

"네가 간다면 그런 줄 알고 집에 있겠지만, 너무 이상한 이야기가 아니냐? 역시 육군부대에서 출장명령을 받은 게냐?"

"아니요, 육군의 일은 아닙니다. 제가 좀 생각하는 바가 있어서, 그래서 가려는 거예요."

어머니는 더욱더 이상하다는 듯이 재차 물었다.

"그래도 얘야, 이렇게 마음대로 해도 되는 게냐? 육군 쪽은 어떻게 되는 거냐?"

요시스케는 어쩐지 이야기하기 거북한 모양이었지만 다시 결심을 굳힌 듯 대답을 한다.

"육군 쪽 말씀이세요? ……실은 어머니, 육군 쪽은 무슨 일인지 오늘 갑자기 휴직 명령을 받았습니다."

"뭐라고? 휴직명령을 받았다고?"

"대체 그게 어찐 된 일일까요?"

마키코와 기요코는 너무 두려운 목소리로 양쪽에서 묻는다.

"무슨 까닭인지 이유는 전혀 모르겠지만, 제 짐작으로는 역시 문제의 일건이 아닐까 합니다. 그 사건 말고 이렇게 갑자기 휴직을 당할 이유는 없으니까요."

어머니는 점점 더 불안한 표정으로 눈물까지 글썽거린다.

"그래도 그 일을 어떻게 알았을까?"

"글쎄요. 그게 말입니다. 저도 지금 돌아오는 길에 여러 가지로 생각을 해 보았습니다만, 다른 쪽에서 알려질 리는 없으니까 만약 그 사건 때문이라면 역시 아시가라가 밀고를 한 것이 틀림없다고 생각해요."

"하지만 얘야. 아시가라라는 사람은 절대로 발설을 하지 않겠다고 하고 돈까지 받아가지 않았더냐. 그것을 자신의 입으로 밀고를 하는 날에는 자기 역시 공범으로 오해를 받을 텐데. 설마 그 사람 입에서 나온 말은 아니지 않겠느냐? 나는 필시 다른 데서 새나갔을 것이라 생각하는데, 기요코 너는 어떻게 생각하느냐?"

"저도, 돈까지 받아갔으니까 설마 그러지는 않았을 거라 생각해요."

38회

"그런데 그 아시가라라는 사람은 돈을 받는 일쯤은 아무것도 아니라고 생각해요. 자신이 밀고를 하려고 마음을 먹으면 팥을 콩이라고라도 할 수 있는 사람이니까, 설사 돈을 받았다고 해도 받았다는 표를 내지는 않을 것입니다. 정말이지 같은 군인이라고 할 수 없을 만큼 간악한 자식이라서요."

요시스케의 설명에도 마키코는 여전히 납득이 되지 않는 모양이다.

"아무리 간악하다 해도 전혀 모르는 사이도 아니고 특별히 발설을 하지 않겠다고 굳게 맹세까지 해서 설마 했는데, 아니면 너에게 뭔가 깊은 원한이라도 있는 것이냐?"

"원한이랄 것도 없지만, 사관학교시절부터 쭉 껄끄러웠어요. 하지만 이번 건은 그것만은 아닌 것 같아요. 필시 유리코의 혼담하고 관련이 있는 것 같아요."

어머니는 말을 가로막듯이 한탄을 한다.

"하지만 그건 무리였잖니. 이미 결혼식 날짜까지 잡혀 있지 않았더냐. ……"

"아무리 무리한 일이라도 그런 것을 무리라고 생각하는 자식이 아니에요. 무슨 일이 있어도 막무가내로 자신의 생각을 관철하려는 자식이라서, 필시 혼담을 거절한 것을 꽁하고 마음에 담고 있다가 밀고를 한 것이 틀림없어요. 그게 아니면 이렇게나 갑자기 휴직을 당할 일이 없으니까요."

어머니도 이제 그 말이 수긍이 가는 모양이다.

"네 말을 듣고 보니 그럴지도 모르겠다만, 얼마 전에도 이야기했듯이 아시가라 쪽에서는 네 약점을 잡고 있으니까 어떤 무리한 요구라도 들어줄 것이라 생각하고 청혼을 하러 온 것인데 그것을 우리가 거절했으니 화가 나서 밀고를 했을지도 모르겠구나. 하지만, 만약 일전의 그건을 밀고를 했다면 아무래도 휴직 정도로 끝나지는 않을 것 같은데, 너는 어떻게 생각하느냐?"

"그것도 말입니다. 그것도 곰곰이 생각을 하며 돌아왔습니다. 휴직을 하게 해 놓고 나중에 처벌을 할지도 모르고, 어쩌면 또 다른 나라에 대해 치욕스러우니까 그대로 덮어 둘지도 모를 거라 생각합니다. 만약 군법에 의거하여 처분을 한다면 물론 제 목숨은 없는 것이므로 휴직 정도의 가벼운 처분으로 끝나지 않고 관직을 박탈할 것이 틀림없습니다. 이런 점에서 생각하면 군법에 의거할 정도의 처분은 하지 않을 것이라 생각합니다. 만일 휴직 정도의 처분으로 끝날 것 같으면 그것은 순전히 아버님 덕분입니다. 지금 육군부 내에는 아버님의 둘도 없는 친구분들이 많아서 아버님에 대한 정의(情義) 상 관대한 조치를 해 주신 것이겠지요. 이런 사정이므로 내지에 있으면 어떤 험한 일을 당할지 모릅니다. 저는 제가 저지른 죄이니 어쩔 수 없다고 해도, 어머니하고 기요코까지 힘들게 될 것이므로 어떻게 되는지 상황 파악이 될 때까지 1, 2년 조선을 통해 지나를 돌아보고 오려 합니다. 거듭 힘들게 해서 죄송하지만, 제가 없는 동안 부디 잘 지내시기를 부탁드립니다."

아무리 큰 죄를 지었다고 해도, 모자의 정이란 역시 각별하여 마키코는 어느새 눈물을 흘린다.

"아, 일이 이 지경이 되다니. 정말이지 꿈이라도 꾸고 있는 것 같구나. 하지만 이미 이렇게 된 이상 아무리 울고 한탄해 봐야 할 수 없지. 뒷일은 기요코와 둘이서 어떻게든 알아서 할 테니, 너는 하루라도 빨리 출발하거라. 자칫 잘못해서 군법회의에라도 부쳐지는 일이 있으면 도저히 살 수가 없을 것 같구나. 아무리 슬퍼도 이국에서나마 무사히 있어 주는 것이 얼마나 다행인지 모른다."

39회

"제가 마음을 잘못 먹는 바람에 이렇게 심려를 끼쳐서 죄송하지만 부디 불효자식을 둔 벌이라 생각하시고 체념하시고 1, 2년 견뎌 주세요."

"그런데, 너 그곳에 가서 무엇을 하려는 게냐?"

"무엇을 하려는 것이냐고 하시면, 갑작스런 일이라서 아직 이렇다 할 계획은 없어요. 하지만 다소 목적은 있어서 만에 하나라도 목적을 달성한다면 오늘 어머니께 끼친 염려를 반드시 보상할 수 있을 것이라 생각됩니다."

이렇게 말을 하고는, 아까부터 눈물을 흘리며 어머니의 이야기를 듣고 있던 기요코에게 이야기한다.

"그러니까, 기요코, 들었겠지만 상황이 이러하니, 내가 없으면 필시 힘이 들겠지만 1년 정도로 생각해. 어쩌면 2년이 될지도 모르지만 부디 어머니와 둘이서 잘 지내 주길 바란다. 그 대신 반드시 이 불명예를 씻을 수 있는 공을 세워서 오늘의 이 상황을 옛일로 이야기하며 웃게 해 줄 테니까 말야."

"집에 계시지 않은 동안은 제가 미력하나마 어머니와 의논을 하며 지낼 테니까 절대 걱정 마세요. ……그보다 저는 당신의 신상이 걱정이에요. 낯선 나라에 가시는 것이니 부디 몸조심하시고 하루라도 빨리 돌아와 주세요. 그것을 유일한 낙으로 알고 기다릴 게요."

기요코는 눈물을 흘리며 말했다.

"마음먹은 목적만 달성하게 되면 2년이 아니라 반 년 만에라도 돌아올게. 하지만 목적을 달성하기 전에는 소식도 따로 전하지 않을 테니까 그런 줄 아세요. ……이야기가 이렇게 된 이상은 내일 출발하기로 하겠습니다. 내지에서 편안히 지내다가 불의의 재난이라도 당하면 그것이야말로 천추의 한으로 남을 것입니다."

그러자 마키코는 소매로 눈물을 닦으며 말한다.

"부디 뒷일은 걱정 말고 하루라도 빨리 떠나거라. ……그럼 지금 유리코에게 사람을 보내서 잠깐 다녀가라고 하자."

그러자 니시와키는 말을 가로막는다.

"유리코를 부르러 사람을 보내는 것은 나중으로 돌리는 것이 좋을 것 같습니다!"

"그래도 애야, 내일 출발하면 1, 2년 동안 못 보지 않느냐. 만약 알리지도 않고 떠나 봐라. 나중에 얼마나 안타까워 할지 모를 게다."

"하지만 아직 결혼을 한지 열흘도 안 되었는데, 이런 좋지 않은 이야기를 듣는다고 생각해 보세요. 모처럼 행복한 마음에 찬물을 끼얹게 되겠죠. 저도 당분간 못 볼 테니까 잠깐이라도 만나보고 가고 싶은 마음은 굴뚝같지만, 만나 봤자 역시 어쩔 도리가 없어요. 그렇게 신경 과민인 성질이라 이 일로 또 걱정을 끼치면 불쌍해요. 부디 제가 출발한 뒤에 때를 봐서 너무 걱정하지 않게 이야기해 주세요."

"그럼, 그렇게 하겠지만, 아마 애석해 할 것이다."

"그리고 나중에 쓸 돈으로 만 엔 드릴 테니까, 은행에라도 넣어 두고 쓰시면서 너무 쪼들리며 살지 마세요. ……저요? 저는 필요한 만큼 준비를 했으니 괜찮아요."

이리하여 그날 밤은 밤새도록 여러 가지 이야기로 시간을 보내고, 이튿날 아침 근처 이웃들이 일어나기 전에 집을 나와 일부러 시나가와 (品川) 정거장에서 첫 기차를 타고 출발을 했다.

40회

오바나 부부가 신혼여행에서 돌아온 지 5일째 되는 일요일이었다. 도시오는 새 가정을 만든 것이 즐겁기도 하고 신기하기도 하여 어머니 앞인 것도 신경 쓰지 않고 자기 방으로 유리코를 불러 자못 즐겁게 웃어대고 있었다. 같은 참모관인 아시가라 소좌가 놀러 와서 유리코를 다른 방으로 보내고 그 방으로 불렀다.

아직 채 앉기도 전에 오바나는 예의 그 높은 톤으로 인사를 한다.

"오늘은 자네 결혼을 축하하러 왔네. 알았으면 진즉에 찾아왔을 텐데, 몰래 결혼식을 해 버려서 말일세. 잘못은 자네에게 있네. 하하하하. 우선 진심으로 축하하네. 만세, 만세. 나도 미인을 열심히 찾아다니고 있었는데, 아무래도 마음에 드는 여자가 없었네. 자네는 나와 달리 호남자이니 각별한 미인을 찾았군 그래. 오늘은 앞으로 잘 지내자고 부탁하려고 찾아왔네. 하하하. 어이쿠, 정신없이 떠들다 그만 축하 선물을 깜빡 잊고 있었네."

이렇게 말하며 일어서서 테이블에 올려 두었던 축하선물을 공손하게 앞으로 내민다.

"정말 성의 표시이니 받아주게. 축하 선물은 미미하지만 대접은 잘 부탁하네. 하하하, 하하하."

"아이쿠, 뭘 이렇게 친절하게. 고맙네. 대접은 자네 희망에 맡기겠네. 뭐든 부탁을 하게."

"그럼 이렇게 하세. 실은 이따가 식사 약속이 있어서 말일세. 가는 길에 들렀다고 하면 미안하네만, 정말로 가는 길에 들른 것이라네. 그러니까 대접을 하려거든 다음번에 다시 올 때까지 연기해 주게. 대신 아내만은 좀 꼭 보여 주게."

"아내는 자네가 보지 않는다고 해도 보여 주지 않을 수 없지. 그런데 자네 지금 어디를 가겠다는 건가?"

"그렇지, 정말이지 오늘은 어떤 곳에서 초대를 받아 열한 시 무렵에 가기로 약속을 했네."

아시가라는 허리춤에서 시계를 꺼내 잠깐 바라보고는 말했다.

"어이쿠, 벌써 열 시가 넘었네. 그러면 아내를 만나보고 바로 돌아가겠네."

"많이 급한가? 그럼 아내를 인사를 시킬까? 미인이라 놀랄걸? 하하하."

오바나가 벨을 누르니 소리를 듣고 하녀가 찾아왔다.

"유리코에게 인사를 하러 좀 오라고 해 주게."

"예, 알겠습니다."

하녀가 물러가자 얼마 안 있어 유리코는 예쁘게 차려입고 조용히 방에 나타났다. 보자마자 오바나는 소개를 한다.

"이 친구는 내 동료로 아시가라라는 분이야. 인사를 해 둬."

유리코는 조신하게 두 손을 바닥에 짚고 인사를 한다.

"저는 유리코라 합니다. 앞으로 잘 부탁드립니다."

"저는 아시가라라는, 오바나의 친구입니다. 앞으로 편안히 대해 주십시오."

아시가라는 유리코의 얼굴을 보았다. 그런데 이게 웬일인가? 그녀는 자신이 마음을 태우며 결혼신청까지 했던 니시와키 요시스케의 여동생이 아닌가? 깜짝 놀라 가슴을 쓸어내렸지만, 그렇지 않아도 타고난 미인인데 단정하게 정성껏 화장을 한 모습을 보고 어찌 질투심이 일어나지 않겠는가? 견딜 수 없는 원망의 마음이 새록새록 솟아, 그래 이 여자가 니시와키의 여동생이란 말이지 하며, 알게 모르게 모욕을 줘야지라는 말이 입 끝까지 나온 것을 꾹 참고는, 초대 약속을 구실로 서둘러 인사를 하고 물러났다.

41회

아시가라 소좌가 돌아간 후에, 다시 봄 바다와 같이 온화하고 따뜻하게 신혼부부는 다시 맞은편 방으로 돌아갔다.

도시오는 몹시 즐거운 표정으로 유리코를 바라보며 말했다.

"모처럼 재미있는 이야기를 하고 있었는데, 엉뚱한 사람이 와서 방해가 되었군. 그런데 저 친구도 열심히 아내를 찾고 있는데 아무래도 마음에 드는 사람이 없나 봐. 유리코 씨 친구 중에 예쁜 사람 없나?"

"예쁜 친구는 얼마든지 있지만 저런 분은 다 싫어할 거예요."

도시오는 기분 좋은 듯이 웃으며 물었다.

"왜 싫어하지? 이상하네."

"하지만 여보, 이렇게 말씀드리면 좀 그렇지만, 아무리 봐도 그분은 육군 장교로 보이지 않는걸요. ……제 친구들은 모두 키가 훤칠하고 피부는 희고 코가 오뚝하고 입매무새가 야무진, 남자다운 남자, 그러니까 딱 당신 같은 분이 좋다고 하거든요. ……"

"하하하하, 너무 비행기 태우지 마. 이래 뵈도 아주 순정적이라고. 그렇게 비행기를 태우면 정말 그런 줄 안다니까, 하하하하. 그럼 나는 유리코 씨 친구들 사이에서는 호남자 후보자로 추천을 받을 자격이 있고 아시가라는 자격이 없다는 거네."

유리코도 웃으며 대답한다.

"호호호, 후보자니 자격이니 하시니까 뭔가 의원선거라도 하시는 것 같군요. 하지만 정말이지 당신 같은 생각으로 찾으시는 것은 무리라는 말씀이에요. 실례되는 말인지는 모르지만, 어쩐지 그분은 얼굴을 보는 것만으로도 징그러워요."

"엄청 싫어하는군. 지금쯤 아마 귀가 근질근질하겠군! 왜 그렇게 싫은 거지? 설마 유리코 씨한테 뭔가 원한 살 일이라도 했나? 하하하."

도시오는 아무 생각 없이 한 말이었지만, 원한을 산다는 그 말은 유리코로 하여금 숨이 막히게 하여, 그렇지 않아도 방금 전 아시가라의 얼굴을 볼 때부터 무어라 말로 형언할 수 없는 일종의 불쾌감이 엄습해 옴을 느꼈던 그녀는 더욱더 불쾌감을 느끼게 되었다.

유리코가 아시가라를 싫어하는 것은 인생과 자연의 이치로 특히 여성의 자연스런 감정이다. 왜냐하면 오빠 요시스케의 비밀을 손에 쥐고 온갖 매도와 비방을 퍼붓고 비열하고 탐욕스럽게 거금의 돈을 받아갔을 뿐만 아니라, 오빠의 약점을 이용하여 자신을 자기의 아내로 삼고 싶다며 결혼 신청을 한 일이 있기 때문이다. 또 하나는 남편과 같은 참모본부에 근무하는 동료이므로 만약 자신의 사랑을 이루지 못한 원한에서, 오빠가 군인으로서는 해서는 안 되는 행동을 한 그 비밀을 남편에게 일러바치지는 않을까? 군인답지 않게 비열한 사람이기 때문에 절대로 일러바치지 말라는 법도 없으며, 만약 비밀을 일러바치는 날에는 내 신세는 어떻게 되는 것일까? 아시가라와 달리 진정한 군인 정신을 가지고 있는 나의 남편은 지금은 다른 누구보다 사랑을 해 주고 있지만, 오빠가 군사 기밀을 적국이나 마찬가지인 러시아에 팔아넘겼다는 이야기를 들으면 절대로 지금처럼 나를 아껴주지는 않을 것이다. 필시 파경을 불러와서 슬픈 처지에 놓이게 될 것이다. 그렇게 되는 날에는 나는 길바닥에 버려진 꽃이 사람들에게 짓밟히는 것처럼 평생 세상에 버림을 받아 두 번 다시 오늘처럼 행복한 삶을 살 수 없을 것이다. 여기까지 생각이 미쳤기 때문에 이렇게까지 아시가라를 마치 전갈이라도 보는 듯이 싫어하는 것이다.

42회

도시오가 즐거운 듯이 웃는데 반해, 유리코는 갑자기 아시가라가 신경이 쓰여 대답을 하면서도 침울하게 가라앉았다. 모처럼 즐거워하는 남편의 기분을 상하게 한 것은 아닐까 하여 애써 기분을 새롭게 하며 대답한다.

"원한을 산 일 같은 것은 없어요. 하지만 어쩐지 음흉해 보이는 분이에요. 저, 그분이 무서운 눈빛으로 저를 힐끗 보았을 때는 온몸에 소름이 돌았어요. 정말 기분 나쁜 분이에요."

"그러고 보니 눈빛이 좀 험상궂기는 한 것 같군. 우리들은 늘상 같이 지내다보니 그런 생각까지는 들지 않는데 처음 보는 사람한테는 그렇게 보이는가 보군."

"눈빛만 그런 것이 아니에요. 말씀 한 마디에도 뭔가 가시가 있는 것 같아요. ……앞으로도 종종 저렇게 불쑥불쑥 찾아오시겠죠?"

"그야, 오겠지. 같은 곳에 근무하고 있고 또 같은 직무를 수행하는 친구니까 말이야!"

"정말 싫군요. ……"

그리고는, 아, 하며 자기 무릎으로 눈을 떨군다. 도시오는 새신부의 마음을 위로하는 표정으로 말한다.

"그렇게 싫다면 큰일이군. 아무리 유리코 씨가 싫다고 해도 찾아오지 말라고 할 수도 없고. ……그럼 뭐, 아시가라가 오면 될 수 있는 한 얼굴을 마주치지 않게 하면 되겠군. 알았지?"

유리코는 기쁜 듯이 대답한다.

"너무 제 입장만 생각해서 죄송하지만, 그렇게 해 주세요. 제발 부탁이에요. ……"

이때 마침 미닫이문을 열고 예의바르게 두 손을 바닥에 짚은 하녀가 고했다.

"마님, 친정댁에서 사람이 와 계십니다."

"그래, 무슨 일이지?"

"어떻게 할까요. 잠깐 뵙고 싶다고 하는데요."

"알았어. 무슨 일인지 모르겠네. …… 지금 가서 만나겠다고 전해 줘!"

"예, 알겠습니다."

하녀가 물러가자 잠시 후 유리코는 현관으로 나가더니 이윽고 다시 방으로 돌아와서 말하기 어렵다는 표정으로 묻는다.

"저, 여보. 어머니가 잠깐 의논할 일이 있다고 두세 시간이라도 좋으니 다녀갔으면 한다고 하네요. 어떻게 할까요?"

유리코는 남편의 얼굴을 살핀다.

"그래? 어머니께서 유리코가 보고 싶으신 게로군. 가서 젖 많이 먹고 오면 되겠네. 하하하."

유리코도 웃으면서 대답한다.

"그럼 두세 시간만 다녀올 테니 보내 주세요."

"늦어지면 내가 데리러 가겠지만, 이야기가 끝나겠지. 될 수 있으면 빨리 돌아와."

"오래 있으라고 하셔도 금방 돌아올 거예요."

조용히 방을 나가 시어머니의 방에 가서 남편 앞에 있던 유리코와는 전혀 다른 사람이 아닌가 싶을 정도로 공손하고 부드럽게 부탁을 한다.

"어머니, 지금 친정에서 사람이 와서 잠깐 다녀갈 수 없냐고 합니다만, 두세 시간이면 다녀올 수 있을 것 같으니, 잠깐 보내 주세요."

하지만 나카코는 제대로 돌아보지도 않고 대답한다.

"집에서 데리러 왔다고? 그렇구나. ……걱정 말고 다녀오너라."

나카코는 이렇게 말하고 고개를 옆으로 싹 돌린다.

43회

대답을 하는 시어머니의 태도가 아무래도 친정에 가는 것이 못마땅히 여기는 것 같아서, 아직 오바나 집안의 가풍에 익숙하지 않은 유리코, 특히 시어머니의 속을 잘 알지 못하는 유리코는 깜짝 놀라서 차라리 친정에 가지 말까 하고 순간 마음을 졸였지만, 뭔가 할 말이 있어서 일부러 사람을 보냈고 가겠다고 하고 사람을 돌려보내 놓고 만약 이대로 가지 않는다면 평소 정이 많은 어머니는 무슨 일이 있는 게 아닌가

하여 얼마나 걱정을 하실까 하는 생각이 든다. 그리하여 주저주저 시어머니 얼굴을 살피며 애걸을 하듯이 말을 한다.

"그럼 갔다가 바로 돌아오겠습니다. ……"

하지만, 나카코는 들리지 않는다는 듯이 아무 대답을 하지 않는다.

"……"

유리코는 이러지도 저러지도 못한다. 시집살이의 고달픔은 일찍이 들어서 알고 있지만 이렇게 듣기보다 고달프다니. 매정한 데 익숙치 않은 몸이고 보니 벌써 눈물이 흐르는 것을 꾹 참고 결국은 뭐라 했는지 알 수도 없이 인사를 하고 방을 나왔지만, 그때는 벌써 눈물이 뚝뚝 떨어지고 있었다. 하지만 혹시 누가 보기라도 하면 어쩌나 해서 몰래 소매로 눈물을 닦고 그대로 자기 방으로 들어가 서둘러 채비를 하고 마음이 쓰여 인력거도 부르지 않고 하녀도 없이 오바나 가를 나섰다.

11월 중순이 지난해는 히가와신사(永川社) 앞 숲에 떨어져서 을씨년스런 가을바람이 여기저기 늘어진 나뭇가지를 건너고 있고 있다. 그렇게 우수수 낙엽이 지는 저녁 길을, 유리코는 시어머니 나카코의 언짢은 기분을 걱정하며 사랑스런 눈썹 주위를 잔뜩 찌푸리고는 천천히 걷고 있다.

"어째서 어머니는 저렇게 기분이 안 좋으신 것일까? 신경에 거슬리게 한 일은 없는 것 같은데. ……혹시 서방님이 나를 너무 예뻐해 주시니까 그게 신경에 거슬린 것일까? ……아냐, 아냐. 부부 사이가 좋은 것은 기뻐해 주실 일이지, 신경에 거슬릴 리가 없어. 역시 내가 오해한 것일까? 하지만 그때 그 표정도 그렇고 말투도 그렇고 아무리 생각해도 내가 오해하는 것은 아닌 것 같아. 그럼 뭔가 신경에 거슬린 일이 있는 게 틀림없는데 대체 무엇이 그렇게 거슬렸던 것일까? 내가 세상 물정을 몰라서, 분명 마음에 들지 않는 일이 있기는 할 텐데. 그렇다면 그렇다고 가르쳐 주시면 무슨 일이든 가르쳐 주시는 대로 할 텐데.

……아직 삼칠일도 지나지 않았는데 벌써부터 어머니 비위에 거슬려서야, 앞으로 기나긴 긴 세월을 어쩌면 좋을까? ……아아, 생각에 생각을 거듭해서 시집을 왔는데 이렇게 고달프다니. 왜 세상일은 마음대로 되지 않는 것일까? ……"

이렇게 중얼거리며 구조가(九條家)의 정문 앞까지 오자, 갑자기,

"어이쿠, 아까는 실례가 많았습니다. 어디에 가시나요?"

유리코는 시어머니 생각에 여념이 없어 정신없이 걷고 있다가 깜짝 놀라 누군가 하고 그 사람을 보니, 다름 아닌 그 보기 싫은 아시가라 소좌가 그렇지 않아도 붉은 얼굴을 더 한층 붉게 하고 술 냄새를 풍기며 떡하니 버티고 서 있는 것이었다. 가슴이 철렁하고 심장은 제멋대로 두근거리기 시작했으며, 몸은 저절로 부들부들 떨렸다. 하지만 유리코는 애써 마음을 다잡고 인사를 한다.

"어머 누구신가 했더니 아시라라 씨였군요. 아까는 정말이지 실례가 많았습니다. 이제 댁으로 돌아가시는 길이신가요? 저희 집에 들르세요."

유리코는 마음에도 없이 일부러 듣기 좋은 말을 하며 살짝 미소를 지었다.

아시가라는 예의 그 험상궂은 눈을 이리저리 굴리며 유리코의 얼굴을 바라보면서 대답을 한다.

"들려서 놀고 싶은 마음은 굴뚝같지만, 당신이 없으니 그만두지요. 오바나 혼자 있으면 아무 재미도 없으니까요. 하하하하."

아시가라는 뭔가 꿍꿍이가 있는 것처럼 말을 하고 소리높이 웃어댔다.

유리코는 그 무례한 말에 울컥 화가 났지만 오빠의 비밀을 알고 있는 사람이니 화를 내지도 못한다.

"잠깐 친정에 가는데 곧 돌아올 거예요. 그러니 들려서 놀고 가세요. 대단히 실례했습니다."

유리코가 고개 숙여 인사를 하고 가려는 것을 아시가라는 불러 세운다.

"많이 급하시군요. 잠깐 기다려 주세요. 저, 당신에게 묻고 싶은 이야기가 좀 있습니다."

44회

전갈보다 더 무서운 아시가라가 불러 세우자 유리코는 헉 하고 놀랐지만 그런 내색은 하지 않고 멈춰 선다.

"정말 죄송하지만, 오늘은 좀 바빠서 어떤 말씀이신지는 모르겠지만 다음에 뵈면 말씀해 주세요."

유리코가 갑자기 애써 웃으며 다시 가던 길을 가려고 하자, 아시가라는 예의 그 말투에 힘을 넣어서 물었다.

"그럼, 내 이야기는 듣지 않겠다는 것이군요. 좋아요. 당신이 듣지 않겠다면 이야기하지 않겠지만, 유리코 씨, 당신 내 말을 듣지 않았다가는 큰 손해를 볼 것입니다. 그것도 당신만이 아니지. 당신의 가족 모두는 내 세 치 혀에 따라 죽을 수도 있고 살 수도 있습니다. 그래도 내 이야기를 듣지 않겠다는 거겠지?"

마치 자신의 말은 무슨 일이 있어도 참고 복종을 하라고 하기라도 하듯 명령조로 말했다.

유리코는 자리를 뜨지도 못하고 부들부들 떨면서 힘없이 멈춰 섰다.

"절대로 말씀을 듣지 않겠다는 것이 아닙니다. 친정에서 데리러 와서 겨우 두세 시간, 시간을 내서 나왔기 때문에 늦게 돌아가면 안 됩니다. 그래서 유예를 부탁드린 것입니다만 마음이 상하셨다면 부디 용서해 주세요."

유리코는 분한 마음을 억누르며 부드럽게 대답했다.

"그럼, 내 이야기를 듣겠다는 말씀인가요?"

"예."

유리코는 희미하게 대답했다.

"하지만, 그렇게 시간이 없다면 딱 한 마디만 말씀드리고 나머지는 나중에 천천히 말씀드리지요. 다름이 아니라 당신은 내가 결혼신청을 한 것을 알고 계십니까? 그것을 묻고 싶습니다."

유리코는 뭐라 대답해야 좋을지 당혹스러웠지만, 마침내 마음을 정하고 시치미를 뚝 떼고 물었다.

"어느 분께요?"

"누구겠습니까? 당신 댁에 당신을 아내로 맞이하고 싶다고 이야기를 넣었습니다."

유리코는 깜짝 놀라는 표정을 지으며 대답한다.

"아니요, 그런 줄은 꿈에도 몰랐습니다. ……"

"네."

"그러면 다시 묻죠. 만약 내가 결혼신청을 한 이야기를 들으셨다면 어떻게 하셨겠습니까? 승낙을 했겠습니까, 아니면 거절을 하셨겠습니까?"

유리코는 점점 더 대답이 궁색해지고 이미 눈에는 눈물이 가득 고였다.

"대답이 없는 것을 보니 역시 싫다고 하셨겠군요. 예, 그렇겠지요."

유리코는 마침내 대답을 했다.

"그건 지금 제 처지로는 뭐라 말씀드리기 어렵습니다."

"아니 뭐, 오바나가 여기에 있는 것도 아니고 나와 둘 뿐입니다. 상관없지 않습니까?"

"설령 남편이 곁에 없다 해도 그것만은 말씀드리지 못하겠습니다. 부디 용서해 주십시오."

"아니, 굳이 말씀하시지 않겠다면 더 이상 묻지 않겠습니다. 하지만, 유리코 씨, ……"

아시가라가 말을 하려는데 병사 일고여덟 명이 지나간다.

"그럼, 오늘은 유감스럽지만 이만 헤어지지요. 그러나 이 일을 만약 오바나에게 이야기했다가는 반드시 복수를 할 테니 그런 줄 아세요. 아이쿠, 시간을 많이 빼앗았군요."

아시가라는 비만한 몸으로 바람을 가르며 떠났다.

유리코는 분한 듯이 그 뒷모습을 바라보며 흐르는 눈물을 소매로 닦으며, 심란한 발걸음을 친정으로 서둘렀다.

(1908년 6월 24일)

45회

유리코는 친정집으로 들어서자 참고 있던 울음을 터트리며 엎어졌다. 어머니 마키코도 올케 기요코도 깜짝 놀라 곁으로 다가와서 물었다.

"아이고 애야, 무슨 일이냐? 왜 이렇게 우는 게야? 오는 도중에 무슨 일이 있었냐? 아이고."

"아가씨, 무슨 일이에요? 무슨 일인지 어서 이야기해 보세요. 아이고, 이에 무슨 일이래요."

양쪽에서 교대로 물어본다.

유리코는 마침내 눈물에 젖은 얼굴을 들고는 차마 견딜 수 없을 만큼 슬픈 목소리로 설명을 한다.

"저, 오늘 만큼 슬픈 일을 당한 것은 태어나서 처음이에요. 집을 나설 때부터 눈물이 날 만큼 슬픈 것을 억지로 참고 나왔어요. 그런데 또 도중에 아무리 울어도 다 울 수 없을 만큼 슬픈 일을 당했어요. 너무 슬프고 분해서 도중에 어떻게 왔는지도 모르겠어요. 이 집 안으로 들어서자 도저히 참을 수 없이 그저 눈물이 나서 아무 말도 못하겠어요. ……아아, 너무 슬퍼서, 가슴이 아파서 못 견디겠어요."

유리코는 눈물을 흘리며 가슴 주변을 문질러댄다. 어머니는 걱정스러운 표정으로 묻는다.

"아유, 대체 무슨 일이 그리 슬프다는 게냐? 어서 알아듣게 이야기를 해 보거라."

유리코는 시어머니 나카코의 매정한 처사에서 도중에 아시가라 소좌를 만난 일의 전말을 소상히 이야기했다. 이야기를 다 들은 마키코는 유리코의 처지를 마음 아파하며 묻는다.

"휴, 네가 속이 상한 것도 당연한 일이다만, 대체 시어머니라는 사람이 왜 그렇게 무자비한 말씀을 하시는 것일까? 애, 혹시 네가 시어머니 비위를 거스르게 하는 일을 하기라도 한 것 아니냐? 그렇지 않고서야 그렇게 일찍부터 심사가 뒤틀릴 리가 없지 않겠냐?"

"하지만, 저는 시어머니 비위를 거스르게 한 기억이 없는걸요. ……"

그러자 마키코는 위로하는 표정으로 말한다.

"하지만, 뭔가 기분이 나쁜 일이 있어서 그렇게 심사가 뒤틀린 것인지도 모르지. 아무리 고부관계라고 해도 그렇게 아무 이유도 없이 쏘아보는 일은 없으니까 말이다. 어차피 남의 집에 간 이상은 눈물이 날 만큼 힘든 일도 있는 법이지만, 바로 그런 것을 참아야 한다. 부부 사이만 좋으면, 참고 정성을 다하다 보면 언젠가는 시어머니도 마음이 누그러질 것이고, 지금 하는 고생을 옛이야기로 하는 때가 올 것이야. 그러니 웬만한 일은 참아라. 어쨌든 무슨 일이든 참는 것이 중요해. 시어머니 쪽은 마음이 풀리겠지만, 문제는 아시가라 소좌 쪽이구나. 그야 애초에 요시스케가 잘못한 것이니 절대로 남을 원망할 일은 아니지만, 이미 그렇게 삼천 엔이라는 거금까지 건넸고 이야기를 하지 마라 절대로 이야기하지 않겠다 하는 약속이 성립된 이상은 언제까지고 그 약속을 지키는 것이 도리인데, 아무 죄 없는 너한테까지 그것으로 으름장을 놓으며 이러쿵저러쿵하다니, 참군인에 어울리지 않는 비열한 사람이구나. 그런 사람은 자기 마음에 들지 않는 일이 있으면 무슨 짓을 할지 모른다. 그것이 제일 걱정이구나. 만약 니시와키는 이러이 러한 사람이다라고 오바나에게 이야기라도 하는 날에는, 오바나는 자 신이 원해서 데려갔을 정도이니, 개의치 않고 데리고 가기는 하겠지만 세간에 대한 체면이라는 것도 있어서 데리고 갈 수 없겠지. 이 노릇을 어찌한단 말이냐. 하지만 뭐라 해도 그렇게 경우에 없는 말을 하지는 않을 테니까 힘들어도 화내지 말고 참는 수밖에 없겠구나."

(1908년 7월 5일)

46회

기요코도 어머니의 말에 이어 덧붙인다.

"정말 그렇군요. 그렇게 막무가내인 사람은 성질을 건드렸다가는 우리만 손해니까 속이 상해도 신경에 거슬리지 않게 하는 수밖에 없어 요. 저도 서방님의 이번 건은 아무리 생각해도 아시가라 짓이 틀림없 다고 생각해요."

유리코는 잘 듣고는 소매로 눈물을 닦으며 걱정스럽게 물었다.

"아이고 저도 참, 오라고 해서 왔는데 제 이야기만 했네요. 뭔가 급한 일이라도 있나요? 그러고 보니 오라버니의 이번 건이라 하시는 것은 무 슨 말씀이세요? 오라버니한테 무슨 일이 생기기라도 한 거예요?"

"실은 오라고 한 것도 역시 그 이야기를 하려고 한 거다. 실은 네가 그런 걱정거리가 있는데다 더 걱정스런 이야기를 하는 것도 안됐다고 생각해서 어찌 할까 하고 생각하고 있는 참이다. 하지만 이대로 이야 기를 하지 않고 넘어갈 수도 없으니 이야기를 하기는 한다만은 공연히 쓸데없는 걱정은 하지 말거라."

이렇게 주의를 주고 집안일을 하는 사람들이 신경이 쓰이는지 사방 을 둘러본다.

유리코는 자신의 문제도 잊을 만큼 걱정스런 표정으로 묻는다.

"걱정하지 않을 게요. 어서 이야기해 주세요. 오라버니한테 무슨 일이 있는 거죠?"

마키코는 목소리를 조금 낮춰 이야기했다.

"실은 요시스케는 어서 네게 알리라고 했지만, 아직 결혼한 지 얼마 되지도 않았는데 그런 일을 알리는 게 마음이 아프니 나중에 내가 살짝 이야기를 하겠다고 하고 말렸다. 다름이 아니라 요시스케는 말이다. 갑자기 육군에서 휴직을 당해서 어쩌면 무슨 큰일이 일어날지도 모르니, 일본에서 꾸물거리고 있을 수 없다며 다음날 아침 근처 이웃들이 아직 깨기 전에 집을 나가 일부러 사람들 눈을 피해 시나가와에서 기차를 타고 지나로 출발을 했단다."

유리코는 가슴이 철렁 내려앉을 만큼 깜짝 놀라서 물었다.

"아니 뭐라고요? 오라버니가 휴직을 당하고 지나로 떠나셨다고요?"

"에구, 네가 깜짝 놀라는 것도 당연하지. 우리도 요시스케한테 그 이야기를 들었을 때는 정말 너무 놀랐단다."

"그런데 무엇을 하러 가신 거예요?"

"그것도 물어봤지만 워낙 말이 없는 성격이니, 자세한 이야기는 아무것도 하지 않았지만 뭔가 목적이 있어서 간 것만은 틀림없는 것 같다."

"그럼, 언제쯤 돌아오신대요?"

"목적을 달성을 하면 반년이나 1년 만에 돌아오지만, 그렇지 못할 때에는 더 길어질지도 모른다고 했어요."

"그렇게 오래 계실 것이라면 잠깐이라도 뵈었으면 좋았을 텐데요."

유리코는 서운한 듯이 말한다.

(1908년 7월 7일)

47회

"워낙 갑작스러운 일이라 말이다. 오늘 휴직이 되었다면 내일 아침 출발이라는구나. 우리들도 뭐가 뭔지 그저 정신이 없어서 겨우 여행 준비만 시켜서 출발을 시켰어. 그리고는 떠나고 나서 온갖 생각이 다 들어 기요코하고 둘이서 울고만 있는 거다."

마키코는 새삼 흐르는 눈물을 소매로 닦는다.

"하지만 어머니, 무슨 까닭으로 휴직이 된 거죠?"

유리코는 오빠가 휴직이 된 이유를 묻는다.

"그게 말이다. 대체 뭐가 원인이 된 것인지, 갑작스런 일이라 요시스케도 납득이 되지 않는다는구나. 하지만 아마도 일전의 사건이 아닐까 추측을 하고 있단다. 그것 말고는 휴직을 당할 이유가 없으니 말이다."

"일전의 사건이라니, 그 일이 어떻게 알려진 거죠? 알려질 리가 없잖아요."

"그렇게 생각은 하지만, 휴직이 된 것을 보면 역시 누군가 발설을 한 것 같아. 요시스케 말로는 필시 아시가라 소좌가 네 결혼을 거절당한 분풀이로 참소를 한 게 틀림이 없다고 하는구나."

유리코는 결혼을 거절당했기 때문이라는 말을 듣고, 방금 전 오는 도중에 있었던 일이 생각나서 몸을 부르르 떨었다.

"그렇게 집착이 심한 사람이니 뭐라 할 수도 없군요."

유리코는 뭔가 걱정이 되기 시작한 듯 갑자기 침울해졌다. 하지만 이윽고 몹시 난처한 듯,

"정말이지 저 그 사람을 생각하면 너무 슬프고 숨이 막혀요. 남편의 친구라도 아니면 그래도 괜찮겠지만, 공교롭게도 같은 관청에 근무하는 친구라서요. 아까 하는 말로 보면 앞으로 계속 놀러 올 것 같아요. 그때마다 끔찍한 소리를 해서 속이 상할 것을 생각하면 바늘방석에 앉은 느낌이에요. 그렇다고 해서 조금이라도 비위에 거슬리는 말이라도

하거나 행동이라도 해 보세요. 오라버니의 비밀을 남편에게 고해서 두 사람 사이를 갈라놓고도 남을 사람이에요. 그런 억지를 부려도 마치 종기라도 되듯 대우를 해야 할 것을 생각하면, 벌써부터 가슴이 콱 막히는 느낌이에요. 정말 끔찍하게 약점을 잡혔네요."

유리코는 괴로운 듯 크게 한숨을 쉬었다.

마키코도 기요코도 모두 동정심을 드러내며 위로한다.

"정말이지 네가 너무 힘들겠구나."

"좀 어떻게 귀신이 잡아갔으면 좋겠어요."

"마치 고양이 앞의 쥐 신세네요. 아까도 이러는 거예요. 당신 친정은 내 세 치 혀 하나로 죽일 수도 있고 살릴 수도 있다. 정말이지 분해서 견딜 수가 없어요. 말을 너무 믿게 해서 마음대로 하세요라고 해 줄까 생각했지만, 만약 니시와키 요시스케는 로탐이라고 소문이라도 내면, 첫째로 아버님께 면목이 없고 둘째는 니시와키 가는 그대로 사회적으로 매장이 될 것 같아서 분하지만 참았어요. 정말 너무 슬퍼 아무 말도 못 하겠어요."

어느새 방 한쪽 구석부터 밤의 장막이 내리기 시작했고 시계는 네 시를 가리켰다.

유리코는 겁이 난다는 듯이 일어서서, 어머니와 올케가 만류하는 것도 듣지 않고 서둘러 오바나 가로 돌아왔다.

(1908년 7월 8일)

48회

유리코가 친정에서 돌아왔을 때는, 오바나 가에서는 마침 저녁식사를 막 시작하려는 때로, 시어머니 나카코도 남편 도시오도 밥상 앞에 앉아 있었다. 유리코는 예정 시간보다 조금 늦게 돌아왔기 때문에 누군가 눈을 부릅뜨고 노려보고 있는 것 같아서 쭈뼛쭈뼛 그곳에 앉았다.

"늦어서 대단히 죄송합니다. 일이 많으셨을 텐데 도와드리지도 못했습니다."

유리코는 주눅이 들어 작은 목소리로 말을 하고 동정을 구하는 눈빛으로 남편의 얼굴을 보았다. 필시 기분이 상했을 것이라 생각한 나카코는 뜻밖에도 그런 기색도 없이 대꾸를 한다.

"뭐, 할 일도 없다. 그러니 천천히 놀다 왔어도 괜찮을 것을 그랬다. 사돈댁은 모두 별고 없으시지?"

유리코는 죽다 살아나기라도 한 듯하여, 가슴을 진정시키고 이야기한다.

"바쁘실 텐데, 집에서 불러서 죄송하다고 말씀을 잘 드리라고 하셨습니다."

그러자 도시오는 조바심이 난다는 듯이 재촉을 한다.

"자, 이제 막 먹으려던 참이야. ……뭐 옷을 갈아입겠다고? 옷은 나중에 갈아입어도 괜찮아. 어서 와서 같이 먹자고. 이제 이틀밖에 같이 못 먹어."

유리코는 자신이 오해한 것은 아닐까 하고 생각할 만큼 이상해 하며 도시오가 시키는 대로 밥상 앞에 앉았다.

"그럼 잘 먹겠습니다."

그리고 즐겁게 저녁식사를 시작했지만, 즐거워 보이는 것은 표면뿐이다. 아마 진정 즐거운 것은 남편 도시오뿐인 것 같았다.

"형님은 집에 계셨어?"

도시오는 아무 생각 없이 이렇게 물었다. 하지만 유리코는 천 근도 넘는 커다란 바위가 가슴을 짓누르는 듯 깜짝 놀라서 예하고 대답을 해야 할지 아니라고 대답을 해야 할지 몰라 순간 여간 아니게 고민을 했다. 하지만 이윽고 마음을 정하고 대답은 한다.

"예."

하지만 그 어투는 어쩐지 기운이 없고 맥이 쑥 빠졌다. 그리고 몸을 떨고 있었다.

도시오는 굳이 이상해하는 기색도 없다.

"어때, 젖은 많이 먹고 왔겠지? 하하하."

이렇게 도시오는 유쾌하게 물으며 혼자서 소리높이 웃었다. 유리코는 나카코가 곁에서 뿌루퉁한 표정을 짓고 지켜보고 있는 탓에 그저 살짝 미소를 지은 채 아무 대답도 하지 못했다.

이윽고 저녁식사가 끝나자 도시오는 말했다.

"유리코 씨, 잠깐 할 이야기가 있으니까, 부엌일은 하녀에게 맡겨 두고 바로 저쪽에서 좀 보자고."

도시오는 이 말을 남기고 자기 방으로 들어갔다. 하지만 유리코는 아무래도 시어머니 앞이라 신경이 쓰여 이것저것 주변을 정리한 후 마침내 남편이 기다리는 방으로 갔다.

(1908년 7월 9일)

49회

남편의 방에 온 유리코는 어쩐지 걱정스런 표정으로, 남편이 이야기를 꺼내기 전에 불안한 듯이 물었다.

"저, 여보, 제가 잘못 들었는지 모르겠지만 아까 당신, 같이 밥을 먹는 것도 이제 이틀뿐이라고 하신 것으로 들었는데, 그게 무슨 말씀이세요? 저, 그 말씀이 신경이 쓰여서 밥이 어디로 들어가는 지도 모르고 밥을 먹었어요. ……"

"내가 하고 싶은 이야기도 역시 그 이야기야."

도시오는 잠시 말을 머뭇거리더니 다시 말을 이었다.

"실은 아까 유리코 씨가 친정에 가고 나서 얼마 안 있어서 참모본부에서 사람이 와서 긴급 용무가 있으니 출두하라는 서면을 전달했어. 때가 때이니 만큼 뭔가 긴급한 용무가 있겠지 하고 바로 차로 달려갔지. 그런데 참모총장님이 직접 별실로 불러서 무슨 말씀을 하시려나 했는데, 어떤 비밀 사건을 조사하기 위해 만주에 출장을 가라는 명령을 내리셨어. 나도 너무 갑작스러운 일이라서 당혹스러웠지만 특별히 선발을 해서 명령을 한 것이라고 하니 아무 이유도 없이 고사할 수 없어서 할 수없이 승낙을 하고 왔어. 솔직히 말하면 사랑하는 유리코 씨만 없다면, 다른 사람이 명령을 받았더라도 부탁이라도 해서 내가 나서서 가겠지만, 지금은 정말이지 누군가 대신 가 줬으면 좋겠어. 하지만 그럴 수도 없어서 말이야. 외롭겠지만 부디 어머니하고 둘이서 나 없는 동안 잘 지내 주었으면 해."

도시오는 이렇게 말을 맺고는, 유리코의 대답을 기다리는 것이었다. 이 이야기를 들은 유리코는 마른 하늘에 날벼락이라도 맞은 것처럼 깜짝 놀랐다. 그것도 당연한 일. ……시어머니가 이미 그 날카로운 마각을 드러내고 있는데다 니시와키 가에게는 악마보다 더 끔찍한 아시가라 소좌는 그 독아(毒牙)를 서서히 드러내고 있고, 의지해야 할 오빠는 휴직의 비운을 맞이하여 이역만리에서 떠도는 신세가 되어 있다. 그런데 지금 또 믿고 기댈 유일한 남편이 멀리 만주로 떠난다고 하고 아직 결혼한 지 얼마 되지도 않는 유리코이고 보니 얼마나 슬픈 처지이겠는가? 얼마나 처량한 처지이겠는가? 크게 불쌍히 여기지 않을 수 없는 처지에 놓인 것이다.

놀라움이 극도에 달한 유리코는 잠시 할 말을 잃고 원망스러운 듯이 남편의 얼굴을 바라볼 뿐이었다. 하지만 군인의 아내인 이상 남편이 외국에 파견되는 것도 설령 출정 명령을 받는다 해도 그것은 이미 예기된 바이다. 자신의 신변에 관련된 비밀스런 고통은 남편에게 호소할 수 있는 사항도 아니니 마음속으로는 울면서도 그렇지 않은 척하며 되물었다.

"아, 여보. 그게 정말이세요?"

"물론 정말이지. 유리코 씨가 돌아오기 바로 전에 막 돌아온 참이야."

"그럼 언제쯤 돌아오세요?"

"글쎄. 3개월 예정인데, 열심히 조사를 해서 2개월 정도면 돌아올 생각이야."

"아아, 3개월이요."

유리코는 정신이 든 표정을 지었다.

"길다는 것인가?"

유리코는 원망하는 듯이 대답했다.

"길지 않아요? 저는 15일이나 길어야 20일이면 돌아오실 것이라 생각했어요."

"그 정도로 돌아올 것 같으면 나도 좋겠지만, 왕복을 하는 데에만도 15일 정도는 걸릴 걸. 그렇게 빨리는 못 돌아와."

(1908년 7월 10일)

50회

"그럼 언제 출발하시는 거예요?"

"모레 야간에 출발할 생각이야."

"모레. ……"

유리코는 너무나 갑작스럽게 여겨져서 사랑스런 눈을 동그랗게 떴다.

"그러니까 이제 이틀밖에 밥을 같이 못 먹는다고 이야기했잖아."

"아, 그런 거였군요."

유리코는 수긍을 한다.

"그래서 말야. 유리코 씨, 이리로 좀 더 와 봐."

유리코는 남편이 시키는 대로 곁으로 다가갔다.

도시오는 옆방을 신경을 쓰며 낮은 목소리로 부탁을 한다.

"유리코 씨에게 부탁이 하나 있어. 다름이 아니라, 나는 출발하는데 있어 다른 것은 걱정할 것이 아무것도 없는데, 다만 한 가지 유리코 씨가 걱정이 돼서 견딜 수가 없어. 왜냐하면, 아직 시집을 온 지 얼마 되지도 않아서 부엌일도 잘 모르는데, 큰 목소리로 이야기할 수는 없지만 어머니는 꽤나 자기주장이 강하고 잔소리가 심한 분이라서 내가 있으면 아무것도 신경 쓸 일이 없지만, 내가 출발을 해서 두 달이고 세 달이고 오랫동안 집을 비우면 반드시 참을 없을 만큼 잔소리를 할 것이 분명해. 유리코 씨처럼 착한 심성으로는 도저히 그 잔소리를 견딜 수 없을 것이라 생각해. 그래서 부탁이라는 것은 바로 이거야. 설사 어머니가 어떤 듣기 싫은 잔소리를 하더라도 그리고 어떤 힘든 일이 있어도 나를 사랑하는 마음이 있다면 그 마음으로 참아 달라는 거야. 그것도 1년, 2년도 아니야. 길어야 3개월, 90일이야. 빠르면 2개월 60일이야. 친구가 없어서 외롭겠지만 부디 잘 견디고 기다려 줘, 유리코 씨. 참고 견뎌 줄 거지?"

"그야 말씀하시지 않아도 어떤 힘들 일이 있어도 참고 견디겠지만, 저는 정말이지 아무것도 할 줄 모르고 생각이 미치지 못하는 곳이 많아요. 그러니 당신이 어머니께 말씀 좀 잘 드려 주세요. 저도 무엇보다 그것이 제일 걱정이에요."

"그야 여부가 있겠어? 내가 어머니한테 이야기를 잘 해 두겠지만, 만약 외로울 때면 친정에 가서 놀고 오는 것이 좋을 거야. ……어머니한테 미안하다고? 그런 건 신경 쓰지 않아도 괜찮아. 내가 집에 없을 때는 유리코 씨가 할 일은 아무것도 없으니까, 그 점도 내가 어머니에게 잘 이야기해 둘게."

"죄송하지만, 부디 잘 부탁드려요. 그리고 당신 조사가 끝나면 될 수 있으면 빨리 돌아와 주세요. 손꼽아 기다리고 있을게요."

"할일만 다 하면 유리코 씨보다 내가 더 보고 싶어서 견딜 수 없으니까 배든 기차든 뒤에서 밀고서라도 돌아올게. 하하하하."

이리하여 도시오는 그 다음다음날 밤 급행열차를 타고 세상에서 가장 사랑하는 신부를 뒤에 남기고 결국은 청국을 향해 출발했다.

(1908년 7월 11일)

51회

도시오가 출발한 후 유리코는 거의 감옥살이를 하는 것처럼 집안에 갇혀서 엄하고 가혹한 간수가 지키는 여죄수 같았다. 사악하고 심술궂은 시어머니는 끊임없이 옷을 입는 방법이나 머리를 묶는 방법, 문을 여닫는 방법까지 일거수일투족을 주의 깊은 눈빛으로 차갑게 살펴보며, 만약 조금이라도 실수를 하면 그것을 구실로 풀솜으로 목을 조르듯 잔소리를 하려 들었다. 아시가라 소좌는 친정오빠의 비밀을 정면에 들이대며 여차하면 결혼을 하지 못한 분풀이를 하려 하고 있다. 단 하나 의지를 할 수 있는 오빠는 세상에 지탄받을 행동을 해서 지금은 머나먼 타국으로 건너가 어디에 있는지조차 모른다. 죄인처럼 힘든 노역을 하는 것은 아니지만, 힘든 노역보다 더 힘든 고통을 맛보며 어떻게든 해서 이 고통이 줄어들기를 기도하며 드디어 1주일을 보냈다.

그런데 8일째 되는 저녁때였다. 집안은 물론 거리의 유리등이 하나둘씩 켜질 무렵 웃는 표정을 전혀 보이지 않던 시어머니 나카코가 잔주름이 자글자글한 얼굴에 엷게 분칠을 하여 깜짝 놀랄 만큼 젊어 보이는 복장을 하고는 이야기를 했다.

"유리코, 지금 잠깐 친척 집에 다녀올 테니까, 집 잘 보고 있거라.

될 수 있는 한 빨리 돌아올 생각이지만 오랜만에 가는 것이니 경우에 따라서는 늦어질지도 몰라. 그러면 신경 쓰지 말고 먼저 자거라."

나카코는 평소의 뿌루퉁한 표정은 온데간데없이 생글생글 웃고 있었다.

유리코는 결혼식을 올린 이래로 시어머니가 이렇게까지 상냥한 표정을 한 것은 정말이지 처음이기 때문에 죄인이 마치 선행상이라도 받은 것처럼 진심으로 기뻐하며 인사를 했다.

"마음 편히 천천히 노시다 오세요. 아무리 늦으셔도 기다리겠습니다."

"추우니까 꼭 기다릴 필요 없다. 신경 쓰지 말고 먼저 자거라."

이 말만 던지고 시어머니는 인력거도 부르지 않고 좌우 색이 다른 화복용 코트로 몸을 감싸고 나갔다.

여러 가지 번민으로 일신이 괴로운 유리코는 나카코의 웃는 얼굴을 보고 한없이 오그라든 가슴이 갑자기 확 펴진 것 같아 무한한 기쁨에 그 뒷모습을 바라보며 마음속으로 절을 했다.

그리고 자기 방에 들어와서 화로 옆에 앉았다. 하지만 오늘 밤만은 바늘방석이 아니라 비단방석에 앉은 것 같아서 상자 안에 간수해 두었던 남편의 사진을 꺼내 램프의 심을 돋우며 그리운 표정으로 정신없이 바라보고 있었다. 그러자 하녀 오타케(竹)가 옆방에서 미닫이문을 열고는 고했다.

"마님 편지가 왔습니다."

이렇게 오타케는 편지 한통을 전하고 갔다.

유리코는 깜짝 놀라서 재빨리 사진을 품속에 집어넣고 아무 일 없었다는 듯이 편지를 받아들었다. 하지만 하녀가 떠남과 동시에 혼자 생긋 웃는다. 그리고 그 편지를 보니 남편 도시오가 자신에게 보낸 것이었다. 재빨리 봉투를 열어보았다.

유리코 씨에게

오늘 해상으로 무사히 나가사키(長崎)에 착항(着港)하였으니 안심하오. 오늘 저녁 당항(當港)을 출범하여 치푸(芝罘)[17]를 거쳐 다이렌(大連)에 상륙할 예정이오. 그래서 안타깝지만 이것으로 며칠 동안은 소식을 전하지 못하니 그런 줄 알고 있소. 치푸에 착항하는 대로 다시 통신이 가능해질 것이오. 필시 외롭겠지만 잠시 참고 견디기를 거듭 부탁하는 바이오.

그럼 이만 총총.

x월 x일

도시오

(1908년 7월 12일)

52회

"당신, 언제 오셨어요?"

이렇게 묻는 것은 나카코였다.

"나도 지금 막 와서 여기에 앉은 참입니다."

라고 대답하는 것은 사루와타리 간베에이다.

"그래요, 저는 제가 늦었나 해서 엄청 서둘러서 왔어요."

나카코는 코트를 벗어 한쪽 구석에 밀어 놓고 화로를 사이에 두고 앉았다.

"도시오가 지나에 갔다고 하던데 전혀 알 수가 없어서 전송도 못

---

17) 중국 옌타이(煙臺)의 옛 지명으로 서양에서는 'Chefoo'로 알려져 있다.

했습니다. ……당신 편지를 보고서야 비로소 알았습니다."

"아니, 너무 갑작스런 일이라서요. 본인도 깜짝 놀랄 정도라 아무도 몰랐습니다. 뭐 전송까지 할 필요가 있나요. 실은 어서 한 번 얼굴을 보고 싶어서 진즉에 편지를 보내려고 했지만, 걸림돌이 하나 생겨서요. 도시오가 집을 비우자마자 바로 나다니는 것처럼 보이면 안 될 것 같아서 겨우 어제서야 편지를 보낸 것이죠."

이는 아카사카(赤坂) 다메이케초(溜池町)의 마치아이(待合)[18] 겸 요릿집인 미카와야의 별채에서 나카코와 사루와타리가 밀회를 하는 것이다.

이윽고 주안상이 차려지고, 서로 주거니 받거니 참으로 즐거운 모습. 나카코는 눈가에 보기 싫은 교태를 지으며 말을 꺼냈다.

"이렇게 마음을 졸이며 어쩌다 만나지 않아도, 시마코 양이 우리 집 사람이 되기만 하면 당신이 오시든지 제가 당신 댁으로 가든지 해도 사람들이 이상하게 여기지 않을 텐데요. 이런 마치아이에 출입을 하는 것은 정말이지 너무 신경이 쓰여요."

사루와타리는 들고 있던 술잔을 내려놓고 대답했다.

"그러게요. 기왕에 그렇게 될 바에야 하루라도 빨리 그렇게 되면, 우리도 이렇게 이런 곳에 와서 사람들 눈을 신경 쓰며 만나지 않아도 되겠지요. 공공연하지만 비밀스런 만남, 그야말로 천하에 대놓고 떳떳하게 만날 수 있는 데다 무엇보다 딸이 얼마나 좋아라 하겠습니까?"

"그래, 시마코 양의 병세는 어떤가요? 지금도 말씀드렸듯이 도시오가 출발을 하네 어쩌네 해서 나가기가 어려워 그만 병문안도 가지 못하고 정말 죄송하게 되었습니다."

"당신이 오셔서 그런 말씀을 해 주시고 나서는 정말이지 거짓말처

---

18) 약속을 해서 만나기 위해 자리를 빌려주는 찻집인 마치아이차야(待合茶屋)를 말하며, 메이지 시대 이후에는 주로 손님과 게이샤(藝者)에게 자리를 빌려 주었다.

럼 싹 나아서 이미 당신 댁 사람이 된 줄로 알고 있습니다. 오늘도 무슨 말을 하나 했더니, 한번 오바나의 어머님이 계신 곳에 놀러 가겠다는 것입니다. 벌써 당신을 어머니라고 부릅니다 그려. 정말이지 그 이야기만 하고 있으니 어쩔 도리가 없습니다."

"아유, 그래요? 거짓말이라도 그렇게 말씀을 해 주시니 저도 기쁩니다. 그런데 의논드리고 싶은 것은 바로 그 이야기입니다만, 어떠세요? 마침 도시오가 부재중이니 뭔가 일을 도모하기에는 지금이 가장 하기 쉬울 것 같습니다만, 뭔가 며느리를 내쫓을 좋은 구실은 없을까요? 제가 구박을 하는 정도로는 도저히 한두 달 만에 내쫓을 수가 없어서요. 뭐 좋은 생각이 있으시면 의논을 좀 해 주세요."

그러자 갑자기 옆방에서 미닫이문을 열고 나타난 사람이 있었다.

"그 지혜는 제가 빌려 드리지요."

두 사람은 얼이 빠질 만큼 깜짝 놀라서 약속이나 한 듯이 그 얼굴을 올려다보았다.

그는 대체 누구일까?

(1908년 7월 14일)

53회

"아니, 누구신가 했더니 당신은 아시가라 씨 아닙니까?"

나카코가 물었다.

"예, 아시가라입니다. 꽤 즐거우시군요."

아시가라는 미소를 지으며 두 사람 옆으로 와서 정좌(鼎座)를 했다.

"대체 여기에는 무슨 일인가요? 당신도 참 사람이 엉뚱하십니다. 저는 너무 놀라서 간이 떨어져 나가는 줄 알았습니다."

라고 하며 사루와타리는 일시에 술이 확 깬 듯 얼굴이 새파래지면서 말했다.

실로 옆방에서 느닷없이 나타난 것은 아시가라 헤이타였지만, 그 사람은 두 사람을 차가운 눈으로 바라보며 미소를 지었다.

"자네에게 어울리지 않게 약한 소리를 하는군. 그렇게 간이 작으면서 어떻게 용케도 이런 즐거움을 맛보며 나쁜 일을 꾸미려 의논을 하는가 말일세."

"그럼 지금 이야기를 모두 들으셨군요?"

"듣고 말고. 모두 남김없이 들었지. 들었으니까 지혜를 빌려 주겠다며 나온 게 아닌가? 부인, 아마 당신도 깜짝 놀라셨겠지요? 안심하세요. 이렇게 모습을 드러낸 이상 당신들 편이니까요. 절대로 해코지를 하지는 않겠습니다."

이렇게 말하며 아시가라는 하며 싱긋 웃는다.

"아, 정말, 저 좀 보세요. 아직까지 이렇게 떨고 있어요. 아, 세상에 깜짝 놀란다 놀란다 해도 이렇게 깜짝 놀란 적은 태어나서 처음이에요. 이런 꼴을 당신에게 보였으니 저는 이제 어쩌면 좋을까요. 정말 쥐구멍이라도 있으면 들어가고 싶어요."

목소리까지 후들후들 떨린다.

"뭘 그렇게 걱정을 하시나요. 하세요. 하세요. 많이 하세요. 사루와타리 씨도 혼자 몸, 당신도 혼자 몸, 신경 쓸 사람이 어디 있나요? 제 눈에 띈 것이 그렇게나 싫으시다면, 감사 표시로 술 한 잔 받고 싶습니다. 하하하하."

"아이쿠, 이런. 실례했습니다. 너무 놀란 나머지 아무 생각 없이 있었습니다. 자 한잔 받으시지요."

사루와타리는 잔을 깨끗이 비우고 내밀었다. 아시가라는 유쾌한 듯이 그 잔을 받고 말했다.

"하지만 제가 갑자기 튀어나와서 당신들이 재미를 보는 것을 방해

했으니 아마 화가 나셨을지도 모르겠습니다. 하지만 제가 이러는 데에
는 복잡한 사정이 있습니다. 부디 제 이야기를 들어 주세요."

두 사람은 서로 입을 맞추기라도 한 듯 아시가라의 얼굴을 바라보았
다. 그러자 아시가라는 목소리를 낮추어 이야기하기 시작했다.

"저는 당신들이 재미를 보든 말든 그것은 전혀 관심이 없습니다. 하
지만 지금 의논하고 계신 유리코 씨의 이혼 문제에 대해서는 지혜를
빌려 드리겠다는 것입니다. 왜냐하면 있는 그대로 말씀드리자면 저는
유리코 씨에게 쏙 반했었습니다. 그래서 중매쟁이를 내세워 결혼 신청
을 했습니다만, 그때는 이미 다른 사람하고 결혼을 하기로 이야기가
끝난 후였습니다. 아쉬워서 견딜 수가 없었습니다만 어쩔 수 없어 단
념을 하고 말았습니다. 그런데 오바나 군이 아내를 맞이하였다고 해서
축하를 해 주러 가보니 아니 이게 웬일입니까? 제가 사랑했던 여자가
오바나의 아내로 와 있는 것이었습니다. 그것을 보니 단념을 하기는
했지만 자꾸만 미련이 남아 너무 너무 아쉬워 견딜 수가 없었습니다.
하지만 이미 제 동료의 아내가 되어 있으니, 아쉽지만 자꾸 고개를
드는 사랑하는 마음을 억누르고 있었습니다. 그런데도 때때로 생각이
나면 견딜 수가 없을 때가 있습니다. 그런데 오늘 밤 이곳에 와서 바로
옆방에서 예기가 오기를 기다리고 있는 차에, 나도 모르는 사이 당신
들의 이야기가 귀에 들어온 것입니다. 이는 하늘이 주신 기회라 생각
되어 이렇게 뛰쳐나온 것입니다."

이렇게 말하며 아시가라는 술을 쭉 들이켰다.

(1908년 7월 15일)

54회

두 사람은 의외의 이야기에 무릎이 앞으로 나가는 것도 모르고 정신

없이 귀를 기울였다.

아시가라는 다시 이야기를 이어갔다.

"그래서 지금 당신들에게 묻고 싶은 것은, 지금 말씀하신 일건에 관해서 입니다만, 필경 유리코 씨에게 트집을 잡아 이혼을 시키고 그 후에 사루와타리의 따님을 시집을 보내겠다, 이런 말씀이신가요?"

그러자 나카코는 사루와타리의 얼굴을 잠깐 바라보더니 말하기 거북하다는 듯이 대답했다.

"예, 바로 말씀하신 그대로입니다."

"이에 대해 당신은 뭔가 좋은 방법이 있다는 말씀이신가요?"

사루와타리가 아시가라의 얼굴을 보며 물었다.

"그럼, 물론 좋은 방법이 있지. 방법이 있으니까 뛰쳐나오긴 했는데, 하지만, ……"

아시가라는 이렇게 말하다가 말을 멈추고, 사루와타리의 얼굴을 바라보며 뭔가 음흉한 미소를 짓는 것이었다. 그러자 딱 보자마자 사루와타리는 그 의미를 알아채고는 대답했다.

"역시 또 그것이로군요. ……필시 그럴 것이라고 생각은 했습니다. 당신에게 걸렸다 하면 뱀 앞의 개구리나 마찬가지입니다."

"나를 뱀이라고 하다니 심한 걸. 뭐, 뱀이라고 하면 뱀이라고 쳐 두지. 하지만 성공사례금은 얼마나 주실 건가?"

사루와타리는 고개를 살짝 갸우뚱하며 확인을 한다.

"글쎄요. 그런데 정말 성공 가능성은 있는 겁니까?"

"가능성이 없는데 이야기를 하겠습니까?"

"반드시 성공을 시켜 주신다면 이렇게 하지요. 먼저 번의 잔금 3천엔 말입니다. 그 3천 엔을 사례금으로 해서 퉁칩시다. 어때요. 겨우이만한 일로 사례금이 3천 엔이면 부족한 것은 아니겠지요?"

이렇게 말하며 사루와타리는 아시가라의 얼굴과 나카코의 얼굴을 번갈아가며 보는 것이었다.

"원래라면 3천 엔에 현금으로 천 엔 정도는 더 얹어 주는 것이 시세지만, 서로 아는 얼굴이니 봐 주기로 하고, 3천 엔으로 퉁치고 받아들이겠네."

나카코는 어이가 없다는 표정으로 말한다.

"아시가라 씨, 당신은 정말로 보기와는 다른 분이군요. 지금까지 저희 집에 종종 오셨어도 설마 당신이 이런 분일 줄은 꿈에도 몰랐습니다."

"이런 분이라고 하시는 것은, 이렇게 무적의 대담무쌍한 악당이라고는 생각지 못했다는 말씀이신가요?"

"아니요, 그렇지 않습니다. 이렇게 듬직한 분일 줄은 몰랐다는 이야기죠."

"말씀을 들으니 황송합니다. 그다지 듬직한 사람은 아닙니다만, 사루와타리 씨한테 배워서요. 하하하하."

"농담도 참 잘 하십니다. 이런 일은 당신이 한 수 위지요. 하하하하. 그런데 그 방법이란 것은 대체 어떤 겁니까?"

사루와타리는 정색을 하고 묻는다.

"그 방법 말입니까? 이제 이야기를 하겠습니다. 뜨거운 술을 한 잔 받고 이야기하죠."

말이 끝나기가 무섭게 나카코는 재빨리 주전자를 들고 찰랑찰랑 술을 따랐다. 아시가라는 그것을 자못 맛있게 꿀꺽꿀꺽 마셨다.

"그 방법이라는 것은 이런 겁니다. 자 머리를 좀 더 가까이들 하고 이야기를 들으시죠. 어서 가까이 오세요."

두 사람은 거의 무릎과 무릎이 서로 닿을 만큼 아시가라 옆으로 다가와 열심히 귀를 기울였다.

(1908년 7월 16일)

55회

아시가라는 주위를 살피고 더 한층 작은 목소리로 속닥거린다.

"그 방법은 두 가지 있습니다만, 만약 한 가지 방법을 써서 제대로 되지 않을 때는 마지막 수단에 의하고자 합니다. 그 방법은 바로 이런 것입니다."

잠시 이야기를 했지만, 너무 소리가 작아서 자세한 내용은 들리지 않았다. 두 사람은 자주 고개를 끄덕이며 때로는 미소를 짓기도 했다. 그리고 이야기가 끝남과 동시에 약속이라도 한 듯 세 사람 모두 고개를 들었다.

그러자 나카코는 생긋 웃으며 이야기한다.

"그럼, 아시가라 씨. 당신은 이제 가서 재미를 보세요. 저도 나중에 당신을 따라갈 테니까요."

"그럼, 이제 찾아가서 실례를 하지요. 그래도 한두 잔 마시고 가겠습니다."

"자, 어서요. 한두 잔이 아니라 많이 드시고 가세요."

나카코가 잔을 따라주자, 아시가라는 두세 잔 잇따라 기울이고는 몸을 일으키며 말했다.

"아아, 이제 기분이 아주 좋아졌습니다. 그럼, 저는 아는 예기가 밖에 와 있어서요. 그 아이를 기다리고 있었는데, 이제 돌려보내고 저도 돌아가겠습니다. 뭐, 당신들은 천천히 재미들 보세요. 하하하하."

"어차피 이런 비밀을 발각 당했으니 뭐라 놀려도 상관없어요."

나카코가 말하니, 사루와타리는 또 한마디 한다.

"당신도 이제 돌아가면 어떤 즐거운 일이 있을지 뻔한 것 아닙니까?"

나카코도 또 한마디 한다.

"아무렴요. 아시가라 씨인걸요. 신경 쓸 사람도 아무도 없고 무슨 일을 하실 지는 뻔한 것 아닌가요. 하지만 너무 거칠게 다루지는 마세

요. 나중에 제가 곤란해지니까요. 적당히 부드럽게 다뤄 주시길 부탁
드립니다. 호호호호."

"괜찮습니다. 예부터 악역에 색정이 생겼다는 예는 없으니까요. 하
하하하. 그럼 먼저 실례하겠습니다."

"잘 부탁드립니다."

아시가라는 그대로 방을 나가서 계산을 마친 후에 미카와의 집으로
출발했다.

그리고 서로 쓴웃음을 짓는다. 나카코가 먼저 말을 꺼낸다.

"정말이지 깜짝 놀랐습니다. 저는 그 사람의 얼굴을 보고는 이제는
죽었다 싶었습니다."

"웬만한 일로는 꿈쩍도 안 하는 나도 오늘 밤만은 깜짝 놀랐습니다.
마치 연극의 한 장면이라도 되는 것 같습니다. 꿈에도 생각지 못한
곳에서 나왔습니다. ……"

"누가 아니래요. 그 사람이 옆방에 있을 줄은 꿈에도 생각 못 했으니
까요. 하지만 어쩌면 좋을까요? 생각지도 못한 사람의 눈에 띄었어요."

나카코는 이렇게 말하며 꺼림칙한 표정으로 사루와타리의 얼굴을
보았다.

"정말이지 생각지도 못한 사람의 눈에 띄었습니다. 그야 저로 말하자
면 두 사람의 관계는 입 밖에 낼 일은 없습니다만, 대신 이런 비밀을 손에
넣은 이상 2, 3천 엔의 돈은 당연히 뜯길 것이니 견딜 수가 없어요."

"제발 돈으로 입막음을 할 수 있는 일이면 부디 입을 막아 주세요.
그렇지 않으면 저는 살아 있어도 살아 있는 게 아니에요."

이렇게 두 사람은 잠시 이야기를 나눈 후 어디로 사라졌는지 모습은
보이지 않고 그저 전깃불만 휘황하게 실내를 비추고 있다.

(1908년 7월 17일)

56회

"사모님, 아시가라 씨께서 오셔서 잠깐 뵙자고 하십니다만, 들어오시라고 해도 될까요?"

하녀 오타케는, 아직도 오도카니 화롯가에 앉아서 시어머니가 돌아오기를 기다리는 유리코에게 물었다.

아시가라라는 말을 듣고 유리코는 순간 가슴이 철렁했다.

"아시가라 씨가 나를 보고 싶다고?"

"예."

"그래서 넌 뭐라고 했어? 집에 있다고 했어?"

"예, 그렇게 말씀드렸습니다만, 잘못한 걸까요?"

하녀는 유리코가 난처해하는 모습을 보고 안쓰럽다는 듯이 말했다.

"이미 그렇게 이야기를 했다면 어쩔 수 없으니 들어오시라고 해."

"예."

하녀가 시무룩해져서 물러나자, 이윽고 아시가라가 들어왔다. 보니 얼굴이 새빨개져서 숨을 쉴 때마다 홍시 냄새 같은 술냄새를 풀풀 풍기고 있다. 유리코는 자신도 모르게 이맛살을 찌푸렸지만 아시가라는 개의치 않고 버티고 섰다.

"늦은 시각에 찾아와서 대단히 폐를 끼치는군요."

"별말씀을요. 어서 앉으시지요."

유리코는 군나이산(郡內産) 방석을 권했다. 아시가라는 어려워하는 기색도 없이 그 위에 털썩 앉아서 일부러 웃어 보였다.

"오바나가 없어서 필시 외롭겠군요. 하하하하."

"예, 감사합니다."

"오늘 밤은 미망인은 부재중인가요?"

"예, 잠깐 친척집에 가셨습니다. 뭔가 볼일이라도 있으신가요?"

"아니요, 미망인에게 볼일이 있을 리가 있나요. 오히려 부재중인 것이 더 좋습니다. 제가 볼일이 있는 것은 당신입니다. 당신만 있어 주시면 다른 사람은 어찌 되든 상관없습니다. 하하하하."

또 다시 재미도 없는데 헛웃음을 웃으며 탁한 눈으로 유리코의 얼굴을 본다. 유리코는 남편도 없고 시어머니도 없는데 설령 남편의 친구라 해도 다른 사람도 없이 단둘이 있는 것은 낮이라도 찜찜한데 하물며 열 시도 넘은 한밤중에 마주앉아 있는 것이므로 걱정이 이만저만이 아니다. 만약 이 상황에 시어머니라도 돌아온다면 어찌 하나? 그렇지 않아도 나에게 심술을 부리는 시어머니는 있지도 않은 일을 억측을 하여 어떤 애맨 소리를 할지 알 수가 없다. 이는 어떻게든 해서 빨리 돌아가게 하는 수밖에 없다. 이렇게 생각을 하고 물었다.

"뭔가 볼일이 있다고 들었습니다만, 무슨 볼일이신지요?"

"볼일이요? 볼일이란 바로 당신의 그 아름다운 얼굴을 보고 싶어서 온 것입니다."

유리코는 그 한 마디를 듣고는 그렇다면 나를 변롱하려고 온 것이라 생각하니 분한 마음이 드는 것을 참고 말했다.

"농담이 지나치십니다. 지금 말씀드렸듯이, 오늘 밤은 어머니도 계시지 않으니 부디 볼일이 있으시다면 말씀을 하시고, 어머니가 계실 때 다시 천천히 놀러와 주시기를 부탁드립니다."

"아니, 미망인에게 볼일은 없습니다. 정말로 당신에게 하고 싶은 말이 있어서 온 것입니다. 유리코 씨, 그렇게 어서 가라는 식으로 말씀하지 않아도 되지 않습니까?"

(1908년 7월 18일)

57회

"절대 돌아가시라고 드리는 말씀이 아닙니다. 하지만 밤도 이미 깊었습니다. 어머니도 부재중이십니다. 이렇게 단 둘이 한 방에 있는 것은 정말이지 일하는 사람들 보기에도 좀 좋지 않으니, 그래서 드리는 말씀입니다. 그러면 하실 말씀이 있으시다면 들을 테니 어서 말씀하십시오."

유리코는 자세를 바로 하고 범접할 수 없는 태도로 말했다.

"그러면 말씀드릴 테니 잘 들어 주세요. 내가 오늘 밤 찾아온 것은 참으로 제 가슴속 이야기를 당신에게 다 터놓고 당신의 결심을 듣고 싶어서입니다. 다름이 아니라 당신이 이 오바나 가에서 나와 제 아내가 되었으면 하는 것입니다."

"아니, 무슨 말씀이세요?"

"뭐, 그리 놀라실 것 없습니다. 이 집에서 이혼을 하고 나와 제 아내가 되어 달라는 말입니다. 당신이 그러겠다고 대답을 해 주시면 나는 돌아가라고 말씀을 하지 않아도 돌아가겠습니다. 하지만 원하는 대답을 듣기 전에는 설사 당신이 무슨 말씀을 하셔도 돌아가지 않겠습니다. 부디 가슴에 손을 얹고 잘 생각한 후에 싫다면 싫다 좋다면 좋다 대답을 해 주세요."

아시가라는 분명하게 이야기를 했다.

아무리 거친 아시가라라도 설마 이렇게까지 억지를 부릴 것이라고는 생각지도 못한 유리코는 억지라고나 할까 거칠다고 해야 할까 뭐라 말할 수 없는 아시가라의 말에, 얼굴은 순식간에 사색이 되어 침울해지고 몸은 부들부들 떨린다.

"아시가라 씨, 당신 그 말 제정신으로 하시는 말씀이세요?"

유리코는 이렇게 되물었다.

"당당한 남자의 입으로 게다가 남의 아내에게 이런 말을 거짓이나 농담으로 하겠습니까? 저는 지금 제정신도 제정신이지만, 명예고 뭐고 다 내던지고 하는 말입니다."

"하지만 그것은 너무 억지 말씀입니다. 제게는 오바나 도시오라는,

게다가 당신의 친구인 남편이 있다는 사실을 설마 잊으신 것은 아닐 테지요. 게다가 이제 와서 새삼 아내가 되어 달라고 말씀하시는 것은 저로서는 도저히 이해가 되지 않습니다. 제발 그런 농담은 마시고 이제 밤도 깊었으니 오늘 밤은 돌아가 주세요. 설사 농담이라 해도 그런 말이 행여 어머니나 남편의 귀에 들어가기라도 하면 당신도 군인의 명예에 걸리게 될 것이고 저도 변명의 여지가 없는 몸이 될 테니까요. ……"

"당신에게 내 친구인 오바나 도시오라는 남편이 있다는 사실은 아무리 바보라도 이 아시가라는 확실히 알고 있습니다. 그러니까 이 집에서 이혼을 하고 내 집으로 와 달라는 것입니다. 또한 당신은 내가 명예를 아까워 할 것으로 생각하지만, 나는 명예를 중시하는 그런 갑갑한 사람이 아닙니다. 명예가 결국 뭡니까? 인간은 그저 이 6척의 몸을 안락하게 보내면 명예고 뭐고 필요 없습니다. 특히 우리 군인들은 전쟁이라도 난다고 하면 당장 내일이라도 전사를 할지도 모를 몸입니다. 만약 내가 명예를 중시하는 인간이라면 당신 집에 가서 3천 엔의 돈을 억지로 달라 하겠습니까? 잘 생각해 보면 이해가 되겠죠. 나는 목적인 사랑을 얻기 위해서는 명예는 물론이고 목숨도 내던지고 달려드는 것입니다. 그 정도로 생각을 하고 있는 제 사랑을 받아들이지 않겠다고 하신다면, 저는 저대로 크게 결심한 바가 있으니, 분명하게 대답을 해 주세요."

(1908년 7월 19일)

58회

유리코는 잠시 생각에 잠긴 후에 결심을 한 모양으로 대답했다.
"뭐라 말씀하셔도 지금 저로서는 아무래도 그렇게 할 수는 없으니까 그 점만은 제발 이해해 주세요. 제 평생의 소원입니다."

유리코는 대답을 했지만 그 목소리는 역시 덜덜 떨리고 너무나도 유감스러운 듯이 들렸다. 그도 그럴 것이 니시와키 가가 아시가라의 손에 약점만 잡히지 않았다면 설령 남편의 친구라 하더라도 이렇게 무례한 말을 들은 이상은 마음껏 쏘아붙이고 싶은 것이 인지상정이다. 그것을 단 한 마디도 할 수 없는 유리코의 마음은 참으로 딱한 것이었다.

유리코의 대답을 들은 아시가라는 불같은 숨결을 내뿜으며 열화와 같이 화를 낼 것이라 생각했지만, 뜻밖에도 재차 확인을 한다.

"그럼 제 바람은 들어주지 않는다는 것이군요."

"제발 그것만은, ……"

유리코는 어디까지나 안 된다고 대답했다.

"그러면 제 아내가 되어 달라는 것은 당신 바람대로 단념을 하지요. 하지만, 그 대신 한 가지 부탁이 있습니다. 그 부탁만은 들어 주세요. 다름이 아니라 저의 정부(情婦)가 되어 주었으면 합니다."

"예엣!?

"정부라고 하면 잘 이해가 안 될지도 모릅니다만, 제 뜻에 따라 오바나의 눈을 속여 밀통을 하는 것입니다. 그런 것이라면 설마 불가능하지는 않겠지요?"

"제가 어떻게 그런 짓을 할 수 있겠어요? 아시가라 씨, 당신은 제게 어떤 원한이 있는지 모르겠지만, 저는 당신에게 원한을 살 만한 일을 한 기억이 눈꼽만큼도 없습니다. 그런데 왜 이렇게 여러 가지로 저를 괴롭히시는 건가요? 아아, ……너무 하시는 것 아닌가요?"

유리코의 목소리는 떨리고 있었다.

"그렇다면 정부가 되는 것도 싫다고 하시는 거네요. 알겠어요. 당신이 싫다고 하신다면 그것도 단념하지요. 그 대신 단 한 번만이라도 좋으니 제 뜻을 따라 주세요. 그것으로 당신에 대한 사랑의 번뇌를 깨끗하게 단념하겠습니다. 당신은 제가 무정하게 괴롭힌다고 하시지만 당신에게 반하는 게 싫다면 왜 아름답게 태어났나요? 남들이 당신에게 반하면 당신도 귀찮겠지만, 당신에게 반한 제 입장이 되어 보세요. 자신의 사랑을 이루지 못한다는 것은 너무 괴로운 일입니다. 만약 당신이 제 소원을 들어주신다면 절대로 당신 오빠의 비밀도 발설하지 않겠다고 맹세하겠습니다. 이렇게 말하면 좀 뭐하지만, 내가 이 비밀을 조금이라도 흘린다면 당신도 이 오바나 가에 있을 수 없는 처지에 처하게 되고, 니시와키 가는 사회적으로 얼굴을 들고 다닐 수 없는 처참한 지경에 처하게 됩니다. 당신의 대답 하나에 그 부침이 정해지는 것이니 잘 생각해서 대답해 주세요. 지렁이도 밟으면 꿈틀댄다는 것은 바로 이런 경우를 말하는 것입니다."

아시가라는 드디어 유리코가 가장 두려워하는 오빠의 비밀이라는 칼을 뽑아 가슴에 들이 대었다.

유리코도 이제는 자신의 몸은 물론 니시와키 일가의 부침에 관련되는 일대 중대사이므로 어찌 해야 하나 침울해지는 것이었다.

(1908년 7월 21일)

59회

유리코는 돌로 변한 여신처럼 옴짝달싹도 하지 않고 아시가라에게 어떻게 대답해야 하나 생각을 했다. 니시와키 가의 가명(家名)을 구하고 내 몸도 그리운 남편과 가정을 이루어 가기 위해서는 아시가라의 말에 따라 몸을 더럽히는 수밖에 없다. 절조를 지키며 끝까지 아시가라의 바람을 사절하면 아무래도 니시와키 가의 가명은 물론 자칫 자신도 가장 사랑하는 남편과 이별을 하는 비운에 처해야 한다. 어느 쪽을 선택해도 살을 도려내는 것 보다 더 고통스러운 경우에 처하는 것이다. 그러니 새가슴에 어찌할 바를 몰라 하며, 두 가지 중에 어느 쪽을 선택할지 주저하고 있었다. 하지만, 아무리 생각해 봐도 귀신 같고 뱀 같은 아시가라에게 몸을 더럽히는 것은 설령 니시와키 가의 가명을 더럽히더라도 견딜 수가 없어 단호하게 아시가라의 바람을 사절하려고 마음을 먹었다. 이때, 아시가라는 아까부터 유리코의 침통해 하는 모습을 황홀한 듯이 바라보고 있다가 그 목덜미 주변과 아름다운 옆얼굴을 보고는 더 이상 연정을 억누를 수 없어, 말도 없이 다소곳이 무릎 위에 올려놓은 유리코의 손을 잡는가 싶더니 휙 끌어당겼다. 유리코는 의외의 난폭한 행동에 소리를 지르려고 했지만, 아랫사람들에게 이렇게 흐트러진 모습을 보이는 것도 부끄러워 있는 힘껏 온몸으로 잡힌 손을 빼내려고 발버둥을 쳤다.

그런데 바로 그때, 미닫이문을 휙 열고 얼굴을 내민 것은 시어머니 나카코였다.

"유리코, 다녀왔다."

하지만 그 상황을 보자마자 바로 미닫이문을 휙 닫고는 나가 버렸다.

나카코의 얼굴을 본 유리코는 두려움과 수치심과 슬픔이 북받쳐 올라 으윽 하고 엎어져 울었다.

아시가라 역시 면목이 없다는 모습으로 그대로, 아무 말도 못하고 울고 있는 유리코를 돌아보지도 않고 방을 나갔다. 동시에 옆방 입구에 있던 나카코와 눈을 마주치고는 서로 차가운 미소를 주고받으며 서둘러 돌아갔다.

아시가라가 돌아가고 나서 얼마 안 있어 나카코는 다시 유리코의 방에 얼굴을 내밀었다.

"유리코, 하고 싶은 이야기가 있으니 잠깐 내 방으로 오너라."

나카코는 이 말을 내뱉고는 거친 소리를 내며 미닫이문을 닫고 떠났다.

그렇지 않아도 평소 유리코에게 차가운 시어머니였는데, 이렇게 흐트러진 모습을 본 이상은 어떤 애먼 소리를 할지 짐작도 안 된다. 설령

자신의 결백을 주장한다고 해서 그것을 믿고 용서해 주지도 않을 것이
라 생각한다. 차라리 죽을 수 있다면 죽어서라도 이 역경을 벗어나고
싶을 만큼 괴로워하며, 둑이 터진 듯 흐르는 눈물을 겨우 소매로 닦으
며 도살장에 끌려가는 소처럼 억지로 억지로 시어머니의 방으로 갔다.
그리고 주저주저 바닥에 앉았다.

"어서 돌아오세요. 많이 추우셨죠? 계시지 않는 동안 아시가라 씨가
오셔서, ……"

여기까지는 말을 했지만, 슬픔에 가슴이 막히고 눈물에 목이 메여
더 이상은 말을 잇지 못한다.

나카코는 무슨 소리냐고 하기라도 하듯 그 모습을 흘겨본다.

"아니, 넌 대체 무엇이 그리 슬퍼 말도 못할 정도로 울고 있니? 빈
집에서 이 야심한 밤에 그 정도 재미를 보면서 너답지 않은 것 아니냐?
남편도 없고 시에미도 없으니 잘됐다 싶어 시집을 온지 얼마나 됐다고
다른 남자하고 음탕한 짓을 할 정도면서 무엇이 슬퍼 우느냐 말이다."

예상대로 표독스런 말로 나무라기 시작했다.

(1908년 7월 22일)

60회

이러리라고 각오는 하였지만 도리에 어긋난 짓이라도 했다는 듯한
나카코의 말에 슬픔은 슬픔을 더 불러일으킨다. 유리코는 찢어지는 듯
한 가슴을 겨우 억누르며 말을 더듬는다.

"뭐라 말씀하셔도 어……어……어쩔 수 없습니다만, 취해 있기도
하고 아무도 계시지도 않으니 돌아가시라고 해도 돌아가시지도 않고
여러 가지 말을 하시더니 급기야는 마, 막……막무가내로 난폭한 짓을
하려 해서 있는 힘껏 저항을 하고 있던 참에 어머니께서 돌아오셔서

결국 돌아간 것입니다. 절대로 생각하시는 것처럼 도리에 어긋난 일은
없었습니다."

눈물에 목이 메어 몇 번이나 말을 끊어가며 겨우 이렇게 항변했다.
그 말이 채 끝나기도 전에 나카코는 눈을 번득이며 다그쳤다.

"아시가라 씨가 아무리 취했다고 해도, 다른 집 처녀도 아니고 너를
자기 친구의 아내라는 것쯤은 모를 리도 없지 않느냐? 동료의 아내라
는 것을 알면서 그렇게 음탕한 말을 하거나 흉한 짓을 한다는 것은
뭔가 사정이 있는 게 틀림없다. ……내가 이렇게 말을 하면 너무한다
고 생각할지 모르겠다만, 누구라도 길을 막고 물어 봐라. 누구라도 그
렇게 생각할 수밖에 없다. 그리고 너는 흉한 짓을 한 기억이 없다지만,
내 눈이 아무리 노망이 났다 쳐도 장식으로 달려 있는 것은 아니다.
아까 내가 문을 열었을 때 너 어떤 모습을 하고 있었니? 내가 굳이 말하
지 않더라도 네가 잘 알겠지. 그래, 그게 아니면 너무 좋아 넋이 나가서
기억이 없다고 한다면 확인 차 내가 이야기해 줄 테니 잘 듣거라."

"어머니, 모두 제가 잘못했습니다. 그러니 제발 용서해 주세요."

"아니, 네가 잘못했다고 빌지 않아도 된다. 흉한 짓을 한 기억이 없
다고 하니, 내가 직접 본 것만 이야기하마. 네가 아무리 기억이 없다고
해도 그때 너 어떻게 하고 있었냐? 아시가라 씨가 네 손을 잡고 옆에
딱 달라붙어 있었지 않았냐 말이다. 남편이 있는 여자가 외간 남자에
게 손을 잡히고 옆에 딱 달라붙어 있었으면서 흉한 짓을 한 기억이
없다니 그게 말이 되느냐 말이다. 잘 생각해 보거라."

"어머니 말씀은 하나하나 다 맞는 말씀입니다. 물론 그것은 다 맞는
말씀입니다만, 아무리 말을 해도 술이 취해서 듣지를 않고 그런 난폭
한 짓을 하셔서요. 지금 말씀드린 것처럼 제가 잡힌 손을 빼내려고
안간힘을 쓰는 참에 어머니가 돌아오신 것이에요. 절대 제가 어떻게
하려 한 기억이 없는걸요. 부디 미흡한 점에 대해서는 거듭 용서를

빌겠으니 제발 용서해 주세요."

"아니, 그렇게는 안 되겠다. 아들이 집을 비우면서 부탁을 했는데 아들한테 무슨 면목이 있겠느냐? 또 내 입장에서도 그렇다. 남편이 없는 동안에 외간남자하고 놀아나려 하는 며느리와 함께 있을 수 없다. 그러니 지금 친정으로 돌아가거라. 원래대로라면 중매인에게 부탁을 해서 친정에 이야기를 하는 것이 순서이겠다만, 너는 중매인 없이 아들이 마음대로 데려온 며느리이니 그런 절차를 밟을 수도 없구나. 짐은 내일 아침에라도 이쪽에서 보내겠다. 그리고 더 자세한 것은 누군가에게 부탁을 해서 이야기를 하러 보낼 것이다. 어쨌든 오늘 밤은 오타케에게 데려다 주라 할 테니 친정으로 돌아가거라."

나카코는 엄하게 명령을 했다.

(1908년 7월 23일)

61회

유리코는 너무나 억울하여 한없이 흐르는 눈물에 목이 메면서도 엎드리다시피 하며 부탁을 했다.

"어머니, 그렇게 화가 나시는 것은 당연하시겠지만, 절대 흉한 짓을 한 것은 아니니까 제발 용서해 주세요. 제 평생의 부탁입니다."

"무자비한 시어미라고 원망을 할지도 모르겠다만, 아들이 돌아오면 내가 무슨 면목으로 말을 하겠냐? 이 일만큼은 네가 아무리 부탁을 해도 용서를 할 수가 없구나."

"그럼 어머니 하다못해 서방님이 돌아오실 때까지 만이라도 여기 있게 해 주세요. 이대로 친정으로 돌아간다면 저는 죽으려야 죽을 수도 없습니다. 서방님을 한번 뵈면 설령 그날 떠나라 하신다 해도 절대 원망을 하지 않겠습니다. 자비를 베풀어 주세요. 자, ……자비를……"

하며 불쌍하게도 두 손을 모아 싹싹 비는 것이었다.

"그렇게나 도시오가 보고 싶으면서 어찌 그렇게 경우에 없는 짓을 할 수 있느냐 말이다. 네 생각으로는 도시오가 돌아오면 어떻게든 말로 잘 구슬릴 속셈인가 모르겠다만 아무리 우리 아들이 너를 생각하는 마음이 크다고 해도 자기 얼굴에 먹칠을 한 여자한테 설마 미련이 있을 사람이 아니다. 그러니 그렇게나 보고 싶으면 사진 가지고 있을 테니까 그거라도 보면 되지 않겠니? 나는 이 나이가 될 때까지 남편 이외에는 다른 남자하고 단 둘이서 이야기를 한 적도 없는 구식 교육을 받은 사람이다. 그래서 너 같이 시집을 와서 다른 남자하고 한 방에 들어가서 손을 잡고 다리로 장난질을 치는 깨인 분하고는 단 하루도 아니 단 한 나절도 같이 있을 수 없다. 그러니 제발 부탁이니 이제 아무 말 말고 돌아가거라."

이때 벽시계는 소리를 내며 12시를 알렸다.

"아이쿠, 벌써 12시네. 자 오타케에게 바래다주라 할 테니 어서 준비를 하거라."

나카코는 내쫓듯이 재촉을 한다.

유리코는 이제 더 이상 가망이 없다고 생각하고 억울해 하면서도 결심을 했다.

"그러면 말씀에 따라서 물러가겠습니다. 안…… 안녕히……계……세요. ……"

유리코는 펑펑 흐르는 눈물을 몇 번이고 닦으면서 불면 꺼질 듯한 가엾은 모습으로 조신하게 인사를 하고 초연하게 나카코의 방을 나갔다. 그리고 자기 방에 들어가서 여기저기 흩어져 있는 물건들을 장롱에 넣을 것은 넣고 가방에 담을 것은 담은 후에 도시오의 사진과 보내온 편지를 품속에 넣고 자물쇠를 채워야 할 것은 모두 자물쇠를 채웠다. 그리고 마침내 하녀 오타케와 함께 그칠 줄 모르는 눈물을 뒤로

하고 오바나 가에 이별을 고했다. 생각하면 겨우 한 달 전에, 이제 너는 니시와카 가의 사람이 아니다, 오바나 가의 사람이 되는 것이니 이 집을 내 집이라고 생각하면 안 된다, 오바나 가를 내 집이라고 생각하고 어떤 힘든 일이 있어도 참아야 한다라는 말을 들은 것이 아직 귓가에 쟁쟁하다. 그런데 채 한 달도 되지 않아서 내 집이라고 생각했던 오바나 가를 떠나는 것이므로, 아무리 체념을 했다고 해도 미련이 남아 이것이 오바나 가의 마지막 모습인가 하며 몇 번이나 원망스러운 듯이 돌아보고 또 돌아보며 눈물을 머금고 니시와키 가로 돌아왔다.

(1908년 7월 24일)

62회

요시스케가 떠난 후, 니시와키 가는 마치 중 없는 절간처럼 하루하루 사람들의 출입도 줄어들고 어쩌다 친척들이 방문하는 외에는 거의 날마다 왕래를 하던 요시스케의 친구들조차 발걸음을 뚝 끊어, 찾아오는 손님이 거의 없는 지경이었다. 변함없이 찾아오는 것은 이재에 밝은 볼일이 있는 장사치와 쓸쓸한 창문을 두드리는 삭풍뿐이다.

그러니 요시스케가 없는 집을 지키는 어머니 마키코는 정실 며느리 기요코를 더없이 아끼며 하루 세 끼 식사를 하는 외에는 이렇다 할 일도 없어서 한 방에 모여 화로를 사이에 두고 요시스케나 유리코에 대해 똑같은 이야기를 반복하며 두서없이 품평을 하는 나날을 보내는 것이 일상이었다. 낮 동안에는 그래도 떠들썩한 세상 속에서 꼭 틀어박혀 쓸쓸하기는 하지만 조금은 무료함을 달래주는 소식이 오기도 하지만, 일단 세상을 어둠으로 감싸는 두터운 밤의 장막이 내리면 이야기에는 물리고 신문은 구석구석 다 읽어서, 기요코가 하루 일과처럼 읽어 주는 소설이 유일한 즐거움이지만, 그것도 두세 시간, 결국은 하릴 없이 잠자리에 드는 상황. 그러니 빠르게는 9시, 늦어도 10시에는 반드시 잠자리에 드는 것이 상례로, 11시, 12시가 되면 이미 문밖을 지나가는 인력거 소리가 잠결에 들리고 일을 하는 집안사람들이 코를 고는 소리도 난다.

뭔가 육감이라는 것이 있는지 마키코는 잠자리에 들기는 했지만 오늘 밤에는 웬일인지 정신이 말똥말똥해서 잠이 오지 않아, 남편이 살았을 때 일, 낯선 이역에 있는 아들 요시스케의 일, 사랑하는 딸 유리코의 일 등이 꼬리에 꼬리를 물고 떠오르며 한없이 소용돌이를 쳤다. 어떻게든 잠을 자려고 눈을 감으니 칠흑같이 캄캄한 가운데 유리코의 모습이 초연히 나타났는데 바싹 야위어 보여 깜짝 놀라서 눈을 떴다. 하지만 그 모습은 보이지 않고 머리맡에 놓인 고등(孤燈)이 곧 꺼질 듯 겨우 빛을 발하고 있다.

"아아, 잠이 안 든 줄 알았는데 역시 꿈이었나? 분명 유리코가 온 것 같았는데."

말이 채 끝나기도 전에 타닥타닥 문을 두드리는 소리가 들렸다. 이상하다. 지금 이 시각에 누구일까!……설마 우리 집을 찾아온 것은 아니겠지 하고 있는데, 소리는 점점 더 커져서 우리 집이 틀림없다고 생각되어, 우선 램프 심지를 돋우어 방을 밝히고 잠옷 위에 솜을 둔 하오리를 걸치고 집안사람들을 깨우는 것도 미안해서 직접 램프를 들고 현관으로 나갔다. 그런데 뜻밖에도 우리 집 문을 두드리는 사람이 있어서 마당으로 나가 대문을 열고 물었다.

"누구세요?"

"예, 저예요. 유리코예요."

이렇게 대답한 것은 틀림없이 귀에 익은 딸 유리코의 목소리이니, 방금 전의 꿈 생각도 나서 무슨 변고라도 있나 하여 공연히 가슴이 콩닥거렸다.

"아, 누군가 했네. 이 야심한 시간에. ……지금 문 연다."

어머니 마키코는 문으로 다가가서 빗장을 열고 달그락달그락 문을 열었다.

그러자 유리코는 데리고 온 하녀에게 말했다.

"추운데 고생 많았어. 그럼 이제 됐으니까 돌아가서 자렴."

"예, 그럼 이만 실례하겠습니다."

서로 맥없이 이별을 고하고 하녀는 초롱불로 길을 비추며 돌아갔다.

(1908년 7월 25일)

63회

유리코의 모습이 어쩐지 예사롭지 않다고 본 어머니 마키코는 일하는 사람들이 깨지 않도록 원래대로 문단속을 하고, 천천히 자기 방으로 데리고 가서 묻어 둔 화로 불을 일으켜 그 앞에 유리코를 앉히고 자신도 자리를 잡고 앉았다. 그리고 남의 귀를 신경 쓰며 조심스러운 목소리로 물었다.

"대체 어찌된 일이냐?"

유리코는 슬픔을 나누고 억울함을 호소할 수 있는 어머니의 슬하로 돌아왔기 때문에 한없이 흐르는 눈물을 닦지도 않고 말을 꺼낸다.

"저……저 이혼당했어요!"

유리코는 슬픔을 견딜 수 없다는 듯이 두 소매로 얼굴을 감싸고 흐느껴 울기 시작했다.

"뭐라고?"

마키코는 자기도 모르게 비명을 질렀다.

"이혼을 당했다고? ……그……그게 대체 어……어찌 된 사정이냐? ……애, 이렇게 울기만 하면 어쩌니? 어……어서 사정을 이야기해 봐.

사정을……"

마키노의 늙은 몸은 벌써 눈물을 흘리며 재촉을 한다.

유리코는 눈물범벅이 된 얼굴을 겨우 닦고 시어머니가 친척집에 간이야기에서부터 밤 9시가 넘어서 아시가라 소좌가 술에 취해 찾아온일, 자신은 집에 아무도 없다고 하며 만나지 않으려 했는데 하녀가 집에 내가 있다고 말을 해서 어쩔 수 없이 방에 들여 면회를 한 일, 아시가라가 갖가지 난제를 들고 나와 괴롭힌 일, 결국은 흉측스런 짓을 하려는 참에 시어머니가 돌아와서 그 현장을 본 일, 그것을 약점 삼아 시어머니가 괴롭힌 일, 결백을 해명했지만 시어머니가 그것을 들어주지 않고 결국은 이혼을 시키기에 이르게 된 전말을 소상하게 이야기했다.

마키코는 새삼 다시 한 번 깜짝 놀랐다.

"그럼, 너 정말 아시가라하고 도리에 어긋난 짓이라도 하다가 발각됐단 말이냐?"

유리코는 억울하다는 듯이 어머니의 얼굴을 보고 몸을 부르르 떨며 말했다.

"어머니까지 무슨 말씀이세요. 누가 그런 짐승하고 제대로 된 말 한마디라도 섞겠어요? 제가 무슨 말을 해도 듣지 않으려고 하고, 제 손을 억지로 잡아 경우에 없는 짓을 하려던 참에 어머니가 돌아오신 거예요. 제가 왜 그런 짓을 하겠어요? 설령 혀를 깨물고 죽는 일이 있어도 그런 남자에게 몸을 더럽힐 일이 있겠어요?"

마키코는 딱하다는 듯한 표정으로 이야기를 시작했다.

"너는 화가 나겠지만 이혼을 당할 정도니 도리에 어긋난 짓이라도 하다가 발각됐나 하고 생각하는 것은 당연한 것 아니냐? 그렇지 않으면 이혼을 당할 이유가 없지 않느냐? 네가 먼저 손을 내밀었다면 몰라도 도시오의 친구가 술에 취해 찾아와서 네게 몹쓸 짓을 한 것인데 너를 이혼을 시키는 것은 너무 가혹한 것 아니냐? 그런 일로 이혼을 당한다면, 강도가 들어와서 나쁜 짓을 당해도, 너는 강도와 도리에 어긋난 짓을 했다고 하여 이혼을 당하는 것과 같은 일이 아니겠니? 아무리 잘난 시어머니라도 그렇게 말도 안 되게 이혼을 시키는 법이 어디 있다니? 하지만 그쪽이 이혼을 하겠다고 한다면 너도 니시와키 가의 귀한 딸이다. 언제라도 받아들일 것이다. 바보 같이 왜 우냐? 자, 오늘 밤은 벌써 2시다. 이런 저런 일은 모두 내일로 미루고 자거라."

어머니는 직접 이부자리를 펴주며 잠자리에 들게 했다.

(1908년 7월 26일)

64회

유리코의 이혼은 마침내 확실해져서 다음날은 옷장, 장롱은 물론이고 경대, 반짇고리, 편지함, 악기류에 이르기까지 시집갈 때 가지고 갔던 것은 남김없이 되돌아왔고 예복을 입은 이상한 남자 한 명이 따라와서 무슨 말인지 알 수 없는 인사말을 남기고 돌아가는 것으로 끝났다.

니시와키 가에서는 할 말은 태산 같았지만, 이혼을 당한 화풀이로 받아들여지는 것도 유감. 특히 짐까지 다 되돌아온 후라 말해 봐야 아무 소용도 없는 것이니, 그저 오바나 가에서 하는 대로 내버려 두고 아무 말도 하지 않고 유리코는 다시 니시와키 가의 사람이 되었다.

기요코도 마키코에게 이혼을 당한 경위를 듣고 평소 친언니처럼 자신에게 친절히 대해 주던 유리코의 처지가 너무나 딱해서 견딜 수 없어 했다.

"저, 어머니, 시어머니의 처사도 너무 가혹하지만, 미운 것은 아시가라 소좌 아니에요? 불쌍하게도 아무 죄도 없는 아가씨를 그렇게 흉측한 말을 하고 흉측한 짓을 해서 괴롭히는 법이 어디 있냐 말이에요.

저, 너무 화가 나요. 그 사람의 비열한 행동을 참모총장을 만나서 이야기할까요? 무슨 억하심정으로 이렇게 니시와키 가를 못살게 구는 것일까요?"

기요코는 남편의 신세를 생각하고 유리코의 처지가 안됐어서 매우 화가 난다는 듯이 말했다.

마키코도 그것이 당연하다고 생각하여 맞장구를 쳤다.

"내 자식의 흠은 덮어 두고 다른 사람 이야기를 하는 것도 뭐하지만, 정말이지 그렇게 비열한 군인이 어찌 참모관이 되었는지 모르겠구나. 앞으로 또 어떤 경우에 없는 이야기를 할지, 어떤 난제를 들이댈지 모르겠구나. 정말 뱀보다 무섭고 귀신보다 무서운 군인도 다 있구나."

"정말이지 끔찍한 사람이에요. 하지만 어머니, 아가씨는 어떻게 하죠? 안색이 너무 안 좋아 보여요. 여러 가지 걱정이 많아서 그렇겠지만 어쨌든 한 번 의사를 불러다가 진찰을 받아보는 것이 어떨까요? 저대로 내버려 두었다가 병이 중해지면 돌이킬 수 없을 거예요."

유리코는 오바나 가에 간지 겨우 한 달 동안에 여간 아니게 걱정을 하며 지낸 것이 이제야 드러나는 것인지, 어제 잠자리에 눕자 그 길로 오늘 아침에는 두통이 나는데다 가슴이 아파서 일어날 엄두도 내지 못하고 식사도 못한 채 누워 있는 것이다.

마키코도 걱정스러운 표정으로 탄식을 했다.

"시집을 간지 얼마나 되었다고 이렇게 안색도 나빠지고 몸도 야위었구나. 아마 집에서 하고 싶은 대로 지내다가 갑자기 갑갑한 생활을 하니 야위기도 하고 윤기도 없어졌겠지만, 가슴 쪽이 그렇게 많이 아프다니 심장이라도 안 좋은 게 아닌가 한다. 그러니 데라다(寺田) 씨를 불러다 진찰을 받아 보자꾸나. 정말 저대로 내버려 두었다가 악화되면 큰일이니 말이다."

"그럼요, 그렇게 해야지요. 병은 초기에 잘 조치하는 게 무엇보다 중요해요. 너무 여러 가지로 걱정이 끊이지 않아 어쩌면 심장에 무리가 갔는지도 몰라요. 그럼 오마쓰(松)를 의사를 부르러 보내지요."

"그래, 그렇게 해 주려무나."

이리하여 데라다 교사이(寺田杏齊)라는 친하게 지내는 의학사를 불러다 진찰을 하게 해 보니, 아니 이게 웬일인가? 폐결핵 진단을 내려 본인은 물론 마키코도 기요코도 비탄에 잠기게 되었다.

(1908년 7월 28일)

65회

오바나 도시오가 갑자기 만주에 출장을 명령받은 것은 무슨 이유에서일까? 참모총장이 별실로 불러 비밀리에 명령한 것으로 추측해 봐도 절대 통상 일반 용무가 아닌 것은 분명하다. 그는 참으로 여순에서 군사적 일대 비밀을 알아내야 하는 중임을 명령받은 것이다. 그렇기 때문에 여순에 도착했을 때는 이미 복장도 지나 옷을 걸치고 있어 누가 봐도 쉽게 일본인임을 식별할 수 없는 모습으로 변장을 하고 있었다. 어느 날 오바나는 숙박을 하고 있던 비밀 여관을 표연히 나와 러시아거리를 지나가는데 맞은편에서 다가오는 일본인이 한 명 있었다. 이날은 요동의 겨울 날씨 치고는 드물게 날씨가 좋아서 안자산(安子山), 백옥산(白玉山), 우해(又海) 건너의 계관산(鷄冠山) 등 모든 산이 며칠 전부터 계속해서 내린 눈으로 하얗게 솟아 있어, 보이는 끝이 온통 새하얀 세상이 되어 있고 거기에 햇빛이 눈부시게 비치고 있어서 참으로 그 절경은 마치 살아 있는 그림 같았다. 그리하여 어제까지만 해도 방한구로 몸을 감싸 거의 눈만 드러내고 있던 거리의 사람들도 오늘은 솜대가 솟듯이 활기찬 모습을 하고 있고 개중에는 방한구도 걸치지 않은 사람들도 있다. 지금 맞은편에서 오는 일본인도 그 중의 한 사람

일 것이다. 갈색 양복에 같은 색 외투를 입고 머리에는 챙이 넓은 회색 모자를 썼을 뿐, 따로 방한복도 걸치지 않고 얼굴도 분명히 보인다. 오바나는 신기하게도 일본인을 만났기 때문에 2,3십보 전부터 그 얼굴을 바라보며 다가가다가 대여섯 걸음 앞으로 다가왔을 때는 어쩐지 낯이 익은 것 같았다. 누구인지 자꾸 기억을 해내려 했지만, 좀처럼 쉽게 기억이 나지 않았다. 그러는 사이에 둘은 서로 스쳐지나갔지만 그 사람이 대여섯 걸음 지나갔을 즈음에 겨우 생각이 나서 지체 없이 뒤를 돌아보며 잇따라 불러댔다.

"니시와키 씨, 니시와키 씨."

그러자 그 일본인은 깜짝 놀란 듯이 돌아보며 되물었다.

"저를 부른 것은 당신입니까?"

"예, 접니다."

오바나는 옆으로 다가갔지만, 니시와키는 아직 그 사람이 누구인지 모르는 모양이다.

"당신 누구시죠? 한 번 뵌 적이 있는 것 같기는 합니다만, 아무래도 확실하게 기억이 나지 않습니다."

오바나는 웃으면서 대답한다.

"오바나 도시오입니다. 하하하하."

"예? 뭐라고요?"

그는 깜짝 놀라며, 그 얼굴을 자세히 들여다본다.

"어쩐지 아무래도 낯이 익다고 생각했네. 그런데 여순에는 언제 왔나요?"

"아니, 하고 싶은 이야기가 많습니다. 어쨌든 이렇게 길바닥에서 이야기할 수는 없습니다. 너무 서두르는 것인지 모르겠습니다만, 이제 그럭저럭 11시가 되니 조금 이르기는 하지만 어디 가서 점심을 먹으며 이야기하기로 하지요. 괜찮으시죠?"

"전혀 문제없습니다. 그럼 제가 가끔 가는 요릿집이 있으니까 그곳으로 갑시다."

"그럼 안내를 부탁드리겠습니다."

이리하여 두 사람은 함께 점심을 먹으러 어디론가 떠났다.

(1908년 7월 29일)

66회

어느 서양요리점에서 테이블을 사이에 두고 마주 앉아 있는 것은 니시와키 요시스케와 오바나 도시오 두 사람이다.

오바나는 유리잔에 거품이 가득한 맥주를 단숨에 들이켜고 입가를 냅킨으로 닦으며 이야기를 시작했다.

"아무래도 비슷한 분이라고 생각을 하기는 했지만, 설마 제가 출발을 할 당시까지도 도쿄에 계시던 당신이 이런 곳에 계실 줄은 꿈도 꾸지 않아서 혹시나 하고 말을 걸었다가 실수라도 하면 민망할 것 같아서 상당히 망설였습니다. 하지만, 만약 사람을 잘못 본 것이라면 사과하면 돼지 뭐 하고 과감하게 말을 붙였습니다. 대체 이곳에는 언제 오셨습니까?"

"글쎄요. 이제 그럭저럭 2주일 남짓 되었습니다."

"그런데 무슨 용무세요? 역시 육군의 명령을 받고 온 것입니까?"

이 질문을 받고 니시와키는 잠시 주저했지만 다시 마음을 굳힌 모습이었다.

"그럼 당신은 아직 아무것도 모르는군요."

"무슨 일이 있었나요?"

오바나는 불안한 듯이 니시와키를 바라보았다.

"실은 저는 육군에서 갑자기 휴직 명령을 받아서, ……제가 좀 결심한 바가 있어서 어머니에게도 아내에게도 자세한 것은 알리지 않고 휴직이 된 다음날 아침 출발을 해서 이곳에 왔습니다. 그런 사정으로 친척에게도 친구에게도 어느 누구에게도 알리지 않고 떠났습니다. 그래서 당신에게도 유리코에게도 알리지 않았습니다."

오바나는 휴직이라는 말을 듣고 깜짝 놀란 모양이다.

"이상하군요. 당신이 휴직을 하다니. 거기에는 뭔가 이유가 있습니까?"

"뭐 갑작스러운 일이라 휴직 원인이 무엇인지는 확실히 알 수 없습니다. 하지만, 대략 이 일이겠거니 하는 일이 있습니다. ⋯⋯그 이유요? 그 이유에 대해서는 당분간 말씀드리기 어렵습니다. 하지만 조만간 당신이 일본에 돌아갈 무렵이면 누군가의 입으로 전해들을 것이라 믿습니다."

"아니, 뭐 휴직 원인 같은 것은 깊이 알 필요 없습니다. 그런데 귀국은 언제하십니까?"

"아무래도 언제가 될지는 확신하기 어렵습니다. 1년 만에 돌아갈지 2년 만에 돌아갈지, 아니면 5, 6개월 안에 돌아갈지, 아니면 3, 4년 후에 돌아갈지 모릅니다. 만약 오래 체재하게 되면 저 없는 동안 잘 부탁합니다."

"그야 말씀하실 필요도 없습니다. 그렇게 오래 체재하실 경우에는 제가 알아서 잘 살필 테니 그 점은 안심해 주세요."

"부디 잘 부탁드립니다. 그런데 당신은 그 복장으로 보건데 물론 본부의 명령이겠지만, 뭔가 비밀 조사라도 있어서 출장을 온 것인가요?"

질문을 받고 오바나는 실내를 한번 휘 둘러 보았지만, 다행히 아직 점심을 먹기에는 이른 시간이라 넓은 실내에는 테이블과 의자가 손님을 기다리기라도 하듯 늘어서 있을 뿐, 손님들은 아직 보이지 않았다. 안심했다는 태도로 오바나는 대답을 했다.

"짐작하신 대로 본부의 명령으로 비밀 조사를 하러 출장을 왔습니다."

"그러고 보면 아무래도 개전은 벗어난 것으로 보이는군요."

"물론이지요."

오바나의 말에 니시와키는 자기도 모르게 미소를 띠었다.

(1908년 7월 30일)

67회

"그러나 아무리 봐도 당신은 일본 육군 참모관으로는 보이지 않습니다. 지나복이 정말 잘 어울립니다. 저는 아까 불러 세웠을 때 너무 갑작스럽기도 했지만, 도저히 당신이라고 생각되지 않았습니다. 이렇게 말씀드리면 좀 뭐합니다만, 만약 이 여순의 군사 경영에 대해 뭔가 조사할 필요가 있어서 출장을 오신 것이라면 대부분의 비밀은 제 손으로 쉽게 조사할 수 있으니까 만약 당신 손으로 조사하기 힘든 일이 있으면 그때는 미력하나마 진력하겠습니다."

오바나는 매우 기뻐하며 부탁을 했다.

"실은 이쪽으로 올 때부터 이런 복장을 하고 이리 뛰고 저리 뛰고 한 결과 겨우 목적의 3부 정도는 달성했지만, 가장 주력해서 조사해야 할 목적물은 좀처럼 조사하기가 어려워서 어찌해야 하나 하고, 당혹스러워 하고 있는 참입니다. 당신에게 그렇게 좋은 방안이 있다면 뭐든 국가를 위하는 일이라 생각하고 꼭 진력해 주시기를 바랍니다. 어떠세요. 저를 구해 준다 생각하고 활약을 부탁드릴 수 있겠습니까?"

니시와키도 맥주를 쭉 들이켜고는 묻는다.

"그야 국가를 위해서라면 몸을 바쳐서라도 진력을 하겠습니다만, 대체 그 조사하겠다고 하는 목적물을 무엇입니까?"

"그 목적물이라는 것은, ……"

오바나는 목소리를 더 낮춘다.

"송수산(松樹山)에서 이룡산(二龍山), 동계관산(東鶏冠山), 백은산(白銀山), 의자산(椅子山), 적판산(赤阪山), 203고지, 쿠로파트킨포대, 그 외 백옥산(白玉山), 안자산(案子山), 황금산(黃金山), 만두산(饅頭山), 노철산(老鐵山) 등에 있는 요새포대의 최근 설비를 파악하고 싶습니다. 어때요. 무슨 방법이 있을까요?"

니시와키는 잠시 생각을 한 후에 되묻는다.

"당신이 실지 시찰을 하겠다는 겁니까? 아니면 비밀 지도라도 괜찮은가요?"

"아니 실지 시찰은 포대가 한두 군데라면 방법이 없지 않겠지만, 여순 요새를 거의 모두 아울러야 하므로 도저히 다 시찰할 수는 없습니다. 최근 지도를 손에 넣으면 그것으로 만족합니다."

"실은 저도 아직 온지 얼마 안돼서 방법이 있기는 있습니다만,"

니시와키는 다시 잠시 생각에 잠긴 끝에 말을 잇는다.

"좋습니다. 어쨌든 일을 하기로 하고 건네주기로 하지요. 하지만, 하루 이틀로는 안 되니 적어도 1주일 후에 건네기로 하지요."

"그야 당신 손으로 도면을 확실하게 손에 넣겠다고 한다면, 1주일이 아니라 2주일이고 3주일이고 괜찮습니다."

"그러면 당신 여관이 어디인지 알아 두지요."

"제 여관은 참모총장의 소개로 구시가지 대로 중간쯤에 잡화점을 하고 있는 이방성(李芳成)이라는 지나인의 집입니다. 그런데 지극히 비밀리에 묵고 있어서 누가 와도 쉽게 들여보내지 않습니다. 그러니 당신의 이름을 잘 이야기해서 이 사람이 찾아오면 들여보내 주라고 부탁을 해 두겠습니다. 성명을 물어 봐도 괜찮을까요?"

"그러면 히가시나카 기사쿠(東中義作)라는 가명으로 찾아가지요. 당신의 이름은?"

"이진일(李眞逸)로 이름을 바꿨으니 그런 줄 아시고, ……"

"이진일이군요. ……알겠습니다."

이윽고 두 사람은 후일을 기약하고 헤어졌다.

(1908년 7월 31일)

68회

고지마치(麴町)에 있는 사루와타리 간베에의 집 안방에서 정좌(鼎坐)를 하고 이야기를 하고 있는 것은 주인 간베에와 아시가라 헤이타, 그리고 오바나의 미망인 나카코 이렇게 세 명이다. 나카코는 아시가라의 얼굴을 보며 온화하게 말을 건넸다.

"아시가라 씨는 여자에 대해서는 상당히 과감한 구석이 있으시네요. 설마 하고 미닫이문을 열고 정말 깜짝 놀랐어요."

아시가라도 웃으며 대꾸한다.

"뭐 그리 깜짝 놀랄 만한 짓을 한 기억은 없는 것을요. 하하하하."

사루와타리는 말을 자르며 거든다.

"아시가라 씨니까 아마 과감하셨겠죠."

"과감하기만 했겠어요? 좀 들어 보세요. 이랬다고요. 미카와가에서 당신과 헤어지고 집에 가서 일부러 조용히 뒤로 들어가서 이제 일이 무르익었다 싶어서 미닫이문을 드르륵하고 열어 보니, 세상에 어떤 줄 아세요? 유리코의 손을 잡고 자기 쪽으로 끌어당겼는데 그 모습이라니, 정말 두 번 다시 못 볼 장면이에요. 너무 대단한 장면이라서 아무리 일을 알고 있던 나도 문을 열기는 열었지만 민망해서, 문을 다시 콱 닫았을 정도예요. 정말 너무 깜짝 놀랐어요."

나카코가 이렇게 말하니, 아시가라는 그 말을 가로막듯이 나섰다.

"하지만 그 정도쯤은 저만 그러는 것은 아니에요. 누구나 다 그렇게 해요."

"하지만 그 정도의 일이라면말예요, 그 모습으로 생각해 보면, 어디까지 갔는지 뻔한 것 아니겠어요?"

사루와타리도 그 말을 받아서 거든다.

"그렇고말고요. 그 방면으로는 참모관인 만큼 작전계획이 얼마나 훌륭하겠어요. 그러니 어떤 비밀이 있는지는 뻔한 것 아닙니까?"

"자네까지 농담하지 말게. 내가 뭐 하러 그런 바보 같은 짓을 하겠는가? 손을 잡았다고 해도 역시 자네들한테 부탁을 받고 할 수 없이 잡은 게 아닌가? 맹세코 그런 바보 같은 짓을 하지 않았네."

"설사 했다고 해도 뭐 어때요? 처음부터 그럴 생각이었잖아요. 그렇죠? 사루와타리 씨."

"그렇고 말고요. 굳이 말하자면 소원을 푸시는 것이 저희들의 바람이죠. 어떤 재미를 보시든 그런 것은 우린 조금도 개의치 않아요. 하지만 아시가라 씨의 수고로 애물단지를 내쫓았으니 이렇게 기쁜 일이 없습니다. 그래도 잘 납득을 하고 돌아갔군요."

"그게 말예요, 사루와타리 씨. 좀처럼 수긍을 하지 않아서, 말하자면 불의를 저지른 것처럼 말을 해서 억지로 돌려보낸 거예요. 우리들의 즐거움에 방해가 되거나 시마코 양의 바램을 이루어주고 싶은 마음에 억지로 떼를 써서 이혼을 시키기는 했지만, 사실 생각해 보면 가여워요."

"그러면 이제 어떻게 하면 좋을까요?"

사루와타리가 선후책을 물었다.

"이제 이렇게 되었으니 도시오가 귀국하는 대로 부모의 권위를 내세워서라도 반드시 시마코 양과 결혼을 시킬 테니까 부디 안심해 주세요."

"부디 이번에는 당신이 수고를 많이 해 주세요. 저는 아시가라 씨에게 3천 엔이라는 사례금을 건넸으니까요."

"알겠습니다. 이번에는 반드시 성사시킬 테니까요."

(1908년 8월 1일)

69회

여순 항구 시가지에서 잡화점을 하고 있는 이방성 씨의 집 방에서 밀담을 하고 있는 것은 이진일이라는 가명을 쓰고 있는 오바나 도시오와 히가시나카 기사쿠라고 이름을 대고 온 니시와키 요시스케 두 사람이다.

"조금 더 일찍 할 생각이었습니다만, 안키시프 장군의 손으로 엄중한 감독 하에 보관을 하고 있어서, 쉽게 입수할 수가 없었습니다. 내 생각으로는 참모관 수중에 있을 것이라 생각했는데, 혹 비밀이 누설되면 안 된다고 해서 아레키 총독이 직접 감독을 한다는 이야기를 듣고 도저히 손에 넣을 수 없는 것이 아닌가 생각하고 한때는 거의 포기하다시피 했습니다. 하지만 꽤 고생을 하기는 했지만 어젯밤 드디어 손에 넣어서 오늘 바로 찾아왔습니다."

"아이쿠, 그것 참 대단히 고생이 많으셨습니다. 감사합니다. 그렇게나 엄중하게 관리되는 도면을 용케도 손에 넣었군요. 이 일에 대해서는 귀국하는 대로 참모총장님께도 잘 말씀드리겠습니다."

니시와키는 그 말을 막았다.

"아니, 절대 참모총장님께는 이야기하지 말아 주세요. 나는 단지 국가를 생각하는 일념과 매제가 되는 당신에 대한 정의에서 진력을 한 것으로 그것을 참모총장님에게 전해서 칭찬을 받는 것은 꿈도 꾸지 않습니다."

니시와키는 보따리를 하나 풀어 수십 장의 상세한 도면을 꺼낸다.

"그럼, 이렇게 확실히 건네니 받아 주세요."

"감사합니다. 크게 수고를 끼쳐 죄송합니다. 덕분에 3개월 예정으로 온 것을 불과 한 달 만에 다 조사할 수 있게 되었습니다."

"그런데 또 어디로 출장을 갈 생각입니까?"

"아니요, 이 조사만 마치면 오늘이라도 출발해서 귀국 길에 오를 생각입니다. 실은 지난번에 여쭤 보려다가 그만 깜빡했습니다만, 당신은 당시 어디에 체재하셨는지요. 실례지만 무슨 일을 하고 계시는 건가요?"

니시와키는 미소를 띠며 대답했다.

"저 말입니까? 제가 있는 곳은 그냥 지금은 말씀드릴 수 없으니, 부디 자세한 것은 묻지 말아 주세요."

오바나도 뭔가 사정이 있음을 눈치 챘다.

"절대 캐묻는 것은 아닙니다만, 만약 유리코가 물어볼 때 어떻게 대답할까 참고를 할 요량으로 물었습니다. 뭔가 댁에 전언이 있다면 무슨 말이든. ……"

"감사합니다. 딱히 부탁드릴 것은 아무것도 없지만, 당신에게 한 가지 부탁하고 싶은 것이 있습니다. 그것은 유리코의 신상에 관한 것입니다만, 당신이 이번에 돌아가셨을 무렵에는 어쩌면 내 행위에 대해 좋지 않은 소문이 나 있을지 모릅니다. 설령 어떤 소문이 났다고 해도 부디 저의 충심은 이 도면을 손에 넣은 점으로 깊이 헤아리시고, 일시적 소문에 마음이 흔들려 여동생과 당신의 관계가 끊어지는 불행한 일이 없기를 부디 바랍니다."

니시와키는 뭔지 알 수는 없지만 의미심장한 듯 부탁을 한다.

"지금 하신 말씀이 무슨 뜻인지는 잘 모르겠지만, 설령 어떤 소문이 나더라도 그것으로 인해 유리코와 저의 관계가 끊어지는 일은 명예를 걸고 절대 없을 것이니, 그 점은 안심하시기 바랍니다."

"그 말씀을 들으니 안심이 됩니다. 조만간 개전이 되면 다시 뵐 기회가 있을지 모르겠지만, 부디 제가 여순에 있다는 것은 아무에게도 말하지 말고 비밀로 해 주시기 바랍니다. 마지막으로 당신도 주의를 했으면 합니다만, 그 아시가라 소좌는 우리 육군부내에 두어서는 안 될 사람입니다. 정신 똑바로 차리고 주의하세요. 저는 다른 사람하고 또 약속이 있어서, 이만 헤어져야겠습니다."

두 사람은 서로 악수를 하고 헤어졌다.

(1908년 8월 2일)

70회

하여 가여운 것은 유리코의 처지이다. 한번 불치병에 걸려 위중하게 자리에 누운 후, 갑자기 용태가 바뀌지는 않았지만 하루하루 병세가 악화되어 갔다. 그리하여, 한때는 만나는 사람, 보는 사람의 마음을 뛰게 했던 꽃다운 용모도 그 빛도 향기도 병이라는 원수 같은 풍우에 시달려 핏기 하나 없을 정도로 창백하여, 아리땁고 곱지는 못해도 야위어 핼쑥해진 천성의 아름다움은 마치 하늘에서 내려온 선녀의 화신이 아닌가 의심스러울 정도로 장엄하다. 옆에서 보기에도 견딜 수 없을 만큼 힘들게 기침이 나오더니 급기야는 촛농처럼 끈적거리는 가래가 나오고 가끔은 약간씩 붉은 빛마저 섞여 있어 마키코의 걱정은 이만저만이 아니다. 어떻게든 요양을 시키는 것이 좋지 않을까 하여 데라다 의학사에게 의논을 하니 오이소(大磯), 즈시(逗子) 근처로 옮겨 쇼난(湘南)의 따뜻하고 청신한 공기로 정양을 하는 것이 좋다고 한다. 그러고 보니 건강한 사람조차 견디기 힘든 도회의 겨울은 도저히 병든 사람이 견딜 수 없다며 유리코의 희망에 따라 오이소에 있는 쇼센카쿠로 가서 정양을 하는 몸이 되었다.

그렇게나 따뜻한 쇼난 지역도 음력 12월 날씨는 역시 각별해서 2, 3일 동안 온도계가 15, 6도까지 내려갈 정도로 추웠기 때문에, 유리코가 날마다 바라보며 하루라도 빨리 봉오리가 활짝 피기를 기다리는 것을 낙으로 삼고 있는 정원의 매화도 그 부드러운 입술을 꼭 닫고 있었다. 하지만, 오늘은 언제 그랬냐는 듯 바람도 없는 온화한 날씨가 되어 발코니 난간 가까이 나가서 사방의 온화한 경치를 정신없이 바라보고 있었다. 그러다 갑자기 말했다.

"어머니, 날씨가 너무 좋으니 조리(草履)[19]를 걸치고 저 앞에 소나무 있는 곳까지 슬슬 산책하고 올게요."

어머니는 눈을 휘둥그레진다.

"아유, 무슨 생각으로 그런 말을 하는 거니? 어제 나온 가래로 봐서는 무슨 일인가 싶어 얼마나 걱정을 했는지 모른다. 거기까지 걸어서 갈 수 있겠니?"

"괜찮아요. 어제는 너무 추워서 그랬어요. 오늘은 언제 그랬냐는 듯 날씨가 좋잖아요. ……"

"그야 내켜서 가보고 싶다면 뭐 보양이 될 테니까 가 보는 것도 괜찮겠다만, 누군가 안내해 주는 사람이 없다면 길을 모르지 않니?"

"아니에요. 길은 잘 알고 있어요. ……도시오 씨하고 같이 몇 번 산책을 했어요."

"그럼, 내가 따라갈까? 혼자 갔다가 혹시라도 무슨 일이 생기면 안 되니까 말이다."

"괜찮아요. 제 마음대로 혼자 슬슬 걸어 보고 싶어요. ……"

마키코도 신경을 거스르는 것은 몸에 좋지 않을 것이라 생각해서 어쩔 수 없이 허락을 한다.

"그러면, 몸에 무리가 가지 않도록 슬슬 걸어서 될 수 있으면 일찍 돌아오너라."

"그렇게 걱정하지 않으셔도 괜찮아요. 오늘은 아주 좋으니까요. ……"

"그러면, 바깥은 추우니까 그 위에 솜을 둔 하오리라도 하나 더 걸치고 가거라."

"네."

---

19) 일본의 짚신.

유리코는 짙은 보라색 비백무늬 하오리와 엷은 청록색 지리멘(縮緬)[20]에 가문이 들어간 하오리를 겹쳐 입었다.

"그럼 잠깐 다녀오겠습니다."

"조심해서 다녀오너라."

"네."

유리코는 아픈 사람이라고 보이지 않을 정도로 씩씩하게 일어나서 방에서 나와 진홍색 끈이 달린 조리를 신고 쇼센카쿠를 나왔다.

(1908년 8월 4일)

71회

유리코는 쇼센카쿠 앞으로 나오자 기차의 궤도를 가로질러 꾸불꾸불한 시골길을 걸어 그곳에서부터 죽 늘어선 소나무 가로수 길로 향했다. 하지만 중간 쯤 갔을 때 길 한 가운데 멈춰 서서 자신도 모르게 미소를 지었다. 그것은 도시오와 신혼여행으로 쇼센카쿠에 체재하면서 즐겁게 손을 잡고 이 소나무 가로수 사이를 거닐다가 지금 자신이 멈춰 서 있는 곳에서 열 일고여덟의 시골처녀를 만난 것을 기억하고 말할 수 없는 황홀함을 느꼈기 때문이다. 잠시 떠나지도 못하고 여러 가지로 당시 일을 이것저것 추억을 하다가 이윽고 다시 천천히 걷기 시작하여 커다란 바위가 하나 있는 곳까지 갔다. 그리고 병든 몸이라는 사실도 다 잊은 듯, 힘이 드는 줄도 모르고 서둘러 바위 위로 올라가, 지금으로부터 50일 전 도시오에게서, 유리코 씨, 이리 와서 앉으라는 말을 듣고 나란히 앉았던 약간 높이 솟은 바위 위에 손수건을 깔고 앉았다.

우선 근처 경치를 바라보니, 바위틈에서 자라고 있는 소나무도 변함

---

20) 바탕이 오글쪼글한 비단.

없이 자리를 지키고 있는가 하면, 도시오가 이상한 손짓을 하면서 가르쳐 준 팔을 쭉 뻗은 소나무도 있다. 발아래를 보니 천천히 밀려왔다 천천히 물러나는 파도가 철썩철썩 하며 노래를 연주하고 있다. 또한 먼 바다를 보니 온화한 해원(海原)은 여전히 돛단배를 띄우고 태곳적 그림을 보여 주고 있으며, 수묵화 같은 겨울의 먼 산은 아직 흰옷도 입지 않고 옅은 안개 속에 우뚝 솟아, 눈에 보이는 무엇 하나 변한 것이 없다. 그런데, 일찍이 서로 사랑하고 사랑받던 남편과 함께 빛나는 미래의 희망을 다정하게 이야기한지 겨우 50일 밖에 지나지 않은 지금은, 그리운 사람과 이야기를 나눌 수도 없는 슬픈 운명에 처해 있다. 게다가 나는 생각지도 못한 불치병에 걸려 마치 꺼져 가는 등불처럼 눈에 드러나지는 않지만 하루하루 폐가 썩어가고 있다. 세상에도 가엾은 처지에 놓인 이 몸, 홀로 이곳의 경치를 바라보는 덧없는 신세에 자기도 모르게 가슴이 먹먹해지면서 눈물이 뚝뚝 떨어졌다.

"참으로 생각하면 슬프다. 전에 이곳에 왔을 때는 그렇게 행복한 것은 태어나서 처음이었는데, 불과 두 달도 되지 않은 사이에 이렇게 불쌍한 처지에 놓이게 되다니, 얼마나 이상한 일인가? 도시오 씨는 설마 자신이 없는 동안에 내가 이혼을 당하는 한심한 일을 겪은 것도 모르고 헤어질 때의 유리코로 있을 것이라 생각하고 즐겁게 돌아오시겠지. ……싱글벙글하며 기차나 배를 뒤에서 미는 기분으로 서둘러 돌아올 것이라고 농담을 하시던 얼굴 표정이 눈에 선하구나."

유리코는 살짝 눈물을 닦고, 다시 감개무량해 하는 모습이었다. 그러다가 다시 또 생각이 난 듯했다.

"……돌아오시면 정말 깜짝 놀라실 거야. 그리고 어머니가 아시가라와 이런 이런 사정이 있었기 때문에 이혼을 했다고 하시면 뭐라 생각하실까? 정말로 내가 그런 도리에 어긋나는 짓을 했다고 생각하실까? 아니야, 아니야. 평소 내가 아시가라를 싫어하는 것은 잘 알고 계시니까, 설마 그 일을 믿을 리가 없어. 그리고 보니, 어머니와 나 사이에 뭔가 사정이 있어서 이혼을 당했다고 짐작을 하실 것이 틀림이 없어. ……아니, 아니, 어머니는 그런 분이니까 필시 진짜처럼 말씀하실 것이 틀림없어. 그러니까 정말 내가 도리에 어긋난 짓을 했다고 미워하실지도 몰라. 그렇게 되면 나는 어떻게 해야 하나. ……"

유리코는 그 하얀 손끝을 가슴에 댄다. 그리고 가슴이 찢어질 만큼 괴로워했다.

(1908년 8월 5일)

72회

유리코는 또 눈물을 줄줄 흘린다.

"아아, 아무리 생각해 봐도 한 번 만나 뵙고 내 마음속 이야기를 터놓고 이야기를 하기 전에는 죽……죽을 래야 죽을 수가 없어. 하지만 만약 병이 더 중해져서……귀국하시기 전에 혹시, 죽……죽으면 이렇게 그리운 마음을 전하지도 못하고 저, ……어두운……차, 차가운 흙 속에 홀로 묻혀야만 해. 아, 혹시 도시오 씨!"

유리코는 눈물에 목이 메여 도시오가 그곳에 있기라도 한 것처럼 말한다.

"유리는 당신이 출발하고 나서 어머니와 아시가라 때문에 이만저만 마음고생을 한 것이 아닙니다. 그래서 이…… 이렇게 무서운 병에 걸렸습니다. 더 이상 있을 수 없는 누명을 씌워 결국 이혼을 시켰습니다. 아아, 하지만 당…… 당신을 한 시도 잊은 적이 없습니다. 부디 제가 무사히 살아 있을 때 돌아와 주시면, ……꼭 한 번 뵙고, 이…… 괴로운 가슴 속 이야기를 하고 싶어서, 그것만을 유일한 낙으로 기다리고 있습니다. 하지만 만약 돌아오시기 전에 죽, ……죽는 일이 생기기라도 하면 제가 당신을 그리워한 마음을 적어서 어머니께 남겨 놓을 테니 부디 그것으로 제 결백을 믿어 주세요. 그, ……그리고 저를 불쌍히 여기신다면, 부…… 부디 한 번이라도 좋으니 무…… 무덤에, 무덤에, 만…… 만나러 와 주세요. 저…… 저는 그때까지는 설사 몸은 죽…… 죽어도 마음은 죽지 못하고 기다리고 있을 거예요."

이렇게 흐느끼며 주체할 수 없이 흐르는 눈물을 닦지도 못하고 품속에서 편지 한 통과 사진 한 장을 꺼내 그리운 듯이 번갈아 바라본다.

"그러니까, 여보, 제가 이대로 뵙지 못하고 죽는 슬픈 일이 생기면 이 편지와 사진을 그리고 서로 교환한 이 반지를 당신이라고 생각하고 저승에 가지고 갈 테니, 당신도 언젠가 이 바위 위에서 약속한 일을 잊지 않으신다면 설령 아름다운 부인을 맞이하셔도 이 반지를 저라고 생각하시고 가끔씩은 바라봐 주세요. 저는 당신과 밀월여행을 했을 때, 이 바위 위에 둘이 앉아 장래의 일을 서로 이야기했던 즐거운 추억을 도저히 잊을 수 없어서, 병 때문에 보양을 하는 것을 핑계로 그리운 오이소의 쇼센카쿠에 와서, 지금은 행복한 추억이 담긴 바위 위에 홀로 앉아 울고 있습니다."

침통한 얼굴에 주룩주룩 흐르는 눈물을 상아세공처럼 희고 작은 두 손으로 누르니, 눈물은 손가락과 손가락 사이로 흘러 무릎 위에 있는 사진과 편지에 뚝뚝 떨어진다.

"아유, 애야, 여기 있었구나. 너무 늦게까지 돌아오지 않아서 무슨 일이 있나 해서 여기저기 찾아다녔지 뭐니. 벌써 3시라서 저녁 바람을 맞으면 몸에 안 좋으니, 어서 돌아가자."

이렇게 갑자기 말을 건 것은 어머니 마키코였다. 유리코는 깜짝 놀라 재빨리 사진과 편지를 품속에 집어넣고 흐르는 눈물을 소매로 닦으면서 둘러댄다.

"경치가 너무 좋아 그만 늦어졌네요."

그리고 아무렇지도 않게 어머니와 함께 돌아왔다. 하지만 어머니는 이미 눈물로 얼룩진 얼굴을 알아보고 몰래 눈물을 훔쳤다.

(1908년 8월 6일)

73회

오바나 도시오는 니시와키 요시스케가 여간 아니게 마음을 써 준 덕분에 그렇게 어려운 조사도 의외로 빨리 끝냈다. 그리하여, 3개월 예정으로 파견된 것을 불과 두 달 만에 엄밀하게 조사를 마치고 니시와키와의 이별을 한없이 아쉬워하며 귀국길에 올랐다. 그리고 해상 여행도 무사히 마치고 고베(神戸)에 귀항하자 상륙과 동시에 바로 몇 월 며칠, 몇 시, 몇 분 발 기차를 타고 귀경한다는 뜻을 도쿄에 있는 자택에 전보로 알려 놓았다. 그리고 발차 시각이 될 때까지 있으려는 생각에 어느 요리점에 들어가 점심을 먹었다. 마침내 기차를 타고 신바시에 도착한 것은 다음날 오전 7시가 조금 지나서였다. 분명 유리코가 예쁘게 화장을 하고 마중을 나왔을 것이라고 잔뜩 기대에 부풀어 플랫폼으로 가서 개찰구를 나왔다. 하지만, 아무리 둘러보아도 유리코로 보이는 모습은 보이지 않을 뿐만 아니라 단 한 명도 마중을 나온 사람이 없어서 어찌된 일인가 하고 마음속으로 몰래 불만을 품고 바로 인력거를 재촉하여 집으로 갔다.

그리고 차부가 위세 좋게, "다녀왔습니다……"라고 하는 말을 듣고, 필시 유리코가 생글생글 웃으며 현관으로 마중을 나올 것이라고 생각했다. 그런데, 뜻밖에도 새어머니 나카코를 비롯하여 일하는 사람 한두 명이 황망하게 맞이하러 나오기는 했지만, 유리코의 모습은 보이지 않았다. 일동에게는 형식적으로 인사를 하고 약간 노기를 띠며 정신없이 자기 방으로 들어갔지만, 방에는 유리코의 모습은 보이지 않고 단지 숯을 묻어 둔 화로만이 사람을 기다리는 얼굴로 차가운 실내에 겨우 온기를 주고 있다. 그 방에 나카코가 들어와서 묻는다.

"피곤하겠구나. 어서 양복을 벗고 기모노(着物)로 갈아입는 게 어떻겠니?"

그러자 도시오는 불만스런 표정으로 대답한다.

"누군가 신바시로 마중 나와 줄 거라 생각했는데, 마중만 안 나온 게 아니라, 인력거도 와주지 않았어요. 고베에서 전보를 쳤는데 안 왔나요?"

"아니, 전보는 받았지만, 10시 전에는 신바시에 도착하지 않을 것이라고 해서, 그래서 그만, ……"

"고베에서 1시에 출발을 했는데 20시간이나 걸리겠어요? 화가 나네요. ……대체 유리코는 어떻게 된 거예요? 머나먼 청국에서 돌아왔는데 마중도 나오지 않다니, ……"

신바시에 도착한 이래로 생긴 불만을 급기야 말로 표했다. 아무리 나카코라도 어쩐지 양심에 찔려 말을 꺼내기 어려운 듯했다.

"유리코에 대해서는 여러 가지 할 이야기가 있다. 그러니 양복이라도 벗고 편안히 하거라."

의미심장해 보이는 나카코의 말에 어쩐지 가슴이 철렁했다.

"뭐, 기모노야 어찌 되든 상관없습니다. 유리코가 어쨌다는 겁니까? 어서 빨리 이야기해 주세요. 어찌된 일이에요?"

나카코는 애써 침착한 태도를 보였다.

"네가 들으면 아마 깜짝 놀라겠지만, 유리코는 이혼했다."

"예엣? ……그……그게 무슨 말씀이세요?"

도시오의 말은 이미 떨리고 있고, 눈은 의혹으로 빛나고 있다.

"왜냐하면, 네가 없는 동안에 도리에 어긋난 짓을 했다."

"예엣, 도리에 어긋난 짓을요? ……"

"그래, 불의의 짓을 저질렀다." (1908년 8월 7일)

74회

불의의 짓을 저질렀다는 말을 들은 도시오는 너무나 뜻밖이라 자기도 모르게 눈을 부릅뜨고 다그쳤다.

"그……그게 대체 누구하고 그런 도리에 어긋난 짓을 저질렀다는 거예요? 어서 자세히 말씀해 보세요."

"불의의 상대는 네 친구인 아시가라 소좌다."

아시가라라는 말을 들은 도시오는 더 한층 놀란다.

"옛? 그 아시가라하고……"

"그야 네가 놀라는 것도 당연하다. 나도 심장이 무너질 만큼 놀랐다. 잘 듣거라. 이런 이유다."

나카코는 당시 있었던 일의 자초지종을 아주 이상한 짓을 한 것처럼 침소봉대하여 이야기했다.

"이런 이유니, 네가 없는 동안 이혼을 시키는 것은 나도 정말 싫었지만, 도리에 어긋나는 짓을 하는 현장을 본 이상은 시어머니로서 그대로 내버려 둘 수 없었다. 더군다나 너한테 없는 동안 잘 부탁한다는 말을 듣고 면목이 없어서 그날 밤 바로 이혼을 시켜 버렸다. 사람은 겉으로만 봐서는 모른다더니, 정말이지 겉보기와는 다르더구나. 나는 정말 너무 놀랐다."

나카코는 짐짓 정말인 것처럼 이야기했다.

첫째는 불의라는 말에 놀랐고, 둘째는 이혼했다는 말에 놀랐고, 셋째는 아시가라라는 이름에 놀란 도시오는 너무나 뜻밖의 사실에 한동안 말없이 깊은 생각에 잠겼다. 아무리 생각해 봐도 유리코가 도리를 어기고 간통을 하리라는 것은 사랑이 깊은 만큼 쉽게 믿을 수 없었다. 왜냐하면, 유리코는 도시오와 결혼하기 전에 온갖 신사, 신상(紳商)으로부터 결혼 신청을 받았음에도 불구하고 도시오를 사모하는 나머지 그것들을 모두 배척하고 때가 오기를 기다렸다고 스스로 이야기를 했을 정도였기 때문이다. 특히 유리코가 아시가라를 싫어하는 것은 도시오도 잘 알고 있다. 그런데 그렇게 싫어하는 아시가라와 간통을 한다는 것은 이치에 맞지 않는다. 여기에는 뭔가 잘 알 수 없는 사정이 있음에 틀림이 없다. 이렇게 생각을 해서 나카코의 말에는 그대로 아무 대답도 않고 재빨리 여장을 풀고 화복을 걸치고 그대로 자기 집을 나가 나카노초(中之町)에 있는 니시와키 가로 달려갔다.

그리고 현관에 들어가서 사람을 부르니 그 목소리를 듣고 나온 것은 요시스케의 아내 기요코였다. 그녀를 보자마자, 도시오는 인사를 하며 부탁틀 했다.

"모두 별고 없으신지요? 저도 방금 전 돌아왔습니다만, 뭔가 꿈이라도 꾸는 것 같아서요. 집에서는 이야기를 제대로 듣지 못하고 찾아왔습니다. 장모님께서 계시면 잠깐 뵙고 싶습니다."

기요코는 일찍이 시어머니 마키코에게 들은 말이 있기 때문에, 도시오를 생각하면 안 됐기도 했지만 유리코의 처지를 생각하면 어쩐지 적대감이 드는 것도 사실이다. 그래서 시어머니 마키코의 명령을 지켜서 말을 둘러댔다.

"어려운 걸음 하셨지만, 어머니도 유리코 아가씨도 좀 멀리 가셔서 부재중입니다."

"멀리라고요? ……멀리라는 것은 어디를 말씀하시는 것인가요? ……"

"어디인지는 좀 말씀드리기 어렵습니다. 하지만 설령 집에 계신다고 해도 어머니는 절대 당신을 만나지 않을 것입니다."

"그것은 왜인가요?"

"왜인지는 저는 모르지만 역시 유리코 아가씨의 이혼과 관계가 있을 것입니다."

(1908년 8월 8일)

75회

도시오는 크게 실망한 모습이었다.

"장모님이 그 정도로 화를 내시는 것을 보면, 뭔가 이번 일에 대해 신경에 거슬린 일이 있는 것이 틀림없습니다만, 아무래도 제가 없는 동안 일어난 일로, 어떤 사정으로 이혼을 하게 되었는지 저희 어머니에게서 대략 들었을 뿐 아직 자세한 일은 모릅니다. 하지만 저는 저희 어머니가 뭐라고 해도 유리코 씨가 그런 짓을 할 사람이 아니라는 것은 절대로 믿습니다. 그러니 여기에는 뭔가 사정이 있는 것이 틀림없기 때문에 장모님과 유리코 씨를 만나서 그 진상을 듣고 싶습니다. 그래서 아직 참모본부에 얼굴도 내밀지 않고 달려 온 것입니다. 필시 장모님께 입막음을 하셔서 당신이 이렇게 말씀하시는 것도 당연하다고 생각합니다만, 지장이 없다면 부디 어디로 가셨는지 그것만이라도 알려 주시기를 부탁드립니다."

"정말이지 당신께는 아무 원한도 없으니 알려 드리고 싶은 마음은 굴뚝같지만, 세상살이가 원래 그런 것이라서 어머니가 단단히 입조심을 하라고 하셔서요. 부디 서운하게 생각지 말아 주세요. 유리코 아가씨는 당신의 어머니와 아시가라 씨 때문에 차마 말로 다 못할 마음고생을 하다가 말도 안 되는 병에 걸렸습니다. 그래서 실은 모처에 어머니하고 함께 가 있습니다. ……"

"예엣? 유리코 씨가 병에 걸렸다고요? 무슨 병에요?"

"무슨 병인지는 말씀드리기 어렵지만 어쨌든 불치의 중병입니다. 그래서 아무래도 목숨이 위태롭다고 알고 있습니다. 그러니 어머니께서 화를 내시는 것도 전혀 무리는 아닙니다."

도시오는 불치의 중병이라는 말을 듣고 몹시 놀란 모양이었다.

"그런 중병에 걸렸다면 더더욱 만나서 하고 싶은 이야기도 많고 풀고 싶은 이야기도 많습니다. 하지만 제가 모르는 일이라도, 표면적으로는 이혼을 했으니 말하자면 생판 모르는 타인이라 불쑥불쑥 올 수 있는 사이도 아닙니다. 그래도 지금도 말씀드린 바와 같이 저는 유리코 씨가 길이 아닌 길을 가는 여자가 아닌 것은 백 번이고 천 번이고 잘 알고 있습니다. 그러니 설령 어떤 잘못이 있더라도 원래대로 다시 한 번 돌아와 달라고 할 생각으로 왔습니다만, 그런 중병에 걸렸다니 무엇보다 먼저 병을 치료할 방법을 강구해야 하겠지요. 그런데 용태는 어떻습니까?"

도시오는 여전히 자기 아내인 것처럼 묻는다.

"조금은 좋아졌다고 합니다만, 아무래도 병이 병이니만큼 전혀 안심을 할 수 없습니다."

"그럼 이제 아무것도 묻지 않겠습니다만, 저를 안 됐다고 생각하시는 마음이 있다면, 하다못해 제 마음도 적고 병문안도 할 겸해서 편지를 써 드릴 테니 그 편지만이라도 전달해 주실 수 없는지요?"

기요코도 도시오의 마음을 깊이 동정하여 대답했다.

"당신에게서 부탁을 받았다고 하면 전달하기 어려울 테니, 이름을 바꾸셔서 유리코 아가씨 앞으로 우편으로 보내 주세요. 그러면 바로 제가 전달하겠습니다."

"그럼, 부디 잘 부탁드립니다."

이렇게 하여 실망에 실망을 거듭하고 도시오는 집으로 돌아왔다.

(1908년 8월 9일)

76회

오바나는 니시와키 가에서 돌아오자 바로 참모본부로 향하여 자세한 복명(復命)을 마쳤다. 집으로 돌아왔을 무렵에는 이미 날이 저물었다. 이윽고 저녁식사를 마치고 자기 방에 돌아오자, 얼마 후에 새어머니 나카코가 들어왔다.

"도시오, 많이 피곤하겠지만, 하고 싶은 이야기가 좀 있어."

이렇게 말을 꺼내며 맞은편에 앉았다.

도시오는 시가를 피우며 물었다.

"무슨 일이세요?"

"아니, 다름이 아니라, 네가 없을 때 내가 이혼을 시켰으니 아마 외로울 것이라 생각해서 말이다. 너무 안쓰럽구나. 어떠니? 마침 좋은 혼담이 있는데 바로 후취를 들이면 어떻겠니?"

"아니, 그게 무슨 말씀이세요?"

"아니, 뭐 딱히 어떻다는 것은 아니다. 전에도 한 번 이야기했던 사루와타리 댁의 시마코 양인데 말이다. 너한테 꼭 시집을 왔으면 좋겠다고 해서 몇 번 사람을 통해 이야기를 해서 말이다. 실은 나도 거절하기도 너무 어려워서 어쨌든 아들에게 말은 해 보겠다고 해 두었다. 네 눈에는 어떻게 보일지 모르지만, 용모도 어디에 내 놓아도 빠지지 않고 재산도 넉넉하고 교육도 여학교를 졸업했다. 네 아내로는 조금도 부족한 점이 없다고 생각하는데, 조금 부족한 것은 참고 맞아들이면 어떻겠니? 정말이지 툭하면 이야기를 해서 뭐라 할 말이 없어 난처해서 말이다. ……"

"그야 모처럼 어렵게 꺼낸 말씀이겠지만, 전에도 이야기했듯이 절대로 사절하겠습니다. 저는 사루와타리라는 남자도 마음에 들지 않지만 시마코라는 처녀가 그 무엇보다 싫습니다. 뭐 좋고 싫은 것을 떠나 저는 크게 느끼는 바가 있어서 이제 아내는 절대로 들이지 않을 생각입니다. 부디 앞으로 혼담은 절대 꺼내지 마세요."

도시오는 단호하게 거절을 했다.

"그래도 너 그러는 거 아니다. 그렇게 되었다가는 오바나 가의 가문은 너에게서 뚝 끊겨 버리는 거야. 너는 그래도 괜찮을지 모르지만,

나는 돌아가신 아버님께 면목이 없구나. 너 그렇게 쉽게 끔찍한 말 하지 말고 내 평생의 소원이니 부디 시마코 양을 받아 주려무나. 응?"

나카코는 끝까지 시마코를 권하는 것이었다.

"그야 오바나 가의 가문이 끊어질 테니까 아내를 들이라고 한다면 조상님께 죄송하니 들이지 않을 수도 없습니다만, 3년이나 5년 안에 는 절대로 안 들입니다. 그리고 설령 아내를 들인다고 해도 저는 제가 좋아하는 여자를 들일 것이니, 사루와타리의 딸이니 뭐니 말씀하셔도 안 들일 것입니다. 제발 앞으로는 두 번 다시 사루와타리 이야기는 꺼내지 마세요."

"그야 하지 말라면 권하지 않겠지만 왜 그렇게 사루와타리 씨를 원 수처럼 싫어하는 거지?"

"그럼, 어머니는 왜 또 그렇게 제가 싫다는 시마코를 권하시는 거 죠? 저는 통 이해가 되지 않습니다."

"왜 권하냐고 하면 정말이지 이렇게 좋은 혼담은 없다고 생각하기 때문이지. 네가 그렇게 싫다면 이제 권하지 않겠다. 그러니 네 마음대 로 유리코처럼 행실이 바른 아이를 맞이하거라. 에휴, 두 손 두 발 다 들었다. 피곤할 텐데 미안하구나."

나카코는 뻔뻔스럽게 비꼬아대며 방을 나갔다.

(1908년 8월 11일)

77회[21]

다음날 도시오가 참모본부에 출근을 한 후, 나카코는 사루와타리의 집으로 인력거를 서둘러 가서 깊숙한 안쪽 방에서 간베에와 단 둘이

---

21) 원문에는 76회로 표기되어 있으나 순서에 맞도록 정정한다.

밀담을 시작했다.

"사루와타리 씨, 저 당신께도 그렇고 시마코 양에게도 그렇고 오늘은 정말이지 사과하러 왔어요. 실은 어제 도시오가 드디어 돌아와서 어젯밤 바로 이런 저런 이야기를 했습니다만, 놀랍게도 절대로 아내는 맞이하지 않겠다, 평생 혼자 살기로 결심했다 하며 아무리 권해도 듣지를 않아요. 아내를 맞이하기는 하겠지만 시마코 양은 싫다 이렇게라도 나오면, 부모의 권위로 억지로라도 설득을 하겠지만, 평생 아내를 맞이하지 않겠다고 하니, 정말이지 손을 쓸 수가 없어요. 저도 마음이 맞는 시마코 양과 함께 살면 얼마나 좋을까 하며 그것 하나를 낙으로 살고 있습니다만, 이도 저도 모두 물거품이 되어 버렸습니다. 사정이 이러하니 부디 서운하게 생각 마세요. 저 책임을 지겠다고 하고서 지금에 와서 이런 말씀 드리는 것은 정말 면목이 없습니다만, 이것만은 참으로 방법이 없습니다. 그러니 이 일로 마음 상하지 않으셨으면 합니다. 부디 용서해 주세요."

나카코가 면목 없다는 듯이 말을 하니, 사루와타리는 크게 실망의 빛을 보인다.

"정말이지 이제 와서 이렇게 말씀하시니 본인은 물론 저도 실망이 큽니다. 이 일에 대해서는 아시는 바와 같이, 제 수중에서 아시가라 씨에게만 해도 3천 엔이라는 거금이 건너갔습니다. 그 외에도 알게 모르게 눈에 보이지 않는 돈도 꽤 써서 정말 손해가 막심합니다. 하지만, 아내는 맞이하겠지만 사루와타리의 딸 시마코는 싫다 이렇게 나오면 좀 어떻게라도 해 보겠습니다만, 정작 중요한 본인이 상대 여하를 불문하고 평생 아내를 맞이하지 않겠다고 하신다면 그건 아무리 생각해도 어쩔 도리가 없습니다. 인연이 아닌 것이지요."

"정말 저도 맥이 탁 풀려 버렸습니다. 시마코 양의 혼담도 그렇지만 말이에요. 첫째는 우리들이 세상에 떳떳하게 즐길 수 있는 편의가 생기는 것을 무엇보다 기대하고 있었는데, 완전히 다 틀렸네요. 어쨌든 서운하게 여기지는 말아 주세요."

"정말 그래요. 정말 나쁜 생각은 하면 안 됩니다. 어쩔 수 없습니다. 서로 남의 눈을 피해가며 이렇게 도리에 어긋난 짓을 하는 것이니, 어느 정도 마음고생을 하는 벌은 달게 받아야지요. 힘들어도 서로 남의 눈에 띄지 않게 마치아이에서 만나는 수밖에 없네요. 딸을 시집을 보내 놓고 그것을 핑계로 우리들 마음대로 하고 싶은 짓을 하려고 한 것은 생각해 보면, 너무 뻔뻔한 짓이죠. 하하하하."

"그렇게 체념을 하자면 그렇겠지만, 정말이지 마치아이를 출입하는 것은 외나무다리를 건너는 것보다 더 위험하니까요. 혹시 아는 사람 눈에 띄기라도 하면 얼굴을 들고 살 수 없을 테니까요. ……"

두 사람이 쏙닥쏙닥 이야기하는 것을 아까부터 옆방 미닫이문 너머에서 듣고 있던 시마코는 자신의 혼담이 성취되지 않은 것을 알고 크게 낙담함과 동시에 아버지와 나카코의 관계를 알고 무슨 생각을 했는지 자신도 모르게 미소를 띠고 자리를 떴다.

(1908년 8월 12일)

78회[22]

모일 오후의 일이었다. 아시가라 소좌는 연두색 세로줄 무늬의 아와세에 고대 사라사 무늬의 옷을 받쳐 입고 그 위에 둥글게 도라지 무늬를 넣은 하오리를 걸친 후, 하얀 지리멘 허리띠에 쇠사슬을 늘어뜨린 복장으로 사루와타리 가를 방문하였다. 그러자 늘 문을 열고 나오는 것은 요코스가(横須賀) 출신의 가쓰(勝)라는 하녀였었는데, 이상하게도 오늘은 영양 시마코가 현관으로 맞이하러 나와 생긋 웃으며 손을 잡아

---

22) 원문에는 77회로 표기되어 있으나 순서에 맞도록 정정한다.

끌다시피 하여 방 안으로 들어오라고 했다.

"요즘은 통 오시지를 않아서 어쩐 일인가 하여 걱정을 하고 있었습니다. 정말 오랜만이세요."

평소와 달리 듣기 좋은 말을 해댄다. 아시가라도 약간 이상한 생각이 들어 묻는다.

"종종 폐를 끼치러 찾아오고 싶지만 당신 댁에 자주 오면 오바나가 결투라도 신청하는 게 아닌가 해서 실은 찾아오고 싶은 것을 참았습니다. 어떠세요? 지장이 없는 것인가요?"

도시오가 이렇게 생긋 웃으며 말을 하니 시마코가 대답한다.

"괜찮습니다. 적당히 놀리세요. 저는 어차피 당신이 데리고 놀기 딱 좋으니까요."

이렇게 대답하며 살짝 토라져서 얼굴을 옆으로 돌린다.

"아, 이것 참 말도 안 되는 소리를 해서 죄송합니다. 신경에 거슬렸다면 용서하세요. 우선 농담은 농담이고 아버님은 부재중이신가요?"

그러자 방금 전까지 토라졌던 표정은 어디로 가고 되묻는다.

"예, 오후에 외출하셨습니다. 뭔가 볼일이라도 있으신지요?"

"아니요, 볼일은 아무것도 없지만 너무 격조해서 당신의 얼굴을 뵈어야지 하고 찾아왔습니다. 하하하하."

"좋습니다. 저는 어차피 못난이니까요. 하지만 아시가라 씨 당신 그렇게 괴롭히시다니 저한테 뭔가 원한이라도 있으신가요?"

시마코는 원망하듯이 말한다.

"하하하하. 이것 참 또 당치도 않은 말을 해서 화를 내시네요. 정말 대단한 원한이 있어서 괴롭히는 것입니다. 그러니까 그런 줄 알고 계세요. 하하하하."

"뭐가 그렇게 거슬렸는지 모르겠지만, 저, 당신에게 그렇게 원한 살 일을 한 기억이 없어요."

"당신은 없어도 내가 있으니 어쩔 수 없지 않습니까? 있어도 있어도 엄청 많이 있습니다.'

"그럼, 무슨 원한인지 이야기해 보세요."

"아니, 그 말은 하지 않고 오늘은 실례하지요. 부디 아버님께서 돌아오시면 말씀 잘 전해 주세요."

이렇게 말하며 일어서려고 하니, 시마코는 허둥지둥 옆으로 다가가서 소매를 꽉 잡는다.

"아니요, 원한을 산 이유를 들려주지 않는 이상 돌려보낼 수 없습니다. 부디 이유를 이야기해 주세요."

그리고는 양가의 규슈로서는 할 수 없는 거동으로 아양을 떨며 기댄다.

"그럼, 말씀드리지요."

이렇게 말하며 아시가라는 소매를 잡고 있는 시마코의 손을 잡기가 무섭게 획 잡아당겼다.

"어머나, 아유, ……"

시마코는 이런 소리를 낼 뿐 아시가라가 하는 대로 몸을 맡기고 애써 저항하는 기색도 없다.

이리하여 아시가라는 어떤 이야기를 할 것인가?

(1908년 8월 13일)

79회[23)]

유리코는 오이소에서 정양을 하고, 나카코와 사루와타리는 여전히 불의의 음락(淫樂)에 빠져 있었다. 니시와키 요시스케가 이역 하늘 아래에서 미래의 희망을 꿈꾸고 아시가라는 시마코라는 새로운 사랑을 얻어 만족하고, 오바나 도시오는 세상에서 가장 사랑하는 아내와 생이

---

23) 원문에는 80회로 표기되어 있으나 순서에 맞도록 정정한다.

별을 하고 실연에 울며 지냈다. 그러는 동안, 어느덧 해가 바뀌어 1월 도 꿈처럼 지나가고 2월 초순이 되었다.

러일의 풍운은 결국은 참담한 상황으로 바뀌어 선전 조칙이 발포되어 이미 인천, 여순 해전으로 전개되었다.

2월 10일 아침, 오바나는 제1군 참모관으로 전임을 명령받고 멀리 만주벌판으로 출정을 하는 상황이 되었다.

더없이 애틋한 부부 사이였건만, 무정한 계모에 의해 갈라서게 된 도시오는 귀국 이후 실연 때문에 즐겁게 지내지도 못하고 성격이 완전 히 바뀌어서 거의 다른 사람이다 싶을 정도로 음울하게 지냈다. 하지 만, 역시 일본 장부가 늘 그렇듯이 한번 출정 명령을 받자 곧 의기 탱천하여 원래의 도시오로 돌아와 흔연히 출정 복장을 갖추고 쨍그렁 쨍그렁 울리는 검을 문지르며 많은 지기 친우는 물론 참모총장을 비롯 하여 육해군 양 대신, 그 외 전국의 사녀(士女)들에게 전송을 받으며 신 바시 정류장을 떠나니, 그것은 2월 15일 아침의 일이었다.

일행은 제1군 사령장관인 아오키(靑木) 대장을 비롯하여 고노에(近 衛) 제2양사단장, 제1군 참모장으로서 새로 전보(轉補)된 시노자키(篠 崎) 소장, 그 외에 고노에 제2양여단장, 그리고 제1군 참모관으로서는 하타케야마(畠山) 중좌, 오바나 소좌, 마쓰오카(松岡) 소좌들과 참모관 에서 고노에 대대장으로 전보된 아시가라 소좌 등 모두 정러(征露) 제1 군의 수뇌부들뿐이었다.

모두 호기롭고 당당하게 열차를 압도하여 싸우기도 전에 먼저 적군 을 삼킬 기세를 보여 주었다. 열차는 칙칙 폭폭 칙칙 폭폭 계속 전진하 여 시나가와(品川), 오모리(大森), 도쓰카(戶塚), 후지사와(藤澤)도 어느 새 지나 오이소 정차장에 멈추었다.

오바나 소좌는 열차 창문으로 얼굴을 내밀고 마침 눈에 보이는 추억 많은 쇼센카쿠 발코니를 올려다보며, 그리운 유리코와 손을 잡고 저

발코니에서 밀월여행을 한 것은 지금으로부터 4개월 전의 일이었지, 그런데 지금은 서로 얼굴을 볼 수도 없고 말을 주고받을 수도 없으며 편지조차 할 수 없는 처지가 되다니, 생각하면 정말 꿈만 같다, 이렇게 된 것은 누구의 소행인가, 모두 아시가라와 계모의 소행이다, 하며 자기도 모르게 옆칸에 동승한 아시가라 쪽을 노려보았다.

아시가라는 옆칸에서 원한에 사무친 사람이 자신을 노려보고 있는 줄도 모르고 예의 새된 목소리를 높이며 뭔가 시끄럽게 떠들고 있다.

오바나는 그 목소리를 듣고 혼자 중얼거렸다.

"무례한 자식이, 기억해 두겠어."

그리고 다시 창문 밖으로 눈길을 돌리니 쇼센카쿠에서 정류장 쪽으로 조용히 연보를 옮기는 젊은 미인이 있다. 아아, 유리코와 저리도 닮은 여자도 있구나 하며 정신없이 바라보니, 이윽고 천천히 아래로 내려와서 열차와 눈썹이 닿을 정도가 되어 어떤 말이라도 할 수 있는 위치까지 다가오자 딱 멈춰 섰다.

뜻밖에도 그림 같은 미인이 뜻밖의 장소에 나타났기 때문에 만원 열차의 승객들은 모두 약속이나 한 듯이 시선을 집중하였다. 오바나는 다가오는 대로 보고 있자니, 바로 지금 이 순간 밀월여행 당시를 회상하며 공연히 회고의 정에 마음 아파하고 있던 유리코가 병 때문인지 상당히 야윈 모습으로 뭔가를 보는 듯 이쪽을 바라보고 있는 것이었다. 이에 도시오는 깜짝 놀랐다.

"아아, 유리코 씨 아냐?"

자기도 모르게 입술 끝까지 나오는 말을 동료들 앞이라 체면상 꾹 삼키고 그리운 듯 이쪽을 보라고 하기라도 하듯 바라보고 있자니, 유리코는 그렇게 마음을 먹은 모양으로 부끄러움도 잊고 뭔가 하고 싶은 말이 있다는 듯이 도시오를 바라보며 목례를 했지만, 그 눈은 어쩐지 촉촉히 젖어 있었다.

그러는 사이 무정한 열차는 뿌웅 하고 기적 소리를 한번 울리고 서서히 운전을 하기 시작했다. 오바나는 재빨리 무엇인가를 손에 들고 있던 손수건으로 싸서 유리코를 향해 던지며 몇 번인가 목례를 하며 아쉽게도 이별을 고했다.

유리코는 열차가 보이지 않게 될 때까지 지켜보고 있었지만, 마침내 오바나가 던진 손수건을 주워들어 보니, 우선 그윽한 향기를 풍기는 향수는 그리운 향기를 전한다. 풀어보니 찬란히 빛나는 금시계에 연필로 휘갈겨서 다음과 같이 쓴 편지가 있었다.

이것은 당신에게 주려고 사온 것이니 받아 주세요. 병에서 어서 완쾌하고 기다려 주세요. 나도 전공을 세우고 돌아오겠습니다. 자세한 이야기는 그 후에.

유리코는 자기도 모르게 그것을 끌어안고 눈물을 펑펑 흘리며 슬피 울었다.

(1908년 8월 14일)

80회

황군이 향하는 곳은 초목도 풍미하여 그야말로 무용(武勇)으로 세계에 자랑을 하던 러시아국도 바다에서 육지에서 연전연패의 비운에 빠져서 퇴각하고 또 퇴각하였다. 그리하여 평양, 안주(安州), 정주(定州), 의주를 비롯하여 압록강 도하전에서 구련성(九連城), 봉황성, 석목성(析木城) 등은 모조리 우리의 용맹한 군대에게 유린되었다. 또한 일찍이 그 주력을 요양(遼陽)에 모아 그곳에서 일대결전을 계획한, 만주군 총지휘관인 쿠로파트킨은 25만의 정예부대로 요량성 요소요소를 견고히 하고 해자를 깊이 하였으며 보루를 높이 쌓아 승리로 사기가 오른 우리 군을 모조리 죽이려 기도했다.

그리하여 우리 군에서도 쉽게 진격을 하지 못하고 적의 작전계획에 대한 응전 준비에 거의 2주일 가까이 소비한 후에야 비로소 교전준비가 완벽하게 정돈되었다.

이리하여 요양성 총공격은 오늘 새벽 2시를 기해 개시한다는 취지의 명령이 전군에 내려져서, 그렇지 않아도 용맹하고 용맹한 우리 장교와 병사들은 손에 침을 바르며 때가 오기를 이제나저제나 기다리고 있었다. 일각일각 밤은 깊어져서 1시도 지나 이제 2시 가까이 되자 소속 지휘관의 명령 하에 개전 준비를 끝내고 명령이 내려지기만 하면 진격을 해야지 하고 전군의 사기는 하늘을 찌를 듯 했다. 이윽고 시계가 2시를 알렸다. 전군은 기계처럼 행동을 맞추어 숙영지를 출발하여 말을 달리는 채찍소리도 엄숙하게 적군을 향해 진격을 시작했다. 이윽고 시계가 3시를 알리자 일찍이 진지를 구축하고 있던 우리 포병대는 은은한 소리를 울리며 적의 포루(砲樓)를 목표로 포격을 개시했다.

그야말로 일본군은 야습을 한다고 생각하며, 절대 일보도 물러서지 마라, 낭패를 하면서 응전준비를 하고 있다라고 생각하며, 우리 보병은 숨소리를 죽이고 적의 진영으로 다가가 산하를 진동시킬 정도로 함성을 지르며 돌격을 시작하였다. 그리하여 적도 탄환과 초약(硝藥)을 모두 준비하여 순식간에 포열(砲列)을 정비하고 우리 군을 표적으로 밀물처럼 진격을 하여 포격을 퍼부었다.

바로 방금 전까지 깊은 고요에 빠져 있던 야음(夜陰)은 순식간에 요란한 포성과 군마의 외침소리에 아수라장이 되었고, 달빛도 없이 싸락눈 같이 별이 빛나는 밤은 포연으로 둘러싸여 캄캄해졌다.

우리 군은 이 어두운 밤을 이용하여 적의 보루를 점령하지 않는 이상, 설령 시체가 산을 이룬다고 해도 한 걸음도 물러서지 않겠다는 결심으로 힘겹게 공격을 하였지만, 순식간에 적의 중포(重砲) 공격을 받아 수백의 병사들이 전열을 흐트러뜨리며 사체가 되어 옆으로 쓰러졌다. 하지만 결사의 우리 군이 어찌 물러서랴. 전우의 시체를 넘고 넘어 한눈 한 번 팔지 않고 진격을 하였다. 우리 제1군 방면에서 응전을 하고 있는 적의 지휘사령관은 러시아군 중에서도 귀신장군이라는 별명을 갖고 있는 가레고르 중장으로 직접 대검(帶劍)을 휘두르며 사기를 고무하고 있었는데, 신기하게도 탄환 한 발이 후두부에서 앞이마로 관통하여 그대로 그 자리에서 쓰러졌다. 옆에서 수행을 하고 있던 참모관을 비롯하여 대여섯 명의 장교는 모두 기이하게 여기며 응급 처치를 하느라 허둥대고 있을 때 두세 발의 탄환이 또 날아와서 참모장을 비롯하여 두 명의 사관을 쓰러뜨렸다. 더욱더 당황하여 일동이 서로 얼굴을 마주보고 있자니, 어느새 무성한 숲 속에서 병사 일대(一隊)가 나타나 아무 말도 하지 않고 장교들을 남김없이 베어 쓰러뜨렸다. 그리고 그 지휘관으로 보이는 남자는 재빠르게 가레고르 중장의 목을 베어 허리에 단단히 묶고는, 바야흐로 백뢰(百雷)가 일시에 울리는 듯한 큰 소리를 내며 필사적으로 우리 군을 사격하고 있는 적군의 후방에서 일제 사격을 시작하였다. 설마 후방에 적이 있으리라고는 꿈에도 생각 못 했던 러시아병사들은 앞뒤로 적의 공격을 받아 우왕좌왕 흩어졌다. 그리고 그 지휘관으로 보이는 남자는 이미 요양 제일의 견고한 보루를 점령하여 우리 일장기를 진두에 높이 나부끼게 하였다.

(1908년 8월 15일)

81회

불의의 습격으로 사령관 가레고르 중장을 잃었을 뿐만 아니라 참모장을 비롯하여 주요 참모관을 모두 잃고, 게다가 앞뒤에서 공격을 받은 적군은 제일 견고한 보루를 점령당해 2천 5백 명의 병사가 앞 다투어 도망을 쳤기 때문에, 다른 병사들까지 깜짝 놀라 방어전도 펴지 못하고 봉천 가도를 향하여 퇴각을 했다. 사령부에서 전황이 어떤가 하여 전령사가 보내는 전보를 기다리고 있던 쿠로파트킨은 이 패보를 접하고 사색이 될 만큼 깜짝 놀랐지만, 이미 방어전의 가망이 없음을 파악하고 직접 전군(全軍)을 지휘하여 대오를 정비하여 퇴각을 명령했다.

또한 우리의 제1군에서는 아오키 사령장관을 비롯하여 각 사단장 및 참모관들이 모두 모여 여러 가지 이야기를 하고 있었다.

"너무 신기하지 않나? 그 상황을 보면, 후방에서 밀고 온 일대(一隊)가 있음에 틀림없는데 그 부대의 출처를 모르겠다는 말이지."

"정말이지 불가사의입니다. 그러나 우리 군임에는 틀림없는 것 같습니다. 하지만, 어떻게 이 혼란스러운 전투 중에 무슨 부대가 후방으로 돌아갔는지 전혀 알 수가 없습니다."

"어쨌든 러일 개전 이래의 대승리를 거두었네."

이렇게 기쁘게 이야기하고 있는 참에, 일대 150명 정도 되는 병사를 이끌고 조용히 사령장관 앞으로 와서 경례를 하는 남자가 있다. 몸에는 러시아 중좌의 군복을 걸치고 있지만 얼굴은 틀림없는 일본인이다.

보자마자 아오키 사령장관은 엄숙한 태도로 물었다.

"자네는 누구인가?"

그러자, 그 남자는 대답했다.

"소관(小官)은 휴직 육군 보병대위 니시와키 요시스케라고 합니다. 사정이 있어서 적의 총지령관인 쿠로파트킨 대장 밑에서 러시아 중좌로서 임시로 막료가 되어 일하고 있었습니다. 그런데 이 요양전투는 쿠로파트킨 장군이 전력을 기울인 작전계획이어서 아무리 우리 군이 용맹해도 3개월은 족히 방어할 정도의 준비를 하고 있었습니다. 말하자면 러일전쟁의 승패를 가르는 세키가하라전투(關ヶ原の戰い)[24]라고

할 수 있는 전투입니다. 그래서 오늘 밤 우리 군의 야습이 있을 것이라는 말을 듣고 미리 몰래 계획해 둔 우리 군의 포로를 모두 석방하여 직접 그 지휘관이 되어 요양 제일의 견루를 향해 간도(間島)를 달려보니, 이 방면을 지휘하는 가레고르 중장이 자꾸 검을 빼서 사기를 고무하고 있기에 때는 이때다 싶어 목표를 정하고 한 발 쏘았습니다. 그러자 표적이 빗나가지 않아 그 남자는 그 자리에서 쓰러졌습니다. 이어서 서너 발 더 쏘니 수뇌부라 할 수 있는 장교들도 대열을 흐트러뜨리며 쓰러졌습니다. 기세를 놓치면 안 될 것 같아서 데리고 온 포로 일대를 지휘하여 그곳에 남아 있는 장교를 모조리 타도하고 이어서 배후에서 포루를 습격하였습니다. 그랬더니 적은 불의의 습격에 놀라 벌써 포루를 버리고 도주를 하였습니다. 도망치는 적을 적당히 추격을 하여 순식간에 2백 명 정도를 타도하고 포루로 돌아와 우리 일장기를 달았습니다. 하지만 척후를 풀어 적군의 상황을 살피게 해 보니, 일파만파로 그 영향이 번져서 제 방면의 적병은 이로 인해 전열이 흐트러져 모조리 봉천가도를 향해 퇴각했습니다. 따라서 이러한 사정을 보고할 겸 적군의 포로가 되어 있던 우리 병사들을 데리고 왔으니 부디 처분을 부탁드립니다."

니시오키는 숨 쉴 틈도 없이 담담하게 이야기했다.

일동은 니시와키의 뜻밖의 보고에 서로 얼굴을 마주보며 그 용기와 기지에 감탄을 했다.

그 중에서도 아오키 대장은 매우 만족스런 표정이었다.

"이야, 자네의 활약은 요양공격 중 제일의 전공이었네. 이 일은 곧 대본영(大本營)에 보고할 테니까 그런 줄 알고 있게. 그리고 자네는 일

---

24) 아즈치모모야마 시대(安土桃山時代)인 1600년 10월 21일 미노노쿠니(美濃國) 세키가하라(關ヶ原)를 주전장(主戰場)으로 한 야전. 세키가하라 결전을 중심으로 일본 전국 각지에서 전투가 벌어졌다.

본 군인인데 어떤 이유로 러시아군에 몸을 던졌고 그것도 쿠로파트킨 장군의 신임을 얻었나? 자세히 이야기해 보게."

(1908년 8월 16일)

82회

아오키 대장의 질문에 대해 니시와키는 얼굴에 감개무량의 빛을 띠었다.

"이상하게 여기시는 것도 당연하십니다. 소관의 아버지 요시토시도 육군소장에 봉직하셨고, 청일전쟁 시에는 이 요양 벌판에 출정을 하여 다소의 전공을 세웠습니다. 하지만 삼국동맹간섭의 결과 어렵게 우리 영토로 만든 요동반도를 이유 없이 반환하게 된 것에 분개하여."

니시와키는 이 대목에 이르자 목소리를 울먹거렸다.

"세상에도 불쌍한 최후를 맞이하였습니다만, 그때 소관에게 유서 한 통을 남기어, 훗날 만약 삼국 중 어느 한 나라라도 간과(干戈)를 겨루는 일이 있으면 반드시 나의 유지를 이어 제국의 치욕을 설욕하라고 신신당부를 하셨습니다. 그 이후로는 아버지의 망집(妄執)을 풀기 위해 몰래 때가 오기를 기다리고 있었습니다. 그런데 러일의 풍운은 어찌하다 보니 만주사건이 일어나서 도저히 간과에 이르지 않으면 평화로운 하늘을 바랄 수 없는 형세가 되었습니다. 그래서 돌아가신 아버지의 유지를 실행하는 것은 바로 이때다 하고 몰래 팔짱을 끼고 있는데, 뜻밖에도 러시아 육군대신 쿠로파트킨 장군이 표연히 우리나라에 내유하여 반슈 스마 해변에서 낚시를 하고 있다는 보도를 접했습니다. 그래서 미리 계획하고 있던 도면을 한 장 들고 반슈 스마에 가서 근처에 사는 어부로 변장하여 쿠로파트킨에게 접근하여 그 도면을 만 루블에 팔아 넘겼습니다. 그 후 그에게서 도쿄만 요새 도면을 손에 넣었으면 좋겠다는 부탁을 받고 만 5천 루블의 보수금과 만일 도면을 팔아넘긴 비밀이 새나갔을 때는 만주 혹은 러시아로 도주할 테니 일신을 보호해 달라는 두 가지 조건을 보장해 달라고 했습니다. 그리고 1주일 후에 도면을 만들어서 요코하마에서 건네주었습니다. 그런데 소관이 어부의 모습으로 분장하여 도면을 파는 장면을 쿠로파트킨의 접대원으로 출장을 가 있던 아시가라 소좌에게 발각됐나 봅니다. 그로부터 열흘 정도 지나 그가 소관의 집으로 찾아와서 그것을 구실로 3천 엔의 돈을 강탈해 갔습니다만, 그 후 얼마 안 있어서 소관은 갑자기 휴직이 되었습니다. 그래서 이는 필시 비밀이 새어나간 것이 틀림없다고 생각하여 휴직을 한 다음날 이 요동으로 건너와서 쿠로파트킨 장군이 적어준, 알렉세프에게 보내는 편지를 지참하고 여순항 사령부에 가서 잠시 쉬었습니다. 그러자 결국 담판이 결렬되어 개전에 이르렀습니다. 그때 얼마나 기뻤는지는 실로 비할 바가 없을 정도였습니다. 그럭저럭 하는 가운데 쿠로파트킨은 육상(陸相)에서 만주군총사령관이 되어 여순에 오게 되었습니다만, 이에 다시 만나본 결과 소관을 탈국자로서 러시아 육군 중좌의 자격으로 참모부 막료의 한 사람으로 넣어 주었습니다. 그리하여 마음속으로 몰래 소망을 이룰 수 있는 시기를 엿보고 있었습니다. 그런데, 바로 이 요양에서 자웅을 가릴 일대 작전 계획이 세워졌기에, 이때야말로 이 한 몸 바쳐 아버지의 유지를 받듦과 동시에 러시아군의 전멸을 꾀할 때다 하고 고심을 했습니다. 그 결과, 포로가 되어 요양에 있는 우리 군의 병사들에게 계획을 알려 결사부대를 조직하여 마침내 오늘 밤 우리군의 야습을 기화로 근 10년에 걸친 와신상담의 뜻을 이룬 것입니다."

이에 이르러서는 감개무량하여 눈물은 볼을 타고 흐른다. 그리고 그 남자는 허리에 달고 있는 가레고르 중장의 수급과 배낭 안에서 꺼낸 두 장의 지도를 아오키 대장의 면전에 내민다.

"소관이 전후 두 번 쿠로파트킨에게 팔아넘긴 도면은 바로 이것입니다. 소관의 충심을 밝히기 위해 오늘 밤 몰래 가지고 왔으니, 한 번 봐 주시기 바랍니다. 실은 적진에 몸을 던지기 위한 수단으로 팔아넘긴 것이므로, 소관이 그냥 붓 가는대로 작성한 것이라 모두 사실과 다른 것입니다. 그래서 오히려 이것으로 작전 계획을 세우는 것은 스스로 사지에 들어가는 것과 마찬가지가 될 것입니다. 또한 여기에 있는 수급은 이 방면의 총지휘관인 가레고르 중장의 것입니다만, 확실히 전사를 했다는 증거로 지참한 것입니다."

니시와키는 적성(赤誠)의 자초지종을 이야기했다. 아오키 대장은 크게 감탄했다.

"용케도 일신을 던져 이런 대담한 행동을 했군 그래. 니시와키 소장님도 지하에서 웃으시며 눈을 감으실 걸세. 오늘부터 특별히 본관의 소관으로 임시복직을 허락할 테니 그런 줄 알고 있게. 그런데 밉살스러운 것은 아시가라 소좌네. 잠시라도 제국 군인으로서 타인의 비밀을 구실로 돈을 강탈하다니 비열하기 짝이 없는 놈이네. 조만간 상응하는 처분을 하겠네."

그러자 곁에 있던 고노에 사단장은 보고했다.

"그 아시가라는 전사했습니다."

"그런가? 죄과는 죄과, 훈공은 훈공이네. 가엾게 되었군."

아시가라의 전사 소식을 들은 니시와키 뒤에 대기하고 있던 오바나 소좌는 무의식중에 얼굴을 마주보았다.

(1908년 8월 18일)

83회

어느 바위 위에 앉아 이야기를 나누고 있는 것은 오바나 소좌와 니시와키 대위 두 사람이다. 오바나가 먼저 입을 열었다.

"정말 의외의 곳에서 뵈었습니다. 지난 번 여순에서 뵈었을 때 뭔가 사정이 있는 것 같았지만, 설마 그렇게 깊은 뜻이 있으리라고는 꿈에도 생각하지 못했습니다. 정말이지 아오키 대장 각하가 말씀하시는 대로 요양 점령은 당신의 활약으로 이루어진 것입니다."

"오바나 씨, 저도 그 일을 실행하기까지는 차마 말로 다 못할 마음고생을 했습니다. 이제 이 정도 복수를 했으니 이 몸은 언제 전사를 해도 조금도 아깝지 않습니다. 이제 앞으로 나아가 진두에 서서 국가를 위해 전사하기로 결심했으니, 제가 전사를 할 경우에는 부디 유족을 잘 부탁드립니다."

"그야 저도 마찬가지입니다. 저도 사령부에 있기는 하지만, 언제 전사할지 모릅니다. 하지만 제가 무사하기만 하다면야 당신에게 만일의 사태가 발생한다 하더라도 유족은 당신을 대신하여 잘 보살필 테니 안심하세요. 그런데 니시와키 씨 당신은 아직 모르시겠지만, 저와 유리코 씨는 슬픈 처지가 되어 지금은 서로 이야기도 나눌 수 없는 상황입니다."

니시와키는 깜짝 놀란 어조로 물었다.

"예엣? 그게 무슨 말씀이세요?"

"정말이지 말씀드리는 것만으로도 눈물이 납니다만, 제가 여순에서 귀국을 해 보니, 유리코 씨의 모습이 보이지 않았습니다. 바로 새어머니에게 물어보니, 새어머니 말로는, 네가 부재중에 아시가라 소좌가 도리에 어긋난 짓을 해서 이혼을 했다는 것입니다. 저도 정말로 깜짝 놀라 여러 가지로 생각해 보았습니다만, 다른 사람은 몰라도 유리코 씨는 절대로 그런 허튼 짓을 할 사람이 아니라는 것을 굳게 믿고 있어서, 이건 뭔가 사정이 있구나 이렇게 생각했습니다. 그래서 바로 댁으로 찾아뵙고 자세한 이야기를 들은 후에 설령 저희 어머니가 어떤 이상한 말을 하더라도 다시 돌아와 달라고 할 결심을 하고 찾아갔지만, 유리코 씨는 대단한 중병에 걸려 장모님과 함께 전지 요양 중이라는 이야기를 들었습니다. 그래서 제 마음은 얽힌 실타래처럼 심란하여 어떻게든 곁에 가서 간호를 하려고 어디로 전지를 했는지 물었지만, 장모님께서 가르쳐 주지 말라는 명령을 했다고 하며 가르쳐 주지 않았습니다. 니시와키 씨, 제가 당신 앞에서 이런 말씀을 드리는 것도 좀 뭐하지만, 정말이지 그때는 너무나 애석하여 끊임없이 눈물이 났습니다. 이는 필시 제가 상상한 대로 뭔가 사정이 있는 것이다, 그래서 장모님께서 전지 장소도 알리지 말라고 할 정도로 화가 나신 것이다, 이는 때를 봐서 그 사정을 알아내는 수밖에 없다, 라고 하며 실망을 하고 돌아왔습니다. 그러고 나서 얼마 안 있어 출정을 하게 되어 2월 15일 신바시를 출발하여 오이소에 갔습니다. 그런데 그곳에 가서 뜻밖에도 유리코 씨와 해후를 하였습니다."

그리고 도시오는 오이소에서 서로 만났을 때의 이야기를 하였다.

"이런 상황이므로 지금은 서로 헤어진 형국이 되었습니다만, 저는 절대로 이혼을 했다고 생각하지 않습니다. 그래서 개선을 할 때까지 병이 완쾌되기를 매일매일 기도하고 있습니다. 부디 이에 대해 서운하게 생각지 마시고 양해해 주시기 바랍니다."

니시와키도 의외라는 듯이 묻는다.

"처음 듣는 이야기라 그저 놀라울 뿐입니다만, 아니 땐 굴뚝에 연기가 나겠습니까? 여동생이 뭔가 처신을 잘못했겠지요. 정말 면목이 없습니다. 그러나 그렇게 처신을 제대로 하지 못한 여자를 이렇게까지 사랑해 주시는 마음은 동생을 대신하여 이 요시스케가 깊이 감사드립니다. 무슨 병인지는 모르겠지만, 개선을 하면 어떻게든 당신의 뜻에 맡길 테니 잘 부탁드립니다. 그에 대해서도 아무리 생각해도 나쁜 것은 아시가라 소좌입니다만, 오늘 밤 전사를 한 것도 말하자면 인과응

보일 것입니다."

"저는 언젠가 응징을 하려고 잔뜩 벼르고 있었습니다만, 전사했다는 말을 듣고는 원망하는 마음이고 뭐고 다 일시에 사라지고 어쩐지 딱하다는 생각도 듭니다. 정말이지 전사를 한 것도 하늘의 배제(配劑)이겠지요."

이러고 있는 사이에 동녘 하늘은 벌써 환하게 밝았고, 서서히 새벽바람이 뺨에 불어왔다.

(1908년 8월 19일)

84회

어머니와 함께 오이소의 쇼센카쿠에서 병을 요양하고 있던 유리코는 점차 병세가 악화되어 지금은 자리에 누운 채 꼼짝도 할 수 없는 가엾은 용태를 보이고 있다. 그리하여 결국 4월 초에는 다시 도쿄의 자택으로 돌아가기로 했다. 5개월 동안의 병에 그렇지 않아도 야윈 몸은 뼈와 가죽만 남아 살은 전신 어디에도 없는 것으로 보일 만큼 마르고, 희고 꽃 같던 피부는 투명해서 비칠 정도로 창백해져서, 왕년에는 여간 아니게 젊은 신사들의 주목을 끌었던 탐스러운 검은 머리카락만이 옛 모습을 짐작케 하며 흐트러지기는 했지만 베개 위로 늘어져 있다. 기차에 흔들린 것이 몹시 지친 몸에 영향을 미쳐 자신의 집에 돌아와 자리에 누움과 동시에 갑자기 용태가 급변하여 기절한 듯이 잠이 들었는가 싶으면, 얼마 안 있어서 보는 것만으로도 고통스러운 기침이 나오다가 끝내는 엄청나게 객혈을 하는 것이었다.

마키코는 눈물을 흘리며 등을 문지르고 있고, 기요코도 눈물을 흘리며 조용히 다리를 문지르고 있다.

밤은 몹시 깊어 전기불만 밝디 밝게 다다미 8장짜리 방을 구석구석

비추고, 곤히 잠들어 있는 유리코의 얼굴은 대리석 여신상처럼 장엄해 보인다.

데라다 의학사는 응급호출로 달려와서 머리맡에 앉아 가만히 환자의 모습을 살피고 있다. 백의의 간호부는 소독을 한 가래단지를 들고 말없이 의학사에게 인사를 하고 그곳에 대기를 하고 있다. 실내는 밤이 되면서 더 가라앉고 큰 숨소리 하나 내는 사람 없이 그저 유리코의 호흡만 고통스럽게 들린다.

마키코는 걱정스럽게 희미한 소리를 내며 의학사에게 묻는다.

"어떤가요?"

의학사는 고개를 살짝 갸우뚱거리며 대답한다.

"글쎄요. ……"

의학사는 이렇게 한마디 했을 뿐, 여전히 환자의 호흡을 살피고 있다가, 이윽고 아주 힘이 없는 말투로 대답한다.

"영 가망이 없군요."

이것도 낮은 목소리이다.

그러자 유리코는 눈을 빠끔히 뜨고, 희미한 목소리로 기요코를 부른다.

"언니."

기요코는 문지르던 손을 멈추고 조용히 머리맡으로 다가가 대답한다.

"유리코 아가씨, 저 왔어요. 조금 편해졌어요? 뭔가 할 말이라도."

"네, 잠깐 사람들 좀 물려주세요."

"그래요, 알았어요."

그리하여 어머니를 비롯하여 일동은 옆방으로 물러났다.

기요코는 조용한 목소리로 말한다.

"모두 저쪽으로 갔으니 하고 싶은 말이 있으면 무엇이든 하세요."

그리고는 유리코의 얼굴을 뚫어져라 바라보면서 눈물을 뚝뚝 흘렸다.

유리코도 눈물에 젖은 얼굴로 올케 언니의 얼굴을 다정하게 바라보며, 슬픈 목소리로 울먹이며 부탁을 한다.

"언니, 저 소원이 딱 한 가지 있어요. 부디 들어주시지 않겠어요?"

기요코는 소매로 눈물을 닦으며 대답을 한다.

"무, 무엇이든 말씀하세요. 어떤 부탁이라도 들어 드리지요."

유리코는 기쁜 듯이, 앙상한 손을 뻗어 베개 밑에서 편지 한 통과 손수건으로 싼 물건을 꺼낸다.

"언니, ……제, 제가 죽은 후에 이, 이것을 아무도 몰래 보내 주세요. 평생의 부, 부탁이에요."

"개선하시면 꼭 보낼 테니 안심하세요."

(1908년 8월 20일)

85회

유리코는 다시 손수건에 싼 물건을 기요코의 손에 건네며 부탁한다.

"그리고, 이, 이것은 금시계와 반지예요. 도시오 씨에게서 받은 소중한 물건이니까 부디 이것만은 저와 함께, ……"

이렇게 말을 하다말고, 새삼 솟는 눈물에 결국은 떠듬떠듬하는 목소리로 말을 마친다.

"무, 묻어 주세요."

야윈 뺨 위로 눈물이 펑펑 흐르며 이불을 적신다. 기요코는 천천히 눈물을 닦아주며 말없이 고개를 끄덕였다.

유리코는 마음먹은 것을 부탁하고 안심이 되었는지 다시 눈을 감고 깊이 잠이 들었다. 친 동생보다 더 돈독히 지내던 유리코의 호흡이 가빠졌다 희미해졌다 지금 당장이라도 끊어질 듯 하는 모습을 바라보는 기요코는 슬픔이 가슴에 북받쳐 올라와 더 이상 견딜 수 없게 되자, 잠을 깨우지 않도록 살짝 일어나서 옆방 미닫이문을 열었다. 용태가 어떤가 하여 대기를 하고 있던 사람들은 소리 없이 들어와서 병상 좌우에 앉아 숨을 죽이고 바라본다.

이윽고 다시 눈을 뜬 유리코는 한 번 더 확인을 한다.

"언니, 잊지 마세요."

이렇게 말하는 순간 또 고통스럽게 기침이 나온다.

"아, 괴로워. ……괴로워."

유리코는 야윈 손으로 가슴 언저리를 쥐어뜯는다.

의사는 걱정스런 표정을 하고 천천히 유리코의 가슴에 손을 대고 맥박을 재어 보더니, 간호부에게 지시하여 백포도주를 덜어 직접 한 수저 입안에 넣어 주었다.

그러자 창백한 얼굴에 희미하게 혈색이 돌았다 싶더니 이제 어떤 예감이 든 것 같았다.

"어머니, ……아, 안녕히."

유리코는 그 힘없는 손으로 어머니의 손을 잡고, 눈물에 젖은 채 감은 눈을 뜨고 정답게 바라보는 것이었다. 어머니는 그 얼굴을 보고 눈물을 뚝뚝 흘리며 흐느껴 운다. 그러자 어머니의 손을 아쉬운 듯 놓고는 말한다.

"언니, 안녕히…… 오라버니에게도…… 부디 잘……"

그리고는 다시 그 손을 잡고 이별을 고했다.

마침 친척 모 씨가 지금 막 한 사람 한 사람 이별을 고하고 있는 병상에 서둘러서 다가와서, 호외 신문 한 장을 마키코에게 건넸다. 마키코는 뭔가 하며 눈물 젖은 눈을 닦으며 읽고는, 곧 끊어지려 하는 유리코의 귓가에 입을 대고 전한다.

"유리코, 요시스케가 지나 요양이라는 곳에서 큰 활약을 해서 30만이나 되는 적군을 혼자서 무찔러 육군 소좌로 승진하고 복직을 허락받았다는구나. 그리고 너의 원수 아시가라 소좌는 적에게 가슴을 맞아

전사했어. 기쁘지?"

어머니는 이렇게 그 마음을 짐작하며 눈물을 흘리며 알려 준다.

"어머니, ……이제 아무 여한이 없습니다. ……언니, ……아까 그 일을……잘 부탁드려요. ……그럼……아, 안녕히……"

이렇게 말을 끝내고 희미하게 입술을 떠는가 싶더니, 순식간에 눈을 감고 자는 듯이 명계(冥界)의 사람이 되었다.

마키코, 기요코를 비롯하여 친척들은 새삼 슬피 우니, 조용하던 실내는 훌쩍이며 우는 소리만 들렸다.

(1908년 8월 21일)

86회

어느새 여름도 지나고 가을도 중반이 되었다. 아오야마(靑山) 공동 묘지에 묻힌 유리코의 무덤에 향을 피우고 합장을 하는 육군 소좌가 있다. 잠시 눈을 감고 있다가 이윽고 눈을 뜸과 동시에 눈물을 뚝뚝 흘렸다. 그리고 살아 있는 사람에게 말하듯 이야기를 시작한다.

"아아, 미안해. 손을 대지는 않았지만 너를 죽인 것은 이 오라비 요시스케나 마찬가지야. 내가 국가를 위한답시고 적장에게 지도를 팔았고 그것을 아시가라에게 발각을 당해 약점을 잡혀서, 그것 때문에 그 비밀을 내세워 잔혹한 말을 해서 너를 괴롭혔다지. 그런 것들이 원인이 되어 급기야는 불치의 병에 걸려 이런 한심한 모습을 하고 있구나. 모두 이 오라비가 잘못했어. 아마 이 매정한 오라비를 원망하겠지. 유리코, 이렇게 이렇게 오라비가 두 손 모아 빌게. 제발 용, 용서해 줘. 용서해 줘. 그 대신 적의 대군을 격파하여 돌아가신 아버님의 수라(修羅)의 망집을 풀고, 이, 이것을 봐 줘. 금치훈장 공3급을 받아서 육군소좌로 승진을 했어."

이렇게 말하며 가슴에서 빛나는 금치훈장을 비석을 향해 바치려고 했다. 바로 그때 누군가 걸어오는 발자국 소리가 들렸다. 눈물에 젖은 얼굴을 남에게 보이는 것도 좋지 못하다고 생각하여 서둘러 묘지 앞을 떠나 3칸(間) 정도 떨어진 곳에 벽돌담을 쌓아 놓은 묘지를 발견하고 그 뒤에 몸을 숨겼다. 발자국소리는 차츰 가까워지더니 이윽고 신기하게도 유리코의 묘지로 들어가서 손에 든 흰 국화를 바친 후에 아무 말도 하지 않고 니시와키 유리코의 묘라고 새겨진 석비를 가만히 바라보고 있었다. 눈물은 순식간에 볼을 타고 줄줄 흘러 지금 바친 국화 위에 뚝뚝 떨어지며 이슬처럼 맺혔다.

이는 다름 아닌 오바나 도시오였다. 잠시 후에 그 남자는 품속에서 편지 한 통을 꺼내 흐르는 눈물을 조용히 닦고 말을 건넨다.

"유리코 씨, 나 도시오야. 당신 남편 도시오라고. 왜 당신은 나를 남기고 죽은 거지? 왜 내가 없는 동안에 죽었냐고? ……병 때문에 아무래도 죽을 목숨이라면 왜 내가 돌아올 때까지 기다려 주지 않았냐고. 무, 무정한 새어머니는 유리코 씨에게 있지도 않고 있을 수도 없는 오명을 씌워 이혼을 시켰다고 하는데, 나, 나는 유리코 씨가 그런 여자가 아닌 것을 잘 알고 있기 때문에 절대 믿지 않았다고. 바로 데리고 오려고 유리코 씨, 당신 집에 달려가 보았지만, 병이 들어서 어딘가로 전지 요양을 간 후였지. 어디로 갔는지 물어보려 했지만, 장모님께서 입단속을 하셔서 알려주지 않았어. 나, 난 너무 슬퍼서 사람들에게 말은 하지 않았지만 이틀 밤이고 사흘 밤이고 울며 지샜다고. 그것은 기요코 씨에게 부탁한 편지 안에 자세히 적어 두었으니, 유리코 씨도 아마 읽었을 거야. ……어떻게든 해서 한번 만나서 자세한 이야기를 듣기도 하고, 하고 싶기도 해서 유리코 씨가 간 곳을 물었지만 어디로 갔는지 전혀 알 수가 없고 어영부영 하는 사이에 출정을 하게 되어서 이제 다시는 유리코 씨 얼굴을 볼 수는 없는 것인가 하고, 그, 그것만 그저 슬퍼서 출발하기 전날 밤에는 혹시 유리코 씨가 요양지에서 돌아와 있지는 않나 하여 택도 아닌 생각으로 유리코 씨의 집 문밖에 서서 집안을 살폈어. 하지만 그런 기색도 보이지 않아서 밖에서 울며 이별을 고하고 다음날 아침 출발을 했다고. 그런데 뜻밖에도 오이소에서 얼굴을 보았을 때는 유리코 씨, 동료들 앞이라 체면상 눈물을 흘리지는 못했지만 나, 나는 너무 기쁘기도 하고 한심하기도 했고, 이, 이 가슴은 찢어지는 듯 했어. 이, 이런 곳에 와 있는 줄 알았다면 매일이라도 와서 병간호를 해 주고 서로 가슴속 이야기도 했을 것을. 아아, 애통해. 나고야 정차장에 도착할 때까지 유리코 씨 생각만 계속 하고 있었는데. 이런 줄은 꿈에도 알지 못했어.

이렇게 말하며 눈물을 살짝 닦았다.

(1908년 8월 22일)

87회

도시오는 여전히 이야기를 계속한다.

"그리고 만주에 가고 나서도 언제 전사할지 모르는 몸이라 내 생각은 하지도 않고 틈만 나면 유리코 씨 걱정만 하며 부디 내가 개선할 때까지 병이 완쾌하게 해 달라고, 원래대로 행복한 부부가 될 수 있도록 해 달라고, 그 일만 하느님께 빌고 있었어. 그런데 다행히도 다시 참모본부 근무가 되어 소환이 되어서 얼마나 기쁘던지. 이번에야 말로 유리코 씨와 원래대로 관계를 회복할 수 있을 것이라고 생각하고 서둘러 돌아와 보니, ……매정한 유, 유리코 씨는 이미 이런 모습이 되어 있는 것을……."

이렇게 말하며 눈물을 펑펑 쏟아 묘 앞을 적셨다.

"……하지만 유리코 씨, 기요코 씨한테서 당신의 편지 확실히 받아서 이, 이렇게 한시도 떼놓지 않고 몸에 지니고 유리코 씨라고 생각하며 있어. 유리코 씨가 나를 생각해 준 따뜻한 마음은 '당신은 죽어도 잊지 않겠습니다. 설령 이혼이 된 처지라도 저는 당신의 아내라고 생각하고 죽어 갑니다'라고 쓴 이 편지로 잘 알 수 있어. 이렇게나, 이렇게나 생각을 해 주었군. 나, 나는 너무 슬퍼서 눈물이 앞을 가려서 읽을 수도 없었어. ……그, 그 대신 유리코 씨, 잘 들어 줘. 이 도시오는 유리코 씨의 친절에 보답하기 위해 이제 평생 아내를 맞이하지 않고 독신으로 살 거야. 독신으로……"

이렇게 말을 마치더니, 아직 돌도 새로운 묘비에 기대어 마음껏 슬피 우는 것이었다. 기분 탓인지 묘비가 움직이는 것 같았다. 이때 마침 조용히 발자국 소리를 내며 눈물을 흘리면서 나타난 것은 니시와키 요시스케이다.

"오, 오바나 씨, 잘 와 주었습니다. ……당신이 하는 말을 듣고 저도 이, 이렇게 따라서 울고 말았습니다. 유리코도 필시 만족하고 성불을 할 것입니다. 유리코 대신 제가 깊이 감사드립니다."

오바나는 깜짝 놀라 얼굴을 든다. 생각지도 못한 니시와키가 나타나자 가뜩이나 슬픈데다 더 슬픔이 북받쳤다.

"아아, 니시와키 씨, ……부, 부디 제 마음을 알아주세요."

이렇게 말을 하고 오바나는 갑자기 손을 잡고 다시 슬피 우는 것이었다.

"다 당연하지요. ……"

그 뒷말은 눈물로 사라지고, 그저 가을바람이 묘지의 나뭇가지를 건너는 소리만이 구슬프게 들렸다.

소문에 들으니 그 후 사루와타리는 어느 투기사업에 손을 댔다가 실패하여 어제의 영화는 오늘은 허망한 꿈이 되었고, 집까지 남의 손에 넘어가는 비운에 빠졌다. 시마코는 주인 없는 아이를 배어 도저히 소매로 하늘을 가릴 수 없는 신세가 되었다고 한다. 어쩌면 아시가라 소좌의 씨라는 말이 있다. 나카코도 사루와타리의 실패와 도시오의 독신 고집이 개선의 동기가 되어 가끔은 유리코의 묘지도 찾는다고 한다.

(1908년 8월 23일)

[김효순 역]

탐정실화 기이한 인연(探偵實話 奇緣)

히데코(ひで子)

1회

열두 황제의 능이 낮아서 보이지 않고
어두운 바람과 흰 비가 남쪽 도성에 가득 차니

아래층에서 들려오는 것은 화장실에 서 있던 사카타(坂田)의 목소리였다. 사카타가 방금 읊은 시는 너무나 애절하게 느껴졌다. 그리고 언제 들어도 기분 좋아진다고 기쿠치 데이조(菊地禎三)는 생각했다. 이윽고 계단 밟는 소리를 내며 자리로 돌아온 사카타 다모쓰(阪田保)는 말했다.

"기쿠치 군. 날이 저물어 어둡고 눈까지 많이 내리고 있어. 시원섭섭하군. 자네를 보내기에 절호의 밤일세……."

"그러한가. 결국, 눈으로 바뀐 건가……."

오늘 밤 두 사람은 요릿집에서 이별의 잔을 나누고 있었다. 기쿠치 데이조는 봉직(奉職)하고 있던 모 국(某局)에서 면직되어 일단 고향으로 돌아가게 되었다. 그의 동료인 사카타 다모쓰는 기쿠치를 배웅하는 송별회에서 어떠한 이상한 점을 발견할 수 없었다. 그는 원래부터 국내(局內)에서 민완하다는 평이 높았고, 품행 또한 방정한 편이었다. 그럼에도 불구하고 갑자기 면직된 이유에 대해 친구인 사카타가 의심하는 것도 무리는 아니다. 이유라고 댄 것도 수상하지만, 관직에서 물러나는 것을 유유낙낙 받아들인 기쿠치가 몹시 이상하게 보였다. 항간에는 조금 과장이겠지만, 국장 부인과 관계가 있다, 밀통하고 있다는 등 그 이유 때문이라는 풍문이 있었다. 말도 안 되는 이야기다. 우리의 기쿠치 데이조는 썩어도 준치, 지금은 보잘것없는 처지지만 그런 오명을 떠안고 떠날 정도로 패기가 없다고는 생각되지 않았다. 또한, 친구로서 관찰하였을 때 결코 이러한 추행을 할 리가 없다고 믿었다. 그래서 이번 일에 대해서 종종 기쿠치에게 허심탄회하게 이야기하도록 재촉해보았지만 언제나 미소만 지을 뿐 답이 없었다. 결국, 오늘 밤 이 땅을 떠나게 된 것이다. 사카타는 어떻게 해서든 사정을 듣고자 열심히 떠보았다.

"있잖나. 기쿠치 군. 자네는 국장 부인이 이전 도쿄에서 게이샤였을 때 아는 사이였다고 했는데 그 당시 친척은 아니었나……?"

여느 때와 마찬가지로 미소로 답한 기쿠치는, 이때 잠깐 눈을 감고 생각하더니 차가워진 술잔을 들이키면서 눈썹을 치켜 올렸다.

"사카타 군. 자네는 이 조선 땅에서 만난 친구라는 생각이 들지 않아. 지금까지 내게 친절을 베풀어 주었네. 이 데이조. 다시 한번 이별을 기리며 작별 인사를 하네. 그래서 실은 말하지 않겠다고 결심했지만, 국장 부인과 나와의 기이한 운명에 대해 지금부터 이야기해주겠네. 하지만 그 전에 8일이라는 날짜에 주의를 기울여주길 바라네."

마치 불교에서 인연을 둘러싼 이야기를 하는 것 같은 말투였다. 생각해보니 오늘은 12월 8일이다. 그게 무슨 소리냐고 말하는 듯한 눈빛으로 사카타는 일단 수긍했다. 그리고 자리를 떠나려고 하는 기생을 붙잡고 기쿠치는 잔을 들었다.

"자, 자네도 들어보게. 잊을 수 없는 6년 전 1월 8일 밤. 마침 그날 밤도 오늘처럼 눈이 많이 내렸지. 장소는 도쿄의 야마노테(山の手)의 이치가야(市ヶ谷) 하치만(八幡) 돌계단 아래."

(1908년 11월 17일)

2회

기쿠치의 이야기로는 그 시절 자신은 가구라자카(神樂坂)의 고산(小

三)이라는 게이샤와 친하게 지내며 한창 놀았다고 한다. 같이 놀았던 친구들 가운데 면식만 있는 도련님이라는 별명을 지닌 와세다 학생이 쓰유코(露子)라는 젊은 게이샤를 보고 마음을 빼앗겨 왕래하고 있었다. 쓰유코는 당시 18세로 인기 많은 유명한 게이샤였고 정부(情夫)인 척 하는 도련님은 그녀의 단골이었다. 쓰유코를 생각한 고산은 어느 날 이렇게 말했다.

"있잖아요. 쓰유 짱을 너무 놀리는 짓은 하지 마세요. 도련님이 난리를 칠 테니까요."

기쿠치는 고산의 말을 신경 쓰지 않았다. 그러던 1월 7일 날 봇쨩한 테서 엽서가 왔다.

삼가 아룁니다. 긴히 드릴 말씀이 있으니 내일 8일 밤 8시 이치가야(市ヶ谷) 하치만(八幡) 신사까지 발걸음을 하여 왕림해 주시길 바랍니다.

엽서의 내용은 간략했고, 연필로 휘갈겨 쓰여 있었다. 무슨 일인가 싶었지만 기쿠치는 '사내라면 가자, 가보면 알겠지'라고 생각하고 그날 밤 8시경 가구라자카의 고산 집을 나왔다. 마침 그날은 아침부터 눈이 내려서 도중에 돌아갈까 하는 생각이 들 정도였다. 그렇지만 일단 길을 나섰기 때문에 결국 하치만 신사의 돌계단 아래까지 도달했다. 그러자 저편에서 뛰쳐나오는 사람이 있었다.

"앗, 살려 주세요…… 칼에 찔렸어요……"

목소리는 낮았고 숨을 헐떡이고 있었다. 목소리를 들으니 아는 여자였다. 게이샤였다. 쓰유코였다.

"어라? 쓰유코 아닌가. 어찌 된 일인 거야……"

"아아, 기쿠치 씨. 오셔요. 이쪽으로 온다고요. 도련님이 지금 버선

발로 쫓아오고 있어요."

기쿠치도 어느새 함께 휘말려서 허둥지둥 근처로 달려가 인력거를 잡아타고 곧바로 가구라자카로 되돌아갔다. 물론 쓰유코도 같이 타고 갔다. 그때 등 쪽으로 한 군데 찔린 상처는 이 주 정도 지나자 나았다. 도련님이란 자는 기쿠치와 쓰유코의 사이를 의심해서 두 사람을 죽이고 자신도 죽겠다고 결심했던 것이다. 기쿠치는 그 사실을 알고 어처구니가 없어서 도련님한테 편지 한 통을 보내고는 한동안 가구라자카로는 발걸음을 옮기지 않았다.

그사이 기쿠치는 전임 발령을 받았다. 나고야로 떠나는 기차 안에서 우연히 쓰유코를 만났다. 사정을 들어보니 쓰유코는 나고야의 상인에게 팔려, 지금 함께 가는 중이라고 했다. 그때 기쿠치는 쓰유코에게 도련님이 어떻게 되었는지 물어보았다.

"아아, 그분도 마침 그 시기 학교에서는 퇴학 명령을 받았고, 돈도 없었다고 하니, 결국 자포자기한 심정으로 그런 짓을 벌인 것이겠죠. 지금은 오카야마에, 그곳이 고향이래요. 거기로 돌아갔다고 해요. 아유, 말도 마셔요. 그날 밤 이후 만난 적도 없어요."

(1908년 11월 18일)

3회

기쿠치는 쓰유코와 더 깊은 이야기는 하지 못한 채, 그 뒤로는 상인과 잡담을 하며 시간을 보냈다. 기쿠치는 우선 지인의 집에 머물렀다. 그 후 하숙을 했는데, 가끔 하숙집으로 쓰유코가 찾아왔다. 마치 기쿠치를 친오빠처럼 생각하는 것 같았다고 한다. 그러는 사이 일 년 정도 지났을까, 또다시 자신과 쓰유코의 관계가 원인으로, 에도코 기질을 지닌 열아홉의 쓰유코는 결백을 증명하기 위해 결국 도쿄로 떠나 버렸다. 이제 곧 떠날 것이라며 하숙집에 들러서 다음과 같은 이야기를 했다. 때는 □월 8일 날로 드물게 폭풍우가 몰아치던 밤이었다. 쓰유코와 인연이 있는 오라버니가 탄 배가 원산과 성진 사이에서 침몰해서 행방불명이 되었다고 한다. 죽었는지 지금도 알 수가 없다고 했다.

화로에 술병을 올려놓은 채 넋을 잃고 듣고 있던 게이샤가 이때 조용히 술잔에 술을 따랐다. 기쿠치는 한잔 들이키고 추운 듯이 화로를 끌어당기며 말했다.

"있잖나. 나도 왠지 이곳이 싫어져서 도쿄로 돌아가고 싶어졌지. 그런데 돌아가면 쓰유코를 뒤쫓아 가는 것 같아서 내키지 않았어. 차라리 '오사카, 오사카로 가자', 이렇게 정하고는 쓰유코가 떠나고 다섯 달 후 오사카로 가서 그곳에서 삼 년 있다가, 그리고 조선에 온 것이지. 그 사이 쓰유코 소식은 전혀 몰랐어. 뜻밖에도 신임 국장의 영부인이 쓰유코라는 사실을 피로연에서 알게 됐던 거야. 이렇게 해서 세 번째 우연한 만남이 이어졌고, 사카타 자네는 지금 나를 동정하겠지. 쓰유코에게 나고야 이후의 사정은 전날 어느 장소에서 만나서 직접 물어봤어. 이제 더 할 이야기도 없어. 그저 이 기이한 운명이 언제까지 이어질지 그 생각을 하면 차라리 인연으로 맺어지는 것을 바라는 것이 나을 것 같아."

"뭐? 쓰유코의 본명? 미에코(美枝子)라고 했어. 고이시카와(小石川)의 하쿠산(白山)[1]에서 옛날에는 훌륭한 양조장의 딸이었다고 해. 우타자와(歌澤)[2]가 특기였어. 그 있잖아. 여자가 있는 것을 알고도 짝사랑

---

1) 이시카와(石川)와 기후(岐阜) 두 현 경계에 있는 화산(예부터 영산(靈山)으로 불림)
2) 우타자와부시(歌澤節)의 준말로 샤미센(三味線)을 반주로 하여 부르는 에도 시대 말기의 하우타(端唄)의 한 종류.

을 하는 그런 노래를 자주 불렀어."

부탁해 둔 인력거가 도착했다는 하인의 전언을 듣고 두 사람이 일어나자 시간은 열 시를 알렸다.

"으음, 짐은 하숙집 주인이 정류장으로 가져와 주기로 했으니 이대로 가지."

12월 8일 눈보라가 치는 가운데 정류장은 늦은 밤에도 불구하고 많은 사람으로 혼잡했다. 이등실 한 편에 방한용 쓰개에 아즈마 외투를 입은 한 여성이 사람들의 눈을 피해 앉아 있는 것을 사카타는 알지 못했다. 기쿠치 데이조의 눈동자는 움직였다. 기쿠치의 두 시간에 걸친 이야기를, 기이한 남녀의 운명과 8일이라는 날짜가 얼마나 실타래처럼 얽혀있으며 앞으로 어떻게 인연을 끌어당길 것인지 사타카는 잠자리에서 상상해 보았다. 눈은 점점 많이 내리는 듯했다.

(1908년 11월 19일)

[이현희 역]

기이한 인연 그 후(後の奇縁)

히데코(ひで子)

1회

"전보요, 전보, 사카타 씨 전보입니다."

눈도 많이 쌓이고 밤도 벌써 두 시에 가까워져서 잠이 들려는 찰나, "네" 하고 애교 섞인 대답을 하고 문을 열었더니, 불쑥 들어온 사람은 배달부가 아닌 남편 다모쓰였다.

"아유 참……. 당신도……."

사타카는 어이없어하는 부인은 신경도 쓰지 않고 외투를 벗고는 안쪽 육조(六疊) 방으로 들어가서 큰 화로 앞에 책상다리를 하고 앉았다. 그리고 문을 잠그고 온 아내와 화로를 사이에 두고 아하하 웃었다.

"어때. 제갈공명도 당할 수 없겠지? 실은 전례도 있고 해서 오늘 밤에도 문을 열어줘 라던가, 아니요, 싫어요, 싫어요, 라던가, 이렇게 옥신각신하는 것도 이웃 사람들이 보면 창피하니까 순간 전보 흉내를 냈지. 아하하, 한잔 따라줘. 아, 안주, 아무것도 필요 없어. 아, 기쿠치가 놓고 간 김, 그것으로 충분해."

장롱 위에 놓인 시계가 두 시를 알렸다.

"실은 말이야. 기쿠치와 정류장에서 헤어지고 그 도메이칸(透明館)의 집주인, 기쿠치가 하숙했던 집 말이야. 그 집 주인과 둘이서 2차를 갔지. 그래서 전보 흉내를 낸 거야. 어, 잔이 아직 미지근하네."

부인인 시즈코(靜子)는 잠자코 김을 자르고 있었다.

"요릿집을 나왔을 때 눈은 새의 깃털처럼 날렸고, 사람들은 두꺼운 외투를 입고 배회하고 있었지. 멋지게 위세를 떨어보는 것도 좋았겠지만 집주인과 헤어지고, 골목길 모퉁이까지 나오니 갑자기 술이 확 깼어. 뭐야, 취했다면 전보 흉내는 내지 않았겠지. 서방님이 돌아오셨다.

문을 열어라……."

"여보. 그렇게, 큰 소리를 내시다니. 부탁이에요. 이웃에서 시끄럽다고 한단 말이에요."

"알았어. 기세 좋게 돌아오는 건데 말이야……."

"시즈코, 당신이 다섯 살 때 생이별한 언니가 있었다고 했지. ……당신 언니의 행방을 알아냈어."

"네? 언니의 행방을요……."

"으음. 오늘 밤 기쿠치 이야기를 듣고 확실해졌어. 당신 언니는 국장 관사에 있어."

(1908년 11월 20일)

2회

"국장님 댁의 누구를 말씀하시나요?"

"국장 부인이야. 일찍 센다이(仙臺)인가로 보내졌으니까 모르는 것도 당연하지만, 당신 언니는 가구라자카에서 쓰유코라고 불리며 게이샤를 했었어. 아마 열여덟 살 때쯤일 거야. 그리고 육 년이 지난 지금, 게다가 한 달 전에 부임한 신임 국장의 부인이라니. 오늘 그것을 알게 되었다고 하는 것도 이상하지 않나. 그리고 그것보다 더 신기한 이야기가 있어. 당신 언니와 기쿠치와의 관계야."

"기쿠치 씨와……."

"자, 들어보라고. 기쿠치는 당신 언니가 쓰유코였던 게이샤 시절부터 알고 지냈다고 해. 그런데 한 번의 관계도 맺은 적도 없었는데 사람들의 오해를 받았어. 누명이지. 의심을 산 거야. 이번이 세 번째라고 하더라고. 두 사람 모두 가련하게 되어 버렸지. 뭐 인연이라고도 할 수 있겠지만. 처음은 두 사람 모두 죽을 뻔했어. 두 번째는 결백을 증명하기 위해 언니 스스로 떠났지. 세 번째인 오늘 밤은 당신도 잘 알겠지만 기쿠치가 이곳을 떠난 거지. 언제나 우연히 만나게 된다는 것이 참으로 이상하지 않나."

사카타는 식어버린 잔을 꿀꺽 들이키며 낮은 목소리로 말했다.

"걱정되는 것은 부인이 기쿠치와의 의리를 지키기 위해서 집에서 뛰쳐나가지만 않으면 좋으련만……."

"그러네요. 제 성격이라도 뒤쫓아 가고 싶을 거 같은 데요……. 아, 내일 아침 일찍 부인을 만나볼게요."

"음, 그러는 것이 좋겠어. 어어, 벌써 세 시가 넘었군. 기쿠치는 지금 어디쯤 가고 있을까?"

지요다(千代田)의 서북 방향, 고이시카와 하쿠산에서 전통 있는 가게로 알려진 양조장의 딸인 미에코도, 시즈코도 실로 나비와 꽃과 같은 사랑스러운 딸이었다. 양조장이 하루아침에 망하고 불쌍하게도 시즈코는 멀리 센다이의 시골로 보내졌다. 남은 미에코와 부모님은 에도가와(江戶川) 강변을 전전하는 신세가 되었다. 그리고 얼마 지나지 않아 가난 때문에 병이 걸려서 부모님과 사별했다. 고아가 된 미에코의 나이 열 살. 가구라자카의 게이샤 집에서 열여덟까지 키워졌다. 시즈코 또한 센다이 사람이 되었다. 하지만 불행은 언니에게만 오지 않고 열여섯 살이 되자 교토로 팔려서 열아홉에 조선으로 왔다. 인천에서 수모를 당했을 때, 지금의 남편인 사카타 다모쓰가 그녀를 구해냈다. 이렇게 해서 사카타는 최근에 친해진 기쿠치에게서 아내의 언니 소식을 들었던 것이다.

(1908년 11월 21일)

3회

미에코가 가구라자카에서 쓰유코로 불리던 게이샤 시절. 어느 여름 날 저녁, 길에 깔린 돌 세 칸까지 저녁놀이 물들고 푸른 잎이 불빛으로 물들 즈음, 문간 소금이 정갈하게 놓인 응접실에서 고산과 기쿠치가 노는 것에 질려 그녀를 불러들였을 그때, 새로 산 은빛 작은 부채에 술에 취한 기쿠치가 먹을 듬뿍 묻혀 먹물을 흘리면서 "쓸게"라는 말이 끝나기도 전에 첫 싯구를 금세 적어나갔다.

'괘향(掛香)이여, 장사꾼의 집에 태어난 에도 출신'

이 글은 쓰유코의 사정을 잘 아는 기쿠치가 표현한 것으로, 미에코가 지금도 이 부채를 소중하게 지니고 있다고 기쿠치는 사카타에게 말했다.

아침은 다행히 날씨가 좋았다. 8시가 되기를 기다린 시즈코는 씩씩하게 국장 관사로 외출했다. 하지만 시즈코는 잠자리에서 담배를 피우던 다모쓰가 일어나기도 전에 돌아왔다. 과연 다모쓰가 예상한 대로 언니인 미에코, 국장 부인은 어젯밤부터 집에 돌아오지 않았다고 한다. 시즈코의 실망은 무리도 아니다. 15년 만에 소식을 알게 된 언니가 바로 눈앞에 있었다는 것을 안 것이 어젯밤이었고, 오늘 아침에는 이미 그곳에는 있지 않다. 겨우 하룻밤 사이에 일어난 일로 결국 언니를 만나지 못한 것이다.

그로부터 열흘 후인 18일, 사표를 낸 사카타와 그의 아내는 아침 열차로 도쿄로 떠나게 되었다. 아무래도 기쿠치의 8일이라는 인연의 고리는 시즈코에게도 해당하는 듯했다. 따라서 사타카 또한 이 인연 이야기의 등장인물이 된 것 같다고 도메이칸 주인은 기쿠치와 사카타의 동료에게 이야기했다.

(1908년 11월 22일)

[이현희 역]

속 기이한 인연(續奇緣)

히데코(ひで子)

1회

구름 낀 하늘, 초겨울 바람과 소나무와 전나무의 연리의 숲, 찻집의 불빛 잔영이 사라지고, 깊은 겨울밤 왜성대에서 마을을 내려다보니, 인가의 불빛들이 빛을 내며 떠다니는 마을들. 다다른 남녀의 사랑의 미로, 인도하는 길인가, 사신이 인과와 인과 업보, 음력 16일 달과 아침 서리, 내일은 염문이 노래되어지고, 깊은 인연을 알 수 있으리.

"있잖아, 기쿠(菊), 이 모든 것이 내가 용기가 없어서, 엄청난 죄를 짓게 되었어. 용서해줘⋯⋯."

"무슨 소리여요. 이 또한 제가 부족해서 생긴 일, 당신께 용서를 구해요."

"생각해보면 우리 형제는, 인연이라고 해야 할까. 저번에 말한 형의 죽음 말이야. 에노시마(江ノ島)에서 폭풍우 치던 밤 작은 배를 끌고 앞바다로 나가서 돌아오지 않았지. 역시 동반 자살을(情死) 한 것이었어. 원인은 늙은 어머님이 부부로 허락하지 않은 결과였지. 그때까지는 조루리(淨瑠璃)[1]나 신나이(新內)[2]의 동반 자살(情死)이 나오는 이야기를 한 번도 신경 쓴 적이 없었어. 형이 동반 자살을 한 이후부터는 아무래도 달리 느껴졌어. 이것도 필경 오늘 밤 이러한 운명을 맞이할 것이라는 것을 알려주는 것이겠지."

웅크리고 있던 젊은 남자는 미세하게 한숨을 쉬었다. 무릎을 떨면서 남자의 얼굴을 올려다본 여자는 손을 꼭 잡고 말했다.

---

1) 일본 에도 시대(江戶時代)에 샤미센(三味線) 반주에 의한 이야기와 음곡(音曲)을 통틀어 이르는 말

2) 조루리의 한 유파로 신나이부시(新內節)의 줄임말.

"저는 가족이 없는 몸, 그에 반해 당신에게는 여동생이 있으시잖아요. 가엾게도. 가엾게도."

"네게도……. 가족이 있잖아……."

"오라버니를 말씀하시는 건가요. 아, 소매치기였던………. 열다섯 살에 집을 나가서 지금까지 행방을 모르는데요. 그다지 만나고 싶은 생각이 들지 않아요……."

나뭇잎인지 비인지 정적을 깨며 소리 없이 팔랑팔랑 앞으로 떨어졌다. 눈이 남아있는 새하얀 계곡을 바라보니 몹시도 추워 보였다.

"이러고 있어 봤자 한도 끝도 없어. 기쿠 각오를 해."

"네……에."

(1908년 11월 26일)

2회

횡 하고 부는 초겨울 바람 소리, 대신궁(大神宮)은 어둠 속에서도 하얗게 빛이 나고, 오늘 밤 남산에는 사연이 깃들어 있는 듯하다. 어둠이 흐르고 물결치게 담금질한 칼날, 아홉 치(九寸) 서슬 퍼런 칼날은 남자의 손에서 쌓인 하얀 눈과 함께 번쩍였다.

"이보시오. 바보같이 무분별한 짓은 하지 마시오."

목소리도 굵거니와 그 □□ 또한 큰 수달 털이 옆으로 달린 따뜻해 보이는 검은 외투의 남성이 망토 자락을 등 뒤로 돌리고 칼을 빼앗았다. 그리고 소맷자락에서 손수건을 꺼내 칼을 둘둘 말고는 안쪽 포켓에 넣었다.

"죽지 않으면 안 되오라는 틀에 박힌 말은 연극 대사라고 해도 정말 질려버렸소. 이 조선에서 일본인이 동반 자살을 한 것은 얼마 전 청진에서인가가 처음이라고 하던데, 무슨 연유 때문인지는 모르겠소만……."

"친절함에 감사합니다. 저는 실은 최근에 모 상점으로 온 고용인입니다만……. 이 여성은 주고야(十五屋)의 게이샤로……."

메이게쓰(明月)라 불리는 요릿집이 있었는데 화려한 주방장 덕분에 한량들이 모여들면서 주고야(十五夜)라고 불리게 되었다. 세련된 이름이 어느샌가 주고야(十五屋)로 알려져 지금은 메이게쓰라고 부르는 사람이 없다.

"걱정하지 마시오. 돈으로 해결된다면 나의 죗값으로……. 아니 축하할 일이 있어서 말이오. 당신들 목숨은 아무리 큰 금액이라도 내가 해결을 하겠소. 헌데 너무 추워서 견딜 수가 없으니 어딘가 가서 천천히, 그리고 재미있는 나의 인연담도 들려주겠소. 자."

외투를 앞세우고 젊은 남녀와 함께 세 명은 혼마치(本町) 쪽으로 내려갔다. 그때 순사가 그들을 지나쳤지만, 힐끗 눈길만 주었을 뿐이었다. 이윽고 세 명의 모습은 사라졌다.

깨끗하게 청소가 잘 되어 있는 작은 요릿집 온돌방에서 남녀가 동반 자살을 하려고 한 이유를 알게 되었다. 수달 털로 만든 외투 입은 남자는 오시마 무늬의 기모노와 하오리를 입고 정면에서 유쾌한 듯 계속 술잔을 비우고 있었다. 남녀는 꿇은 무릎을 풀지 않고 구부정한 자세로 긴장한 듯이 앉아 있었다.

"나는 오늘처럼 유쾌하다고 생각한 밤은 정말로 태어나서 처음이라오……. 자선이다, 사람을 구한다 해서 지금까지 돈을 내어주었지만, 오늘 밤처럼 기분이 좋았던 적은 없었지요. 이것으로 두 사람이 부부가 되어 가끔 우리 집에 놀러와 준다면 정말 나는 목숨 따위 필요 없소. 정말로 꼭 그렇게 되어주시오."

(1908년 11월 27일)

3회

남자는 또다시 손에 술잔을 들고 말했다.

"그런데 두 사람 모두 부부가 되면 오늘 밤에 일어난 일을 결코 잊으면 안 되오. 죽음을 불사한 사랑, 이것보다 소중한 것은 없으니까 말이오. 아하하, 저는 아직 독신이지요. 하지만 사랑은 맛보았지요."

남자는 취하지는 않았지만 어느샌가 말투는 변해 있었다. 낮은 천장을 한참을 응시하더니 말했다.

"저는 옛날 도둑질을 했었소. □□□□동료 중에서도, 방패 긴타(金太)라면 모르는 사람이 없을 정도로 유명했지."

한차례 찬바람이 불어와 작은 정원에 있는 잎이 다 떨어진 백엽수 가지를 흔들고, 여닫이문을 움직였다. 왁자지껄한 여자의 웃음소리는 가게 위층에서 나는 것 같았다.

"그런데 어떻게 지금의 신분으로 멀쩡한 직업에 게다가 성공했는지, 경성신사라는 말도 이상하지만 훌륭한 사람이 되었는지는 어떤 여성의 의견이, 그러니까 열아홉 살 미인의 의견을 듣고 이렇게 되었다는 것이 참으로 재미있는 일이지……. 그때가 아마 전쟁이 일어난 해였을 거요. 그 당시 나는 하코시(箱師)로, 하코시란 기차에서 돈을 훔치는 것을 말하는 거요. 하마마쓰(濱松) 부근 야간 기차 안에서 한 손님에게 눈독을 들이고 있었지. 나고야(名古屋)에서 탔던 것이 생각나는구려. 폭풍우가 무섭게 몰아쳐서 승객도 별로 없는 기차였소."

외투 입은 남자는 술잔을 비우고 남자에게 빈 술잔을 내밀며 미소를 띠며 말했다.

"틈을 노리다가 하마마쓰 쯤 직업상 힘 하나들이지 않고 소매치기를 한 것이 시골 신사의 지갑이었소……. 그런데 방패 긴타의 운도 여기까지였는지 결국 발각되고야 말았지. 꼬리가 길면 잡힌다고 하지만 이미 간은 커질 대로 커져서 어리석었지. 가차 없이 그대로 도망치자 생각하고 가까운 곳에 있던 가무의 □□, □□□□의 마루마게 머리 모양을 한 여성의 소맷자락에 몰래 던져 넣었소. 그것이 10월 8일 밤이었소."

그때 여자의 맑은 눈동자가 움직였다. 돌려받은 술잔을 든 긴타는 이어서 말했다.

"나는 신바시(新橋)에서 내린 여자의 뒤를 쫓아 내달렸소. 행선지는 우에노(上野)의 신사 도쇼궁(東照宮)의 뒷산으로 여자를 뒤쫓아 갔지만 결국 놓치고 말았소. '이런, 사라졌군' 하고 멍하니 서 있자니 농염한 목소리가 들려왔소."

"이보시오. 이제 돌려드리겠소."

(1908년 11월 28일)

4회

"지갑을 꺼내서 내어주자 방패로 불리던 소매치기로 유명한 긴타도 흠칫 놀랐소. 그래서 당신은……. 눈치가 없는 짓을 □□□□□."

"저는 게이샤예요. 앞으로 될 거예요."

"□□□□□□□□□□□□을 들었소. 그 충고가 폐부를 찌르는 것이었지. 저도 모르게 눈물이 나왔으니까. 그때 그녀는 내게 삼십 엔을 주었소. 마치 부처님을 마주한 것 같았지."

"그 지갑의 돈을 쓰지 않고 삼십 엔으로 멋진 사람으로 새로 태어나라고 관음보살의 얼굴로 □□□□□□□□□□"

"집은 이리야(入谷)에 있었소. 하지만 이미 딴 사람이 사는 것을 알고는 바로 조선으로 건너왔소. 그로부터 고생, 고생해서 지금은 보시는 대로 이런 신분이 된 것이오. 지갑에 넣어둔 돈은 아직도 소중하게 간직하고 있소."

여자는 고개를 들고 긴타의 얼굴을 망연히 바라보고 있었다. 그리고 당황한 어조로 말했다.

"집이 이리야라고요? 실례지만 무엇을 하는 가게였던가요?"

"정원을 가꾸는 가게였소. 고로키치(五郎吉)라는 아주 솜씨가 좋은 가게지요. 그것은 아버지가……."

"어머나, 당신은, 당신은, 저의 오라버니시군요. 정말 오라버니가 ……."

"그게 무슨 소리요?"

두 남자는 놀란 눈으로 여자를 바라보았다.

"저는 당신의 동생인 오키쿠에요. 벌써 십 오륙 년이 지나서 잘 모르시는 것도 무리가 아니지만요."

"아, 여동생이라고, 네가 오키쿠라고……."

방패의 긴타의 눈에 눈물이 맺히는 것도 무리가 아니다. 지금은 호□의 신사의 태도이다.

(1908년 11월 29일)

5회

주고야의 게이샤, 긴타의 여동생은 마치 달려들 듯이 말했다.

"그리고 오라버니. 오라버니에게 충고해준 관음보살 같은 아름다운 분은, ○○국의 국장 부인이에요. 저번에 그러니까 열흘 전 밤에 손님 두 명이 술을 마시러 와서는 기쿠치라는 손님의 이야기를 들었는데 고이시가와 하쿠산의 양조장 딸에다가 미에코라고 했던가요. 그 여자가 틀림이 없어요."

"○○국장 부인이라고, 만날 수 없을까?"

"아니요. 틀렸어요. 그 부인은 그날 밤 기쿠치라는 남자의 뒤를 쫓아서 □□□□□□□□□.

하지만, 그 기구치 씨의 동료인 사카타라는 분께 물어보면 어디로 갔는지 알 수 있을지도 몰라요.”

“부탁이야. 물어봐 주겠어? 틀림없이 하쿠산 앞의 양조장 딸이라고 했어. 내일 아침 일찍 사카타의 집을 방문해 줘. 뭐라고 집을 모른다고? 곤란하게 되었군. 흠. 그럼 결국 관사네. 거기에 가봐 줘. 부탁이야.”

“어째서 종업원이 오지를 않는 거지? 아. 맞다. 내가 방해하지 말라고 말했었던가.”

손뼉을 쳐서 사람을 불러 계산을 하고 바깥으로 나오자 눈이 내리고 있었다.

사카타 부부는 그날 아침 남대문을 출발했다. 지금쯤은 연락선을 타고 기쿠치와 미에코의 운명이 어떻게 될지 상상하고 있을 것이다.

(1908년 12월 1일)

[이현희 역]

실화 지옥 계곡(實話 地獄谷)

가에데(かへで)

1회

와다 세이이치(和田晴一)는 모 회사의 사원이다. 28세의 청년이지만 업무에서는 상당한 민완가이다. 어린 나이와는 어울리지 않게 정직하고 성실하며 삐뚤어진 것이라고는 털 뿐이라고 말할 정도이며, 마치 옛 무사의 모습이 떠오른다.

거짓말과 속임수가 아니면 계략, 술책으로 넘쳐나는 지금 이 사회에서 와다 세이이치 같은 성격의 남자는 부적합하다. 성격이 너무나 올곧아서 언제나 생각지도 못한 불이익을 불러오는 것도 이 때문이다.

회사에는 십 수 명의 사원이 있었지만, 매일 아침 정각에 출근해서 매일 저녁 정각에 퇴근하는 사람은 유일하게 와다 세이이치 뿐이다. 그래서 사원들 사이에서 와다는 항상 바보 같은 놈, 멍청한 놈이라고 불렸고, 사람들은 그를 멀리했다. 하지만 와다는 이런 말을 마이동풍으로 듣고 아하하 웃으며 상대조차 하지 않았다.

와다는 누구 하나 배웅하는 사람도 없는 신바시(新橋)의 플랫폼에 서서 이런저런 생각에 잠기며 기차에 올라 삼 일째 되던 밤 무사히 남대문에 도착했다.

"와다. 오랜만이네."

친구인 다미야 히데오(田宮秀夫)가 마중을 나와 주었다. 그리고는 다미야를 따라 남대문을 빠져나가 컴컴하고 기분 나쁜 냄새가 나는 골목을 오른쪽으로 돌아 들어갔다. 와다는 2정 정도 언덕을 올라간 곳에 있는 아즈마야(東屋)라는 작은 하숙집에 짐을 풀었다. 그는 아즈마야 2층의 2평 정도의 방을 근거지로 삼아 부지런히 회사를 다니기 시작했다. 그리고 반년이 흘렀다. 그 사이 와다에게 이런 일이 있었다.

어느 날 아침, 와다는 평상시 다니는 길이 아닌 하수구 냄새가 진동하는 지옥 계곡을 지나가는 길을 골랐다. 지옥 계곡이라고 하지만 그곳에 산이나 언덕이 있는 것은 아니었고, 물론 계곡이 있을 만한 위치도 아니었지만, 세상 사람들은 무슨 이유에선가 그곳을 지옥 계곡이라고 부르고 있었다.

"역시 사람이 사는 곳이 아닌가. 지옥 계곡이라니, 이름만 들어도 기분이 나빠지는군."

와다는 얼굴을 찌푸렸다.

(1908년 12월 6일)

2회

길을 따라 걸어가자 기분 나쁜 냄새가 점점 더 강하게 코를 찔렀다.

"으윽, 냄새, 냄새, 어쩌면 이리도 더러운 시궁창이 있을까."

와다는 이렇게 말하며 시궁창 안을 들여다보았다.

"가을인데도 이렇게 냄새가 난다면 찌는 듯한 여름날은 어떨까?"

와다는 생각했다. 그리고 모기나 파리가 엄청나게 많을 것으로 생각했다.

와다가 ○○요리라는 이름의 점등을 단 격자 모양의 창문 앞을 지나려는 순간, □□□□□ 갑자기 나왔다. 키가 크고 검붉은 얼굴에 삼십 정도 된 스포츠형 머리를 한 장인이었다. 그 뒤를 아직 앳되어 보이는 여자가 졸린 눈을 비비면서 따라 나왔다. 이마나 목덜미 주변은 하얀 분이 벗겨져 있었다. 귓불 뒤쪽과 비교적 낮은 코 주변으로 희미하게 그 흔적이 보였다. 꾸미지 않은 검은 피부의 취부였다. 취부는 와다를 힐끔 보았다. 와다는 기분 나쁜 얼굴로 그녀의 눈길을 피했다.

"가까운 시일 내로 또 오세요." 여자가 말했다.

"아, 그러지."

남자는 내키지 않는 듯한 대답을 한 후, 빠르게 가버리자 여자도 이윽고 집으로 들어갔다.

"하, 저것이 세상에서 말하는 갈보라는 건가."

와다는 마음속으로 수긍하는 동시에 "앗, 사로잡힌 여자."라고 중얼거렸다.

사람에게 붙잡힌 새장의 작은 새는 자유의 날개를 빼앗겼지만, 생활고로 고생할 염려는 없다. 사회라는 새장 속에 붙잡혀서, 이처럼 의리라는 쇠사슬에 묶인 인생처럼 덧없는 것은 없을 것이다. 하늘로부터 부여받은 자유라는 권리를 빼앗기고, 의리라는 인정의 세상에서 족쇄로 속박당하고, 그런데도 살아가야만 하는 사회적 의무가 있다니, 뭐랄까 얼마나 재미없는 생애일까. 의리는 힘든 것, 인정은 견디기 어려운 것, 어떻게 해서든 의리나 인정이라는 연을 끊어버리고 싶다. 사회라는 커다란 새장을 파괴하고 태워버려야 한다. 와다는 어떻게 하면 사회라는 새장을 망가트릴 것인가 다시 곰곰이 생각해보았다.

(1908년 12월 8일)

3회

아침 해는 기분 좋게 비취고 있다. 횡 하고 차가운 북쪽 바람이 불어왔다. 와다는 양손을 주머니에 찔러 넣은 채, 고개를 숙이고 걷고 있었다.

와다는 이십 세기 문명이란 무엇일까 생각했다. 어째서 인간이 가진 자유의 힘을 속박하는 것이 즉 문명의 의의인 것인가라는 생각을 했다. 사회는 날로 문명 발전을 거듭하면서 멈추려고 하지 않는다. 사람은 이와 반대로 자유의 □□을 얻은 것과, □□□□□□□□□□□□□□□

이 둘은 양립할 수 없으므로 결국에는 사람과 사회가 충돌할 수밖에 없는 시대가 오고야 말 것으로 생각했다. 사람과 사회의 충돌, 사람이 이길 것인가, 사회가 무너질 것인가, 통쾌하도다. 통쾌하도다. 빨리 충돌의 시대가 오면 좋겠다고 생각하고 와다는 불안한 발걸음을 빨리 옮겼다. 그렇지만 충돌의 결과는 사람이 지고 다시 불평등, 원망, 절망, 비참, 오류, 저주, 살해, 강간, 전쟁 등 모든 죄악이 넘쳐나는 사회로 한 층 더 가혹해진 사로잡힌 생애를 보내야만 한다면 나는 어떻게 해야 할까. 와다는 부르르 몸을 떨었다. 와다가 아사쿠사(淺草) 공원의 뒤편 □□ 앞을 지나가다가 하얀 목이라 불리는 매춘부를 보았을 때도, 사로잡힌 많은 부녀자를 어떻게 해야 해방된 생애로 이끌 수 있을까 하는 생각을 하였다. 그리고 친구인 다미야에게 이와 같은 이야기를 해보았다. 그러자 다미야는 이렇게 말했다.

"그런 운명을 맞이했다는 것도 결국 불교에서 말하는 인과응보라는 것이겠지. 어떻게 해봐도 그렇게 될 수밖에 없었던 거야. 운명은 인력으로 좌우되는 것이 아니니까."

그리고는 더는 상대해 주지 않았던 것이 생각났다.

와다는 길을 걸을 때마다 이런 생각을 하면서 걷고 있자 어느샌가 회사 앞에 도착했다.

"와다 씨, 좋은 아침입니다."

"아, 요시조(由藏) 군이군. 변함없이 열심이군요."

"네, 감사합니다. 오늘은 꽤 춥네요."

"그래요. 꽤 날씨가 차가워졌지요. 벌써 시간이……."

와다는 시계를 꺼내봤다.

"아, 아직 10분 전이군."

방긋 웃으면서 문을 밀며 회사 안으로 들어갔다.

(1908년 12월 9일)

4회

"정말로 성격 좋고 얌전한 사람이야. 나의 묘한 급사 대접을 받고도 말이지. 요시조 군은 정말 아까운 사람이야."

요시조는 쓸고 있던 손을 멈추고 와다의 뒷모습을 바라보았다.

와다는 의자에 앉자마자 주머니에서 애독하는 『국민신문』을 꺼냈다. 그리고 신문을 펼쳐 읽는 것이 아니라 접은 채로 책상 위에 두고 창밖을 바라보았다. 세 면으로 난 열린 창에서 아침 햇살이 들어오고 있었다. 동쪽 입구의 봉당에는 격자문 사이로 햇살이 눈부실 정도로 들어왔다.

회사 앞 큰 도로에는 인력거가 지나다니고 지게를 진 사람들도 오고 간다. 아침 시장을 보고 돌아가는 남자와 여자들이 바쁘게 걸음을 옮기고 있었다. 이윽고 한 무리의 왕래가 끊겼다고 생각했을 때, 다시 한 무리의 남녀가 지나갔다. 무 줄기와 유채꽃이 삐져나온 보따리를 든 여자 뒤를 커다란 물건을 지게에 올리고 옷자락을 끌어 올려 허리춤에 맨 남자가 따라가고 있었다. 이런 광경은 매일 아침 익숙하게 본 것이라 와다의 눈에는 절대 진귀한 것이 아니었지만, 오늘 아침은 왠지 달리 느껴졌다. 그리고 혼잡한 아침 시장, 하수구 냄새나는 지옥 계곡, 윤기라고는 찾아볼 수 없는 피부가 검은 취부가 함께 연상되었다.

"아, 사로잡힌 사람들."

처음부터 스스로 원해서 매춘부를 하지는 않았을 것이다. 동쪽에 있는 그녀들의 모국에는 아버지도 있고 어머니도 있을 것이다. 오빠나 언니, 동생이 있을지도 모른다. 조선까지 흘러들어온 매춘부……. 어쩜 이리도 안타까울 수가 있단 말인가, 와다는 여동생같이 느껴져서 안타까웠다. 그들도 한 번쯤은 주의를 주장하고 이상을 동경하던 시기도 있었을 것이다. 지금은 매여 있는 몸이지만 연인에게 마음을 주고 있지는 않을까. 감옥과 같은 지금 사회를 원망하고 있지는 않을까. 지

옥 계곡을 벗어나고 싶어 하지는 않을까, 아니면 여자는 출생 신분과
상관없이 아름답기만 하면 꽃가마를 탄다는 말처럼 사행심 때문에 스
스로 선택해서 지옥 계곡으로 들어온 것이 아닐까. 그리고 솜씨를 충
분히 발휘하여 기회를 얻으려고 초조해하는 것은 아닐까. 그렇다고 해
도 너무나 형편없는 취부다. 아, 가련한 취부의 운명, 실로 비참한 취
부의 운명이다. 이러한 운명에 사로잡힌 생애를 보고 우는 사람이 하
늘 아래 과연 몇 사람이나 있을까 하고 와다는 생각했다.

(1908년 12월10일)

5회

사람의 경우 스스로가 무언가를 정하는 것이 아니다. 실제로 사람이
무언가를 정하고자 해도 정할 수 있는 것 또한 아니다. 사회가 좌우해
서 이를 일임해야 한다고 한다면 그 취부의 가련한 운명에 농락당하는
것도 결코 취부 스스로가 나쁜 것이 아니다. 사회가 나쁜 것이다. 현대
의 사회 조직은 모든 사람을 □□하게 만들고 있다. 모든 것을 □□□
□□□. 힘이 약한 여자의 마음으로는 무리도 아니다. 취부가 나쁜 것
이 아니다. 사회가 나쁜 것이라는 생각이 들자 갑자기 오늘 아침에
본 취부를 만나보고 싶어졌다. 만나서 신상에 관한 사정을 들어보고
싶어졌다. 그래서 가능하다면 그 취부를 지옥 계곡과 같은 어둠 속에
서 구해내고 싶다고 생각했다. 와다는 이런 생각이 들자 이성적으로
살자, 주의에 귀를 기울여라 라는 희미한 울림에 가슴이 먹먹해지는
느낌이 들었다.

"와다. 무슨 생각을 그렇게 깊이 하는 거야."

갑자기 다미야가 뒤에서 와다의 어깨를 툭 쳤다.

"아, 다미야. 놀랐잖아."

"하지만 아침부터 바보처럼 멍하기 있으니까 한번 깜짝 놀라게 하여주려고 그랬지."

"너무 하는군. 오늘 아침은 뭔가 머리 상태가 좋지 않아서 곤란해하는 중이었어."

"그래? 그거야말로 큰일이군. 아, 맞다, 맞아, 여기 청심환이 있으니까 먹어 보게."

와다가 다미야한테 받은 청심환을 입에 넣고 의자에서 일어나 난로 앞에 섰을 때, 동쪽 입구 쪽에서 사원들이 몰려 들어왔다. 벌써 9시 20분이다.

(1908년 12월 11일)

[이현희 역]

밤의 경성(夜の京城)

메가네(めがね)

낮에 보는 경성은 이제 싫증이 났다. 밤에 보는 경성이 어떠할지 밤을 새워서라도 비밀의 문을 열어본다면 흥미로운 신문 자료가 있지 않을까 생각했다. 15일 오전 2시 반, 같은 처지의 젊은 무사와 함께 머리부터 모포를 두르고 본사를 나와 남대문으로 향했다. 밤의 풍경은 적막했고 인력거의 왕래도 없었다. 음식점의 전등만이 희미하게 흔들리며 손님을 기다리고 있을 뿐, 눈앞을 가로막는 것도 없었고, 귀에 들리는 것이라고는 먼 곳에서 개 짖는 소리뿐이다. 고요한 밤 풍경을 보니, 이곳이 한낮이라면 번화가로 변할 터라고 생각하니 묘한 기분이 든다. 싸늘한 바람이 온몸으로 스며들었다. 팔자걸음으로 걸어가는 데 그 주변은 인적조차 없었다. 이대로 돌아갈 수 없다고 결심했다. 잘 왕래하지 않는 거리를 배회하며 아이오이 초(相生町)에서 요네구라 초(米倉町)로 나왔다. 그리고 뒷골목을 돌아서 아사히 초(旭町)를 나오자

▲동해여관(東海旅館)의 전등이 걸려 있었다. 정문에는 '늦은 시간이라도 일어납니다.'라는 큰 글씨가 걸려 있었다. 그렇다면 정말 몇 시에라도 일어날 수 있는지 한번 시험해보고자 문을 똑똑 두들겼다. 그러자 바로 응답이 들리고 바깥으로 나오려고 하는 인기척을 듣고, 일어날 일은 아니라고 말하고 도망치듯이 자리를 떠났다. 규슈여관(九州旅館) 앞으로 나오자 뭔가 타는 냄새가 코를 찔렀다. 보통 일은 아니라고 생각해서 그 주변에 있는 집을 전부 두들기며 사람들을 깨우면서 냄새를 쫓아가니 뒤편에서 새어 나왔다.

▲**한인 가옥**의 문틈으로 불이 타오르고 있었다. 문을 두들겨 열자 안에서 세 명의 한인이 뛰어나왔다. 놀라서 허둥대는 것을 진정시키고 불타고 있는 이불을 바깥으로 끄집어냈다. 때마침 이웃 사람들도 달려왔고 경찰서에서도 이 일을 전해 듣고 두 명의 순사가 찾아와 조사했다. 그 집 주인은 장홍원이라는 자로 조금만 늦었다면 이들 가족 세 명은 질식해서 집과 함께 불타버리고 이웃에게도 폐를 끼칠 뻔했다.

시간은 이미 4시를 넘어서고 있었다. 닭이 우는 소리가 멀리서 들린다. 오늘 밤 우리가 한 행동은 뜻밖의 효과를 내었다. 여기서 걸음을 멈추고 새벽하늘에 반짝이는 별빛을 따라 본사로 되돌아왔다. 심한 추위가 온몸으로 느껴져서 잠들지 못한 채 이 글을 적는다.

(1908년 1월 16일)

[이현희 역]

나의 문학감(余の文學感)

산멘시(三面子)

상

●'나의 문학감'이라는 제목을 붙였다. 뭔가 거만한 느낌이다. 그렇지만 그런 의미로 받아들이면 몹시 곤란하다. 적어도 작은 주관을 가진 자로서 바닷가의 수많은 해초 사이에 '나'라는 글자를 넣은 것뿐이기 때문이다. 하지만 문학감이라던가 문학관이라는 것이 무엇을 뜻하는지 잘 모르겠다.

●문체의 모방은 매우 재미있는 것이다. 소설이든 미문이든 운문이든 다른 사람을 따라 하는 것은 흡사 도둑과 같다. 글을 가지고 세상으로 나오고자 하는 문사는 어떻게 해서든 독특함을 선택해야만 한다. 상품으로 예를 들자면 마치 전매특허품과 같다.

●다행스러운 일은 근래 언문일치라는 문체가 세력을 얻고 있다. 이는 모방이 아니며 법칙과 같이 정해져 있는 것이 없다. 이는 개개인이 문체를 만들어 각자 독특함을 가지고 그 기량을 발휘해서 얻어야 하는 것이다. 이상은 오늘날 자연파 사람들이 하는 말이다. 나 또한 어쩔 수 없이 그러하다고 생각한다.

●논조가 없는 글, 장식이 많은 글, 난만한 글자와 어구가 아름다운 글 등은 자연파 입장에서 보면 본디 배척해야 하지만 나는 그렇게 생각하지 않는다. 이것 또한 재미있는 문장이기 때문이다.

●하지만 외양은 아름다운 글이지만 내부의 생명을 말하자면 정반대로, 아무것도 없는 것은, 다시 말해서 아직 자라지 않은 버드나무에 붉은 꽃이 핀 것과 같다고 할지라도 나는 도저히 수긍할 수 없다.

●자연파 작가는 득의양양하게 인생의 진정성을 말하고, 그 적나라한 점을 그리는 것을 목적으로 한다. 연애소설이 등장하는 것도 자연스러운 것이다. 따라서 세상의 독자들이 자연파 소설에서 연애의 진실을 파헤치고 천하 습성의 문란함을 개탄하고자 한다면 자연파 작가는 적어도 예술의 목적은 그런 것에 개의하지 않는다고 말한다. 자연파도 그렇게 막무가내는 아니다.

●시험 삼아 묻기를 스스로가 목적하는 예술품이 만들어지는 것을 보고 즐기면서, 이에 동반되는 세상의 풍속과 문란은 모르겠다고 하는 점은 간과할 수 없다. 사람의 진가는 이를 가지고 가늠할 수 있는 것이다.

●적어도 내가 한 행위에 대한 책임을 져야 한다. 나아가 그 행위와 함께 벌어지는 영향과 결과 등에 대해서도 또한 나에게 책임이 있다. 마찬가지로 그들이 창작하는 것에 대해서도 일어날 수 있는 사회의 문란과 이를 동반한 일국의 쇠퇴 운명에 대해서도 그들에게 죄를 물어야 한다.

●사회가 문란한 것, 일국이 쇠퇴할 운명의 도화선이 될 그들 작가의 입장도 가련하게 생각한다.

(1909년 1월 10일)

하

◎이와 관련하여 자연파 작가가 말하기를 그 저작물에 대한 인륜적 □□수치는 우연의 결과에 불과하다. 소위 소설이라는 것은 인생을 연구하는 것을 주안으로 하는 것이라고 한다면 어디까지나 인생의 연구물은 사회의 일반인이어야 한다. 하지만 생각해보면 이 사회에서 인생의 연구물로서 작품을 환영하는 자가 몇이나 될까. 원래부터 교양을 지닌 사람은 별로 없다. 그러나 그 저작물 대부분이 십중팔구 독자에게 오락용으로 제공하지 않는다. 그러므로 자연파 작가가 말하기를, 이러한 독자는 열등한 식견을 가진 자라고 말한다. 고려할 가치가 없다고 오히려 크게 한탄하는 작가들이여. 나는 되묻고자 한다. 그렇다면 경들은 회심의 작품을 만들고 스스로 만족한다면 그것으로 족하는가. 아니, 제일의 목적은 원고료 문제가 아니더냐. 자연파 작가의 원고료를 보았을 때 원고료가 높지 않다는 것을 알 수 있다. 그렇다면 공급자는 어떠한 사람인가. 말하자면 독자가 아니한가. 게다가 독자의 대부분은 경들이 도외시한 소위 하등 독자가 아니더냐.

◎자연파 작가는 말한다. 소설은 하나의 예술품이다. 게다가 인생을 연구하는 것을 목적으로 한다. 세상의 취향을 각색하여 소설을 만든다. 오락용으로 파는 소설은 말하자면 진실된 소설이 아니라고 한다. 불쌍한 자연파 작가여. 좀 더 눈을 크게 뜨고 멀리 봐라. 그리고 다시 과거를 살펴봐라. 또 이 천지의 모든 것을 보아라. 크게는 게사쿠도 소설이다. 취향과 각색만을 숭배하는 것도 소설이다. 오락용도 소설이다. 경들이 말하는 인생을 연구하는 것을 목적으로 하는 것 또한 소설의 일부분이다. 즉 사람의 행위를 일종의 형태로 그리는 것 모두 소설이라고 불러야 할 것이다. 그러므로 자연파 소설은 그 일부분이다. 이미 이처럼 일부분으로 정해진 것으로 게사쿠는 진정한 소설이 아니라

하고, 취향과 각색을 조롱하는 것은 진정한 소설이 아니다. 단지 소설은 인생을 연구하는 것이라는 호언장담이 아니더냐. 단지 일부분의 사람들이 멋대로 말하는 것이 아니더냐. 결단코 사회의 모든 소설을 그런 것이라고 말할 수 없다.

◎지금의 아도물은 첫 번째도 숙부, 두 번째도 숙부인 상황이다. 예술계에 대해서 적어도 고충을 짊어진 사람, 부서진 책장을 두드리며 한숨을 쉬고 예술계의 불신을 탄식하는 사람은 알지 못한다. 오늘날 황금만능에 연연하면서 문사를 하는 자에게 나는 충고를 하고자 한다. 빨리 작품을 향해 경들의 기량을 발휘해라.

◎문학은 나에게 미적 감각을 불러일으키는 것이다. 따라서 나의 정신을 미화시킬 수 있다. 문학의 성쇠는 결국 일국의 품성과 외모처럼 관계가 있고 더불어 고금 동서양의 역사는 문화의 폐단을 이야기한다. 문화는 일국을 갈라놓는 어둠의 칼이다. 문학은 생산적이지 않은 사업이다. 각종 생산적 사업은 일국을 부강하게 한다. 동시에 일국의 문명을 촉진시키는 것은 문학이다. 쓸데없이 부국강병만 지향한다면 미개국이라는 비방을 받을 것이며 문명개화의 나라라고 해도 충실하지 않는다면 망국의 우를 초래할 수 있다. 그렇다면 일국의 운명에서 두 부분이 상호 발전하지 못하는 것인가. 문학이 더욱 발달해도 불가능하고, 생산적 사업이 그 이상 발달해도 불가능하다. 문학은 가치가 있으며 또한 가치가 없다. 이 부분은 동등하게 발전시켜야 할 것이다.

(1909년 1월 12일)

[이현희 역]

경성의 독서계(京城の讀書界)
─일한서방(日韓書房) 주임의 이야기

후지코(藤子)

가을도 깊어가고 교외에서 시상을 떠올리기 좋은 기나긴 밤의 불빛에 익숙해진 기자는 경성독서계의 일반적인 경향을 살펴보고자 맑게 갠 가을 하늘이 스쳐 가는 15일 오전 10시 일한서방을 방문했다.

△번역 및 사전

일반적으로 구미의 번역물 구독자는 미비한 상태이다. 단지 법률 관련 서적 종류가 조금 팔리는 정도이다. 각종 사전은 여전히 판매가 좋고, 백과전서, 상업 사전 등은 그 지방의 특성을 반영하여 가장 환영을 받고 있다. 백과전서는 정가 7원 30전의 고가임에도 불구하고 신청자가 점점 많아지고 있다.

△소설과 문학 잡지

일시적으로 상당히 유행한 연애소설은 현재 거의 세상에서 잊힌 경향이 있어서 판매가 점차 감소하고 있다. 이러한 결과로 주시엔(澁柿園)[1], 헤키루리(碧瑠璃)[2] 씨 등이 저작한 역사적 소설이 점차 환영을 받는 상황이다. 요컨대 공상을 멀리하고 현실을 직시하는 경향이 있다. 특히 가장 주목할 현상은 일시적으로 중학 교육에서 폐지코자 했

---

1) 쓰카하라 주시엔(塚原澁柿園, 1848~1917): 메이지 시대의 소설가로 대표작으로는 『아마쿠사잇키(天草一揆)』, 『유이 소세쓰(由井正雪)』 등이 있다.

2) 와타나베 가테이(渡辺霞亭, 1864~1926): 역사소설가. 헤키루리, 구로호시(黑法師) 라는 필명으로 활동하였다. 가정소설로 인기를 얻었으면 대표작으로는 『오이시 구라노스케(大石内藏之助)』, 『소용돌이(渦卷)』 등이 있다.

던 한학(漢學)의 발흥이다. 따라서 새로운 것보다 고대의 원서를 읽는
자가 많아졌다.

주요 월간 잡지로는『태양(太陽)』이 400부,『문예구락부(文藝俱樂部)』
가 650부에서 700부,『여학세계(女學世界)』가 600부,『문장세계(文章
世界)』가 780부,『부인세계(婦人世界)』가 900부,『실업지일본(實業之日
本)』이 560부, 소년 대상 잡지가 대략 160부 정도 매월 판매된다. 그
외『중앙공론(中央公論)』,『실업지세계(實業之世界)』,『제국문학(帝國文
學)』등도 이에 상응하는 판매가 있으므로, 잡지만으로 매월 2,200~
2,300원의 매출을 올리고 있다. 그러나 잡지의 이익은 미비하고 점포
의 장식일 뿐이다.

(1909년 11월 16일)

경성의 독서계(京城の讀書界)
-일한서방(日韓書房) 주임의 이야기

후지코(藤子)

△신간 서적류

신간 서적류는 그 종류의 여하와 정가의 높고 낮음과 상관없이 생각
외로 판매가 잘 되고 있으며, 신문에 광고가 나오면 바로 사러 온다고
한다. 이를 보면 세간에서는 신지식의 흡수에 얼마큼 힘쓰고 있는지
알 수 있다. 특히 식민지-신개지(新開地)인 만큼 조선(朝鮮)이라는 명사
가 들어간, 즉 조선연구의 자료가 되는 서적이 팔리는 경향은 기쁘다.
이번 달 14일 동점에서 발간한『조선요람(朝鮮要覽)』의 매상은 예상
밖의 성공을 거둘 것이라는 전망이다.

△일반의 독서안

경성에는 도쿄에서 생활하고 온 사람이 비교적 많아 도쿄 취미가 보급되어 있으므로 도쿄에서 팔리는 서적이 이 지역에서도 환영을 받고 있다. 그중에서도 잡지 구독자가 여성이 많은 것은 오히려 도회지 이상으로 그녀들이 세상 물정에 관심을 보이는 것에 인색하지 않다는 것을 추측할 수 있다.

△ 한인의 강독서

현시점에서 한인이 받는 교육 수준은 아직 낮은 편이다. 따라서 그들의 독서력은 실로 유치하다고 볼 수 있다. 한국 학교의 교과서는 우리 문부성에서 편찬한 것과 한국 학부에서 편찬한 두 종류가 있다. 학부 편찬은 일한서방이 판매처로 되어 있고 지방으로도 보내고 있다. 그래서 매월 평균 400원 정도의 교과서 매출은 학부에서의 매출이다. 한국 학생은 수학, 물리, 화학 등의 서적은 사러 오지만, 문학 서적에 관해서는 눈길도 주지 않고 있다. 또한, 한국 주요 도시에는 서점이 있지만 이러한 서점은 부업으로 삼고 있는 것으로 서적을 전문으로 하는 가게는 경성에만 있다. 지방의 독서계는 활발하지 않아서 매출이 오르지 않는다고 말하고 있다.

(1909년 11월 17일)

[이현희 역]

조선의 풍습(朝鮮の風習)

작자 미상

(1)

▼진묘한 일이 가득

외국인의 눈에는 장소마다 나라마다 풍습과 습관이라는 것이 이상하고 진묘하게 보인다. 이것은 문명국이건 야만국이건 마찬가지이며, 오래된 나라의 오래된 풍습을 그대로 지켜오는 것은 개방되지 않은 나라에서 더욱더 많고, 더욱더 진묘하게 느껴진다. 모 씨에게서 조선의 풍습담을 듣고 기록하여 독자 여러분과 함께 이 진묘함을 즐기고자 한다.

여자아이의 출생

우리나라에서도 아이를 많이 낳는 것만큼 보물은 없다고 말한다. 조선인도 마찬가지, 가난한 자들이 아이를 많이 낳는 것도 전혀 괴로운 것이 아니다. 하지만 그것은 부모 자식의 애정에 따른 것으로 개인적으로는 그러하지만, 선조의 제사를 지내지 않기 위해서라는 이유도 있다. 그리고 여자아이의 출생 의식은 상당히 거드름 피울 만한 것이다. 그 유래를 말하면 다음과 같다. 산모가 출산 시기가 다가오면, 먼저 산실로 적당한 방에 부드러운 짚을 깔고 그곳에 산모를 이동시킨다. 산모의 친척 여자 한두 명을 시중을 들게 해서 간호를 한다. 출산 직전이 되면 음식물을 문밖으로 던진다. 이는 태어날 아이의 축복을 기원하기 위한 것이다. 그리고 출생 시각을 정확하게 기록하고 그것을 점치는 자에게 보여주어 아이의 장래를 점치게 한다. 산모에게는 출산 후 꿀물을 준다. 또한, 몸의 회복을 위해 쓴 약을 먹게 한다. 산후 3일째에 산실의 짚을 교체하고 7일째 또는 10일째는 지인들이 산실로 들어오는 것을 허락한다. 이때 부부의 어머니는 들뜬 사람이 된다.

그다음은 이름 짓기이다. 어린 시절 이름은 출생 후 바로 부모들이 좋아하는 이름으로 짓는다. 그 이름은 옥(玉), 선(善), 미(美), 행(幸), 용(龍), 호(虎), 견(犬), 돈(豚), 와(蛙) 등의 의미가 있는 한자를 애용한다. 호(虎)나 견(犬)은 일본에서도 사용하고 있다. 돈(豚)은 중국에 대한 애증이라고 한다면, 와(蛙)는 좀 너무하다. 개구리를 뒷발로 서게 하면 뒤집힌다. 이 나라에서 적어도 일어섰을 때 앞을 보는 동물의 이름의 사람과 연을 맺고 싶다.

조선인의 결혼

조선인은 아무리 나이가 들어도 결혼해서 상투를 틀거나 쪽을 지지 않으면 어른으로 통용되지 않는다는 것은 잘 알려진 사실이다. 그래서 양반들은 자녀가 6, 7세가 되면 빨리 정혼을 맺고 상투나 쪽을 지게 한다. 이러하니 어린이도 성년으로 간주하여 사교 상 성년의 대우를 받고 있다. 따라서 성년아동은 생각한 대로 말하지도 못하고, 늙은이와 같은 태도를 보이지 않으면 안 된다. 지금은 혼인할 수 있는 나이를 남자 20세, 여자 16세 이상으로 정하고 있다. 하지만 실제로 성년아동이 많은 것이 사실이다.

그리고 또 하나 가련한 것은 배우자 선택에 당사자들의 의지가 전혀 고려되지 않는 것이다. 부모님이 가계 또는 재산을 저울로 재고 결정하는 것이라서 조선 여자의 사랑이나 연정이라는 것은 대부분 결혼 후에 발생한다. 그 결과 □□를 □□하는 등의 사례가 상당히 많다.

(1910년 3월 23일)

(2)

▼진묘한 일이 가득

배우자 쌍방의 부모님이 혼인계약을 할 때는 남성의 아버지가 여성의 아버지에게 홍색 종이로 된 편지를 보낸다. 그 편지에는 먼저 자신의 주소, 성명을 쓰고, 상대방의 건강을 묻고, 혼인 성립을 기원하는 마음을 쓰고 마지막으로 자신에게는 아들이 몇 명, 또는 몇 명은 결혼을 했다고 적거나 미혼자라는 것을 써서 보낸다. 이 편지에 여성의 아버지로부터 회답이 있으면 혼인을 승낙한 것으로 본다. 그리고 의식 거행을 위해 길일을 선정하는 채비를 한다. 여기서 무녀 또는 점쟁이가 모습을 드러낸다. 드디어 길일이 결정되면 거식의 수일 전 의복 또는 예물을 여성 쪽으로 보내고 여성은 이것을 스스로 재봉해서 상대 남성에게 보낸다. 신랑은 결혼식에 그 옷을 입고 신부의 집으로 향한다. 그리고 신부의 집에서 기다리던 친척과 신랑을 배웅하는 자 사이 □□을 준비한다. 예전에는 그 □□에서 죽은 자가 나왔다는 말도 있다. 하지만 신부는 그런 것에는 전혀 신경 쓰지 않고 보내온 예물을 가지고 의복을 재봉하여 입는다. 그리고 가장 친한 친구들에게 선보이고 복스러운 것을 골라서 머리를 올리게 하고 장식하고 기다린다.

□□는 터무니없이 길게 기다린다.

그렇다면 의식은 어떤 모습일까 살펴보면, 방의 한편에 높은 단을 만들고 가능한 한 아름답게 꾸민다. 그 단 위에 신랑 · 신부를 나란히 앉게 한다. 그러나 두 사람은 결코 얼굴을 볼 수가 없다. 그리고 여자는 남자에게 네 번 절하고, 부모님들 또한 서로 네 번 반절을 한다. 거기서 청색과 홍색 실을 엮은 술잔을 올리고 신랑 신부에게 반절을 시킨다. 이것으로 예식은 종료되고 비로소 총각은 한 사람의 어른이 된다.

식이 끝나면 이번에는 서약서를 교환한다. 이 서약서는 붉은 종이를 사용하며 신랑 신부 모두 서명하고 만약 부인이 문맹이라면 손을 종이 위에 올리고 손 형태를 그린다. 그리고 계약서를 둘로 찢어서 부부에게 반쪽씩 소중히 보관하게 한다. 결혼식은 이것으로 끝난다. 그렇다면 이혼은 어떻게 할까.

예전에는 남편 쪽은 이혼하는 것이 가능하지만 부인에게는 그러한 자유가 없었다. 그런데 근래 부인 쪽에서 발의하여 이혼하는 예도 있다고 한다. 조선인(ヨボ)이 방심한 가운데 여권이 신장이 된 것으로 보인다.

과부와 재혼

과부는 근래까지 재혼을 금하였고 죽을 때까지 상복을 입게 하였다. 그리하여 과부가 죽음을 맞이하게 되면 열녀로 칭송되어 죽은 다음 특별한 위패를 세우게 했다. 이런 관습도 지금은 어느샌가 여권신장이 이루어진 듯하지만, 표면상은 재혼은 허락하지 않고 있다.

조선인과 첩

조선인은 조금이라도 재산에 여유가 있으면 첩을 들인다. 한두 사람 정도이고, 첩이 없는 자도 있다. 첩이 되는 여자는 가난한 집안의 여자로, 돈을 주고 데려온다. 정부에서는 예부터 첩을 들이는 것을 금지하지 않았다. 하지만 법령을 발포하여 서출의 자식은 3급 또는 5, 6급 이상의 관직에 오르는 것을 금한 적이 있다. 그러나 조중응(趙重應)처럼 우의정과 좌의정이 된 자도 있으므로 지금은 사정이 다르다.

(1910년 3월 24일)

(3)
▼진묘한 일이 가득

그리고 서출의 자식도 바로 서자로 아버지의 집안에 호적을 올리기 때문에 일본의 사생아와 마찬가지라고 간주할 수 없다. 이것으로 첩과 관련된 이야기는 끝내고 다음에는 변칙 혼인법과 합혈법(合血法)에 관해 이야기하겠다.

예를 들어 갑이라는 마을에 과부가 있다고 하자. 을이라는 마을의 독신자가 그 여성을 좋아하게 되면 젊은이 등은 장난스럽게 과부를 유혹해서 동거를 시작한다. 그리고 어떤 여성이 사정이 있어서 홀로 여행이라도 하게 되면 도중에 납치해서 부인으로 만드는 일도 있다. 간부(姦夫)나 간부(姦婦)도 잘만 하면 세상에서 떳떳하게 부부가 되는 일도 있다고 한다. 이런 것들이 모두 변칙 혼인법이다. 합혈법이라는 것은 어떤 남자의 부인이 간통한 아이를 뱄을 때, 원래 아버지와 간부(姦夫) 사이 누구의 아이인지를 싸울 경우, 군수는 접시에 물을 담고 원래 아버지의 피와 간부의 피에 아이의 피를 떨어트려 본다. 그리고 아이의 피가 어느 쪽으로 응결되는지 이를 보고 아버지를 결정한다. 이는 모두 옛이야기이긴 하다.

죽음과 죽은 후

조선인의 임종에는 남자라면 남자만, 여자라면 여자만 간호할 수 있다. 임종을 맞이하면 거적을 가지고 폭이 넓은 판자를 둘러매고 병실로 옮겨 병자를 그 위로 이동시키고 침구를 덮고 병자의 얼굴을 남쪽으로 향하게 한다. 숨이 멈추면 솜으로 입을 막는다. 그것은 죽은 자가 마지막 숨을 그 안에게 참게 하기 위함이라고 한다. 그때 죽은 자의 아들은 숨이 멈춘 부모의 눈을 감긴다. 이것도 또한 의례의 하나라고 한다. 그리고 가까운 친척만 죽은 자 옆에 모여 곡소리를 내며 운다. 동시에 그 집안사람들은 남녀 모두 머리를 푼다. 죽은 자를 안치하는 방에는 작은 상위에 밥, 콩, 과자, 술 등 삼찬을 올리고 그 외 짚신 세족, 종이 및 복포 등을 올리고, 죽은 자의 이름을 세 번 부른다. 그 후 음식 모두 문밖으로 버리고, 남은 공물은 그 저택 안에 두었다가 폐기한다. 이 물건들은 죽은 자의 혼령과 그리고 지하의 판관에게까지 이끄는 사람에게 바치는 것이다. 판관은 10명이 있다고 한다. 게다가 죽은 자의 의복을 한 장 가지고 지붕 위로 올라가 이를 펼치고 왼손으로 소매 부분을 잡고 오른손으로 옆 솔기를 잡는다. 죽은 자의 영혼이 갈 방향을 향해 죽은 자의 이름을 세 번 부른다. 그러면 죽은 자의 영혼은 북쪽으로 간다고 한다. 조선인은 사람에게는 세 개의 영혼이 있어서 사후 하나는 추선장(追善帳)에 머물고 하나는 산령의 도움을 받아 산릉(山陵)으로 돌아가고, 남은 영혼은 불명의 세계로 가서 열 명의 심판관 앞으로 끌려가 생전의 행위에 따라 정토행이나 지옥행 등의 선고를 받는다고 믿고 있다.

(1910년 3월 25일)

(4)
▼진묘한 일이 가득

죽은 자는 죽은 후 3일째 관에 들어간다. 관은 대부분 질이 좋은 나무를 사용한다. 두꺼운 네 개의 나무판으로 관을 만들고, 관 외부를 검은색으로 바른다. 가난한 사람과 부자는 바르는 방식이 다르지만, 모두 검은색이다. 내부는 부자라면 비단을 두르고, 가난한 사람은 두꺼운 종이를 사용한다. 색은 구석은 붉은색, 또는 청색, 그 외는 검은색에 가까운 청색이다.

입관을 끝내면 죽은 자의 머리를 남쪽으로 향하게 안치하고 명복을 빈다. 그러는 동안 참석자는 통렬한 오열을 한다. 상주는 관 옆쪽에 서 있는다. 곡소리를 내는 다른 사람들은 머리로 땅을 치면서 두 번 절을 한다. 보통 식사 때에는 관 옆 상 위에 각종 음식과 과일을 올리고 가족은 모두 관 옆에 모여 곡을 한다. 남자인 상주는 집의 가장 좋지 않은 방에서 운다. 다음 날인 4일째에는 가족은 사망한 날에 넣은 솜을 뺀다. 그날까지는 가족은 모두 맨발이다. 그날 죽은 자의 친척, 이들과 가까운 사람들은 남김없이 관 옆으로 모여 절을 하고, 모두 곡을 한다. 죽은 자의 자손, 그 외 친척은 순차적으로 남자는 남자, 여자는 여자의 가족 중의 연장자의 앞에 앉아서 울면서 추도를 표한다.

장례식은 토장이다. 화장은 불교가 융성했던 신라, 고려 시대에는 널리 행해졌지만, 조선 시대부터는 유교의 영향을 받아서 하지 않았다. 요즘도 절에서 장례를 지내는 자는 화장을 하지만 거의 찾아볼 수 없다.

묫자리는 조선인에게는 아주 중요한 문제이다. 죽은 자의 명복은 물론 가문의 성쇠에 관여되기 때문이다. 그래서 비용을 인색하지 않게 내고 지관에게 감정을 받아 지불하고 좋은 토지를 얻으려고 노력한다.

다음에는 상복이다. 상복은 대복과 소복이 있다. 따라서 3년 부모상에는 술을 마시고 고기를 먹는 것을 금하고 있을 뿐만 아니라 부부는 별거한다. 이 3년의 상중에 태어난 아이는 사회 일반에게 배척당한다. 이는 일본에서 사생아를 대하는 것과 마찬가지이다. 그 외 흰색 의복을 입고 단식하거나, 정진하는 예도 있지만, 이에 관해서는 생략하겠다.

이상 출생부터 관혼상제 등 사람이 겪는 사건을 대부분 기술했다. 이후에는 인중백(人中白)이라는 소변으로 만든 약, 인중분(人中糞)이라는 대변으로 만든 약, 인혼이라는 훈도시의 검게 태운 것 등 희대의 묘약의 제조법과 이 약이 어떠한 병에 특효가 있는지를 알려주겠다.

(1910년 3월 26일)

(5)

▼진묘한 일이 가득

약속한 조선 묘약의 제조법과 그 치료법을 소개하겠다.

▲ 인간의 소변을 3년간 도기로 된 항아리에 저장해둔다. 그렇게 하면 백색의 침전물이 나온다. 이것을 인중백(人中白)이라고 부르며, 부인들의 해열제로 특효가 있다고 한다. 또한, 소변은 부인의 기침, 월경과다, 산전과 산후의 각혈 및 열병에 지약(持藥)으로 쓰면 장수할 수 있다고 한다. 거짓인지 진실인지 모르지만 믿는 사람은 물론, 궁금하다고 생각하는 사람은 시험해보길 바란다.

▲ 인분을 음력 12월 초순, 청죽 두 관을 잘라서 외피를 벗기고, 그 안에 넣어 소량의 감초를 넣고 장기간 지상에 묻어 둔 후 꺼내서 햇빛에 건조한다. 이것이 인중분(人中糞)의 제조법이다. 또한, 건조한 것을 불에 볶아서 물에 타서 그 윗부분을 마셔도 좋다. 부인의 높은 열에 특효가 있다고 한다.

▲ 남녀의 속옷이나 속옷을 입지 않는다면 의상으로도 좋다. 여하튼 음부가 닿는 부분을 6촌각으로 잘라 불에 검게 태운다. 그리고 그것을 물에 타서 그 물을 복용하면 산후 배출을 쉽게 할 수 있다. 들은 이야기뿐으로 본 적 또한 없다. 그 외 인간의 손톱 가운데 임부의 손톱은 달여서 마시면 분만을 쉽게 하여 순산하게 된다고 한다. 훌륭한 사람의 손톱의 때를 달여 마시면 머리가 좋아진다는 것은 일본에서도 전해지는 이야기이다. 그렇다면 본래 손톱은 효력이 더 좋을 것이다. 특히 임부가 자신의 손톱을 달여 먹고 순산을 할 수 있다고 한다면 실로 간단해서 좋다.

월경도 약이 된다고 한다. 단 처녀가 아니면 불가능하다. 처녀의 월경은 홍연(紅鉛)이라고 부르며 빈혈, 식욕부진, 월경 폐지에 특효약이다. 또 이것을 칼에 바르고 사람에게 상처를 주면 반드시 죽음에 이르게 된다고 한다. 이것은 묘약이 변해 독이 된 것이다.

예전 신노(新能)라는 사람은 초목을 핥아 약이 되는 결정을 발명했다고 한다. 조선인은 한층 더 취향이 강해 보인다. 닭의 똥, 소의 귀지, 소의 침 등을 훌륭한 약으로 발명했다. 소의 귀지는 부인의 방광요도염 등에 특효가 있다. 소의 침, 특히 늙은 소의 침은 임부의 구토 묘약으로, 소의 음경은 백냉에, 소의 오줌은 장만(腸滿)의 묘약, 특히 똥은 냄새가 강한 냉에 아주 묘약이라고 한다. 기자는 세상 사람을 구하고자 이 비법을 소개한다. (끝)

(1910년 3월 29일)

[이현희 역]

문학 발흥의 가을(文學勃興の秋)

간칸세이(閑々生)

(上)

문학이 발달하기 위해서는 치평한 세상이어야 한다. 천하가 태평하면 사람들이 달리 고생하지 않아도 되고, 이러할 때는 한가로이 놀고자 하고, 여유로움을 즐기며, 마음을 여유롭게 기르며 문학 사상이 자연히 끓어오르며, 문학 기호가 성대하게 일어난다. 그래서일까, 시가에 마음을 빼앗기는 자가 있는가 하면 소설에 마음이 괴로워지는 자도 있다. 각본에 마음이 풍족해지는 자도 있으며, 혹은 다회나 꽃꽂이에서 혹은 가요에서 이들은 모두 태평의 놀이기구로서 치평과 함께 발달해왔다. 만약 그 천하가 뇌운풍격(雷雲風激), 치평의 조짐이 사라지고 환란의 바람이 불기 시작할 때에는 누군가는 너무 여유롭다고 말하고 문학계의 여유로움을 없애려고 할 것이다. 문학자의 마음은 시대의 열기에 어지럽혀지고 문학자 무리는 뇌운으로 약해지고 천하의 많은 독자는 문학계에서 즐길 여력을 잃게 된다.

그것은 실로 필연적인 힘이다. 시험 삼아 일본의 문학이 어떻게 발달하고, 어떻게 쇠퇴했는지를 보자. 나라(奈良)왕조는 옛 상하 중평에 익숙해져서 마치 말에 먹이를 줘도 말이 힘차게 울면서 말굽으로 밥그릇을 차는 것과 같다고 말한다. 한편 무용의 기력은 달로 인해 소멸하고 정서는 마땅히 농후하고 문학의 사상 또한 마땅히 절정을 이루었다. 이 때문일까, 시가의 명가가 배출되고 문장의 대가가 배출되고 우아한 손으로 붓을 휘둘려서 후세에 문학의 모범이 되는 자조차 나타난다. 문학 세계는 정의 세계이다. 특히 많은 정을 가지고 즐거워하는 것이 문학이다. 예를 들어 고목과 같이 무완한 사람, 정쟁공론에 빠진 사람 혹은 속무(俗務)에 점점 바빠지는 사람과 같은 사람을 문학계의 사람이라고 하지 않는다. 문학의 발달은 항상 치평의 천지 아래 있다. 환란의 세계에 있지 않은 것, 독자가 만약 일본 이외의 사례를 원한다면 말하지만 반드시 나의 말이 틀리지 않다는 것을 알아야 할 것이다. 로마의 아우구스투스 황제의 치세는 실로 문학 극성의 시기였다. 따라서 실로 태평의 성스러움이 다하여 그야말로 윤택해졌다. 영국 엘리자베스의 치세 또한 문학 극성의 시기이다. 따라서 실로 태평의 성스러움이 다하여 실로 윤택해졌다.

(1910년 9월 11일)

(中)

세상이 평온하니 문학이 비로소 발달한다. 세인이 여유가 있어야 문학사상이 비로소 나아갈 수 있다. 그러므로 문학가는 활발하고 용감히 나아가 덧없는 세상에 이름을 널리 세우고자 하는 사람에게 있는 것이 아니라 일관성을 가지고 마음을 공허하게 비우는 사람에게 있다. 독자가 만약 이것을 의심한다면 바라는 세상의 소위 문학가를 찾아가 보아라. 많은 사람은 신경질적이지만 다정한(多情漢)이며 굳은 정과 강한 의지의 모험가가 아니다. 문학계에서 즐기며 덧없는 세상의 험난함을 버티는 것을 즐기지 않으며, 문학계에게 위안을 얻으려고 하는 자이다. 또한, 많은 이들이 정이 많고 한가로운 사람들이 만약 그 굳은 정과 강한 의지로 여유로워진다면 문학상 기호는 매우 적어질 것이다.

문학이 발달하는 때는 실로 치평성대의 시기이다. 문학계에서 즐기는 자 또한 많은 인재가 한가하고 태평무사한 사람이어야 한다. 따라서 문학계의 봄은 어느 시대에 있는가 관찰한다면 실로 천하치평 무사로 다소 세인의 마음이 넉넉해지고, 여지가 있는 시대가 아니면 안 된다. 만약 이 마음을 문학계에 알릴 여지가 없다면 사람 중 그 누가 문학에 마음을 줄 수 있을 것인가. 사람 중 그 누가 문학으로 유유자적을 즐길 마음이 있겠는가.

내가 볼 때 큰 과실을 만들지 않는다면 반도의 지금은 문학 발흥의 가을이라고 말할 수 있다. 결코, 왜곡하는 것이 아니다. 그래서 나는 더욱 반도 문학의 가을인 이유를 말하고자 한다.

(1910년 9월 13일)

(下)

때는 메이지 43년이다. 치세일우의 일한병합이 아직 결행되지 않은 그 전후에 일한의 중요한 위치의 자들이 정세로 격동하였고 따라서 인민은 실로 공사다망하였다. 실무의 발달과 함께 기업의 심장에 불을 지피었다. 한가한 자는 어떤 자인가. 문학계에 종종 나타나는 자이다. 만약 그 뇌의 뒷부분을 해부할 수 있다면 문학을 받아들이는 여지는 바로 그것일 것이다. 하지만 이미 과거를 지나 널리 팔도를 윤택하게 한다면 인민 또한 평안해진다. 문학 부흥의 가을이 오고 있다. 문학계의 본존은 정(情)이라는 한 글자에 있다. 따라서 정이라는 글자로 더없이 크고 더없이 절묘하게 지배해야 할 것이다. 단지 일시적인 사정상 문학계에 전념하는 것을 허락해야 한다. 인간인 이상은 야인도 또한 가무를 알고 있다. 하물며 문명의 공기를 마시는 인간이라면 더욱 그러하다.

반도 문학 부흥의 가을은 이미 다가왔다. 나는 지금의 문학에 전념할 것이다. 문학 연구가 지향하는 신국면을 한 번쯤 돌아봐야 할 것이다. 따라서 문학에 관한 신기원을 일으켜야 한다. 독자 제군, 반도 문학 부흥의 가을이 왔다. 나는 문사와 함께 이를 크게 발달시키는 데 전념하고자 한다.

(1910년 9월 16일)

[이현희 역]

진제이 하치로(鎭西八郞)

하쿠잔(伯山) 개명 간다 쇼리(神田松鯉)[1] 구연

제1석

이번 경성신보사의 의뢰를 받아 진제이 하치로 다메토모(鎭西八郞爲
朝)[2]의 전기를 말씀드리고자 합니다.

원래 세이와 천황(淸和天皇)[3]의 6대손 진주후쇼군(鎭守府將軍)[4] 미나
모토노 요리요시(源賴義)[5]라는 분은 대단한 효웅이신지라 조정의 명을

---

1) 간다 쇼리(神田松鯉, 1841~1920): 고샤쿠시(講釋師; 군담(軍談)이나 고단(講談)의
   강석(講釋)을 직업으로 하는 사람). 제2대 간다 하쿠잔(神田伯山)으로 본명은 다마가
   와 긴지로(玉川金次郞). 초대 하쿠잔의 문하생으로 「반즈이인 조베에(幡隨院長兵衛)」
   등을 장기로 했다. 이후 쇼리(松鯉)로 개명하여 초대 간다 쇼리가 되었다.
2) 미나모토노 다메토모(源爲朝, 1139~1170?): 헤이안(平安) 후기의 무장. 다메요시
   (爲義)의 8남. 가마쿠라 막부(鎌倉幕府)를 창설한 미나모토노 요리토모(源賴朝)와 요
   시쓰네(義経) 형제의 숙부에 해당한다. 13세 때 규슈(九州)로 추방되어 수하를 모아
   그 일대를 제패하고 진제이 하치로(鎭西八郞)라 칭했다. 성격이 호방하고 궁술에 능
   했다고 하며 호겐의 난(保元の亂)에서 부친과 함께 스토쿠 상황(崇德上皇) 편을 들었
   으나 패하여 이즈오시마(伊豆大島)로 유배되었다. 이후 이즈노스케(伊豆介) 가노 시
   게미쓰(狩野茂光)의 공격을 받아 자결했다고 전한다.
3) 세이와 천황(淸和天皇, 850~881): 제56대 천황. 재위 858~876. 몬토쿠 천황(文德
   天皇)의 제4황자. 이름은 고레히토(惟仁). 세이와 천황의 후손으로 미나모토(源) 성을
   받은 일족을 세이와 겐지(淸和源氏)라 칭하며, 그 중에서도 이후 간토(關東)로 진출한
   미나모토노 요리요시(源賴義)·요시이에(義家) 부자가 무사단의 동량(棟梁)으로 세력
   을 확장하여 무문의 명가로 자리매김하는 기틀을 마련했다.
4) 나라(奈良)·헤이안 시대(平安時代), 무쓰(陸奧)와 데와(出羽)의 에조(蝦夷) 진압을 위
   하여 설치된 군정 관청인 진주후(鎭守府)의 장관. 주로 무쓰노카미(陸奧守)가 겸임했다.
5) 미나모토노 요리요시(源賴義, 988~1075): 헤이안 중기의 무장. 요리노부(賴信)의
   장남. 다이라노 다다쓰네(平忠常)의 난에서 부친을 따라 전공을 세우고, 전구년의 역
   (前九年の役)에서는 진주후쇼군(鎭守府將軍)으로서 아베(安倍) 씨를 토벌하여 도고
   쿠(東國)에 겐지 세력의 기반을 정비했다.

받자와 오슈(奧州)[6]를 정벌하시고, 전구년(前九年)의 전투[7]와 후삼년(後
三年)의 전투[8]에서 매우 수고를 치르셨습니다.

그런데 조정에서는 당상인(堂上人)[9] 즉 공경(公卿)들이 천하태평의
꿈에 빠져 전쟁의 노고를 알아주지 못하고 요리요시가 세운 큰 공적
또한 각별하다 여기지 않았으므로 은상(恩賞)이랄 것을 일체 내리지

---

6) 현재의 후쿠시마(福島)·미야기(宮城)·이와테(岩手)·아오모리(靑森)의 4개 현(縣)과
   아키타 현(秋田縣)의 일부에 해당하는 무쓰노쿠니(陸奧國)의 이칭.
7) 전구년의 역(前九年の役). 에이쇼(永承) 6년(1051년)에서 고헤이(康平) 5년(1062년)
   에 걸쳐 무쓰의 호족 아베노 요리토키(安倍賴時)와 사다토(貞任)·무네토(宗任) 부자가
   일으킨 반란을 조정에서 미나모토노 요리요시·요시이에 부자를 파견하여 진압한 전투.
8) 후삼년의 역(後三年の役). 에이호(永保) 3년(1083년)에서 간지(寬治) 원년(1087년)
   에 걸쳐 오우(奧羽)에서 벌어진 전투. 전구년의 역 이후 세력을 확장한 기요하라(淸
   原) 씨의 내분에 무쓰노카미로 부임한 미나모토노 요리요시가 개입, 후지와라노 기요
   히라(藤原淸衡)에 조력하여 기요하라노 이에히라(淸原家衡)와 다케히라(武衡)를 토
   벌한 사건. 전구년의 역과 더불어 겐지가 도고쿠에 세력을 구축하는 계기가 되었다.
9) 천황의 거처인 세이료덴(淸涼殿)에의 승전(昇殿)이 허락된 공경(公卿)과 덴조비토
   (殿上人)의 총칭.

않았습니다. 고로 요리요시도 하는 수 없이 모처럼 취한 적의 수급은 전부 도중에 내버리고, 자신을 따라 전투에 참여한 간토(關東) 무사들에게는 자신의 사재를 털어 은상을 베풀었습니다. 이에 간토의 호족들은 누구라 할 것 없이 다들 기꺼워하고 요리요시에게 심복하여 스스로를 요리요시의 가신이라 칭하기에 이르니, 그 후로 겐지의 세력은 일약 흥성하게 되었습니다.

이분의 아드님이 하치만타로 요시이에 아손(八幡太郎義家朝臣)[10]이시고, 또한 이분으로 말하자면 후세에 궁시(弓矢)의 신이라 일컬어질 정도의 호걸이셨습니다. 요시이에 아손의 적손(嫡孫), 로쿠조 한간 다메요시(六條判官爲義)[11]의 여덟 번째 아들이 바로 간자(冠者)[12] 다메토모, 실로 지모와 용기가 비할 데 없고, 7척 신장에 승냥이처럼 예리한 눈(豺目)과 원숭이처럼 긴 팔(猿臂)[13]을 가졌으며 그 힘은 웬만한 사람을 초월하여 9석[14] 강궁(强弓)을 당기며 연사(連射)의 달인이라 불렸습니다. 태어나면서부터 왼팔이 오른팔보다 4치 정도 길었는데 활을 다루기에는 더할 나위 없는 체격으로, 말하자면 타고난 활의 명수였습니다. 4치나 긴 왼팔 덕분에 시위를 당기는 위력은 비할 바 없고, 어릴

---

10) 미나모토노 요시이에(源義家, 1039~1106): 헤이안 후기의 무장. 요리요시의 장남. 통칭 하치만타로(八幡太郎). 전구년의 역에서 부친을 도와 아베 씨를 토벌하고 이후 무쓰노카미 겸 진주후쇼군이 되어 후삼년의 역을 평정했다. 이후 가마쿠라 막부를 개창한 미나모토노 요리토모, 무로마치 막부(室町幕府)를 개창한 아시카가 다카우지(足利尊氏) 등의 선조에 해당한다.

11) 미나모토노 다메요시(源爲義, 1096~1156): 헤이안 후기의 무장. 조부 요시이에의 양자가 되어 겐지의 가독(家督)을 상속했다. 로쿠조 호리카와(六條堀河)에 거주하며 로쿠조 호간(六條判官): 본문의 표기에 의하면 'はんぐわん(한간)'이라 칭했다. 호겐의 난에서 아들 다메토모 등을 이끌고 스토쿠 상황 측에 가담했으나 패하여 살해당했다.

12) 관례를 거치고 관을 쓴 소년이라는 의미로 젊은이. 청년에 대한 통칭.

13) 탁월한 무인의 외모에 대한 상투적 형용.

14) '석(石)'은 무게의 단위. 그 무게를 지탱할 수 있는 힘을 가리키는 의미로도 사용된다.

적부터 견식이 높아 여러 형들과는 달랐습니다. 또한 장난이 심하기가 보통이 아니고, 아버님의 꾸중에도 형님의 체벌에도 전혀 개의치 않고 만사 자신의 뜻에 따라 행동하는 것이었습니다.

고노에 천황(近衛天皇)[15] 치세, 닌나(仁和)[16] 원년(885년)[17]에 다메토모는 13세가 되었는데, 당시 이미 키가 7척에 이르고 머리카락은 칠흑처럼 검고, 안광이 형형하기가 사람을 노려보는 것이 번갯불 같고, 거동이 대범하고 유연하여 사소한 일에 연연하지 않아 그 용자가 평범한 사내와 다르니, 부친인 다메요시도 장차 어떤 인물이 될 것인지 자기 자식이지만 정말이지 용맹한 녀석이라고 언제나 경탄하고 계셨습니다. 실로 이채를 발하는 당대의 신동인데다 부친 다메요시의 가르침을 받아 일단 어지간한 무예는 대략 깨치셨으나, 학문으로 말하자면 고작해야 사서오경(四書五經)을 의미도 새기지 못하고 더듬더듬 읽는 정도였습니다.

그러던 어느 날의 일인데, 쇼나곤(少納言)[18] 신제이(信西)[19]가 새로운

---

15) 고노에 천황(近衛天皇, 1139~1155): 제76대 천황. 재위 1142~1155. 도바 천황(鳥羽天皇)의 제9황자. 이름은 나리히토(体仁). 재위 중에는 도바 상황이 인세이(院政; 헤이안 후기 이후 퇴위한 천황, 즉 상황(上皇) 또는 법황(法皇)이 국정을 대신하던 정치 형태)를 펼쳤다.

16) 닌나(仁和)는 헤이안 전기 고코 천황(光孝天皇)과 우다 천황(宇多天皇) 치세의 연호로 885년 2월 21일부터 889년 4월 27일까지에 해당한다. 즉 고노에 천황 치세와 맞지 않으며, 이는 1151년 1월 26일부터 1152년 10월 28일에 해당하는 닌페이(仁平)의 오기로 추측된다. 이는 본작의 원전으로 짐작되는 교쿠테이 바킨(曲亭馬琴)의 『진세쓰유미하리즈키(椿說弓張月)』에도 동일하게 나타나는 오류이다.

17) 닌페이 원년의 오기로 간주하면 1151년에 해당한다.

18) 태정관(太政官)의 관직명. 관리나 태정관의 사무를 관장하며 지주(侍從)를 겸했다. 관위는 종5위하(從五位下)에 상당한다.

19) 후지와라노 미치노리(藤原通憲, 1106~1160): 헤이안 후기의 귀족, 학자, 승려. 출가하여 법명을 신제이(信西)라 하고 승려의 신분으로 고시라카와 천황(後白河天皇)의 총신이 되어 활약했다. 헤이지의 난(平治の亂)에서 체포되어 처형당했다.

인(新院)²⁰⁾의 거처를 방문하여 한비자(韓非子)라는 서적을 강론하게 되었습니다. 지금 말씀드린 새로운 인이라는 분은 선제(先帝), 즉 스토쿠 천황(崇德天皇)²¹⁾을 말합니다. 에이지(永治)²²⁾ 2년(1142년) 12월 7일 스토쿠 천황이 제위에서 물러나시고 춘추 겨우 3세이신 태자께서 그 뒤를 이으셨으니 이분이 바로 고노에 천황, 도바 상황(鳥羽上皇)²³⁾의 비 비후쿠몬인(美福門院)²⁴⁾ 님의 소생이십니다. 이에 스토쿠인(崇德院)을 신인(新院)이라 칭하게 되었고, 다메요시 아손도 한비자 강론을 듣고자 참석할 준비를 하면서 문득 다메토모를 돌아보시더니,

다메요시 "오오, 하치로(八郎). 너는 아직 학문의 소양이 부족하니 나를 따라 어전에 들어 신제이 님의 강론을 듣도록 하라."

다메토모 "아버님, 제가 따라가도 괜찮겠습니까."

다메요시 "괘념할 필요 없다. 너는 어린아이이니 인의 윤허를 받지 않더라도 별다른 일은 없으리라 생각한다."

다메토모 "그렇습니까. 그렇다면 따르겠나이다."

---

20) 인(院)이란 상황(上皇: 퇴위한 천황), 법황(法皇: 불문에 귀의한 상황), 뇨인(女院: 조정으로부터 '인(院)' 혹은 '몬인(門院)'의 칭호를 받은 여성)의 거처를 의미하며, 전하여 상황, 법황, 뇨인을 가리키는 존칭이 되었다.

21) 스토쿠 천황(崇德天皇, 1119~1164): 제75대 천황. 재위 1123~1142. 도바 천황의 제1황자. 이름은 아키히토(顯仁). 도바 법황(鳥羽法皇)의 사후 고시라카와 천황과 세력을 다투다가 호겐의 난에서 패하여 사누키(讚岐)로 유배되었다.

22) 헤이안 후기 스토쿠 천황과 고노에 천황 치세의 연호. 1141년 7월 10일부터 1142년 4월 28일까지에 해당.

23) 도바 천황(鳥羽天皇, 1103~1156): 제74대 천황. 재위 1107~1123. 호리카와 천황(堀河天皇)의 제1황자. 이름은 무네히토(宗仁). 시라카와 법황(白河法皇)의 인세이 하에 즉위. 법황의 사후 스토쿠·고노에·고시라카와 천황의 3대 28년에 걸쳐 인세이를 행했다.

24) 비후쿠몬인(美福門院, 1117~1160): 도바 천황의 황후. 고노에 천황의 모친. 후지와라노 나가자네(藤原長實)의 딸로 이름은 도쿠시/나리코(得子). 고노에 천황 사후 스토쿠 상황의 황자인 시게히토 친왕(重仁親王)을 물리치고 고시라카와 천황을 즉위시켜 호겐의 난의 원인을 제공했다.

하고 의복을 갖추어 입고 부친을 따라 스토쿠인의 거처를 방문하여, 너른 거실의 가장 끄트머리 자리에 앉아 강론을 들었습니다. 마침 한비자 내 제일의 명문이라 일컫는 세난(說難) 편의 강석 중이었는데, 신제이가 도도한 능변으로 문장을 설명하는 것이 그 내용을 충분히 이해할 수 없었음에도 다메토모의 귀에는 재미있게 들렸습니다.

이 쇼나곤 후지와라노 미치노리(藤原通憲) 뉴도(入道)[25] 신제이라는 사람은 야마노이 산미 나가요리(山井三位永賴)[26] 경의 8대 후손, 에치고노카미(越後守) 스에쓰나(季綱)[27]의 적손 신시 쿠란도(進士藏人)[28] 사네카네(實兼)[29]의 자식으로 박학다식하고 경서에 밝은 데다 그 처가 고시라카와인(後白河院)[30]의 유모였기 때문에 조정에서 상당한 권세를 휘두르고 있었습니다. 그러나 학자답지 않게 도량이 좁고 성격 또한 지나

---

25) 황족이나 공경 중에서 불도에 귀의하여 삭발하고 승복을 걸친 재가승(在家僧).

26) 후지와라노 나가요리(藤原永賴, 932~1010): 헤이안 중기의 귀족. 하리마노카미(播磨守) 후지와라노 마사후미/다다후미(藤原尹文)의 아들. 관위는 종3위(從三位). 야마노이(山井)의 저택에 거주했던 까닭에 야마노이 산미(山井三位)라 칭했다.

27) 후지와라노 스에쓰나(藤原季綱, ?~?): 헤이안 중기·후기의 귀족, 한학자, 한시인. 후지와라노 사네노리(藤原實範)의 아들. 비젠노카미(備前守), 에치고노카미(越後守) 등을 거쳐 다이가쿠노카미(大學頭)가 되었다. 『혼초무다이시(本朝無題詩)』 등에 시문 20여 수가 남아 있다.

28) 신시(進士)는 헤이안 시대 관리 등용 시험에 급제한 몬조쇼(文章生), 쿠란도(藏人)는 황실 문서의 관리, 조칙(詔勅)의 전달, 궁중의 행사와 사무 등을 처리하는 구로도도코로(藏人所)의 관원을 가리킨다.

29) 후지와라노 사네카네(藤原實兼, 1085~1112): 헤이안 후기의 귀족, 한시인. 후지와라노 스에쓰나의 차남. '탁월한 재능을 지녔으며 일단 보고 들은 것을 잊지 않는다(頗る才智あり、一見一聞の事を忘却せず)'라고 평가되었으나 향년 28세로 요절했다. 신제이의 부친.

30) 고시라카와 천황(後白河天皇, 1127~1192): 제77대 천황. 재위 1155~1158. 도바 천황의 제4황자. 이름은 마사히토(雅仁). 니조 천황(二條天皇)에 양위 후 5대 30여 년에 걸쳐 인세이를 행하며 왕조 권력의 부흥 및 강화에 전념했다. 단 본문에 기술된 당시 황자 신분이었으므로 퇴위 후를 가리키는 고시라카와인(後白河院)이라는 호칭은 오류.

치게 강직하여 인망이 없었는데, 이날 강론이 끝나자 상황(上皇)께서 신제이에게 문무의 전례와 고사에 대하여 질문하신 것이 계기가 되어 이후 궁시에 대한 화제를 다루게 되었습니다.

　신제이가 이르기를

　신제이 "본디 활을 쏘는 것이란 상당히 엄중한 법식이 있고, 일찍이 의례로서도 대사례(大射禮)[31], 향사례(鄕射禮)[32]라고 하는 행사가 존재하여 먼저 자신의 차림새를 바르게 한 후가 아니면 과녁에 적중하지 않는 법입니다. 중국 땅에 상당한 명사수들이 있다고 하나 우리나라에도 그러한 자들이 적지 않은데 기비노오미 오코시(吉備臣尾越)[33]와 다테히토노스쿠네(楯人宿禰)[34], 이 두 사람 정도가 훌륭한 궁수라 하겠지요." 라고 답변을 올렸습니다. 인께서

　인 "지금 세상에는 누가 있겠는가."

하고 거듭 물으시니

　신제이 "글쎄요, 먼저 아키노카미(安藝守) 다이라노 기요모리(平淸盛)[35], 그리고 효고노카미(兵庫守) 미나모토노 요리마사(源賴政)[36], 이 두

---

31) 국가에 행사가 있을 때 임금과 신하가 한자리에 모여서 활을 쏘아 그 예의 도수를 살피는 의례.

32) 고을 한량(閑良)이 모여 편을 나누어 활쏘기를 겨루며 주향(酒饗)을 베푸는 오락적 행사. 주대(周代)에 3년마다 어질고 재능 있는 사람을 왕에게 천거할 때, 그 선정을 위하여 행한 활쏘기 의식에서 유래했다고 한다.

33) 기비노오미 오시로(吉備臣尾代)의 오기로 추정된다. 『니혼쇼키(日本書紀)』에 유랴쿠 천황(雄略天皇) 사후 반란을 일으킨 500인의 에조(蝦夷)를 물리친 내용이 실려 있다. 『진세쓰유미하리즈키』에도 동일한 오류가 보인다.

34) 다테히토노스쿠네(盾人宿禰). 『니혼쇼키』 등에 전하는 고대 일본의 인물. 고마노쿠니(高麗國)에서 선물한 철 과녁을 관통시켜, 이에 감탄한 닌토쿠 천황(仁德天皇)이 이쿠하노토다(的戶田)라는 이름을 내렸다는 이야기가 전한다.

35) 다이라노 기요모리(平淸盛, 1118~1181): 헤이안 후기의 무장. 다다모리(忠盛)의 장남. 호겐의 난·헤이지의 난의 승리를 거쳐 겐지 세력을 누르고 종1위(從一位) 다이조다이진(太政大臣)이 되었다. 딸 도쿠시/도쿠코(德子)를 다카쿠라 천황(高倉天皇)의 비로 들여 태어난 안토쿠 천황(安德天皇)을 즉위시키고 황실의 외척으로서 권세를

사람이옵니다."

라고 대답하자 저 말석에서 깔깔 웃는 자가 있었습니다. 신제이가 어떤 녀석인가 하고 쳐다보니, 전혀 면식도 없는 새파란 어린아이였습니다.

(1909년 10월 7일)

제2석

신제이가 크게 노하여, "이는 불경하도다, 어떤 녀석이기에 감히 비웃는 게냐. 저 자는 뭐 하는 녀석이냐."

하고 추궁하자 다메요시는 바로 머리를 조아리며

다메요시 "정말이지 황송하옵니다. 저 녀석은 이 몸의 여덟째 아들로 간자 다메토모라는 자이온데, 금일은 쇼나곤 님의 강론을 받자와 녀석에게도 들려주고 싶어 윤허는 얻지 않았사오나 눈에 띄지 않도록 데려온 바, 생각지도 못한 무례를 저질렀으니 참으로 죄송스럽기 그지없나이다."

하고 전심으로 용서를 구했습니다.

신제이 "오오, 그대의 자식이었는가."

하고 성큼성큼 다메토모의 곁으로 다가가 그의 얼굴을 뚫어져라 응시하시더니

신제이 "이거 훌륭한 젊은이로군. 눈동자가 두 개[37]에 이마는 널찍하

휘둘렀다.

36) 미나모토노 요리마사(源賴政, 1104~1180): 헤이안 후기의 무장. 고시라카와 천황을 따르며 호겐의 난·헤이지의 난에서 공을 세웠다. 이후 모치히토오(以仁王)를 앞세워 헤이케(平家) 토벌을 기도했으나 계획이 사전에 발각되어 우지(宇治) 뵤도인(平等院)에서 자결했다.

37) 중동(重瞳). 눈동자가 두 개 있는 사람. 중국의 대순(大舜)이 중동이었다고 전하며 비범한 인상을 형용한다.

고, 아직 열다섯도 되지 않았거늘 이리도 어른스럽게 보이다니. 그런데 그대는 무슨 까닭으로 이 몸을 조롱하는가."

라는 질문에 다메토모는 조금도 허둥대지 않고

다메토모 "방금 말씀에 의하면 기요모리와 요리마사는 당세를 대표하는 궁수라 하셨습니다만, 소인이 보기에는 가소롭기 짝이 없기에 웃음을 터뜨리기에 이르렀나이다. 요리마사는 그나마 거론할 만할 실력일까 싶지만 기요모리 따위는 무예나 학문이나 형편없는 데다 궁술도 이 몸이 보자면 고작해야 장난이나 다름없는 수준이외다. 아전인수(我田引水)라 하겠으나 소인의 부친 다메요시는 14세일 때 칙명을 받자와 미노노젠지(美濃前司) 요시쓰나(義綱)[38]를 공격하여 멸망시키고, 또 18세 때에는 난토(南都)[39]의 대중(大衆)이 황공스럽게도 궁중을 공격할 것이라는 풍문이 돌아 이를 방어하라는 명을 받았으나 급작스런 사건이라 충분한 인원을 정비할 수 없어 겨우 17기(騎)로 나서서 맞서기를 구리스야마(栗栖山)에서 수천 기의 대중과 싸워 이를 퇴각시켰나이다. 연로하다고는 하나 다메요시야말로 당세의 명궁이라 생각되옵니다. 게다가 소인의 형 요시토모(義朝)[40] 또한 당세의 명궁으로, 귀하께서는 문장에 대해서는 박식하시오나 무예에 관해서는 무지할 것입니다. 어

---

38) 미나모토노 요시쓰나(源義綱, ?~1134): 헤이안 후기의 무장. 요리요시의 차남. 무쓰노카미, 미노노카미(美濃守) 등 지방 수령을 역임했다. 덴닌(天仁) 2년(1109년) 3남 요시아키(義明)가 맏형 요시이에의 아들 요시타다(義忠) 살해 혐의로 추방되었고 장남 요시히로(義弘) 등은 자결했다. 요시쓰나는 사도(佐渡)로 유배되었으나 이후 재차 다메요시의 공격을 받아 자결했다.

39) 당시 도성인 헤이안쿄(平安京), 즉 교토(京都)에 대하여 남쪽에 위치한 수도라는 의미에서 이전의 도성인 헤이조쿄(平城京), 즉 나라(奈良)를 가리키는 이칭.

40) 미나모토노 요시토모(源義朝, 1123~1160): 헤이안 후기의 무장. 다메요시의 장남. 호겐의 난 당시 고시라카와 천황 측에 가담하여 그와 적대한 부친 다메요시 등 일족을 멸망시켰다. 이후 후지와라노 노부요리(藤原信賴)와 결탁하여 헤이지의 난을 일으켰으나 패하여 도주하던 도중 오와리(尾張)에서 살해당했다.

차피 누가 빼어난가를 논하기보다 아마 지금 세상에 활과 화살로 백만의 강적을 물리칠 수 있는 자는 저 다메토모를 제외하고는 둘도 없을 것이라 생각되옵니다."

하고 중인환시 속에서 주저하는 안색도 없이 자신의 생각을 진언했습니다. 신제이는 어이가 없어 잠시 대꾸도 없었으나 껄껄 소리를 내어 웃더니

신제이 "아니 그대는 뚫린 입이라고 잘도 말하는군. 무릇 기예란 기나긴 세월을 거쳐 절차탁마(切磋琢磨)의 공을 들이지 않으면 궁극의 경지에 이르기 어려운 것이네. 자네는 고작 열 서넛 나이로 그리 대단한 공적을 쌓은 것도 아니잖나. 스스로 잘 생각해 보게. 사람은 목각인형이 아니고 활쏘기에 능한 자는 날아오는 화살을 막는 것도 능하다고 하니, 귀공이 시험 삼아 화살을 막아 보는 것이 어떻겠는가."

다메토모 "말씀하실 필요도 없습니다. 포의(蒲衣)[41]는 여덟 살 나이로 순(舜)의 스승이었으며 백익(伯益)[42]은 다섯 살 나이로 불을 다스렸다고 하니, 현명하고 어리석은 것과 유능하고 치졸한 것은 그 나이로 논할 바가 아니옵니다. 그 어떤 실력자에게든 명하여 쏘게 하소서. 소인이 반드시 그 화살을 막아 내어 보이리다."

하고 한층 굽히는 기색을 보이지 않았습니다. 신제이는 내심 크게 노하여 자신의 위세가 어떤 것인지 보여주마고 마음먹고 몸을 일으켜

신제이 "여봐라, 노리시게(式成), 노리카즈(則員) 두 사람은 거기 없느냐."

라고 부르자 두 사람이 "옛" 하고 답하며 그 앞에 모습을 나타냈습니다. 기타시라카와인(北白河院)[43]의 무샤도코로(武者所)[44]에서 궁술로 말

---

41) 8세 때 순(舜) 임금이 천하를 선양(禪讓)하려 했으나 응하지 않았다고 전해지는 현인.
42) 우(禹) 임금 아래서 치수에 공을 세웠고 최초로 우물 파는 기술을 개발했다고 하여 '정신(井神)'으로 불린다. 우가 아들 계(啓)가 아닌 그에게 왕위를 선양하려 하자 이를 양보하고 기산(箕山)의 남쪽에 숨어 살았다고 한다.

하자면 상당한 명인으로 다들 당세의 양유(養由)[45]라고까지 찬탄하고 있었습니다. 학문 쪽으로는 신제이의 제자였으므로

　　신제이 "아아 이거 이거 두 분, 어서 활과 화살을 가지고 와 주게나. 그리고 저 젊은이를 쏴 보게."

라고 난폭하기 짝이 없는 명령을 내렸습니다. 하필 장소도 스토쿠인의 거처 내 마당인데 사람을 쏘아 죽이라는 것이니, 상황의 총애를 등에 업은 전횡이라고밖에 할 수 없는 행동입니다. 그 자리에 참석하신 후지와라노 요리나가(藤原賴長)[46] 공이 보다 못해 신제이를 향하여

　　요리나가 "다메토모는 겉보기에야 어른스럽지만 아직 주둥이가 노란[47] 소년이니 무례한 언동은 용서해 주시구려. 이 요리나가가 대신 부탁드리오. 이보게 다메요시, 어서 하치로를 데리고 퇴출하시오."

하고 말씀하셨습니다. 그러자 다메요시는 요리나가 공을 향하여

　　다메요시 "참으로 인정어린 호의에 감사드리오나 다메토모도 이미 열셋, 그리 어리다고도 할 수 없나이다. 지금 이 지경에 이르러 물러난다면 적진에 들어가 등을 보이는 것과 마찬가지, 이 어린 녀석 하나 아쉬울 것 없으며 귀한 것은 겐케(源家)[48]의 무명(武名)이니, 바라건대 이대

---

43) '기타시라카와도노(北白河殿)'의 오기. 스토쿠 상황의 처소.

44) 인의 거처를 경비하는 무사들의 대기소. 혹은 그 무사.

45) 양유기(養由基). 초(楚)의 명궁. 백 걸음 떨어진 곳에서 버드나무 잎을 활로 쏘아 맞혔다는 '백보천양(百步穿楊)' 고사의 주인공.

46) 후지와라노 요리나가(藤原賴長, 1120~1156): 헤이안 후기의 귀족. 다다자네(忠實)의 차남. 박학다식하여 부친의 총애를 받아 형인 간파쿠(關白) 다다미치(忠通)와 대립했다. 스토쿠 상황과 결탁하여 호겐의 난을 일으켰으나 패사.

47) 원문은 황구(黃口). 새 새끼의 부리가 노랗다는 뜻으로 미숙한 어린아이를 가리킨다.

48) 미나모토(源) 성을 가진 일족. 겐지(源氏)라고도 한다. 고닌(弘仁) 5년(814년) 사가 천황(嵯峨天皇)이 그 황자와 황녀들에게 미나모토 성을 내린 이래 세이와 겐지(清和源氏), 무라카미 겐지(村上源氏), 우다 겐지(宇多源氏) 등을 비롯한 여러 가문이 생겨났다. 본문에서는 다메요시와 다메토모의 혈통인 세이와 겐지를 가리킨다.

로 하치로가 원하는 바에 따르게끔 허락해 주시기를 부탁드리옵니다."
하고 요청하는 것이었습니다. 지금 이 상황에서 다메토모를 데리고 퇴
출할 수 있을 리 없습니다. 그것이 바로 무문(武門)의 자존심이라는 것
이니, 요리나가 공도 하는 수 없이

요리나가 "그런가. 그렇다면 그쪽이 좋을 대로 하시오."
하고 말씀하셨습니다. 두 사람의 궁수도 신제이의 명이라 사퇴할 수도
없어, 내심 내키지 않았으나 각자 준비에 임했습니다.

(1909년 10월 8일)

제3석

이제 신제이의 명에 따라 활과 화살을 갖추어 저택의 계단 아래에
모습을 나타낸 노리시게와 노리카즈 두 무사, 이 두 사람의 활 앞에
선 이상 아무리 다메토모가 삼면육비(三面六臂)[49]의 재능을 가졌더라도
달아날 수 있을 리 없습니다. 실로 딱하게 되었다고 생각하며 일동은
서로의 얼굴을 바라보며 한 발짝 물러나 이 상황을 주시하고 있었습니
다. 다메토모가 이를 보고

다메토모 "이거 재미있구려. 당대의 명궁이라는 노리시게, 노리카즈
두 사람의 화살 앞에 서게 되다니 소인이 원하는 바 이보다 더할 수
없소이다. 만약 제가 멋지게 그 화살을 막아 낸다면 귀하께서는 어찌
하시려는지 먼저 여쭙고자 하나이다."

신제이 "말할 나위도 없지. 이 목을 내놓으리다."

다메토모 "이거 더더욱 재미있군. 그 결심은 틀림없으시겠지요."

---

49) 얼굴이 셋이며 팔이 여섯이라는 의미로, 혼자서 여러 사람 몫의 활약이 가능함을 가리
킨다.

신제이 "다짐할 필요는 없네. 이 몸은 태어난 이후로 허언을 뱉은 적이 없으니."

다메토모 "정말이지 재미있게 되었군요, 그럼 실례."

하고 말하기가 무섭게 너른 마당으로 뛰쳐나가 사정거리를 헤아리더니 양팔을 벌리고 당당한 자세로 버티고 섰습니다. 그 모습은 소나무 고목이 금륜제(金輪際)[50]로부터 솟아난 것 같이 태연자약하고 일체 미동조차 하지 않으니 장하고 훌륭한 무사의 자태라, 참으로 믿음직스런 청년 무사라고 열석한 이들이 크게 감탄했습니다. 활을 잡은 두 사람은 한간 다메요시에 대한 의리도 있고 죄 없는 젊은이를 죽이는 것도 마음이 내키지 않았으므로 좀처럼 화살을 메기지 못하고 있는데, 이 또한 인지상정이라 하겠습니다. 신제이가 이를 보고

신제이 "아니 무엇을 주저하고 있느냐, 어서 쏘지 않고."

하고 재촉하니 이제 어찌할 도리 없이, 항상 두 발을 쏘아야 하는 것이었으므로 화살 두 개를 집어 들고 두 사람이 나란히 서서 시위를 팽팽하게 당겼습니다. 스토쿠인을 비롯한 일동이 "이거 야단났다. 하치로의 목숨은 풍전등화로구나" 하며 손에 땀을 쥐고 지켜보는 가운데 보름달처럼 당겨진 강궁에서 동시에 두 사수의 화살이 소리를 내며 시위를 떠났습니다. 한 발은 목 부근으로 날아온 것을 다메토모가 오른손

---

50) 대지의 가장 밑바닥을 가리키는 불교 용어. 대지가 있는 금륜(金輪)의 최하층으로 금륜나락(金輪奈落)이라고도 한다.

으로 가볍게 낚아채고, 다른 한 발은 가슴 근처로 날아온 것을 왼손으로 꽉 쥐었는데, 그 빠른 움직임은 아지랑이가 피어오르는 것과 번갯불의 번쩍임에 견줄 만하다고 하겠습니다. 이거 잘못 쏘았구나 분하다 싶어 이번에는 사살하지 못할지라도 절대로 화살을 막아 내게야 하지 않겠다, 이 수치를 씻어야겠다고 결심한 두 사람이 함께 시위를 당겨 잠시 목표를 노리더니 빈틈을 노려 다음 화살을 날렸습니다. 한 발은 스오(素袍)[51]의 소매에 가로막히고, 한 발은 손으로 막아 낼 새가 없으니 입으로 꽉 물었는데, 그 날쌘 동작이 흡사 신기에 가까워 인간의 능력이라고는 여겨지지 않았습니다. 일련의 상황을 지켜본 자들은 그 눈부신 기량에 마치 취한 양 소리조차 내지 못하고 전원이 쥐죽은 듯 고요하여 아예 사람이 아무도 없는 것 같았습니다.

이때 다메토모는 손에 든 화살을 좌우로 내던지더니 목소리를 높여

다메토모 "이제 신제이 님의 목을 가져가겠소이다……"

하고 외치며 단상으로 뛰어올랐습니다. 다메요시가 이를 보고 그를 계단 밑으로 내치며 거칠게 고함을 지르기를

다메요시 "행동을 삼가라 하치로, 무사 가문에 태어난 자가 어쩌다 화살을 피했다고 무슨 공명이 될 것이냐. 자기 주제를 모르고 무례하기 그지없는 행동을 하지 마라."

하고 꾸짖으셨으므로, 어지간한 다메토모도 몸을 수그리고 계단 밑에 엎드렸습니다. 요리나가 공이 이를 보시고 껄껄 웃으며

요리나가 "이보시게 다메요시, 그렇게 야단칠 것 없네. 아무리 하치로라도 아버지는 두려운 모양이군. 허나 하치로의 재기는 그 무엇에도 비할 데 없을 정도로 빼어난 것이야. 다메요시는 좋은 아들을 두었어. 신제이

---

51) 남성용 전통 의복의 일종. 단 무로마치 시대에 히타타레(直垂)에서 파생한 의복이므로 시기적으로 타당하지 않은 묘사이다.

도 오늘 일은 마음에 두지 않는 게 좋겠네. 다들 이쯤에서 퇴출하시게."
하고 말씀하셨습니다. 스토쿠인께서도 어렴(御簾) 사이로 다메토모의
재주를 보시고 감탄하시기가 이만저만이 아니라 거듭해서 상찬의 말
씀을 내리셨고, 다메요시도 크게 면목을 세워 부자가 함께 물러났습니
다만, 귀가한 후 다메요시 아손이 다메토모를 불러

　다메요시 "이봐라 하치로, 너는 타고난 성정이 난폭하여 형을 형이라
여기지 않고 세상 사람들을 업신여기며 때때로 이 아비가 가르침을
내려도 전혀 받아들이는 기색이 없고, 오늘도 마찬가지로 장소를 분별
하지 않고 세도가를 향하여 이것저것 오만한 말을 늘어놓더니만 나서
서 노리시게, 노리카즈의 화살 앞에 서다니, 정말이지 정신이 나간 것
이나 다름없는 소행이다. 옛말에도 지혜로운 자는 다투지 않고 능력이
있는 자는 교만하게 행동하지 않는다고 했느니라. 오늘의 네 언동은
참으로 불손하고 불효한 것이었으니, 금후 이런 소행을 고치지 않는다
면 이 아비 곁에는 둘 수 없다."
하고 엄격하게 질책하셨습니다.

(1909년 10월 9일)

제4석

　다메토모 "아버님의 말씀은 실로 지당하시옵니다만, 저 신제이라는
녀석은 학문에나 다소 재간을 지녔을 뿐, 무예에 대하여 무엇을 아오
리까. 게다가 그는 대단한 간신배라 스스로 주군의 총애를 자신하며
멋대로 횡포를 자행하고 있나이다. 이러한 자는 여러 모로 따끔한 맛
을 보여 주어야 하옵니다."

　다메요시 "네가 주제넘게 이렇다 저렇다 떠들지만, 간신배이기에 더
더욱 그에게 대들어서는 안 되는 게다. 네 말대로 주군의 총애를 한

몸에 받는 자이니, 그가 만일 우리에게 증오를 품는다면 우리 가문은 그의 세 치 혓바닥으로 망하게 되겠지. 네가 연소하여 아직 세상 사정을 모른다만, 인간은 그저 정직하고 진실하게만 살아갈 수 있는 것이 아니니라. 이후로는 절대로 그와 같은 사건을 벌여서는 아니 되느니라."

하고 타이르시니 어지간한 다메토모도 송구히 여겨,

다메토모 "과연 그렇겠군요. 아버님 말씀이 옳습니다. 금후로는 반드시 몸을 사려 처신하겠나이다. 정말이지 뜻하지 않게 부끄러운 짓을 저질렀사오니 아무쪼록 용서를 구하옵니다……"

다메요시 "잘 말해 주었다. 앞으로는 서툰 참견일랑 절대로 삼가도록 해라."

다메토모 "알겠사옵니다."

하고 그 자리에서는 공순한 태도를 지켰으나, 하치로 다메토모는 용기가 솟구치고 기개가 넘치는지라 아무래도 얌전하게 지낼 수가 없었던 것입니다. 아직 13세 소년이라고는 해도 장난이 심하기 그지없고 형을 얕보며 난폭한 짓을 일삼으니, 후지와라노 신제이도 내심 다메토모에게 분을 품고 언젠가 기회가 오면 하치로를 해치고자 한다고 누군가가 다메요시에게 알려 주었습니다.

이에 다메요시는 신제이가 하치로에게 한층 원한을 쌓게 된다면 정말로 위험한 일이 벌어지리라 내다보고, 다메토모를 곁으로 불렀습니다.

다메요시 "여봐라 하치로."

다메토모 "아버님, 부르셨사옵니까."

다메요시 "다름이 아니라 오늘 어떤 사람이 귀띔하기를 후지와라노 신제이가 당시의 일로 마음속 깊이 원한을 품고 있다고 하더구나. 너를 이대로 이 집안에 둘 경우 더더욱 우리를 좋지 않게 보아 네 신상에도 위험이 닥칠 터이니 내일 서둘러 쓰쿠시(筑紫)[52] 방면으로 떠나 이 위기를 피하도록 해라. 아비에게 생각하는 바가 있으니 결코 연락해서는 아니 된다. 어서 떠날 준비를 해라."

다메요시 "옛."

궁리해 보아도 이제 와서 어찌할 도리가 없고, 역시 아버지의 말씀대로 자신이 이 집에 머물러 있으면 무슨 사달이 일어날지 모르니 아예 당분간 어디로든 떠나는 편이 나을 것이라 판단하여, 그날 밤 안으로 여장을 챙겨 자신의 젖형제에 해당하는 스도 구로 시게스에(須藤九郎重季)라는 자 하나만을 동반한 채 부친과 형제들에게 눈물로 작별을 고하고 도성을 떠나 규슈로 향했습니다. 분고노쿠니(豊後國)[53]에 가문과 연고가 있는 오와리 곤노카미 스에토오(尾張權頭季遠)라는 자가 있어 그의 집으로 부친의 서면을 가지고 찾아가자 스에토오는 기꺼이 이들을 맞아들이고, 누가 뭐라 하든 하치로는 겐지의 자제이신 만큼 정중히 대접하며 자신의 저택에 머물도록 했습니다.

어제이니 오늘이니 하는 사이에 막을 수 없는 세월은 흘러 3년이라는 시간이 지났고, 다메토모도 15세가 되었습니다. 누가 뭐라 해도 무예에는 천부적인 재능을 지녔으니 특별히 수련을 쌓지 않더라도 절로 깨우치고 습득하는데, 특히 궁술에는 귀신과도 같은 실력을 지니고 있었습니다. 정말이지 기린아(麒麟兒)라 할 만하다고 스에토오 역시 그의 장래를 기대하며 돌보아 주었습니다.

바로 근방에 다다 잇신보 지토쿠(多田一心坊知德)라는 승려가 있었는데, 이 자가 상당한 한학자(漢學者)였기에 문하에 드나들며 학문을 익히시니 문무양도에 통달한 훌륭한 젊은이가 되었습니다. 애당초 좋아하는 일이었으므로 지루할 때에는 무기를 들고 산에 가서 사냥하는

---

52) 규슈(九州) 지방을 가리키는 과거의 명칭. 특히 지쿠젠(筑前)·지쿠고(筑後)에 해당하는 규슈 북부를 일컫는 호칭.

53) 현재의 오이타 현(大分縣) 대부분에 해당한다.

것을 나날의 즐거움으로 삼고 계셨습니다.

그러던 어느 날, 유우야마(木綿山)라는 산속 깊숙한 곳까지 헤치고 들어갔다가 결국 길을 잃었습니다. 가도 가도 인가(人家)가 있는 장소가 나타나지 않았으므로 함께 따라온 스도 시게스에도 심히 걱정하며 사방팔방으로 길을 찾았으나, 나무꾼이 다니는 오솔길조차도 보이지 않았습니다.

그때 저편 나무 아래 두 마리의 늑대가 앉아 무언가 고기를 두고 다투고 있었습니다. 서로 피투성이가 되어 어느 한쪽도 물러서지 않고 물어뜯는 것이었습니다.

다메토모는 이 광경을 보며 크게 느끼는 바가 있었기에 시게스에를 향하여 "이보게 시게스에, 저것 좀 보게. 저 늑대들이 한 덩이의 고기를 두고 피투성이가 되어 싸우고 있네. 실로 한심스런 꼬락서니 아닌가. 세상일이란 모두 저처럼 다들 자신의 욕심을 채우기 위하여 다투는 꼴이니 정말이지 볼썽사납기 짝이 없어. 그렇지만 저대로 내버려두면 두 마리 모두 목숨이 끊어지고 말 테니 그것도 딱하군. 그렇다면 어디 보자, 구해 주도록 할까."

하고 말한 후 성큼성큼 늑대 곁으로 다가가셨습니다.

(1909년 10월 10일)

제5석

다메토모는 늑대를 향하여 "너희들은 사나운 신(神)[54]이다. 지금 먹이를 두고 다투며 서로 상처를 입고 고통스러울 것이니 나는 그다지

---

54) 맹수를 가리킨다.

힘을 들이지 않고도 양쪽 모두 쉽게 잡을 수 있을 터. 무릇 생을 받아 살아가는 존재가 일단 그 목숨을 잃는다면 무엇이 즐겁다고 하리. 내가 그 고깃덩이를 똑같이 둘로 나누어 줄 테니 어서 싸움을 멈추어라." 하고 말하며 활 끝을 그 사이에 들이밀어 한 차례 튕기자, 두 마리의 늑대는 거대한 활 크기에 밀려나 좌우로 굴러 엎드리더니 다시 덤벼들어 싸우려 하지도 않았습니다. 다메토모가 허리에 찬 칼을 빼어 고기를 똑같이 베어 주니 그 기개에 겁을 먹은 것인지 아니면 그 말을 알아들었는지, 두 마리의 늑대는 재차 다투려는 기색도 없이 흐르는 피를 서로 날름날름 핥아 주고 고기를 뜯었습니다. 그리고 다메토모를 유심히 바라보더니 갑자기 꼬리를 흔들며 머리를 수그려 은혜에 감사하는 듯한 몸짓을 보였습니다.

다메토모 "음, 그렇다면 짐승일지라도 내 말에 감복하여 화해한다는 게로구나. 간교한 꾀를 짜내는 자들을 호랑(虎狼)[55]이라고 부르지만 지금 이 모습을 보니 오히려 늑대에게 의리가 있고 예의를 차리고 신뢰를 아는구나. 대견한 녀석들이로다."
라고 말하며 계속 머리를 쓰다듬어 주니 꼬리를 흔들고 귀를 늘어뜨리며 허물없이 애교를 부렸습니다.

다메토모 "오오, 너희들은 이제 서로 사이좋게 지내며 싸우지 않도록 해라. 나는 길을 잃은 몸이라 이제 너희들과 작별해야겠구나."
하고 말하자 늑대들은 길을 안내하기라도 하려는 듯 앞서서 걷기 시작했습니다. 다메토모가 바로 이를 깨닫고 두 마리 늑대의 인도에 따라 15, 6정(町)[56]이나 걸었을까 생각할 무렵, 어찌 된 노릇인지 늑대들이 돌연 꼬리를 말고 땅 위에 납작 엎드려 무언가에 놀라고 겁먹은 자세

---

55) 범과 이리. 즉 욕심이 많고 잔인한 사람에 대한 비유.
56) 거리의 단위. 1정(町)은 60간(間)에 해당하며, 약 109m.

를 취했습니다.

의아하게 여긴 다메토모가 똑바로 그쪽을 쳐다보니, 띠가 무성하게 우거진 덤불 속에서 한 명의 사내가 불쑥 나타났습니다. 그 차림새가 기이한 것이었는데, 머리에는 사슴 가죽 두건을 뒤집어쓰고 몸에는 꾸지나무 껍질을 엮어 만든 옷을 걸치고, 종려나무 껍질 각반을 매고, 허리에는 긴 칼을 차고 있었습니다. 키는 6척 정도에 나이는 서른이 넘어 보였는데, 사냥꾼인가 싶었지만 활과 화살을 가지고 있지 않고, 나무꾼인가 생각했지만 칼을 차고 있습니다. 이는 길 가는 이의 금품을 노리는 산적 나부랭이인가 하고 다메토모가 그 자리에 서서 활로 땅을 짚은 채 눈길을 보내자, 그 역시 다메토모의 곁으로 가까이 다가와 예의를 갖추고 말했습니다.

사내 "귀인께서는 최근 이 근방에서 소문이 자자한 겐지의 자제 하치로 님이 아니신지요. 이렇게 말하면 필시 수상하게 여시길 테지만, 소인은 기헤이지(紀平次)라는 사냥꾼으로 이 지방에서 오랫동안 살아온 자이옵니다. 선친은 본디 류큐(琉球)[57] 사람이었으나 어느 해인가 이 부근에 표착하여 결국 일본에 정착하게 되었고 히고(肥後)[58]의 기쿠치(菊地)[59]를 섬겼사오나, 부친이 타계한 후 까닭이 있어 낭인(浪人)의 몸으로 다시 이곳 분고로 돌아왔습니다. 생활을 꾸릴 방편이 없어 사냥꾼으로 지내고 있사온데, 소인은 새나 짐승을 활과 화살, 검이나 창

---

57) 현재의 오키나와(沖繩) 지역. 한반도, 일본, 중국 사이에서 활발하게 외교 및 무역을 전개하며 동아시아 해역의 중계 무역지로 번영했다. 그러나 16세기에 들어 중국과 일본 상선이 직접 동남아시아 해역으로 진출하고 유럽 세력도 동아시아로 진출하게 되자 류큐의 중계 무역은 쇠퇴하게 된다. 1609년 사쓰마 번(薩摩藩)에 정복되었으며 1872년 메이지 정부(明治政府)가 류큐 번(琉球藩)을 설치했다. 1879년 류큐 왕국 체제가 해체되고 오키나와 현(沖繩縣)이 설치되었다.

58) 현재의 구마모토 현(熊本縣)에 해당한다.

59) 히고(肥後)의 호족 가문.

을 사용하지 않고 오로지 돌팔매질로 노려 맞추는데 이것이 백발백중
이옵니다. 8정 이내의 거리라면 목표를 겨냥하여 날린 돌이 빗나간
적이 없나이다. 그런 연유로 사람들은 제게 '8정 돌팔매의 기헤이지'
라는 별명을 붙여 부르고 있사옵니다. 풍문으로 들은 바에 의하면 하
치로 님께서는 무예에 있어 천하에 당할 자가 없으며, 게다가 사람을
널리 아끼신다고 하더이다. 지금 눈앞에서 이 늑대들이 허물없이 구는
것만 보더라도 귀인의 마음 씀씀이가 너그러우심을 분명히 알겠나이
다. 바라옵건대 누추한 곳이옵니다만 소인의 모옥에 들러 휴식을 취해
주신다면 이는 더할 나위 없는 영광이겠사옵니다."
하고 지극히 진지한 태도로 청하는 것을 다메토모가 듣고 "그렇다면
이 늑대들이 겁을 먹고 나아가지 못한 것은 그대의 실력을 알고 있었
기 때문이라 여겨지는군. 어쨌거나 이 몸은 길을 잘못 들어 곤란을
겪고 있소. 일이 이렇게 되었으니 면목 없지만 댁의 거처에 가서 잠시
쉬게 해 주시기를 바라오."
라고 답한 후 그 사내와 더불어 산기슭 방향으로 걸음을 옮기자 두
마리의 늑대도 뒤를 따랐습니다.

이윽고 기헤이지의 집에 이르러 망가진 문을 열고 안으로 들어서니,
그 아내도 남편과 마찬가지로 정성스레 후대해 주었습니다. 다메토모
는 방으로 들어가 소박한 차 등을 대접 받았고, 기헤이지는 그에게
아내를 소개했습니다.
　기헤이지 "이쪽은 제 처인 야쓰시로(八代)라고 하며, 귀인을 뵙고자
하옵니다."
하고 말하자,
　다메토모 "오오, 오늘은 뜻하지 않게 폐를 끼치게 되었소."
하고 인사를 나눈 후 그들이 사슴, 원숭이 고기 따위를 구워 권했습니다.

다메토모 "이런, 내가 잊고 있었군. 녀석들도 퍽 굶주렸을 텐데."

기헤이지 "그렇겠군요. 늑대 녀석들을 말씀하시는 게로군요. 알겠나이다."

하고 대답하며 사슴 허벅살을 던져 주었더니 두 마리의 늑대는 기뻐하며 고기를 먹어 치웠습니다.

(1909년 10월 12일)

제6석

그동안 아내 야쓰시로는 조밥에 은어 소금구이를 마련하고, 기헤이지는 술 한 병을 꺼내 와서 권했습니다. 다메토모도 부부의 호의를 기꺼워하며 술을 받아 마시자 맛이 지극히 훌륭하고 포도와도 비슷한 감미가 느껴지는 것이었습니다.

다메토모 "오오, 이거 맛이 매우 좋구려. 대체 무엇으로 빚은 술이오?"

하고 질문하자, 기헤이지가 "그렇사옵니다. 이는 산중에서도 드문 것으로, 원숭이 술(猿酒)이라 부르옵니다."

다메토모 "음, 원숭이 술이라 하는가."

기헤이지 "예, 가을 끄트머리에 이르면 원숭이들이 나무 열매를 저장하고자 잔뜩 긁어모아 나무 구멍이나 바위가 움푹 팬 곳에 넣어 둡니다. 그 중에 시간이 지나면 과일이 발효하여 저절로 술처럼 익게 되는데, 제가 우연히 발견하여 담아 가져온 것이옵니다."

다메토모 "아아, 그러한가. 실로 귀한 술을 맛보게 되어 수명이 백년은 늘어난 듯한 기분이 드네."

다메토모가 흡족해 하는 모습에 기헤이지 부부도 노력한 보람이 있다고 함께 기뻐했고, 시게스에도 더불어 원숭이 술을 대접 받았습니다. 그 후 기헤이지는 다메토모에게서 군학, 병법, 궁술 등에 관한 이야기를 들고 크게 감복하여, 결국은 주종의 서약을 맺게 되었습니다.

그러는 사이 날이 완전히 저물었으므로 기헤이지에게 작별을 고한 후 스도 구로 시게스에와 함께 횃불을 밝히고 돌아가려는데, 예의 늑대들도 여전히 그 뒤를 따라오는 것이었습니다. 쫓아 보내도 돌아가지 않고, 그날 밤 이후로는 다메토모가 거처하는 방 주변에 눌러앉아 어떻게 하든 떠나가지 않았습니다.

다메토모 역시 가련하고 기특하게 여겨, 한 마리를 야마오(山雄)라 이름 짓고 다른 한 마리를 노카제(野風)라 부르며 마치 개라도 기르는 것처럼 다루었습니다. 이 두 마리의 늑대는 다메토모를 곧잘 따르며 그가 가는 곳이라면 어디든 함께 다녔습니다. 하지만 만일이라도 다른 사람들에게 해를 끼친다면 큰일이기에, 사슬로 묶어 두었습니다.

하치로 다메토모는 이렇게 8정 돌팔매의 기헤이지와 교분을 맺게 된 것을 진심으로 흐뭇하게 여겨, 늘 그 집에 가서 그와 더불어 온종일 사냥을 즐겼습니다. 언제나 두 마리의 늑대 중 반드시 한 마리는 데리고 다녔는데, 이 늑대는 마치 수렵견이라도 된 마냥 능숙하게 멧돼지나 사슴을 몰았고, 대부분은 주인이 직접 손을 쓸 필요도 없이 스스로 나서서 사냥감을 잡아 와 바쳤습니다.

어느 날 스도 시게스에가 다메토모에게 간하기를,

스도 "주군께서는 그야말로 세이와 겐지의 적류(嫡流)로서 너른 영지를 거느리게 되실 분인데, 전날 나리께서 의절을 통고하셨다고 해서 바로 무사의 도를 망각하시고 사냥꾼 흉내나 내고 계시다니 납득할 수 없는 일이옵니다. 사람은 그 타고난 출신보다도 어떻게 성장하는가가 중요하며, 먹을 가까이 하면 검어진다는 옛말도 있나이다."

하고 기탄없이 충언을 올렸으나 다메토모는 빙긋이 웃으며,

다메토모 "자네가 말하는 바는 이치에 맞네. 그러나 나라고 해서 함

부로 사냥꾼 흉내나 내고 다니는 것이 아닐세. 그대도 잘 알고 있을 터이나 저 오와리 곤노카미 스에토오라는 자는 지금이야 나를 두터이 돌보아 주고 있다 할지라도 원래 그 기량이 좁고 현명한 자를 시기하며 자기보다 빼어난 사람을 꺼리는 인간이지. 내 이를 눈치채고 있기에 자칫 그로 인하여 화를 당할 것이 두려워, 부러 온종일 산으로 사냥을 하며 쏘다니는 게야. 별다른 야심이 없다는 것을 내세워 스에토오의 의심을 사지 않기 위한 심모원려라네. 생각해 보게, 내가 잡은 짐승은 모두 기헤이지에게 내려 그들의 생활에 도움이 되도록 하고 있네. 이는 나의 이익을 탐하기 위한 것이 아니며, 산에서 사냥하는 것만을 즐기고 있음이 아니라는 사실을 이해해 주게나."
하고 목소리를 낮추어 사정을 밝히자 시게스에는 크게 감동하여,

시게스에 "그런 생각이 있으심을 깨닫지 못하고 잘난 입을 놀려 간언하겠답시고 쓸데없는 말씀을 올렸으니 면목이 없사옵니다."
하고 대답했습니다. 그 다음부터는 스도 시게스에도 다메토모와 어울려 매일 늑대를 이끌고 사냥으로 하루를 지새우는 행동을 일삼았습니다.

이리하여 한 해가 저물고, 봄도 음력 3월 초순이 되었습니다. 다메토모도 이미 16세, 이제 어엿한 한 사람의 장부가 되었습니다.

시게스에가 이 모습을 보며, 만일 도성에 계셨더라면 이미 관직에 임명되어 활약하실 나이인데 이런 벽지에서 떠돌고 계시다니, 게다가 거처라고는 해도 고작 오와리 곤노카미 저택 내 별채의 방 두 칸에 지나지 않는다, 벌써 도성을 떠난 이후로 4년이 되었는데 도성으로는 단 한 차례도 소식을 드리지 않으시고, 나리께서도 이쯤 되면 모셔갈 사자를 내려보내실 법한데………하고 생각했으나, 역시 다메토모에 대한 충절 때문에 가슴속으로만 크게 탄식하고 있었으니 이도 무리는 아니라 하겠습니다.

어느 날 다메토모는 여느 때보다 아침 일찍 일어나 무기를 챙겨 들더니, 야마오라 부르는 늑대 한 마리를 데리고 유우야마로 향하겠다고 말씀하셨습니다.

(1909년 10월 13일)

제7석

그때 스도 시게스에가 주군의 소매를 붙들고,

스도 "송구하오나 한 말씀 올리나이다. 소인이 어젯밤 꿈자리가 뒤숭숭하여 잠에서 깨어난 이후에도 어쩐지 가슴이 뛰고 마음이 편치 않사옵니다. 바라옵건대 오늘 산행은 그만두셨으면 합니다."

하고 간청하자 다메토모는 한바탕 웃고, "꿈은 오장(五臟)의 피로에서 기인한다고 하지 않던가. 그런 염려는 부녀자들이나 하는 것일세. 그대는 마음 푹 놓고 여기 남아 있게나."

라고 말씀하셨습니다.

시게스에는 "황공하오나 옛사람이 말하기를 일에 임할 때에는 두려워하라고 하더이다.[60] 하지만 꼭 외출하셔야겠다면 별 수 없으니 소인도 데려가소서."

라고 요청했습니다.

다메토모 "이거 참, 그대도 오고 싶다면 와도 좋네. 나는 무슨 이유에서든 그대가 오는 것을 막지 않아."

---

60) 『논어(論語)』 〈술이(述而)〉 편의 '子曰、暴虎馮河、死而無悔者、吾不與也。必也臨事而懼、好謀而成者也(스승께서 말씀하시기를, "맨손으로 호랑이를 때려잡고, 황하를 걸어 건너다가 죽더라도 후회가 없는 사람과는 나는 결코 함께하지 않을 것이다. 반드시 일에 임할 때 삼가고 두려워하며, 차분하게 도모하여 일을 성취하는 사람과 함께할 것이니라"라고 하셨다)'에서 인용한 표현.

라는 대답을 듣고 시게스에는 크게 기뻐하며, 이른 아침이라 아직 어둑어둑했으므로 횃불을 치켜들고 주군의 곁을 지키며 유우야마 기슭에 위치한 기헤이지의 집에 들렀습니다. 그러자 아내인 야쓰시로가 그들을 맞으며,

야쓰시로 "잘 오셨습니다. 먼저 따끈한 물이라도 자시고………"
하고 더운물을 권하더니

야쓰시로 "바깥양반 기헤이지는 오늘 미처 날이 새기도 전에 산으로 떠났사옵니다. 언제라도 돌아오면 서둘러 뒤를 좇도록 말씀을 전하지요."

다메토모 "아아 그리 되었는가. 그렇다면 지금부터 서둘러 뒤를 따르면 산중에서 따라잡을 수도 있겠지. 시게스에, 서두르게."
하고 그 자리를 나선 주종은 발 가는 대로 산속 깊숙이 수풀을 헤치며 들어갔습니다. 그러나 아직 밤이 밝지 않았으므로 눈앞은 캄캄하고 기헤이지의 모습도 보이지 않습니다. 게다가 달음박질로 산을 올랐기에 피로에 지친 그들은 늙은 녹나무 아래로 다가가 그 밑동에 주저앉았습니다. 그렇게 밤이 밝기를 기다리고 있었으나 자꾸 졸음이 쏟아지는 바람에, 다메토모도 시게스에도 꾸벅꾸벅 졸다가 결국에는 풀 위에 드러눕더니 드르렁드르렁 코까지 골며 깊은 잠에 빠지고 말았습니다.

이때 무슨 까닭인지, 오늘도 주인을 따라 산으로 들어온 야마오라는 이름의 늑대가 거듭해서 소리 높여 울기를 멈추지 않았습니다. 그러나 다메토모와 시게스에 주종은 잠에서 깨어나지 못한 채 여전히 큰 소리로 코를 골고 있었고, 야마오는 마침내 견딜 수 없다는 양 갑자기 한 차례 크게 울부짖는가 싶더니 다메토모의 무카바키(行縢)[61] 끝자락을 물고 끌어당겼습니다. 이에 놀란 다메토모와 시게스에가 잠에서 깨어

---

61) 외출, 수렵 시에 양 다리를 감싸는 천 또는 모피류. 중세의 무사에게는 기마로 먼 거리를 달릴 경우의 필수품으로, 사슴 가죽으로 만들어 두르는 것이 일반적이며 허리에서 발끝까지 덮을 정도로 길었다.

나 사방을 둘러보았으나 별반 눈에 띄는 것도 없었습니다.

대체 무슨 일일까, 야마오의 장난이려니 여겨 다시 누우려는데 늑대가 또다시 맹렬하게 짖어 대며 물어뜯으려는 자세를 취하는 것이었습니다.

다메토모는 화가 치밀어 "너는 무슨 연유로 내 안면을 방해하려 드느냐. 어차피 고작해야 짐승이로다. 호랑은 길들인다 해도 기르기 어렵다지. 너는 내가 잠든 사이에 덮치려는 게로구나. 밉살스런 녀석, 그렇다면 따끔한 맛을 보여 주리라."

하고 내뱉은 후 칼자루를 쥐고 한동안 노려보았습니다. 시게스에도 마음을 놓지 않고 여차하면 베기 위해 칼집 아가리를 늦추고 기다리는데, 야마오는 그런 기색에도 아랑곳 않고 이어서 두 차례 세 차례 연거푸 울부짖더니 다메토모를 향하여 달려들었습니다.

시게스에가 몸을 날려 정확히 목을 베자 가련하게도 늑대의 머리가 동체에서 떠났구나 하는 순간 섬광처럼 녹나무 가지 끝을 노리며 튀어 오른 것처럼 보이더니, 선혈을 내뿜으며 쿵 하는 커다란 울림과 함께 대지에 떨어진 물체가 있었습니다. 놀라고 의아하게 여긴 다메토모 주종이 무엇인가 싶어 새벽녘의 별빛에 기대어 눈을 부릅뜨고 그쪽을 응시하니, 이게 도대체 어찌 된, 어찌 된 일입니까. 굵기가 녹나무 줄기에도 뒤지지 않고, 길이는 몇 장(丈)[62]인지 가늠하기도 어려운 커다란 뱀이 땅 위에서 꿈틀거리며 괴로워하고 있는 것이었습니다.

다메토모는 크게 놀라 시게스에와 함께 칼을 빼어 들고 서슴없이 이를 베어 죽였으나, 야마오의 죽음을 깊이 슬퍼하며 시게스에를 향하여 말씀하시기를, "이보게 시게스에, 짐승이라고는 하지만 참으로 감탄할 만한 녀석일세. 이 큰 뱀이 나뭇가지 위에서 목을 늘어뜨리고 나를 삼키려 하니 야마오가 몇 번이고 짖으며 내 옷자락을 잡아당겨

---

62) 길이의 단위. 1장(丈)은 10척(尺)으로 약 3.03m.

위험을 알려 주었던 것인데, 이를 눈치채지 못하고 나에게 덤벼들려 한다고만 생각하다니 실로 우둔한 짓이었네. 녀석은 지금 그대의 한칼에 죽었으나 그 일념은 머리에 남아 나를 구해 내다니 갸륵한 심지로고. 아아, 애처로운 일이로다."

하고 탄식하며, 태어난 이래 눈물 한 방울 흘린 적이 없는 호걸이건만 이때만은 끊임없이 눈물을 흘리셨습니다. 금수라 할지라도 일단 은혜를 입으면 이를 잊지 않는 법이라, 이와 같은 늑대의 행동은 감복할 만하다고 하겠습니다.

(1909년 10월 14일)

제8석

시게스에도 늑대의 의리에 감동하여 눈물을 뚝뚝 흘리다가 얼마 후 다메토모를 향하여, "소인이 어제 꾸었던 뒤숭숭한 꿈도 이 일과 관련된 것임에 틀림없습니다. 무려 늑대마저도 은혜와 의리를 알고 스스로를 희생해서라도 주인의 적을 물리치려 하다니 정말이지 감복할 따름입니다. 저는 짐승에도 미치지 못하여 오래도록 받들어 섬기면서도 주군의 은혜에 보답하지 못하고 있으니, 야마오에 대해서도 부끄러운 일이옵니다."

하고 감개를 다스릴 수 없는 듯한 모습이었습니다.

이때 밤이 희끄무레하게 밝아 오며 사방으로 둘러친 산의 형상도 드러나는가 싶더니, 돌연 하늘이 어두워지고 순식간에 구름으로 뒤덮였습니다. 지금까지 별이 반짝이고 있던 하늘은 먹물을 끼얹은 듯 캄캄해지고 바람이 소리를 내며 불어 닥쳤습니다. 때는 3월 초순이건만 무시무시한 기세로 번갯불이 번뜩이고 굵은 빗줄기가 쏟아지며, 천둥소리는 당장이라도 벼락이 떨어질 것처럼 살벌하게 울려 퍼지는 광경이었습니다.

다메토모가 한동안 구름 사이를 응시하다가

다메토모 "전해 듣기로는 수백 년을 묵은 큰 뱀의 몸 안에는 반드시 구슬이 있다고 하네. 고로 용이 이를 깨닫고 그 구슬을 취하고자 앞서 뇌공(雷公)[63]을 보내어 땅을 진동한다고 하지. 추측컨대 이 뱀은 구슬을 품고 있을 게야. 시게스에, 시험 삼아 갈라 보게."

하고 말씀하시자,

시게스에 "명을 받들겠나이다."

하고 시게스에가 그 큰 뱀의 목 언저리에 칼을 꽂아 넣고 가르려 하자 비는 한층 거세졌고, 하늘에 구멍이 뚫렸다고나 할까 요란하게 울리는 꽹과리 소리라고나 할까, 온몸의 털이 쭈뼛 설 만큼 엄청나게 쏟아지는 비와 귀를 찢는 우렛소리가 갈수록 그 정도를 더했습니다.

다메토모는 활에 화살을 메기고 하늘을 쏘아보며, 혹시라도 벼락이 떨어진다면 쏘아 맞추겠노라고 4, 5간(間)[64] 뒤로 물러나 자세를 취했습니다. 시게스에는 비에 젖으면서도 꼬리 부근까지 몸통을 갈라 확인했지만 특별히 이렇다 할 물체는 보이지 않았습니다. 혹여 머리 언저리에 있을까 싶어 칼을 고쳐 잡고 머리 가죽을 갈라 턱 밑을 뒤져 보니 아니나 다를까, 구슬인 듯한 형체가 눈에 들어왔습니다.

시게스에 "야아 다행이다."

하고 끄집어내려 할 때, 사방이 어두워지며 한 무리의 먹구름이 스도의 머리 위를 뒤덮었습니다. 천지를 뒤흔들 정도의 벽력 소리가 한 차례 울리더니 콰르릉 소리와 함께 벼락이 떨어졌습니다.

다메토모가 "지금이다!" 하고 활을 당기자 휘익 하고 날아간 화살은

---

63) 민간 신앙이나 신토(神道) 등에서 천둥을 담당하는 신을 일컫는 명칭.
64) 길이의 단위. 1간(間)은 6척에 해당하며 약 1.82m.

분명 어딘가에 명중했는지, 잠깐 사이에 비는 멎고 먹구름은 물러나 아침해가 환하게 동쪽 산 가장자리에 떠올랐습니다. 다메토모가 달려가 모습을 살피자 애처롭게도 시게스에는 두개골이 갈라지고 살이 찢겨 온몸이 새까맣게 그을린 채 숨이 끊어져 있었습니다. 그러나 끝끝내 칼은 놓지 않고 왼손은 피투성이가 되어 구슬 하나를 쥐고 있는 것이었습니다.

다메토모는 크게 놀라 "아아 또다시 과오를 저질렀는가. 내가 혈기에 치우쳐 무용을 자부하며 헛되이 가신을 죽음으로 몰아넣었으니 안타깝구나. 설령 황금의 구슬일지라도 이처럼 아끼는 부하와 바꿀 수 없는 것을. 특히 그는 내 유모의 자식으로 여러 해 나를 따르며 이 외진 땅까지 따라와 주었거늘 이리도 소중한 가신을 죽게 하다니 이 무슨 과실인가. 오늘 아침 저택을 나설 때 꿈자리가 좋지 않다고 했던 것은 이 때문인가. 평소에는 각별히 용맹한 자라고 생각되지 않았건만 자기 몸에 벼락이 꽂히는데도 기어이 구슬을 손에 넣다니 탄복할 만한 용자로고."
하며 눈물로 흐릿해진 눈을 떠 시게스에가 쥐고 있던 구슬을 손에 들고 보니, 그 황황히 빛나는 것이 명월과 같고 지금껏 본 적도 없는 훌륭한 보옥이었습니다.

때마침 맞은편 골짜기에서 온몸이 비에 젖어 이쪽으로 다가오는 사람이 있어 누군가 하고 보니 이는 다름 아닌 8정 돌팔매의 기헤이지였습니다.

그 역시 다메토모의 모습을 발견하고 허둥지둥 곁으로 달려와서 "이거 작은 주군께서 어쩐 일이신지요. 이 시신은 어찌 된 변고이옵니까." 하며 놀라는 모습이었습니다. 다메토모는 수심에 잠긴 표정으로 그간의 모든 사정을 이야기하셨고, 기헤이지는 더더욱 놀라 시게스에의 죽음을 탄식하고 야마오의 죽음을 가엾이 여겨 두 개의 구멍을 파고 묻어 주었습니다.

　오늘은 더 이상 사냥은 하지 않을 생각으로 기헤이지와 함께 산을 내려가는데, 도중에 저 멀리 맞은편 바위 위에 너무나도 훌륭한 소나무가 서 있었습니다. 다메토모가 기헤이지를 향하여 "저기를 보게, 저 소나무는 항상 눈에 들어오는 것이지만 무어라 형용할 수 없이 훌륭하군." 하고 말씀하시자,

　기헤이지 "그렇군요. 멋진 소나무입니다."

하고 대화를 나누고 있자니, 어디에서 나타났는지 한 마리의 학이 그 소나무 위를 이리저리 오가며 날고 있었습니다.

(1909년 10월 15일)

제9석

　아득히 저편에서 날던 학은 이윽고 좁은 골짜기 위에 서 있는 소나무 가지 위에 앉았습니다. 학의 다리에 무언가 나무패처럼 보이는 것이 대롱대롱 매달려 있었는데, 그 패가 소나무 가지에 걸려 날아가려 해도 날 수가 없어 헛되이 날갯짓만 하며 힘들게 몸부림치고 있는 모습이었습니다.

　다메토모 "기헤이지, 저기를 보게. 새의 다리에 실 같은 것이 걸려 있는 모양이야. 그 실 끄트머리가 가지에 감겨 날아가지 못하고 있는 것으로 보이네."

　기헤이지 "그렇군요. 소인이 돌팔매로 떨어뜨려 보겠습니다."

　다메토모 "아니, 돌을 던지면 저 새의 목숨은 당장 끝장이 나고 말 테니 상처를 입지 않도록 내가 화살을 날려 보겠네. 시게스에들을 위하여 방생을 해 보세나……"

하고 목표를 겨냥한 후 활을 당기자, 학은 곧장 나뭇가지와 함께 개울로 떨어졌습니다. 기헤이지는 이를 보고 서둘러 조릿대를 붙잡고 등나무 덩굴에 매달려 간신히 골짜기 아래로 내려가더니 그 학을 끌어안고 위로 올라왔습니다.

기헤이지 "보소서. 날개에 약간 상처를 입었습니다만 날고자 한다면 날지 못할 정도는 아니옵니다. 그런데도 굳이 스스로 날아가려 하지도 않고 순순히 제 품에 안겼습니다. 그리고 가느다란 금사슬에 황금 패가 달려 있었는데 주군의 활이 워낙 강한지라 사슬이 끊어졌습니다. 패는 학 옆에 떨어져 있었기에 주워서 가져왔습니다."
하고 말씀을 올렸습니다.

다메토모 "오오, 그렇던가. 어디 그 패를 보여 주게."
하고 손에 들고 보시니 '고헤이(康平)[65] 6년(1063년) 3월 갑유년(甲酉年)[66], 미나모토노 아손 요시이에(源朝臣義家) 이것을 놓아주다'라고 새겨져 있었습니다. 다메토모는 크게 놀라시어,

다메토모 "이거 옛일이 떠오르는군. 이 학은 내 증조부이신 요시이에 공께서 날려 보내신 것일세. 과거 오슈에서 벌어진 전구년의 전투에서 우리 선조이신 요리요시 공 부자께서 다수의 역도를 퇴치하시고, 후삼년의 전투에서는 아베노 사다토(安倍貞任)[67]를 물리치셨지. 적의 수급은 남김없이 도중에 매장했으나 귀를 베어 도성으로 올려 보낸 후 로쿠조 보몬(六條坊門)[68]의 북쪽에 위치한 니시노인(西の院)[69] 부근에 묻

---

65) 헤이안 중기 고레이제이 천황(後冷泉天皇) 치세의 연호. 1058년 8월 29일부터 1065년 8월 2일까지에 해당.

66) 고헤이(康平) 6년은 계묘년(癸卯年)에 해당하므로 본문의 서술은 오류.

67) 아베노 사다토(安倍貞任, 1019~1062): 헤이안 중기 무쓰의 호족. 요리토키(賴時)의 아들. 전구년의 전투에서 미나모토노 요리요시·요시이에 부자와 싸워 패사했다.

68) 현재 고조 대교(五條大橋)가 위치한 장소. 밤이 되면 폐쇄하는 문이 있었던 것에 유래한 명칭.

고 그 위에 사당을 한 채 세우셨는데, 이것이 지금의 미노와도(耳納堂)
라네. 당시 요시이에 아손도 그 지역에서 망자를 추선(追善)하기 위하
여 수많은 학들에게 패를 매달아 놓아주셨다고 들었는데, 이 학도 그
중의 한 마리가 아닐까 여겨지는군. 고헤이 6년으로부터 올해 규주(久
壽)[70] 원년(1154년)에 이르기까지 98년[71], 지금의 계절이 3월이며 오늘
이 유일(酉日)인 것도 더더욱 기묘한 일이로다. 이 학은 다리에 패가
매달려도 근심거리로 여기지 않고, 그렇기에 이 사이카이(西海)[72] 끝까
지 날아와서 천지를 종횡하다가 이제 내 손에 들어온 것으로 보이네.
아아, 감개무량하고 흐뭇한 일이구나.”
하며 학의 머리를 쓰다듬으시니 기헤이지도 기이한 일이라 생각하며,
　　기헤이지 “실로 불가사의한 일이옵니다. 주군의 무운장구를 예언하
는 상서로운 징조이니 감축드리나이다.”
하고 말한 후 다시 학을 품에 안고 다메토모의 저택까지 배웅했습니다.

다메토모가 그 학을 지극히 아끼고 거처에 두고 기르며 손수 먹이나
물을 주며 돌보시니, 며칠 지나지도 않은 사이에 기운을 차리고 날개
의 상처도 완전히 회복되었습니다. 또 남은 한 마리의 늑대인 노카제
라는 녀석도 날이 갈수록 다메토모를 따랐습니다. 꼬리를 흔들며 툇마
루 끄트머리 근처로 다가와서 친근하게 구는 모습을 보니 아무래도
죽은 야마오가 생각나, 노카제를 향하여 마치 사람에게 이야기하듯 야
마오가 목숨을 잃게 된 사정을 들려주었습니다. 그러자 노카제는 머리

---

69) 니시노토인(西洞院)의 오기로 추측된다.
70) 헤이안 후기 고노에 천황과 고시라카와 천황 치세의 연호. 1154년 10월 28일부터
　　1156년 4월 27일까지에 해당.
71) 서력 1063년부터 1154년까지에 해당하므로 실제로는 91년.
72) 사이카이도(西海道)의 약칭. 현재의 규슈 지방 전역을 지칭한다.

를 축 늘어뜨리고 눈물을 흘리며 깊이 슬퍼하는 것처럼 보였습니다. 이러한 광경을 보자니 시게스에의 죽음도 한층 애처롭게 생각되어, 어느 날 근처에 있는 젠슈지(善修寺)라는 절의 승려에게 청을 넣어 시게스에와 야마오를 위한 추선 불사를 봉행하셨습니다.

그러나 시게스에와 야마오를 잃은 후로 다메토모는 갖가지 번민에 사로잡혀 즐거움을 느낄 수 없었고, 지난 일이나 앞날에 대하여 끊임없이 고민하시며 짧은 봄날 밤조차도 제대로 수면을 취하지 못했습니다. 하물며 시게스에는 유모의 아들로 어릴 적부터 친하게 지낸 사이였는데 자신의 무모함으로 인하여 목숨을 잃게 만들었으니 애석하기 짝이 없는 일이라고 꾸벅꾸벅 조는 중에도 탄식하고 계셨습니다.

그러던 어느 날 밤, 다메토모는 밤 3경[73]까지 잠을 이루지 못하고 독서 따위를 하고 계셨으나 언제부터랄 것도 없이 수마에 사로잡혀 잠이 들고 말았습니다. 그러자 어디에서 나타났는지 흰 비단 우치기(袿)[74]에 같은 색 하카마(袴)[75]를 입고 붉은 꽃 한 가지를 머리에 꽂은 여인 하나가 생긋이 웃으며 베갯머리에 앉아 있었습니다. 수상하다 여긴 다메토모는 몸을 벌떡 일으켜 이불 위에 앉으셨습니다.

(1909년 10월 16일)

제10석

그때 그 여인이 빙그레 웃으며,

여인 "보소서 주인이여, 이 몸은 최근 주군의 돌보심을 받자온 학이

---

73) 밤 11시에서 새벽 1시 사이.
74) 헤이안 중기 이후의 귀족 여성이나 여관(女官)이 착용하던 의복. 겉옷 아래 겹쳐 입는 넓은 소매의 상의.
75) 일본 전통 복식에서 겉옷 위에 입는 폭이 넓고 주름이 잡힌 하의.

옵니다. 주인께서 손수 먹이를 내리시니 기쁘기 짝이 없고, 이렇게 제 몸이 갈수록 강건해지는 것은 모두가 주인의 두터우신 은혜라 가슴에 사무칠 만큼 진심으로 감사하게 여기고 있나이다. 그래서 주인께 간곡히 부탁드리고 싶은 일이 있사오니, 내일 이 몸을 이끌고 히고로 향하시어 아소노미야(阿蘇宮) 부근에서 저를 날려 보내 주시옵소서. 그리하면 저는 주인께 받자온 은혜를 만분의 일이라도 갚을 수 있게 될 것이며, 주인께서는 필시 아리따우면서도 현명한 아내를 들이고 든든한 후원자를 얻게 되리이다. 이 몸은 아소노미야 근처에서 일단 주인과 작별할 것이나, 머지않아 다시 남쪽 바다 끝에서 뵙게 될 것이옵니다. 제가 드리는 말씀을 결코 의심치 마소서.”

하고 말하는가 싶더니 꿈이 깨고 말았습니다. 다메토모는 곰곰이 생각건대 자신이 데려온 학이 오랜 세월 속에서 신통력을 얻고 길조를 전하러 온 것임에 틀림없다고 믿어 의심치 않으셨습니다.

날이 밝자 저택의 주인 곤노카미 스에토오가 거처하는 본채를 찾아가,

다메토모 “오늘은 잠깐 상담할 일이 있어 실례했소이다. 이 몸이 근일 학을 한 마리 얻었는데, 이 녀석이 증조부이신 요시이에 아손께서 풀어주신 것이라 다리에 황금 패를 달고 있었지요. 그러던 중 어젯밤 영몽(靈夢)을 꾸게 되었는데, 이 학을 히고 아소노미야로 보내라는 것이었소. 문제가 없다면 이 몸이 그곳으로 떠나고자 하는데, 어찌해야 할는지 의견을 묻고자 하오.”

라고 말씀하셨습니다. 곤노카미 스에토오라는 자는 이전에도 말씀드린 바와 같이 마음이 좁아 다메토모의 지용을 꺼리고 두려워하여 만일 자기 세력하에 이대로 방치하면 종국에는 영지를 빼앗기지나 않을까 하고 경계하던 차였으므로, 때마침 요행이라고 남몰래 기뻐하며,

스에토오 “아니, 그렇다면 소인에게도 이견이 있을 리 없습니다. 그리고 히고에는 아소 헤이시로 다카카게(阿蘇平四郎忠景)의 자식인 사부

로 다다쿠니(三郎忠國)라는 호걸이 있는데 영지도 넓고 집이 부유하여 가세가 한창이니, 일단 그 사람을 만나 보시는 것도 좋을 듯합니다. 하루라도 빨리 출발하시어 하루라도 빨리 돌아오시지요.”

와 같이 대답하니 다메토모는 매우 기꺼워하며 바로 자신의 방으로 돌아와 노카제를 부르셨습니다. 그 늑대는 자기 주인의 부름에 기쁜 듯 꼬리를 치며 다가왔습니다. 다메토모는 그 머리를 쓰다듬으며,

다메토모 “봐라 노카제. 네 녀석과 한동안 떨어져 있게 되었단다. 나는 내일부터 히고에 가게 되었으니, 내가 이곳을 비울 동안 너를 기헤이지의 집에 맡겨야겠다. 병에 걸리지 않도록 하고 내가 돌아오기를 기다려 다오.”

하고 사람에게 이야기하듯 사정을 들려주자, 노카제는 고개를 수그리고 눈물을 흘리며 끄덕이는 것처럼 보였습니다.

이렇게 착착 준비에 들어가 기헤이지의 집에도 노카제를 맡기는 한편 인사를 나누고, 스에토오의 부하 두 사람을 고용하여 학을 담은 바구니를 짊어지게 하고, 본인 스스로는 시골 무사가 참배를 떠나는 듯한 행색으로 다음날 히고노쿠니로 출발하셨습니다.

그런데 이 시점에서 이야기가 두 갈래로 나뉘게 됩니다만, 히고노쿠니 아소 군에는 아소 사부로 다다쿠니라는 호걸이 있어 아소(阿蘇), 다쿠마(詫摩), 구마(球摩) 세 군을 영유하며 수많은 부하를 거느리고 있었습니다. 아내와는 일찍이 사별하고 이름을 시라누이히메(白縫姬)라 하는 딸이 하나 있었는데 금년 열여섯이 되셨습니다. 외모도 곱고 심성도 온화한데 무예 실력이 제법이었습니다. 눈썹은 누에가 누운 듯하며 눈은 옻으로 점을 찍은 듯 새카맣고 입이며 치아며 코 어디 하나 나무랄 데 없어 그 아름답기가 오노노 고마치(小野小町)[76]나 소토리히메(衣通姬)[77]도 감히 나서지 못할 정도이니, 사위가 되겠다, 신부로 맞이하

겠다는 요청이 끊이지 않았습니다. 그 중
에는 무려 지방 수령이나 영주로부터의
혼담도 있었으나, 시라누이는 일체 수락
하지 않았습니다. 이는 어찌 된 연유인가
하니 방금 말씀드린 바와 같이, 시라누이
는 외모로 말하자면 아리땁고 우아한 규
수였습니다만 무척 굳센 심지를 지닌 데
다 신장도 5척 4촌이나 되었으며, 칼을
맞대고 창을 휘두르기를 좋아하여 평소
곁에서 시중을 드는 여동들을 모아 언월
도 다루는 법을 가르치는 형편이었습니

다. 지혜와 용맹이 절륜한 자가 아니라면 자신의 부군으로 삼지 않겠
노라, 몸을 허락하지 않겠노라고 마음먹고 있었던 까닭에 웬만큼 마음
에 차는 남자도 없고, 열여섯이 되어서도 염문 따위는 일체 없었습니
다. 다다쿠니 역시 소중한 외동딸인지라 금이야 옥이야 귀여워하며 불
면 날까 쥐면 꺼질까 싶은 정도를 넘어 천지와도 바꿀 수 없다고 생각
할 정도였습니다.

(1909년 10월 17일)

---

76) 오노노 고마치(小野小町, ?~?): 헤이안 전기의 여류 가인. 상세한 사적은 불명. 절세
의 미녀로 전해지며, 헤이안 중기 이후 그 가재(歌才), 용모, 노후의 일화 등을 묘사한
다양한 전설 및 문학 작품의 주인공이 되었다. 『고킨슈(古今集)』 등에 60여 수의 노래
가 전한다.

77) 『고지키(古事記)』 및 『니혼쇼키(日本書紀)』에 전하는 인교 천황(允恭天皇)의 비. 소
토리노이라쓰메(衣通郎姫)라고도 한다. 황후인 오사카노오나카쓰히메(忍坂大中姫)
의 여동생으로 의복을 통과하여 광채를 발할 정도의 미모였기에 이와 같은 이름이
붙었다. 『고킨슈』 서문에 언급된 이후로 미인의 대명사로 많은 문학 작품의 소재가
되었다.

제11석

한편 시라누이가 몇 년 전부터 길들여 기르고 있는 원숭이 한 마리가 있었습니다. 이 원숭이는 사람의 말도 곧잘 이해하며 꽤나 영리하게 굴었습니다. 그런데 해를 거듭하며 그 덩치도 점점 불어나더니 8, 9세의 어린아이 정도로 보이는 체격이 되었습니다.

시절은 3월 하순, 시라누이가 와카바(若葉)라는 시녀를 데리고 뜰에 나와 벚꽃을 꺾으려 하시는데, 그 원숭이가 곧장 뛰어와 와카바의 손을 잡거나 치마에 감겨들고, 한술 더 떠 와카바에게 달라붙어 보기에도 민망한 짓을 벌이려 했습니다. 시라누이는 크게 노하여,

시라누이 "너는 짐승의 몸으로 사람을 욕보이려는 게냐."

하고 중인방(中引枋)에 기대어 두었던 언월도를 움켜쥐고 내리치려 하셨습니다. 놀란 원숭이가 겁을 먹고 가산(假山)[78] 쪽으로 달아나려 했으므로 이리저리 그 뒤를 쫓았으나 어디로 숨었는지 모습을 감추었기에, 혹여 돌아온다면 단단히 혼을 내 주겠노라 마음먹고 그대로 저녁 식사를 마쳤습니다.

그날 밤은 예의 와카바가 곁을 지키며 시라누이의 베갯머리에 누워 있었는데, 봄날 밤은 짧아 젊은 여인은 전후도 분간하지 못할 만큼 깊은 잠에 빠졌습니다. 밤도 깊어 쓸쓸히 울리는 산사의 종소리가 무상(無常)을 알릴 무렵, 와카바가

와카바 "아악!"

하고 날카로운 비명을 질렀으므로 아씨는 놀라서 잠에서 깨어 머리를 들어 그쪽을 보셨으나, 등불이 꺼져 형체를 짐작할 수 없었습니다.

시라누이 "누구 있느냐."

하고 거듭 부르는 소리에 옆방에 누워 있던 늙은 시녀가 잠이 덜 깬

---

78) 원문은 쓰키야마(築山). 정원 등에 돌이나 흙을 쌓아 만든 작은 산.

목소리로 대답하고 일어났습니다. 그러나 이쪽 역시 등불이 꺼진 상황이라 당황해서 허둥대며 주변을 살피는 중에 방마다 전부 등불이 꺼진 것을 알게 되어, 사람들은 우왕좌왕 소란을 피우다가 간신히 불을 찾아 촛대에 옮겨 붙이고 달려왔습니다.

모두가 가까이 다가와 살펴보자 와카바는 목을 물어뜯긴 채 피로 붉게 물들어 숨이 끊어져 있었습니다. 사람들이 경악하고 두려워하며 주변을 새삼 둘러보니 피를 머금은 발자국이 눈에 띄었습니다. 그 모양이 인간과 유사하면서도 약간 다른 것이었습니다. 주종은 이를 보고 놀라는 한편 수상히 여기는데, 아씨가 잠시 침묵을 지키다가,

시라누이 "이 발자국을 보아하니 의심할 나위도 없이 원숭이 발이로구나. 녀석이 오늘 쫓겨난 것을 깊이 원망하여 은밀히 돌아와 방마다 등불을 꺼뜨리고는 와카바를 죽이고 달아난 게야. 이 발자국을 따라가 서둘러 찾아내도록 하라."

하고 말씀하시자 나이 많은 시녀가 명에 따라 복도로 나가 주위를 살폈습니다. 미닫이문으로 선혈 자국이 이어지고 나무 창살이 박살난 부분이 있으니 원숭이는 이곳으로 들어와 다시 이곳으로 달아났으리라 여겨졌습니다. 그 사이에 많은 시녀들이 모여들어 각자 품에 지녔던 단도를 손에 쥐고 수색했으나 모습을 찾을 수 없었습니다.

이때 부친인 다다쿠니까지 달려와서 이 사달에 대하여 묻자, 시라누이는 분노를 억누르지 못한 채 원숭이가 와카바를 희롱하려 한 사건으로부터 일이 이리 되었다고 이야기했습니다. 다다쿠니도 크게 놀라고 분노하여,

다다쿠니 "이는 용납할 수 있는 일이 아니니라. 빨리 사람을 불러오너라."

이 명을 받고 달려온 부하들의 면면을 열거하자면 데토리노 요지(手取余次), 오야 신자부로(大矢新三郎), 고시야 겐타(越矢源太), 마쓰라 지

로(松浦二郎), 요시다 효에(吉田兵衛), 우치데노 기하치(打手紀八), 다카마 사부로(高間三郎)와 다카마 시로(高間四郎) 등[79] 모두가 일기당천의 가신들이었습니다. 이들이 뜰 어귀에서 달려 들어오자 다다쿠니가 일이 이러저러하게 되었다고 설명하고,

다다쿠니 "나무와 풀을 전부 베어서라도 그 원숭이를 잡아 죽여라." 라고 명하니,

가신들 "명을 받들겠나이다……"

하고 답한 후 동서로 나뉘어 횃불을 밝히고 저택의 사방을 샅샅이 뒤졌으나 아예 그림자도 보이지 않았습니다. 그러던 중 가부키몬(冠木門)[80] 쪽에 당장이라도 토담을 넘어 달아나려는 물체가 있는 것을 데토리노 요지 쓰키카게(手取余次月影)가 발견하고 질풍처럼 달려가 창을 휘둘러 막으려 했으나, 저쪽은 순식간에 소나무 가지를 타고 바깥으로 훌쩍 뛰어 내렸습니다.

요지 "원숭이는 문 밖으로 도망쳤다!"

그 말을 듣자마자 저마다 "그놈을 놓치지 마라!" 하고 밖으로 뛰어 나갔지만, 원숭이는 날쌔게도 아소 산(阿蘇山) 부근의 몬주인(文珠院)이라는 고찰 안으로 달음질쳐 들어갔습니다. 이 절 안으로 들어갔으니 이제 일이 쉽게 풀리리라 여긴 가신들의 예상을 뒤엎고, 원숭이는 탑의 화염보주(火焰寶珠)[81]로 올라갔습니다.

아무튼 이제 녀석의 위치는 파악했으므로 대문 밖에서 사납게 문을 두드리며,

가신들 "우리들은 아소 가문의 가신이오. 여차한 사정으로 밤중에

---

79) 이상의 인명은 『호겐모노가타리(保元物語)』에서 다메토모가 부친 다메요시의 해임을 듣고 규슈에서 상경할 때에 동반한 28기에 포함된 무사들이다.
80) 가로대를 기둥 위에 건너지른 지붕 없는 문.
81) 원문은 히사쿠가타(火珠). 탑의 구륜(九輪) 등에 얹는 화염 장식의 보주.

실례하니 문을 여시오."

하고 재촉하니 문을 지키던 노승이

　노승 "예 예, 지금 바로 열겠소이다."

하고 대답은 했으나 동작이 영 굼떠, 간신히 문이 열리자 모두들 우르르 안으로 밀려들어갔습니다. 그러나 대체 어떻게 붙잡아야 할는지 방도가 서지 않아, 헛되이 탑을 바라보며 밝아 오는 하늘을 기다릴 뿐이었습니다.

(1909년 10월 19일)

제12석

그 사이에 동쪽 하늘이 희끄무레한 빛을 띠고 까마귀가 숲을 떠나 목청을 높일 무렵이 되자 다다쿠니도 말을 채찍질하며 수많은 사졸을 이끌고 이르렀습니다.

이들이 맞닥뜨린 상황을 알게 된 다다쿠니는

　다다쿠니 "저놈을 쏘아 떨어뜨려라."

하고 신경을 곤두세웠으나 이 탑은 5층 규모로 높은 언덕 위에 세워진 데에다 그 앞에는 기묘하게 자라난 소나무가 가지를 꾸불텅꾸불텅 뻗고 있었습니다. 봄 안개를 드리운 채 구름 위로 솟아 있어 그 높이가 얼마나 되는지 헤아릴 수 없으니, 설령 양유나 이극용(李克用)[82] 등이 이곳을 찾을지라도 명중시키기란 어려울 것이었습니다. 섣불리 쏘았

---

82) 이극용(李克用, 856~908): 중국 당 말기의 군웅. 한쪽 눈이 실명하여 '독안룡(獨眼龍)'이라 불렸고, 적진에서 맹위를 떨쳐 '비호자(飛虎子)'로 일컬어졌다. 방훈(龐勛)과 황소(黃巢)의 난을 진압하여 진왕(晉王)으로 봉해졌고, 아들인 이존욱(李存勗)이 후당(後唐)을 건국하자 후당태조(後唐太祖)로 추존되었다. 나무에 바늘을 매달거나 말채찍을 세워 두고 이를 백 보 바깥에서 명중시킬 정도의 명궁이었다고 전한다.

다가 실패할 경우 자신은 물론이거니와 주군의 수치가 될 것이라 어느 누구도 내가 쏘아 보겠다고 나서는 자가 없었습니다.

원숭이는 까마득한 높이에서 사람들을 내려다보며 엉덩이를 이쪽으로 돌려 두들기고, 혹은 잠이 든 듯한 자세를 취하기도 했습니다. 사람을 깔보는 듯한 그 행동을 보고 다다쿠니는 분노로 이를 갈며,

다다쿠니 "이는 참을 수 없는 일이로다. 우리 가문이 무문의 반열에 들어 사소한 일일지라도 다른 이들에게 가벼이 보였던 적이 없느니라. 그런데 저 짐승이 나를 업신여김이 이와 같으니, 실로 밉살스런 저 녀석의 낯짝과 몸뚱이를 지금 당장 박살내어 젓갈을 담그지 않는 이상 다시는 저택으로 돌아가지 않으리라."

하고 욕설을 퍼부었으나 그 역시 어찌할 도리가 없었습니다.

문득 다다쿠니에게 한 가지 방책이 떠올라 우치데노 기하치를 가까이 불러 이르기를,

다다쿠니 "자네, 이러이러한 내용을 적어 절 문에 붙이게."

하고 명령했습니다. 명을 받은 기하치는 품속에서 종이를 꺼내어 잘 눌러 편 후 먹통의 먹물을 찍어 글을 적어 내려갔습니다.

몬주인 탑 위의 원숭이를 쏘아 떨어뜨리는 자에게는 소중한 여식인 시라누이를 아내로 허락할 것이라.

규주 원년(1154년) 3월 모일 아소노 사부로 다다쿠니

이상과 같이 방문을 마무리한 후 산문 기둥에 붙여 두었습니다. 마을 사람들은 이 내용을 보고,

갑 "무어라, 저 원숭이를 쏘아 떨어뜨리는 자는 이 일대를 다스리는 아소 가문의 사위가 될 수 있다는 게로군."

이라 떠들었고, 이를 입에서 입으로 전해 들은 뭇 사람들은 저마다

이야기꽃을 피웠습니다.

○ "이보게 어떤가, 저 원숭이를 활로 명중시킬 수 있는가."

을 "저리 높은 오층탑 꼭대기에 있는 녀석인데 어지간한 활로 어찌 근처에나 닿겠는가."

갑 "저 원숭이를 쏘아 맞히면 아씨의 낭군이 되는 게야."

을 "원숭이를 쏘아 떨어뜨리지 못하더라도 시라누이 아씨의 낭군은 되고 싶구먼."

갑 "네놈 따위에게 시라누이 아씨라니 가당치도 않지."

을 "그러면 자네는 궁술에 자신이 있는가."

갑 "활이야 만지네만 저렇게나 높은 곳이라면 닿지도 않으니까 말야."

을 "그럼 다 틀린 일이군."

이처럼 소문이 자자하여 새카맣게 몰려든 사람들이 이 말 저 말 떠드는 와중에, 이 지방에 도착한 하치로 다메토모는 아소노미야에 참배하고자 종자에게 예의 학을 걸머지우고 몬주인 부근을 지나가고 계셨습니다. 마침 수많은 무리가 모여 있고 산문 기둥에 이러이러한 내용의 방이 붙어 있다는 것을 알게 된 다메토모가 생각하기를,

다메토모 "아하, 일이 이렇게 되었군. 꿈에서 용모 아리따운 처를 들이게 될 것이라 한 예언이 바로 이를 가리키는 것임에 틀림없어." 하고 깨달아, 즉시 절문 안으로 들어가 다다쿠니와 대면했습니다.

다메토모 "이 몸이 저 원숭이를 쏘아 떨어뜨리도록 하겠소이다."

대단한 일도 아닌 양 말씀하시는 것을 듣고 다다쿠니가 그 인물을 훑어보니, 나이는 16, 7세 정도에 근골이 장대하고 얼굴은 무척이나 희었습니다. 코가 높고 눈썹은 비취색[83]으로 짙푸른 산 모양인데 짙은

---

83) 아름다운 눈썹, 미인의 눈썹에 대한 전통적인 비유.

붉은빛 입술은 봄꽃을 연상케 합니다. 귓불이 두텁고 눈동자가 둘이며 신장은 7척이 넘으니, 이는 범부가 아니라 여겨 크게 경탄했습니다.

다다쿠니 "귀공께서 무사히 저 원숭이를 명중시킨다면 이 몸의 사위로 맞아들이는 데에 무슨 문제가 있으리까."

이 말을 듣자 다메토모는

다메토모 "그렇다면 활 솜씨를 보여 드리리다."

하고 종자에게 들린 활과 화살을 들고 언덕 가까이로 다가가시는 모습을 보건대 활은 쇠막대기를 구부려 만든 듯하고 화살촉은 흡사 창끝 같으니, 다다쿠니는 물론이거니와 모두들 크게 놀라

종자들 "이러한 강궁을 쏘는 자는 예로부터 들은 적이 없다. 하물며 지금 세상에 존재할 리 없다."

하고 평했습니다.

예의 원숭이는 다메토모를 보자 달아나기 어렵게 되었다는 것을 깨달았는지 이제까지의 여유는 어디로 가고 목을 축 늘어뜨린 채 눈물을 떨구며 거듭 탄식하는 듯한 모습이었습니다. 그때 당사의 주지가 이 사건을 듣고 사판승을 보내어 다다쿠니에게 이르기를,

승려 "무릇 당산(當山)은 닌묘 천황(仁明天皇)[84]의 칙원(勅願)에 의하여 건립된 사찰로, 고보 대사(弘法大師)[85]께서 개조(開祖)가 되십니다. 특히 저 탑은 칙명으로 봉한 불사리를 안치한 곳이라, 이를 향하여 활을 당긴다는 것은 조정의 적이요 불도의 적이나 다름없는 일이외다. 더불어 저 원숭이가 어떤 죄를 저질렀든 일단 사찰 내로 들어온 생명

---

84) 닌묘 천황(仁明天皇, 810~850): 제54대 천황. 재위 833~850. 사가 천황(嵯峨天皇)의 제2황자. 학문에 능하고 시문, 서도, 관현 등에 조예가 깊었다고 전한다.

85) 구카이(空海, 774~835): 헤이안 초기의 승려. 진언종(眞言宗)의 개조. 시호는 고보 대사(弘法大師). 당 유학 후 귀국하여 고야 산(高野山)에 곤고부지(金剛峰寺)를 건립하고 도지(東寺)를 진언도량(眞言道場)으로 삼았다. 시문과 서도에 능했으며 불교에 관련된 다수의 저술을 남겼다.

을 함부로 살해하는 것은 저희가 용납할 수 없는 소행이니, 이리 되었
건 저리 되었건 이 일은 너그러이 용납해 주시기를 바라나이다."
라는 의견을 전달했습니다.

(1909년 10월 20일)

제13석

전언을 들은 다다쿠니가 눈썹을 찌푸리며,

다다쿠니 "저 원숭이가 신성한 장소로 뛰어들었다고는 하나 이미 인
간을 살해한 이상 그대로 넘어갈 수 없소. 그러나 칙명으로 봉한 불사
리를 수납한 보탑(寶塔)을 향하여 화살을 날린다면 이후 어떤 난국에
처하게 되는지 헤아리기 어려우니, 이를 어찌해야 하리이까."
하고 근심하며 번민하는 모습에 다메토모 또한 바로 활을 내리고 원래
있던 자리로 물러나셨습니다.

다시 기가 살아난 원숭이는 이쪽을 삿대질하고 이전보다도 더 까불
며 사람들에게 수치를 주었습니다. 정말이지 밉살스런 거동에 다다쿠
니는 더더욱 분노가 치밀어 참을 수 없었고, 다메토모 또한 마음속
깊이 실망하여,

다메토모 "원숭이를 적중시키는 것이야 극히 간단하나, 일이 이렇게
된 이상 별 수 없지. 만약 저 8정 돌팔매의 기혜이지라도 있었다면
활을 쓰지 않고도 떨어뜨리기 어렵지 않았을 것을, 멀리 떨어져 있으
니 그것도 불가능하군."
하고 이런저런 생각을 하며 고민하고 계셨습니다. 그런데 이때 갑자기
예의 그 학이 상자 속에서 날개를 치며 날아오르려 하니, 다메토모가
이를 보며 퍼뜩 눈치를 채고 생각하시기를,

다메토모 '이 학이 꿈에 나타나 아소노미야 부근에서 날려 달라고 한

것은 오늘 사건과 관련이 있을 터. 그렇다면 의심할 까닭이 없지.'
하고 내심 자문자답한 후 다시 다다쿠니를 향하여

　다메토모 "이 활을 사용하지 않고 원숭이를 떨어뜨려 보리다."
라고 말씀하시니, 다다쿠니는 대단히 기뻐하며 대답했습니다.

　다다쿠니 "말씀하시는 바와 같이 일이 처리된다면 더 이상 다행스러
울 수 없겠소이다. 서둘러 채비를 부탁하오."

　다메토모가 이 말을 듣고 마음속으로 기원하며 상자 덮개를 열어
학을 풀어 주었습니다. 원래 이곳에서 날려 보내고자 했던 것이므로
다리에는 미리 예전과 같이 황금 패를 매달아 두었습니다. 학은 상자에
서 나오자마자 머나먼 허공으로 날아오르더니 그 행방을 알 수 없게
되었습니다. 다다쿠니 주종은 물론 이를 지켜본 자들은 냉소하며,

　종자들 "이런 어리석은 자가 있나. 독수리나 곰, 매 등이라면 원숭이
도 잡을 수 있겠으나 학이 사냥을 한다는 말은 들어 본 적도 없군.
게다가 어디로 갔는지도 모르니 잃어버린 것 아닌가."
하고 왁자하게 비웃었습니다. 다메토모도 이런 상황이 아무래도 의심
스러워 그저 하늘을 바라보고 계셨는데, 어느 정도 시간이 지났을까
그 학이 서쪽에서 나타나더니 탑의 화염보주에서 1장 정도 떨어진 곳
을 떠나지 않고 하늘에 머물러 있었습니다.

　또한 원숭이로 말하자면 눈도 깜박거리지 않고 허공을 응시하며,
가까이 다가오면 찢어발기겠다는 태세였습니다. 학이 높이 날아오르
더니 아래로 낙하하며 그 거리를 좁히는데 어찌 된 일인지 원숭이는
크게 당황하고 허둥거리며 탑 위에서 달음질쳐 내려가려 했습니다. 그
때 순식간에 하강한 학이 부리로 쿡 찍는가 싶더니 그 즉시 거꾸로
땅에 떨어진 원숭이는 피투성이가 되어 죽고 말았습니다.

　학은 높이 날아올라 남쪽을 향하여 사라졌습니다. 이 광경을 지켜보
던 자들은 소리를 지르며 감탄했고 소란은 한동안 가라앉지 않을 정도

였습니다. 다다쿠니가 환희를 감추지 못하며 다메토모와 더불어 그 원숭이를 살펴보니 등으로부터 가슴팍에 이르기까지 뚫고 나간 상처에, 눈과 코 사이에는 다량의 모래가 붙어 있었습니다.

이에 다다쿠니는 무심코 손뼉을 치며,

다다쿠니 "그렇다면 그 학이 처음에 어딘가로 날아간 것은 이 모래를 물고 와서 원숭이의 눈에 뿌려 보이지 않게 할 셈이었군. 날짐승에 불과하지만 용케 강한 적이 불리하게끔 도모하고, 원숭이가 황급히 달아나려는 것을 놓치지 않고 덮친 그 지혜가 헤아릴 수 없도다. 아아, 기이한 일인지고."

하고 거듭 찬탄하더니 다메토모를 향하여 예의를 갖추고 입을 열었습니다.

다다쿠니 "대체 귀인께서는 어떠한 분이시기에 이토록 수월히 저 원수 놈을 물리치신 것이옵니까. 필시 이름 높은 무사임에 틀림없을 터, 오늘 일은 지극히 신비스럽기 짝이 없사옵니다."

공자가 이 말에 웃음을 머금고

다메토모 "이 몸의 성명 따위 굳이 내세울 정도도 아니오만, 숨길 까닭도 없으니 밝히리다. 이 몸은 미나모토노 다메요시의 아들로 하치로 다메토모라 부르는 자, 부친의 노여움을 사 분고노쿠니를 유랑하게 되었소만, 그 학은 우리 증조부이신 하치만타로 요시이에가 날려 보내신 천 마리 학 중의 하나인데 예기치 않게도 이 손에 들어온 것이외다. 어찌되었건 고약한 저 원숭이를 퇴치하고 귀공이 바라는 바를 이루었으니 무엇보다도 기쁘게 생각하오."

라고 대답하자 다다쿠니는 크게 놀라는 한편 기뻐하며,

다다쿠니 "이거 생각지도 못한 귀인을 뵙게 되었나이다. 겐케의 자제임을 몰라뵙고 섣부른 무례를 범했사오니 거듭 거듭 사죄드리옵니다. 소인 미욱하오나 무기를 다루는 자의 입장에서 공자와 같은 귀인을 여식 시라누이의 반려로 맞아들인다면 가문에 이 이상의 영광이 있사오리까. 만일 꺼리지 않으신다면 저희 집에 왕림해 주시기 바라나이다."
하고 진심으로 간청하니,

다메토모 "이는 이 몸이야말로 바라는 바요, 부모 형제를 떠나 의지가지없는 신세이니 모쪼록 잘 부탁드리리다."
하고 수락하셨으므로 다다쿠니는 크게 감격했고 아소의 가신 일동은 모두 이 경사에 축하를 올렸습니다.

(1909년 10월 21일)

제14석

이리하여 다다쿠니는 다메토모를 동반한 채 사졸을 이끌고 저택으로 귀환했습니다. 몬주인의 주지승은 예의 원숭이가 어떠한 죄를 저질렀든 이 절로 도망쳐 들어온 이상 목숨만은 건지기를 바랐건만 결국 살해된 것을 가엾게 여겨, 그 죽음을 크게 애도하고 산문 밖에 정중히 매장한 후 원숭이 무덤(猿塚)이라는 묘비를 세웠다고 합니다.

한편 아소노 사부로 다다쿠니는 다메토모를 두터이 대우하며 딸인 시라누이에게도 다메토모의 출신에 대하여 알려 주었습니다.

아소 "생각해 보려무나 시라누이, 내 지금 말한 바와 같이 겐케의 자손이자 인품이며 풍채가 결코 범상치 않은 사람이요, 우리 가문의 사윗감으로 절대 부끄럽지 않은 인물이니라. 하물며 그 원숭이를 해치워 준 은의도 있으니, 너도 평생을 소중히 여기며 모시도록 해라."
하고 타이르자 아무리 당찬 시라누이일지라도 역시 여인이었기에 얼굴을 붉히며,

시라누이 "말씀을 올리기도 민망할 뿐이오나 소녀가 늘 무용이 출중한 남편을 맞고 싶다고 아소 곤겐(阿蘇權現)께 기원을 드린 보람이 있

어 이와 같은 영웅을 만나게 되었으니 그 무엇보다 기쁜 일이옵니다. 아버님, 잘 부탁드립니다."

하고 대답하니, 부친 다다쿠니도 크게 흐뭇해하며 곧 황도길일(黃道吉日)[86]을 점쳐 혼례의 의식을 거행하기에 이르렀습니다.

혼례 당일이 되자 다다쿠니는 다수의 가신들을 지휘하여 좌석을 깨끗이 정리하도록 하고 산해진미를 마련하여 삼국(三國)[87] 제일의 사위를 맞아들일 준비를 해 두고, 시라누이 아씨도 오늘이야말로 경사스런 날이라 공들여 화장하고 자리에 앉았습니다. 삼삼구도(三三九度)[88]의 의식을 마무리하자 시라누이 아씨는 자신의 거처로 물러나 다메토모가 들어오기를 기다렸습니다. 식이 끝나고 연회도 파하자 다메토모는 수석 시녀 하나가 등불을 밝히고 안내하는 뒤를 따라 시라누이의 규방으로 향했습니다.

거의 복도의 중간 정도까지 왔을 무렵, 그 시녀의 "자, 이곳이 아씨님의 처소이옵니다. 나리께서 먼저 들어가시지요."

라는 말에 따라 다메토모는 아무 생각 없이 장지문을 열고 안으로 들어가려 했는데, 이게 어찌 된 일인지 어둠 속에서 돌연 네 명의 여자가 나타났습니다. 희고 붉은 옷을 겹쳐 입고 누인 명주실로 짠 비단 끈으로 소매를 얽어매고 있었습니다. 벚나무 가지 하나를 손에 들고 휘두르며 "얏!" 하는 기합과 함께 다메토모를 향하여 달려들었습니다.

다메토모는 "이야 살벌하군. 자, 와 보시지."

---

86) 음양오행설에 따라 어떤 일을 하기에 길한 날.

87) 예로부터 일본, 중국, 그리고 인도를 가리키며, 혹은 인도 대신 조선이 포함되기도 한다. 전 세계를 지칭하는 의미로도 사용된다.

88) 일본의 결혼식에서 행하는 헌배(獻杯)의 예. 신랑과 신부가 하나의 잔으로 술을 세 번씩 마시고, 세 개의 잔으로 합계 아홉 번을 마시는 일.

하고 허리에 찬 부채를 잡기가 무섭게 나뭇가지 아래로 파고들어 전후 좌우로 일격을 가했습니다. 여자들의 손을 연이어 탁탁 쳐 내리자 네 사람 모두 "앗!" 하고 외치며 벚나무 가지를 힘없이 떨어뜨리고 말았습니다. 이런 와중에 안쪽에서 똑같은 차림의 여자 십여 명이 마찬가지로 벚나무 가지를 치켜들고 왼편이며 오른편이며 우르르 몰려나와 삼국 제일의 남편감을 성대히 축하해 드리고자 소리를 높이며 덤벼드니 마치 색실 장식의 매듭이 뒤얽히는 것과 같고 꽃잎이 팔랑팔랑 휘날리는 광경이 끊임없이 내리는 눈과도 비슷하여 그 분위기가 이루 말할 수 없었습니다.

다메토모는 태연자약하게 부채로 나뭇가지를 하나하나 막아 내거나 쳐서 떨어뜨렸습니다. 그 빠르기란 바람을 타는 나비 혹은 허공에 번쩍이는 번개나 진배없었으므로, 그의 용기와 몸놀림에 공격하던 여자들은 모두 하나같이 다타미(疊)[89] 위에 엎드렸는데 그때 시라누이 아씨가 조용히 병풍을 밀어 치우고 모습을 드러내어 맞이했습니다.

시라누이 "참으로 무례를 범했사옵니다, 하치로 님. 공자께서는 부디 수상쩍게 여기지 마소서. 소첩은 어릴 적부터 지혜와 용맹으로 천하에 이름난 용사가 아니라면 남편으로 삼지 않겠노라고 맹세했나이다. 실례이오나 당신의 무용을 시험해 보고자 이처럼 서툰 짓을 벌였사오니 깊이 사죄를 드리옵니다."

하고 단아한 자세로 양 손을 짚고 절을 올리자 다메토모는 반은 웃고 반은 감탄하며 거리낌 없이

다메토모 "아니, 나도 그리리라 생각했소. 허나 천 근의 돌을 굴리는 자가 있을지언정 이 다메토모를 쓰러뜨릴 자는 아마도 이 세상에 한

---

89) 과거에는 깔개의 총칭으로 돗자리, 거적, 멍석 등을 가리켰다. 헤이안 시대부터 사용되었으며 처음에는 귀인이 앉는 자리에 한하여 깔다가 무로마치 시대(室町時代) 이후로 방 전체에 깔게 되었다.

사람도 없을 것이오. 하물며 활과 화살을 잡으면 귀신도 두려워하지 않는 이 몸에 대하여 여인들의 공격 따위가 무어 대단할 게 있으리오. 나는 사기(史記)의 손자전(孫子傳)을 즐겨 읽는데, 손자가 여인들을 병사로 훈련한 이야기[90]가 상당히 흥미로웠소. 지금 그대가 꾸민 일을 보니 손자의 병법이 연상되어 재미있었다오."

하고 말씀하셨습니다. 다메토모가 무용에만 능한 자가 아니라 학문에도 조예가 깊은 분이라는 사실에 시라누이는 크게 기꺼워하며, 자신이 바라던 그대로의 남편을 얻게 된 것은 필경 평소부터 신앙하던 아마테라스오미카미(天照皇太神)[91]의 가호라 여겼습니다. 드디어 다메모토를 규방으로 맞아들여 해로의 언약을 맺었는데, 부부 사이도 지극히 두터웠으므로 다다쿠니는 더더욱 기뻐했습니다.

(1909년 10월 22일)

제15석

이후 다메토모는 그 위명을 크게 날리게 되었습니다. 규슈의 호족인 아소 가문의 사위이기도 하며 무용에 있어서는 천하에 유례가 없는 분이었으므로, 주변의 무사들은 모두 다메토모에 복종하여 그 휘하에 들어가기에 이르렀습니다. 이 소식을 들은 곤노카미 스에토오는 크게 놀라, 즉시 사자를 파견하여 칼 한 자루와 말 한 필, 비단 몇 필을 보내어 축하의 뜻을 전해 올렸습니다. 또한 부젠(豊前)[92], 분고, 지쿠젠(筑

---

90) 전국시대(戰國時代)의 병법가 손무(孫武)가 오왕 합려(闔閭) 앞에서 궁녀들을 조련한 일화에 의한다. 손무는 그녀들이 자신의 지시에 따르지 않자 왕이 가장 아끼는 애첩 2명의 목을 베어 군율을 세웠고, 이후 궁녀들은 일사불란하게 훈련에 임했다고 한다.

91) 일본 신화에 등장하는 태양의 여신. 천황가의 시조신으로 숭배된다.

92) 현재의 후쿠오카 현(福岡縣) 동부와 오이타 현 북부에 해당한다.

前)[93], 지쿠고(筑後)[94], 히젠(肥前)[95]에 산재한 호걸들도 예물을 보내고 소식을 전하며 모두 신하의 예를 표했습니다.

이 무렵 8정 돌팔매의 기헤이지도 그 소문을 듣고 크게 기뻐하며 분고노쿠니로부터 아내 야쓰시로와 노카제를 이끌고 찾아왔으므로 다메토모는 대단히 흐뭇한 마음으로 이들을 후대하고 수하로 들이셨습니다.

다메토모의 무용이며 궁술의 탁월함은 이제 와서 새삼 언급할 필요도 없거니와, 더불어 8정 돌팔매의 기헤이지를 거느렸으니 8정 이내의 거리라면 무엇이든 팔매질로 명중시키지 못하는 것이 없는 백발백중의 실력은 정말이지 훌륭할 뿐이었습니다. 게다가 아소 가의 가신으로 데토리노 요지라는 자가 있었는데, 이 사내는 격투의 달인으로 일단 팔을 쩍 벌리고 상대와 맞붙게 되면 만 명으로도 당해 낼 수 없다는 자였습니다. 여기에 저 노카제라는 늑대는 무척이나 용맹무쌍하여 다메토모가 야습이라도 시도할 때에는 야간 순찰하는 병사를 물어 죽이거나 슬그머니 적의 진중으로 숨어들어 그 동정을 살피는 등 그야말로 민첩하게 활약했습니다. 고로 겐지의 공자 다메토모가 8정 돌팔매의 기헤이지와 데토리노 요지를 좌우에 거느리고 노카제를 길잡이로 삼아 백이나 2백 정도의 군병을 인솔하여 출전하면 그 어떤 강적이든 바로 무너지지 않는 경우가 없었으니, 사람들은 모두 놀라고 두려워할 따름이었습니다. 또한 야습이야말로 다메토모의 장기였기 때문에, 언제나 한밤중에 기습을 감행했습니다.

이제 누구 한 사람도 다메토모를 따르지 않는 이가 없고, 20여 차례에 걸친 전투에서 단 한 번도 패배한 적이 없었습니다. 당시 규슈의

---

93) 현재의 후쿠오카 현 서부에 해당한다.
94) 현재의 후쿠오카 현 남부에 해당한다.
95) 현재의 사가 현(佐賀縣) 및 이키(壹岐)와 쓰시마(對馬) 지역을 제외한 나가사키 현(長崎縣) 지역에 해당한다.

호족이라고 하면 부젠의 시로이(城井)와 분고의 지쿠시(筑紫) 일족이 있었으며, 지쿠젠의 시부카와(澁川), 지쿠고의 시로토(城戶), 히젠의 지바(千葉)와 나가마쓰(長松), 히고의 기쿠치와 하라다(原田), 휴가(日向)[96]의 이토(伊東), 히고의 기모□(肝□) 등이 모두 다메토모를 따르게 되었는데, 그 중 기쿠치와 하라다 일족이 변심하여 수천의 군사를 이끌고 쳐들어오리라는 보고가 들어왔습니다.

다메토모는 이를 듣고 "교활한 녀석들이 하는 짓이로구나. 이번 기회에 따끔한 맛을 보여 주리라. 병법에서도 선수 필승이요 후수는 불리하다 했고, 용병은 신속을 중시하는 법이니 무엇보다 빠르게 움직여야 한다."
라고 말하며 고작 2, 3백의 병사를 지휘하여 그들의 성으로 밀어닥쳤습니다. 다메토모가 단 한 발의 화살로 하라다의 동생 하라다 고레카도(原田惟門)를 사살하고 성의 망루를 산산이 박살냈기 때문에 적은 경악과 공포에 사로잡혀 즉시 항복했습니다.

겨우 1년 사이에 9개 지역을 병합하고 규슈를 통일하여 지쿠젠노쿠니(筑前國) 다자이후(太宰府)[97]에 거성을 세운 후 자기 자신을 규슈의 총 추포사(追捕使)[98]라 칭하며 상벌에 대한 권한을 장악하고 조세를 가볍게 하여 관인대도(寬仁大度)의 정사를 펼치니, 국민들은 모두 기뻐하고 이를 칭송하여, 진제이 하치로 님[99]이라 부르며 진심으로 존경했습니다. 그러자 이 소문이 어느새 조정에까지 들어갔는데, 다메토모와

---

96) 현재의 미야자키 현(宮崎縣)과 가고시마 현(鹿兒島縣)의 일부에 해당한다.
97) 규슈 및 이키, 쓰시마를 관할하며 외교, 해상 방어 등을 담당한 관청인 다자이후(大宰府)가 설치되었던 지역으로 현재의 후쿠오카 현 다자이후 시(太宰府市)에 해당한다.
98) 헤이안 시대 치안을 어지럽히는 자를 추포하고 진압하기 위하여 임명된 관리.
99) 진제이(鎭西)란 규슈의 이칭으로, 덴표(天平) 15년(743년)에 다자이후를 일시적으로 진제이후(鎭西府)로 칭했던 것에서 유래한다.

사이가 나쁜 예의 주나곤(中納言)[100] 뉴도 신제이는 그를 미워하고 있었으므로 언젠가 다메토모를 살해하려 마음먹고 있었으나 세력이 강성하여 좀처럼 손을 쓸 방법이 없었습니다.

그러던 어느 날 가시이노미야(香椎宮)[101]의 신관이 교토(京都)로 올라와 신제이의 거처를 방문했습니다.

신제이 "이거 이거 오랜만에 상경하셨구려. 규슈에는 뭔가 진기한 사건이라도 있었소이까. 다행히도 도성은 평온하고, 이 몸도 때때로 새로운 인 거처에 한비자를 강의하러 다니고 있소."

가시이노미야의 신관은 이름이 마카게(万蔭)라는 자였습니다.

마카게 "참으로 오랜만에 존안을 뵙습니다. 언제나 강건하시니 기쁘옵니다. 최근에는 규슈에 호간 다메요시 님의 자제 되시는 다메토모라는 자가 내려와 상당한 세력을 펼치고 있사온데, 이미 규슈의 주인이라 해도 좋을 정도이옵니다."

신제이 "오오, 다메토모 말이로군. 조정의 허락도 받지 않고 멋대로 나서서 규슈를 정벌하고 스스로 총 추포사라 칭하고 다닌다지. 발칙하기 그지없는 녀석이로다. 금후 언제가 되든 조정으로부터 그 아비 다메요시에 대한 문책이 있을 게야."

마카게 "게다가 최근 듣기로는 그 다메토모가 진기한 학을 얻었다고 합디다. 다리에 황금 패가 매달려 있기에 찬찬히 살펴보니 그 증조부 요시이에가 놓아준 녀석이었다는 신비한 학인데, 그 학을 풀어 원숭이를 잡았다던가요."

---

100) 태정관(太政官)의 차관. 다이나곤(大納言)의 아래 직책으로 직무는 거의 동일하다. 관위는 종3위(從三位)에 상당한다. 단 신제이는 쇼나곤(少納言)이었으므로 본문의 서술은 오류.

101) 가시이 궁(香椎宮). 현재의 후쿠오카 시(福岡市)에 위치한 신사. 제신은 주아이 천황(仲哀天皇)과 진구 황후(神功皇后)이며, 헤이안 시대까지는 신사로 취급되지 않았으며 가시이 묘(香椎廟)라 칭했다.

하고 신관은 아무렇지도 않게 이야기했습니다. 신제이는 이를 듣고 손뼉을 치며 즐거워했으나 내심 다메토모를 참소할 기회가 왔다고 생각하여, 다음날 바로 도바(鳥羽)의 조보다이인(成菩提院)[102] 처소에 참상하여 도바 상황에게 배알을 요청했습니다.

(1909년 10월 23일)

제16석[103]

이 조보다이인 처소라는 곳은 도바 상황의 거처로 규주 2년(1155년) 봄에 신축되었는데, 가산을 만들고 연못을 파도록 명하여 무척 아름다운 정원이 딸려 있었습니다. 신제이는 상황을 알현하여

신제이 "참으로 훌륭한 정원이옵니다. 매우 아름답습니다. 실은 어제 쓰쿠시(筑紫)에서 찾아온 지인의 말을 듣자니, 다메요시의 8남 다메토모가 쓰쿠시에서 진기한 학을 얻었사온데 그 학은 과거 요시이에가 놓아준 것이라 다리에 황금 패가 매달려 있으며 생김새는 고니보다도 크고 울음소리도 퍽 높고 맑다고 하옵니다. 속히 다메요시에게 명을 내리사 다메토모를 소환하는 사자를 파견하여 그 새를 이 연못의 물가에 풀어 놓는다면 지극히 경사로운 일이 되리이다."

하고 말씀을 올렸으므로 상황은 크게 기뻐하시며 "그거 신기한 이야기로다. 바로 다메요시에게 명을 내리리라."

하고 다음날 다메요시를 불러들여 이르기를 다메토모에게 사자를 보내어 즉시 학을 진상하도록 하라고 명하셨습니다. 다메요시 아손은 이

---

102) 도바 상황이 조부인 시라카와 법황의 사망 후 그 처소였던 산조니시도노(三條西殿)의 니시노타이(西對)를 도바도노(鳥羽殿)로 옮겨 구체아미타당(九休阿弥陀堂)으로 개축하고 조보다이인(成菩提院)이라 명명했다.

103) 원문에는 제15석으로 표기되어 있으나 순서에 맞도록 정정한다.

상하다고 생각하면서도 삼가 말씀을 올리기를, "하치로 다메토모는 까닭이 있어 서쪽 지방으로 추방했고, 몇 년간 소식을 끊고 있었기 때문에 소인은 도무지 어찌 된 사정인지 모르겠사옵니다. 누가 알려드렸는지 알 수 없사오나 아무튼 사람을 보내어 말씀을 전하겠나이다." 하고 답변을 드린 후 퇴출하셨습니다.

귀가한 후 가신인 하타노 지로 가게노부(秦次郎景延)[104]라는 자를 부르셨습니다. 가게노부가 무슨 일인가 하고 서둘러 다메요시 앞에 나타나자, "여봐라 가게노부, 그대는 지금부터 쓰쿠시로 떠나 하치로와 대면하여 조부 요시이에 공께서 놓아주셨다는 학을 도바인께 헌상하라는 명을 전하라."
하고 명령하셨습니다.

가게노부 "명을 받들겠나이다."
하고 대답한 하타노 지로는 제대로 채비도 차리지 못하고 한마(汗馬)[105]를 채찍질하여 밤낮을 가리지 않고 길을 달렸습니다. 그가 다자이후에 도착하자 다메토모는 아버님께서 보내신 사자임을 듣고 바로 대면하셨습니다.

다메토모 "오오, 가게노부였나. 오랜만이로군. 자네는 무슨 용무로 내려왔는가. 아버님께서는 무탈하신가. 나에 대한 처벌을 거두어 주시겠다는 소식은 아닌가."
하고 질문하시니, 가게노부가 대답하기를

가게노부 "주인어르신을 위시하여 형제분들은 모두 건강하시오니 바라옵건대 안심하소서. 다름이 아니오라 소인이 이번에 갑작스레 사자

---

104) 『호겐모노가타리』에 미나모토노 요시토모의 가신으로 그 이름이 보인다.
105) 하루에 천리를 달린다는 말. 본디 아라비아에서 나는 명마를 칭하며, 준마(駿馬)의 대명사처럼 사용된다.

의 명을 받자와 찾아뵙게 된 까닭은, 제가 듣기로 작은 주인님께서 진귀한 학을 얻게 되었다는 소식을 첫 번째 인(도바 상황)[106]께서 귀담아 들으시고 조보다이인의 정원에 풀어 놓기를 바라시니, 그 학을 헌상하라는 주인어르신의 명이 계시어 이렇게 뵙게 되었나이다."

상세한 사정을 말씀드리자 다메토모가 이를 듣고

다메토모 "오오, 그 때문에 일부러 내려왔는가. 그것 참 수고가 많았네. 증조부이신 요시이에 님께서 날려 보내신 학을 분고노쿠니 유우야마라는 곳에서 손에 넣게 된 것은 분명한 사실이네만, 바로 놓아주었기 때문에 지금은 데리고 있지 않다네. 수중에 있다면야 즉시 바치는데 무슨 거리낌이 있으랴마는, 날려 보내고 상당한 시일이 흘렀으니 어찌할 도리가 없군. 일이 이리 되었으니 무어라 답변을 드려야 할까……"

하고 말씀하시니, 하타노 지로 역시 크게 실망했습니다. 잠시 후 다메토모가 무심코 탁 하고 손뼉을 치며,

다메토모 "아아, 알겠다 알겠어. 이 일은 신제이의 모략이 확실하군. 신제이가 학을 놓아준 일을 듣게 되자 나를 미워한 나머지 일부러 사정을 모르는 척 최근 손에 넣었다는 것처럼 주상했음이 틀림없어. 그러니 이미 학을 날려 보냈다고 주상하더라도 그 말을 사실이라 받아들이지 않으실 테지. 그렇다고 다른 학을 진상하면 주군과 부친을 기망하는 일이 되니, 오로지 운을 하늘에 맡기고 있는 그대로 고하는 것이 좋겠다."

하고 결심하신 후 8정 돌팔매의 기헤이지를 사자로 삼아 하타노 지로와 함께 교토로 향하도록 명하셨습니다.

---

106) 원문은 '이치인(一院)'으로, 스토쿠 상황이 '신인(新院)'이라 불리던 것과 구분한 호칭이다. 고노에 천황 재위 당시 퇴위한 천황은 도바 상황과 스토쿠 상황 두 사람이었다.

이리하여 하타노 지로 가게노부와 8정 돌팔매의 기헤이지 두 사람은 오로지 길을 서둘러 교토에 도착하자마자 로쿠조(六條)에 있는 다메요시 아손의 저택에 사후했습니다.

다메요시 "오오, 수고했다. 꽤나 서두른 모양이구나, 고생이 많았다. 예의 학은 가지고 돌아왔겠지."

기헤이지는 양손을 짚고

기헤이지 "처음으로 존안을 뵙나이다. 소인은 기헤이지라 부르는 자로, 이번에 작은 주군의 사자로 참상했사옵니다."

다메요시 "오오, 그것 참 수고 많았네. 그런데 학은 어찌 되었는가."

아무래도 학에 대한 일이 염려된다는 태도였습니다만, 그러시는 것도 무리가 아니라 하겠습니다.

(1909년 10월 24일)

제17석

기헤이지 "실은 그 일에 대하여 말씀드리겠습니다. 일단 손에 넣은 것은 사실입니다만, 이처럼 귀한 생물을 설령 새나 짐승이라 할지라도 우리 속에 가두어 두는 것은 천지의 도리에도 어긋나고 요시이에 님께 대해서도 죄송스런 일이라 여겨 지난해 봄 아소 산 기슭의 몬주인 문 앞에서 놓아주었기에 지금은 수중에 두고 있지 않사옵니다. 다른 학을 진상하는 것은 주군과 부친을 기망하는 일이나 진배없으므로 일부러 가져오지 않았나이다. 이 뜻을 어여삐 여겨 주십사 하는 전갈이옵니다." 하고 유감을 표한 후, 주인으로부터의 서면을 내밀었습니다.

다메요시 아손은 기헤이지의 전갈을 듣고 다메토모의 서신을 읽은 후 무척이나 수심에 잠긴 모습으로,

다메요시 "저 하치로의 일이니, 학이 아깝다고 아비의 위기를 돌아보

지 않을 리 없지. 학을 놓아주었다는 것도 분명 사실임에 틀림없으나 지금 조정에는 간신이 길을 가로막고 성총을 흐리게 하고 있으니, 이미 학을 날려 보내서 없다고 하면 신용하시지 않을 게다. 어떠한 문책을 받게 될는지 헤아리기 어렵구나. 그렇다고 풀어 준 학을 이제 와서 어찌할 도리도 없고, 이리 된 이상 하치로가 보고한 그대로 주상해 보는 수밖에 없겠다."

하고 말씀하신 후 익일 조보다이인 처소에 참상하여 그간의 사정을 주상하기에 이르렀습니다. 그러나 상황께서는 기분이 상하신 듯, "다메토모는 최근 다자이후에서 무위를 떨치고 있다 들었네. 학을 놓아주었다 함은 거짓 핑계이며, 아까운 마음에 헌상하지 않는 것일 테지. 그 죄는 칙명을 어긴 것이나 다름없네. 게다가 제멋대로 규슈를 정벌하다니 발칙하기 짝이 없는 일, 만일 시급히 상경하여 그 죄를 고하지 않는다면 당장 그대의 관직을 깎고 무거운 죄과를 치르도록 할 것이야." 라고 말씀하셨습니다. 학에 관한 일이야 어쨌든 규슈를 마음대로 정벌한 일은 모반에 해당하는 것이니, 다메요시도 크게 황공한 마음으로 어전에서 물러난 후 급하게 로쿠조의 자택에 여러 자식들을 불러 모아 이 일을 어찌해야 좋을는지 상담하셨습니다.

이때 적자인 사마노카미(左馬頭)[107] 요시토모가 나서서,

요시토모 "아버님, 하치로의 거동은 실로 언어도단이라, 자신의 무용을 자만하여 멋대로 규슈를 정벌하다니 무어라 해도 조정에 대하여 지극히 황공한 일이옵니다. 허나 다행히도 상황께서 그 죄를 묻지 않으시고 도리어 학을 바치라 하셨으니 하치로의 입장에서는 뜻밖의 요행이었다 할 것입니다. 학만 헌상했다면 하치로의 대죄도 사면될 뿐

---

107) 사마료(左馬寮)의 장관. 관위는 종5위상(從五位上)에 상당한다. 단 요시토모가 사마노카미에 서임된 것은 호겐의 난 이후의 일이므로 본문의 서술은 오류.

아니라 역으로 상황의 인젠(院宣)[108]에 의하여 정식으로 규슈 총 추포
사로 임관되기에 이르렀을지도 모르는 일. 어찌 되었건 학을 놓아준
것이 안타까울 따름이옵니다. 따라서 일단 그 학의 행방을 찾는 것이
야말로 긴요한 일이며, 이에 관해서는 하리마노카미(播磨守) 아베노 야
스나리(阿部易詋)가 점술에 능한 인물이라 하니 먼저 그 사람을 불러
학의 행방을 점치도록 하심이 가장 묘책이라 생각하옵니다.”
하고 말씀을 올렸습니다. 다메요시 아손도 그럴듯하다 여겨, 서둘러
아베노 야스나리를 불러들이셨습니다.

이야기와는 무관한 내용인지라 죄송합니다만, 아베노 야스나리라는
인물은 저 유명한 아베노 세이메이(阿部晴明)[109]의 5대손에 해당하며
세이메이로부터 대대로 천문 점술에 탁월한 재능을 발휘한 명인이었
습니다. 아베 가문에 전해지는 천문학이란 성학(星學)이라고도 하며,
일월성신(日月星辰)의 운행을 보고 천지의 변동, 인간사의 길흉을 관찰
하는 것입니다. 역시 그 근본은 주역(周易)에서 나온 것입니다만 여기
에 음양(陰陽)과 노장(老壯)의 설을 가미하여 전한(前漢) 시대로부터 하
나의 뼈대를 이루어 세간에 알려지게 되었습니다. 일본에서는 가모노
다다유키(加茂忠行)[110]라는 인물이 원조로, 가모노 다다유키의 선조는

---

108) 헤이안 시대 이후 상황 또는 법황의 명령에 의하여 작성하는 문서.

109) 아베노 세이메이(安倍晴明, 921~1005): 헤이안 중기의 음양사(陰陽師). 가마쿠라
시대로부터 메이지(明治) 초기에 이르기까지 음양료(陰陽寮)를 총괄한 쓰치미카도
(土御門) 가문의 선조. 그의 점괘나 예언을 다룬 설화가『곤자쿠모노가타리슈(今昔物
語集)』,『우지슈이모노가타리(宇治拾遺物語)』등에 보인다. 단 본문에는 '安倍'가 아
닌 '阿部'로 표기하고 있으며, 야스나리(易詋)라는 인물명도 아베 씨 계도에 보이지
않는다.

110) 가모노 다다유키(賀茂忠行, ?~?): 헤이안 중기의 학자. 중국과 일본의 학문 및 음양
도에 통달하여 점술의 명인으로 이름을 날렸다. 본문에는 '賀茂'가 아닌 '加茂'로 표기
하고 있다.

고레이 천황(孝靈天皇)[111]의 세 번째 황자 와카타케히코노미코토(稚武彦
命)이며 나라에 공을 세워 빗추노쿠니(備中國)[112]의 수령이 되었습니다.
그 후손이신 기비 공(吉備公)[113]이 레이키(靈龜)[114] 2년(716년) 당나라 땅
에 건너가 오경(五經), 삼사(三史), 음양 제예(陰陽諸藝)의 서적을 널리
수집하여 귀국하시니, 쇼무 천황(聖武天皇)[115]이 우다이진(右大臣)으로
서임하시고 고켄 천황(孝謙天皇)[116]은 가모 씨(加茂氏)라는 성을 내리셨
습니다. 기비 공의 7대손 야스노리(保憲)가 칙명을 받아 달력을 제작하
시고, 그 아들 미쓰요시(光榮), 혹은 다다유키[117]라 부르는 자가 천문의
도를 아베노 세이메이에게 전했습니다.

세이메이는 아베노 나카마로(安部仲麿)[118]의 자손으로, 가모 씨를 통

---

111) 고레이 천황(孝靈天皇, ?~?):『고지키』및『니혼쇼키』에 전하는 제7대 천황. 고안
    천황(孝安天皇)의 황자로 이름은 오야마토네코히코후토니(大日本根子彦太瓊)라 한다.
112) 현재의 오카야마 현(岡山縣) 서부에 해당한다.
113) 기비노 마키비(吉備眞備, 695~775): 나라 시대(奈良時代)의 정치가이자 학자. 당에
    유학하여 학문을 익히고 귀국 후 다치바나노 모로에(橘諸兄)의 수하에서 활약했다.
    후지와라노 나카마로(藤原仲麻呂) 정권에 소외되어 좌천된 후 재차 도당. 나카마로의
    사후 정계로 돌아와 우다이진(右大臣)에까지 오른다.
114) 겐쇼 천황(元正天皇) 치세의 연호. 715년 9월 2일부터 717년 11월 17일까지에 해당.
115) 쇼무 천황(聖武天皇, 701~756): 제45대 천황. 재위 724~749. 몬무 천황(文武天皇)
    의 제1황자. 불교를 보호하고 도다이지(東大寺)를 위시하여 각 지역에 고쿠분지(國分
    寺)와 고쿠분니지(國分尼寺)를 건립했다.
116) 고켄 천황(孝謙天皇, 718~770): 제46대 천황. 재위 749~758. 쇼무 천황의 제2황녀
    이자 모친은 고묘 황후(光明皇后). 다치바나노 나라마로의 난(橘奈良麻呂の亂) 후 준
    닌 천황(淳仁天皇)에게 양위했다. 승려 도쿄(道鏡)를 총애하여 천황과 대립했고, 후지
    와라노 나카마로의 난(藤原仲麻呂の亂) 이후 천황을 폐하고 다시 황위에 올라 제48대
    쇼토쿠 천황(稱德天皇)이 되었다.
117) 가모노 야스노리(賀茂保憲)는 다다유키의 장남이며, 미쓰요시(光榮)는 야스노리의
    장남이자 다다유키의 손자에 해당한다. 따라서 본문의 서술은 오류.
118) 아베노 나카마로(阿倍仲麻呂, 698~770): 나라 시대의 학자. 견당유학생으로 입당
    하여 현종 황제(玄宗皇帝)에게 중용되었다. 귀국 도중 배가 난파하여 결국 일본에 돌
    아오지 못하고 당에서 사망했다.

하여 천문을 배우고 그 심오한 경지를 터득하여 책력과 산술, 천체의 운행을 관측하는 기술에 관한 것이라면 익히지 않은 분야가 없고, 실로 당대의 대학자로서 천황으로부터 대박사(大博士)의 칭호를 받게 되었습니다. 간나(寬和)[119] 2년(986년) 6월 22일 밤, 당대의 임금이셨던 가잔 천황(花山天皇)[120]께서 황위에서 물러나시어 머리를 깎고 가잔 간케이지(花山元慶寺)[121]에 입산하시고자 은밀히 궁을 나선 길에 세이메이의 자택 앞을 지나셨습니다. 세이메이는 마침 더위를 피하려고 뜰에 나와 있었는데, 하늘을 우러러보던 중에 별이 자리를 뜨는 것을 보고 놀랐습니다. 천체의 형상이 변화하니 천자가 자리에서 물러날 징조라, 그것 참으로 기이하구나, 라고 중얼거리는 것을 천황이 담 밖에서 듣고 웃으며 떠나 가잔지(花山寺)에 들어가셨다는 이야기가 있습니다.

(1909년 10월 26일)

제18석

어느 날 세이메이는 당대의 섭정(攝政)[122]이었던 후지와라노 미치나가(藤原道長)[123]의 저택에 참상하여

---

119) 헤이안 중기 가잔 천황(花山天皇)과 이치조 천황(一條天皇) 치세의 연호. 985년 4월 27일부터 987년 4월 5일까지에 해당.

120) 가잔 천황(花山天皇, 968~1008): 제65대 천황. 재위 984~986. 레이제이 천황(冷泉天皇)의 제1황자. 후지와라노 가네이에(藤原兼家) 등의 책모에 의하여 퇴위, 출가한 후 간케이지(元慶寺)에 들어갔다. 가인으로서도 유명.

121) 현재의 교토 시(京都市) 야마시나 구(山科區)에 위치한 천태종(天台宗) 사원. 요제이 천황(陽成天皇)의 출산에 임하여 조간(貞觀) 11년(869년) 창건되었다. 이후 가잔 천황이 이 절에서 출가하여 가잔지(花山寺)라고도 불린다.

122) 천황이 유소하거나 여제(女帝)일 경우 대신 정무를 행하는 것 혹은 그 직책. 본래 황족에 제한된 직무였으나, 헤이안 시대 세이와 천황이 등극하고 후지와라노 요시후사(藤原良房)가 섭정으로 임명된 이후 유력 귀족이 담당하는 직책이 되었다.

123) 후지와라노 미치나가(藤原道長, 966~1028): 헤이안 중기의 귀족. 가네이에의 5남.

세이메이 "오늘 소인의 점괘에 의하면 섭정 댁에 괴이한 일이 있으리다. 주의해야 할 것이오."

라는 말씀을 올렸습니다.

미치나가가 저택 문을 굳게 닫은 채 부정을 피하고[124] 있었는데, 날이 저물 무렵 대문을 두드리는 자가 있었습니다.

문지기가 "무슨 일이신지요."

하고 묻자 와슈(和州)[125]에서 참외를 헌상하기 위하여 찾아온 사자라고 대답하기에 문을 열고 물건을 받아들였습니다.

마침 세이메이는 명의 시게와카(重稚), 승려 긴슈(勤修)와 더불어 그 자리에 있었는데, 미치나가가 세이메이를 향하여 "아무 일도 없었는데 어찌 된 일이오."

하고 질문했습니다.

세이메이 "아니, 이 참외 속에 독이 있으니 드시면 안 됩니다."

이렇게 말하자 승려 긴슈가 "소승이 법력으로 이 여러 참외 가운데 독이 있는 참외를 찾아내어 보겠소이다."

하고 주문을 외며 가지기도(加持祈禱)[126]를 올리니 기이하게도 많은 참외 가운데 커다란 참외 하나가 데구루루 굴러왔습니다.

명의 시게와카가 소매 안에서 침 하나를 꺼내어 참외를 찌르자 그 속에서 피가 흘러나왔습니다. 참외를 갈라 보니 안에 독사가 도사리고 있는데 그 눈에 침이 꽂혀 있었으니, 세상 사람들은 새삼 이 세 사람의

딸 넷을 차례차례 천황의 비로 들이고 외척으로서 섭정 및 다이조다이진을 역임하며 권세를 휘둘렀다. 만년에는 출가하여 호조지(法成寺)를 조영했다.

124) 원문은 모노이미(物忌). 꿈자리가 좋지 못할 때나 부정한 대상에 접촉했을 경우, 혹은 불길한 날 따위에 외출을 삼가고 재계하는 것.

125) 현재의 나라 현(奈良縣)에 해당하는 야마토노쿠니(大和國)의 이칭.

126) 부처의 힘을 빌려 병, 재난, 부정 따위를 피하기 위하여 올리는 기도.

탁월한 능력에 경탄했습니다.

한편 당시 하리마노쿠니(播磨國)[127]에 지토쿠 법사(智德法師)라는 자가 있었는데, 이 사람도 상당한 실력의 음양사로 범상한 자는 아니었습니다. 어느 날 쓰쿠시에서 도성으로 올라오는 배가 수많은 물건을 싣고 아카시(明石)[128]의 난바다를 지나갈 때 나타난 해적이 그 배에 뛰어올라 사공들을 베어 죽였습니다. 물건 주인과 사공 한 사람만 바다에 뛰어들어 간신히 목숨을 건지고 뭍으로 올라와 울고 있었는데, 그 자리에 지토쿠가 다가와 울고 있는 이유를 묻자 그들은 "쓰쿠시에서 연공으로 바칠 물건을 싣고 도성을 올라오던 도중 어제 해적을 만나 이러저러하게 되었습니다."

하고 대답했습니다. 지토쿠 법사가 이를 듣고 "그렇다면 소승이 그 해적들을 붙잡아 주리다."

하고 장담한 후 작은 배를 내어 그 사공과 함께 타고 너른 바다로 나섰습니다. 해상에 배를 띄우고 물 위에 무언가를 쓰더니 주문을 외우고 돌아왔습니다.

그 후로 이레 정도가 흘러 어디에서랄 것도 없이 파도에 휩쓸린 배한 척이 기우뚱 기우뚱 바닷가에 표착했습니다. 타고 있는 사람은 모두 어딘가에 취한 듯한 모습이었으나 실은 지토쿠의 주문에 의하여 그 해적들이 취한 듯 정신을 잃어 배가 자연히 해안으로 밀려온 것이었습니다. 지토쿠는 해적들을 꾸짖고 이전에 훔친 물품들을 모두 주인에게 돌려주었습니다.

이토록 술법에 능한 지토쿠 법사가 세이메이의 능력을 시험해 보겠노라고 교토를 찾았습니다. 세이메이는 이미 그 사실을 알고 니시노토

---

127) 현재의 효고 현(兵庫縣) 남서부에 해당한다.
128) 현재의 효고 현 남부. 아카시 해협(明石海峽)에 면한 지역.

인(西洞院)에 있는 자신의 저택에 벽보를 붙여 '금일 서쪽 지방으로부터 법사가 방문하리. 그대의 도술은 아직 정묘하지 않으니 이 내가 그대를 시험하리라'라고 써 두었습니다.

자신이 오는 것을 앞서서 알고 있었는가 하고 크게 놀란 법사가 그 자리에 우두커니 서 있자니, 한 사람의 노인이 지팡이를 짚고 저편에서 걸어왔습니다. 법사를 유심히 바라보더니, "안녕하시오, 법사." 하고 말을 걸었습니다.

지토쿠는 마음에 짚이는 바가 있어 말을 받았습니다. "아아, 댁이 아베 씨이신가."

세이메이가 깔깔 웃으며 "그대가 오래도록 음양과 천문의 도를 익혔으나 아직은 그 신묘한 경지에 달하지 못하였소. 그 벽보에 마음을 빼앗겨 내가 저쪽에서 다가오는 것을 알아채지 못하고 내가 말을 걸 때까지도 깨닫지 못하고 있었다니 주의가 부족하구려." 하고 말하자 지토쿠 법사는 크게 감탄하여 이후로 세이메이의 제자가 되었다는 이야기가 있습니다. 정말이지 세이메이라 하면 고금에 드문 음양사로, 천문과 점술 능력도 그 영험함이 극에 달한 바 천지의 변화 인간사 제반 어느 것이든 예지할 수 있었다고 합니다.

아베노 야스나리는 다메요시의 초청에 즉시 응하여 로쿠조의 저택을 방문했습니다.

바로 점대[129]를 뽑아 점괘를 확인했는데 역의 괘는 화천대유(火天大有)의 2효(二爻)가 변하여 이위화(離爲火)가 되니, 야스노리가 이를 해석하여 "화천대유란 태양이 하늘에서 빛나는 상이요, 이 새가 오래도

---

129) 점을 치는 데에 사용하는 가늘게 쪼갠 대나무. 점괘의 내용이 적혀 있어, 이를 뽑아 길흉을 판단한다.

록 유유히 하늘에서 나래를 치게 되리라는 것이라. 변하여 리(離)가 되니, 리는 멀어지는 것이요 방위는 남쪽이라, 우리 본토에서 떨어져 남방으로 저 멀리 류큐 부근에서 날고 있을 것이외다."

하고 말하자 점괘를 듣고 다메요시는 대단히 실망했습니다.

다메요시 "이 근처에 있을지라도 하늘을 나는 새를 찾기란 지극히 어려운 일이거늘, 하물며 류큐 국까지 향한다는 것은 용이한 일이 아니겠지."

하고 다시 야스노리를 향하여 부탁했습니다.

다메요시 "이 학을 찾아내는 것이 가능할지 그렇지 않을지에 대하여 다시 한 번 점괘를 뽑아 주셨으면 하오."

야스노리 "아니, 굳이 점을 칠 것까지도 없소. 리는 떠나고 다시 만난다는 의미라오. 이 학은 일단 사람의 손을 벗어났으나 다시 붙잡을 수 없다는 것은 아니외다. 어서 류큐 국으로 사람을 파견하여 수색하면 백 일 내에 반드시 손에 넣게 될 게요."

다메요시는 다소 안도하는 심정이 되어 바로 조보다이인 처소로 향했습니다.

(1909년 10월 27일)

제19석

다메요시는 상황에게 아뢰기를 "백 일 기한으로 학을 찾아 진상할 것이오니, 그때까지 유예를 바라나이다."

하고 주청했습니다. 상황은 결국 허락을 내려 "그렇다면 시일 내에 틀림없이 새를 바치도록 하라."

라고 말씀하셨습니다. 이로써 다메요시도 약간은 안도하는 심정으로 처소를 물러난 후 자신의 저택으로 돌아가 가게노부, 기헤이지 두 사람을 불렀습니다.

다메요시 "실은 오늘 상황께 참상하여 이러저러한 부탁을 드리고 백일을 기한으로 학을 진상할 것이라 약조하고 왔느니라. 그러니 자네들 두 사람은 즉시 다자이후로 내려가 하치로에게 사정을 전하라."

명령을 받은 두 사람은 "알겠사옵니다" 하고 대답한 후 서둘러 채비를 마치고 한마를 채찍질하여 2백 리를 넘는 길을 고작 이레 만에 달려 도착했습니다.

기다리고 있던 다메토모는 바로 이들을 면회했습니다.

다메토모 "어떻게 되었는가, 자네들. 아버님으로부터의 답신은 어찌 되었는가."

하고 어기(語氣)도 날카롭게 질문을 받은 두 사람은 머리를 숙이고 아베노 야스나리의 점괘와 다메요시의 말을 하나부터 열까지 상세히 전달했습니다. 다메토모는 일부시종을 듣자 당황하는 표정이 역력하여 한동안 생각에 잠겼으나 돌연 말씀하시기를,

다메토모 "음, 그 일에 대해서는 생각나는 바가 있네. 그 학이 내 꿈속에 나타났을 때 남쪽 바다 끝에서 만나게 될 것이라고 이야기했지. 주역의 점괘와도 그대로 합치되는군. 그럼 류큐 등지로 사람을 파견하여 수색한다면 찾을 수도 있겠으나, 이에 관해서는 장인과도 상의를 거쳐야 할 것일세. 여하튼 곤란하게 되었군. 허나 무슨 일이든 불가능하다고 포기하는 것은 딱 질색일세. 어떤 일이든 완수해 내는 것이 내 성격이니 두 사람 모두 염려할 필요 없네."

하고 전혀 주눅이 든 기색도 없이 의기양양한 태도였습니다.

아무튼 장인은 물론 모두와 상의하기 위하여 다다쿠니를 비롯한 다수의 가신들을 불러 모아 이 사건에 대하여 의견을 나누게 되었습니다. 이때 장인인 다다쿠니가 말하기를

다다쿠니 "류큐는 사쓰마가타(薩摩潟)[130]로부터 바다로 370리나 떨어져 있는데 어떻게 건너갈 수 있겠소이까. 게다가 지리를 모르고 언어도 통하지 않는다고 하더이다. 그 학이 이곳에 있다 할지라도 백 일 안에 찾아내기란 지난한 일이거늘, 하물며 류큐 국까지 건너가는 것은 용이한 일이 아니오. 듣기로 사쓰마노쿠니(薩摩國)로부터는 길도 가깝고 그 지역과 류큐는 서로 배도 왕복하고 있다 하니 그 지역 사람을 불러들여 물어보면 무언가 또 효율적인 방법이 있을 것이오. 기헤이지는 본디 류큐 국 사람이라 들었는데, 그대에게 좋은 생각은 없는가." 하고 물었습니다.

기헤이지가 나서서 "실은 제가 말씀을 올리고자 생각하고 있었사옵니다. 요행히도 소인의 조부가 본래 류큐 국 사람인 까닭에 그 나라의 사정을 약간이나마 조부나 부친에게서 듣고 있사온데, 먼저 대략적인 내용을 말씀드리겠나이다. 류큐는 원래 류큐(流虯)라 쓰며, 만리창파 가운데 이무기(虯)가 꾸불꾸불 떠다니는 듯한 형상을 하고 있었기에 이런 이름이 붙은 것이옵니다. 어느 날 그 나라의 왕이 바다에서 고기를 잡다가 미려한 빛을 발하는 구슬 세 개를 얻었다고 합니다. 크기는 주먹 정도이고 찬란한 광휘가 10리 바깥까지 이르러 정말이지 손에 넣기 어려운 보물이었는데, 국왕은 크게 기뻐하여 하나를 류(琉), 다른 하나를 큐(球)라 명명하고 소중히 간직했으므로 국명을 류큐(琉球)로 바꾸게 되었다고 합니다. 나라의 풍속은 순량(淳良)하고 기후는 온난하며, 남자는 수염을 길게 기르고[131] 눈자위가 깊으며 코가 길고, 여자는

---

130) 현재의 가고시마 만(鹿兒島灣) 혹은 가고시마 현 서부에 해당하는 사쓰마노쿠니(薩摩國)의 남쪽 바다를 막연히 지칭하는 듯하며, 실제로 사쓰마가타(薩摩潟)라는 지명은 존재하지 않는다.

131) 『진세쓰유미하리즈키』에 의하면 본문의 서술과 정반대로 '남자는 수염을 깎으며(男子は髭を剃)'라고 기술되어 있다.

먹으로 목에 문신을 넣는 풍습이 있습니다. 그 도읍을 나하(那覇)라 부
르고 왕성을 호신덴(奉神殿)이라 칭하며, 로코쿠몬(漏刻門), 즈이센치(瑞
泉池), 주산하이보(中山牌坊) 등의 여러 관문이 있습니다. 건방(乾方)[132]
의 산을 야야마(八頭山)라고 하며, 동쪽으로 덴카이토지(天界等寺), 서
쪽으로 엔가쿠토지(圓覺等寺)가 위치합니다. 게이온테이(迎恩亭)는 가
빈쇼(花瓶嶼)의 북쪽에 위치하며 여기서 5리 떨어진 곳에 덴시칸(天使
館)이 있고 다시 30리를 더 가면 간카이몬(歡會門)이 나옵니다. 남쪽으
로 섬이 하나 있고 산이 솟아 있는데 그 이름을 다이헤이산(太平山)이
라 합니다. 남북으로 또 하나의 섬이 있고 이를 소 류큐(小琉球)라 부르
며, 남쪽 해상에 산이 넷 있는데 그 이름은 류오잔(硫黃山), 네쓰헤키잔
(熱壁山), 시오산(移奧山), 가이스이잔(灰堆山)입니다. 서북쪽으로는 섬
이 셋 있으며 이름하여 겐다쇼(黿鼉嶼), 고에이쇼(高英嶼), 호코토(彭胡
嶋)라고 합니다. 또한 서쪽에 위치한 세 섬은 바시산(馬齒山), 고베이잔
(古米山), 호카산(彭家山)이라 하며, 산이 둘 있는데 조교쇼(釣魚嶼), 헤
이카산(瓶架山)이라 합니다. 국왕을 주산(中山)이라 칭하고 동궁(東宮)
은 나카구스쿠(中城), 후비(后妃)는 주후기미(中婦君), 왕자는 왕시(ワン
シ)라고 합니다. 무사를 하이킨(親雲上), 그 다음 계급은 쓰쿠토(筑登)라
고 하며, 관명(官名)으로는 안지(按司), 오야카타(按司) 등의 여러 품계
가 있습니다. 모두 미동(美童)을 사토노코(里子)라 부르며 서민의 자식
은 다로가네(太郞金), 지로가네(次郞金) 따위의 아명이 있다는 등 여러
가지 이야기를 들었습니다."

(1909년 10월 29일)

---

132) 팔방의 하나. 정북(正北)과 정서(正西) 사이 한가운데를 중심으로 한 45도 각도 안의
방향이다.

제20석

기헤이지의 설명이 계속되었습니다. "류큐의 언어는 일본과 유사하면서도 상이하여 해를 '오데'라고 하며 달을 '쓰키카나시', 부처를 '호토케카나시', 신을 '가메카나시', 물을 '오헤이', 불을 '오마쓰', 술을 '오사케', 밥을 '메이시', 남자를 '오케가', 여자를 '오이나고', 부친을 '쇼마이', 모친을 '안마아', 형을 '스이기', 동생을 '오쓰토오', 도검을 '호초', 의류를 '이부쿠'라 하며 기타 등등 헤아릴 수 없습니다. 이 나라의 북동쪽으로 일본 본토, 서남쪽으로는 지나(支那)의 복건(福建)이 위치하며 이레 동안 바닷길을 가면 도착한다고 합니다. 먼 옛날 진구 황후(神功皇后)[133]가 삼한(三韓)을 정벌할 때 류큐에서 이를 두려워하여 수많은 공물을 바쳤는데, 이후 그 섬 사람들이 우리 이오가시마(硫黃島)를 찾아왔고 이오가시마 사람들 역시 때때로 그 나라에 건너가 교역을 하게 되었습니다. 지금은 정식 사절이 끊어졌다고 하나 여전히 섬 사람들 중 때로 바다를 건너오는 자가 있습니다. 그리고 지금은 마침 해상이 잔잔한 시기이니, 순풍에 돛을 올리면 열흘 정도로 그 땅에 도착할 것이옵니다. 우리 주군께서 혹시 류큐에 건너가실 의향이 있다면 그 안내를 맡겨 주셨으면 합니다."

이처럼 물 흐르듯 상세하기 그지없는 설명에 다메토모는 무척 기뻐하며

다메토모 "과연. 그대의 이야기를 들으니 류큐의 사정은 잘 알겠네. 그렇다면 그 섬으로 향하는 것도 아예 불가능하지는 않겠군. 그러나

---

133) 『고지키』 및 『니혼쇼키』에 전해지는 주아이 천황의 황후. 주아이 천황의 사후 회임한 몸으로 한반도 정벌에 나섰다가 귀국 후 오진 천황(応神天皇)을 출산했다고 한다. 그러나 해당 기록을 비롯하여 『고지키』와 『니혼쇼키』에 기술된 내용은 과장되거나 왜곡된 부분이 다수 존재하며, 진구 황후라는 인물의 실재 여부 및 전승이 사실임을 증거하는 자료는 희박하다.

지나치게 많은 수의 인원을 데려가면 도리어 섬 사람들의 의혹을 초래할지도 모르지. 따라서 나와 기헤이지 단둘이서만 상인으로 변장하고 오키코지마(沖小島)[134]에서 배편을 이용하여 그 땅으로 건너가리라." 하고 두루마리 비단, 누인 명주, 다카세(高瀬)의 목면[135] 등을 가득 싣게 하고 예전에 큰 뱀의 머리에서 끄집어낸 구슬을 자신의 품에 간직했습니다. 채비도 마쳤으니 가게노부를 먼저 교토로 돌려보내고, 그날 저녁 다메토모와 기헤이지 주종 두 사람은 배에 올라 오키코지마로 향한 후 그곳에서 다시 배편으로 류큐로 건너가기로 했습니다. 장인 다다쿠니는 가신을 이끌고 은밀히 전송했습니다.

때마침 류큐 교역선인 류오마루(龍王丸)라는 큰 배가 몇 년 만에 출항하게 되었으므로 이거 행운이다 싶어 그 배에 승선하게 되었습니다. 물길 아득히 노를 저어 나가니, 처음 이틀 정도는 아직 먼 바다로 나서지 않은지라 그리 불편하지 않았으나 차차 대해로 접어들면서 물결이 꽤나 거칠어져 다메토모도 퍽 곤란을 겪었습니다. 그러나 다행히도 순풍에다 파도도 비교적 잔잔했고, 사나흘째부터는 그나마 배에 익숙해질 수 있었습니다.

숙련된 수부(水夫)는 바람의 정도나 해로의 상황 등을 숙지하고 있었기 때문에 중심 돛에 한껏 바람을 받게 하여 무사히 류큐에 도착했습니다. 애당초 상인의 차림으로 변장을 하고 있었으므로 도민들은 모두 상인이라고만 여겼습니다. 주종은 상인들과 섞여 여관에 머물며 백방으로 그 학의 행방을 찾았으나 도무지 실마리를 잡을 수 없었습니다.

그러는 사이에 열흘이라는 시간이 헛되이 흘러갔습니다. 이렇게 된

---

134) '오코가시마'라고도 한다. 현재의 가고시마 현에 속하는 가고시마 만(鹿兒島湾)의 무인도.
135) 현재의 구마모토 현에 해당하는 히고(肥後) 특산의 홀치기염색 목면.

이상 류큐 국내를 널리 돌아다니며 도처 방방곡곡을 직접 탐색할 수밖에 없다고 생각하여 여장을 꾸리기로 했습니다.

그날 밤, 다메토모와 기헤이지는 류큐 명물인 아와모리(泡盛)[136]를 주거니 받거니 하다가 거나하게 취해 앞뒤도 분간하지 못할 깊은 잠에 빠졌습니다. 그런데 다음날 아침이 되고 보니 행낭을 묶은 끈이 전부 풀려 있었고 그 안에 넣어 두었던 두루마리 비단, 누인 명주 등이 하나도 보이지 않았습니다.

다메토모 "기헤이지……"

기헤이지 "무슨 일이시온지요."

다메토모 "이것을 보게, 짐을 묶은 끈이 전부 풀려 있고 그 안의 물건을 모조리 도난당했어."

기헤이지 "과연, 잠시라도 방심해서는 안 되는 것이었는데 말입니다. 허나 이 나라의 백성들은 매우 정직한 자들이옵니다. 다른 사람의 물건을 훔치는 습속 따위는 없사옵니다. 아마도 이곳으로 건너올 때 동행한 자가 훔쳤음에 틀림없습니다. 일단 숙소의 주인에게 이 사실을 전해 알아보도록 하지요."

하고 서둘러 여관의 주인을 불러 사정을 알리자,

주인 "그거 참 난감하게 되었습니다. 저희 여관에는 어젯밤 수많은 손님들이 숙박하셨고 이미 절반 이상은 출발하셨기 때문에 아무래도 지금부터 일일이 수색하는 것은 어렵겠습니다만, 한번 이렇게 해 보심이 어떠할는지요. 여기에서 서남쪽으로 향하면 규큐잔(舊蚪山)이라는 곳이 있는데, 그 산 속의 동굴에 모운 국사(朦雲國師)라는 도사가 계십니다. 무려 천 년 이상을 살아 계셨다고 하는데, 마치 신과 같은 외양이라 언뜻 보기에도 존귀하다 싶은 분이십니다. 이 선인에게 여쭈어

---

136) 조 또는 쌀을 원료로 하는 무색투명한 오키나와 특산 소주.

보시면 화복, 길흉, 운명, 잃어버린 물건 등 그 어떤 난제라도 바로
알 수 있다니 정말이지 불가사의한 일이지요. 허나 이 선인에 대한
임금님의 총애가 지극하고 사람들의 존경이 대단한지라 최근에는 다
소 우쭐하고 거만해져서 (이하 음성을 낮추어) 큰 소리로 말씀드릴 수는
없습니다만 장난이 꽤나 심하다고 하십디다."

다메토모 "으음, 어떠한 장난인가."

(1909년 10월 31일)

제21석

주인 "뭐 장난이라고 해도…… 선인 주제에 여자를 좋아해서 아름
다운 여인이 있으면 농가의 처녀이건 관인(官人)의 따님이건 유부녀이
건 간에 가리지 않고 끌고 가서 총애하십니다. 그런데 그 여인이 비단
을 원한다고 하면 어디서에선가 비단을 빼앗아 와서 그것을 주고, 금
전을 원한다고 하면 금전을 준다고 하니, 저희 여관에도 때로 이국인
들이 진귀한 물품을 가져오면 그 선인이 신통력으로 이를 파악하고
한밤중에 구름을 타고 나타나 그것을 빼앗아 가는 경우가 번번이 있었
습니다. 허나 저희들을 비롯하여 온 나라 사람들이 후환을 두려워하여
무어라 항의할 수가 없습니다. 사정을 듣자니 손님 분들의 물건도 그
선인이 가져갔을는지도 모릅니다. 만일 물건을 되찾고자 한다면 어서
규큐잔으로 가서 모운 국사에게 돌려달라고 탄원하시는 것이 좋을 것
입니다."

이 설명을 들은 다메토모는 내심 매우 화가 치밀었으나 노기를 안색
으로 드러내지 않은 채,

다메토모 "그렇다면 그 산으로 찾아가서 부탁해야겠소. 이곳에서는
거리가 얼마나 되려는가?"

하고 질문하니

주인 "헤아리면 3리 정도 될 것이오니, 하루 안에는 닿을 수 있을 것이외다."

다메토모 "그러한가. 그렇다면 내일 출발할 것 없이 오늘 바로 떠나도록 하지."

하고 즉시 채비를 꾸려 기헤이지를 동반하고 규큐잔으로 향하셨습니다.

이윽고 도착하여 산 중턱까지 올라갔는데, 이 산의 서남쪽은 바다였으며 날카로운 봉우리에 계곡이 깊고 소나무와 잣나무 숲이 울창하여 낮에도 으스스한 분위기였는데, 점차 몽롱하니 안개가 짙게 일고 사방이 어둑어둑해져 한 치 앞도 보이지 않게 되었습니다. 그러나 다메토모는 조금도 놀라지 않고 마음속으로

'필경 이것은 그 모운 국사의 술수임에 틀림없다. 이렇게 안개를 일으켜 우리 앞길을 방해하려는 게지. 밉살스럽기 짝이 없는 놈.'

이라 생각하며 주종이 서로 기운을 돋우며 암벽을 타고 소나무와 삼나무를 헤치며 힘들게 산을 오르던 중에 이게 어찌 된 일입니까. 다메토모가 발을 헛디뎌 수백 장 아래 골짜기에 거꾸로 떨어지고 말았습니다. 기헤이지는 약간 앞서 걷고 있었으므로 이 상황을 전혀 알지 못했고, 다메토모는 대나무 가지 하나만 있으면 7척 병풍이라도 뛰어넘을 수 있는 재간의 소유자였으나 지금은 느닷없이 추락했기 때문에 평소의 실력을 발휘할 길이 없었습니다. 하물며 어둠 속이나 다름없이 캄캄하니 내로라하는 다메토모도 떨어질 때 바위 모서리에 옆구리를 세게 부딪쳐 눈앞이 아찔하고 앞뒤를 분간할 수 없게 되었습니다. 이때 여인의 음성으로,

여인 "정신 차리소서, 정신을 차리소서."

하고 부르는 이가 있었습니다. 퍼뜩 제정신이 든 다메토모가 몸을 일

으켜 쳐다보니, 나이가 37, 8세가량 되는 부인과 14, 5세가량의 여동(女童)이 계곡의 맑은 물을 길어 와서 다메토모의 입에 흘려 넣으며 열심히 간호하고 있었습니다.

다메토모 "이거 어떤 분들이신지 모르겠소만 친절에 감사드리오."

연상의 부인이

부인 "아아, 혹시 상처를 입거나 하지 않으셨는지요."

다메토모 "마음을 써 주시니 면목이 없소. 옆구리를 살짝 부딪혔으나 대단치 않소이다."

부인 "그거 다행이옵니다. 실은 귀인께서 품에 지니셨던 구슬을 이 여동이 기이하게 여겨 죄송스럽지만 실례했나이다. 바라건대 그 구슬을 이 소녀에게 내려 주실 수 없사온지요."

다메토모 "아니, 이 몸이 품안에 구슬을 간직하고 있다는 사실을 어찌 알고 계셨는가."

부인 "귀인을 돌보려는데 홀연히 품속에서 빛이 황황히 뻗어 나오기에 실례인 줄 알면서도 이 아이가 보채어 그만 꺼내 보고 말았나이다."

다메토모 "그렇게 되었던 것이었소이까. 허나 미안하게도 그 구슬은 고이 간직하고 있던 물건이라 아무쪼록 돌려주셨으면 하오."

하고 말하자 여동은 돌려주지 않으려고 저쪽으로 달려갔습니다. 부인은 이를 보고 웃으며 말하기를

부인 "이보시오 일본에서 오신 분, 청컨대 그 구슬을 저 아이에게 내려 주시기 바라오. 이렇게 말씀드리면 수상쩍다고 생각하실 터이니 이 몸이 연유를 소상히 말씀드리리오. 무엇을 숨기리오, 저 소녀는 이 나라의 군주이신 쇼네이 왕(尚寧王)의 나카구스쿠(나카구스쿠란 왕위 후계자를 의미)이신 네이 왕녀(寧王女)이시외다. 그리고 이 몸은 저 왕녀의 생모인 렌 부인(廉夫人)이라는 사람이오만, 왕후로 있는 주후기미(中婦君)의 질투가 극심하여 걸핏하면 우리 모녀를 중상하더니 한술 더 떠

모운 국사라는 자와 결탁하여 이 왕녀에게 왕위를 계승하면 머지않아 나라가 어지러워진다고 간언하게끔 하였소. 고로 대왕께서도 왕녀를 폐하고자 하셨으나 이 아이 외에는 후계자라 할 자가 없어 어찌해야 좋을는지 마음을 정하지 못하고 이 일 때문에 고심하고 계셨으나, 나 어린 왕녀야말로 정말이지 가련하게 되었구려."

하고 주르륵 눈물을 흘렸습니다.

(1909년 11월 2일)

제22석[137]

얼마 후 렌 부인은 눈물을 닦고,

렌 "그런데 옛날 다이헤이산 앞바다에 한 마리의 이무기가 살며 늘 비바람을 부르고 해일을 일으켜 오곡에 손해를 입히고 만민을 괴롭히는 일이 잦았다오. 선왕께서 이를 근심하시어 천지에 기도를 올리시고 몸소 바다에 들어가시어 그 이무기를 퇴치하셨는데, 이를 헤이카산 동쪽 골짜기에 매장했기 때문에 이후로 그 산을 규큐잔[138]이라 부르게 되었소. 선왕께서 이무기를 퇴치하셨을 때 머리를 갈라 두 개의 구슬을 손에 넣으셨는데 그 하나를 '류'라 명명하고 다른 하나를 '큐'라 명명하여, 이 구슬이 대를 이어 왕에게 전해져 내려오며 오늘에 이르게 되었소. 그런데 류큐 국이 왕녀에게 왕위를 계승하게 되었으므로 이 소녀를 네이 왕녀로 삼아 얼마 전 세자 책봉을 치렀는데, 그때 두 개의 구슬을 넘겨받아야 하는 상황에서 어찌 된 일인지 구슬 하나가 어디론가 사라져 보이지 않았다오. 이런 신보(神寶)가 이유도 없이 사라질 까닭이 없

---

137) 원문에는 제21석으로 표기되어 있으나 순서에 맞도록 정정한다.
138) '규큐잔(舊虯山)'의 '虯'는 '이무기'를 의미하는 한자이다.

고, 아마도 주후기미가 책략을 써 모운 국사에게 훔치도록 한 것이 아닌가 생각했으나, 증거랄 것이 일체 없으니 뾰족한 방법이 없었소. 국왕께서도 이를 눈치 채지 못한 채 구슬을 잃은 죄로 즉시 우리 두 사람을 이 산에 버리시니, 가련한 신세로다. 어제까지는 궁중 깊은 곳에서 수많은 궁녀들에게 시중을 받으며 거친 바람과는 인연이 없던 몸이거늘, 지금은 맹수와 독사가 서식하는 이 산중에서 눕고 일어나고 아침저녁으로 흰 구름이 오가는 것을 바라보며 도성을 떠올리고, 매미 허물처럼 덧없는 이 몸의 가을을 탄식하며 이곳에서 지낸 것이 3년에 이른다오. 들려오는 소리라고 하면 솔바람 외에는 폭풍, 늦가을의 싸늘한 바람이 불고 나면 물가를 때리는 파도 소리에 잠이 깨는 초라한 이 거처의 비질도 하지 않은 뜰 앞에 무언가 떨어지는 소리가 울리기에 놀라 뛰쳐나가 보았더니 이 나라 사람으로 보이지 않는 이가 혼절해서 쓰러져 있었소. 교역을 위하여 바다를 건너온 일본인으로 보여, 지참한 약이라도 있으려니 하고 다가가서 당신의 품을 뒤졌더니 생각지도 않았던 이 구슬이 나왔지요. 유심히 살펴보니 이전에 왕녀가 잃어버린 나머지 하나의 구슬과 조금도 다르지 않았소. 혹시 그 구슬이 아닐지라도 이토록 비슷하니 이 구슬을 가지고 도성으로 올라가면 왕녀를 궁중으로 돌려보낼 수 있을 것이요, 이 몸 또한 그간의 억울한 굴욕에서 벗어날 수 있으리이다. 귀인에게는 하나의 구슬에 지나지 않으나 우리에게는 천승(千乘)[139]의 지위와 교환할 보배라오. 이렇게 말씀드리니 무리일지라도 이 몸에게 넘겨주실 수 없사오리까. 부탁이외다."

하고 거듭 거듭 하소연하며 전혀 돌려주려는 기색이 없었습니다. 다메토모가 몇 차례 탄식하며 이 두 여인의 모습을 관찰하니 용모는 여위었

---

139) 제후(諸候)를 가리킨다. 승(乘)은 수레를 세는 단위로, 전시에 천자는 만승(萬乘), 제후는 천승(千乘)을 내도록 되어 있었던 것에서 유래한다.

으나 어딘가 모르게 기품이 있고, 특히 네이 왕녀라는 소녀는 아직 어린아이였으나 고귀한 품격이 느껴져 평범한 사람이라고는 생각되지 않았습니다.

다메토모는 마음속으로 한동안 생각에 잠겼으나,

다메토모 "당신들의 사정에 대해서는 잘 알겠소이다. 실은 짐작하신 바와 같이 우리들은 일본의 상인으로, 이 나라에서 찾아야만 하는 것이 있어 엄청난 귀물을 배에 싣고 바다를 건너온 바, 전날 밤 모운이라는 악한 도사에게 도둑을 맞고 그 물건을 돌려받고자 규큐잔에 오르게 되었소. 그러나 안개 탓에 발을 헛디뎌 이리로 추락해서 도움을 받게 되었으니 그 구슬이라 해도 특별히 아쉬울 것은 없으나, 물건을 전부 잃어버린 이상 지금 내게 남은 것은 그 구슬 하나뿐이오. 그런데 나는 필히 이 나라에서 찾아내야 할 것이 있으므로, 그때 그것과 교환할 물건이 없어서는 곤란한 처지이니 부탁하건대 구슬은 돌려주시오."

하고 대답하자 렌 부인은 그 말을 듣고

렌 "귀인께서 찾고 계신 것이 어떤 물건인지 모르겠사오나 만일 네이 왕녀가 도성으로 귀환하신다면 원하시는 물건을 반드시 찾아 바칠 것이외다. 지금 이 산중에 있어서는 한 덩이의 흙일지라도 뜻하는 대로 처리하기 어려울 것이며, 현재의 저는 밥 한 그릇조차도 베풀기 어려운 처지이지요. 허나 요행히 구슬을 손에 넣는다면 당신의 청을 받아들이도록 국왕께 상주할 것이니, 대체 당신은 어떤 물건을 찾고 계신지요. 말씀해 보시지요."

하고 매우 온화한 어조로 물었습니다.

다메토모 "오오, 감사한 말씀이군요. 제가 구하는 것은 이 나라의 산물이 아니오라, 제가 일본에 있을 적 한 마리의 학을 놓아준 적이 있는데 다리에 황금 패가 달려 있소이다. 이를 날려 보낸 후 우리 천황께서 그 학을 진상하라는 칙허를 내리시기에 이미 풀어 주었다고 주상했으나 그 말은 거짓일 것이라고 용납하지 않으셨지요. 이에 대하여 음양사에게 물어보니 학은 지금 류큐 국에 있다고 하더이다. 그래서 수백 리 파도를 감내하고 간신히 건너왔지만 여전히 학은 찾을 수 없고 도리어 물건만 잃어버렸으니 박명한 이 신세를 댁의 사정과 견주어 보시지요."

이 대답을 듣자 렌 부인도 네이 왕녀도 무심코 눈을 동그랗게 뜨고 이상하다는 표정을 짓더니, 동시에 만면에 기쁨의 빛을 떠올리며

렌 "이거 참으로 진기한 일도 다 있군요. 그 학은 제가 데리고 있습니다."

하고 말하자 다메토모는 어라 소리를 지를 정도로 놀랐습니다.

(1909년 11월 3일)

제23석[140)]

렌 부인이 학을 데리고 있다는 말을 듣고 다메토모는 크게 기뻐했습니다.

다메토모 "이거 또 신기한 말씀을 듣게 되었소이다. 소인이 놓아준 학이 어떻게 당신께……"

렌 "수상하다 여기지 마소서 손님이시여. 오늘 아침 제 거처의 뜰에 한 마리의 학이 내려왔는데 사람을 잘 따르고 쫓아내도 날아가지 않는 데다 다리에는 황금 패가 달려 있었소. 퍽 기이한 학이라 바구니에 넣어 두었으니 서둘러 확인해 보시지요."

하고 말하며 다메토모를 청하여 헛간 옆으로 향하니 과연 바구니 안에 들어 있었습니다. 다메토모가 달려가 가까이서 확인하니 의심할 나위 없는 그 학이었으므로 날아오를 듯 기뻐하며

---

140) 원문에는 제22석으로 표기되어 있으나 순서에 맞도록 정정한다.

다메토모 "이 학이오. 이 학이 맞습니다. 내가 기대를 품고 찾아왔을 때에는 전혀 발견되지 않았건만 이렇게 예기치 않은 곳에서 학을 찾게 되다니 반갑기 그지없구려. 이리 된 이상 즉시 그 구슬과 교환하겠소이다."

하고 당장 바구니를 짊어지고 길을 나서려는 것을 렌 부인이 제지했습니다. "지금 우리 왕녀가 생각지도 않게 구슬을 손에 넣어 도성으로 귀환할 수 있게 된 것은 모두 귀인의 덕택이오니, 이대로 헤어지는 것도 아쉬운 일이오. 그러니 잠시 이곳에 머무르다가 왕녀와 함께 도성으로 와 주신다면 이 몸도 기쁘겠소."

하고 자못 은근히 청했으나 다메토모는 고개를 좌우로 흔들며

다메토모 "아니, 아니오. 친절에는 감사드리오나 나는 학을 발견한 이상 돌아가고 싶은 마음이 굴뚝같소. 바라건대 여기서 작별을 고하려 하오."

하고 바구니를 등에 지고 떠나려 하는데 렌 부인이 밥을 오동잎에 싼 것을 건네며

렌 "약소하나 점심으로 드셨으면 하오. 댁은 이 나라의 사정에 어두울 터이니 혹시라도 길을 잃는다면 그야말로 곤란하실 것이오. 이곳에서 동남쪽으로 2, 30리는 모조리 해변이라 인가가 없다오. 오로지 동쪽으로만 향하면 인가가 보이는 장소가 나타나리다."

하고 가르쳐 주었습니다.

이때 네이 왕녀는 아직 14세의 어린아이였으나 다메토모의 인품과 풍채가 범상치 않음을 보고 말을 꺼냈습니다.

네이 "보소서 어머님. 소녀가 이 손님을 보아하니 상인처럼 차리고 있사오나 어딘가 용맹함이 느껴지는 풍모이니 하이킨(무사를 의미)이 아닐까 생각되옵니다. 혹시 일본에서 때를 만나지 못하여 헛되이 일반 백성들 사이에 숨어 살게 된 것이 아니오리까. 청컨대 우리나라에 머

무르도록 주선해 주시옵소서."

그녀의 말에 다메토모는 내심 크게 감탄했으므로 빙그레 웃고 왕녀를 향하여

다메토모 "소인은 상인에 지나지 않으며 무인 따위와는 무관하외다. 게다가 일본에는 아버지도 계시니, 설령 이 나라에 눌러앉아 부귀를 누린다 할지라도 부모의 나라에 살며 빈천한 것만 같지 않을 것이오." 하고 대답하니 네이 왕녀는 거듭 말하기를

네이 "이 몸도 일본으로 데려가 주시오. 내가 지금 구슬을 손에 넣어 도성으로 귀환함은 요행인 양 보이나 도리어 앙화를 부를 수 있는 일이오. 그 까닭이 무엇인고 하니 주후기미는 질투가 깊어 이 몸을 지극히 증오하고, 게다가 내 아버님은 모운 국사에게 미혹되어 백성들로부터 무거운 세금을 걷고 계시오. 뿐만 아니라 이 구슬이 그때 분실된 구슬과 완벽히 동일하지 않다면 그때야말로 이 몸은 부친을 기망한 죄로 처벌을 받게 되리이다. 당의 속담에도 하찮은 자는 죄가 없을지라도 옥을 품고 있음이 죄가 된다[141]는 말이 있지요. 바라건대 이 몸은 모친과 함께 일본이라는 나라에서 살고 싶다오." 하고 눈물을 흘리며 부탁했습니다. 다메토모는 대단히 감동하여

다메토모 "말씀은 지당하오나, 대왕은 그대의 실제 친부이시니 어찌 진심으로 나쁘게야 보시겠소이까. 일단 마음을 다잡고 하루라도 빨리 도성으로 귀환하시지요." 하고 갖은 말로 다독인 후 겨우 그 자리를 나섰습니다. 시간을 재촉하며 동쪽으로 동쪽으로 향했으나 어디에서 길을 잘못 들었는지 가도 가도

---

141) 『좌씨전(左氏傳)』에 기술된 회벽유죄(懷璧有罪)의 고사를 가리키는 것으로 보인다. 원문은 '필부는 죄가 없어도 보옥을 가지고 있으면 그것이 곧 죄가 된다'는 의미의 '필부무죄 회벽기죄(匹夫無罪 懷璧其罪)'로, 대단치 않은 신분으로 보배를 가지고 있는 것은 자칫 화를 초래할 수 있다는 말.

민가는 없고 오로지 아득한 모래사장만이 펼쳐져 있을 뿐이었습니다.

이윽고 날도 저물어 시장기를 느꼈으므로 평평한 돌을 깔고 앉아 아까 받은 주먹밥을 펼쳤더니, 쌀밥이 아니라 일본에서는 여태껏 본 적이 없는 삶은 고구마였습니다. 이것을 맛보는데 그 색은 누르고 맛이 무척 달아 두세 개로 배가 차는 것이었습니다. 이후 삿슈(薩州)[142]에 전해져 사쓰마이모(薩摩芋)[143]라 불리게 된 것이 바로 이 고구마입니다.

각설하고 다메토모가 10리는 걸었을까 생각할 무렵 드디어 이전 떠나왔던 항구가 나타나 여관으로 돌아가려 했으나, 때마침 이전 편승했던 일본 배가 적당한 바람을 만나 출항하려는 참이었으므로 무척 기뻐하며 미처 채비를 차릴 새도 없이 배에 오르셨습니다.

(1909년 11월 5일)

제24석[144]

다메토모는 규큐잔에서 본의 아니게 기헤이지와 헤어지게 된 이후 그가 어떻게 되었는지 궁금했고, 버리고 떠나는 것도 마음에 걸렸습니다. 그러나 이 배를 놓치면 백 일 기한을 맞추지 못할 테고, 만일 백 일을 넘기게 된다면 상황께 대해서도 부친에 대해서도 의무를 다하지 못하게 될 것이었습니다. 기헤이지는 이 나라에 익숙한 자이니 설령 두고 떠나더라도 돌아오리라 생각하고 서둘러 그 배에 오르자 선원은 바로 돛을 펼치고 키를 잡더니 동북 방향으로 항해를 시작했습니다.

한편 그 8정 돌팔매의 기헤이지는 규큐잔에서 주군을 놓치고 크게 놀라 산속을 샅샅이 탐색했으나 자취조차 찾지 못하고 결국 산에서

---

142) 현재의 가고시마 현에 해당하는 사쓰마노쿠니의 이칭.
143) 일본에 전해진 후 사쓰마 지방에서 널리 재배되었기 때문에 이러한 이름이 붙었다.
144) 원문에는 제22석으로 표기되어 있으나 순서에 맞도록 정정한다.

밤을 보냈습니다. 새벽이 되어 재차 산을 뒤졌으나 만나지 못하고 망
연해져 여관으로 돌아오니 마침 배가 항구를 떠나려 하는데 그 안에
공자께서 타고 계신 것이었습니다. 아차 싶어 달려갔으나 배는 이미
물가를 떠나 10반(反)[145] 정도 떨어진 바다에 떠 있었습니다. 기헤이지
는 물가에 서서 큰 소리로

　기헤이지 "어이 이보시오, 그 배를 돌리시오!"

하고 외쳐 불렀고, 다메토모 역시 선원을 향하여

　다메토모 "저 사내는 내 일행이오, 어서 배를 돌리시오."

하고 말씀하셨으나 사공들은 다메토모가 겐케의 귀공자, 진제이 하치
로라는 사실을 모른 채 여느 상인이라고만 여겼으니 전혀 존경의 염을
표하지 않고 들리지도 않는다는 듯한 표정이었습니다. 바람 부는 대로
나아가며 어기여차 소리 맞추어 노를 저으니 배는 이미 난바다 쪽으로
접어들고 있었습니다.

　다메토모는 마음이 초조했으나 어찌할 방도가 없어 그저 걱정스럽
게 육지 쪽을 바라보고 있었습니다. 기헤이지는 이제 더 이상 방법이
없다는 듯 갑자기 옷가지를 벗어 머리에 동여매더니 맨몸이 되어 정신
이 나간 사람마냥 몸을 날려 망망대해에 뛰어들었습니다. 그는 본디
수영의 달인이자 서쪽 지방 바닷가 출신이라 물에서 헤엄치는 실력이
거북에 버금가는 자였으므로, 떠오르고 가라앉으며 빠르게 가까워지
더니 눈 깜박할 사이에 배 근처에까지 다가왔습니다. 그러나 물결이
높아 더 이상 접근하기 어려웠기 때문에, 헤엄을 치면서 이럴 경우를
대비하여 몸에 지니고 다니던 수십 장 길이의 끈이 달린 쇳덩이를 아
랫도리 사이에서 꺼냈습니다. 왼손으로는 파도를 가르며 오른손을 높
이 치켜들더니,

---

145) 거리의 단위. 1반(反)은 6간(間)에 해당하며, 약 11m.

기헤이지 "이얏!"

하고 기합을 넣으며 배를 겨냥하여 그것을 던지자 원래 그 방면으로 이름난 기헤이지 님이신 만큼 끈 끄트머리는 손목에 감긴 채 쇳덩이가 배 안으로 정확히 날아들었습니다. 이를 받아 낸 다메토모가 조심스럽게 끈을 끌어당겼고, 기헤이지는 별 어려움 없이 배로 뛰어오를 수 있었습니다. 다메토모는 비로소 안도의 숨을 내쉬며,

다메토모 "이거 대단하군 대단해. 오늘 처음으로 8정 돌팔매의 실력을 보게 되었네."

하고 칭찬했습니다.

배 안의 사람들은 기헤이지가 수영에 능한 것을 보고 대단히 경탄하여 "북쪽 지방 출신들은 승마에 능하고 서쪽 바닷가 출신들은 수영의 달인이라 하지만, 이렇게까지 헤엄을 잘 치는 사람은 지금껏 본 적이 없구려."

라고까지 찬사를 아끼지 않았습니다.

이후 다메토모가 그 산에서 있었던 일을 상세히 이야기하자 기헤이지는 크게 기뻐하며

기헤이지 "먼저 옥체에 무리가 없으셨다니 다행이며, 게다가 학을 찾으셨으니 이 또한 지극히 감축해야 할 일이옵니다."

하고 이런저런 이야기를 나누는 사이에 며칠이 지나, 배는 무사히 사쓰마노쿠니에 도착했습니다. 여기서부터는 인부를 고용하여 학을 짊어지도록 하고 다자이후를 목표로 길을 나섰습니다.

한편 다자이후에 남아 있던 다다쿠니와 시라누이 두 사람은 다메토모가 길을 떠난 이후 아무런 소식이 없었으므로 무척이나 걱정하여, 많은 가신들과 더불어 어느 날은 해신(海神)께 기도를 올리고, 어느 날은 신사에 폐백을 드리는 등 전심으로 속히 귀환하시기만을 기원하고

있었습니다. 또한 도성의 다메요시 아손 역시 사자를 파견하여 귀국 여부를 묻고 계셨습니다. 점차 백 일이라는 기한이 다가오고 있었으므로 일동의 근심은 여간 무거운 것이 아니었습니다.

그러던 중에 사쓰마노쿠니에서 급한 말로 달려온 1기의 사자가 도착하여 "소인은 공자께서 보내신 사자이온데, 배가 이상 없이 사쓰마가타에 도착하여 무사히 귀환하신다는 소식을 전하러 왔나이다."
하고 전달했습니다. 이 소식을 듣고 일동은 모두 시든 초목이 단비를 만난 양 생기를 되찾아, 다다쿠니는 50명을 인솔하여 말을 끌고 가마를 메게 하여 도중까지 마중을 나갔고 시라누이는 옷매무새를 단정히 가다듬고 기다렸습니다.

이윽고 다메토모가 다자이후 저택에 돌아오자 시라누이는 문 앞까지 맞으러 나가 무사히 돌아온 것을 기꺼워했고, 저녁 무렵부터 축하의 주연이 벌어졌습니다. 기헤이지의 아내 야쓰시로는 화사하게 치장한 모습으로 질그릇 술병을 들고 나와 석상에 돌렸습니다. 무어라 해도 공자의 무사 귀환을 기념하는 성대한 주연이라, 일동은 만세를 외쳤습니다.

(1909년 11월 6일)

제25석

이때 다메토모는 일동을 향하여

다메토모 "이번에 모두에게도 여러 가지로 걱정을 끼쳤으나 다행히 풍파의 고난도 겪지 않고 타국에까지 가서 쉽게 학을 찾게 되었으니 실로 더할 나위 없는 행운이었소."
하고 말하기 시작하여 산에서 추락한 사건, 모운 국사의 환술, 네이 왕녀와 렌 부인의 박명한 처지, 기헤이지의 수영 실력에 이르기까지를 빠짐없이 이야기하니, 열석한 면면들은 매우 신기하다는 듯 귀를 기울여 근청(謹聽)했습니다. 그 중에서도 야쓰시로는 남편에 대한 이야기를 듣고 있는 모습이 무척이나 기쁜 듯 보였습니다.

이러던 차에 또다시 도성에서 재촉하는 사자가 도착했으므로 다메토모는 즉시 대면하기로 했습니다. 아버님께서 염려하신다는 전갈을 듣고 크게 상심하여, 연일에 걸친 해로와 육로의 피로도 돌보지 않고 이튿날 바로 출발하게 되었습니다.

시라누이 아씨는 오랜만에 부군이 돌아온 것을 반길 틈도 없이 다시 헤어져야 하는 상황이라 생각할수록 웬만한 여장부라도 슬픔이 더할 뿐이었으나, 이것도 뜬세상의 이치이려니 체념하고 밤도와 길을 떠날 채비를 서둘렀습니다. 수행하는 면면을 말하자면 스키마 카즈에노 아쿠시치 벳토(透間主計惡七別씀)[146], 데토리노 요지, 그 동생인 요사부로(與三郞), 오야 신자부로, 고시야 겐타, 마쓰라 지로, 우치데노 기하치, 다카마 사부로 이하 26명을 데려가기로 했습니다. 또한 기헤이지는 오랜 여행의 피로도 있을 터이니 요시다 효에, 다카마 시로와 더불어 잔류할 것을 명하자 기헤이지가 나서서 말하기를

기헤이지 "소인은 분고에서부터 곁에서 모셨거늘 이번 상경하시는 길에 남게 되는 것을 원치 않나이다. 제가 긴 여행으로 피로하다면 당연 주군께서도 피로하실 터, 소인이 주군을 위하여 분골쇄신하고자 하는 뜻은 결코 그 누구에게도 뒤지지 않사오니 아무쪼록 데려가 주시기를 바라옵니다."

하고 간절히 소망했습니다. 그렇다면 동행하라는 허락이 내리자 기헤이지는 신바람이 나서 잽싸게 채비에 임했습니다.

---

146) 원문에는 透間主計와 惡七別씀 사이에 두점(、)이 들어가 있어 각기 다른 인물인 양 표기되어 있으나, 『진세쓰유미하리즈키』에 의거하여 한 인물로 간주한다.

그렇게 밤이 희미하게 밝아 올 무렵 수행하는 면면은 이미 넓은 마당에 죽 늘어서서 공자께서 말을 타고 나오시기를 기다리고 있었습니다. 다메토모도 무척 화려한 차림으로 야쓰시로에게 잔을 따르게 하여 장인 다다쿠니, 아내 시라누이와 석별의 잔을 나누고 말에 오르려 하자 어찌 된 일인지 저 노카제라 이름을 붙인 늑대가 돌연 달려오더니 주인의 옷자락을 물고 놓지 않았습니다.

말은 이에 놀라 울고 소란을 피우니 시라누이 아씨가 이를 보고 공자를 향하여

시라누이 "부군이시여, 소첩이 이 늑대의 모습을 보아하니 가슴이 뛰고 어쩐지 불안한 기분이 드옵니다. 바라건대 이번 상경은 거두소서. 적당한 가신에게 학을 맡겨 도성으로 보내시옵소서."

하고 말씀을 올렸습니다. 다다쿠니도 곁에서

다다쿠니 "실로 여식이 말하는 바와 같이 과거 한(漢)의 삼국 시절, 오(吳)의 제갈각(諸葛恪)[147]이 키우던 개가 주인의 소매를 물고 매달렸을 때 그 앙화가 있었다고 전하며, 우리나라로 말하자면 미도 간파쿠(御堂關白)[148]께서 기르시던 흰 개가 수레 앞을 가로막고 길에 저주의 그릇이 묻혀 있음을 알렸다고 하지요. 가까이는 야마오의 사건을 보더라도 알 수 있을 게요. 역시 이번 상경은 흉한 일이 많고 길한 일은 적을 터이니, 딸이 권하는 대로 중지하시는 것이 득책일 듯싶소이다."

하고 간언했습니다. 공자는 빙긋이 웃더니

---

147) 제갈각(諸葛恪, 203~253): 중국 삼국시대 동오(東吳)의 권신. 제갈량(諸葛亮)의 형 제갈근(諸葛瑾)의 장남으로, 자는 원손(元遜)이다. 2대 황제 손량(孫亮)을 도와 즉위시키고 그 섭정이 되었으나 종친 중 하나인 손준(孫峻)에게 연회장에서 살해당했다. 일설에 의하면 제갈각이 연회장으로 향할 때 기르던 개가 그의 소매를 물고 매달렸다고 한다.

148) 후지와라노 미치나가를 가리킨다. 인용된 흰 개의 일화는 『우지슈이모노가타리(宇治拾遺物語)』, 『짓킨쇼(十訓抄)』 등의 설화집에 보인다.

다메토모 "장인어른의 말씀은 정말이지 감사하게 여기오나 이번 일
은 정식으로 인젠이 내려온 것이요, 부친께서 이전 제게 내리셨던 처
벌이 풀려 상경하게 된 것이니 제게 이보다 더한 기회가 있사오리까.
옛말에도 이르기를 괴이한 일을 보고 괴이하게 여기지 않으면 별 탈이
없다 하더이다. 마음에 깊이 담아 둘 일이 아니오며, 바로 돌아올 것이
외다. 여봐라, 노카제를 떼어 놓아라."
하고 성마르게 외치자 부하들이 그 명에 따랐습니다. 한 사람은 늑대
의 목에 사슬을 채우고 다른 한 사람은 작대기를 휘둘러 몰아내려 하
자, 노카제는 구슬픈 울음소리를 높이며 막아 내는 작대기를 물어뜯고
애간장이 끊어져라 싶을 정도로 울부짖었습니다. 사람들은 모두 눈썹
을 찌푸렸고 다메토모의 태연한 태도에 시라누이도 야쓰시로도 차마
말리지는 못했으나, 노카제가 너무나도 심상찮게 짖었으므로

시라누이 "그렇다면 하룻밤만이라도 연기하소서."
하고 말씀드리는 것을 듣고 다메토모는 입을 크게 벌려 쾌활하게 웃음
을 터뜨리며,

다메토모 "남아가 세상을 살아갈 때에는 자고로 사소한 일에 얽매이
지 않는 당당한 자세를 지켜야 할 것이라. 화복은 하늘에 달린 법이니
생사란 본디 마음에 두어야 할 바가 아니오."
하고 의연히 말에 올라 채찍을 울리고 출발하셨으니, 참으로 남자다운
분이라 하겠습니다.

무엇보다도 백 일 기한 중 이미 90일은 지났으니, 한시라도 바삐
길을 달리기 위하여 일동은 잠깐의 휴식도 없이 아흐레 만에 도성에
도착했습니다. 아무리 부친의 명이라 해도 어제는 남쪽 해상의 파도를
헤치고 오늘은 머나먼 길을 달리게 되었으나 원망하는 마음은 전혀
없었고 없이 어서 부친의 얼굴을 뵙고 싶다 생각하고 계셨습니다.

(1909년 11월 8일)

제26석

이윽고 다메토모는 학을 짊어지고 교토 로쿠조 호리카와(堀川) 저택에 도착하셨습니다. 부친 다메요시를 비롯한 형제들의 기쁨은 이루 말할 수 없었습니다. 다메요시 아손은 즉시 학을 가지고 인의 거처에 참상하여 이를 바치셨습니다만, 최근 들어 고노에 천황의 병환이 깊었기에 첫 번째 인(도바 상황)께서는 전혀 흐뭇해하지 않으셨습니다. 이 학이야말로 과거 미나모토노 요시이에가 수많은 원혼들의 명복을 빌기 위하여 날려 보낸 것이라 지금 자신이 이 학을 기르는 것은 크게 불길한 일이라 여겨, 정원에 학을 풀어 놓으셨습니다. 학은 다시 바구니를 나와 하늘 높이 날아올랐으니, 공자께서 류큐까지 가서 붙잡아 돌아오느라 고심하신 것은 그대로 헛일이 되고 말았습니다. 다메토모는 대단히 실망했으나 사실 어찌할 수 없는 일이었습니다. 이렇게 혼신의 노력도 물거품이 되었으므로 도성에 길게 체류하는 것도 아무런 이득이 없다고 생각한 다메토모는 근일 다시 쓰쿠시로 내려가고자 생각하고 계셨습니다.

어느 날, 도쿠다이지 주나곤 긴요시(德大寺中納言公能)[149] 경이 칙사로서 방문하셨습니다. 다메요시 아손은 무슨 일인가 하고 맞아들여 상좌로 모신 후 공손히 절을 올리자 도쿠다이지 경은 다음과 같은 선지(宣旨)를 건네셨습니다. 다메요시가 삼가 뵈오니,

미나모토노 다메토모는 오랜 기간 다자이후에 머무르며 조정의

---

149) 후지와라노 긴요시(藤原公能, 1115~1161): 헤이안 후기의 귀족, 가인. 사다이진(左大臣) 도쿠다이지 사네요시(德大寺實能)의 장남. 딸인 긴시(忻子)가 고시라카와 천황의 중궁이 되어 급속히 승진했으며, '2대의 후비(二代の后)'로서 유명한 딸 다시(多子)가 고노에 천황, 니조 천황 2대에 걸쳐 입궁하면서 정2위(正二位) 우다이진에 이르렀다.

규율을 소홀히 여기고 임금의 명을 한결같이 무시하며 횡포를 자행
한다는 소문이 끊임없이 들려오므로, 그 난폭함이 심각하니 신변을
구속해야 할 것이니라. 선지에 의하여 전하는 바 이와 같음이라.

라는 칙명이 씌어 있었습니다. 이 어명은 다메토모가 괘씸한 자이며
멋대로 규슈를 정벌한 것은 발칙하기 짝이 없는 일이라 근신 처분을
내리겠노라는 의사였으므로 다메요시 아손은 크게 놀라,

　다메요시 "이는 생각지도 못한 선지를 받게 되었나이다. 분명 하치로
가 진제이에 머무르며 무위를 떨친 행위는 그 죄를 면하기 어려울 것
이오나 예의 학을 헌상하면 하치로의 죄를 면하는 한편 규슈 총 추포
사의 관직을 내려 주시겠다는 내명도 있었고, 이에 하치로도 선지를
중히 여겨 류큐에까지 건너가 힘들게 학을 되찾아 기나긴 노정 끝에
상경했사온데 은상은커녕 그 학을 놓아주시고 종국에는 이러한 선지
를 내리시다니 신의 입장에서는 적잖이 곤혹스러울 따름이옵니다."
하고 아무리 무사로 늙은 몸이라 할지라도 눈물을 흘리며 말씀하셨습
니다. 다메토모는 당황하는 기색도 없이,

　다메토모 "아버님, 그리 탄식하지 마소서. 이 모든 것이 신제이가 꾸
민 짓이옵니다. 소자 전부터 이리 될 것이라 생각했사오나, 만일 상경
하지 않는다면 아버님의 관직을 삭탈하고 그 죄가 일문에 미치게 될
것이니 뜻하지 않게 불효자가 되는 것이 아쉬워 규슈를 버리고 올라왔
나이다. 이미 소자는 규슈로 돌아갈 생각이 없사오니 삼가 조정의 명
에 따르겠사옵니다."
하고 사내답게 호언장담했습니다. 고작 1년 사이에 평정했다고는 하
나 크고 작은 열 차례의 전투를 거쳐 겨우 손에 넣은 규슈를 조정의
명에 따라 포기해야 할 상황에 이른 것이니 정말이지 도리 없는 일입니
다. 이후로 다메토모는 부친의 저택에 틀어박혀 한 발짝도 밖으로 나가

지 않고 삼가 죄를 청하니 갸륵하기 짝이 없는 태도였습니다.

한편 당대를 다스리던 고노에 천황이라는 분은 도바 상황의 황자로 총비 비후쿠몬인 소생이셨는데, 무거운 병환에 시달리다가 끝내 17세로 붕어하셨습니다. 이에 제위를 계승해야 할 분은 순서로 따지면 선제 스토쿠인의 첫 번째 황자이신 이치노미야(一ノ宮) 시게히토 친왕(重仁親王)이었는데, 비후쿠몬인의 뜻에 의하여 시노미야(四ノ宮) 마사히토 친왕(雅仁親王)이 즉위하시게 되었으니, 이분이 곧 고시라카와 천황이십니다.

필경 비후쿠몬인은 스토쿠인의 저주로 인하여 고노에 천황이 조세하셨다 믿고 이를 크게 원망하고 계셨기에 이렇게 조치하신 것이었습니다. 스토쿠 상황은 극히 노하셨으며, 이로 인하여 뜻밖에도 스토쿠인과 고시라카와 천황은 형제간에 황위를 둘러싸고 대립하게 되었으니 이것이 호겐의 난(保元の亂)[150]이 발발하게 된 계기였던 것입니다.

화제를 바꾸어, 다메토모가 다자이후를 떠난 이후 아내인 시라누이가 아무쪼록 하루라도 빨리 부군이 돌아오시기를 기도한 보람도 헛되이 어느 날 도성으로부터의 사자가 도착했습니다. 공자님께서 조정의 견책을 받아 로쿠조 호리카와에 있는 아버님 저택에 갇혀 계신다는 소식을 듣고, 다메토모의 신변에 흉한 일이 일어나지 않도록 기혜이지

---

150) 호겐(保元) 원년(1156년) 교토에서 일어난 내란. 황실에서는 황위 계승에 관하여 불만을 품은 스토쿠 상황과 고시라카와 천황이 대립하고 셋칸케(攝關家)에서는 후지와라노 요리나가와 다다미치 형제 사이에 내분이 발생하여 스토쿠, 요리나가 측에서는 미나모토노 다메요시, 다이라노 다다마사(平忠正)를 포섭하고 고시라카와, 다다미치 측에서는 미나모토노 요시토모, 다이라노 기요모리를 아군으로 삼아 교전을 벌였으나 스토쿠 측이 패하여 상황은 사누키로 유배되었다. 이후 교전의 주축이었던 무사 세력이 정계에 진출하는 계기가 된 사건이다.

의 처 야쓰시로를 자기 대신 다자이후 덴진(天神)[151]에 보내어 매일 참
배토록 하고, 다시 한 번 부군을 만날 수 있게 해 달라는 간절한 소원
을 담아 기도를 드리셨습니다.

(1909년 11월 9일)

제27석

각설하고 규주 3년(1156년) 3월 27일을 기하여 연호가 호겐(保元)[152]
으로 바뀌었고, 그해 7월 2일 첫 번째 인(도바 상황)께서 붕어하셨습니
다. 상황의 붕어와 동시에 선제 스토쿠 상황이 거병하는 모반 계획이
실행되었던 것입니다.

당시 간파쿠(關白)[153] 후지와라노 다다자네(藤原忠實)[154]의 자식으로
다다미치, 요리나가라는 형제가 있었는데, 이 두 사람이 간파쿠의 자
리를 두고 다투게 되었습니다. 장남 다다미치는 성정이 관대하고 후덕
하여 덕망이 높은 사람으로 시문과 와카(和歌)[155]를 즐겼는데, 와카 방
면에서는 히토마로(人麿)[156]를 능가한다고까지 칭송되었으며 서체에

---

151) 현재의 후쿠오카 현 다자이후 시에 위치한 다자이후 덴만구(太宰府天滿宮)를 가리
킨다. 덴진(天神)이란 신사의 제신 스가와라노 미치자네(菅原道眞) 혹은 미치자네를
모시는 덴만구의 별칭이며, 교토의 기타노 덴만구(北野天滿宮)와 더불어 전국 덴만구
의 본궁(本宮)으로 취급된다.

152) 헤이안 후기 고시라카와 천황과 니조 천황 치세의 연호. 1156년 4월 27일부터 1159
년 4월 20일까지에 해당. 따라서 3월 27일을 기하여 개원했다는 본문의 서술은 오류.

153) 성년 후의 천황을 보좌하여 정무를 총괄하던 중직.

154) 후지와라노 다다자네(藤原忠實, 1079~1162): 헤이안 후기의 귀족. 차남인 요리나
가를 지지하고 장남 다다미치와 대립하여 호겐의 난이 발발하는 원인을 제공했다. 요
리나가의 패사 이후 지소쿠인(知足院)에 칩거했다.

155) 한시(漢詩)에 대하여 일본 고유의 시가를 일컫는 명칭. 5음과 7음을 기조로 하는
조카(長歌)·단카(短歌)·세도카(旋頭歌) 등의 총칭으로, 헤이안 시대 이후로는 주로
5·7·5·7·7음으로 이루어진 단카를 지칭하게 되었다.

있어서도 홋쇼지 류(法性寺流)[157]라는 유파를 창시할 정도였습니다. 한편 동생인 요리나가는 흉험(凶險)하고 잔인하여 형과는 완전히 정반대의 성격이었으나, 부친 다다자네는 동생인 요리나가를 아껴 장남과는 관계가 소원했습니다.

시라카와 법황(白川法皇)[158]은 요리나가를 세워 내람(內覽)[159]의 직무라는 중요한 역할을 내리셨습니다. 요리나가는 형이 문장 및 와카에 능한 것을 하찮은 재주로 치부하여 이를 비웃고 멸시했으며, 무려 그 저택에 불을 지르기까지 하는 등 권력을 앞세워 전횡을 자행했기 때문에 세상 사람들은 이를 가리켜 아쿠사후(惡左府)[160]라 불렀습니다. 고로 고노에 천황은 요리나가를 무척 혐오하셨고 고시라카와 천황 역시 그를 꺼리시어 요리나가의 내람 직을 거두었으니, 요리나가는 분노를 해소할 길이 없어 결국 스토쿠 상황께 모반을 권하기에 이르렀습니다. 호겐의 난은 스토쿠 상황과 고시라카와 천황 형제의 황위를 둘러싼 분쟁 및 다다미치와 요리나가 형제의 권력 싸움이라는 양측의 상황이 맞물려 발발한 것입니다.

---

156) 가키노모토노 히토마로(柿本人麻呂, ?~?): 나라 시대의 대표적 가인. 지토(持統)·몬무 천황(文武天皇) 치세에 활약했으며 조카 형식을 완성한 가인으로 유명하다. 단카도 다수 남겼으며 후세에 가성(歌聖)으로 추앙되었다.

157) 서도(書道)의 유파 중 하나. 홋쇼지 간파쿠(法性寺關白)라 불린 후지와라노 다다미치를 시조로 하는 것에서 비롯된 명칭이다. 무가 사회에 널리 유행하여 이후 가마쿠라 시대를 대표하는 서체가 되었다.

158) 시라카와 천황(白河天皇, 1053~1129): 제72대 천황. 재위 1073~1087. 고산조 천황(後三條天皇)의 제1황자. 이름은 사다히토(貞仁). 양위 후 호리카와, 도바, 스토쿠 천황의 3대에 걸쳐 43년간 인세이를 행했다.

159) 헤이안 시대 이후 천황에게 주상하는 문서와 천황이 재가한 문서 일체를 앞서 확인하고 처리할 수 있는 권리, 혹은 그것이 허락된 역직을 가리킨다.

160) 사후(左府)는 사다이진(左大臣)을 중국식으로 일컫는 명칭으로, 아쿠사후(惡左府)란 당시 사다이진이었던 요리나가의 성격이 가혹하고 타인에게 냉엄했던 것에서 비롯된 별명이다.

한편 스토쿠 상황은 도바 법황께서 붕어하신 후 그 궁을 방문하자 법황의 유조(遺詔)랍시고 출입도 허락되지 않더니 종국에는 고시라카와 천황이 즉위하게 된 것을 보고 울분에 견딜 수가 없어, 아예 거병하시고자 마음을 먹고 은밀히 요리나가와 더불어 계획을 실행에 옮겼습니다. 요리나가는 쇼켄모쓰(少監物)[161]로 있는 후지와라노 미쓰사다(藤原光貞)라는 자를 자신의 수하로 삼아, 이 자로 하여금 각지의 무사를 방문하여 상황의 편에 서도록 설득하기를 명했습니다.

자고로 숨기면 숨길수록 드러나는 법이라 이 소문은 삽시간에 퍼져, 상황께서 모반을 기도하신다는 소식이 조정의 귀에도 들어갔습니다. 쇼나곤 신제이는 간파쿠 후지와라노 다다미치와 상담한 끝에 다메요시의 적자, 시모쓰케노카미(下野守) 요시토모(義朝)[162]에게 명하여 미쓰사다를 체포한 후 철저히 심문했습니다. 미쓰사다가 새로운 인(스토쿠 상황)의 모반 정황을 숨김없이 자백하자 이들 일동도 새삼스레 놀라, 시급히 다수의 무사를 소집하기에 이르렀습니다.

전날 도바 법황 붕어 당시 미리 오늘의 위기를 대비하여, 만일의 경우 출진을 명할 미나모토노 요시토모, 미나모토노 요리마사 이하 10인의 이름을 기록해 두셨으므로 즉각 이들을 소환했습니다. 그런데 다이라노 기요모리의 이름은 이 유언장 속에 씌어 있지 않았으니, 이는 기요모리의 아내가 스토쿠 상황의 황자인 시게히토 친왕의 유모였기 때문에 아마도 그쪽 편을 들 것이라 짐작하셨기 때문입니다. 그러나 비후쿠몬인께서 말씀하시기를 "설령 다다모리[163], 기요모리 등이 새로

---

161) 오쿠라료(大藏寮)·우치쿠라료(內藏寮)의 창고에 수납된 물품의 출납을 담당했던 관직. 관위는 정7위하(正七位下)에 상당한다.
162) 다메요시의 적자 요시토모는 호겐의 난 당시 스토쿠 상황 편에 선 부친 다메요시와 동생 요리카타(賴賢), 다메토모 등과 달리 고시라카와 천황 측의 중심 전력으로 참전했다.

운 인과 연고가 있다 할지라도 이쪽에서 은상을 후하게 내린다면 가세
하지 않을 리 없소."

하고 근신(近臣)을 시켜 부르시자 기요모리는 두말없이 참내했습니다.
이로써 조정 측은 요시토모, 기요모리, 요리마사 이하 당당한 무사들
을 여럿 아군으로 두게 된 것이었습니다.

새로운 인, 즉 스토쿠 상황 측에서도 사방으로 수단을 강구하여 무
사들을 소집했으나, 이미 조정 측에 기선을 빼앗겨 대부분이 모두 상
대편에 서게 된 후였습니다. 당시 부하 수가 많기로 제일이라는 겐지
의 적자 요시토모가 조정의 부름을 받은 후라는 소식을 듣게 되어 낙
담하고 계셨는데, 요시토모의 부친 다메요시는 여전히 자택에 남아 있
다는 말에 우쿄노다이부 노리나가(右京大夫敎長)[164]라는 자를 로쿠조
저택으로 보내셨습니다.

다메요시 "이거 이거 노리가나 님께서 무슨 일인지요. 어서 용건을
듣고자 하옵니다."

노인의 버릇이랄까 상대를 재촉하자,

노리나가 "오오, 오늘 소생이 새로운 인의 사자로 방문하게 된 까닭
은 다름이 아니외다. 이번에 조정과의 대결에서 반드시 귀공이 우리 편
에 들어와 주셨으면 하는 고로 이렇게 이 몸이 일부러 찾아온 것이라오.
청컨대 서둘러 인의 처소에 참상해 주시기를 바라는 바요."

---

163) 다이라노 다다모리(平忠盛, 1096~1153): 헤이안 후기의 무장. 기요모리의 부친.
시라카와·도바 두 상황의 신뢰가 두터워 승전이 허락되었다. 일송무역(日宋貿易)으로
재력을 축적하였고 교양도 풍부하여 이후 다이라 가문이 궁정에 진출하는 기반을 마
련했다.

164) 후지와라노 노리나가(藤原敎長, 1109~?): 헤이안 후기의 귀족, 가인. 다다노리(忠
敎)의 차남. 상류 귀족 출신으로 정3위(正三位) 산기(參議)에까지 올랐으나 호겐 원년
(1156년) 이를 사직하고 사쿄노다이부(左京大夫)로 전임했다. 스토쿠 천황의 양위 후
에도 상황의 근신으로 활약했으나 호겐의 난 이후 유배 처분을 받고 출가했다. 본문의
'右京大夫'는 '左京大夫'의 오기.

다메요시 "아니, 그에 관해서 말씀드리자면 실은 소인의 적자 요시토모가 이미 조정의 명을 받자와 궁중으로 달려간 상황이옵니다. 소인은 나이들고 용기도 없사오니 부디 그 뜻은 거두어 주시기를 바라며 아무쪼록 사퇴하고자 하옵니다."

노리나가 "혹시 그렇게 말씀하시지 않을까 싶어 새로운 인께서도 간곡히 어명을 내리셨소이다. 설령 요시토모 한 사람이 궁중에 사후하고 있을지라도 귀공에게는 자식이 많고 성년이 된 아들만 해도 6, 7인은 될 것이오. 하물며 귀공 자신이 14세의 나이로 조적(朝敵)을 물리쳤을 정도의 용자이며, 연로하다 할지라도 한(漢)의 마복장군(馬伏將軍)[165]의 고사도 있지 않소. 어찌 □□를 두려워하리오. 자제분들을 이끌고 출진하시어 새로운 인께 충의를 다해 주셨으면 하오."

(1909년 11월 10일)

제28석

다메요시 "아니 귀공의 말씀하시는 바는 잘 알겠사오나, 자식은 조정 측에 서고 아비는 새로운 인께 참상하여 부모 자식 형제간에 서로 싸우게 되는 것은 인륜으로 보아도 감당하기 어려운 바이며, 괴이한 일이지만 어젯밤 소인이 묘한 꿈을 꾸었소이다. 그 꿈으로 말하자면 소인의 가문에 전해지는 소중한 투구가 있사온데, 여기에 자식들의 투구 여섯이 더해져 총 일곱 개의 투구가 궤에서 튀어나와 공중을 휘익 날았는가 싶더니 털썩 하고 땅 위에 떨어졌지요. 그러더니 갑자기 큰

---

165) 중국 후한(後漢)의 복파장군(伏波將軍) 마원(馬援)을 가리킨다. 48년 무릉오계(武陵五溪)의 반란에 출진하기를 원했으나 당시 나이가 62세였기 때문에 광무제가 난색을 보이자 날렵하게 말에 올라 기량을 과시했다. 이는 나이가 들어 기력이 더더욱 왕성하다는 의미에서 노익장(老益壯)이라는 성어의 유래가 되었다.

물이 밀려와 그 투구를 어디론가 쓸어 가 버리더이다. 정말이지 불길하기 그지없는 꿈으로 운수가 좋지 못하니 소인이 상황 측에 가담하는 것은 역으로 바람직하지 않으리라 생각되옵니다. 이 뜻을 귀공께서 살펴 주사 상주해 드리기를 바라나이다."

하고 끝끝내 사퇴를 주장했습니다. 노리나가는 껄껄 웃으며

노리나가 "산전수전 다 겪은 귀공에게 어울리지 않는 말씀이시구려. 꿈은 오장(五臟)의 피로에서 기인한다고 하지 않소. 그런 망상일랑 가슴에 담아 두지 마시오. 그리고 부모 자식 형제간에 서로 적대함이 인륜에 반한다는 말씀은 지극히 도리에 타당하나 때와 상황에 따라서는 하는 수 없는 일, 작금의 일을 보더라도 인과 주상은 형제간이시며, 간파쿠와 요리나가 공 역시 형제간이시오. 형제일지라도 서로 다투게 되는 것은 도리가 없는 일이오. 하물며 대의멸친(大義滅親)[166]이라는 옛 말도 있지 않소. 대의를 위해서는 부모 형제라 할지라도 용납하지 않는 법이오. 귀공 또한 인내하기 어려운 상황을 극복하고 상황께 충성하는 것이야말로 인신(人臣)의 도리라 할 수 있지 않겠소. 이미 주저하실 상황이 아니외다. 한시라도 서둘러 소생과 함께 동행하셔야 할 것이오."

하고 도도히 늘어놓는 변설에 다메요시는 별 수 없이

다메요시 "그렇다면 소인의 여덟째 아들인 다메토모를 데려가시는 것으로 하십시다. 이 몸은 나이가 많아 도움이 되지 못할 것이외다. 그리고 아들이 여럿 있다고 하지만 그리 무술에 능한 녀석이 없는데 오로지 하치로 다메토모만은 어릴 적부터 성정이 거칠고 무예에 있어서는 누구에게도 뒤지지 않습니다. 바라옵건대 하치로를 뜻하시는 대로 내어 드리리다."

---

166) 큰 도리를 지키기 위해서는 혈육의 정을 비롯한 사사로운 정의(情誼)를 돌아보지 않는다는 뜻.

하고 어디까지나 자신은 나서지 않을 생각임을 밝혔습니다. 그러나 노리나가는 "아니, 무어라 해도 소생은 일단 선지를 받자와 다메요시 님께 참내를 권하기 위하여 방문한 것이외다. 귀공께서 참내하지 않으시면 소생의 면목이 서지 않소이다. 거듭 거듭 부탁드리오니 다메요시 님 스스로 자제분을 동반하여 즉각 참내해 주셔야 하오. 이렇게 간절히 부탁하오."

하고 물러나지 않으니 다메요시도 도리 없이 시로 사에몬 요리카타(四郎左衛門賴賢)[167], 고로 가몬노스케 요리나카(五郎掃部介賴仲)[168], 가모 로쿠로 다메무네(加茂六郎爲宗)[169], 시치로 다메나리(七郎爲成)[170], 진제이 하치로 다메토모, 겐쿠로 다메나카(源九郎爲仲)[171], 이렇게 총 6인의 자식을 이끌고 상황의 거처인 시라카와도노(白河殿)에 사후했습니다. 상황은 대단히 감격하여, 새로이 다메요시에게 오미노쿠니(近江國)[172] 이바노쇼(伊庭莊)와 미노노쿠니(美濃國)[173] 아오야기노쇼(靑柳莊) 2개소를 하사하고 쇼호쿠멘(上北面)[174]으로 임명하시며 우노마루(鵜丸)라는 명

---

167) 미나모토노 요리카타(源賴賢, ?~1156): 헤이안 후기의 무장. 다메요시의 4남. 동복 동생으로 요리나카(賴仲), 다메무네(爲宗)가 있다. 호겐의 난에서 부친을 따라 스토쿠 상황 측에 가담했다. 패전 후 형 요시토모가 구명을 탄원했으나 받아들여지지 않고 부친, 형제와 더불어 처형되었다. 관위는 사에몬노조(左衛門尉).

168) 미나모토노 요리나카(源賴仲, ?~1156): 헤이안 후기의 무장. 다메요시의 5남. 관위 는 가몬노스케(掃部介), 사효에노조(左兵衛尉).

169) 미나모토노 다메무네(源爲宗, ?~1156): 헤이안 후기의 무장. 다메요시의 6남. 통칭 은 가모 로쿠로(賀茂六郎).

170) 미나모토노 다메나리(源爲成, ?~1156): 헤이안 후기의 무장. 다메요시의 7남. 통칭 은 하치만 시치로(八幡七郎), 가모 시치로(賀茂七郎).

171) 미나모토노 다메나카(源爲仲, ?~1156): 헤이안 후기의 무장. 다메요시의 9남. 하치 로 다메토모의 동복동생으로 통칭은 구로(九郎).

172) 현재의 시가 현(滋賀縣)에 해당한다.

173) 현재의 기후 현(岐阜縣) 남부에 해당한다.

174) 호쿠멘(北面)이란 인의 처소 북쪽에 대기하며 저택의 경비를 담당했던 무사를 말한 다. 시라카와 상황 때 설치되어 인 직속의 무력으로 활약했다. 쇼호쿠멘(上北面)이란

검을 내리셨습니다. 기요모리의 숙부 다이라노 다다마사(平忠正)[175]도 처소로 달려와 참상하였고 난토 고후쿠지(興福寺)[176]의 승도(僧徒) 또한 상황 편에 서게 되어, 이윽고 넓은 거실에서 전투에 대한 평의(評議)가 시작되었습니다.

한 단 높은 자리에 어렴(御簾)을 드리우고 스토쿠 상황이 앉아 계셨고, 어렴 가까이에 사다이진(左大臣) 후지와라노 요리나가가 착석했으며, 2간 정도 물러난 곳에 다메요시, 다다마사를 비롯하여 공경 여럿이 열석했습니다. 다메요시의 아들들은 멀찍이 떨어진 층계 근처에 자리를 차지했습니다.

당시 진제이 하치로의 무명(武名)은 도성에도 알려져 있었으므로, 요리나가는 하치로를 불러 전쟁의 방략(方略)에 대하여 질문하셨습니다. 이날 다메토모는 사자를 둥글게 도안하여 수를 넣은 히타타레(直垂)[177]에 하치류(八龍)를 모방하여[178] 흰 가라아야(唐綾)[179]로 얽어맨 오아라메(大荒目)[180]의 갑옷을 걸치고, 3척 5촌 길이의 장도에 곰 가죽으

그 중 4위 혹은 5위의 위계를 지닌 무사로. 6위의 경우 게호쿠멘(下北面)이라 한다.

175) 다이라노 다다마사(平忠正, ?~1156): 헤이안 후기의 무장. 마사모리의 아들이자 기요모리의 숙부. 호겐의 난 당시 스토쿠 상황 측에 가담했다가 패하여 자식들과 더불어 처형되었다.

176) 나라에 위치한 법상종(法相宗)의 대본산. 후지와라 씨(藤原氏)의 우지데라(氏寺)이자 난토 7대사 중의 하나. 헤이안 시대에는 거대한 장원(莊園)을 영유하며 다수의 승병(僧兵)을 거느리고 권세를 과시했다.

177) 소매 끝을 묶는 끈이 달려 있고 옷자락을 하의 속에 넣어서 입는 의복. 원래 서민의 평복이었으나 가마쿠라 시대 이후 무가의 예복이 되었다.

178) 하치류(八龍)란 겐지 가문에 전해지는 여덟 벌의 갑옷 중 하나로, 이와 유사하게 제작한 갑옷이라는 의미. 『호겐모노가타리』에 의하면 출진 당시 다메요시는 아들들에게 가문에 전해지는 갑옷을 하나씩 착용하도록 했으나, 다메토모의 경우 체격이 장대하여 일반적인 크기의 갑옷을 걸칠 수 없었다고 한다.

179) 중국에서 전래한 능직물. 일본에서 그 제법을 따라 직조한 것을 지칭하기도 한다.

로 만든 칼집 자루를 씌워 두었습니다. 크기가 장대한 5석 강궁에 화살이 시위에서 미끄러지지 않도록 구부러진 못을 박아 두었으며 검은 독수리 깃털을 붙인 36개의 화살을 짊어지고 투구는 종자에게 들린 그 풍모가 헌걸차기 비할 데 없었습니다. 무용은 번쾌(樊噲)[181]를 능가하고 지모는 진평(陳平)[182]보다 우월하며 궁술은 양유기(養由基)도 삼사(三舍)를 물러날[183] 만한 위세라, 훌륭하고 용맹한 대장이요 나이는 어리지만 어떤 대군일지라도 이 장수 한 사람만 있다면 두려울 것이 없으리라고 사람들은 입을 모아 상찬했습니다.

새로운 인께서도 어렴 사이로 내다보시고 5년 전에 노리시게, 노리카즈의 화살을 막아 내었을 때에 비하여 훌쩍 성장한 듯 보여 실로 일기당천의 용사란 이런 자를 말하는 것이리라고 감개가 무량하여 "여봐라, 다메토모를 불러 좋은 방책이 있다면 진언케 하라." 하고 말씀하시자 요리나가는 삼가 명을 받들어 전했습니다. "이보시게 다메요시, 다메토모를 이리로 부르게나."

다메요시 "명을 받들겠나이다. 하치로, 부르심이 계셨으니 가까이 오너라."

---

180) 갑옷을 얽어매는 방식의 하나. 보통에 비하여 넓은 폭의 미늘을 취하여 굵은 끈으로 듬성듬성 얽어맨 갑옷.

181) 번쾌(樊噲, ?~BC 189): 중국 한(漢)의 공신. 한고조 유방(劉邦)의 거병 후 무장으로 용맹을 떨쳐 공을 세웠다. 유방이 즉위한 뒤 좌승상, 상국이 되고 그 후로도 여러 반란을 평정했다.

182) 진평(陳平, ?~BC 178): 중국 한의 공신. 한고조를 보좌하여 천하 통일을 이루었으며, 탁월한 책략으로 유방의 신임을 받았다. 상국 조참(曹參)이 죽은 후에는 좌승상(左丞相)이 되어, 여씨의 난 때에 주발(周勃)과 함께 이를 평정한 후 유방의 아들 문제(文帝)를 옹립하였다.

183) 퇴피삼사(退避三舍). 춘추 시대 진(晉)과 초(楚)의 전투에서 진의 문공(文公)이 초나라 망명 시절의 은혜에 보답하고자 사흘 동안 90리(행군에서 30리를 일사(一舍)라고 함), 즉 삼사(三舍)를 후퇴한 고사에서 유래한다. 다른 사람과의 다툼을 피하거나 양보하고 물러나는 것에 대한 비유.

다메토모 "옛."

하고 대답한 후 훌쩍 몸을 일으키더니 너른 마루를 걸어 어럼 근처로 다가와 평복했습니다.

요리나가 "여봐라 다메토모, 백전백승의 책략이 있으면 말해 보도록 하라."

요리나가의 질문에 다메토모는 "그러하다면 기탄없이 소인의 생각을 말씀드리겠나이다. 무릇 전투란 임기응변이 따르는 것이라 하나의 방책을 진언하기는 어렵사오나, 현재 천황의 처소인 다카마쓰도노(高松殿)에는 신의 형 요시토모 이하 2, 3천의 병력이 대기하고 있을 것입니다. 그러나 여기 시라카와도노에 모인 병사는 1천에도 미치지 못합니다. 난토의 승병도 의지할 수 없는 자들이니 어떻게든 일거에 승부를 결정짓지 못하면 아군이 불리하며, 자고로 소수로 다수를 치기에는 야습이 제일이라 하옵니다. 이 몸이 진제이에 있을 적 큰 전투를 스무 차례, 작은 전투를 열 차례 치렀고 공략한 성채가 10개소인데, 실전을 경험한 바에 의하면 야습이야말로 가장 효과적이었습니다. 오늘 밤 다카마쓰도노를 습격하여 세 방향으로 불을 지르고 나머지 한 방향으로부터 공격해 들어간다면 일거에 승리를 거두게 될 것임이 분명하옵니다." 하고 진지한 얼굴로 진언했습니다.

(1909년 11월 11일)

제29석

요리나가는 웃으며 "이보게 다메토모, 그대는 어린 나이에 함부로 무용을 과시하고 있으며, 많은 싸움을 치렀다고는 하나 사소한 힘겨루기에 지나지 않네. 지금 두 분의 지존께서 황위를 두고 의견이 엇갈리고 계시니 당당히 전투를 벌여야 할 것이야. 나라(奈良)의 승병도 명일 아침에는 도착할 것이니, 그들의 도착을 기다렸다가 그 후에 싸워도 늦지 않을 테지."

하고 다메토모의 책략을 받아들이지 않았습니다. 그러자 다메요시도 나서서

　다메요시 "아뢰옵기 황공하오나 소인도 하나의 방책을 올리고자 하옵니다. 무엇보다 적병의 수가 많고 아군의 수는 적으니, 무리하게 이 처소에서 방어에 임하는 것은 그리 용이한 일이 아니옵니다. 그러니 신속히 어가를 나라로 옮겨 고후쿠지로 행행하시어 우지바시(宇治橋)[184]를 끊고 싸운다면 만에 하나 형세가 불리해졌을 경우 간토(關東)로 행차하실 수 있나이다. 신은 간토의 병사를 합쳐 재차 거병하여 어가를 도성으로 돌리게 할 것이오니 이는 만전을 기한 필승의 비책이옵니다."

하고 말씀을 올렸습니다. 요리나가는 "아니, 그 책략도 훌륭하오만 지금은 천황의 자리를 찬탈당한 것에 신도 사람도 더불어 노하고 있소. 이 기회를 활용하여 싸우는 것이야말로 가장 시의적절한 방책으로, 어가가 궁을 떠나면 세간으로부터 '저것 보아라, 상황은 적이 다수임을 두려워하여 나라로 피하셨구나'라는 비웃음을 사게 될 것이오. 이는 아군의 사기에도 관계된 것이니 결단코 어가가 궁을 떠나는 것은 불가하오."

하고 다메요시의 간언도 물리쳤습니다. 어전에서 물러난 다메토모는 후지와라노 노리나가를 향하여

　다메토모 "노리나가 님, 전상(殿上)의 공경들은 예상 이상으로 군사에 대하여 무지하니 정말이지 어리석기 짝이 없습니다. 두고 보시지요. 제 형 요시토모는 틀림없이 오늘 밤 이곳으로 쳐들어올 것이외다. 아군의 패배가 목전에 닥쳤으니 명일 아침 승병의 도착을 기다릴 여유

184) 현재의 교토 부(京都府) 우지 시(宇治市)를 흐르는 우지가와(宇治川)에 놓였던 다리.

따위는 있을 리 없소이다."

하고 긴 한숨을 내쉬었습니다.

한편 새 천황 측은 어찌 되었는고 하니, 원래 처소는 다카마쓰도노
였으나 지나치게 협소하여 여러 모로 불편했으므로 급히 히가시산조
도노(東三條殿)[185]로 옮기셨습니다.

간파쿠 다다미치, 쇼나곤 신제이가 열석한 무리 가운데 요시토모를
불러 모책을 질문하자 요시토모는 자리에서 일어나 "상황 측에서도
상당수의 병사를 소집했다고 들었나이다. 나라의 승병도 명일이면 도
착하여 적군에 가담할 것이니, 중들이 미처 도착하기 전에 일제히 공
격하여 승리를 거두는 것 이상의 상책은 없습니다. 하오니 오늘 밤
야습을 가하는 것이 가장 유리하리라 생각되옵니다."

하고 말씀을 올렸습니다. 과연 다메토모가 예측한 그대로였습니다. 역
시 겐지는 무용으로 이름난 가문인 만큼 천황 측에서도 상황 측에서도
핵심을 차지하는 것은 다메토모와 요시토모입니다. 실로 겐케의 무용
은 탁월하다 하겠습니다.

그 자리에 있었던 쇼나곤 신제이, 이 자 역시 상당히 교활한 지모에
능한 인물이었으나 글줄깨나 읽은지라 요리나가처럼 일언지하에 물리
치지 않고 즉각 요시토모의 책략을 채용했습니다.

신제이 "요시토모가 말하는 바와 같이 야습이 가장 타당하다 여겨지
오. 시가(詩歌)와 관현(管弦)이라면 조정 신하들이 실력을 발휘할 터이

---

185) 헤이안 시대의 저택. 후지와라노 요시후사(藤原良房)의 저택으로 건축되어 다다히
라(忠平)를 거쳐 가네이에로 계승되었다. 가네이에가 그 서쪽 건물을 천황의 처소인
세이료덴(清凉殿)과 유사하게 지어 세간의 비난을 사기도 했다. 니조 대로(二條大路)
의 남쪽, 니시노토인 대로(西洞院大路)의 서쪽에 위치했으며, 호겐의 난 발발 이듬해
소실되었으나 이후 재건되지 않았다.

나 무예에 관한 일은 무사에게 맡겨야 할 것이외다. 하물며 선수를 치는 자가 국면을 제압하는 법이니, 일각이라도 지체하지 말고 시라카와도노로 향하시오."

하고 주변을 둘러보며 명을 내렸습니다.

간파쿠 다다미치도 "그렇게 하는 것이 좋겠소."

하고 동의했으므로 방침은 바로 결정되어 무사 일동은 즉시 출발 준비에 들어갔습니다. 이때 칙명에 의하여 개선하는 날에는 요시토모에게 승전(昇殿)을 허락한다는 말씀이 내려졌습니다. 요시토모가 절을 올려 은혜에 감사하고 말씀을 올리기를 "신과 같은 자에게 승전을 허락해 주신 것은 감사할 따름이며, 무사가 전투에 임할 때에는 본디 죽음을 각오하는 법이옵니다. 애당초 살아서 귀환할 생각은 없으므로, 목숨이 붙어 있는 사이에 승전의 영광을 얻게 해 주소서."

하고 훌쩍 일어서서 다가오더니 전각 안으로 들어섰습니다. 신제이는 안색이 변하여

신제이 "이 무슨 무례한 짓인가."

하고 제지했으나 주상은 그저 미소를 지을 뿐 나무라지 않으셨습니다. 요시토모는 크게 기뻐하며 전각에서 물러났습니다.

승전이란 주상께서 계신 곳 가까이까지 들어갈 수 있는 권한을 얻는 것으로, 인신(人臣)으로서는 더할 나위 없는 영예입니다. 그 당시 후지와라 씨가 아닌 사람이 승전의 영광을 얻는 것은 용이한 일이 아니었으나, 지금 요시토모에게 이를 허가하셨으니 크나큰 은전이라 하겠습니다.

(1909년 11월 12일)

제30석

각설하고 준비가 완료되었으므로 즉시 야습을 실행하기 위하여 히

가시산조도노를 출발한 것은 요시토모의 병사 300여 기, 기요모리의 병사 600여 기, 기타 시게나리(重成), 요시야스(義康), 미쓰노부(光信), 스에자네(季實) 등 도합 1,700여 기의 군세였습니다. 이들은 시라카와 도노 근처에 이르자 우와아 하고 소리 높여 함성을 지르더니 바닷물이 밀려드는 것처럼 공격해 들어왔습니다.

이때 스토쿠 상황은 소집된 천여 기와 함께 이튿날 아침 난토의 승병 천여 명이 도착하기를 기다려 궁을 공격하려고 생각하던 차에 아군 중 대여섯 명이 헐레벌떡 달려오더니 "보고, 보고를 올리옵니다. 바로 지금 조정의 병사 1500 내지 1600기가 밀려오고 있나이다. 마음을 놓지 마시고 서둘러 결단을 내려 주소서."

하고 숨이 턱에 닿아 상황을 알렸습니다.

요리나가가 "그렇다면 적이 야습을 시도한 것으로 보이는군. 어서 채비에 임하라."

라고 하명하자 모든 군사가 살짝 낯빛을 바꾸며 이제 와서 적에게 선수를 빼앗긴 것이 분하다는 듯 전혀 사기가 오르지 않았습니다.

다메토모가 싸늘하게 웃으며 "그것 보시오. 이 사람이 말했던 대로 내 형이 야습을 걸어 왔소. 이쪽에서 먼저 공격했다면 적이 충분히 준비를 마치기 전이었으니 얼마나 아군에게 유리한 싸움이 되었을는지 알겠소이까. 군을 움직일 때에는 그 신속함을 가장 귀하게 여기는 것이오. 특히 전쟁이란 공격하는 쪽이 승리하기 쉽고 수비하는 쪽은 패하기 쉬운 법이외다. 공경 나부랭이라는 자들은 아무 것도 모르는 주제에 이것저것 입만 나불거리니 곤란하구려."

하고 비웃었습니다. 요리나가는 이 말을 듣고 다메토모의 환심을 사기 위하여 급히 그를 불러 구란도(藏人)[186]로 임명했습니다. 다메토모는

---

186) 구로도도코로(藏人所)의 관원. '구로도'라고도 읽는다. 원래 황실의 문서나 도구 등

의연한 자세로 요리나가를 향하여

다메토모 "아니, 지금 전쟁이 시작되려 하는데 이 와중에 임관 따위를 거론할 때가 아니겠지요. 소인은 진제이 하치로라 불리는 것으로 충분하옵니다."

하고 대답했으니 참으로 사내답고 늠름한 분이십니다.

이리하여 시급히 적의 야습에 대하여 채비를 마친 후 동남쪽 문은 다이라노 다다마사가 수비하고 서남쪽 문은 다메요시가 수비하며, 북문은 이에히로(家弘)가 담당하고 서문은 다메토모 홀로 28기와 더불어 지키게 되었습니다. 이 28기는 규슈에서 따라온 용사들로, 어느 누구나 일기당천의 무사들이었으며 적이 당도하면 규슈 남아의 실력을 보여 주겠노라고 다들 용기가 충천한 모습이었습니다.

그러던 중에 함성을 지르며 돌격해 들어오는 소리가 들려왔습니다. 드디어 나타났구나 하고 다메요시의 삼남[187] 요리카타가 앞장서서 말에 올라 밤눈에 의지하여 살펴보니, 평소 그 모습이 눈에 익은 형 요시토모가 선봉으로 달려오고 있었습니다. 형을 향하여 활을 당기는 것은 본의가 아니지만 지금은 적으로 상대하게 되었으니 도리가 없습니다. 활에 화살을 메어 휙 하고 날려 그대로 한 사람을 사살하고, 두 번째 화살로 다시 한 사람을 명중시켰으나 적진에서 날아온 화살 하나가 기세 좋게 투구 이마 부분에 박혔으므로 말을 돌려 문 안으로 후퇴했습니다.

다메토모가 수비하는 서문으로는 기요모리의 군세가 함성을 올리며 공격해 들어왔습니다. 활과 화살을 지니면 천하에 맞설 자가 없다

을 관리하는 직책이었으나, 구로도도코로가 설치된 이후 조정의 기밀문서 보관이나 조칙(詔勅)의 전달, 궁중의 행사, 사무 전반에 관계하게 되었다.

187) 요리카타는 다메요시의 4남이므로 본문의 서술은 오류.

는 진제이 하치로가 기다리고 있다는 사실을 아는지 모르는지, 가장 먼저 이토 가게쓰나(伊藤景綱)[188], 이토 고(伊藤五), 이토 로쿠(伊藤六)[189]의 3인이 달려와 장검을 휘두르며 곧장 돌격을 감행했습니다.

다메토모는 이를 바라보며 "대단하군, 용감한 녀석들이고 무사다운 자세로다. 그러면 슬슬 내 활 솜씨를 보여 주도록 할까."

하고 바로 강궁에 화살을 메어 시위를 놓자 그 화살이 이토 로쿠의 동체를 관통하고 이토 고의 소매에 푹 하고 박혔습니다. 이토 로쿠는 "악!" 하는 비명과 함께 피보라를 뿜으며 즉사했습니다. 이토 고가 그 자리에서 화살을 뽑아 살펴보니 화살촉의 크기가 마치 목수가 쓰는 끌처럼 거대했습니다. 놀라서 물러나 기요모리에게 이 화살을 보이자 일군(一軍)이 모두 새삼스레 기가 질려, 혀를 내두르며 두려워했습니다.

8정 돌팔매의 기헤이지는 가슴에 걸려 있던 주머니 속에서 주먹 크기 정도의 돌을 꺼내어 이토 가게쓰나의 면상을 겨누어 던졌습니다. 돌은 휘익 소리를 내며 바람을 가르고 날아가더니 정확히 가게쓰나의 미간에 명중했습니다. 가게쓰나의 살이 찢기고 코가 부러지고 양 눈알이 튀어나오며 절명하니, 기요모리의 군사 600명은 이를 목격하고 모두 공포에 사로잡혀 한 사람도 전진하려는 자가 없었습니다.

기요모리도 하는 수 없이, "내가 반드시 이 문으로 향하라는 명을 받은 것도 아니니 물러나라, 물러나라."

하고 이들을 통솔하여 후퇴했습니다.

"5, 600이라는 군세를 가지고 30인도 채 되지 않는 적에게 겁을 먹

---

188) 후지와라노 가게쓰나(藤原景綱, ?~?): 헤이안 후기의 무장. 11세기 무렵 조부인 모토카게(基景)가 이세노카미(伊勢守)로 임관한 이후 이세노쿠니에 정착하고 이토 (伊藤)라 칭했다. 다이라노 다다모리, 기요모리를 따르며 활약했으며 호겐·헤이지의 난에서는 아들들과 더불어 기요모리 군의 선봉을 맡아 전공을 세웠다.
189) 가게쓰나의 아들인 다다키요(忠淸)와 다다나오(忠直).

다니 우습기 짝이 없구나, 웃자 웃자" 하고 떠들썩하게 소란을 피우자 기요모리의 장남 시게모리(重盛)[190]가 크게 노하여, "이것 참, 비겁하도 다 미련하도다. 무사가 전장에 임하면 강한 적과 맞붙는 것이야말로 영 예이거늘, 적이 강하다고 물러날 수 있겠는가. 다들 말머리를 돌려라!" 하고 소리쳤습니다.

기요모리의 부하 야마다 고레유키(山田伊行) 또한 소리를 높여 "실로 작은 주군의 말씀이 지당하다. 강한 적과 맞서는 것이야말로 우리들이 바라는 바다. 전진하라, 전진하라!" 하고 말을 미처 끝맺기도 전에 다메토모가 당긴 화살이 날아와 그의 목을 꿰뚫었습니다. 목은 허공으로 날아오르고 동체는 말 위에서 땅으로 떨어졌으며, 화살은 그 뒤를 달리던 말의 안장에 꽂혔습니다.

그 광경에 기요모리 군은 새파랗게 질려 떨기 시작했습니다. 어지간히 두려웠던 듯 600명의 사람들이 와들와들 부들부들 몸을 떠는 소리가 흡사 대지진이라도 일어났는가 싶을 정도로 울려 퍼졌다고 합니다만, 설마 그 정도까지는 아니었을 것입니다.

(1909년 11월 13일)

제31석

다메토모의 궁세에 기요모리는 창백하게 질려 경악했습니다. 이 자 는 도저히 감당할 수 없겠다고 퇴각하려는 와중에 시게모리가 크게 분개하여 "무사가 칙명을 받자와 적과 맞서는데 상대가 강하다고 물러

---

190) 다이라노 시게모리(平重盛, 1138~1179): 헤이안 후기의 무장. 기요모리의 장남. 호겐·헤이지의 난에서 활약한 전공으로 사콘에노다이쇼(左近衛大將), 나이다이진(内 大臣)을 역임했다. 병으로 퇴관한 후 부친에 앞서 사망한다. 신중하고 곧은 인격에 탁월한 무용을 지닌 인물로 전해진다.

날 수 있겠는가!" 하고 홀로 말에 채찍질하여 방향을 돌렸습니다.

기요모리는 다이라노 무네키요(平宗淸)에게 시게모리의 말고삐를 억지로 잡도록 명하여 물러나게 했습니다. 이것이야말로 이 자의 행운이요, 만일 당시 이 문으로 나아갔다면 기요모리도 시게모리도 다메토모의 화살 단 한 발 아래 전사했을 것임에 틀림없습니다.

야마다 고레유키의 종자가 타던 말은 안장에 화살이 꽂힌 채 요시토모의 부하 마사이에(政家)의 진중으로 뛰어들었습니다. 마사이에는 이것을 요시토모의 진으로 가져와서 "주인께서는 보소서, 하치로 님께서 날리신 것으로 보이옵니다. 실로 세상 두려운 궁세이옵니다."
하고 혀를 내두르며 두려워했습니다.

요시토모가 "과연 하치로의 강궁에 관한 이야기는 평소부터 듣고 있었으나 고작 나이 18, 9세로 이 정도의 힘이라니. 오랫동안 만나지 못한 사이에 그 실력이 얼마나 늘었는지 모르겠구나. 아무튼 자네가 한 차례 붙어 보게."
하고 명하자

마사이에 "명을 받들겠나이다."
하고 100기만을 데려가 와아아 하는 함성 소리를 높이며 공격해 들어갔습니다. 이윽고 마사이에가 활에 화살을 메겨 날린 것이 다메토모의 하쓰부리(半首)[191]에 명중했습니다.

다메토모는 대로(大怒)하여, "고약한 종놈의 짓이로구나. 이렇게 된 이상 어찌 이쪽이라고 사정을 봐주겠느냐. 모두들 전진하라!"
하고 명령을 내리며 자기 자신도 진두에서 달려드니, 28기의 면면도 질세라 뒤처지지 않으리라고 돌격했습니다. 그 살벌한 기세에 마사이

---

191) 안면을 방어하는 무구의 한 종류. 이마로부터 양 볼까지를 뒤덮는 철제 면구로, 헤이안 말기에서 가마쿠라 시대에 걸쳐 사용되었다.

에는 한 차례도 교전하지 못한 채 퇴각했습니다.

다메토모도 굳이 더 이상의 추격을 하지 않고 방향을 돌려 문으로 들어가려 하는데, 갑자기 요시토모가 대군을 이끌고 쇄도하며

요시토모 "여봐라 하치로, 너는 형을 향하여 활을 당기려느냐."

하고 매도하자 다메토모는 "이거 기묘한 말씀을 듣게 되는군요. 형님께서는 어찌 아버님을 향하여 칼을 휘두르시오니까. 스스로 불효의 죄를 범하면서 제 불경을 탓하시다니 가소롭소이다."

하고 맞받아쳤습니다. 요시토모는 말이 막혀 무어라 대답하지 못한 채 다메토모의 군사가 소수임을 보고 공격을 가했습니다.

다메토모는 적의 수가 많은 것을 보고 내부와 단절되면 위험하다고 판단하여 신속히 문으로 들어갔습니다. 문 앞에 진을 치고 적이 접근하면 단 한 사람일지라도 안으로 들이지 않을 각오로 엄중히 수비에 임했습니다.

요시토모 군도 함부로 다가오려 하지는 않았습니다. 이때 다메토모는 활에 화살을 얹고 형 요시토모를 한 발에 명중시키려 했으나 곰곰이 생각해 보니 부친은 아군이요 형은 적 편에 있습니다. 필경 부모와 자식, 형제가 서로 나뉘어 싸우게 된 이상 어느 쪽은 승리하고 어느 쪽은 패배할지라도 서로 구명하고 도움을 주는 것도 가능하지 않을까 싶어, 모처럼 메긴 화살을 거두시고 말았습니다.

이때 요시토모 군 500여 기가 전진하라는 호령과 함께 기세를 몰아 공격해 들어왔습니다. 다메토모도 지금이다 하고 28인이 질풍같이 적진 내로 뛰어들었습니다. 닥치는 대로 사방팔방 베어 넘기며 맹렬히 돌진했는데, 그 중에서도 8정 돌팔매의 기헤이지는 눈부신 활약을 펼쳐 한 번에 다섯 명을 쓰러뜨리고 열 명에게 상처를 입히는 등 고래고래 소리를 지르며 싸웠으나, 아무리 귀신같은 용맹을 자랑할지라도 28명과 500기의 대결이니 도저히 당해 낼 도리가 없었습니다. 하물며

요시토모의 군중에는 간토에서 이름을 날린 거친 무사들도 여럿 있었으므로, 공자 측은 위기에 처하게 되었습니다.

다메토모는 이 상황에서야말로 적의 대장을 위협하고 자신의 궁세로 적을 물러나게 하리라 마음먹었습니다. 요시토모가 호쇼곤인(寶莊嚴院)[192] 문 앞에 말을 세운 것을 보고, 커다란 우는살(鳴鏑)을 꺼내 들었습니다.

이 우는살이란 화살에 속이 빈 깍지가 달려 있어서 바람을 가르며 날아갈 때 마치 천둥이 치는 듯한 소리가 울리는 것입니다. 주로 적의 간담을 서늘하게 하고자 날리는 화살로, 상대를 위협하기 위하여 사용합니다.

다메토모가 그 커다란 우는살을 보름달처럼 당긴 활에 메겨 휙 하고 날리자 요시토모의 투구 표면의 돌기를 뚫고 호쇼곤인 대문에 전체 길이의 절반 정도가 들어가 박혔습니다. 요시토모는 잠시 흠칫하고 놀랐으나,

요시토모 "이것 보아라 하치로, 네 궁술이 아직 대단치 못하구나. 조금 더 수련하지 않으면 안 되겠다."

하고 말하자 다메토모는 깔깔 웃으며 "일부러 명중하지 않도록 날린 게요. 혹시 명하신다면 어디든 적중시켜 드리리다."

하고 다시 활에 화살을 얹자 후카스 기요쿠니(深巢淸國)가 나서서 요시토모의 앞을 가로막았으나 그 직후 화살에 맞아 쓰러지고 말았습니다. 그 와중에 싸움은 점차 격렬해져 혼전과 분투가 계속되었고, 내로라하는 뭇 장수가 필사적으로 전투에 임했으므로 요시토모, 기요모리 등도 좀처럼 이를 깨뜨릴 수 없었습니다.

---

192) 도바 상황의 발원으로 건립된 시라카와도노(白河殿)의 부속 사찰. 호겐의 난 당시 피해를 면했으나 조큐(承久) 3년(1921년) 4월 18일 소실된 이후 쇠퇴했다.

요시토모가 더 이상 방법이 없겠다 싶어 서문 쪽에 불을 지르자 화염과 연기가 맹렬하게 일었고, 때마침 서풍이 불고 있었으므로 처소 내 위아래로 대혼란이 벌어졌습니다. 결국 상황 측은 대패했고, 다메토모 군도 이제 여기까지라 각오하고 28기가 한 발짝도 물러서지 않고 분전, 돌격한 끝에 다카마노 사부로는 가네코 주로(金子十郎)에게 쓰러지고 데토리노 요지는 센바 시치로(仙波七郎)에게 당했으며 아쿠시치 벳토는 사이토 사네모리(齋藤實盛)에게 목이 잘리고 오야 신자부로, 고시야 겐타, 마쓰라 지로, 우치데 등도 모두 전사했습니다.

(1909년 11월 15일)

제32석

이 틈을 타서 상황은 동쪽 문으로 몸을 피하셨습니다. 다메토모가 아군을 뒤돌아보니 27인은 전원 전사하고 남은 것은 8정 돌팔매의 기헤이지 단 한 사람이었습니다. 그리고 이 기헤이지는 무려 경미한 부상 하나 입지 않고 주인과 더불어 방어에 임하고 있었습니다.

다메토모 "오오, 기헤이지. 이제 자네도 아버님도 어서 몸을 피해야겠네. 아무리 싸워도 별 수 없게 되었으니 그만 물러나세나."

하고 기헤이지와 함께 침착하게 도피하셨습니다. 적은 본디 하치로의 궁세를 두려워하여 어느 누구 하나 추격하는 자가 없었으니 기헤이지와 그는 여유롭게 달아날 수 있었습니다.

이날 공자께서는 화살 24개가 들어 있는 전동 둘, 18개가 들어 있는 전동 셋, 16개가 들어 있는 전동 셋을 짊어지고 있었는데, 그 가운데 요시토모의 투구 돌기를 꿰뚫은 한 발만이 빗나갔을 뿐 나머지는 한 발로 2기를 관통시키는 등 괄목할 만한 활약을 펼치셨습니다. 이제 1개의 우는살만이 남아 있었는데, 금생의 기념이 될 것이리라고 호쇼곤인 문에 병사를 꿰어 놓고 그 자리를 떠나셨습니다.

그리고 기헤이지와 단둘이 유유히 도성을 피하여 오미를 목표로 길을 나섰습니다. 시라카와(白川)[193]까지 이르자 산중에 말을 세우시더니 기헤이지를 향하여

다메토모 "아쉬운 것은 요리나가가 내 계책을 채용하지 않고 앉아서 적을 기다렸기 때문에 허무하게 군이 무너지고 주상과 부친의 행방조차 모르게 된 것이다. 그렇다고 여기서 스스로 목숨을 끊을 수야 없지. 나는 일단 아버님을 찾아 만나 뵙고 세상 돌아가는 모습을 살피려 하네. 그대는 이제 쓰쿠시로 돌아가 다다쿠니, 시라누이 등에게 이 일을 전하게나………"

하고 말씀하시자 기헤이지는 제대로 들으려 하지도 않고

기헤이지 "이거 생각지도 못한 말씀을 듣게 되옵니다. 27기의 붕우를 앞서 보내고 여기까지 따라온 것은 주군의 앞길을 지켜보기 위해서입니다. 어떤 명령을 내리시든 떠나지 않겠나이다."

하고 대답했습니다.

다메토모 "그대의 충성은 내 잘 아네. 허나 이 전투에서 패하고 다메토모도 행방불명이 되었다는 소식을 듣게 되면 기쿠치, 하라다 도당이 이때다 하고 당장 쳐들어와 그간의 울분을 해소하려 할 것이 분명하네. 진제이에 남긴 장인도 아내도 사정을 모르니 뜻밖의 상황에 낭패하고 어이없이 사로잡혀 수치를 겪게 될는지도 몰라. 만일 그렇게 된다면 이 얼마나 분한 일이겠는가. 아무튼 자네는 서둘러 돌아가 다다쿠니와 힘을 합쳐 달아날 데까지 달아나야 하네. 혹시 뜻대로 되지 않는다면 다다쿠니, 시라누이는 모두 전장의 이슬이 되고 말 것이야.

---

193) 현재의 시가 현 오쓰 시(大津市) 및 교토 부 교토 시를 흐르는 요도가와(淀川) 수계 가모가와(鴨川) 지류의 하천.

내 생전의 염려란 이것뿐이라네."

하고 설득하시니 기헤이지는 겨우 승낙했습니다.

기헤이지 "그렇다면 말씀에 따라 서둘러 다자이후로 내려가 한바탕 싸워 보고, 혹시 뜻밖의 상황이 닥칠 경우에는 다다쿠니, 시라누이 님을 모시고 적당한 곳으로 피신하여 때를 기다리다가 다시 뵙겠나이다. 주군께서도 아무쪼록 이 고난을 인내하시며 생명을 보전하시기를 기원하옵니다……"

이 말을 듣자 다메토모가 싱긋이 웃으며

다메토모 "나에 대해서는 염려할 것 없네. 자네야말로 사내답지 못하게 이별을 아쉬워하다가 패잔병의 소지품을 노리는 산적 따위에게 걸리지나 말게나. 사람들이 수상히 여기기 전에 어서 떠나게."

하고 명령하시니 이번에야말로 하는 수 없이 발걸음을 돌렸습니다. 다메토모는 말을 달려 시가(滋賀) 쪽으로 향하셨습니다.

관군은 상황을 비롯하여 전투에서 놓친 핵심 무사들을 잡아들이기 위하여 곳곳에 군병을 풀어 수색하고 있었습니다만 다메토모의 행방은 오리무중이었습니다. 다메토모가 서쪽 지역으로 달아나 재차 일을 벌인다면 감당할 수 없는 결과를 초래할 것이라는 점에 여럿의 의견이 합치하자, 기쿠치, 하라다에게 급사를 파견하여 신속히 그 처자를 생포하여 인도하라는 명을 전달했습니다. 그러나 다자이후는 아득히 멀리 떨어져 있는 곳이었으므로 도성에서 전투가 벌어졌다는 사실은 아직 알려지지도 않았고, 다다쿠니와 시라누이는 물론 사졸들도 모두 일이 이리 되었으리라고는 생각지도 못한 채 지난해부터 오로지 공자께서 귀환하시기만을 오늘인가 내일인가 하며 고대하고 있었습니다.

호겐 원년(1156년) 7월 26일, 한밤중에 갑자기 소란스런 소리가 들려왔습니다. 다다쿠니는 수상하다 여겨 홀로 잠자리를 나와 가신들의 대기소로 향하려 했는데, 부하인 요시다 효에, 다카마 시로[194]가 황급히 달려왔습니다.

다다쿠니 "저 소리는 무슨 일인가."

두 사람 "사실인지 모르겠사오나 도성에서 도바 법황이 붕어하시자마자 상황께서 모반의 뜻을 품으사 지난 11일 아침 미명에 전투가 벌어졌사온데, 그날 중으로 상황 일파가 패배했다고 하더이다. 하온데 시모쓰케노카미 님께서는 조정에 소집되시고 한간 님께서는 하치로 님을 비롯한 자제 여섯 분을 이끌고 상황 편에 가담하셨으며, 전투에서 패한 이후 부자 형제가 모두 사방팔방 흩어져 그 생사조차 알 수 없게 되었다고 하옵니다."

(1909년 11월 16일)

제33석

호겐 원년 7월 23일[195] 밤 해시(亥時)를 넘긴 시각, 갑자기 와아 하는 함성 소리가 들려왔습니다. 이는 심상치 않은 사태라 여긴 다다쿠니가 홀로 잠자리를 빠져나와 망루에 오르려 했는데, 그때 달려온 것이 심복인 요시다 효에, 다카마 시로 두 사람이었습니다.

다다쿠니 "이거 효에 아닌가……"

효에 "옛, 주군께서는 이곳에 계셨사옵니까."

다다쿠니 "음, 저 소리는 무슨 일인가."

효에 "그에 관하여 보고를 드립니다. 중대한 사건인지라……도성에

---

194) 『호겐모노가타리』에 의하면 요시다 효에(吉田兵衛)와 다카마 시로(高間四郎)의 두 사람은 다메토모를 따라 상경한 28기에 포함되어 있으나, 『진세쓰유미하리즈키』에서는 이들을 규슈에 잔류한 것으로 각색하여 서술하고 있다.

195) 제32석에서는 26일로 기술하고 있다.

서는 상황께서 모반을 기도하시어 이번 달 11일 아침 미명에 전투가 시작되었는데, 그날 중으로 상황 측은 패배했습니다. 하온데 시모쓰케 노카미 요시토모 공은 조정에 소집되시고 한간 다메요시 님께서는 영식 여섯 분을 이끌고 상황 편에 가담하셨으며, 전투에서 패한 이후 부자 형제가 모두 여기저기 뿔뿔이 흩어져 그 생사조차 알 수 없게 되었다고 하옵니다. 그리고 기쿠치, 하라다 놈들이 칙명을 내세워 평소의 불만을 풀겠답시고 바로 지금 쳐들어온지라 성내에 일대 소동이 벌어지고 있나이다. 이에 소인은 이 소식을 전해드리고자 이렇게 달려온 것이옵니다."

이 보고를 듣고 다다쿠니는 놀랐으나, 역시 한 성의 주인인지라 안색으로는 드러내지 않았습니다.

다다쿠니 "그런가. 하필이면 좋지 않은 때에 도바 상황이 붕어하셔서 이렇게 되지 않을까 하고 은밀히 걱정은 하고 있었네만 그리 되었던가. 허나 다시 다른 쪽으로 생각해 보면 다메토모를 비롯한 주요 가신들의 다수가 도성에 있으니 기쿠치, 하라다 녀석들이 그런 유언비어를 퍼뜨려 공격한 것일지도 모르지. 어느 쪽이든 방심은 금물, 어서 전투 준비에 임하라."

하고 명령을 내리자마자 바로 사방에서 전투의 함성이 일어나고 북을 치는 소리가 귀를 울렸습니다. 요시다와 다카마는 이 소란 속에서도 별반 허둥대는 기색이 없이 "그러면 적이 근처까지 몰려온 것으로 보이니 소인들은 먼저 가서 방어하겠나이다. 차분히 준비하소서."

하고 말한 후 두 사람은 날듯이 물러갔습니다.

다다쿠니는 시라누이를 불렀습니다.

다다쿠니 "바로 지금 들은 바로는 일이 이러이러하게 되었다고 한다. 너도 그렇게 각오하고 적에게 수치를 보이는 일이 없도록 하라."

하고 말해 두고는 갑옷을 몸에 두르고 밖으로 나갔습니다. 한편 요

시다, 다카마 두 사람은 적진을 향하여 한껏 소리를 높여, "첫 번째 인께서 붕어하신 이때에 사적인 감정으로 무기를 휘두르다니 불경하지 않은가. 대체 어떤 놈들이 몰려왔는지 그 이름이나 들어 보자!" 하고 외쳤습니다. 그때 적군 진영에서 우노하나오도시(卯の花縅)[196]의 거대한 갑옷에 은빛 돌기가 반짝이는 투구를 쓰고 구렁말에 올라탄 무사 두 사람이 횃불 그림자 아래 말을 몰아 나오며, "그대들은 아직 모르는가. 새로운 인께서는 이번에 반역을 기도하셨으나 지난 11일 전투에서 인 세력에 가담한 자들은 그대로 무너져 달아났고 그대들이 주군이라 의지하는 다메토모도 도리 없이 어딘가로 모습을 감추었다. 이에 이번에 기쿠치, 하라다 양가에서 인젠[197]을 받자와 다메토모의 일족 도당을 구속하여 인도하라는 명이 내려졌다. 사적으로 무기를 휘두르는 것이 아니니 깃발을 눕히고 진문을 열어 항복해야 할 것이요, 그렇게 하지 않을 경우 모두 먼지로 만들어 줄 터이니 각오하라." 하고 고함을 질렀습니다. 다카마노 시로는 껄껄 웃으며

　시로 "규슈 아홉 개 지역을 병탄하고 그 이름을 해내(海內)에 떨친 겐지의 공자 다메토모의 저택에 야습을 감행하다니 목숨이 아까운 줄 모르는 들개인 줄 알았건만 기쿠치, 하라다 두 집안이었던가. 밤도 깊었으니 대접할 만한 것은 없다만 여기에 활과 화살은 준비했다네. 이것을 진상할 테니 사양치 말고 받아들 주시게나………."
하고 말을 꺼내기가 무섭게 휙 하고 강궁의 시위를 당기자 가장 먼저 이름을 대며 나섰던 다마나 다로(玉名太郎)라는 자의 목을 푹 하고 관

---

196) 오도시(縅)란 일본 갑옷에서 미늘을 가죽이나 실로 엮는 것, 혹은 그 가죽이나 실을 가리킨다. 일반적으로 그 색조에 따라 구분하며, 백색으로 엮은 갑옷을 흰 꽃인 우노하나(卯の花: 빈도리꽃)에 빗댄 명칭.

197) 인젠(院宣)이란 상황이나 법황의 명을 의미하므로, 본문의 경우 금상(今上)인 고시라카와 천황의 명령을 뜻하는 선지(宣旨)라는 단어가 적합하다.

통하여 그대로 말에서 굴러 떨어졌습니다. 적군이 앗 하고 놀라는 가운데 연달아 화살을 메기고 활을 당기며 공격을 거듭하니 어지간한 적도 다소 동요하는 중에, 다다쿠니가 성의 정문을 활짝 열도록 명한 후 150명의 병사를 좌우로 거느리고 단번에 우르르 몰려나가자 요시다와 다카마도 이 광경을 보고 망루에서 뛰어 내려와 적진 내로 달려들었습니다.

적군은 다수라고는 해도 죽음을 각오한 다다쿠니의 150기를 감당하기 어려워, 대열은 우르르르 무너지고 병사들은 1정 정도 뒤로 물러났습니다. 다다쿠니는 굳이 멀리까지 추격하지 않고 인마를 쉬게 했는데, 아군의 피해는 부상자 30명에 전사자 23명이었습니다.

시라누이는 평소의 씩씩한 성정도 있고 하니 야쓰시로 이하 25명의 시녀를 모두 똑같이 차려 입혔습니다. 자신은 징이 박힌 머리띠를 두르고 몸을 보호하기 위한 가벼운 갑옷을 걸친 후 흰 자루(白柄)[198]가 달린 언월도를 들었습니다. 기헤이지의 처 야쓰시로도 시녀들과 같은 차림새로 진중에서 사용하는 간이 걸상에 앉아 있었습니다.

(1909년 11월 17일)

제34석

이때 시라누이는 지금의 일전으로 상당히 피로하실 테니 자신이 대신 방어를 맡겠노라고 자청했습니다. 다다쿠니가 이 의견을 듣고 고개를 흔들며

---

198) 시로쓰카(白柄). 흰 실 또는 흰 상어가죽으로 감은 도검의 자루, 혹은 그 도검을 가리킨다.

　　다다쿠니 "나는 처음에 도성에서 전투가 일어났다는 소문을 적이 홀린 유언비어라 여겼는데, 지금 그들의 사기가 상당히 날카로운 것을 보니 완전히 거짓은 아닌 모양이구나. 설령 전투에서 패하였을지라도 공자께서는 지용을 겸비한 만부부당(萬夫不當)의 용장이시니 전사하지는 않으셨을 게다. 허나 지금까지 우리 앞에서 꼬리를 치던 규슈의 영주들이 오늘을 기하여 숙적이 되었고, 뒤를 받쳐 줄 군사를 기대할 수 없으니 네가 적군의 병사 100기 200기를 쓰러뜨릴지라도 우리들에게 이득이 될 리 없다. 게다가 규슈에 명성을 날린 공자의 거성(居城)이 공격을 받아 여자들까지 끌어들여 방어하게 했다는 말을 듣는 것도 분한 일이야. 그러니 나는 화살이 다할 때까지 싸우다가 개결하게 배를 가를 생각이다. 너는 적이 뒤로 공격해 오지 않는 사이에 이곳에서 피신하여 공자와 재회하도록 해라. 내 뜻을 전하고 전투의 상황을 말씀드려야 한다………"

하고 말씀하시자 시라누이 아씨는 눈물을 머금고 대답했습니다.

　　시라누이 "저는 여자의 몸이지만 아버님의 자식이요 다메토모의 아내입니다. 지금 부군의 생사도 알지 못하거늘 아버님까지 전사하신다면 어찌 모른 척하고 달아날 수 있겠나이까. 더욱이 어릴 적 어머님을 여의고 아버님의 자애로 사람 노릇을 하게 되었으니 효도는 어려울지언정 적어도 세상을 하직할 때 길잡이가 되고자 삼도천을 앞서 건너려 하옵니다. 그런 소녀에게 억지로 달아나라 살아라 명하시니, 세상에 살아남아 한층 괴로움을 맛보라는 말씀이시오니까. 아버님의 명을 거스르지 말아야 함을 알고 있사오나 이 말씀만은 절대 받아들일 수 없나이다."

　　무척이나 절절한 이 말씀에 모처럼의 매서운 각오도 약해지는 부친 다다쿠니의 심정이었습니다.

　　다다쿠니 "그것도 지당한 말이다만 무릇 생을 얻은 존재는 자식을 염려하지 않을 수 없느니라. 하물며 내 자식은 오로지 너 하나뿐이야. 내가 밀려오는 파도처럼 끊임없이 쌓이는 세월도 잊고 거친 바람으로부터 지키며 키웠단다. 이렇게 무사히 성장하고 숙세(宿世)에 무슨 인연이었는지 생각지도 못한 겐케의 공자를 사위로 맞았으니 더 이상 바랄 것도 없다 여겼으나 생자필멸(生者必滅)의 이치로부터는 달아날 수 없는 법. 이처럼 대군에 맞서 시체를 전장에 남기는 것도 무사의 숙명이니 굳이 아쉬운 일도 아니니라. 그런데 아비가 죽은 후 공양할 생각은 하지 않고 이렇게 말을 듣지 않다니………"

라고 말하는 중에도 활을 당기며 외치는 소리가 근처에서 들려왔습니다.

검은 가죽으로 얽은 갑옷이 선혈로 붉게 물든 채 수많은 화살이 꽂힌 모습으로 다카마 시로가 대청마루로 달려들었습니다. 한숨 돌릴 틈조차 없이

시로 "적은 이미 두 번째 문까지 공격해 들어왔으며, 요시다 효에도 전사했나이다. 소인이 활을 쏘아 적의 습격을 방어할 테니 그 사이에 자진하시옵소서."

하고 급하게 말한 후 다시 몸을 돌려 적진으로 뛰어들었습니다. 다다쿠니는 빙긋이 웃더니

다다쿠니 "그러면 최후의 일전을 벌이고 기분 좋게 배를 가르도록 할까."

하고 말하며 툇마루에서 말에 훌쩍 뛰어올라 달려 나갔습니다. 부친의 뒤를 따라 시라누이도 뛰쳐나가려 하는데 누군가가 소매를 붙들었습니다.

야쓰시로 "제 남편 기헤이지도 도성에서 전사했으리라 생각하니 목숨을 부지하고픈 마음은 없사오나, 이렇게 된 이상 남편의 충의를 헤아려 마지막까지 아씨의 전도(前途)를 지켜보고자 하옵니다. 일단 큰 나리의 마음을 안심시켜 드리고, 도저히 몸을 피할 방법이 없다면 그

때는 어찌 되든 뜻대로 하시옵소서."

하고 누차 간하며 안아 올려 말에 태운 후 스스로 고삐를 잡고 서쪽 문으로 도피했습니다. 다다쿠니가 전사를 면한 4, 50기의 병사를 이끌고 혈전을 벌이기를 수 시간, 겨우 적의 군병을 성의 정문까지 몰아내고 그 몸에는 여러 군데 깊은 상처를 입었습니다.

전투를 벌이기 전 대화가 오가던 자리로 다시 돌아가 보니 시라누이는 이미 몸을 피한 듯 보였으므로 무척이나 기뻐하며 다카마 시로를 가까이로 불렀습니다.

다다쿠니 "자네가 내 가이샤쿠(介錯)[199]를 맡아 주고 적에게 목이 넘어가지 않도록 즉시 불을 지르게."

말을 채 끝맺기도 전에 띠를 풀고 갑옷을 벗어 던지더니 배를 열십자로 갈랐습니다. 시로는 주군의 가이샤쿠를 마친 후 저택에 불을 놓았고, 삽시간에 불길이 활활 타오르자 자기 자신도 불 속에 뛰어들어 목숨을 끊었습니다.

예의 시라누이는 야쓰시로 이하 20여 명의 시녀를 동반하고 서쪽 문으로 도주했으나 이곳에도 적병은 도사리고 있었는지 어둠 속에서도 번뜩이는 투구의 돌기가 보였습니다. 적의 군사들은 이들 일행을 발견하자 성내의 병사가 달아나고 있으니 자신이 쓰러뜨리겠노라고 무리를 지어 달려왔습니다. 그런데 다메토모가 길들여 기르던 저 노카제가 시라누이보다 앞서 문으로 달려 나가더니 밀려오는 군병들을 닥치는 대로 물어뜯었습니다. 호언장담이 무색하게도 정강이를 뜯기고 어깨며 허리를 물린 잡병들이 우왕좌왕하며 혼란에 빠진 사이에 시라누이와 야쓰시로 일행은 장검과 언월도의 칼끝을 나란히 하고 일제히

---

199) 할복에 따르는 고통을 느끼지 않도록 목을 베어 주는 것. 또는 그 역할을 맡은 사람.

소리를 지르며 달려들었습니다. 각자 동서로는 베고 좌우로는 후리며 공격을 펼쳤습니다.

(1909년 11월 18일)

제35석

이윽고 시라누이 아씨는 야쓰시로와 더불어 한 방향의 포위를 뚫고, □리 정도 떨어진 겐자부로야마(源三郎山)라는 산으로 도주했습니다. 이곳에서 자해하려 했으나 야쓰시로가 가로막았고, 차림을 농가의 처자처럼 꾸민 후 도성을 목표로 은밀히 길을 떠나게 되었습니다.

한편 장면을 바꾸어 다메토모 공자의 행방에 대하여 이야기하자면, 오미노쿠니 이시야마(石山)[200] 기슭에 야마모토무라(山本村)라는 마을이 있었습니다. 이 야마모토무라에 야마모토 산자에몬(山本三佐衛門)이라는 부농이 살고 있었는데, 산자에몬의 분가(分家)에 해당하는 진에몬(甚右衛門)이라는 자가 있었습니다.

이 진에몬은 본래 로쿠조 다메요시 저택에서 하인으로 지내며 지극히 성실하고 정직하게 생활했기 때문에 다메토모도 어릴 적부터 그와는 잘 아는 사이였습니다. 문득 진에몬의 일을 떠올린 다메토모는 그의 집에 잠시 은신할 수 없을까 싶어 낮에는 산속에 숨어 있다가 밤이 되자 남몰래 그를 방문했습니다.

타고 있었던 말은 도중에 풀어 주었습니다. 게다가 종자 한 사람 데리고 있지 않았으니 정말이지 애처로운 모습으로 야마모토무라에서

---

200) 현재의 시가 현 오쓰 시의 지명. 오미 팔경(近江八景)의 하나인 '이시야마의 가을 달(石山の秋月)'로 유명하다.

찾아낸 진에몬의 집 현관으로 느닷없이 들어섰기에 그의 아내인 오미쓰(おみつ)는 소스라치게 놀랐습니다.

오미쓰 "어디서 오신 누구신지요."

다메토모 "음, 이 사람은 규슈에서 찾아왔소만, 진에몬은 있는가."

오미쓰 "예. 저기, 규슈에서 오셨다고 하셨나요. 그거 정말 엄청나게 멀리서 오신 손님이시군요. 지금 진에몬은 본가에 가 있으니 잠깐 불러 오겠습니다."

시골 사람이라 그런지 전혀 거리낌 없이 다메토모에게 빈 집을 부탁하고는 산자에몬네로 가서 진에몬에게 말을 전했습니다. 진에몬은 그날 아침 도성에 소란이 일어났다는 소문을 귓결에 들었는데, 그렇다면 혹시 옛 주인이신 로쿠조 한간 님의 피붙이가 아닐까 하고 생각했습니다. 본디 주인에 대한 성심이 깊은 진에몬이었으므로, 하늘을 날 듯한 기세로 자기 집으로 돌아와 보니 과연 하치로 다메토모가 기다리고 있었습니다.

오랫동안 뵙지 못했기 때문에 상당히 달라진 용모였으나, 어릴 적 얼굴은 어딘가에 남아 있는 법입니다. 진에몬은 땅에 두 손을 짚고 눈물을 뚝뚝 흘리며 인사를 올렸습니다.

진에몬 "이거 작은 주인님, 잘 와 주셨사옵니다."

다메토모 "오오 영감. 오랜만에 뵙는구려."

진에몬 "참으로 오랜만이옵니다. 일단은 먼저 안으로 들어오시지요. 아무래도 시골 생활이라 누추합니다."

오미쓰가 대야에 물을 길어 왔으므로 다메토모는 발을 씻고 안으로 들어갔습니다. 진에몬의 집은 농가이기는 하나 상당히 넉넉하고 방도 6간(間)[201] 정도 있었습니다. 그 중에서 가장 안쪽 방으로 안내하고, 차

---

201) 방. 혹은 방을 세는 단위.

를 가져오겠다는 아내 오미쓰에게는 무언가를 사 오라고 시켜 밖으로 내보냈습니다.

그리고 진에몬은 목소리를 낮추어

진에몬 "작은 주인님. 실은 오늘 아침 도성에서 돌아온 마을 사람의 말에 의하면 소동이 일어났다고 하기에 이 늙은이는 퍽 걱정하고 있었사옵니다. 혹시 싸움이 뜻대로 진행되지 않은 것은 아닌가 싶어 근심이 이만저만이 아니었습니다."

다메토모 "아아, 사실은 그 일로 찾아온 것일세. 내 형은 궁중의 부름을 받고 아버님과 우리들 형제 일동은 상황 측에 소집되었는데, 이쪽에 요리나가라고 말귀를 못 알아먹는 녀석이 있었기 때문에 결과적으로 전투는 패배로 끝났고, 아버님과 형제들의 행방조차도 모르는 채 나 혼자 겨우 이곳까지 도망쳐 왔네. 옛 교분을 생각한다면 부디 당분간만 숨겨 주게나."

진에몬 "네네 물론입지요. 아무쪼록 마음 편히 체재하시기 바라옵니다. 마침 오늘은 이웃 마을에 제례가 있어서 고용인들도 그리로 보내두었습니다. 집사람도 장을 보러 나가서 집에는 저 한 사람뿐이니, 이후 주변에는 절대로 규슈에서 오신 것으로 해 두고 당분간 몸을 숨기도록 하소서……"

하고 친절하게 말해 주었으므로 다메토모는 무척 기뻐했습니다.

그러는 사이 오미쓰가 토끼 고기를 사 가지고 돌아왔기에 진에몬은 이것을 요리하고 좋은 술을 구하여 성대한 향응을 베풀었습니다. 다메토모도 마음 편히 대접을 받았으며 그날 밤은 푹 쉴 수 있었습니다.

그로부터 5, 6일은 아무 일도 없이 숨어 지냈으나 여기서 예기치도 못한 사건이 발생하여 결국 다메토모는 붙잡히게 됩니다. 이는 다름이 아니라 진에몬의 본가인 산자에몬이라는 자에게 딸이 하나 있었는데,

이름을 오미에(お美江)라 하고 대단한 미인으로 나이도 17세라는 한창 때였습니다.

　그런데 이 오미노쿠니를 배회하던 마무시노 가쿠조(蝮蛇の角造)라는 산적이 있었습니다. 졸개가 2, 300인이나 되어 제법 위세를 과시하고 있었는데, 이 가쿠조가 오미에에게 반해서 연거푸 아내로 달라는 부탁을 넣고 있었던 것입니다.

(1909년 11월 20일)

제36석

　한편 다메토모는 4, 5일을 진에몬의 집에서 머물렀으나, 애당초 세간에 알려지면 곤란한 상황이니 안쪽 깊숙한 방에 틀어박혀 외출도 하지 않고 있었습니다.

　다시 화제를 돌려 진에몬의 본가 산자에몬의 집에서는 오늘이 딸 오미에에게 이웃 마을의 쇼조(庄造)라는 이의 아들인 쇼키치(庄吉)를 사위로 들여 혼례를 치르는 날이었으므로 모든 마을 사람을 초대하여 큰 주연을 베풀었습니다. 진에몬 부부도 이른 아침부터 일손을 돕기 위해 가 있었습니다.

　산자에몬 "나 좀 보자, 오미에야."

　오미에 "예, 아버님. 무슨 일이신지요."

　산자에몬 "오늘은 네 혼례일이라 이렇게 마을 분들도 도와주러 오셨 잖느냐. 너는 무슨 생각을 하고 있는 게야. 좀 빠릿빠릿하게 움직여라. 슬슬 화장이라도 시작하는 게 좋겠다."

　오미에 "예, 여러 가지로 심려를 끼쳐 정말이지 죄송합니다만 실은 난처한 일이 생겨서요."

　산자에몬 "음, 난처한 일이 생겼다면 그야 걱정이지만, 하필 혼례일 아침에 무슨 일이 일어났다는 게냐."

오미에 "사실은 어젯밤 유모인 기쿠오(菊尾)를 시켜 마을에 심부름을 보냈는데, 어딘가 인상이 험악한 남자가 그늘에서 성큼성큼 걸어 나오더니 '아주머니, 돌아가면 이것을 아가씨에게 전해 주시오'라는 말과 함께 편지를 건넸다고 합니다."

산자에몬 "음, 어떤 내용이었느냐? 그 편지는……"

오미에 "다름 아닌 저 마무시노 가쿠조가 보낸 것이었습니다."

산자에몬 "무어라, 마무시노 가쿠조……"

오미에 "그렇다니까요. 이미 지난해부터 줄곧 제게 혐오스런 편지를 보내고 있습니다만, 한 차례도 답장을 보낸 적은 없습니다. 그런데 어젯밤의 편지를 보니 두렵고도 오싹한 문구가 쓰어 있었습니다.

산자에몬 "무슨 문구인데 그러느냐."

오미에 "듣자 하니 당신도 드디어 남편을 얻는다고 하는데, 내가 그만큼 정성을 들여도 전혀 호의적인 답변을 준 적이 없었다. 이제 이렇게 된 이상 남자의 고집을 관철하여 억지로라도 끌고 올 테니 두 눈 똑똑히 뜨고 기다려라, 라는 말이었습니다."

산자에몬 "음, 그거 곤란하게 되었구나. 밉살스런 가쿠조 놈 같으니, 최근 도성에 전쟁이 일어나 이 근방의 관원은 대부분 교토 쪽으로 이동한 것을 기회로 삼아 요즈음 꽤나 함부로 날뛰고 있어. 농가의 쌀을 멋대로 가져가고 돈도 닥치는 대로 뜯어가고 다른 사람의 딸이든 아내든 가리지 않고 끌고 가 버리는 등 정말이지 난폭하게 행패를 일삼고 다니니 다들 얼마나 애를 태우고 있는지 알 도리가 없다. 이거 큰일이야. 내가 무사였다면 어떻게든 혼을 내 주겠다만 서글프게도 농민이라 칼을 쥐는 방법조차도 모르니 난처하게 되었구먼. 이제 와서 혼례를 중지할 수도 없고, 대체 어찌해야 좋을지."

늙은 몸이라 눈물이 많고 흐느껴 우는 것도 자식을 아끼는 부모의 정이라, 곁에서 듣고 있던 진에몬도 덩달아 걱정이 되었으나 문득 떠올린 것이 다메토모의 일이었습니다. 진에몬은 내심 '저 하치로 님은 유년 시절부터 호담하고 특히 궁시에 관해서는 일본 제일이라 칭송을 받는 분이니, 일단 요청을 드려 볼까' 하고 생각했습니다.

진에몬 "형님, 드릴 말씀이 있소."

산자에몬 "왜 그러느냐, 진에몬."

진에몬 "지금 듣고 보니 가쿠조 녀석이 오미에를 일방적으로 연모해서 오늘 밤 들이닥칠 것이라던데, 그놈은 졸개도 제법 많아서 섣불리 손을 댈 수 없겠지만 때마침 잘 되었소이다. 내 집에 규슈의 객인이 4, 5일 전부터 묵고 있는데, 이 사람이 내로라하는 활의 명인이라 단번에 다섯 명이고 열 명이고 쏘아 죽이는 것은 일도 아니라 하더이다. 뭐어 받아들여 주실지 거절하실는지 알 수 없소만 일단 가서 부탁해 보리다."

산자에몬 "그랬느냐. 그거 고마운 일이로구나. 허나 가쿠조의 졸개 중에는 오자메노 사이조(大鮫の才造), 네코마타노 모모노스케(猫又の百之助), 기쓰네노 사부로(狐の三郎) 등의 강자들도 있으니 함부로 건드렸다가 긁어 부스럼을 만들어도 문제야."

진에몬 "뭐어 어찌 되었건 물어나 봐야겠소. 승낙만 해 준다면 좀도둑 나부랭이 50명이든 100명이든 때려잡는 것은 별 것도 아닌 분인지라……"

산자에몬 "그러냐, 그럼 일단 말씀드려다오."

진에몬 "음, 아무튼 부탁을 해 보리다."

진에몬은 곧장 자신의 집으로 돌아와 다메토모 앞에 머리를 조아렸습니다.

진에몬 "도련님, 필시 지루하시겠지요."

다메토모 "할 일이 없으니 퍽 따분하군. 내일쯤 되면 슬슬 출발하려 하네."

(1909년 11월 21일)

제37석

진에몬은 새삼스레 다메토모를 향하여 청을 올렸습니다.

진에몬 "그런데 도련님께 약간 부탁드리고 싶은 것이 있사옵니다."

다메토모 "음, 무엇인가. 내 형편에 문제가 되지 않는 일이라면 무엇이든 들어 주겠네."

진에몬 "다름이 아니오라, 소인의 본가에 해당하는 산자에몬이라는 자에게 딸이 하나 있사옵니다. 마침 오늘 사위를 맞이하는 날이라 온 마을 사람들이 모여 혼례 준비를 하고 있는데, 전부터 이 근방을 어슬 렁거리던 마무시노 가쿠조라는 도적이 이 처자에게 눈독을 들여 오늘 밤 졸개들을 여럿 끌고 와서 납치해 가겠다고 하와 모두들 파랗게 질려 있으니 어찌할는지요. 혹시 도련님께서 그 가쿠조란 놈을 퇴치해 주실 수는 없사오리까."

다메토모는 빙긋이 웃으며 대답하셨습니다.

다메토모 "아니, 시골에 들어오니 별별 이야기를 다 듣게 되는군. 그 야 수하를 5, 60인이나 이끌고 온다면 마을 사람들이 놀라는 것도 무리는 아니지. 알겠네. 이 내가 책임지고 못된 녀석들을 해치워 주지."

진에몬 "이거 감사하옵니다. 그러면 오늘 밤 산자에몬의 집으로 와 주시기를 부탁드리고자 합니다."

다메토모 "알겠네 알겠어. 오라고 하면 가 주도록 하지."

진에몬 "그럼 아무쪼록 잘 부탁드립니다. 정말 감사합니다."

하고 진에몬은 기뻐하며 나갔습니다. 곧이어 산자에몬 쪽에서 마중하는 자를 보냈으므로 다메토모는 그를 따라 집을 나섰습니다.

산자에몬은 다메토모를 상좌에 앉히고 머리를 다타미(疊)에 비벼대 듯 예를 표했습니다. 다메토모도 답례하며 세상 돌아가는 이야기를 나누던 중에 술이 나왔습니다.

안사람과 딸도 나와서 인사를 올렸고, 그 사이에 사위가 도착했습니다. 마을 사람 일동이 열석했고 다메토모도 친지 측 상좌에 앉아 연달아 술을 마시고 계셨습니다.

그런데 아득히 저편에서 소라고둥 피리 소리가 들려왔습니다. 부우우 부우우 하는 소리가 들려오자 일동은 돌연 파랗게 질려 "마무시가 왔다, 그 녀석이 찾아왔다"라고 웅성거리며 들이킨 술의 취기도 곧장 날아가 버린 표정이었습니다.

오미에는 눈물을 뚝뚝 흘리며 울기 시작했습니다. 다메토모는 싱긋이 웃으며 자리에서 일어섰습니다.

다메토모 "이런 일을 가지고 걱정 마라. 고작 좀도둑 50명 100명이 들이닥쳤다고 무슨 대단한 일이 있으리."

하며 조금도 동요하는 모습을 보이지 않았습니다. 점차 소라고둥 소리가 가까워지는가 생각할 틈도 없이 도적들이 우르르 밀어닥쳤습니다.

가쿠조라는 이름의 두목은 맨 앞에 서서 "여봐라 농사꾼들아. 처자는 어디에 숨겼느냐. 어디에 숨겼는지 빨리 데리고 나와라. 만일 도망을 보냈다고 하면 이 마을 전체에 불을 질러 잿더미로 만들어 버릴 테다." 하고 큰 소리로 협박했습니다.

다메토모가 살펴본바 나이는 마흔 정도로 뚱뚱하게 살이 찌고 키가 크며 당당한 체격을 갖추고 있었으나, 인상은 지극히 험악했습니다. 딸과 사위는 안쪽 방으로 피하여 부들부들 떨고 있었습니다.

가쿠조 "여봐라 처자는 어찌 되었느냐. 처자는 어떻게 되었느냐고!"

다메토모 "이놈아, 네놈은 뭐 하는 녀석이냐."

가쿠조 "뭐라, 네놈이라니 무슨 말본새냐!"

다메토모 "네놈으로 부르면 충분하지."

가쿠조 "뭐야, 넌 정체가 뭐냐!"

다메토모 "이 몸은 규슈의 낭인이다."

가쿠조 "음, 낭인이란 말이지. 목숨은 아깝지 않으냐."

다메토모 "아깝지는 않아."

가쿠조 "아깝지는 않다니, 그거 대단하군. 그렇다면 이렇게 해 주지." 하고 한쪽 다리를 들어 다메토모의 가슴을 걷어차려는 것을, 다메토모는 몸을 날려 피하며 가쿠조의 어깨 언저리를 퍽 하고 한 대 갈겼습니다. 힘깨나 쓰는 다메토모에게 얻어맞은 가쿠조가 비틀거리는 틈을 타, 느닷없이 목덜미를 낚아채어 눈 깜짝할 사이에 어깨에 걸머졌는가 싶더니 얏 하고 외치며 내던졌습니다.

가쿠조는 기둥에 머리를 박고 피를 토하더니 그대로 숨이 끊어졌습니다. 너무나도 어이없이 벌어진 일에 졸개들도 멀거니 바라보고만 있는 가운데 다메토모는 가쿠조의 칼을 빼앗아 가까이 있는 녀석의 목을 싹둑, 이어서 두세 명의 목을 싹둑, 싹둑, 싹둑, 싹둑, 마치 수박이라도 가르는 것처럼 베어 나가니 경악한 것은 도적들이었습니다. 두목이 이미 쓰러졌으니 더 이상 어느 한 사람도 대항하려는 자가 없었습니다. 40명가량 남은 녀석들은 우와아아아아아 비명을 지르며 달아났으며, 문 앞은 이들 패거리가 몰려 마치 씻기 위해 물속에 담가 둔 감자마냥 북새통이었습니다.

무익한 살생은 아무 의미도 없으니 다메토모도 굳이 추격하려 하지 않고 목청을 높여,

다메토모 "야 이 도적놈들아 잘 들어라. 나는 규슈의 모 낭인으로 사정이 있어 이름은 밝힐 수 없으나, 100, 200 정도의 녀석들이 몰려올지라도 오로지 혼자서 전부 박살을 내 줄 테다. 이후로 한 놈일지라도

네 녀석들 일당이 이 마을에 접근하면 용서하지 않겠으니, 그렇게 기억해 두고 결코 잊지 않도록 해라!"

하고 엄포를 놓으셨습니다.

(1909년 11월 23일)

제38석

다메토모의 무용에 좀도둑들은 간담이 서늘해져 도주했습니다. 그러나 이후로 다메토모의 활약에 대한 소문이 마을 전체에 퍼졌기 때문에 그는 아차 하고 당황할 수밖에 없었습니다. 혹시라도 헤이케 일당에게 발각되면 곤란하다고 생각했으므로, 진에몬에게 그 이유를 밝힌 후 야마모토무라를 떠났습니다.

그러나 이미 때는 늦어, 이미 헤이케 측에서는 철저히 포위망을 펼쳐 두고 있었습니다. 당장 포박하고 싶은 심정이야 간절했으나 다메토모의 무예가 두려워 어설프게 건드릴 수가 없을 뿐이었습니다. 다메토모는 같은 오미노쿠니 영내의 와다(輪田)라는 곳의 민가에 잠복하다가 기회를 노려 규슈로 내려가려 했으나, 며칠간의 피로가 쌓이고 쌓여 병을 앓게 되었습니다. 익숙한 표현을 빌리자면 장염이라 하겠습니다. 배탈에는 목욕이 좋다고 하여 탕에 들어가 계셨는데, 갑자기 사병 30기에 포위되어 결국 사로잡히고 말았으니 정말이지 안타깝기 그지없는 일입니다.

때는 호겐 원년 9월 2일이었습니다. 다메토모는 도성으로 끌려가 처형될 것이라고만 생각하고 계셨는데, 사형에서 한 단계 감하여 오시마(大島) 유배에 처해지게 되었습니다. 죽음을 면한 이유는 다메토모가 실로 천하에 드문 용장인지라 이를 무참히 죽이는 것은 아깝다는 것이

었습니다. 이것만 보더라도 역시 일본은 무를 숭상하는 나라였음을 알
수 있습니다.

한편 조정에서는 다메토모를 유배에 처하기 위하여 급히 구도 모치
미쓰(工藤茂光)[202]에게 상경을 명했습니다. 이 모치미쓰는 이즈노쿠니
(伊豆國)[203] 가노(狩野)의 호족이었는데, 그 역시 궁술에 있어서는 상당
한 달인이었습니다. 9월 상순 사자가 방문하여 즉시 상경하라는 명을
내리자 채비도 제대로 차리지 못하고 가신 다수와 더불어 동월 15일
도성에 도착했습니다.

미나모토노 다메토모를 오시마로 유배하니 아무쪼록 도중 유의하
여 호송할 것을 스오노카미(周防守) 스에자네(季實)[204]를 통하여 전달하
자, 모치미쓰는 칙명을 받들어 삼가 다메토모의 신병을 인수했습니다.

이후 귀환하려는데 쇼나곤 신제이가 모치미쓰를 은밀히 자신의 저
택으로 불러 무언가를 당부했습니다. 신제이라는 인물은 여전히 음험
한 수작을 부리는 방면으로는 빈틈이 없으니, 필시 다메토모에게 도움
이 될 만한 의견이 아님은 분명했습니다.

다메토모는 팔의 힘줄을 뽑히게 되어 말고삐를 쥘 수 없었으므로

---

202) 구도 시게미쓰(工藤茂光, ?~1180): 헤이안 후기의 무사. 이름은 '모치미쓰'라고도
읽는다. 이즈(伊豆)를 영유하며 호겐의 난 이후 이즈오시마 유배에 처해진 다메토모의
감시역이 되었다. 다메토모가 죄인의 신분으로 주변 호족들을 거느리며 자립할 움직
임을 보였기 때문에, 가오(嘉応) 2년(1170년) 그를 공격하여 죽음에 이르게 했다. 지
쇼(治承) 4년(1180년) 미나모토노 요리토모의 거병에 가담했으나, 이시바시야마 전
투(石橋山の戰い)에서 참패하여 달아난 요리토모의 진영으로 향하던 도중 더 이상의
보행이 불가능하여 동년 8월 자살했다.
203) 현재의 시즈오카 현(靜岡縣)의 이즈 반도(伊豆半島) 및 도쿄 도(東京都)의 이즈 제
도(伊豆諸島)에 해당한다.
204) 미나모토노 스에자네(源季實, ?~1160): 헤이안 후기의 무장. 스에노리(季範)의 차
남. 스오 호간(周防判官)이라 불렸다. 호겐의 난에서는 고시라카와 천황 휘하에서 활
약했으며, 참수된 미나모토노 다메요시의 수급을 확인하거나 생포된 미나모토노 다메
토모를 호송하는 등 전후처리를 담당했다.

죄인을 호송하는 가마를 만들어 그 속에 태우고, 사방으로 끌채를 달아 짐꾼 20여 명에게 짊어지게 했습니다. 감시를 맡은 부하 50여 기가 전후좌우를 경호했고, 모치미쓰는 후미에 자리잡고 말 위에서 위풍을 과시했습니다.

그러자 이름 높은 다메토모를 한번 보겠다고 남녀노소 사람들이 몰려들었는데, 다메토모는 가마 안에 단정히 앉아 창으로 얼굴조차도 내밀지 않으셨기에 제대로 구경할 수가 없었습니다. 길은 멀어 낮에는 걷고 밤에는 쉬며 동쪽으로 끊임없이 나아갔습니다. 어느 날 다메토모가 짐꾼 무리를 향하여 입을 열었습니다.

다메토모 "이보게 자네들, 잘 듣게나. 보통 사람이라면 유배를 근심할지도 모르나, 나 다메토모는 더할 나위 없이 기쁘다네. 왜인가 하면 가마에 올라 병사를 거느리고 모치미쓰를 시종케 하며 배소(配所)로 향하는 것이니 정말이지 체면이 서는 일 아닌가. 고로 자네들이 나를 죄인이라고 우습게 여긴다면 좋은 일이 없을 게야. 입에 담기도 황송하네만 주상의 위덕(威德)이시니 팔의 힘줄을 끊는다 해도 나로서는 조금도 아쉬울 것이 없네. 위력이야 다소 약해지겠지만 시위를 당기는데 무슨 지장이 있으랴. 과녁을 꿰뚫는 것은 예전과 같을 테지. 하물며 이따위 가마를 부수지 못할 리 있나."
하고 손발을 약간 뻗어 으음……… 하고 힘을 가하자 그토록 엄중하게 만들어진 호송 가마가 우지끈 소리를 내며 당장이라도 무너질 듯한 모양새가 되었습니다. 이어서 으응 하고 신체에 힘을 넣으니 가마를 메고 있던 20명의 짐꾼은 어깨가 짓눌려 움직일 수가 없었습니다. 일동은 난처해졌습니다.

보아하니 자칫 노하게 하면 가마를 부수고 나올 수도 있겠다 여겼는지, 이후로는 태도가 완전히 바뀌었습니다. 전날까지는 다들 다메토모를 경멸하며 죄인 취급했으나 돌연 존경하는 낯빛에 주인이나 신을 모시는 듯한 자세를 보이는 것이었습니다.

다메토모는 깔깔 웃으며 "참으로 가소로운 녀석들이로다. 이런 가마 하나나 둘쯤 부수고 자네들 같은 자 100명이든 200명이든 때려죽이는 것은 일도 아니네만, 그런 짓을 하면 조정에 면목이 없다고 생각하니 가만히 있기로 하지."

하고 말씀하셨으니 정말이지 호기로운 분이십니다.

(1909년 11월 25일)

제39석

한편 이쪽은 시라누이 아씨의 이야기입니다. 간신히 어지러운 군사들 사이를 돌파한 후 산길을 헤치고 들어가 목숨을 끊으려 했으나 야쓰시로가 이를 가로막았습니다. 일단은 도성으로 올라가 다시 한 번 공자를 뵙도록 하시지요⋯⋯⋯하고 간절히 만류하기에, 시라누이도 생각을 바꾸었습니다.

그러던 중에 시라누이의 뒤를 좇아 산으로 들어온 시녀들 7명은 겨우 주인을 찾아내고 한없이 기뻐했으며, 이후 주종 9명이 산을 넘어 바닷가로 나왔을 무렵에는 이미 밤이 밝으려 하고 있었습니다.

소나무가 밀생한 언덕을 절반쯤 통과했나 싶을 때, 나무 그늘에서 무언가 시커먼 물체가 튀어나왔습니다. 야쓰시로는 눈썰미 좋게 이를 발견하고

야쓰시로 "어라, 뭔가 시커먼 것이 튀어나왔어요."

시라누이 "무엇이었을까?"

하야자키(早咲)라는 시녀가 종종걸음으로 두세 간 정도 앞서 달려가 자세히 살폈습니다.

하야자키 "사람이옵니다."

말을 채 끝맺기도 전에 기세 좋게 뛰쳐나온 사내 하나가 목청을 높였습니다.

사내 "이거 이거, 그쪽에 계신 여인들은 아소 가문 사람이 틀림없군. 그 안에 시라누이가 있는 것으로 보아 확실해. 거기서 한 발짝이라도 움직이면 아니 되니 각오하시오."

그러자 시라누이 아씨는 그 남자를 매섭게 노려보셨는데, 얼굴을 검은 천으로 감싸고 있어 제대로 확인할 수는 없었으나 어제까지 아소 저택에서 일하던 하인 부토타(武藤太)임에 분명했습니다.

시라누이 "참으로 무례하구나. 너는 부토타가 아니더냐."

부토타 "아니, 시라누이 아씨께서 그렇게 말씀하시니 하는 수 없구면. 사내답게 당당히 나서 볼까."

하고 얼굴을 가리고 있던 검은 두건을 훌렁 벗고 보니 역시나 부토타였습니다.

시라누이 "이 발칙한 하인 녀석, 장년에 걸친 은혜를 잊고 지금 이 자리에 무엇 때문에 나타났느냐."

부토타 "무엇 때문에 나타났느냐고 질문할 필요도 없지. 굳이 말할 것까지도 없이 댁들을 잡으러 왔수다. 하라다 가즈에 님의 부탁을 받았는데 틀림없이 댁들은 이 길로 올 테니 그물을 치고 기다렸지. 자아, 다른 여자들에게는 용건이 없어. 아씨님의 목만 받아 가기로 할까."

야쓰시로는 이 말을 듣고 대단히 분노했습니다. "못된 종놈이 멋대로 지껄이는구나. 여자라고 가벼이 여기다니 무례하기 짝이 없도다. 그냥 두지 않겠노라!"

부토타 "하하하하하, 듣기만 해도 우습군. 그냥 두지 않겠다면 어디 맘대로 해 보시지. 장년에 걸친 은혜가 어떻든 벌이가 두둑한 쪽에 붙는 게 세상 이치라는 게야."

시라누이 "주절거리게 내버려 두었더니 끝이 없구나. 여봐라, 베어

버려라!"

하고 명을 내리자 "알겠사옵니다" 하고 8명의 시녀가 칼을 뽑더니 전후좌우로 흩어져 공격해 들어갔습니다. 부토타는 여자라 얕보고 충분히 주의하지도 않은 채, 되도록 시라누이를 생포해야겠다는 생각에 사로잡혀 있었습니다. 다른 8인에게는 눈길도 주지 않고 시라누이를 목표로 돌진하는 것을 야쓰시로가 치고 들어가 걷어찼습니다.

부토타는 이 건방진 계집을 처단할 생각으로 야쓰시로의 정수리를 겨누어 칼을 내리쳤으나, 그녀는 칼날 아래로 몸을 낮추어 "얏!" 하는 일성과 함께 부토타의 옆구리를 공격했습니다. "앗!" 하고 비명을 지르며 휘청거리고 비틀대는 틈을 타서 여자들 여럿이 한꺼번에 달려들어 사정없이 베고 찔렀습니다. 여인이라 얕보고 방심한 부토타는 크나큰 낭패를 보게 된 것이었습니다.

그 불충함이 밉살스러워 옆에 있는 나무에 묶어 두고 여자들이 번갈아 가며 어깨며 허벅지며 손 따위에 칼끝을 푹푹 쑤셔 넣었습니다. 부토타는 몸 전체가 피로 물들어 목이 터져라 소리를 질렀으나 애당초 인가가 있는 마을로부터 멀리 떨어진 산기슭이요 바닷가였으니, 어느 누구든 도와줄 자가 있을 리 없었습니다.

부토타는 "아아 견디지를 못하겠구나. 죽이려면 어서 죽여 다오!" 하고 울부짖었는데, 그때 시녀가 5촌 길이가 넘는 못을 주워 와서 오른쪽 어깨에 찔러 넣었습니다.

부토타 "으윽………아프다………"

이번에는 왼쪽 어깨에 하나.

부토타 "으악…"

죽고 싶어도 죽을 수 없고, 그런가 하면 더 이상 살 수도 없습니다. 정말이지 아비규환이란 이런 광경을 가리키는 것이 아닐까요. 마침내 고통을 호소하는 소리도 서릿발 속에 우는 벌레마냥 수그러들었으니,

인과응보요 악행의 대가는 실로 이렇게 나타나는 법입니다.

이제 한계라고 판단한 시라누이는 스스로 번뜩이는 칼을 뽑아 부토타의 목을 베어 떨구고 걸쳤던 옷을 그 위에 덮은 후 동체는 바다에 던지게 했습니다.

시라누이 "그러면 이곳을 떠나도록 하자."

시골 여인들이 무리를 지어 이세 신궁(伊勢神宮)[205]에 참배하는 듯한 모습으로 꾸민 후 9인의 주종은 동쪽을 향하여 출발했습니다. 실로 여장부라 칭할 만한 부인으로, 이제부터는 도중에 다메토모를 탈환하고자 시라누이가 고뇌하게 되는 참담한 이야기를 들려 드리려 합니다.

(1909년 11월 26일)

제40석

구도 모치미쓰는 다메토모를 호송하는 길을 서둘러, 며칠 후 스루가(駿河)[206]와 이즈의 경계에 위치한 센간(千貫)이라는 마을에 도착했습니다. 때는 마침 10월 상순이었는데, 금년은 예전에 없이 추운 날씨였습니다. 게다가 이곳 주변은 바람이 무척 심하여 살을 에는 듯한 추위에 연일 비까지 내리고 있었습니다. 그러니 엄중히 감시하던 사졸들도 농땡이를 피우려 한 것은 아니었으나 긴 여행의 피로에 마음이 느슨해져 깊은 잠에 빠지고 말았습니다.

한편 저 시라누이는 8인의 시녀들과 바삐 걸음을 재촉하여 도성으

---

205) 현재의 미에 현(三重縣) 이세 시(伊勢市)에 위치한 황대신궁(皇大神宮) 즉 내궁(內宮)과 외궁(外宮)이라 불리는 도요우케 대신궁(豊受大神宮)의 총칭. 내궁은 황조신(皇祖神)인 아마테라스오미카미를 모시며, 신체는 삼종의 신기(三種の神器) 중 하나인 야타노카가미(八咫鏡)이다. 외궁의 제신은 농업을 관장하는 도요우케노오카미(豊受大神).

206) 현재의 시즈오카 현 중앙부에 해당한다.

로 올라갔습니다. 은밀히 공자의 소식을 알아보았더니 하치로 다메토모는 유배형을 받고 구도 모치미쓰에게 인계되어 동쪽으로 내려갔다는 이야기를 듣게 되었습니다. 그렇다면 더더욱 서둘러야겠다고 밤이나 낮이나 걷고 또 걸은 끝에 미카와(三河)[207] 부근까지 따라왔으나, 아무래도 경호하는 눈이 삼엄한지라 부군을 구출할 기회가 없었습니다.

그러던 중에 오늘 밤 비바람이 몰아치니, 마침 잘 되었구나 싶어 시라누이, 야쓰시로, 햐아자키, 고자쿠라(小櫻), 기쿠오(菊尾), 고사키(小崎), 이쿠요(幾代), 시바후네(柴舟), 기미에(君江)의 주종 9인은 검은 두건으로 얼굴을 감싸고 숙소의 담벼락 끄트머리까지 접근했습니다. 비는 더더욱 거세지고 바람은 맹렬히 휘몰아치는 꽤나 사나운 날씨라 한 치 앞도 보이지 않는 상황이었습니다.

오히려 좋은 기회다 하고 시라누이가 남몰래 다가가니, 이게 어찌된 일인지 자신보다 앞서 담을 기어오르는 자가 있었습니다. 야쓰시로가 어떤 녀석인가 주시하는 사이에 발을 헛디뎌 쿵 하고 떨어졌는데, 떨어진 인물의 외모가 아무래도 눈에 익어 무심코 소리를 낮추어 "누구시오" 하고 말을 걸자 상대방이 답하기를,

기헤이지 "오오, 그 목소리는 야쓰시로 아닌가."

야쓰시로 "아니, 기헤이지 님……"

서로 놀라는 것도 무리는 아닙니다. 시라누이 역시 기묘한 재회에 목소리를 낮추어 물었습니다.

시라누이 "아니, 기헤이지였던가. 그대는 어디서 무엇을 하고 있었나."

기헤이지 "이거 기이한 일이로군요. 소인은 일단 도성에서 주군과 작별했습니다만, 아무래도 마음에 걸려 8, 9일이나 도성 근처를 배회하던 사이에 하치로 다메토모가 드디어 오미에서 체포되었다는 세간의

---

207) 현재의 아이치 현(愛知縣) 동부에 해당한다.

소문을 듣게 되었나이다. 이대로 두고 볼 수 없어 은밀히 탐색한 바, 안타깝게도 주군께서는 팔의 힘줄을 뽑히고 오시마로 유배된다는 것이었습니다. 이에 몸을 숨긴 채 뒤를 따르며 언젠가 구출하겠노라 마음먹었으나 때가 오지 않았고, 오늘 밤에야 겨우 이 폭풍우를 기회삼아 잠입하려던 참이옵니다."

하고 털어놓는 말을 듣고 시라누이는 새삼 기헤이지의 충성에 눈물을 흘리며 기뻐하셨습니다. 기헤이지가 다시 입을 열었습니다.

기헤이지 "소인이 앞서 들어가 내부의 사정을 살피겠나이다."

하고 담을 가볍게 넘어가더니 이윽고 문을 열어 일행을 안으로 들였습니다.

일동은 조심스레 나아갔으나 파수병이 이를 발견하고 외쳤습니다.

파수병 "이보게 모두들 밖으로 나오시게! 수상한 자들이 있소!"

시라누이, 기헤이지 이하 주종 10인은 더 이상은 무리다 싶어 장도를 뽑아 들고 고함을 지르며 안쪽으로 돌진했습니다. 이 소란에 놀라 잠이 깬 모치미쓰의 부하들이 이거 야습인가, 활은 어디, 장도는 어디 있는가 하며 서로 욕설을 퍼부으며 허둥지둥 달려 나가자 이곳의 그늘, 저곳의 틈새에 숨어 있다가 느닷없이 베어 넘기고 후려쳐 쓰러뜨리며 오른쪽에 나타나고 왼쪽에 몸을 숨기는 등 분투와 격전을 벌였습니다.

주위는 어둡고 비바람이 혹심하여 모치미쓰의 가신들은 적의 많고 적음을 간파할 수 없었고, 도저히 당해 낼 수 없겠다 여겼는지 지리멸렬 엉망으로 흩어져 도주했습니다.

이제야 한숨 돌린 시라누이가 공자께서는 어디에 계신가 하고 기헤이지와 함께 내부로 들어가 보니 안쪽에 자리한 객방 중앙에 죄인을 호송하는 가마가 놓여 있었고 지키는 사람도 없었으므로 한달음에 곁으로 달려갔습니다.

시라누이 "오오, 우리 주인이시옵니까. 일각이라도 빨리……"

갇힌 문을 부수고 안에 있는 사람을 데리고 나오니 이게 어찌 된 일인지 공자이리라 믿었던 상대는 생면부지의 사내였습니다. 주종 10인은 다시 한 번 놀라 할 말을 잃었고, 기헤이지는 그 남자의 멱살을 붙들고 칼끝을 가슴 언저리에 들이대며 협박했습니다.

기헤이지 "너는 누구냐. 공자께서는 어디로 가셨느냐. 사실대로 말하지 않으면 죽여 버리겠다."

사내 "말씀드리겠나이다. 말씀드리겠나이다. 말씀드릴 테니 손을 늦추어 주옵소서."

상대는 부들부들 떨며 대답했습니다.

기헤이지 "자, 이만큼이나 풀어 주었으니 이제 말하란 말이다. 얼른 불어!"

하고 기헤이지는 격하게 추궁했습니다.

(1909년 11월 27일)

제41석

그 사내는 기헤이지에게 짓눌려 괴로워하면서도 털어놓았습니다. "소인은 모치미쓰의 부하이온데 거짓으로 다메토모라 칭하며 이 가마에 타고 있었고, 공자께서는 도중에 앞서 호송되었사옵니다. 그에 대하여 말씀드리자면 저희 주군 모치미쓰가 상경했을 때 신제이 뉴도가 은밀히 주인을 불러 말하기를,

'다메토모는 본디 비할 데 없는 용사이니, 이미 팔의 힘줄을 뽑혀 불구가 되었지만 좀처럼 방심할 수 없다. 뿐만 아니라 그 잔당이 호송 도중에 구출을 기도한다면 귀하 한 사람의 실책일 뿐 아니라 천하에도 중대한 일대 사건이 될 것이다. 따라서 다메토모에게 눈치가 빠른 가

신을 딸려 오미노쿠니 부근에서 이틀 정도 앞서 보내고 다른 자를 가마에 태워 호송하라.'

라고 명했기 때문입니다. 그러나 모치미쓰는 원래 겐케와 연고가 있는 사람이니 겉으로는 그 충고를 받아들였으나 공자님과 함께 내려와 이 숙소에 도착했을 무렵

'이제 도착이 가까워졌다. 아무리 조정의 명이라 해도 겐케의 귀공자를 가마에 가두어 구경거리로 삼는 것은 인정상 못할 짓이다.'

라고 오늘 아침 일찍 몇몇 사람에게 명하여 다른 가마에 태우고 출발하게 하셨습니다."

이 대답을 듣자 시라누이는 새삼 망연해져, 실망한 나머지 바로 목숨을 끊으려 하셨습니다. 그것을 기헤이지가 황급히 만류하며

기헤이지 "이는 납득할 수 없는 일이옵니다. 일단 이곳에서는 공자를 만나지 못하셨지만 앞으로 살아 있기만 한다면 다시 뵈올 날이 없을 리 없나이다. 마음을 가라앉히셔야 하옵니다."

하고 간언을 올렸습니다.

시라누이가 실로 이치에 닿는 말이라 여겨 칼을 칼집에 넣으려 할 때였습니다. 느닷없이 함성 소리와 소라고둥을 부는 소리가 부우우 부우우 연달아 들려오더니 순식간에 4, 50인의 병사가 이제야 준비를 마쳤는지 소리를 지르며 한꺼번에 몰려와 시라누이 주종을 둘러쌌습니다. 대장인 모치미쓰가 맨 앞으로 나아와

모치미쓰 "이 녀석들아, 네놈들은 어찌 내 숙소에 함부로 들어왔느냐. 나는 칙명을 받자와 중대한 죄인을 호송하는 몸이니, 그 자리에서 움직이지 마라."

하고 대도를 휘두르며 덤벼들었습니다.

주종 10인은 "이제 여기까지로군" 하고 앞만 바라보며 곧장 돌진했습니다. 죽음을 각오하고 싸우는 중에서도 시라누이, 기헤이지, 야쓰

시로, 하야자키 등의 면면은 용기를 떨쳐 여기에 셋, 저기에 다섯, 앞에 있는가 하면 뒤에서 나타나고, 좌로 우로 종횡무진 베어 넘겼습니다. 충신과 열녀의 날카로운 칼날을 어찌 감당할 수 있으리오, 처음의 기세는 어디 갔는지 다들 사방으로 흩어져 도주했습니다.

대장 모치미쓰도 말을 달려 어디론가 모습을 감추었습니다. 시라누이 주종은 일각이라도 서두르고자 밤이 밝기도 전에 열심히 걸음을 재촉하여 가누키야마(加奴木山)라는 산중으로 도망쳐 들어갔습니다.

한편 다메토모 공자께서는 모치미쓰보다 하루 앞서 이즈노쿠니에 도착했습니다. 시라누이, 기헤이지 등이 센간의 숙소에서 소동을 일으켰다는 사실은 모른 채, 그저 시라누이는 쓰쿠시의 싸움에서 목숨을 잃었으리라고만 생각하고 계셨습니다. 이리하여 모치미쓰는 다메토모의 잔당 소탕에는 실패했으나 무사히 다메토모를 연행하여 귀환하는 데 성공했습니다. 오시마의 다이칸(代官)[208] 사부로 다이후 다다시게(三郎大夫忠重)라는 자를 불러들여 다메토모를 인계하고, 조금이라도 연민을 품지 말라고 명령했습니다. 사부로 다이후 다다시게는 알겠노라고 대답한 후 즉시 다메토모를 배에 태워 오시마로 데리고 떠났습니다.

이 다다시게라는 자는 천성으로 욕심이 많고 신을 받들지 않으며 부처도 숭배하지 않았습니다. 그저 이익을 보면 적과도 내통하며 금전이 없는 경우 친척도 타인처럼 대하는, 실로 의리도 없고 도리도 모르는, 있어서는 안 될 인종이었습니다. 그에게 딸이 하나 있었는데, 이름을 사사라에(艜江)[209]라고 하며 올해 17세였습니다. 부친을 닮지 않아 온화한 성격이었고 용모도 제법 아리따운 처자였습니다.

애당초 이 이즈노쿠니 오시마란 곳은 같은 지역의 가모 군(加茂郡)

---

208) 중세에 주군의 대리로 행정을 담당하던 자의 총칭.
209) 원문의 표기는 '㶚江'이나 『진세쓰유미하리즈키』에 근거하여 수정한다.

시모다 항(下田港)의 동남쪽으로 해상 18리 되는 곳에 위치하고 있었습니다. 섬의 크기는 동서로 20리 반, 남북으로 5리 정도였습니다.

사부로 다이후 다다시게는 다메토모와 함께 섬의 바위가 많은 해변에 도착한 후 하나의 돌을 가리키며 말했습니다. "공자께서는 들으소서. 무릇 유배에 처해져 처음으로 이곳에 도착한 자는 이 돌에 걸터앉는 관습이 있사옵니다. 어서 앉으시지요."

다메토모는 큰 소리로 비웃기를 "나는 어릴 적부터 형조차 두려워하지 않았고, 주군과 부친 이외에는 세상에 무서운 자가 없네. 이 돌에 걸터앉으면 어떻단 말인가. 또 앉지 않으면 어떻다는 말인가. 한없이 어리석은 짓이로군."

하고 말하며 노려보시자 다다시게는 내심 크게 두려워하여 생각하기를 '이거 평범한 죄인과는 동일하게 취급하기 어렵겠군. 그러나 모치 미쓰의 말도 있으니 쓴맛을 보게 해 주겠어.'

하고 사람도 없는 산중에 오두막을 지어 그곳에 가두더니, 하루에 고작 죽 한 그릇만을 보낼 뿐이었습니다.

(1909년 11월 28일)

제42석

그러나 딸인 사사라에는 아비와 달리 사람을 가련히 여기는 인정 많은 성격이었으므로, 부친에게 호소하기를

사사라에 "아버님, 최근 사람들의 소문을 듣자니 저 다메토모란 사람은 지용이 세상 탁월하며 궁술에 관해서는 옛사람 중에도 비할 자가 없다고 합니다. 지금이야 죄인으로 계시지만 혹시 도성으로 귀환하시거나 도민들이 그 덕에 감복하여 추종하게 되는 일 등이 생기면 심상찮은 사태가 벌어질 것이옵니다. 하오니 오늘부터 저택으로 맞아들

여 성심을 보이시면 도리어 아버님께는 먼 앞날까지 유익한 결과가
있으리라 생각하옵니다."
하고 간청했으나 다다시게는 전혀 귀담아 듣지 않았습니다.

다다시게 "이 녀석아, 너는 아무튼 인정이 지나쳐서 탈이다. 이 아비
가 구도 님에게서 받은 명령은 도성에 계신 쇼나곤 뉴도 신제이 님의
뜻이니 되도록 박정하게 대하라는 것이었다. 조정의 명을 무시하고 죄
인을 후대할 이유가 없지."
하고 변함없이 하루에 죽 한 그릇밖에 보내지 않았으므로, 이를 동정한
사사라에는 오하쓰(お初)라는 시녀에게 명하여 매일 생선이나 야채를 조
린 음식 등을 보냈기에 다메토모는 매우 흐뭇하게 여기고 계셨습니다.

당시 이 섬의 풍습에 의하면 남자도 여자도 머리를 묶지 않았고,
여자는 연지나 백분 등이 있다는 사실조차 모르고 있었습니다. 바닷바
람 탓에 피부는 검고 머리카락은 붉게 바래어 오그라든 것이 보기에도
무시무시한 형상을 하고 있었으나 귀신이 아닌 인간인 데다 질박한
섬사람 특유의 성격에 인정도 한층 두터웠습니다.

사사라에는 아무래도 섬 수령의 여식인 만큼 제법 온화하고 기품이
있으며 유순한 성격에 용모도 아름다워, 도성 출신이라 해도 부끄럽지
않을 정도였습니다. 아씨가 시녀에게 명하여 음식을 전달하자 이 섬의
여인들까지 앞을 다투어 음식을 바쳤으므로, 이제 다메토모 혼자서는
먹어 치울 수 없을 지경이었습니다.

어느 날 섬 여자 하나가 가져온 어육이 대단히 별미였기에
다메토모 "오오, 이 생선은 무척 맛있군. 무어라는 생선인가?"
하고 질문하셨습니다.

여인 "물고기를 사냥하여 먹이로 삼는 물수리라는 새가 물고기를 많
이 잡았을 경우 먹고 남은 것을 바위틈에 저장해 두는데, 이것이 저절

로 파도에 씻기고 바닷물에 잠겨 이렇게 삭은 것을 물수리 식해라 부르며 정말로 귀한 음식이옵니다."

라고 대답하자 다메토모는 그 연고를 듣고 "음, 그런 것이었던가. 내가 왕년에 분고노쿠니에 있을 무렵, 유우야마라는 곳에서 기헤이지라는 자가 원숭이 술을 대접해 준 일이 있었는데 참으로 훌륭한 맛이었지. 이번에는 또 물수리 식해를 먹게 되니 정말이지 산과 바다의 진미로 좋은 한 쌍이군. 나는 먹을 복을 타고난 모양이야."

하고 한바탕 웃자 섬 여자도 기뻐하며 집으로 돌아갔습니다.

이렇게 해도 저물고 새해가 밝아 호겐 2년 봄 음력 3월 무렵, 살랑살랑 기분 좋게 부는 바람에 바닷가로 나가 여기저기를 서성이는데, 후방에서 갑자기 시끄러운 사람 소리가 들려왔습니다. 무슨 일인가 하고 다메토모가 뒤를 돌아보시니 벌거벗은 도민들 열서너 명이 몇 마리의 소를 쫓으며

갑 "거기 위험해, 위험해!"

을 "이봐, 그쪽으로 갔어. 조심하지 않으면 위험해, 위험하다니까!"

병 "이봐!"

정 "거기 위험해, 위험해!"

하고 손에 막대기를 든 자가 있는가 하면 밧줄이며 활과 화살을 지닌 자도 있었습니다. 그 가운데 사부로 다이후 다다쿠니의 하인 한 사람이 다메토모 곁으로 다가왔습니다.

하인 "나리님, 어서 저쪽으로 피하지 않으시면 위험합니다."

다메토모 "무슨 일인가. 저 소란은……"

하인 "아니 다름이 아니오라, 이 섬에는 들소나 야생마가 매우 많은데 아예 사람을 따르지 않으니 기르는 것은 불가능합니다. 그저 초여름에 가다랑어를 잡을 때 쇠뿔을 미끼로 사용하기에 마침 지금쯤 뿔을

잘라야 하는데, 새싹이 돋아날 무렵에는 딱 한 방에 부러지므로 매년 이맘때 들소를 사냥해서 뿔을 얻는 것입니다. 그런데 들소 녀석들도 꽤나 험악한지라 때에 따라서는 뿔에 받혀 죽는 사람도 나오기 때문에 저 소동입니다. 나리님도 이곳에 계시면 위험합니다."

다메토모는 이 말을 듣고 큰 소리로 웃음을 터뜨렸습니다. "뭐야, 소나 말을 잡는 데 저 소란을 벌이는 겐가. 소나 말이라면 50마리든 100마리든 나 혼자서 잡아 주겠네."

하인 "농담을 하시면 곤란합니다."

다메토모 "아니, 농담이 아닐세. 최근 팔꿈치 힘줄이 끊겼으니 힘이야 예전만 못하겠지만 소나 말 따위는 별 것도 아니야. 안내하게. 안내하게. 소와 말이 많은 장소로 안내해 주게나. 100마리든 200마리든 잡아 줄 테니까."

(1909년 11월 30일)

제43석

그때 또다시 수많은 도민들이 소라고둥을 불고 함성을 지르며, 손에는 각각 기다란 장대를 들고 저편 산골짜기로부터 수십 마리의 우마를 몰아대며 나타났습니다. 그 가운데 한 마리의 커다란 소가 있었는데 함성에도 아랑곳 않고 소라고둥을 부는 소리에도 놀라지 않은 듯 말보다도 빠르게 달려 수십 명 무리 사이로 두두두두두두두두두 일직선으로 돌진해 들어갔습니다. 다수의 사내들도 깜짝 놀라 좌우로 흩어져 허둥지둥 달아나자 소는 다시 쫓아와서 발이 늦은 사람 하나를 들이받으려 했으므로, 다메토모는 위타천(韋陀天)[210]처럼 달려와 느닷없이 그

---

210) 불법을 지키는 신장(神將). 사천왕 가운데 남방 증장천의 여덟 신장 중 하나. 삼십이천(三十二天)의 우두머리로 달음질에 능하다고 한다. 전하여 발이 빠른 것, 혹은 그런

소의 좌우 뿔에 두 손을 걸고 혼신의 힘을 양팔에 넣었습니다. 에잇
하고 비틀어 누르자 양쪽 뿔은 뚝 하고 부러졌고, 소가 나뒹군 채로
데굴, 데굴, 데굴, 데굴데굴 데구루루 땅 위를 1, 2간 정도 구르더니
휙 하고 일어나려는 것을 한쪽 발을 들어 그 대가리를 꽉 밟아 움직이
지 못하게 했습니다.

다메토모 "자아, 빨리 와서 밧줄을 걸어라."

하고 말씀하시자 사람들이 달려와서 "이봐 머리를 묶어!" "아니, 양발
을 묶으라니까!"

하고 왁자지껄 소란을 피웠습니다.

다메토모는 웃음을 터뜨리며 "이보게, 자네들은 소를 포박하는 방
법을 모르는구먼. 소를 묶을 때에는 양쪽 콧구멍에 밧줄을 꿰어 이렇
게, 이런 식으로 하는 것이라네."

하고 가르쳐 주었더니 겨우 콧구멍에 밧줄을 꿰어 묶는 방법을 터득하
게 되었습니다.

그런데 또다시 전방의 산골짜기에서 한 마리의 난폭한 말이 뛰어
내려오는 것을 다메토모가 날카롭게 노려보더니, 서로 엇갈릴 때 갈기
를 붙들고 훌쩍 올라탔습니다. 곁에 있던 사람이 들고 있던 대나무
장대를 낚아채는 것보다도 빠르게 철썩 하고 한 차례 후려치더니 초원
을 두세 번 타고 돌다가 돌연 들소와 야생마 무리로 돌진했습니다.
맹렬하게 장대를 휘둘러 이리저리 철썩 철썩 때리며 달리자 소도 말도
울부짖으며 털썩 털썩 땅 위로 쓰러졌습니다. 그때마다 코에 밧줄을
걸도록 하니, 잠깐 사이에 5, 60마리의 우마를 꼼짝 못하게 만들어
포박하는 그 빠른 몸놀림과 괴력에 도민들은 한편 놀라고 한편 기뻐하
며 다들 땅 위에 엎드려 절을 올렸습니다.

사람을 의미하기도 한다.

다메토모가 몸을 날려 말에서 뛰어내리더니 유연한 태도로 그 자리를 떠나려 하자, 다수의 도민 가운데 4, 5인 가량이 앞으로 나서서 말했습니다. "저어, 잠시만 기다려 주시옵소서."

다메토모 "무슨 일이냐."

사내 "방금 나리님의 활약은 인간의 능력이라고는 여겨지지 않고, 신이나 부처가 아닌가 싶어 그저 놀랍기만 할 따름이옵니다. 하온데 이 섬의 다이칸, 사부로 다이후 다다시게라는 자는 도민을 괴롭히고 학대할 뿐이며 전혀 가련히 여기지 않으니, 저희가 그의 고기를 씹으리라 생각해 온 것이 벌써 수년이옵니다. 바라옵건대 지금부터 나리께서 이 섬의 주인이 되어 주소서. 그리고 당장 사부로 다다시게의 저택에 쳐들어가 그를 할복케 하고 그간의 울분을 풀고자 하나이다."

하고 이구동성으로 호소했습니다.

다메토모는 그 말을 듣고 "그대들이 내게 의지하고자 하니 그 청을 들어 주겠네. 내 지금은 죄인이 되었으나 세이와 천황의 후예이자 하치만타로의 증손이요, 또한 이 섬은 조정에서 내게 하사한 영지이니 내가 주인이 되어야 함이 마땅한 일이지. 그런데도 이제까지 다다시게의 무례를 꾸짖지도 않고 초라한 오두막에서 기거했던 것은 내 상처가 아물지 않았기 때문이야. 이제 부상도 나았고, 그대들의 결심이 그러하다면 바로 움직이세나."

하고 명하신 후 다시 안장도 없지 않은 말에 오르시니, 일동은 대단히 기뻐하며 "가자!" 하고 외치는 것과 동시에 말의 앞뒤를 따랐습니다. 혹은 낫이나 도끼, 혹은 배를 젓는 노와 대나무 장대를 각자 손에 들고 함성 소리를 높이며 다다시게의 저택으로 밀어닥쳤습니다.

사부로 다이후 다다시게는 소스라치게 놀라 급히 에보시(烏帽子)[211]

211) 성년이 된 남성이 쓰는 건(巾)의 일종. 원래 평견(平絹)이나 사(紗) 등으로 만들고

를 쓰고 딸 사사라에와 더불어 문 앞까지 마중을 나와 공손하게 고개를 숙이고 다메토모를 향하여 사정했습니다.

다다시게 "이거 공자님, 잠시만 분노를 거두시지요. 지금껏 무례하게 행동한 것은 조정의 명에 따른 것이옵니다. 오늘부터 이 다다시게, 지난날의 잘못을 뉘우치며 공자님의 수하가 되어 명을 따르겠나이다. 영원히 공자님의 가신이 되겠사옵니다."

사사라에 "공자님, 혹시 제 지난날의 행동을 어여삐 여기신다면 부친의 한 목숨 구해 주소서."

그렇게 땅 위에 양손을 짚고 간청하자 다메토모가 대답했습니다.

다메토모 "다다시게, 백성을 괴롭힌 죄는 용납하기 어려우나 이제 그 과오를 뉘우친다 하고, 여식 사사라에의 신실한 행실을 보아 아비의 죄를 용서해 주리라."

이 말을 듣자 다다시게도 사사라에도 무척이나 기뻐했습니다. 그 자리에서 다다시게의 저택에 다메토모를 맞아들이고 딸 사사라에를 첩으로 바치는 등 후대를 아끼지 않았는데, 그는 원래 여색을 즐기지는 않았으나 사사라에의 마음 씀씀이에 감탄하여 항상 곁에서 모시도록 하고, 그 사이에 새로이 저택을 마련하여 그쪽으로 옮겨 살게 되었습니다.

3년이라는 시간이 흘러 2남 1녀를 얻었는데, 장남은 다메마루(爲丸), 차남은 도모와카(朝稚), 여아를 시마기미(島君)라고 이름을 지었습니다.

(1909년 12월 1일)

엷게 옻칠하여 모양을 유지했으나, 헤이안 말부터는 종이에 두꺼운 옻칠을 한 후 굳혀 만들었다. 귀족은 평상시에, 서민은 특별한 경우 착용했다. 계급, 연령 등에 따라 형태나 칠에 구분을 두었다.

제44석

이리하여 다메토모는 오시마를 영유하게 되어, "이 섬은 천자께서 내게 하사하신 것이라."

라고 선언하며 백성들에게 농사와 양잠을 가르치고, 선행을 권장하며, 능력이 없는 자를 가엾게 여겨 구제하는 등 실로 선정을 베풀었으므로 도민들은 모두 기뻐하며 마치 부모처럼 받들었습니다.

또한 수십 척의 배를 건조하여 미야케(三宅), 니지마(新島), 도시마(利島), 고즈(神津), 미쿠라(御藏)의 여러 섬을 정복하니 잠깐 사이에 이즈제도(伊豆諸島)의 영주나 다름없는 존재가 되어, 당당히 저택을 건축하고 가신을 거느리는 등 좀처럼 그 세력을 경시할 수 없게 되었습니다.

본래 이 섬들은 구도 모치미쓰의 영지임에도 이미 3, 4년 동안 전혀 공물이 진상되지 않았으므로 모치미쓰는 크게 노하여 다다시게를 불러들여 통보했습니다.

모치미쓰 "그대가 다메토모를 사위로 들이고 내게 공물을 보내지 않다니 이 무슨 무례한 짓인가. 만일 공물을 보낸다면 좋게 마무리될 것이나 보내지 않으면 내게도 또한 생각이 있네."

다다시게는 매우 당혹하여 바로 공물을 진상하겠노라 약속하고 섬으로 돌아왔습니다. 은밀히 특산품을 배에 실어 보내려는 것을 발견한 다메토모는 "그까짓 모치미쓰 녀석, 두려워할 가치도 없소이다. 혹시 공격해 오면 내가 화살 한 발로 모치미쓰의 숨통을 끊어 줄 테니, 절대 놀라지 말고 안심하고 있어도 되오."

하고 공물을 바치는 것을 허락하지 않으시니 다다시게는 더더욱 곤혹스러울 뿐이었습니다.

그런데 이전에 등장한 사사라에의 시녀 오하쓰라는 여인이 있습니다만, 그녀는 12세부터 사사라에를 섬겼고 성격이 유순하며 용모도 제법 괜찮았습니다. 지난해 다다시게의 가신으로 있는 고지마 구로(小島九郞)라는 자를 남편으로 삼았는데 부부 사이도 무척 다정했고 구슬 같은 사내아이까지 낳아 더없이 사랑을 쏟고 있었습니다.

때는 7월 중순, 더위 때문에 집의 문이란 문과 창이란 창은 모조리 열려 있었습니다. 구로는 다메토모의 저택으로 향했고 오하쓰는 홀로 남아 아이를 안고 베갯머리에 모깃불을 피운 채 꾸벅꾸벅 졸고 있었는데, 느닷없이 한 물체가 회오리바람마냥 집안으로 뛰어들었습니다.

오하쓰가 놀라서 바라보니 쏘는 듯한 안광에 입은 귓불까지 찢어지고 혀가 어마어마하게 커서 피가 담긴 대접이나 진배없었습니다. 좌우 어깨에 마구 풀어헤친 백발은 마른 들판의 억새풀 같고, 전신의 크기가 송아지와 비슷한 괴물이었습니다. 그 괴물이 아이의 머리를 콱 물더니 그대로 낚아채어 밖으로 뛰어나갔고, 아이는 소리를 지르며 울부짖었습니다. 오하쓰는 너무나도 놀라 몸을 벌떡 일으켰으나, 괴물은 아이를 물고 저 멀리 몇 간이나 떨어진 전방의 숲속으로 달아났습니다.

오하쓰는 슬픔을 이기지 못하고 큰 소리로 그 자리에 엎어져 울음을 터뜨렸지만, 이렇게 넋을 놓고 있기보다는 일각이라도 서둘러 남편에게 알려야겠다 싶어 그리 멀지 않은 저택으로 달려갔습니다. 구로에게 사정을 알리자 그도 경악하여 당장 동료 4, 5인에게 도움을 요청하고 핏방울이 떨어진 흔적을 따라 숲속으로 들어갔습니다. 이쪽저쪽을 수색하며 돌아다니던 중에 숲을 빠져나오자 그 앞의 해변과 커다란 바위 구멍 앞에 이르렀습니다.

구로의 아들은 살을 전부 먹혀 뼈만 남아 뒹굴고 있었습니다. 오로지 입고 있던 홑옷 한 장이 뼈에 감겨 있었기에 간신히 자기 자식이라 알 수 있을 정도였습니다. 구로는 엄청나게 분노하여 소리쳤습니다. "이 구멍 속에 괴물이 있음에 틀림없다. 이보게, 대나무 장대로 구멍을 쑤시게!"

이 말에 4, 5인의 사내가 모두 긴 대나무를 가지고 구멍을 쑤시자 송아지만한 허연 괴물이 튀어나왔는데, 순식간에 키가 2, 3장은 되리라 짐작되는 거대한 체구의 승려로 변하여 이들을 한입에 삼키려 했습니다. 그 광경에 일동은 "으아악!" 하고 놀라 뒤도 돌아보지 않고 달아났습니다.

섬 전체에 이에 대한 소문이 파다하여, 마을 젊은이들 중에서도 이 동굴 근처에 다가가려는 자는 단 한 사람도 없었습니다. 그런데 산키치(三吉)라고 힘깨나 쓰는 자가 있어 섬 제일의 강자로, 씨름 따위에서는 언제나 승리를 독식하고 있었습니다.

이 자가 기세 좋게 "내가 한번 퇴치해 볼까." 하고 세 명의 친구를 불러 어느 날 밤 이 구멍 앞을 찾아왔습니다.

큰 소리로 "야, 이놈아! 괴물! 이리 나와라!" 하고 외치자, 돌연 구멍 속에서 휙 하고 튀어나온 괴물이 먼저 쿵 하고 산키치의 가슴팍을 들이받더니 아그작아그작 목덜미를 물어뜯고 5, 6간 저편으로 훌쩍 날아갔습니다. 허를 찔린 산키치가 "앗!" 하고 엉덩방아를 찧어 몸을 일으키려고 눈을 떠 위를 올려다보니, 2, 3장은 되리라 여겨지는 거대한 체구의 승려가 입을 벌리고 달려드는 참이었습니다.

산키치를 비롯한 세 젊은이는 간신히 목숨을 건져 도주했습니다. 이제 뾰족한 방법이 없으니 공자께 부탁드릴 수밖에 없다고 판단한 도민들은 다메토모에게 괴물 퇴치의 청원을 올렸습니다.

(1909년 12월 2일)

제45석

다메토모는 사정을 듣고 소리 높여 웃음을 터뜨렸습니다. "사람은 만물의 영장이라는 말까지 있거늘, 그까짓 괴물 때문에 속을 끓여서야 이 아니 한심한 일이겠느냐. 내일이라고 할 것도 없이 지금 당장 가서 퇴치해 주겠노라."

즉시 저 산키치에게 안내를 명하고 활과 화살을 챙긴 후, 숲을 지나 해변의 동굴까지 찾아왔습니다. 이미 해가 저물고 달은 중천에 싸늘하게 빛나며 파도 소리가 주위를 울리고 있었습니다. 그러나 다메토모는 조금도 동요하지 않고 돌 위에 걸터앉아 목청도 낭랑하게 이야기를 나누고 계셨습니다.

그러는 사이에 구멍 속에서 바람이 일어나는가 싶더니 예의 새하얀 송아지 같은 괴물이 휙 하고 튀어나와 그들의 눈앞에서 2, 3장 크기의 거대한 승려의 모습으로 변했습니다. 커다란 입을 벌리고 다메토모를 단숨에 삼켜 버리고자 달려들었는데, 그 위세가 흉흉하기 짝이 없었습니다.

활에 화살을 메기고 승려를 겨냥한 것처럼 보였으나, 다메토모는 갑자기 빙글 하고 방향을 바꾸더니 후방의 5, 6간 떨어진 곳에 있는 시커먼 물체를 향하여 날쌔게 시위를 당겼습니다. "크아악!" 하는 비명과 함께 그 시커먼 물체는 두세 차례 데굴데굴 데구르르 구르더니 숨이 끊어졌습니다.

다메토모가 다가가 보니 머리에서 꼬리에 이르기까지 6, 7척은 됨직한 산고양이였습니다. 전신을 은빛 털이 뒤덮고 있었으며, 화살은 그 고양이의 목구멍을 관통하여 그 뒤의 커다란 소나무에 길이의 절반 이상이 박혀 있었습니다. 다메토모의 궁세에 정확히 급소를 당한 고양이는 소리 한 번 제대로 낼 틈도 없이 죽고 말았습니다. 산키치는 다메토모의 강력한 궁세에 새삼스레 경탄했고, 그를 향하여 입을 열었습니다.

산키치 "저, 송구하오나 여쭙고 싶은 것이 있사옵니다."

다메토모 "무슨 일이냐."

산키치 "다름이 아니오라, 괴물이 눈앞에 나타났음에도 뒤를 노려

활을 당기신 연유가 있사오니까."

다메토모 "음, 그게 궁금한 것도 당연하지. 그대들은 무도에 대한 소양이 부족할 터이나, 요괴나 괴물 따위는 모두 호리(狐狸)[212] 나부랭이가 꾸미는 짓이라네. 그런데 호리가 사람을 속일 때에는 자신의 정체를 뒤에 숨기고 앞으로는 환영을 내세우는 게지. 그런 까닭에 눈앞의 환영을 때리든 베든 전혀 효력이 없고, 본체가 숨어 있기 때문에 자유자재로 사람을 가지고 놀 수 있는 게야. 이를 병법에서는 허허실실(虛虛實實)[213]이라 하지."

설명을 들은 도민들은 "과연" 하고 감탄하며 이후로는 한층 다메토모를 신처럼 받들어 모셨습니다.

다메토모가 오시마에 온 이후 이미 10년이 흘렀습니다. 최근에는 하지조지마(八丈島)[214]까지 정벌하여 이를 영유하고, 이즈 7도(伊豆七島)[215]의 주인으로 위세를 떨치게 되었습니다.

그러던 어느 날, 다메토모가 도민들에게 명하여 그물 따위를 치는 등 하루 종일 노닐다가 이윽고 저택으로 돌아오시자 오니야샤(鬼夜叉)[216]라는 부하가 나와 맞이하며 보고했습니다.

오니야샤 "오늘 소인이 해안을 돌다가 수상한 자를 체포했나이다. 도롱이를 두르고 삿갓을 쓴 채 고깃배에 타고 있었는데, 필시 모치미쓰의 간자일 것이라 여겨 바로 포박하여 끌고 왔사오나 그 자가 아무말도 하지 않고 오로지 공자님을 뵙게 되면 모든 사정이 명백해질 것

---

212) 여우나 너구리. 또는 천연스럽게 남을 속이거나 나쁜 짓을 꾸미는 사람에 대한 비유.

213) 허를 찌르고 실을 꾀하는 계책.

214) 이즈 7도(伊豆七島)의 하나. 화산섬으로 메이지 초년까지는 유배지로 취급되었다.

215) 이즈 제도에 속하는 오시마·도시마(利島)·니지마(新島)·고즈시마(神津島)·미야케지마(三宅島)·미쿠라지마(御藏島)·하지조지마 일곱 섬의 총칭.

216) 원문에는 '鬼夜刀'로 표기되어 있으나 발음에 따라 '鬼夜叉'로 정정한다.

이라 주장하고 있사옵니다."

다메토모 "음, 그러한가. 그렇다면 내 스스로 만나 보기로 하지."
하고 의복을 갈아입은 후 툇마루로 나가자 오니야샤가 직접 포승줄을
잡고 예의 수상하다는 자를 마루 끄트머리 옆까지 끌고 왔습니다.

다메토모가 등불을 밝히고 그 자를 관찰하니 신장은 6척에 가깝고
두 눈은 방울을 매단 듯하며, 입수염은 푸르고 허리에는 도롱이를 걸
치고 있었습니다. 정말이지 범인(凡人)으로는 보이지 않아 다메토모는
한동안 노려보고 계셨으나,

다메토모 "어디, 자네는 모치미쓰의 세작이겠지. 무슨 연유로 이렇듯
한심하게 사로잡혔는가?"
하고 추궁하시자, 그 사내는 두려워하는 기색도 없이 "소인은 공자께
다소의 용건이 있어 파도와 바람을 무릅쓰고 참상한 것이니, 청컨대
곁에 있는 자를 물리쳐 주소서."
하고 말씀을 올렸습니다.

다메토모 "오오, 그런가. 그렇다면 그대들은 저리로 물러나 있게."
하고 명하셨으므로 오니야샤 이하의 부하들은 저편으로 자리를 피했
습니다.

그러자 그 사내는 음성을 낮추고 고개를 숙여 "소인은 시모쓰케(下
野)[217]를 영유하는 아시카가 요시야스(足利義康)[218]의 부하로 야나다 지
로 도키카즈(梁田次郎時員)라는 자이옵니다. 주군 요시야스의 명을 받

---

217) 현재의 도치기 현(栃木縣)에 해당한다.
218) 미나모토노 요시야스(源義康, 1127~1157): 헤이안 후기의 무장. 아시카가 씨(足利
氏)의 선조. 하치만타로 요시이에의 아들 요시쿠니(義國)의 차남. 부친으로부터 시모
쓰케노쿠니(下野國)의 장원 아시카가노쇼(足利莊)를 상속하고 이를 성으로 삼았다.
호겐의 난 당시 요시토모와 함께 고시라카와 천황 편에 가담하여 주력 무장의 하나로
활약했다. 실제로는 호겐의 난 이듬해 사망했으므로 본문의 시점에서는 이미 고인에
해당한다.

자와 중대한 보고를 드리고자 찾아왔나이다. 바라옵건대 이 서간을 확
인해 주소서."

하고 옷깃의 실밥을 우드득 뜯더니 꿰맨 천 사이에 넣어 두었던 서면
을 꺼내어 다메토모에게 건넸습니다.

(1909년 12월 3일)

제46석

다메토모는 서간을 펼쳐 읽기 시작했습니다. 그 문면(文面)은 이하
와 같았습니다.

이 요시야스는 이래뵈도 세이와 천황의 혈통을 계승하며 마찬가
지로 하치만타로 님의 손자가 되는 몸이오. 속담에 여우가 죽을
때는 토끼가 이를 슬퍼한다[219]고 하니, 일족에게 앙화가 닥치는 것
은 두려운 일이외다.

호겐 및 헤이지의 난(平治の亂)[220] 때 적가(嫡家)의 귀인 과반이 생
명을 잃었으니 이 아니 애통하랴. 허나 지금 요행히 귀하 한 분이
존명해 계시거늘, 얼핏 듣자 하니 구도 가노노스케 모치미쓰가 최
근 상경하여 참언을 올렸다 하오.

그 내용인즉슨 헐뜯어 이르기를,

"다메토모는 죄인의 입장에서 위세를 휘두르며 모치미쓰의 영

---

219) 호사토비(狐死兎悲). 여우가 죽으니 토끼가 이를 슬퍼한다는 의미로, 동류(同類)의
불행을 슬퍼하는 것을 비유하는 고사성어. 중국 남송(南宋) 양묘진(楊妙眞)의 고사에
서 유래되었다.

220) 헤이지(平治) 원년(1159년) 교토에서 발발한 내란. 호겐의 난 이후 후지와라노 신제
이와 결탁하여 세력을 확장한 다이라노 기요모리를 타도하고자 미나모토노 요시토모
와 후지와라노 노부요리가 거병했으나 전투에 패하여 요시토모, 노부요리는 주살되고
헤이케 정권이 등장하는 계기가 되었다.

지 여러 섬을 약탈하고 연공을 가로채고 있사옵니다. 뿐만 아니라 오니가시마(鬼ヶ島)²²¹⁾를 왕래하여 귀동(鬼童)을 노복으로 부리며 이즈노쿠니 중심지에 풀어 그 땅의 노약자들을 괴롭히고 놀라게 하는 것을 도락으로 삼으니, 위로는 조정을 두려워하지 않고 아래로는 백성을 불쌍히 여기지 않음이라. 상벌을 제멋대로 정하여 도민에게 죄를 묻고 그 손발톱이며 머리털을 뽑으며 포악함이 차마 견줄 데 없사오니, 엎드려 바라건대 다메토모 정벌의 선지를 내려 주시고 관군을 보내사 다메토모를 주벌하시어 백성의 도탄을 구원하소서." 라고 주상하니 주상께서 놀라시어 이를 가납하사 이즈노쿠니 출신 호조(北條) 이하의 무사에게 모치미쓰와 함께 군사를 내도록 명하셨으므로 근일 내에 관군이 그 섬으로 출발할 것이오. 귀하는 백발백중의 강궁이요 만부부당의 용사이나 바야흐로 큰 건물이 무너지려 할 때에 어찌 기둥 하나로 버틸 수 있으리오. 종국에는 활이 꺾이고 세력이 다하여 부자가 동쪽 바다의 물귀신이 될 것이라.

이에 이 요시야스가 나이 마흔이 넘었으나 아직 혈육을 하나도 얻지 못하여 늘 자신의 불행을 한탄하니, 영식 한 분을 보내시면 요시야스 이를 양육하여 자식으로 삼으리라. 이는 첫 번째로 귀하의 무용을 계승하여 아시카가 가문을 일으키려 함이요, 또 하나의 이유는 귀하의 자손이 단절되지 않도록 하려 함이라. 고로 심복 부하 야나다 지로 도키카즈를 보내 심중의 기밀을 전하오.

망설이다가 결단이 늦어지면 뒤늦게 후회해도 소용이 없을 것이외다. 창졸간이라 상세히 쓰지 못하니 이하 살펴 주시기 바라오.

　　가오(嘉應)²²²⁾ 2년(1170년) 4월 모일 미나모토노 요시야스(源義康)

　　　　　　　　　　　　　　　　　　오시마 하치로 님 귀하

---

221) 공상 속 괴물인 오니(鬼)가 산다고 여겨지던 가상의 섬.
222) 헤이안 후기 다카쿠라 천황 치세의 연호. 1169년 4월 8일부터 1171년 4월 21일까지에 해당.

　다메토모는 도키카즈의 포박을 풀어 주고 "이거 요시야스의 사자라
는 것도 모르고 호된 꼴을 당하게 하여 미안하오. 용서해 주오. 서신에
씌어 있는 것처럼 모치미쓰의 참소에 의하여 관군이 파견되리라는 것
은 평소부터 각오하고 있던 바요. 그러한 상황이 닥칠 경우 아이들을
스스로 죽이고 나 자신은 할복하면 그뿐. 허나 요시야스는 가문의 정
을 잊지 않고 내 자식을 보내라 하니 나로서도 감사하게 생각하오.
장남 다메요리(爲賴)는 최근 관례를 치렀으니 이를 보내면 세상 사람들
로부터 의심을 사게 되겠지. 나는 죄인이요 조정의 적이라 불리고 있
으니, 조적의 자식을 양자로 들였다고 하면 요시야스에게 해가 미칠
것이오. 차남 도모와카(朝稚)는 나이 겨우 일곱이나 제법 사려가 깊소.
내가 명일 이러이러하게 조처해서 도모와카를 내버릴 테니, 그대는 시
모다 항에 있다가 이를 데려가시오. 그렇게 하면 요시야스도 버려진
아이를 데려가 양육하는 것이니 조정으로부터 조적의 자식을 양자로
들였다는 책망을 받을 까닭도 없을 게요. 그대가 내 자식을 데리고
시모쓰케로 돌아가시오."
하고 나지막이 말씀하신 후 고지리카에시(瑺返し)[223]라 명명한 비장의
단도 한 자루를 내렸습니다. "그대가 이것을 요시야스에게 전하여 증
거로 삼으라. 내 금생에는 요시야스의 정에 보답할 수 없으나, 죽어
수호신이 되어 아시카가 가문의 번창을 기원하리라. 이후 소문이 퍼지
면 곤란하니 답신은 보내지 않으리. 어서 돌아가도록 하라."
하고 재촉하시니 도키카즈는 엎드려 사례하며
　도키카즈 "그러면 바로 실례하겠나이다. 도련님을 만나면 바로 봉화
를 올려 신호를 보낼 것이옵니다."

---

223) 원문에는 '다마카에시(璃返し)'로 표기되어 있으나 『진세쓰유미하리즈키』에 근거하
　여 수정한다.

하고 약조한 후 이전의 고깃배에 올라타 남몰래 섬을 떠났습니다.

가오 2년 4월 상순, 시마칸자 다메요리(島冠者爲賴)가 커다란 종이 연을 만들게 하여 동생 도모와카와 함께 하늘에 띄우려 하실 때, 부친 다메토모가 한 자루의 피리를 손에 들고 나타나 아들들에게 보이며

다메토모 "너희들 잘 들어라. 이 피리는 연주하는 자가 입으로 불 필요 없이 불어오는 바람에 닿으면 저절로 소리를 발하여 마치 용이 부는 것 같단다. 소리가 나도록 연에 달아 날려 보아라."

하고 말씀하시며 도모와카에게 건네셨습니다. 도모와카가 기뻐하며 받으려다가 실수로 아차 하고 떨어뜨리자 피리는 돌에 부딪혀 쫙 갈라졌습니다.

다메토모는 이를 보고 노한 양 도모와카를 노려보시다가 목청을 높여 "이 녀석 도모와카. 이는 성정이 경솔하여 아비가 말하는 바를 제대로 마음에 새기지 않았기 때문이니라. 그런 마음가짐으로는 장차 부모에게 수치를 보일 것이요, 가문의 오점이 될 것이니 용서할 수 없도다."

하고 칼자루에 손을 가져가셨습니다.

(1909년 12월 4일)

제47석

그때 사사라에와 오니야샤 두 사람이 다메토모의 손에 매달리며

오니야샤 "고정하소서 주군. 고작 피리 한 자루 때문에 도련님을 베시겠다니 다소 경솔한 처사로 사료되옵니다. 아무쪼록 용서해 주시기 바라나이다."

하고 말씀을 올리자 사사라에 또한 "누가 뭐라 해도 겨우 7세의 아이이오니 용서해 주시옵소서."

하고 눈물을 흘리며 간청했습니다. 다메토모는 그 손을 뿌리치며

다메토모 "아니, 그대들이 말하는 바는 옳지 않소. 피리는 우리 가문의 가보요. 도모와카는 평소부터 아비를 업신여겼으니 이러한 실수를 저지른 게요. 내버려 두시오, 내버려 둬."

하고 느닷없이 도모나가의 목덜미 머리털을 움켜쥐고 스스로 연에 붙들어 묶더니 하늘에 띄우라고 거듭 명했습니다. 그러자 다메요리가 주뼛거리며 다가와 부친 앞에서 이마를 조아리고 눈물을 흘리며 빌었습니다.

다메요리 "노하심은 지당하오나 지금까지 형제 셋이서 지내왔거늘, 도모와카 없이는 쓸쓸하옵니다."

사사라에도 다시 흐느끼며 땅 위에 울며 엎드렸습니다.

사사라에 "도모와카는 아직 어린아이이온데, 부디 제발 용서해 주시고⋯⋯⋯⋯."

그녀의 눈이 눈물로 흐려지며 목소리가 떨리는 것도 아랑곳 않고

다메토모 "나는 어릴 적 13세 때부터 죄 없는 자를 벌한 적은 없다. 당치 않은 그대들의 간언이 무례하구나."

하고 자신이 직접 도모와카를 연에 매달아 놓고 2, 30걸음을 뒤로 물러나더니 각 변이 10척이나 되는 큰 연을 매우 가뿐히 띄워 올렸습니다. 때마침 동남쪽에서 바람이 일어 공기를 가르며 불어오자 연은 순식간에 공중으로 떠올라 시모다의 해면을 향하여 구름 위로 아득히 날아갔습니다.

다메토모는 실을 있는 대로 모두 풀었고, 다메요리, 사사라에, 시마기미, 오니야샤 등은 그저 망연히 서 있었습니다. 이윽고 다메토모는 연이 매달린 실을 적송의 가지에 묶더니 칼을 스르륵 빼어 드셨습니다. 일동은 새삼 놀라고 어이가 없어 다메토모의 몸을 붙들었으나 이를 뿌리치고 줄을 툭 하고 끊자 연은 바람을 타고 위로 아래로 올라가고 내려오며 표연히 사라져 행방을 알 수 없게 되었습니다.

일동은 아무 생각도 할 수 없어 큰 소리로 울며 땅에 엎드렸습니다. 얼마나 지났을까, 서북쪽에서 한 가닥의 연기가 오르는 것을 발견한 다메토모는 무심코 빙긋 웃더니 울부짖는 사사라에 이하 다른 이들을 데리고 저택으로 돌아가셨습니다.

이후 은밀히 이들 네 사람을 부르시어

다메토모 "자, 그대들은 잘 듣게. 오늘 내가 도모와카를 연에 묶어 날린 일에 이 얼마나 부모로서의 정도 자비도 없는 자인가 하고 생각하겠지만, 실은 어제 아시카가 가문의 요시야스에게서 사자가 왔다네. 양자를 하나 달라는 게지. 본디 같은 미나모토의 핏줄을 이은 사이이기도 해서 보내고 싶은 마음이야 간절하지만, 나는 누가 뭐라 해도 조적의 오명을 쓰고 유형에 처해진 자이니, 죄인의 자식을 들이겠다고 하면 아시카가의 이름에도 누를 끼치게 될 게야. 그래서 내가 홀로 마련한 계책이란, 도모와카를 연에 묶어 날리고 인연을 끊으면 그쪽에서 이를 찾아 데려가라는 것이었지. 사자에게 그렇게 넌지시 알려 돌려보낸 후, 오늘 일부러 화가 난 척하고 그런 몰인정한 짓을 저지른 것이라네. 허나 자네들도 보았을 테지. 시모다 쪽에서 오른 연기는 도모와카가 무사히 저편에 이르렀다는 보고이니 안심해도 좋을 게야." 하고 비로소 사정을 밝히셨습니다. 사사라에를 비롯하여 모두 약간은 안도했으나, 그 후로도 한동안은 다들 눈물이 마를 날이 없었으니 이도 당연한 심정이라 하겠습니다.

그로부터 열흘 정도 지나 정오를 약간 넘긴 무렵, 갑자기 난바다에 노닐던 오리들이 소란을 피우고 물개들도 거듭 울고 또 울었습니다. 다메토모는 귀를 기울이더니 사사라에, 오니야샤 등을 향하여 말씀하셨습니다. "오오, 그대들도 저쪽을 보게. 바다 위가 끊임없이 소란스러운 것을 보니 토벌군의 병선이 가까이 다가온 것으로 여겨지네. 오니야샤, 어서 상황을 살피고 오라.”

오니야샤 “명을 받들겠나이다.”

한달음에 달려가 지대가 약간 높은 언덕에 올라 둘러보니, 적선이 25, 6척이나 몰려오고 있었습니다. 서둘러 돌아와서 보고하기를 “주군. 중대한 상황이옵니다. 적은 무려 500여 기나 되며, 가장 앞에는 삼각 지붕(庵)에 모과(木瓜) 문양[224]을 그린 막을 둘러치고 있으니 아마도 구도 모치미쓰일 것입니다. 삼각 비늘 셋(三鱗)을 그린 가문[225]은 호조의 군사임에 틀림없으며, 적선은 해안에서 그리 멀리 떨어져 있지 않습니다. 서둘러 방어전을 준비하소서.”

하며 눈앞의 광경을 보듯 명확하게 설명했습니다.

다메토모는 차게 웃으며. “구도, 호조의 녀석들 따위 수백 명이 몰려오더라도 두려울 것 없으나, 무익한 살생을 한다고 무슨 이득이 있으랴. 나는 이미 각오하고 있다네.”

하고 사사라에, 다메요리를 데리고 넓은 마당 쪽으로 향하셨습니다.

(1909년 12월 5일)

제48석

가노노스케 구도 모치미쓰는 금년 가오 2년 봄, 도성에 올라가 상주하기를 “다메토모는 그간 멋대로 무용을 휘둘러 왔으며, 나아가서는 오니가시마에 건너가 귀동을 노복으로 삼으며 백성을 놀라게 하고 있다 하옵니다.”

라고 호소했습니다. 상황(고시라카와)[226]은 이를 듣고 놀라시어 “서둘러

---

224) 이오리못코(庵木瓜)라 하며 구도 가의 가문(家紋)을 가리킨다. 🏠

225) 미쓰우로코(三鱗)라 하며 호조 가의 가문을 가리킨다. ▲▲

이름난 용사들을 소집하여 다메토모를 주벌하라."

하고 선지를 내리셨습니다. 모치미쓰는 흔연히 이즈로 달려 내려가 즉각 선지의 취지를 널리 알려 그 지역 사람들을 선동하고, 4월 하순에 이르자 준비가 전부 완료되었으므로 오시마를 향하여 출발했습니다.

따르는 면면을 열거하자면 이토 스케치카(伊東祐親), 호조 도키마사(北條時政), 우사미 헤이타(宇佐美平太)와 헤이지(平二), 가토다 미쓰카즈(加藤太光員), 가토지 가게카도(加藤二景廉), 사와 로쿠로(澤六郎), 닛타 시로(新田四郎), 아마노 도나이 도오카게(天野藤內遠景) 등 그 수가 도합 500여 기. 돛을 펼치고 파도를 가르며 일직선으로 전진했습니다.

그때 공자 다메토모는 긴란(金襴)[227]으로 지은 요로이히타타레(鎧直垂)[228]에 세이고(精好)[229]로 지은 오쿠치(大口)[230]를 걸친 후 무라사키스소고(紫下濃)[231]의 갑옷을 입고, 은판을 붙여 광을 낸 경갑(脛甲)에 황금으로 장식한 장도를 차고 독수리 깃을 단 전투용 화살 36개가 꽂힌 전동을 오늬가 높이 보이게끔 메고 있었습니다. 검게 옻칠한 줌통에 등나무를 동여맨 활 정중앙의 두터운 부분을 쥐고 옆구리에 끼운 채, 드림 다섯에 금으로 아로새긴 여덟 용과 은빛 돌기로 장식된 투구를

---

226) 80대 다카쿠라 천황 치세에 해당하며. 77대 고시라카와 천황은 이미 양위하여 상황의 자리에 있었다.

227) 능직 또는 수자직에 금사로 문양을 넣은 직물.

228) 갑옷 속에 입는 히타타레. 비단이나 평견 따위로 지으며 헤이안 말기부터 중세에 걸쳐 유행했다.

229) 중세 이후 귀족이나 무사들 사이에 유행한 견직물의 일종. 누인 명주실을 날실, 생사를 씨실로 하거나 날실과 씨실을 모두 누인 명주실로 하여 단단하고 치밀하게 직조한 비단. 주로 하카마(袴)를 지을 경우에 사용한다.

230) 바짓부리가 넓은 하카마. 붉은색 또는 백색의 생견이나 평견으로 짓는다. 가마쿠라 시대 이후 무사가 히타타레, 가리기누(狩衣) 등의 하의로 착용했다.

231) 위쪽은 엷게, 아래쪽으로 갈수록 짙어지도록 자색으로 물들인 것.

오니야샤에게 들리고 간이 걸상에 걸터앉아 계셨습니다.

다메토모는 다메요리와 시마기미를 좌우에 시립케 하고 사사라에에게 술을 치게 하여 최후의 술잔을 돌렸습니다. 간자 다메요리는 아직 나이 어리다고 하나 용장의 자질을 지녀, 조금도 놀라는 모습을 보이지 않았습니다.

그렇게 시각이 경과하자 오니야샤가 다시 나서서 "이 지경에 이르러 후회하더라도 소용이 없을 것이오나, 주군께서는 지, 인, 용의 삼덕을 겸비하셨으면서도 무운이 박하여 섬에 틀어박히게 된 이상 재능을 감추고 장점을 숨기며 때를 기다리셨어야 했나이다. 섣불리 여러 섬을 수중에 넣어 모치미쓰의 질투를 불렀으니, 종국에는 교활한 자의 혓바닥 끝에 놀아나 장년에 걸친 뜻을 펼치지 못하고 허무하게 동해 끝에서 최후를 맞게 되시다니, 참으로 안타까울 따름이옵니다."
하고 말씀을 올리자 다메토모는 싱긋 웃고는 "어리석구나 오니야샤. 내 호겐 연간에 칙명을 받자와 떠도는 신세가 되었으나, 지금에 이르기까지 10여 년은 이곳의 주인이 되어 마음만은 즐거웠느니라. 그 이전에도 9개 지역을 다스렸지. 기쿠치, 하라다를 비롯한 서쪽 쓰쿠시 사람들은 내 무용이 어느 정도인지 잘 알고 있을 게야. 도성에서는 겐지와 헤이케의 군사, 특히 무사시(武藏)[232], 사가미(相模)[233]의 도당들이 내 궁세를 제대로 목격했지. 세간의 무사들은 투구와 갑옷, 활과 화살을 갖추었을 뿐 허수아비보다도 못한 자들이야. 다메토모를 향하여 활을 당길 수 있으리라고는 생각지 않네. 괘씸하다 싶은 놈들을 사살하여 모조리 물귀신으로 만드는 것쯤이야 지극히 쉬운 일이지만,

---

232) 현재의 도쿄 도 및 사이타마 현(埼玉縣)의 대부분, 가나가와 현(神奈川縣)의 동부에 해당한다.
233) 현재의 가나가와 현 대부분에 해당한다.

어차피 오래 살기는 틀린 몸이니 무익한 살생을 저질러 무엇을 바라겠는가. 오늘까지 죽지 않고 버틴 것은 세상이 바뀌어 부친의 한을 풀고 사누키인(讚岐院)[234]의 복위가 이루어지기를 소원했기 때문이야. 예전에 설법을 듣기로는 전세의 업인을 알고자 하면 현재의 과보를 살필 것이요, 미래의 과보를 알고자 하면 현재의 업인을 살피라고 했으니, 죄를 지은 자는 반드시 지옥에 떨어질 것이리라. 허나 무기를 쥐는 자의 숙명인지라 달팽이들의 싸움마냥 하찮은 전투로 살생을 거듭하고 죽음을 꺼리지 않았지. 머리를 올리지 않았던 소년 시절부터 20여 차례의 전투를 거쳤고 사람의 생명을 끊은 것도 헤아릴 수 없으나 적이라 해야 할 자를 치고 적이 아닌 자는 치지 않았다네. 사냥을 하면서 즐기자고 사슴을 죽이지 않았고, 낚시를 하면서 즐기자고 물고기를 낚지 않았다네. 천지신명을 숭경하고 부처의 이름을 염송하며 누구보다도 앞서 세상에 이름을 드러냈다고는 하나 과거의 업인이 이런 번뇌를 낳으니, 금생의 악업 또한 내세의 고난을 짐작케 하는구나. 10년 동안 나를 따르던 자들은 가문 대대로 내려오는 가신도 아니거늘 그들을 죽게 함은 불민한 일이니라."

하고 각자에게 유품을 내리며 진심어린 설득으로 몸을 피하게 하니 모두들 눈물을 뚝뚝 흘리며 아쉬운 듯 떠나갔습니다.

　다메토모는 이제 마음이 편하다고 장식해 두었던 활과 화살, 무기 등을 바다에 던지게 한 후 갑자기 걸상에서 일어나 사사라에를 돌아보더니, "내 지금 바닷가로 나가 적의 형편을 살피려 하니, 다메요리에게 마지막 준비를 시키시오. 시마기미는 아직 나어린 데다가 여아이며, 사사라에 그대는 다다시게의 여식이니 적들도 함부로 다루지는 않을 게요. 어찌 되든 오래 살면서 사후의 명복을 비는 것이 좋으리다."

---

234) 스토쿠 상황을 가리킨다. 호겐의 난 패배 후 사누키로 유배된 것에서 유래한 호칭.

하고 말씀하시자 사사라에는 눈물을 흘리며 굳은 결심을 드러냈습니다.

사사라에 "함께 이 바닷가의 파도에 시신을 맡기기를 바라옵니다."

그리고 오니야사를 가까이로 부르시어

다메토모 "자네는 내가 돌아올 때까지 저택의 주변에 장작을 쌓고, 어린것의 목숨을 대신 처리하고, 이 다메토모가 배를 가르면 신속히 불을 지르게. 알겠는가."

하고 명하신 후 사졸에게 활을 들려 물가 쪽으로 향하셨습니다.

(1909년 12월 7일)

제49석

오니야샤는 바지런하게 돌아다니며 장작을 베고 풀을 쌓았습니다. 이쯤이면 충분하다 생각하고 사사라에에게 말씀을 올리기를 "공자께서는 이미 죽음을 내다보고 계시오나 소인이 곰곰이 생각을 거듭한 바 이번에 토벌군이 쳐들어온 까닭은 모두 모치미쓰의 개인적 원한이 그 원인이옵니다. 그럼에도 불구하고 이곳에서 스스로 목숨을 끊으심은 개결한 듯 보이나 개죽음에 지나지 않사옵니다. 달아날 수 있는 한 달아나서 때를 기다리심이 최선이옵니다. 이런 일이 있으리라 짐작하고 이전부터 함선도 마련해 두었습니다. 어서 이곳을 피해 하치조지마로 건너가소서. 소인이 공자님께 말씀드려 함께 뒤를 따를 것이옵니다." 하고 재촉했습니다.

사사라에는 이 말을 듣고 "그대의 결의가 믿음직스럽구나. 내 아이들은 나이 아직 어린지라 그대와 함께 달아났으면 하네만, 나는 부군과 더불어 미련 없이 세상을 떠나려 하네." 하고 눈물을 흘리며 말씀하셨습니다.

이들의 대화를 듣던 다메요리가 입을 열었습니다. "어머님께서는 저희를 구명하여 도피시키려는 마음이시나, 마지막을 준비하라는 아버님의 말씀이 있었으니 어찌 염치없이 달아날 수 있겠나이까. 배를 준비할 필요는 없사옵니다."

그 말에 감격한 오니야샤는 "옛말에도 장문유장(將門有將)[235]이라 하더니 참으로 도련님의 결심이 장하십니다. 상인이나 농가의 아이였다면 이런 경우 아무런 도움도 되지 않고 울며불며 난리를 칠 것인데, 그저 감복할 따름이옵니다."

하고 말하기가 무섭게 하인 한 명이 헐레벌떡 달려왔습니다.

하인 "말씀을 올립니다. 토벌군의 군세가 이미 접근하여 배를 저어 오고 있사옵니다."

하인이 상황을 전할 무렵, 다메토모는 전혀 동요하지 않고 지팡이마냥 활에 기댄 채 물가에 서서 난바다 쪽을 의연히 바라보고 계셨습니다. 한 척의 배가 병사 200을 태우고 3정 가량 떨어져 있었는데, 그 배의 대장은 구도 모치미쓰의 아들 모치스케(茂祐)로 나이 이제 곧 서른이었습니다. 오아라메의 갑옷에 정수리가 뾰족한 투구를 약간 뒤로 젖혀 쓰고[236] 언월도를 곧추세운 모습으로 나타나, 공자를 발견하자 "공격이다 공격!" 하고 명령을 내렸으나 파도가 거칠었기에 좀처럼 배를 물가에 접안할 수 없었습니다.

다메토모는 그 광경을 보며 깔깔 웃음을 터뜨렸습니다.

다메토모 "어디, 그를 놀라게 해 줄까."

하고 커다란 우는살을 집어 메기고 팔꿈치가 살짝 구부러질 정도로

---

235) 장수의 가문에서 장수의 후손이 나온다는 뜻.
236) 투구를 뒤로 젖혀 쓰는 것은 적의 화살이나 칼을 두려워하지 않는다는 용기를 과시하는 태도로 간주되었다.

시위를 당겼다가 휙 하고 손을 놓았습니다. 날아간 화살은 물가에서 5촌 정도 떨어져 있던 큰 배의 선체를 오른쪽에서 왼쪽으로 꿰뚫었고, 그 구멍으로 물이 들어오자 배는 그대로 파도에 휩쓸리고 말았습니다. 200여 명의 군병들이 물속에 빠져 눈 뜨고 볼 수 없는 혼란의 도가니였습니다. 더군다나 파도가 거칠어 어느 정도 헤엄을 치는 정도로는 도저히 헤어날 수가 없었습니다. 방패에 매달려 간신히 다른 배에 옮겨 탄 자는 고작 5, 60명에 지나지 않았으며, 관군들은 이 참상에 놀라고 두려워하여 황급히 배를 난바다 쪽으로 되돌리더니 멀찍이서 바라보고 있을 뿐이었습니다.

이 꼬락서니를 지켜보던 다메토모가 오니야샤를 향하여 말씀하셨습니다.

다메토모 "저기 보거라, 아무리 적이 다수이며 배가 몇 척이 몰려오든 내 팔이 움직이는 한 선체를 모조리 꿰뚫어 저 자들을 배와 함께 수장시켜 버리는 것도 식은 죽 먹기이니라. 허나 누가 뭐라 해도 저들에게 관군이라는 이름이 있는 이상 언제까지나 이를 적대함은 조정에 대하여 황공한 일이며, 저들 구도, 호조 패거리는 본디 우리 가문의 가신이었으니 그들을 상대로 싸움을 계속하는 것도 윗사람답지 못한 짓이지. 나도 한없이 생을 즐길 수 있는 형편이 아니니 깨끗하게 배를 가르고 마무리를 지으려 하네."

오니야샤가 간언했습니다.

오니야샤 "말씀하시는바 지당하오나, 남아로 세상에 태어나 허무하게 개죽음을 당하는 것도 분하기 그지없는 일입니다. 이유야 어찌 되었든 소인이 마련한 배에 오르시어 일단 하치조지마로 물러나시기를 바라옵니다."

다메토모 "아니, 그대의 성의는 충분히 고마우나 미련 없이 배를 가르고 죽는 것은 장부의 숙원이라네."

하고 그대로 저택을 향하여 발걸음을 돌리시니, 오니야샤도 그 뒤를 따랐습니다. 적은 다메토모의 모습이 시야에서 사라진 후에도 여전히 두려워서 접근하지 않았습니다. 그 사이에 다메토모는 유유히 할복할 준비에 들어갔습니다.

(1909년 12월 8일)

제50석

다메토모는 오니야샤가 만류하는 말에 귀를 기울이지 않고, 죄도 없는 자들을 수없이 죽이는 것도 무의미한 일이며, 어차피 살아남을 수 없는 신세라면 깨끗하게 목숨을 끊어 오시마의 이슬이 되리라고 결심하셨습니다. 오니야샤가 저택 주위에 쌓아 올린 장작과 잡목에 불을 붙이자, 다메토모 곁에 사사라에, 다메요리, 시마기미 셋이 자리에 앉았습니다.

다메토모 "오오, 잘 들어라. 내게 있어 적선을 모조리 침몰시키고 이 섬에서 도주하는 것은 지극히 손쉬운 일이나, 지금은 조적이라는 굴레를 쓰고 있으니 관군을 향하여 활을 당기는 것도 황공한 일이구나. 인생은 길어야 고작 오십 해, 아침 이슬과도 같은 몸이라 나 혼자 살겠답시고 수많은 사람을 살해함도 무익한 일이므로 개결하게 죽으려 한다. 그대들도 조적의 아내, 모반인의 자식이라 아무래도 구명될 리 없으니 더불어 명토(冥土)로 길을 떠나자."

하고 말씀하시자 사사라에는 눈물을 흘리며 "명하실 것까지도 없사옵니다. 먼저 실례하겠나이다."

하고 스르륵 단도를 뽑은 후 시마기미를 가까이 오게 하여 그 귀엽고 앳된 얼굴을 응시하더니, 떨리는 손을 힘주어 억누르며 자신의 곁으로 끌어당겼습니다. "자아, 무사의 자식이니 각오하려무나. 지장존나무아

미타불!"

염불을 외며 칼끝을 치켜세워 목을 긋자 희고 고운 피부에서 흐르는 선혈이 미처 녹지 않은 2월의 눈 속에 피어난 붉은 매화가 떨어지는 것처럼 보였습니다.

사사라에는 "다메요리는 부군께 부탁드리옵니다. 늦지 않도록 이만 가겠나이다."

하고 단도를 고쳐 잡더니 목에 찔러 넣었습니다.

그러던 중에 난바다 쪽에서는 함성 소리가 일어나고 어지러이 부는 솔바람 소리와 파도 소리에 섞여 공격을 알리는 북소리가 근처에까지 시끄럽게 들려왔습니다. 오니야샤가 서둘러 난간에 몸을 기대고 내다 보니 이미 해면의 연무는 개어 적의 병선이 대열을 정돈하고 있었으며, 물결에 비치는 석양은 염라대왕의 옥졸이 화차(火車)를 끌고 와 죄인을 데려가려는 것처럼 보였습니다.

다메토모 "참으로 엄청난 관군이구나. 언제까지고 시간을 끌 수는 없으리. 애처롭지만 어차피 살 길이 없으니 오니야샤가 가이샤쿠로 고통을 줄여 주어라."

칼을 뽑아 들고 시마기미[237]의 등 뒤에 서서 내려다보자 눈을 감고 목을 길게 내민 채 작은 목소리로 염불을 읊더니, "어서 하시오" 하고 말씀하시는 것이었습니다. 너무나도 갸륵한 모습에 좀처럼 손이 나가지 않았으나, 결국 칼을 내리쳐 목을 베었습니다. 이어서 사사라에의 등 뒤로 향하니 아직 서른도 되지 않은 용모가 꽃이 활짝 피어난 듯 보기 드물게 아리따운 자태였습니다. 이 섬에서 자란 어린 나무가 거센 바람에 무참히 시드는구나 생각하니 모질게 먹은 마음도 끝내 약해져 눈물

---

237) 원문에는 시마기미로 서술하고 있으나 『진세쓰유미하리즈키』에는 다메요리의 가이샤쿠 장면으로 묘사되어 있다.

이 그치지 않고 이슬로 맺혀 방울져 떨어질 뿐이었습니다.

주저하며 망설이고 있는데 이윽고 사사라에가 고개를 돌려 "두려워할 까닭이 없네. 평소와 달리 기개가 없지 않은가."
하고 격려했습니다. 오니야샤는 이에 수긍하며 고개를 끄덕이고는, 마음을 독하게 먹고 칼을 휘둘렀습니다.

번뜩이는 칼날 아래 사사라에의 목이 떨어지자 다메토모는 이 광경을 바라보며 "그러면 나도 함께 명도(冥途)로 향하리라."
하고 말씀하시며 다메요리를 단칼에 베어 목을 떨구고, 스스로도 배를 갈라 자진하셨습니다. 오니야샤는 급히 마당에 구멍을 파고 다메토모의 시신을 매장한 후 큰 돌을 굴려 그 위로 옮겼습니다. 그리고 눈물을 주체하지 못한 채 사사라에, 다메요리, 시마기미의 시신과 목을 한데 모아 장작을 그 위에 쌓고 불을 질렀습니다.

앞서 저택 주변에 붙인 불도 활활 타오르더니 때마침 불어온 매서운 바닷바람에 처마에서 처마로 옮겨 붙었습니다. 고대광실 저택은 삽시간에 불꽃으로 화하여 타올랐고, 오니야샤는 갑옷을 벗어 던진 후 선 채로 배를 가르고 맹렬한 불길 속으로 뛰어들어 한줌 재가 되었습니다.

적의 병사들은 불길이 오르는 것을 보고 다메토모가 저택에 불을 지르고 자결했음을 알게 되어 시끄럽게 소란을 피우기 시작했습니다. "가 보자! 가 보자!" 하고 모두들 서로 다투어 배를 대고, 해안에 접근하여 말이 설 수 있을 정도의 깊이가 되자 배에서 말을 내려 물을 헤치고 나아간 끝에 간신히 뭍에 오를 수 있었습니다. 그러나 거짓으로 유인하여 자신들을 섬멸하려는 수작이 아닌가 하고 섣불리 전진하려 하지 않았으니, 이는 관군이 특별히 겁쟁이라서가 아니라 평소 다메토모의 무용이 그만큼 사람들에게 공포의 대상이었기 때문입니다.

이러저러하는 사이에 저택은 완전히 연소되었고 남아 있는 자는 한 사람도 없었습니다. 지나치게 고민하다가 불에 탄 수급을 가져가는 것도 수치스러운 일이라 가토 가게카도가 앞장서서 들어가 보니 선 채로 배를 가른 7척이 넘는 우람한 사내의 시신이 남아 있었습니다. 전신이 검게 그을려 구분이 가지 않았으나 그 시신이 다메토모이리라 여겨 목을 베었고, 그밖에 8, 9세쯤 되는 사내아이와 여인의 시신 2구가 있었습니다. 동자는 시마칸자 다메요리, 부인은 다메토모의 측실 사사라에라고 도민들이 진술했으므로 역시 이 거구의 사내가 다메토모임에 틀림없다 판단되어, 가게카도는 이날의 공훈 기록에 첫 번째로 기록되었습니다.

다메토모의 목은 동년 5월 도성에 진상되어 효수되었고, 고시라카와 법황은 니조 교고쿠(二條京極)에 수레를 세우고 이를 바라보셨습니다. 신분 고하를 막론하고 도성 안의 모든 사람들이 몰려들어 이 광경을 구경했습니다.

(1909년 12월 9일)

제51석

다메토모가 18세에 상경하여 호겐의 난리에 이름을 떨치고 오시마로 유배되어 뭇 섬을 영유한 세월이 11년, 그 세력이 제법 왕성했으나 천자의 책망을 받은 신세였는지라 결국은 뜻을 펼치기에 이르지 못하고 가오 2년 4월 하순 28세의 나이로 스스로 목숨을 끊었습니다. 한편 호겐과 헤이지의 난리에 겐지의 여러 가문은 모조리 멸망하고 헤이케만이 조정의 은혜를 누려 관위나 봉록, 어느 것이든 바라는 대로 되지 않는 일이 없었으니, 실로 헤이케의 권세는 막대해졌습니다.

그러나 『혼초고엔(本朝語園)』이라는 서적에 의하면 다메토모는 오시마에서 자진하지 않고 류큐로 도피했다고 합니다. 바킨 옹(馬琴翁)[238]께서도 이를 근거로 『유미하리즈키(弓張月)』를 집필하셨고, 류큐에 대해서도 상세히 서술하고 있으나 그것까지 말씀드리자면 길어질 테니 정사(正史)에 따라 오시마에서 목숨을 끊으신 것으로 끝을 맺으려 합니다.

각설하고 이야기를 되돌려, 시라누이 아씨에 대하여 이야기하고자 합니다. 시라누이는 앞서 센간이라는 마을에서 모치미쓰의 복병을 깨뜨리고 기헤이지 등과 함께 산슈(讚州)²³⁹⁾로 도피했으나 원한을 해결할 방법이 없어 다시 계책을 강구했습니다. 먼저 사누키인을 구출하고 뱃길로 이즈오시마에 건너가 공자와 합류한 후 일을 꾸미면 동쪽 8개 지역(東八箇國)²⁴⁰⁾은 쉽게 복종시킬 수 있으리라 생각하며 오로지 고심을 거듭했습니다.

기헤이지에게도 생각한 바를 털어놓자 그가 대답하기를 "소인도 그처럼 생각해 보지 않은 것도 아니옵니다. 허나 새로운 인께서 처음 오셨을 무렵에는 이 지역의 산위(散位)²⁴¹⁾ 다카스에(高季)가 지은 마쓰야마(松山)의 당사에서 거하셨으나 지금은 고쿠시(國司)²⁴²⁾가 이미 스구시마(直島)²⁴³⁾라는 곳에 처소를 새로 지어 옮겨 가도록 했습니다. 사방

---

238) 교쿠테이 바킨(曲亭馬琴, 1767~1848): 에도(江戶) 후기의 요미혼(讀本) 작자. 에도 출신. 본명은 다키자와 오키쿠니(瀧澤興邦). 산토 교덴(山東京傳)에게 사사하여 기뵤시 『쓰카이하타시테니부쿄겐(盡用而二分狂言)』을 발표한 후 고칸(合卷)·요미혼 등을 활발히 창작했다. 사전물(史伝物)을 장기로 하며 권선징악의 이념과 인과응보의 도리를 아속절충(雅俗折衷)의 문체로 묘사했다. 대표작으로는 본 고단의 원전이라 할 수 있는 『진세쓰유미하리즈키』를 비롯하여 『난소사토미핫켄덴(南總里見八犬伝)』, 『근세설미소년록(近世說美少年錄)』 등이 있다.

239) 현재의 가가와 현(香川縣)에 해당하는 사누키노쿠니(讚岐國)의 이칭.

240) 사가미(相模)·무사시(武藏)·아와(安房)·가즈사(上總)·시모우사(下總)·히타치(常陸)·고즈케(上野)·시모쓰케(下野) 8개 지역의 총칭. 간토 8주(關東八州)라고도 한다.

241) 실제의 관직은 없고 위계만 있는 직위.

242) 중앙 조정에서 파견되어 각 지역의 정무를 관장한 지방관.

243) 현재의 가가와 현 중북부 세토나이카이(瀬戶內海) 해상에 위치한 섬. 일반적으로는

으로 담을 둘러치고 문은 단 하나만 달아 주야로 감시를 늦추지 않고, 세 차례 식사를 진상하는 것 외에는 사람의 출입을 허락하지 않는다 들었사옵니다. 하오니 얼마 되지 않는 병력으로 탈환하려 해도 성공할 리 없나이다. 혹시라도 섣불리 일을 벌이다 그르치게 된다면 오시마에 계신 공자의 신변까지도 위험하옵니다. 아무쪼록 때가 이르기를 기다려야 할 것이라 생각하옵니다."

하고 간했습니다.

그 사이에 호겐의 연호가 겨우 3년으로 끝나고, 새로이 헤이지로 개원(改元)[244]하게 되었습니다. 도성에서는 지난해 8월 11일 고시라카와 천황이 첫 번째 아드님이신 모리히토 친왕(守仁親王)에게 양위하니, 이후 니조인(二條院)[245]이라 불리게 되는 분이십니다. 이리하여 더더욱 숙원을 이룰 가능성이 희박해지자, 시라누이는 "앉아서 먹기만 하면 산이라도 없어진다"[246]라고 푸념했습니다.

의지할 그늘이 없는 주종은 아침을 때우기도 어려울 만큼 생활이 곤궁해져 10인의 시녀도 하는 수 없이 작별을 고하고 각자 살 길을 찾기에 이르렀으니, 이제는 기헤이지와 여동(女童) 하나, 야쓰시로만이 남게 되었습니다. 최근에는 시도(志度)의 우라와(浦曲)라는 곳으로 옮겨 익숙지 않은 어촌의 생업에 종사하며 바닷물을 긷고 조개를 주우며 힘겹게 하루하루를 보내고 계셨습니다. 기헤이지는 처음부터 여주인과 한집에 동거하는 것을 꺼렸으므로 시라미네(白峯)라는 곳으로 거처

'나오시마'라 읽는다.

244) 헤이안 후기 니조 천황 치세의 연호. 1159년 4월 20일부터 1160년 1월 10일까지에 해당. 호겐 3년은 헤이지 원년에 해당한다.

245) 니조 천황(二條天皇, 1143~1165): 제78대 천황. 재위 1158~1165. 고시라카와 천황의 제1황자. 이름은 모리히토(守仁). 천황 친정을 기도하여 고시라카와 상황과 대립했다.

246) 좌식산공(坐食山空). 일하지 아니하고 먹기만 하면 산도 빈다는 뜻으로, 아무리 재산이 많아도 놀고먹기만 하면 결국 없어진다는 것을 비유해 이르는 말.

를 옮겨 나무를 베고 숯을 구우며 약간의 수입이 들어오면 이를 시도에 보내어 시라누이 주종의 옷가지라도 마련하고자 했습니다.

시라누이는 배로 드나드는 나그네가 세간의 잡담을 나누는 것에도 유심히 귀를 기울여 공자의 안부를 전해 듣고자 했습니다. 어느 날 어떤 행각승이 동쪽 지역에 대하여 이야기하던 중에 진제이 하치로 다메토모가 이즈의 여러 섬을 정벌하고 거리끼는 기색도 없이 당당하니 영주인 가노노스케 모치미쓰가 이를 감당할 수 없어 지금은 뭇 섬으로 향하는 배의 왕래를 금지하고 스스로를 방어하는 것 외에는 방책이 없다는 소식을 듣게 되었습니다. 일단 기쁨에 겨워 어떻게 해서든 오시마에 소식을 전해 자신이 무사함을 알리고 스스로도 바다를 건너야겠다고 생각했으나, 풍파가 거칠어 항해가 지극히 어려우며 섬과의 왕래도 금지되어 있다고 하니 이 또한 마음대로 되지 않을 일이었습니다.

이렇게 또 하나의 근심거리가 늘어, 살아가는 보람도 없이 세상을 덧없이 여기며 세월이 흐르는 중에 가오 2년 8월 하순이 되었습니다. 여느 해에 비할 수 없이 더위가 극심하여 슬슬 가을바람이 불기 시작할 무렵이었음에도 늦더위가 떠나지 않아 실로 견딜 수 없을 지경이었습니다.

시라누이가 야쓰시로와 함께 모깃불 따위를 피우고 계셨는데, 이곳 시도에서 습자를 가르치고 있는 쇼카도(松花堂)라는 노인이 찾아왔습니다. 이 노인은 심심하면 늘 시라누이의 거처를 방문하여 와카에 대하여 이야기하거나 서도, 무예 등에 대한 잡담을 나누며 즐거워했습니다. 나이가 70은 되었으리라 싶은, 매우 인망이 있고 덕을 갖춘 인물이었습니다. 시라누이 아씨도 이 노인과는 허심탄회하게 다양한 대화를 나누고 계셨습니다.

(1909년 12월 10일)

제52석

쇼카도는 집 밖에서 말을 걸었습니다.

쇼카도 "안녕하시오. 오늘 밤은 어쩐지 열기가 식지 않고 여전히 덥구려."

야쓰시로 "아니 어르신. 이 더위에도 변함없이 정정하시네요."

쇼카도 "그렇다오, 고맙게도 몸뚱이는 참으로 건강해서 말이지……"

시라누이 아씨도 인사말을 꺼냈습니다.

시라누이 "자아, 어서 이리로 들어오시지요."

쇼카도 "아니, 정말 여기로 충분하오. 덥기도 하니 도리어 이곳이 좋구려. 실례하겠소이다……"

하고 툇마루에 걸터앉았습니다. 여동은 방석과 차를 가져왔습니다.

쇼카도 "이거 늘 대접을 받게 되니 미안하오. 이런 바닷가에는 말상대할 사람이 어부들밖에 없어서 말이지. 이외에는 대화 상대가 없으니 그만 신세를 지고 있소…………"

시라누이 "천만에요, 저희 쪽도 적적해서 견딜 수가 없습니다. 어르신께서 찾아와 주시니 이야기도 재미있고 울적한 기분도 개는 듯합니다."

쇼카도 "아니, 이렇게 오래 살고 있자니 갖가지 일들을 보고 듣게 되는구려……"

시라누이 "무언가 진기한 이야기라도 있사옵니까."

쇼카도 "진기하다고 할까 실로 용맹스런 이야기가 있다오."

시라누이 "어머나, 용맹스런 이야기라니 전쟁이라도 있었나요?"

쇼카도 "전쟁은 아닌데, 댁도 벌써 8, 9년을 이 지방에서 거주했지만 이전에는 히고인지 지쿠젠인지 하는 지역 출신이라고 했으니 아마 알고 계실 테지. 하치로 다메토모 님 말이오."

시라누이는 깜짝 놀랐습니다. 공자에 대한 화제가 나왔기에 가슴이 뛰는 듯한 기분으로 물었습니다.

시라누이 "그럼요. 그 다메토모라는 대장께서는 어찌 되셨습니까."

쇼카도 "아니, 그렇게 재촉하지 마시게. 이제부터 차근차근 이야기하리다. 댁들도 다메토모 님을 본 적이 있겠지."

시라누이 "저희들이 지쿠젠에 있을 무렵 때때로 사냥을 나가시는 모습을 뵈었습니다."

쇼카도 "오오, 그랬던가. 필시 훌륭한 대장이었겠지."

쇼카도는 애당초 시라누이가 다메토모의 아내라고는 생각지도 않고 있는 만큼 태연히 이야기를 꺼냈으나, 시라누이는 제대로 대답도 하지 못한 채 얼굴을 붉히고 있었습니다. 야쓰시로가 빙긋빙긋 웃으며 말을 받았습니다. "저도 공자님을 때때로 뵈었습니다만, 그야말로 멋지고 늠름한 분이셨습니다."

시라누이는 그저 웃고만 계셨습니다.

쇼카도 "그렇겠지. 나는 만난 적이 없으니 모르겠지만, 다른 사람들의 이야기나 그 행동을 보면 대략 그 됨됨이를 알 수 있는 법이야. 아무튼 규슈에서는 꽤나 위세를 떨쳤지. 이후 도성으로 올라가 스토쿠인 편에 가담하여 전투가 벌어졌을 때에는 여러 가지로 탁월한 책략을 상주했으나 사다이진 요리나가라는 사람이 싸움에 대하여 무지했던 까닭에 일체 그 계책을 받아들이지 않았지. 그 때문에 마침내 전투에서 패하여 안타깝게도 부친 다메요시라는 분은 체포된 후 참수되었고, 다메토모 님은 오미로 달아났으나 탕에 들어가 있을 때 5, 60명에게 포위를 당하여 사로잡혔다네. 도성에서도 처음에는 사형에 처하려는 논의가 있었으나 이 정도의 용사를 무참히 죽이면 천벌이 내릴까 두렵다 하여 팔꿈치 힘줄을 뽑고 이즈오시마라는 곳으로 유배한 게야."

시라누이 "그 소문은 얼핏얼핏 들어 알고 있습니다. 그런데 그 이후로는 어찌 되었는지 어서 듣고 싶사옵니다."

쇼카도 "물론 지금부터 이야기할 게야. 누가 뭐래도 타고난 호걸이니

오시마에 유배된 후에도 보통 죄인과 달리 그대로 적적하게 지내고 있을 사람이 아니었다네. 결국 이즈 7도를 정벌하고 그 주인이 되었는데 이 이즈 7도란 지역이 가노노스케 구도 모치미쓰라는 자의 영지였지. 아예 공물이 올라오지 않으니 모치미쓰는 이즈로 향하는 편선 일체를 끊어 버렸고, 요 10년간 오시마는 해상에 고립되어 □□의 선경(仙境)이라고까지 불리던 상황이었네. 다메토모는 도리어 외떨어진 처지를 바람직하게 여겼으나 얼마 전 모치미쓰가 상경하여 이 사건을 조정에 호소하며 다메토모를 주벌하라는 인젠을 내려 달라고 청했다네. 이에 호조, 이토 등의 무리와 결탁하여 오시마를 공격하러 나서게 되었지.”

하고 쇼카도는 차를 꿀꺽 들이켰습니다. 시라누이는 더더욱 애가 달아 자신이 무릎걸음으로 다가가고 있다는 사실도 모른 채 얼른 그 다음을 듣고 싶다는 표정을 지었습니다.

쇼카도는 다시 입을 열었습니다. “그런데 이제부터가 중요한 대목이야. 내 제자는 역술가가 되어 점대를 소지하고 전국을 누비고 있는데, 마침 지난봄에 이즈에 있었어. 일부러 오시마까지 편선으로 건너가 1개월 정도 거기서 지냈기에 무슨 사정이든 잘 알고 있지. 어제 돌아와서 내게 상세히 이야기해 주었는데, 정말이지 다메토모라는 사람은 호걸이라 부를 만하네.”

한 차례 철썩 하고 모기를 때려잡은 후,

쇼카도 “아아 쓰라려. 커다란 모기로군. 이야기에 열중해서 목덜미를 이렇게 물리고 말았구먼.”

시라누이 “보세요 선생님, 그렇게 뜸을 들이지 마시고 어서 이야기를 들려주시어요.”

(1909년 12월 11일)

제53석

쇼카도 "관군은 병선 20척을 이끌고 오시마로 향했지. 징과 북을 울리며 난바다 쪽으로 2, 3정 떨어진 곳까지 다가왔으나, 아무래도 바다는 거칠고 파도가 높아 쉽사리 접안할 수 없었다네. 다메토모는 이를 보고 크게 웃으며, 그들의 간담을 서늘케 해 주겠노라고 강궁에 커다란 우는살을 메겨 날렸지. 놀랍게도 그 화살이 배 한 척의 선체를 꿰뚫고 저 멀리 떨어진 다른 배에 쿡 하고 박혔다니, 실로 엄청난 궁세야. 선체에 구멍이 뚫렸으니 바로 물이 들어왔고 200명의 군병은 배와 함께 허우적거릴 수밖에. 대부분이 바다에 빠져 익사하고 고작 3, 40인만이 다른 배까지 헤엄을 쳐 목숨을 부지했다고 하네. 이 신기에는 적도 놀라 섬으로부터 십 수 정이나 떨어진 난바다로 물러나 그저 멀찍이서 지켜보며 소란을 피울 뿐 어찌할 방법이 없었다네. 다가가면 당장 선체에 구멍이 뚫릴 테니까 말이지. 그런데 역시 다메토모는 인물이야. 아무리 적을 죽일지라도 어차피 조적이라는 오명을 얻은 이상 끝끝내 살아남는 것은 불가능하고 대단찮은 일로 죄도 없는 자들을 살해하는 것은 본의가 아니라며, 자신의 무용은 이미 충분히 보여 주었으니 이제 미련 없이 할복하여 생을 마치겠노라고 저택에 불을 지른 후 첩 사사라에와 다메요리, 시마기미라는 자식 둘의 목숨을 끊고 자결했다네. 사실 이 시마기미라는 딸은 은밀히 규슈 부근의 신관에게 양녀로 주었다는 소문도 있네만. 헌데 다메토모의 가신으로 오니야샤라는 자가 있었는데 본디 하치조지마 출신으로 다메토모가 하치조지마를 정벌할 때 수하에 들어와 가신이 되었다고 하네. 이 자가 상당히 충성스러운지라 다메토모의 시신을 적에게 넘기지 않겠노라고 뒷마당에 구멍을 파 매장하고 큰 돌을 그 위에 덮은 후 자신은 불 속으로 뛰어들어 배를 갈랐다고 하더군. 실로 용맹스러운 일이야."

시라누이가 견딜 수 없어 눈물을 뚝뚝 흘리는 모습을 힐끗 곁눈질한

쇼카도는

쇼카도 "이런, 댁은 울고 계시는군."

시라누이 "예, 정말이지 오니야샤라는 자의 충의가 대단하군요. 너무나 감동했는지 눈물이 나왔습니다."

쇼카도 "오오, 그럴 만도 하지. 감격하기 쉬운 여인의 몸이고 보면 눈물이 흐르는 것도 무리는 아냐. 아직 그 다음 이야기가 남아 있다네."

시라누이 "아무쪼록 그 이후의 이야기도 부탁드리옵니다. 여기 차를 한 잔 더 가져오너라."

여동 "예."

대답을 올린 여동은 뜨거운 물을 가져왔습니다.

쇼카도 "이거 고맙네. 노인이 되면 목이 말라서 말이지."

시라누이 "어서 마음껏 드시지요."

쇼카도 "그런데 저택이 불타 무너지는 지경에 이르기까지 추격군은 두려워서 들어가지도 못했다네. 이윽고 완전히 무너지자 가토 가게카도라는 자가 가장 먼저 달려 들어가 불에 탄 수급을 취했는데 오니야샤의 목을 다메토모의 것으로 착각하고 도성으로 보내어 효수했다니 가소롭지 짝이 없는 일이지. 그리고 군대를 물린 후 도민들은 다메토모를 매장한 자리에 자그마한 묘비 비슷한 것을 세우고 조석으로 화초 따위를 바치고 있다고 하네. 참으로 다메토모라는 인물은 보기 드문 호걸이라, 죽고 만 것이 아까울 뿐이야."

쇼카도가 입담 좋게 이야기하는 것을 들으며 내로라하는 여장부인 시라누이도 자신의 부군이 결국 세상을 떠났다니 어찌 자기 혼자 살아남을 수 있으랴, 이제야말로 스스로 생명을 끊어야겠다고 결심을 굳히셨습니다. 그 사이에 쇼카도는 세상 돌아가는 이야기를 하다가 돌아갔습니다.

쇼카도가 돌아가기가 무섭게 참고 또 참았던 눈물이 한꺼번에 터져

통곡을 하며 자리에 엎드렸습니다. 야쓰시로도 차마 위로할 말이 없어 함께 눈물을 흘리며 비탄에 젖었습니다. 시라누이가 지금이라도 목숨을 끊을 듯한 모습을 보며 "보소서 마님, 그렇게 탄식하셔도 하는 수 없사옵니다. 쇼카도의 말도 사실인지 아닌지 모르는 일입니다. 아무리 제자가 보고 왔다 하더라도 수백 리나 떨어져 있는 곳인데 그렇게 확실히 알 수 있는 사정이 아니옵니다. 내일 기헤이지가 찾아보면 그와 상의한 후 일단 오시마까지 가 보기로 하는 것이 어떠할는지요."

시라누이 "오오, 그것도 좋은 생각이로구나. 내일 기헤이지와 이야기 하여 상황에 따라 오시마로 향하도록 하자. 우리 부군이 돌아가셨다면 이제 배도 다닐 테니까………"

하고 겨우 눈물을 닦고 잠자리에 드셨으나 그날 밤은 조금도 잠을 이루지 못하고 흐느껴 울면서 밤을 지새우셨습니다.

다음날 기헤이지가 찾아왔을 때 예의 사정을 이야기하자 "그게 좋겠군요" 하고 대답했습니다. 시라누이도 마음을 정하고 기헤이지, 야쓰시로와 여동 하나를 데리고 주종 4인이 채비를 갖추어 그곳을 떠나 머나먼 오시마를 향하여 출발했습니다.

(1909년 12월 12일)

제54석

시라누이 주종 4인은 되도록 사람 눈에 띄지 않게끔 길을 서둘러, 이윽고 엔슈(遠州)[247]의 하마나 군(濱名郡) 마쓰시마무라(松島村)라는 바닷가에 이르렀습니다. 이곳은 바다가 거칠기로 유명한 엔슈나다(遠州灘)[248]의 해역으로, 도카이도(東海道)[249]로부터 2리 정도 남쪽으로 떨어

---

247) 현재의 시즈오카 현 서부에 해당하는 도토우미노쿠니(遠江國)의 이칭.

진 곳이자 덴류가와(天龍川)[250]가 바다로 흘러드는 강어귀였습니다.

무슨 이유로 시라누이 주종이 일부터 이 마쓰시마무라를 찾아왔는 고 하니, 이전 다자이후에서 다메토모가 세력을 떨칠 무렵 하인으로 부리던 도스케(藤助)라는 사내가 이 마을 출신인데, 어느 해인가 늙은 부친의 병환으로 인하여 하직하고 귀향하게 되었습니다. 픽이나 정직한 사내로, 이 자가 어째서 규슈로 왔는가 하면 슌슈(駿州)[251] 시미즈 항(淸水港)에서 선주의 부탁으로 배에 많은 양의 목화를 싣고 시코쿠 (四國) 근처로 향하던 도중 바람을 만나 배가 표류하여 지쿠젠에 도착한 것이었습니다. 그때 다메토모의 가신이 도움을 주고 크게 인정을 베풀었기 때문에 그 은혜를 잊을 수 없다고 고향에 돌아간 후에도 일부러 파발꾼에게 서면 따위를 들려 다메토모의 안부를 묻게 되었습니다. 그 당시의 일을 떠올린 시라누이는 일단 도스케의 집에 들러 보고자 이렇게 마쓰시마무라를 방문한 것이었습니다. 상황에 따라서는 이 마을에서 오시마로 건너가려는 생각도 있었습니다.

도스케의 집은 유센지(祐泉寺)라는 절의 문 앞이라 쉽게 찾을 수 있는 깔끔한 집이었습니다. 문 앞에서 기헤이지가 주인을 불렀습니다.

기헤이지 "실례하겠소이다."

도스케 "이거 참 귀한 날도 다 있군요. 기헤이지 님께서 오시다니. 자아 자, 어서 이쪽으로……"

---

248) 시즈오카 현의 오마에자키(御前崎)로부터 아이치 현의 이라고(伊良湖) 곶에 이르는 태평양 해역.

249) 태평양 연안의 해안선을 따라 일본의 동부 지역과 서부 지역을 연결하는 가도(街道).

250) 주부 지방(中部地方)을 흐르는 강. 현재의 나가노 현(長野縣) 스와코(諏訪湖)에서 발원하여 이나 분지(伊那盆地)를 거쳐 시즈오카 현 하마마쓰 시(浜松市) 동쪽에서 태평양으로 흘러든다. 총 길이 213km.

251) 현재의 시즈오카 현 중앙부에 해당하는 스루가노쿠니의 이칭.

기헤이지 "주인께서도 함께 오셨으니……"

도스케 "이런, 잘 오셨습니다. 전부터 귓결로 소문을 듣고 있었사오나……… 어찌 되었건 누추한 곳이오나 들어오시지요."

그는 즉시 발을 씻을 물을 대야에 길어 가져왔습니다. 시라누이 주종은 발을 씻고 안으로 들어가 오랜만에 만나게 된 인사를 나누었습니다. 도스케는 아내 오나미(お浪)와 단둘이 살며 자식을 두지 않았으므로 시골이라고는 해도 말끔히 정돈되어 있는 집이었습니다. 이웃집도 멀리 떨어져 있었으므로 어느 정도 큰 소리를 내더라도 다른 사람들이 눈치를 챌 리 없었습니다.

기헤이지는 공자의 지난 일을 상세히 밝힌 후 이번에 오시마로 건너가려 하는데 혹시 가능하다면 이곳 포구에서 배를 내어 줄 수 있겠느냐고 기탄없이 청을 넣었습니다.

도스케 "물론 좋고말고요. 이 마을 어부를 두세 사람 골라 배로 출발한다면 대단한 폭풍이 오지 않는 이상 오시마 정도는 아무 것도 아닙니다. 헌데 내일은 이 마을에 약간 일이 있어서 다소 소란스러울 테니 부디 4, 5일만 기다려 주시옵소서."

기헤이지 "뭔가 도스케. 마을이 소란스러울 거라니……"

도스케 "무슨 일인가 하면, 여기 덴류가와가 바다로 흘러드는 하구에서 2정 정도 상류에 위치한 오마가후치(逢魔が淵)라는 늪에 한 마리의 요괴가 살고 있는데, 이 요괴가 때때로 마을에 해를 끼치고 있습니다. 마을의 젊은 처자나 아이들을 매우 좋아해서 그 늪 근처에 어린아이나 처녀가 다가가면 참으로 위험합니다. 그래서 매년 마을 제례일에 아이 둘과 처녀 둘을 그 요괴에게 바치는 것이 상례가 되었습니다. 내일은 그 제례가 있으므로 기치에몬(吉右衛門)의 아들 둘, 저희들과는 분가 관계에 있는 집의 딸 둘을 산제물로 강의 늪까지 데려가는 것이옵니다. 마을 사람들이 여럿 모여 징이나 북을 치며 데려가서 모밀잣밤나

무 아래 강가에 두고 돌아옵니다. 그러면 정체를 알 수 없는 거대한 괴물이 홀연히 물위로 떠올라 그 아이들을 한 명씩 먹어치운다고 하니, 누구보다도 아이 부모들은 2, 3일 전부터 울면서 밤을 지새우고 있사옵니다."

기헤이지 "그게 무슨 말인가, 어리석구먼. 괴물 따위에게 인간의 아이를 빼앗겨서야 될 일인가. 내가 퇴치해 주겠네."

도스케 "말씀은 감사하오나 혹시 섣불리 건드렸다가 실패하면 당장 큰물이 마을의 논밭을 덮쳐 전부 물바다가 되고 말 것입니다. 이전에도 당당한 무사께서 내가 퇴치해 주겠다고 말씀하셨으나 강변에 서자마자 단숨에 먹히고 말았습니다. 아무튼 꽤나 호흡이 강력한 괴물이라 여겨지옵니다."

기헤이지 "별 거 있겠나. 기껏해야 알 만한 물고기 나부랭이가 나이깨나 먹은 것이겠지."

도스케 "혹은 물속에 살면서 들숨이 강력하다고 하니 개구리 요괴라는 소문도 있사옵니다. 그 후에는 명망 높은 스님께서도 찾아오셔서 자신의 법력으로 퇴치해 주겠다고 하셨습니다. 강가에서 일심불란으로 염불을 외고 계셨는데 역시 괴물이 한입에 삼키고 말았습니다. 아무리 대단할 분일지라도 곁으로 다가가면 괴물이 한 호흡에 삼켜 버리는 것입니다."

(1909년 12월 14일)

제55석

기헤이지는 껄껄 웃더니

기헤이지 "그렇군. 괴물이 뭔가를 강하게 빨아들이는 힘을 가지고 있는지도 모르겠네만, 이 몸은 곁으로 다가가 괴물과 싸우는 것이 아니라네. 멀리 떨어진 곳에 몸을 감추고 있다가 돌팔매를 날려 한 방에 녀석의 정수리를 박살내 주지. 내 돌팔매는 8정 이내라면 백발백중, 한 발도 벗어난 적이 없다네. 그러니 내일 밤 내가 돌을 던져 괴물을 처단해 주겠네."

도스케 "그렇사옵니까. 그렇다면 송구스럽습니다만 시도해 보십시다."

그리하여 다음날이 되자 마을 제례 때문에 꽤나 북적거리고 있었습니다. 예의 어린아이 넷, 사내아이 둘과 계집아이 둘을 마을 젊은이들이 가마에 태우고 강가로 데려갔습니다. 여럿이서 징과 북을 울리며 데려가는데, 네 아이는 가마 안에서 흑흑 흐느껴 울고 있었습니다.

기헤이지는 적당한 돌을 열 개 정도 골라 주머니에 넣어 허리에 차고 강변에 이르렀습니다. 그 모밀잣밤나무 곁에서 어린아이 넷과 함께 언제 괴물이 나타날까 하고 물 위를 노려보며 기다리고 있었습니다.

밤이 점점 깊어 가는 가운데 제례의 북 소리도 끊어져, 멀리서 들려오는 것은 밤을 알리는 딱따기 소리 뿐. 그러던 중에 쉭쉭 하고 비린내가 풍기는 바람이 부는가 싶더니 돌연 시커먼 물체가 물 위로 떠올랐습니다. 기헤이지가 달그림자 아래서 보니 둥글게 빛을 발하고 있는 두 개의 물체가 양 눈임에 틀림없다 생각되었습니다. 잽싸게 주머니 속에서 돌을 꺼내어 정수리라 짐작되는 위치를 겨냥하여 던졌습니다.

힘으로 이름난 기헤이지가 던진 돌은 튕겨 나가지 않고 우지직 소리를 내며 괴물의 정수리를 파고들었습니다. 검은 피가 주변에 튀었고, 기헤이지는 사이를 두지 않고 두 번째, 세 번째, 네 번째, 다섯 번째, 여섯 번째, 일곱 번째, 여덟 번째, 아홉 번째, 열 번째 돌팔매를 연달아 날렸습니다. 돌멩이는 전부 괴물의 신체에 파고들었고, 괴물은 깊은 늪 아래로 모습을 숨길 틈도 없이 여러 번 물기둥을 뿜더니 이윽고 물속에서 괴로워하다가 죽고 말았습니다.

기헤이지는 즉시 네 명의 아이를 데리고 마을로 돌아왔습니다. 마을 사람들은 크게 기뻐했고, 다음날 강가로 가 보니 길이 2장은 됨직한 정도의 시커먼 괴물이 죽은 채 떠 있었습니다. 메기 같기도 하고 개구리처럼 보이기도 하는 기이한 형태의 괴물이었습니다.

"이렇게 마을에 재앙을 끼치는 괴물을 퇴치해 주시다니" 하며 일동은 기헤이지를 신처럼 존경했고, 이후 기헤이지는 마을 사람들에게 사실을 밝혀 오시마로 건너가고 싶다고 요청했습니다.

마을 사람들도 그런 사정이 있다면 영주님께는 비밀로 한 채 오시마로 보내 드리겠노라고 약조한 후 굴강한 어부 8, 9인이 이끄는 어선에 시라누이 주종을 태워 오시마로 출발했습니다. 원래부터 엔슈나다의 거친 파도 위에서 아무렇지도 않게 노를 젓는 어부들이니, 별 어려움 없이 오시마에 도착할 수 있었습니다.

시라누이 주종은 도민들에게 물어 다메토모의 저택이 타고 남은 터를 찾았습니다. 네 사람은 저도 모르게 흐르는 눈물에 목이 메었습니다. 저 쇼카도가 이야기한 것과 같이 뒷마당이었다고 생각되는 장소에 커다란 돌 하나가 있었고, 그 자리를 파 보니 다메토모의 시신이 나왔습니다.

눈물을 흘리며 시신을 꺼내고 땔감을 주워 불을 붙였습니다. 시신을 화장하고 그 뼈를 품에 간직한 채 다시 배를 타고 마쓰시마무라로 돌아왔지만, 이후 시라누이 주종 4인이 어디로 향했는지 그 행방은 알 수 없었습니다.

일설에는 교토 사가(嵯峨)[252]의 깊은 산속에 다메토모의 뼈를 매장한

---

252) 현재의 교토 시 우쿄 구(右京區) 아라시야마(嵐山)로부터 오무로(御室) 부근의 지

후 시라누이 아씨는 자그마한 암자를 엮어 여승이 되었으며, 70세의 나이로 숨을 거두었다고 합니다. 또한 기헤이지 부부는 다시 분고의 산속에 들어가 시라누이와 함께 지냈다고도 합니다. 다메토모 공자가 오시마에서 자결하지 않고 일단 하치조지마로 몸을 피했다가 류큐로 향했다는 설도 있으며, 기헤이지도 그때 함께 류큐로 건너갔다고 합니다. 바킨 옹의 『유미하리즈키』는 이 전설을 택하고 있습니다.

어느 이야기가 사실인지는 알 수 없으나, 고금무쌍의 호걸 하치로 다메토모에 대한 역사의 기록은 오시마에서 목숨을 끊었다는 것입니다. 꽤나 지루하셨으리라 생각합니다만, 일단 이 고단도 여기서 마무리를 짓도록 하겠습니다. (대미)

(1909년 12월 15일)

[이윤지 역]

명. 벚꽃과 단풍의 명소이다.

경성약보
京城藥報

형수님(義姉さん)

세이빈(星濱)

"……………………………………."

사람이 살지 않는 멀고 먼 깊은 숲 쪽에서 들리는 마신(魔神)이 친구를 부르는 듯한 불쾌한 한숨 소리. 형수님의 입에서 흘러나온 신음은 배에서 위 막을 뚫고 울려 퍼져 땅속까지 전해지고, 그 흥은 마치 동료를 초대하는 것 같이 나의 고막을 때렸다. 소리는 경부를 타고 전해져 신경 중추로 퍼졌다. 낮에 간호하느라 피곤함에 지친 몸을 옆으로 뉘어 아무것도 인식되지 않았던 나의 신경은 방금의 자극으로 죽음의 경계에서 반의식 상태로 돌아왔다.

"……………………………………."

두 번째 신음이 다시 귓가로 전해진다.

환상의 세계로부터 의식이 명료해지더니 어느샌가 죽음의 거리가 사라졌다. 나는 겨우 베개에서 벗어났다. 어두운 밤빛으로 물든 육조의 방은 있는지 없는지도 모를 서양 전등이 여명을 지켜내고 있었다. 희미한 불빛은 이 척 정도 다다미를 비추고 있었다. 나는 신음의 경로를 쫓아 형수님의 병상으로 시선을 떨어트렸다. 커다란 당초 무늬 잠옷이 연둣빛으로 물들어 있었고 그 옷깃 사이로 삐져나온 형수님의 옆얼굴은 서양 전등 빛의 흔적을 받고 있었다. 움푹 들어간 그늘진 볼과 떨어지지 않으려고 버티는 아무렇게나 묶은 검은 머리가 지나간 봄날 밤의 베개에 늘어져서 속삭이던 이야기를 잊어버린 채, 여러 줄기가 흩트려져 ──────── 윤기조차 잃어버렸다.

"아, 가엾게도 ────────."

가엽다고 하면 넋두리일 뿐이다. 불쌍하다고 말하지 않으면 세상을 원망하고 싶어진다. 열불을 내면 동정의 말도 나올 것이다. 사랑을 빼앗긴 나의 마음은 눈물조차 나오지 않는다. 여자를 원망하고 세상을 원망하고 그래서 원한의 불을 하늘로 던져버려서 세상 모든 사람이 불타버린다면 살짝 미소를 지을 수 있을 것이다. 온갖 소리가 밤의 기운을 깨웠다. 옆집 시계가 세 시를 울린다. 멀리 기차 소리일 것이다. 기계가 움직이는 진동이 지구의 상피를 뚫을 듯이 들려온다. ————— ————— 지옥 가마!? 청귀와 적귀에게 끌려가 아비규환으로 괴로워하는 망자의 목소리, 지금 저 바퀴가 실현해주는 것이 아닐까. 귀족이나 부자나 혹은 이루어질 수 없는 사랑에 승리를 얻은 세상 사람들은 꿈에서도 이러한 번뇌의 소리조차 들리지 않을 것이다 —————————.

나는 싸늘한 미소를 지었다.

"불쾌하군…………."

오는 사랑의 마귀를 피하고, 떠다니는 융단 위에 정좌한 마귀의 외침…………. 망자가 한숨을 쉬는 소리는 점점 가까워졌다. 불쾌하다고 생각한 찰나 그 느낌은 사라지고 점점 다가오는 이상한 소리가 조용하게 귀에 속삭이자 모든 관념이 사라지고 3촌의 신경 마디는 점점 나의 정신을 하늘로 날려버리고 이 불가마를 보려는 중추의 소곤거림. ————————— 그 순간 ………… 그 찰나에 형이 있는지 나의 신경은 반문했다.

형은 학사이다. 대학생이 쓰는 사각모를 쓰고 커다란 졸업증서를 품고 아카몬[1]을 나온 사람이다. 그때 형수님은 마가렛 묶기를 하고 형과 사진을 찍었다. 이 방의 작은 도코노마 구석에서 티끌만큼 원망

---

[1] 도쿄 대학의 상징으로 대학 정문을 아카몬으로 부른다.

도 못하고 사진을 품고 있던 그때의 기억이 있다.

떠오르는 태양이 아름답게 하늘을 물들이고 봄을 몇 천 년의 과거로 보내고는 형수님은 우리 집으로 시집왔다. 그러나 봄의 아름다움은 외견뿐이었고 아름다운 형수님의 얼굴에는 수심의 그림자가 끊이지 않고 배회하고 있었다.

그리고 커져만 가는 나의 정열이, 죄라고 생각하면 포기할 수 있다. 퍽하고 바위에 부닥치고 흰 눈처럼 사라지는 흔들리는 감정을 참고 또 참았다. 먼 미래 끝까지 이어지는 질투였다. 꿀을 품은 꽃은 아름답게 피고 핀 꽃에 벌이 오가는 것은 밥을 먹기 위한 것이다. 벌은 알지 못하는 벌판과 하늘을 날면서 노래하고 꿀과 꽃을 즐긴다. 그리고 평온한 봄을 보낸다.

형은 언젠가 형수님에게 이렇게 물었다.

"부인의 첫사랑을 결혼 전 이미 다른 사람에게 빼앗겨 버려서 ——————————."

형수님의 마음은 전율과 공포의 파도에 휩쓸리듯이 불안해했다. 형수님의 청초한 사랑은 이미 망가졌던 것인가 ——————————. 나는 감은 눈을 뜨고 방을 둘러보았다. 고요한 밤공기를 품고 영원히 이 상태로 시간이 멈춘 것 같았다. 기차 소리는 이미 침묵의 거리를 점점 점화시켰고 석고상 같은 형수님의 입에서 희미하게 숨소리가 흘러나왔다. 나는 다시 한번 눈을 감았다.

눈을 감은 순간 다시 형의 말이 떠올랐다. 형수님의 육체는 이미 빈껍데기 —————————— 라고 형은 생각했다. 그리고는 ……??

"사랑 때문에 우는 남자!!!"

나는 나도 모르게 비웃었다.

……………형수님은 울었다. 나도 울고 난 눈에 머금은 눈물 한 방물을 소매로 닦았다. 그러나 형수님은 몰라야 한다. 형의 부인이다.

"…………………………"

세 번째 신음이 흘러나왔다. 밤의 장막을 깨고 나에게까지 들렸다. 이 모든 상상을 신경에서 떨쳐버린 나의 몸은 무의식적으로 형수님의 머리맡으로 가서 앉았다. 흩트러진 잠옷 소매로 차가운 바람이 들어간다. 형수님은 가늘게 눈을 뜨고 이렇게 말했다.

"류(隆) 상 용서해주세요. …………"

나는 아무런 대답을 하지 못했다.

"당신이…………. 당신이 학교를 중단하고 결국 그만두게 되었다는 것을 다 알고 있었어요. 세상이……. 세상 사람들이 저와…………."

멈추어 버린 이야기의 끝은 가슴 속에 품고 고민하다가 말을 꺼냈다.

"저의 병은 이제는 낫지 않을 거예요."

"바보처럼 그런 약한 생각을 하면 안 됩니다 ——————."

나는 형수님의 말을 끊어버렸다.

"아니 말하게 해주세요. 저는…………. 저는 하느님께 약속하고 참회………. 참회해야 해요. 류 상 저는 남편에게 버림받았어요. 사랑이 없는 육체는 죽은 육체예요. 아, 괴로워요. 이 버림받은 몸을 류 상이 걷어주시고 ——————."

씨가 없는 과일을 보내는 것은 난잡한 것이다.

아카몬을 나온 형은 아름다운 과일에 씨가 없는 것을 분개하면서 행방을 감추었다. 형과 함께 간 사람은 기녀라는 것을 풍문으로 알게 되었다. 그러나 형수님은 여전히 형의 부인이다. 씨가 없는 과일이라도 손가락 하나도 물들이지 못하는 몸이다.

형수님은 이불을 박차고 일어났다. 얇은 허리띠를 풀자 잠옷 깃 사이로 눈처럼 하얀 작은 유방이 반쯤 드러났다. 잠옷 사이로 붉게 물든 몸이 보였다.

슬픈 아름다움…………가련한 아름다움…………

무의식적으로 움직이는 형수는 말에 힘을 주어서

"류 상……. 저는, 저는 당신의 간호를 진심으로 감사하게 생각하고 있어요. 당신이 마음에 가득 품고 있는 아름다운 소원을 들어드릴게 요…………."

아름다운 사람에게 어울리지 않은 향기를 내며 상아로 된 궁을 참배하는 화려한 얼굴은 신비의 경계를 넘어 천국에서 놀고 있다. 과거의 봄을 추억하며 우리의 욕구를 충족시키는 것은 속인의 행동이다. 나는 이렇게 생각했다.

기침으로 괴로워하는 형수의 얼굴은 점점 망연자실해졌다.

"아 ————————."

형수의 목소리가 날카롭게 귀를 때렸다.

"형수님, 정신 차리세요."

팔을 뻗어 옆의 약병을 집었다.

"류 상, 물 ————————. 물을 ————————."

나를 꾸짖듯이 한 편의 연기가 되어버린 순간의 위안은 저승의 출발을 알리고 있었다. 나는 형수님의 입으로 물을 가져갔다. 잠든 것 같은 얼굴은 다시 여신으로 돌아왔다. 넋을 잃은 듯 형수님은 입을 벌리지 않았다.

나는 의식의 감정에서 벗어나 물을 입에 물었다. 그리고 형수님의 입으로……. 그 순간!? 꽉 쥔 손이 유방에 닿았다. 심장은 새롭게 피가 뿜어 나왔다.

———————— 죽음의 형상은 아름답고 화창하게 되돌아왔다. 아 슬픈 사랑, 가련한 사랑이여 ————————!!

(1908년 3월 3일)

[이현희 역]

타산지석(他山の石)

후라이시(風來子)

손님이 있는 해에는 오십 고개를 둘, 셋 넘어 오사카(大阪) 선착장의 옆 편에 성대한 점포를 차렸다. 할아버지부터 대대로 물려받은 상점 포렴은 이 지역을 하얗게 물들였고 가게 이름은 무한한 세월과 비바람을 맞고 기억하는 사람조차 없을 정도로 오래되었다. 이와 함께 상점의 신용은 태산처럼 크고 높아졌고 육지와 바다로 넓혀갔으며, 일상 거래는 점점 커져 가고 있었다. 종업원 십 수 명을 고용하여 땀을 흘리면서 가업의 업무를 다하게 하면서 모 회사의 중역들은 대표이사가 되었다. 지금 시대에 어울리는 설렘으로 가득해 보이는 한 신사가 있었다. 이 자는 일본에서만 영업하기를 싫어해서, 한국에서 큰 사업을 일으키고자 시찰을 위해 이곳 미카즈키(三日月) 여관에 머물렀다. 그러던 어느 날, 후라이시는 그 신사에게 동종 업종의 시찰담을 들었는데, 시절이 이러하여 타산지석처럼 가치가 없다고 한다면 지금부터 기술하는 것은 의미가 없을 것이다.

잘 아시겠지만 제가 태어난 오사카의 선착장은 세상 모두가 아는 완고한 사람들이 모여들어 만들어진 구획으로, 여기에서 제가 20년 전 서른 몇 살 때쯤입니다. 아메리카의 학교로 공부를 위해 나가게 되었습니다. 그때 이웃 사람들은 제가 보는 앞에서는 각종 칭찬을 해 주었습니다만, 뒤에서는 그 나이에 학문을 한들 무슨 성과가 있겠냐며, 그것보다 선조 대대로 이어온 재산을 지키는 것이 중요하다고 말했고, 자식이 있는 부모들은 자식에게 제 일을 반은 웃음거리로 반은 비난거리로 삼기도 했습니다. 몇 년 후 저는 무사히 돌아왔습니다. 처음 저를 비웃었던 사람 중에는 부모님이 주신 재산이 다른 사람에게 넘어간 자도 있었습니다. 그때 저의 재산이라고 하면 부끄럽습니다만, 겨우 2천 엔이 조금 미치지 않았습니다. 하지만 그 후는 제 한 몸 희생해서 열심히 일한 결과, 아시는 바와 같이 재산을 모으게 되었습니다. 내년에는 150만 정도 모일 것 같습니다. 그때에는 축하연을 열어 초대하겠습니다.

그러나 이 정도의 부를 얻게 된 원인을 말하자면, □□의 방법보다 조금 더 부끄러운 방법으로 솜씨를 부렸습니다. 경제적으로 자본이 풍부한 자는 동업종 또는 그 이하의 사람을 휘하에 두는 경우가 있는 것처럼, 상업에서도 수단과 방법이 정교한 자는 대부분은 승자가 됩니다. 즉 성공한 사람이 되는 겁니다. 상업에서의 저의 주의는 이와 같으며, 이번에 한국으로 건너온 이유도 이러합니다.

상대방, 저의 동업 경쟁자는 몇 명이든 간에, 청인이나 양인이겠죠. 고객은 물론 한인이겠죠. 그렇다면 청인이나 양인에게 뒤쳐지지 않도록 장사한다면 일본약상(日本藥商) 만세라고 하겠죠. 그러나 지금처럼 동업종이 매월 작은 이익에 만족하는 사이, 외인이 재미있는 거래를 하는 것을 눈치를 채지 못하고 있습니다. 저는 지금 동업종 모든 분의 분발을 촉구합니다.

원래 한국 지역 경성의 용산에 있는 동업종은 약 6, 70명 정도로 보면 될 것입니다. 이분들이 한인에게 파는 약품 가격은 어느 정도입니까. 아마도 적은 가격이겠지요. 저의 상품도 약품입니다. 판매는 일본약상에 위탁하지 않았습니다만, 1년째 해당 지역만으로 3만 5천 원 정도 됩니다. 지금 만약 이를 일본약상에 위탁한다면 약 반 정도 또는 그 이하로까지 감소하겠지요. 게다가 상점 유지상 일본 상인을 버리게 되면 청인이나 양인에게 위임하게 될 것입니다. 얼마나 개탄할 일입니까. 그렇지만 원인이라고 한다면 일본약상의 상업 태도의 졸렬함 때문이 아닌가 합니다.

상업계에서는 먼저 광고가 가장 필요합니다. 광고에 대해서는 상인인 사람이 피로할 정도로 보여주어야만 합니다. 광고의 교묘하고 졸렬한 것은 판매하는 데 커다란 관계가 있다는 것입니다. 자만은 아닙니다만 제가 아메리카의 학교에서 수업한 것이라고 하면 단순하게 제약 화학 관련 작은 것만으로 소위 이것은 죽은 학문으로, 산 학문이라고 한다면 광고학 정도이겠지요. 그러나 목하 저의 부귀의 원인 중 하나는 하늘이 도운 것도 있겠지만, 대부분 광고 때문이라고 생각합니다.

지금 제가 도한(渡韓) 일본약상의 상황을 살펴보니 그 대부분이 상업이라고 하는 것에 무관심한 것처럼 보입니다. 저의 약품을 판매하기 위해서 손님을 찾기 위해서 일본인 발간의 일본자 신문에 광고를 내거나, 지방의 손님을 찾아내는 성질의 것을 비교적 전국으로 배부하는 출판물에 광고하는 것이 과연 어느 정도 효과가 있을까요. 이것만으로도 광고 대금은 손해입니다. 소소하게 일본인 거류자 손님을 끌어올 수는 있겠지요. 하지만 그것은 아주 작은 것입니다. 결국, 물건은 팔리지 않고, 자금은 고정되고 융통은 듣지 않게 될 겁니다.

모든 상업은 넓혀나가야 합니다. 한국에서는 일본인보다는 한국인이 다수입니다. 그렇다면 본위는 한국인입니다. 한인에게 팔기 위해서는 한인에게 맞는 방법을 찾아야만 합니다. 이것이 바로 광고의 육하원칙입니다. 그러나 상품 판매를 한인 상대로 한다면 한 사람에 대한 이익은 물론 작겠지요. 하지만 수가 많으니까 정산하면 큰 이익이 됩니다. 한 번에 폭리를 취하려고 하는 것은 예전 수법으로 지금은 점차적인 방법 속에서 이익을 획득해야 합니다. 여기서 지금 말하는 상대는 일본인처럼 과민하지 않지만, 최초의 매상에는 노력이 필요합니다. 그러나 한번 신용을 얻으면 쉽게는 부정기적이거나 커다란 실패가 없는 한 처음의 이익을 유지할 수 있습니다. 재미있는 일도 있습니다.

예를 들어 청인이나 양인의 방법을 보아도 명확하지 않습니까. 게다가 저는 동업종에 우호적인 이 땅에 사는 모든 사람에게 첫 번째로 광고를 디자인해서 이용하고 싶습니다. 광고라고 해도 대단한 비용이 드는 것이 아닙니다. 방법에 따라서 1원의 광고료가 나중에 천 원의 요금이 드는 것과 비교해 효과가 있는 것도 있습니다. 지금 가까운 사례를 들자면 제가 청국 특히 청나라 남쪽(南淸) 지역에서 이용한 방법을 이야기하니 참고가 되었으면 합니다. (미완)

(1908년 4월 3일)

타산지석(他山の石) (이전 회에 이어서)

저는 처음 먼저 청국의 내지 시찰을 하고자 그 지역으로 떠났습니다. 상하이(上海) 근방의 시골에서 한커우(漢口)까지 약 4개월을 투자해서 풍속인정을 조사했습니다. 여기서 방문을 통해 일반 속인의 귀와 눈이 되는 계급의 자가 어떠한 사람인지를 세심하게 주의해서 보았습니다. 그런데 그자는 당당한 모습에 겉치레가 있는 계급과 지위가 높은 관인이 아니었습니다. 다시 말해서 항상 인근에서 민중을 이야기 대상으로 유유자적 보내는 독서인, 그 사람들이었습니다. 이처럼 독서인이라고 불리는 사람은 비교적 학식이 있는 사람들이었습니다. 고문이나 시문을 독파하고, 이를 구어로 민중에게 이야기를 해주는 사람이었습니다. 이야기 도매상이라고 말하는 사람들이었습니다. 이처럼 독서인은 청국 방방곡곡 마을마다 많이 있었습니다. 그들 또한 태어나서부터 읽기를 하는 것은 아닙니다. 대부분 태어나서 6, 7세가 되면 남녀가 같은 좌석에 앉지 않는다고 합니다. 그 시절부터 남녀의 구별을 하게 됩니다. 그래서 여자아이는 추잡하게 남자 속에서 놀지 않습니다. 또한, 남자아이는 그때부터 서당(寺子屋)[1] 같은 곳을 다니며 사서나 오경을 배우게 됩니다. 그런데 이들 교사라는 사람은 바로 시골의 학자로 그 사람들은 마을 사람들의 한없는 존경을 받는 자입니다. 삼척 떨어져서 스승의 그림자를 밟지 말라고 하는 말처럼 표면적이라고 해도 이 시골 학자의 숨겨진 저력은 큰 것이었습니다. 여기서 저는 조금 교활하다고 할지 모르지만, 저의 장사에서 상품 발매 광고에 이 시골 학자를 이용하자는 생각을 하고 점원과 여러 가지로 상담을 한 후 다음과 같은 방법을 시도했습니다.

각 촌락을 오고 가는 길과 헷갈리는 길옆에 길 안내 표지판을 세웠습니다. 그 표지판 한 면에는 각 촌과 읍의 지나가는 길을 적고 다른 한 면에는 그 촌과 읍에서 명망이 있는 시골 학자의 이름을 적고 나아가 저의 상품 이름과 판매처 명을 썼습니다. 그러자 각 촌의 주민은 본래 존경하는 시골 학자의 이름이 누구라도 잘 보이는 곳에 세워져 있는 표지판 겉면에 쓰여 있어서 크게 기뻐하며 표지판을 환영했습니다. 사람들 이야기로는 어떤 곳의 표지판에는 향이나 공물을 놓은 곳도 있다고 합니다. 따라서 표지판은 많은 사람의 주목을 받게 되었습니다. 그리고 저의 상품명도 많은 사람이 알게 되었습니다.

하지만 이 시기에는 아직 상품을 판매할 준비가 되지 않았습니다만, 각 판매점에는 손님의 주문이 많이 들어왔습니다. 그래서 판매점에서는 저의 본점에 급히 상품을 발송해달라는 연락이 왔습니다. 처음 파는 상품 판매에 이처럼 경기가 좋은 적이 없었습니다. 그래서 제2기, 제3기 광고가 필요했습니다. 잘 아시는 바와 같이 광고라는 것은 물론 상품의 종류에 따릅니다만, 한번 성대하게 한 것만으로는 아무런 도움

---

1) 무로마치(室町) 중기부터 메이지(明治) 초기까지, 무사, 승려, 신관, 의사 등의 지식 인층이 주로 서민의 아이를 대상으로 연 사설 교육기관

이 되지 않습니다. 효과가 조금은 있겠지만 그것은 손해를 보는 방법으로 어떻게 하냐고 말씀을 드리자면, 사람들이 상품 이름을 기억할 때까지는 계속해서 광고해야 합니다. 사례를 말씀드리자면, 도쿄(東京)의 나가세(長瀬) 씨의 가오(花王) 비누의 광고 방법 등은 상당히 교묘한 것입니다. 오늘날 아마도 그 제품만큼 세상에 많이 알려진 것은 없을 겁니다. 이야기가 조금 벗어났습니다만, 여하튼 저는 제2기 광고를 했습니다. 그것은 점원인 아베(安部) 씨의 의견이었습니다만, 청색, 홍색, 황색 등 십 수 종의 색지에 고문(古文), 언문(諺文), 시문(時文)으로 좋은 뜻을 지닌 글을 써서 매월 시장이나 사람들이 많은 날을 정해서 각 촌에 배부했습니다. 그것이 또한 상당히 인기를 얻었습니다. 시문으로 쓴 것을 나누어 준 날은 대부분 팔렸습니다만, 고문이나 언문으로 써서 나누어 준 날에는 읽지 못하는 사람도 있어서 그때에는 사람들은 이것을 평소 잘 아는 독서인이나 시골 학자에게 읽어 달라고 했습니다. 여기서 이를 업으로 삼는 독서인은 지금이야말로 자신의 독해력을 세상 사람에게 알리고 칭찬의 말을 듣고자 반은 자랑스럽게, 반은 친절하게 읽는다고 했습니다. 덕분에 그들은 저의 상품의 살아있는 광고판이 되어주었고, 제2기의 광고 수법은 성공했습니다. 상점은 커다란 행복을 맛보았습니다. 제3기 광고 시기로 넘어가서 말씀드리자면 이것을 그 땅에서 동종업의 외국 상인 등과의 관계도 있기 때문에 발표는 하지 않겠습니다만, 저의 생각으로는 또한 성공할 것이라고 믿고 있습니다. 여하튼 일본 상인으로서 세계라는 큰 무대에서 비책을 세워서 광고를 게재하고 있으므로 괴로운 일도 있습니다만, 재미있는 일도 있습니다. 요는 일청 무역의 융성을 기원함과 동시에 일본약상의 저력을 세계에 보여주고 싶습니다.

저의 생각으로는 한국은 청국과는 풍속인정이 다릅니다. 아직 세계의 상인도 별로 들어오지 않은 모양입니다. 광고라는 것은 미개한 토지에서야말로 가장 필요하다고 생각합니다. 후일 어떠한 경쟁자가 나타나더라도 자기 상품명이 많은 사람의 기억 속에 있다면 그 상업의 방법은 첫 번째 승리를 얻는 것이라고 저는 생각합니다. 저는 재한 일본약상 모든 분이 지금 힘을 합쳐서 분발하기를 바랍니다. 발간한 지 얼마 되지 않는 『경성약보』에 대해서 어떠한 평가의 말씀도 하지 않겠습니다만 여하튼 약업계의 명성이 되고 진전이 되어 점점 건전하게 영원히 발육할 것을 희망합니다.

(1908년 6월 3일)

[이현희 역]

용산일지출신문
龍山日之出新聞

첫사랑(初戀)

마사코(まさ子)

1회
잊을 수 없는 첫사랑에 괴로워 신세를 망친 게이샤 이야기

강가에 떠오른 대나무 속에서도 홀로 물에 떠다니는 한 게이샤의 이야기. 후회로 가득한 반생의 이야기는 흥미롭고 타락의 경로에는 동정할 만한 점도 보인다. 그녀가 살아온 지역과 게이샤 명은 이 이야기가 끝날 때까지 비밀로 하겠다.

저는 이미 더러워진 몸입니다. 이렇게 더러워진 것도 오로지 제 탓으로, 이런 연유에는 기묘한 동기가 있었습니다. 자아 그럼 들어주세요.

남자에 관해서는 담백하게 빠지는 것이 좋습니다. 저처럼 홀딱 반해버리면 빠져나올 수 없게 됩니다. 지금까지 함부로 몸을 굴린 저, 제몸을 거쳐 간 남자의 수는 꽤나 대단한 것입니다. 물론 싸잡아 합쳐서 말할 수 있습니다만, 어쩌다가 배우도 당할 수 없는 만큼 호남자나 품성이 아름다운 성격의 손님을 만나기도 했습니다. 그렇지만 제일 처음 반했던 남자를 떠올리게 되었고 바로 끌리지 않게 돼서 이상할 뿐입니다. 털어놓는 이야기가 지금 이렇게 신세를 지고 있는 분보다도 결국에는 그 남자가 좋다는 것이기 때문에 업보인가 봅니다.

이 정도로 반한 남자라면 어째서 함께 하지 않았냐고 말하는 사람도 있겠지만 그 남자를 사랑하기 때문에 함께하지 않는 겁니다. 아니요. 결코, 바보 같은 이야기가 아닙니다. 저는 고심하고 또 고심한 끝에 그렇게 정한 것입니다. 지금부터 제 이야기를 들으신다면 '과연 그랬었군.' 하고 반드시 이해하실 겁니다.

저는 고베(神戸)에서 태어나 열세 살에 오사카(大阪)로 고용살이하러 갔습니다. 지금 생각해보면 그 고용살이를 하러 가지 않았다면 지금과 달리 칠칠히 못 한 여자가 되지 않았을지도 모릅니다. 그러나 그것도 아버지를 잘못 만났기 때문이고 싫고 좋고 할 사항이 아니었습니다. 무엇보다 아직 도리를 모르는 열세 살이었으니까요. 고용살이하는 곳인 게이샤 집과 저희 부모님 사이에 어떤 이야기가 오고갔는지 그런 것은 전혀 몰랐습니다. 그저 여주인에게 혼이 났을 때 매번 너의 몸은 내가 샀으니 죽이든 살리든 본인 마음이라고 했습니다.

(1908년 11월 26일)

2회
잊을 수 없는 첫사랑에 괴로워 신세를 망친 게이샤 이야기

그런 말을 들은 어린아이 마음으로는 이상하다는 생각이 들 뿐이었습니다. 매일 혼나고, 또 혼나면서 춤과 북 연습을 했고, 열네 살 봄에 추기(雛妓)[1]가 되었습니다.

연회의 좌석에 나갔을 때, 그 모습이 추하고 참기 힘들다고 생각하지도 못했습니다. 술자리가 계속되자 여주인의 얼굴은 언제나 미소를 띠었고, 추기가 되기 전처럼 잔소리하는 일도 없이 무엇이든 친절하게 돌봐주었습니다. 그럭저럭 삼 개월이 지났습니다.

제가 처음 좌석에 나왔을 때부터 오신 손님이 사흘에 한 번씩 저를 찾아와주기 시작했을 때는 언니가 항상 같이 자리를 해주셨지만, 제가

---

1) 아직 한 사람 몫을 하지 못하는 예기를 칭한다.

일이 익숙해지자 저 혼자서 상대하게 하고 연회를 벌였습니다.

저는 너무 재미가 없어서 어떻게 해서든 언니를 불러 달라고 손님한테 재촉하면,

"흐음, 너와 이렇게 놀고 있는 것이 나는 진심으로 유쾌하다."

라고 말하고 미소를 지으며 저의 얼굴을 힐끔힐끔 보면서 끝없이 앉아서 술만 마셨습니다. 게다가 그 손님만 배웅하러 오지 않는 것이 이상하게 생각되었습니다. 결국에는 그 손님이 싫어지게 되었을 때, 큰 소동이 일어났습니다.

(1908년 12월 3일)

3회
잊을 수 없는 첫사랑에 괴로워 신세를 망친 게이샤 이야기

사람 마음을 가지고 노는 장사를 하는 게이샤 신분이지만, 나이가 나이인 만큼 아직 색정이라는 것이 전혀 없던 그 시기, 어느 날 밤 그 손님이 갑자기 제 손을 잡고 끌어안고는 술 냄새 풍기는 숨소리로 묘한 이야기를 했습니다.

"싫어용."

저는 이렇게 말하고는 저도 모르게 비명을 지르며 온 힘을 다해 그 손님을 밀쳐버렸습니다. 그리고 부리나케 방에서 도망 나오자 그 소리를 들은 하인이 무슨 일이냐며 방으로 들어가 그 손님과 작은 목소리로 이것저것 이야기를 했습니다.

"안 되겠네요."

라고 말하고는 웃었습니다.

"뒤처리를 부탁드리고 저는 이만 가겠습니다."

저는 너무 화가 나서 안절부절못하고는 하인에게 이렇게 말하고는 계산하는 곳까지 갔습니다.

"아유 좀 기다려요."

하인이 저를 멈춰 세우고는 오늘 손님이 장난을 쳐본 것이라고 몇 번이나 말해주었지요. 그런 일쯤이야 추기 신분의 머리로는 이해했지만, 그 손님이 싫다는 생각이 들어버리자 그 후 술자리가 열릴 때마다 그 손님이 아닌지 하며 그야말로 얼마나 걱정을 했는지 모릅니다. 그런데 집에 있는 사람들, 여주인을 비롯해 모든 사람은 그런 훌륭한 손님은 없다고 제일의 재산가인 젊은 도련님이니까 연을 맺어도 결코 손해 보는 일이 없을 것이라며 엄청난 행운아라고 말하는 겁니다. 제가 보기에는 전혀 좋은 손님도 아니었고 저는 행운아도 아니었습니다. 그저 너무나도 싫고 또 싫어서 참을 수 없었습니다. 그 시절은 제 마음이 그러했습니다.

(1908년 12월 9일)

4회
잊을 수 없는 첫사랑에 괴로워 신세를 망친 게이샤 이야기

이상한 소리를 들은 이후 저는 그 손님의 술자리에서는 뾰로통한 모습으로 있었고 말을 걸어와도 대답도 하지 않은 적이 종종 있었습니다. 그러나 그 손님은 질리지도 않고 저를 계속 불렀습니다. 술자리뿐만이 아니라 집까지 놀러 왔습니다. 비녀를 사주고 용돈을 주고 게타를 보내주고 평상시 입는 하오리를 만들어주는 등, 나를 위해서라며 야단법석을 떨었습니다. 그러나 저는 감사한 마음이 전혀 들지 않았고 그 손님이 준 선물은 손도 대지 않았습니다. 한번은 선물 받은 비녀를 엉망진창으로 부숴버려서 여주인에게 엄청난 잔소리를 들은 적도 있습니다.

싫어하는 마음은 점점 커져만 갔습니다. 집으로 돌아가는 길에 집 앞 격자문으로 남자의 게타라도 보이는 날이면 바로 그 손님이라고 생각하고 다른 곳으로 도망쳤다가 시간을 보내고 돌아오곤 했습니다. 그 정도로 싫었던 겁니다. 이렇게까지 싫어하는 데도 그 손님한테서 여주인과 요릿집이 돈을 받고 결국 저는 자유롭게 되었습니다. 저는 이 상황이 한심하고 원통하다는 생각이 들어서 눈물을 흘리고 식사도 제대로 하지 못하고 방구석에 몸을 둥글게 만 채 마치 병자처럼 있었습니다. 그 남자는 물론 여주인이나 요릿집 사람들이 뱀처럼 보였는지 전부 무서워했습니다.

(1908년 12월 15일)

[이현희 역]

독자의 영역(讀者の領分)
▲소품문(小品文)▲

◎우감풍언(偶感諷言)

모토마치 도사카(元町 東坂)

무슨 일이 있어도 장군(大將)이 될 것이라고 기세등등한 얼굴을 내
보이는 고에보(肥坊) 옆에서 야세보(瘠坊)가 자신을 대장(隊長)으로 만
들어 달라고 말을 꺼냈다. 고에보가 저번에도 울어놓고서는 뻔뻔하다
고 욕을 하자, '그건 너의 성격이야. 불가능하다고' 라며 야세보도 지지
않고 말했다. '건방진 것! 뭐라고' 라면서 두 사람이 싸움을 시작했다.

때리고, 구르고, 울고, 소리치고, 엄청난 소동이 일어난 것을 2층에
서 내려다보면서 '두 사람 모두 안 되겠네. 장군에게는 내가 필요해.'
라고 생각한 간보(官坊)의 외치는 소리에, 먼지투성이, 흙투성이, 피투
성이가 된 고에보와 야세보는 서로 얼굴을 바라보고는 아…….

베이옹 평(米翁評) 그러하다 그러해. 분명 시대의 폐해를 풍자하고
있구나.

◎나의 거취(僕の進退)

오이마쓰초(老松町) 셋켄(赤軒)

남을 비방하거나 칭찬하는 것은 나에게 어떤 것일까. 반짝반짝 빛나
는 하늘의 해와 달이 있는 것을 아는 것일지도 모른다. 그렇다면 나는
쉽게 오해할 것이다. 분명 악의뿐만 아니라, 어떤 경우는 선의도 오해
할 수 있다. 선의의 오해란 나처럼 잘 토라지는 사람에게 친절을 베푸

는 것이 오히려 난처하게 느껴진다는 것이다.

실제로 편집에서 해임당한 것에 관해 예상 밖으로 수천, 수만의 세상의 말을 들었다. 어찌 되었든 선의의 오해였다. 감사한 일이지만 매우 난처한 것이었다. 나는 향냄새 풍기는 종교가도 아니고, 평범한 윤리가도 아니다. 그렇다고 해서 다른 사람을 속이고, 세상을 속일 정도의 인간도 아니다. 다행스럽게도 내가 거취를 결심한 이유를 말하자면, 사람답게 생활하고 사람답게 일할 정도의 위치와 보수, 이 두 가지밖에 없다. 과대평가된 것이 아니다. 하지만 싸게 보이길 바라지 않는다.

(1908년 11월 23일)

독자의 영역(讀者の領分)
▲소품문(小品文)▲

◎쓸쓸한 밤(淋しい夜)

고킨세이(湖琴生)

아무리 해도 잠이 오지 않는다. 기분 나쁜 밤이라고 나도 모르게 말이 튀어나왔다. '소변이라도 볼까.' 싶어서 유리문을 드르륵 열었다.

푸르스름한 달빛이 아연 재질로 된 지붕을 비추고 있다. 뒤편 소나무는 차갑게 부는 바람에 휭 하는 소리를 내고 있다.

옆집 에스라는 놈이 왕왕 짖기 시작한다.

희미한 불빛 속에서 갑자기 몸을 파고드는 차가운 바람이 불어왔다.

"앗, 추워."

유리문을 탁 하고 닫고 안으로 들어갔다.

옆집 에스가 뭔가에 놀랐는지 또 짖기 시작한다…….

아, 쓸쓸한 밤이구나…….

베이옹 평(米翁評) 정말이지 문장에서도 쓸쓸한 감이 느껴지는구나.

◎기차여행(汽車旅行)

이시노스케(石之助)

날이 저물었다. 용건이 있어서 겸사겸사 대전역에 하차했다. 시가(志賀) 선생님께서 소위 한국의 작은 교토(京都)라고 한 말씀은 하나도 반갑지가 않다. 네 면이 모두 산으로 둘러싸인 것과 작은 웅덩이 같은 강이 흐르고 있기 때문이라고 한다면 더욱 고맙지가 않다. 이런 토지가 작은 교토라면 용산은 큰 교토일 것이라고 중얼거리면서 유객꾼이 이끄는 대로 나카가와 여관(中川旅館)이라는 곳에 도착했다.

(1908년 11월 26일)

독자의 영역(讀者の領分)
▲소품문(小品文)▲

◎황혼(黃昏)

고킨세이(湖琴生)

딸랑딸랑, 두부 장수의 종소리가 시끄럽다.

사려~ 사려~ 하는 조선인의 목소리도 점점 조용해졌다. 아름다운 노을이 담벼락에 빛을 반사하고 있다. 나가야(長屋)[1] 뒤편에서는 저녁 준비하는 듯이 연기가 피어오르고 있다.

가까운 한강 변에서는 발전소 연기가 뭉게뭉게 하늘을 내달리고 있

---

1) 칸을 막아서 여러 가구가 살 수 있도록 길게 만든 집을 말한다.

었다.

　얼마 되지 않는 가을 햇빛은 짧았다. 아름다운 붉은 노을빛의 구름을 남긴 채, 한강 저편으로 사라져 간다. 시끄러운 두부 장수의 종소리도 어느샌가 들리지 않게 되었다.

(1908년 12월 5일)

[이현희 역]

겨울의 용산(冬の龍山)

▲한강의 얼음지치기

여름과 가을의 납량관월(納凉觀月)이라는 별명을 지닌 한강은 겨울이 되면 얼음지치기를 하는 유쾌한 운동장이 된다. 일본인은 일체 외출하기 좋아하지 않아서 운동을 즐기지 않는 인종이지만 외국인이라면 즐겁게 이 얼음지치기를 한다. 원래 외국인이라고 해도 따뜻한 나라의 사람은 이를 행할 장소가 없으므로 추운 지방의 사람들이 왕성하게 하고 있다. 그래서 이를 하나의 동절기의 행락으로 생각하고 있는 것 같다.

한국에서도 일찍이 아동들 사이에 하고 있으며, 끝없이 펼쳐진 거울과 같은 얼음 위에서 휘익 얼음을 지친다. 상당히 잘 지치는 자들이 가득하다. 올해도 머지않아 결빙이 될 것이므로 우리 일본인도 실내에만 있지 말고 한 번쯤은 얼음지치기를 연습 삼아 빙하대운동회라도 펼치는 것이 어떠할까.

▲모모야마(桃山)의 밤

귀가 찢어질 것 같은 겨울바람이 부는 용산은 강바람으로 추운 지역이라고만 생각지 말아라. 모모야마[1] 겨울의 밤 또한 각별히 쨍하게 춥지만 하늘에서 멋들어진 가야금소리가 들리는 곳이다. 이러한 정취가 넘쳐나는 재주 있는 사람이 한 곡조 읊는 것을 천하다고 폄하하지 마라.

---

1) 모모야마는 용산구 용산 기슭의 동쪽에 있는 도원동을 칭하며 일제강점기에 이 일대에 복숭아를 많이 심어서 모모야마(桃山)로 불렸다.

▲ 팔경원(八景園)의 요리

열심히 일하고 열심히 즐기는 것이 문명국인이다. 우리 용산의 인사 또한 열심히 일하고 열심히 즐기고 있다. 요리솜씨가 자랑인 팔경원에 서는 경치도 갖추고 있고, 꽃도 갖추고 있다. 반나절의 풍류놀이에서 동원의 특별 요리를 잊지 말고 부탁해야 한다. 한강의 명물 뱅어 튀김 또는 잉어 된장찌개의 공들인 솜씨를 맛보는 것도 하나의 즐거움이 될 것이다.

(1908년 12월 15일)

[이현희 역]

소품문(小品文)
노상방뇨(立小便)

고로(五郎)

포근한 꿈속에서 깨어나 머리맡의 시계를 보니, 큰일이다, 큰일. 10시가 아닌가. 9시 출근인데 이미 1시간이나 늦었다. 또 과장님의 꾸지람이 불길하다고 생각하면서 아침도 먹지 않고 외투를 걸치고 뛰쳐나가자 어느새 내린 것일까, 거리에도, 지붕에도, 담벼락에도 모두 하얀 은세계. 아름답구나 하고 추위도 잊고 중얼거리는 사이, 게타가 미끄러져서 순식간에 넘어질 뻔했다. 더욱 불길하다고 생각하면서 한발 두발 세 발, 소변이 마려웠다. 사방을 살펴보고는 담에다가 쏴-하고 소변을 보고 있는 바로 그 순간, 저편에서 순경이 새하얀 입김을 내뱉으면서, 이놈아…….

(1908년 12월 23일)

[이현희 역]

법정신문
法政新聞

하이쿠(俳句)

목포 유달음사(諭達吟社)

바이유(梅友)

축하하는 옷 궁 서까래에 부는 상쾌한 바람
祝ひ着や宮の椽吹く青嵐

법담 듣는데 깊은 밤에 나왔나 두견새 소리
法談に更けし夜戶出や時鳥

정사 고르게 미치는 마을마다 푸른 밭이네
政事屆く在所の青田かな

신풍이 일고 있는가 푸른 발에 바람이
新らしき風起りけり青簾

문사(聞捨) 안 하는 목소리 되려무나 첫 가다랑어
聞捨のならぬ聲なり初松魚

생울타리에 그려놓은 녹나무 여름 달빛에
生壁に畫きし楠や夏の月

탄생한 용모 환히 비쳐 보이네 노란색 홑옷
誕れたる容見へ透くや黃帷衣

조켄(長劍)

삼군의 병사 근엄한 모습일세 장맛비 오고
三軍の兵肅としてさつきあめ

빛나는 모습 의식 장대의 깃발 장맛비 오고
熙々として儀杖の旗や五月晴

오동나무 잎 이슬이 방울방울 장마철 비에
桐の葉の露はら／＼と五月雨

작은 참새가 무슨 생각을 하나 장맛비 오네
小雀の何思案する五月あめ

장맛비 내려 여울 밭에 긴 다리 건너가는데
五月雨瀨田の長橋渡りけり

(1909년 7월 25일)

[김계자 역]

경성일일신문
京城日日新聞

지옥의 행복(地極の幸福)

구니에다 간지(邦枝完二)

1회

신문기자 겸 극본작가인 후쿠마쓰 고키치(福松幸吉)가 27세의 4월 8일을 기하여 불귀의 객이 됨과 동시에 생전의 소행이 좋지 않아서 삼도천을 건너는 뱃사공으로부터 그대로 지옥의 바닥에 내쳐지고 말았다는 이야기는 명토(冥土)사회에서는 유명한 이야기지만, 아쉽게도 이 사바세계에서는 전혀 화제가 되지 않았다.

작가는 그 유명한 단테의 걸작 「지옥편」을 보면서도 문장 재능이 흘러넘쳤던 후쿠마쓰 고키치가 설마 저 대로 유야무야 도깨비의 먹이가 될 줄은 생각하지 못했다, 이제부터 분명히 무엇인가 뛰어난 일을 하리라고 기대하고 있었다. 드디어 최근에서야 그가 정리한 하나의 초고가 10만 영토 저 먼 곳에서부터 작가의 손에 들어왔다. 그리하여 작가는 편리상 이를 일부러 원고용지에 옮기기로 하였다.

....

놀라서는 안 된다. 여기는 지옥의 1초메(丁目)[1]다. 나는 지금 월슨에게 뿔을 달아둔 것 같은 붉은 도깨비에게 이끌려 염라대왕의 거처로 가는 중이다. 너는 상상할 것이다. 염마의 거처(廓)라고 한다면 반드시 그 중국풍의 붉은 난간으로 둘러싸인 용궁 같은 곳인가. 혹은 유화 같은 곳에서 보이는 로마왕의 거처 같은 곳인가 하고. 익숙하다는 것은 무서운 일이다. 나도 바로 지금까지 너 같은 상상을 하고 있었는데, 여기에 끌려오게 된 것이다.

---

1) 일본의 행정구역 단위

그런데-, 놀라서는 안 된다. 사바세계가 명토에 비하여 얼마나 뒤떨어져 있는지를 증명하기에 충분할 정도로 우리들의 상상은 낡고 유치한 것이었다. 염라대왕의 거처라고 하는 것은 결코 그렇게 불편하고 자유가 없는 곳이 아니다. 마치 마루노우치(丸の內)에 세워져 있는 해상빌딩[2] 같은 건물 앞에서, 이것이 염라대왕이다, 라고 들었을 때처럼 나는 그냥 멍하니 올려다보는 것 말고는 아무것도 할 수 없었다.

그 누구의 머리에도 '문명'이라는 단어는 사바세계만이 가지고 있는 유일한 자랑거리인 것처럼 새겨져 있다는 것에 이견이 없겠지. 이것이 바로 가장 큰 문제점이다. 옛날 프랑스 생폴 지역의 한 절의 세례대 속에 살던 개구리는 이 넓은 프랑스의 모든 사람이 자신의 모습을 보고 감탄할 것이라고 생각했다. 그러나 예기치도 못하게 가구공의 아들인 비놀레에게 망치로 찌그러져서, 처음 자신이 세상을 모르고 있었다는 것을 깨닫게 되었다는 이야기가 있다. 사바세계의 인간들이 서로 아는 척하면서 지옥과 극락의 이야기를 하는 것은 지금 생각해보면 정말 사바세계의 한계라고 말할 수밖에 없다.

갑자기 파란 도깨비가 내 등을 가볍게 툭, 하고 쳐서 나는 마치 죽은 사람이 살아 돌아온 것처럼 정신없이 염라대왕의 거처 옆 현관으로 들어갔다.

"어디를 가느냐."

"네, 염라대왕님의 조사를 받으러 가는 길입니다."

"이 명찰을 가지고 가라."

"네, 감사합니다."

사바세계에서 자주 보이는 '돈놀이꾼 같은 얼굴'을 한 도깨비가 있었다. 지금 나에게 325번 표찰을 넘겨준 녀석은 연미복을 입고, 머리

---

2) 1918년에 완공된 도쿄카이조빌딩.(東京海上ビル)

에는 관을 쓰고 정말 훌륭하게 빼입었지만, 거리의 여인숙 따위에 있을 것 같은 돈놀이꾼 같은 얼굴을 한 기분 나쁜 사내다. 나는 아직 익숙하지 않은 이곳에서 쓸데없이 불화를 일으키면 어떤 불리한 일을 당할지 모른다고 생각하여, 마음에도 없는 미소를 보이면서 그 남자가 준 표찰을 공손하게 받았다.

"빨리 이 삼각형 종이를 이마에 붙여라."

눈치 채지 못하고 있었는데 나는 번호 표찰과 함께 나는 삼각형 종이를 받았다.

"아하, 이거구나"하고 나는 생각했다. 이것이야말로 종종 지옥화(地獄畵)에서 보이는 망자의 모자[3]가 틀림없다. 나는 재빠르게 이마에 붙였다.

"이름을 부를 때까지 여기서 기다리게."

"네, 알겠습니다."

나는 동반자살을 했다고 하는 미용사[4]뒤에 줄을 서서 대리석 의자에 앉았다.

나는 지금 파란 도깨비와 빨간 도깨비의 좌우로 둘러싸여, 염라대왕의 앞에서 무릎을 꿇고 있다. 내 뒤로는 아직 심문이 끝나지 않은 망자들이 각자 비슷해 보이는 삼각형 종이를 이마에 붙이고 줄을 서 있었다. 박사, 대장간, 소매치기, 의사, 게이샤(芸者), 국회의원, 안마사… 등 사바세계의 바람이 불어왔다. 여러 계급의 사람들이 영혼을 벌벌 떨면서 대기하고 있었다.

서기가 내 이름을 불렀다.

---

3) 히타에보시(額烏帽子). 일본 유령한테 자주 보이는 것으로 삼각형을 이마에 붙이고 머리에 묶는 형태의 두건

4) 원문은 온나카미유이(女髮結い). 가미유이는 머리를 만져주는 에도 시대의 사람을 의미하는데, 온나카미유이의 경우, 머리를 만져주는 여자 미용사, 혹은 게이샤(芸者)를 비롯한 유녀들의 머리를 전문으로 만져주는 미용사, 두 가지 의미를 모두 지니고 있다.

"325번, 후쿠마쓰 고키치, 얼굴을 들어라."

"네" 하고 나는 지금까지 십이일 째가 되어 수염이 난 얼굴을 주저 주저하면서 고개를 들었다.

이 웅장함을 무엇이라 설명할 수 있겠는가. 이 위압감을 무엇이라 설명할 수 있겠는가. 나는 고개를 들고 염라대왕을 본 그 순간, 삼십 삼만 삼천 삼백 삼십 가닥의 온몸의 모든 털이 한순간에 죄다 소름이 돋는 것처럼, 그 위엄에 충격을 받고 말았다. 나는 생각할 겨를도 없이 "헉"하고 고개를 숙였다.

풍모를 평가하는 것에는 여러 가지 황송하고 두려운 부분이 많다. 그러나 그 주위의 정황만을 간단히 기록해 두고자 한다. 우선 너는 염라대왕을 중심으로 하여 직급의 순서대로 서 있는 36명의 대관을 상상해봐라. 법복으로 몸을 감싼 그들은 우리 같은 범부의 상상으로는 미치지 못할 '광채'와 '힘'을 지니고, 복장과 대도를 깔끔하고 정연하게 24시간의 긴 시간 동안, 눈 한번 깜빡하지 않고 뒤에서 계속 밀려 들어오는 망자들을 노려보고 있는 것이 아닌가. 더욱이 그 첫 번째 단의 가장 오른쪽에 치우쳐있는 곳에는 그 유명한 다쓰에바(奪依婆)[5] 가 몹시 건방진 태도로 여유를 부리면서 시중을 드는 어린아이들에게 어깨를 주무르게 하고 있었다.

실내의 장식이 얼마나 압도적이었는지는 하나하나 일일이 기록할 필요는 없을 것이다. 그렇다고 하여 너는 결코 강화 회의에서의 베르 사유[6]의 같은 광경을 상상해서는 안 된다. 그런 세속적인 기운을 잔뜩 품고 있는 야만적인 물건과는 근본적으로 다르다. 위엄이 있고 압도적

---

5) 삼도천에서 망자들의 옷을 빼앗는 노파의 모습을 한 오니(鬼).
6) 1919년 제1차 세계 대전 이후 전후처리에 관한 회의. 1월 18일 시작해서 6월 28일 베르사유 궁전에서 강화 조약 조인식이 이루어졌다.

인 분위기를 지니면서도 말로는 다 할 수 없는 멋스러운 기운을 풍기기 때문이다.

나는 이날 조사받던 정황을 최대한 간단하게 알리기 위해서, 대화체로 하여 기록하기로 했다.

(1920년 8월 31일)

2회

염마 (작은 산 같은 몸을 한번 흔든 뒤, 모란과도 같은 입을 열어 느긋하게 묻는다.) "어허, 이 자가 후쿠마쓰 고키치라고 하는 애송이인가."

나 (겁에 질려 바들바들 떨면서) "네, 그렇습니다."

염마 "그쪽은 몇 살이 되었는가."

나 "스물일곱 살입니다."

염마 "몇 월 며칠에 사바세계를 떠났는가."

나 "아마도 4월 8일인 것 같습니다."

염마 "그런가. 석가와 같은 날에 지옥의 부름을 받다니 신령의 도움을 받은 녀석이군. 그러나 그런 것 치고는 여기에 오기까지 너무 많은 날이 걸린 것 아닌가. …또 삼도천 근처의 숙소에서 유녀에게 홀려서 멍청하게 돈이나 낭비했겠지. 어리석은 녀석이군."

나 (당황에서 말을 자르며) "당치도 않습니다. 그것은 터무니없는 추측에 불과합니다. 저는 이 마른 다리가 돌덩어리가 될 정도로 온갖 힘을 다해서 서둘러 간신히 어제 지옥문을 통과할 수 있었습니다. 처음 경험하는 길이라, 의도 하지 않게 딴짓을 하며 미적거렸던 죄는 대왕님의 관대한 마음으로, 부디, 제발 용서해 주십시오."

염마 "지각한 죄는 용서하기 어렵고, 원래대로라면 바늘산으로 쫓아내야 하는 녀석이지만, 한번은 너그럽게 봐주겠다. 그래도 지옥의 일도 돈 하기 나름이라는 말을 설마 잊지는 않았겠지."

나 "네, 사바세계에 있던 때에 종종 연극 대사 등으로 들은 적이 있습니다."

염마 (크게 끄덕거리며) "그 정도면 그대는 이번엔 지옥에서의 여비로 돈을 얼마나 준비해 왔느냐. 필시 그 주머니를 보아도, 충분한 여비가 준비되어 있겠지."

나 (생각지도 못하게 당황하여) "네, 그렇습니다. …사실은 저는 보이는 것처럼 부자는 아니어서……."

염마 "무슨 이야기를 하느냐. 보이는 것처럼 부자가 아니라는 건가. 흐음. (목을 돌려 옆의 서기를 보면서) 어이, 사바세계의 '부자기록장'을 가져와라."

염마의 서기 "네!" (대왕의 앞에 커다란 책을 꺼낸다.)

염마 (장부를 열면서) "잘 듣거라. 이 장부에는 옛날부터 오늘날에 이르기까지 사바세계에 있는 모든 인간의 재산을 조사하여 기록한 것이다. …이것을 봐라. 구마소(熊襲)[7]를 시작으로 소가노 이루카(曾我入鹿)[8], 아시카가 다카우지(足利尊氏)[9], 도쿠가와(德川) 시대에 이르러서는 기라 고즈케노스케(吉良上野介)[10], 제니야 고헤에(錢谷五兵衛)[11]. 또 현대에는 이와사키(岩崎)[12], 구하라(久原)[13], 미쓰이(三井)[14]를 시작으로,

---

7) 『고지키(古事記)』, 『니혼쇼키(日本書紀)』에 등장하는 부족. 지금의 규슈(九州) 남부 지방이 거점으로 야마토(ヤマト) 왕권에 대항했다.

8) 아스카(飛鳥)시대의 호족.

9) 무로마치 막부(室町幕府)의 초대 쇼군(將軍).

10) 고즈케노스케(上野介)는 관직명. 이름은 기라 요시히사(吉良義央). 에도(江戶)시대 전기의 고케이하타모토(高家旗本: 의식이나 제례를 담당하는 관직을 지닌 무사). 가부키로 유명한 『주신구라(忠臣藏)』에 등장한다.

11) 錢屋五兵衛라고도 쓴다. 에도 시대 가가(加賀) 지역의 상인.

12) 이와사키 야타로(岩崎弥太郎, 1835~1885). 일본의 실업가. 미쓰비시(三菱) 재벌의 창업자이자, 초대총수.

큰 벼락부자부터 작은 졸부까지 하나도 빠짐없이 기록되어 있지. 그쪽
은 후쿠마쓰라고 했던가."

나 "네."

염마 (〈자 면을 펼쳐서) "아비의 이름은 무엇이냐."

나 "도라노스케(虎之助)라고 합니다."

염마 "흠… 구보 도라노스케(久保虎之助)군. (잠시 장부를 펼쳐서 보더니)
아비의 직업은 무엇이었느냐."

나 "문사(文士)입니다."

염마 (고개를 꺾으며) "뭐? 문사? 그럼 너는 작가의 자식이냐. 어허, 전
부 다 말할 필요는 없다. 옛날부터 작가치고 이 '부자기록장'에 이름이
기록된 자는 없지. ……이런, 별로 도움도 안 되는 녀석이 와 버렸구면."

나 "말대답하는 것 같아서 죄송합니다만, 그 도움이 되지 않는다는
것은 무슨 일을 이야기하는 것입니까."

염마 "이런 멍청한 녀석. 지옥이라는 곳에 대해서는 아는 것이 하나
도 없는 녀석이군. 지옥이든 극락이든 지금 이 시대는 모든 것이 다
돈의 세계지. 돈이 없으면 삼도천 강가에 굴러다니는 돌과 다를 게
없어."

나 "송구합니다. 그 대신에 저는 대마왕님의 은혜를 갚기 위해서 현
대의 새로운 지식을 가지고 몸과 마음을 다해서 지옥의 선전을 계획하
고 있습니다."

(1920년 9월 2일)

---

13) 구하라 구사노스케(久原房之助, 1869~1965). 일본의 실업가, 정치가. 닛산 재벌의
   창립자 중 하나.

14) 에도 시대 초기부터 실업가 가문으로 각종 사업에 투자해왔다. 본문에서 현대 이후에
   이름이 언급된 것으로 보아 미쓰이 은행, 물산의 창립자인 미쓰이 다카요시(三井高福,
   1808~1885)를 시작으로 미쓰이 재벌 가문 전체를 지칭하는 것으로 추정된다.

3회

염마 "건방지게 거창한 이야기를 하는군. 문명에 대한 지식은 지옥 쪽이 훨씬 더 앞서고 있지. 사바세계에서 이야기하는 우물 안의 개구리라는 것은, 아마도 네놈 이야기일 것이다. 대체 사바세계에서 너의 직업은 무엇이었느냐."

나 (다소 의기양양하게) "신문기자를 했던 자입니다."

염마 참으로 여러 가지로 곤란한 자로군. 아버지는 문사(文士)에 아들은 신문기자라니, 정말 전생에 악업만 저지른 것처럼 보이는군."

나 "그러나, 신문기자는 사바세계에서는 인류의 지도자로서 최고의 직업입니다."

염마 "멍청한 소리 하지 마라. 그런 시야니까 네가 지옥에 떨어지는 것이다. 우선 신문기자, 두 번째로 골동품상, 세 번째로 연기자라고 하면 지옥에서도 제일 아랫것들이지."

나 "그렇습니까. 짧은 생각으로 터무니없는 이야기를 드려서 송구스럽습니다."

염마 "그러나 그쪽도 아무리 그래도 처음부터 신문기자가 되고 싶어서 됐을 리가 없지. 가령 의사가 되려고 했다거나, 학자가 되고 싶다거나, 뭔가 다른 직업에 마음을 둔 적이 있는 자겠지."

나 "네, 사실 처음에는 천문학자가 되고 싶었습니다, 그리고 연구에도 관여했던 적이 있습니다. "

염마 "도중에 나태한 마음이 튀어나왔군."

나 "불쌍히 여겨주셔서 황송합니다."

염마 "그래서 바로 신문기자가 되려고 했는가."

나 "아니오, 그렇지는 않습니다. 그 뒤에 저는 외교관이 되고자 했습니다."

염마 "음, 물론 실패로 끝난 것 중에 하나겠군."

나 "부끄럽게도 말씀하신대로 입니다. 저는 타인의 지시를 따를 수 없는 놈이라는 것이 실패의 가장 큰 원인이었습니다."

염마 "그 뒤에 어찌했는가."

나 "이대로는 안 되겠다고 깨달았기 때문에, 기왕 이렇게 된 거 이 속세를 이용해서 살 수 있는 생업을 하는 쪽이 좋다고 생각했습니다. 아버지로부터 적은 돈이나마 자본을 받을 수 있었기에 운 좋게 요리차야(料理茶屋)[15]를 개업하게 되었습니다."

염마 "과연, 네가 생각할 법한 일이로구나. 그래서 요리차야는 어떻게 되었는가."

나 "반년도 채 되지 않아서 모조리 실패했습니다. 주방장은 여자 종업원과 야반도주를 하고 말았습니다. 같이 살던 여자는 지쳐서 쓰러지고, 저는 저대로 홧술을 마신 결과 심장이 나빠졌습니다. 그야말로 눈을 뜨고 볼 수 없는 상황이 되어버렸습니다."

염마 "네가 수완이 없었구나."

나 "천만에요. 추측이 틀리셨습니다. 저는 할 수 있는 만큼 지혜 주머니를 쥐어짜서 다시 살아보려고 아침부터 밤까지 계속 일했습니다. 그러나 무엇을 말씀드릴 수 있겠습니까. 오는 손님은 모두 문인이나 서가(書家)들이었습니다."

염마 "과연, 상대가 좋지 않았군."

나 "그렇습니다. 그 많은 날 동안 이래저래 만나다 보니, 세 번에 한번은 돈을 빌려주는 일이 생겨도 싫은 얼굴을 할 수 없게 되었습니다. 이런 것들이 쌓이고 쌓여서 제가 망하지 않으면 일이 끝나지 않는 상황이 되고 말았습니다. 앞날을 바라보는 판단력이 그 누구와도 비견할 바 없는 대왕님에게 아무쪼록 선처를 바라는 바입니다."

---

15) 음식점과 찻집을 함께 경영하며 게이샤나 유녀가 나오는 가게.

염마 "흠… 좀 안타까운 녀석이군. 그 뒤에 어찌하였는가."

나 "뭐 어떻게도 할 수 없는 상황이라, 이것저것 방법을 찾던 중에 마침 오셨던 손님 중에 신문기자가 계셨습니다. 불행 중 다행으로 그분에게 부탁하여 결국엔 신문기자가 되었지요."

염마 "신문사에서는 어떤 쪽으로 일을 했느냐."

나 "말씀드리기 좀 그렇습니다만, 화류계 전문의 기사를 쓰고 있었습니다."

염마 "화류계라니 이 어리석은 것, 한때는 천문학자를 꿈을 꾸고, 한때는 외교관을 목표로 했던 자가 화류계 전문의 기자가 되었다니, 무슨 일인가."

나 "거듭 말씀드리지만, 저도 포기할 수 없는 꿈이 있어서 그리 했던 것은 아니고, 그때그때 그날의 생활에 쫓겨서 먹고 살기 위해 그쪽 방면으로 글을 쓰게 되었습니다."

염마 "선대의 장부에 기록되어 있는 것처럼 사바세계의 화류계 기자는 게이샤(藝者)가 나오는 찻집의 약점을 파고들어서 이런 저런 명목으로 돈을 뜯어내고, 금품을 갈취하는 부끄러움도 없는 나쁜 놈이라고 한다. 지옥에 떨어지면 당연히 피의 연못에 떨어뜨릴 놈들이지."

나 (목소리가 떨려서) "자비의 화신인 대왕님. 조금만 기다려주십시오. 저는, 이렇게 말씀드리면 미움이 더 배가 될지도 모르겠지만, 같은 화류계 기자 중에서도 결코 그들의 약점을 잡고 괴롭히거나, 금품을 갈취하는 짓은 하지 않았습니다. 혹시 의심이 가신다면, 손에 들고 계신 거울에 이 혀를 비추어 보시지요."

염마 "그런가.(라며 거울을 들어 후쿠마쓰의 혀를 본다) 흠, 그리 큰 죄도 없는 것 같군. 그럼 피의 연못만은 피해주도록 하지."

나 "정말 감사드립니다."

염마 "그런데 말이지. 이 지옥의 규칙으로 대왕문을 통과한 자들은 모두 사바세계에 있을 때와 똑같이 각자가 가지고 있던 직업을 그대로 지닌다는 규칙이 있다. 그쪽은 역시 신문기자인가."

나 "무슨 말씀을 하십니까. 저는 뭐 이제 신문기자라는 일은 질리고 질렸습니다. 아무쪼록 다른 직업을 부탁드립니다."

염마 "제멋대로인 소리를 하는군. 이것이 지옥의 규칙이야. 그러나 너에게 화류계 기자라고 이름을 붙이지는 않겠다. 야구 시합 등이 있을 때, 그 경기 기사를 정확하게 보도하는 역할을 주마. 단 그 틈틈이 지옥신보 제7회의 편집을 열심히 도와야 하느니라."

나 "명령이시라면 물론 따르겠습니다. 이 몸이 부서지더라도 밤낮을 가리지 않고 명령에 따르겠습니다."

염마 "거 참 기특한지고. 자, 일이 있을 때까지 뒤편에 망자들이 모인 대기실에 가 있게나."

나 (우물쭈물하며) "그리고, 거 참 송구스러운 질문입니다만, 신문기자로 급료는 어느 정도 받을 수 있는지…."

염마 "지옥세계는 사바세계와 달라서, 노동력은 모두 반값이지. 특히 신문기자는 최저가로 부리는 것이 규정이야. "

나 (망연자실하여, 신문기자의 비극을 생각하다가 정신을 차리고, 대왕에게 최고의 예의를 갖춤) "정말 감사드립니다."

나는 다시 파란 도깨비의 뒤를 쫓아 대왕의 거처와는 멀리 떨어진 '망자 대기실'로 향했다. 해가 질 무렵의 어스름한 속에서 벚꽃이 눈송이처럼 흩날리고 있었다. 내 눈에서는 반년 만에 연인과 만났을 때처럼, 감사의 눈물이 방울방울 떨어졌다.

(1920년 9월 3일)

4회

나는 지금 '망자 대기실'의 한구석에 서 있다. 여기는 염라대왕의 거처와 달라서, 모든 것이 고대 중국풍의 건축이다. 나는 애수에서 비롯된 환희로 경이로움을 느끼고 있었다. 내 다리는 떨리고 있다. 내 가슴도 심장박동도 □□의 □□처럼 높아지고 있었다. 나는 대기실의 남쪽을 둘러보았으나, 거기에는 한 명의 망자도 없었다. 넓고, 예를 들면 □□속에 있는 것 같은 대기실에는 정면의 높은 곳에 있는 창문에서 비추는 노을 말고는 전부 어두웠다. 몇억 년 과거에서부터 셀 수 없을 정도의 남녀의 망자가 한 번은 반드시 지나는 이곳에 그 발자국이 남아 있었다.

나는 갑자기 무심결에 고개를 들고 높은 벽을 올려다보았다. 이 얼마나 훌륭한 것인가. 나는 침침했던 눈을 크게 뜰 수밖에 없었다. 가령, 매춘으로 일확천금을 얻은 벼락부자가 그 전 재산을 다 투자하여도 이렇게 훌륭한 벽화를 얻을 수는 없을 것이다.

벽 한 면에. 이렇게 커다란 벽 한 면에 그려진 것은 그 우키요에(浮世繪)의 대가 스즈키 하루노부(鈴木春信)가 그린 것으로 유녀백태(遊女百態)라고 해서 정말 기가 막히게 아름다운 것이었다. 어쨌든 상상해봐라. 벚꽃이 만개한 봄 햇살 아래에 누구는 서 있고, 누구는 구부리고 있고, 누구는 누워있는 모습의 경국지색(傾國之色)의 유녀가 백 가지 교태를 마음껏 뽐내고 있는 그 모습은 당나라의 현종이 꿈에 그리던 향락과 닮았다고 해도 아마 이 그림에는 미치지 못했을 것이다. 나는 이 몸이 지옥에 있는 것조차 잊고, 잠시 넋이 나가서 그림에 홀려있었다.

그런데 이때였다. 갑자기 누군가 뒤에서 내 어깨를 가볍게 치는 자가 있었다. 나는 기계처럼 자동적으로 뒤돌아보았다. 놀라서는 안 된다. 지금 나의 어깨를 두드린 것은, 딱 7년 전에 죽은 친구 야스(安)가 아닌가.

박쥐 야스. 이 녀석의 별명은 모르는 사람이 없다. 혼조(本所)[16]에서 태어나 노(能) 배우의 자식이었다. 호리호리하게 말랐고 기개가 있는 남자였다.

지금도 야스는 사바세계에 있었던 때처럼, 유키(結城)[17]의 아이미진(藍微塵)[18]에 히라구케 오비(ひらぐけおび)[19]을 묶고, 거기에 깃을 붙인 한텐(袢纏)[20]을 걸치고 있었다. 신기한 일은, 나보다 3살 위인 야스가 어째서인지 나보다 서너 살 아래로 보인다. 종종 듣는 이야기다. 한번 지옥에 떨어지면 그 나이는 몇 년이 지나도 늙지도 않지만 젊어지지도 않는다. 나는 그것을 생각해 내고는 안심했다.

야스 (내 얼굴을 보면서 씨익하고 웃음을 보이며) "결국 왔구만."

나 (아무 말 하지 않은 채로 손을 내밀어 악수를 청한다)

야스 (고개를 저으며) "안돼, 안돼. 그런 것은 이제 이곳에서는 유행이 지났어."

나 "넌 어떻게 내가 오는 것을 알고 있었냐."

야스 "그것이 지옥귀(地獄耳)[21]라는 것이지. 햇수로 7년이나 있다 보면, 대충 돌아가는 일은 듣게 되지."

나 "신기한 이야기구먼."

야스 "신기한 일도 뭣도 아무것도 아니야. 너야말로 시간이 지나면 나중에 친구가 오는 걸 알 수 있게 될걸. 나는 뭐 아까부터 대기실에서

---

16) 지금의 도쿄 스미다구(墨田區).
17) 원단의 한 종류로 세밀하고 가는 줄무늬가 특징.
18) 진한 감색으로 가로세로 엮은 격자무늬 원단.
19) 기모노의 허리를 묶는 오비(帶)의 종류로, 여성복과는 다르게 심이 들어가 있지 않은 부드러운 오비.
20) 일본의 겨울철 상의, 허벅지까지 내려오는 정도의 길이의 저고리 형태로 도톰한 솜이 들어가 있다.
21) 귀가 밝아 소문이나 돌아가는 상황을 잘 파악하고 있는 사람

네가 오는 걸 기다리고 있었지."

나 "미안하게 됐네. 과연 사바세계의 속담 중에 '지옥에서 부처(地獄で仏)'라는 말은, 딱 이런 상황을 이야기하는 거겠지."

(1920년 9월 4일)

5회

야스 "그럴지도 모르겠군……. 그러나 뭣보다 여기에서는 다른 망자가 올 것 같으니까. 느긋하게 이야기하기 힘들 것 같으니, 우리 집으로 가지 않겠는가."

나 "그건 가도 괜찮은데, 왠지 염마대왕이 부르실 때 여기 있어야 할 것 같은데."

야스 "뭐, 그건 그거지, 지옥의 일도 돈 하기에 달렸다는 그런 편리한 규정이 있잖아. 저 파란 도깨비에게 10전을 주고 부탁하면 두세 시간은 괜찮을 거야."

나 "그럼 안내를 부탁할까."

야스 "자. 내 뒤를 잘 따라와."

하고 야스는 파란 도깨비에게 10전을 주고 무엇인가를 부탁하면서 먼저 앞장서서 걸어갔다.

나 "근데 야스짱, 자네의 집은 대체 뭐라고 하는 곳에 있는가."

야스 "바늘로 된 산 아래 마을의 3초메의 유곽 안에 있지."

나 "(무척 놀라며) 뭐? 유곽이 이 지옥에 있는가."

야스 "무시하지 마라. 오이란(花魁)[22]라든지 명기라든지 하는 녀석이

---

22) 유녀 중에서 가장 최고계급의 유녀. 기본적으로 상류층 손님만을 대하고 쉽게 만나기도 어렵다.

혼자서 극락에 떨어질 리 없지. 그래서 모두 이 지옥에 모여서 그야말로 사바세계에서는 생각하지도 못할 훌륭한 유곽이 되는 것이지."

나 "그건 참 신기하군. 그럼 꽤나 여러 사람이 있겠군."

야스 "뭐, 대충 만 명 정도. 그중에는 센다이(仙台) 다카오(高尾), 사카키바라(榊原) 다카오(高尾), 고모치(子持) 다카오(高尾)를 시작으로 다마키쿠(玉菊), 우라사토(浦里), 오콘(おこん), 아게마키(揚卷) 등의 얼굴도, 게이샤는 고상(小さん), 요네하치(米八), 아타키치(仇吉), 고만(小万) 등 세기 시작하면 하루 종일 걸려도 부족할 정도지."

나 "거참 계속 놀랄 일 뿐이군. 나는 죽을 때 어떻게 해서든지 극락에 떨어지고 싶다고, 신이란 모든 신과 부처에게 빌었었는데, 지금에 와서 보니, 지옥에 떨어지는 편이 얼마나 행복한지 몰랐었다. 무엇이 행운이 될지 모르는 것이군."

야스 "그러니까 사바세계에 있을 때의 마음가짐이 중요한 것이지. 어설프게 마음에도 없는 자선사업 같은 걸 해서, (1~5행 판독 불가) 결국 극락에 떨어지면 평범한 생활밖에 할 수 없지."

나 (7~9행 판독 불가)

야스 (10~14행 판독 불가) "센히메(千姬)가 있고, 요리토모(賴朝)의 마사코(政子)[23]가 있고, 독부(毒婦)에서 개심한 자로는 도리오이의 오마쓰(鳥追お松)[24], 창비(娼妃)인 오햐쿠(お百)[25], 한냐(般若)의 오사쿠(お作), □妻의 오타미(お民), 자전거의 오타마(自轉車お玉)[26] 그 외에도 몇십 명

---

23) 가마쿠라 막부를 설립한 미나모토노 요리토모(源賴朝)가 이즈(伊豆) 유배 시절 만난 아내 호조 마사코(北條政子).

24) 메이지 시대의 독부(毒婦). 고야모노(小屋者)의 딸로 미인으로 유명하다.

25) 달기의 오햐쿠(妲己のお百)를 지칭하는 것으로 추측된다. 에도시대에 살았던 인물로 추정되며, 일본 최대의 악녀라고 일컬어진다. 가부키(歌舞伎), 소설, 고단(講談), 영화, 라쿠고(落語) 등의 소재로 사용되었다. 작품 속에서는 미모가 뛰어나고 풍류를 알며 예능에도 뛰어난 소질이 있는 인물로 그려진다.

이 있지. 그리고 다들 이래저래 오이란이나 게이샤를 하고 있어."

나 "야채 가게의 오시치(お七)[27] 같은 건 없을까."

야스 "있어, 있어. 그 녀석은 지금 사바세계에 있을 때와 같은 이름으로 히나키(雛妓)[28] 게이샤를 하고 있지."

나 "오호라, 재미있는 일이 끝도 없네. 그럼 그들은 모두 찻집이라도 있어서 거기에 모여서 소란 피우고 있는 것인가."

야스 "부르고 노는 것까지 해서 하룻밤에 1량이지. 뭣하면 오늘 밤중으로 오랜만에 신나게 놀아보지 않겠나."

나 "좋지. 물론! 근데 나는 아직 온 지 얼마 안 돼서 그러고 있으면 안 될 거야."

야스 "그렇네. 그래도 뭐 대왕님의 조사는 거의 끝났을 텐데."

나 "조사는 끝났어. 근데 나는 일이 있어서."

야스 "이...르… 그래, 7년이나 만나지 못하고 있어서 완전 잊고 있었는데, 대체 학교를 졸업하고 어디에 취직을 한 거였지?"

나 "신문기자."

야스 "신문기자?"

나 "응… 그 말 그대로다. 너는 분명 내가 소설가가 되었을 것이라고 생각하고 있겠지. 그 시절의 나는 소설에 미쳐있었다고 말할 정도로, 소설을 좋아했으니까. 그러나 지금 사바세계는 전혀 못 쓸 곳이야. 뭔가 세련된 글을 쓴다고 해도, 뭐 하나 이해하질 못하고, 비평가라고

---

26) 탐정소설의 제목. 여자가 자전거를 타고 달리는 것을 쫓는 단순한 구조의 탐정소설이지만, 당시 여자가 자전거를 탄다는 것이 시대적으로는 생각할 수 없는 센세이셔널한 설정이었다.

27) 에도 시대의 야채가게의 딸로, 화재 때 만난 소방수(火消)를 다시 만나고 싶어서 불을 질렀는데, 대화재로 큰 사고로 번진다. 후에 화형을 당함.

28) 아직 한몫을 다 못하는 게이샤.

하는 녀석들은 모두 촌스러운 인간들뿐이라 도쿄에 와서 처음으로 튀김을 먹었다는 녀석밖에 없어. 이런 녀석들이 내 글을 이해할 수 있을 리가 없지. 대화나 문장의 '맛'이라고 하는 것은 지금의 문단에서는 아무래도 좋은, 별로 상관없는 것들이야. 그래서 결국에 나는 정이 떨어져서 소설을 쓰는 것만은 그만두게 되었지."

야스 "그래서 신문기자가 되었다는 것이군."

나 "뭐 그래서만은 아니지만 여러 가지 일들이 예상외로 어긋나서 크게 마음먹고 이렇게 할 수밖에 없다고 생각해서 신문기자가 된 거지."

야스 "대왕님은 네 직업을 물으셨지?"

나 "응… 아버지 직업까지 물었어. 그래서 나는 아버지는 작가고 그에 따라서 신문기자라고 말씀드렸지."

야스 "그건 좀 실수한 것 같은데. 염라대왕님이 다스리는 영역에서는 사바세계의 직업을 솔직하게 말하면, 그대로 지옥에서도 같은 직업을 맡는 것이 규칙으로 되어 있어. 중간까지 내가 마중을 나가서 그 일에 대해서 먼저 알려줬어야 했네…."

(1920년 9월 5일)

6회

나 "그래도 대왕님 앞에서 거짓말을 하면 혀를 뽑아버린다고 하지 않는가."

야스 "그건 어린애들 속이려고 하는 소리지. 대왕님의 얼굴이 생긴 것도 무섭고 크지만, 사바세계의 일은 뭐 하나 제대로 알고 있는 건 없어. 사실 나만 해도 7년 전에 조사를 받을 때, 사바세계에서의 직업이 뭐냐고 그래서, 딱히 아무것도 안 하고 매일 그냥 어슬렁 어슬렁거리고 있다고 대답했지. 그 덕분에 지금도 이렇게 매일 품에 손을 넣고 어슬렁거리지 않나."

나 "그럼 야스쨩은 따로 직업이 없는 거네?"

야스 "아무것도 없어. 날이 저물면 생각나는 대로 노래 한 소절 부르면서 유곽을 한 바퀴 돌고 오면, 그걸로 일은 끝나니까. 지옥의 신분이라고 하면 최고 중의 최고지"

나 "요령 것 잘했네…. 나는 이제 오늘부터 매일 운동기사랑 신문편집이야. 해도 해도 끝이 없네."

야스 "그래도 그건 괜찮은 편이야. 심한 곳은 막노동 중에서도 아침부터 밤까지 가마에 불 피우는 녀석도 있어. 이런 건 요릿집에서 주방장하고 있었습니다. 하면서 하는 일을 그대로 말해버린 녀석이지."

나 "과연 지옥이군. 정직한 녀석은 손해를 보고, 요령 있는 녀석은 득을 보는. 이 주변의 생태계도 사바세계와 조금도 다르지 않아."

야스 "그건 말이지, 즉, 내가 사바세계에 있었을 때, 종종 학교를 쉬고 생각한 것은 모두 지옥에 온 다음의 살 방법에 대해서였던 것이지."

나 "과연 너는 한 수 위였네. 나 따위는 그런 앞일까지 생각할 지혜도 없고, 매일매일 재미도 없는 학교에서 고생했지. 이런 걸 알았다면 좀 더 엉망진창으로 살았을 텐데."

야스 "뭐 이것도 운이니까 어쩔 수 없어. 그러니까 내가 지금 제일 행복이라고 생각하는 것은, 우키요에(浮世繪) 스승인 가라쿠(家樂)[29]와 호이치(抱一)[30], 하이카이(俳諧) 스승의 부손(蕪村)[31], 데와(出羽)의 도락은거(道樂隱居)[32], 반즈이인 조베에(番隨院長兵衛)[33] 등 이들이 모두 친

---

29) 본문에는 가라쿠(家樂)라고 표기하고 있으나 샤라쿠(寫樂)의 오자로 보인다. 에도 시대 중기의 우키요에 화가. 생몰년월 미상.
30) 사카이 호이쓰(酒井抱一). 에도 시대 중기의 우키요에 화가.
31) 요사 부손(与謝 蕪村). 에도 시대 중기의 하이쿠 작가.
32) 마쓰다이라 나리토키(松平齊齋)를 칭한다. 에도 시대 후기 다이묘(大名)로 이즈모쿠

구들 무리에 있지."

나 "아아아, 그럼 자네가 있는 곳에 놀러가기만 하면 그 사람들과도 만날 수 있다는 거네."

야스 "만나는 정도의 이야기가 아니야. 거의 매일 밤 모여 있으니까. -게다가 때때로는 하이쿠 대회도 열곤 하지. 사바세계에서는 「밤바람이 선선하니 남자로 태어나서 좋구나.」[34] 같은 구를 엄청 훌륭하다고 칭찬하는 것 같은데, 본인조차도 그런 건 뭐 유행이 지난 것이라 이야깃거리가 되지 못한다고 이야기하지."

나 "오오. 변하는 건 변하는군. 그럼 부손(蕪村)이나 기카쿠(其角)와 같은 무리는 지금 어떤 구를 뱉고 있는가."

야스 "모두 신경향을 따르고 있지. 그것도 사바세계에 있는 것 같은 그런 끔찍한 것이 아니라, 그보다 더욱 기존의 형태를 무너뜨린 신경향이야."

나 "뭐라고 해도 재미있는 것이구면. 가능한 한 빨리 가서 그들을 만나세."

야스 "뭐라고? 서두를 필요는 없어. 오늘 밤 우리 집 2층에 모이는 것으로 되어 있으니, 천천히 이 주변을 구경하고 가도 넉넉히 시간에 맞추어 갈 수 있지."

나 "점점 행복해지는구나. 나는 누구보다 먼저 도슈사이 가라쿠(東洲齋家樂)[35]를 만나서 언제부터 그림을 포기했는지, 언제 죽었는지, 『우키오

니(出雲國) 마쓰에번(松江藩)의 9대 번주. 데와(出羽)는 지금의 야마가타(山形)현과 아키타(秋田)현을 말한다.

33) 幡隨院長兵衛로 표기하기도 한다. 에도 시대 전기의 초닌(町人)으로 일본의 협객의 원조.

34) 夕涼みよくぞ男に生まれたる。에도 시대 전기의 하이쿠 작가, 다카라이 기카쿠(宝井其角)의 하이쿠.

35) 각주 26번과 동일.

에루이코(浮世繪類考)』³⁶⁾에 나오지 않은 것에 대해서 자세히 듣고 싶네."

야스 "쓸데없는 것은 잘 모르지만, 그런 건 지옥에서 모르는 녀석이 없지. 간세이(寛政) 10년(1798년), 10월 2일 이것이 가라쿠(家樂)가 죽은 날이야. 나이는 32살이었지."

나 "이건 몰랐네. 그렇게 알고 보니까 더욱 만나고 싶어졌어. 우선 오늘 밤은 거짓말로 시작해버렸지만, 염마대왕 쪽 일은 모른 척해야지."

야스는 바지 끝자락을 접고 마른 다리를 아치로 옮기며 "저건 피의 호수다". "저건 바늘 산이다"라며 설명을 해주었다. 해가 긴 봄이라고 하지만, 날은 빨리 저물어서 유곽 안에는 황금색 등이 켜졌다.

나도 야스도 무심결에 발걸음이 빨라졌다.

이렇게 더운데 이만큼이나 긴 내용을 필기한 기자는 눈이 쑥 들어갈 정도로 지쳤다. 후쿠마쓰 고키치는 친구니까 어쩔 수 없다고 해도, 이를 위해서 밤새 작가의 등에 부채질을 해주었던 여동생은 가여웠다고 생각한다. 글을 쓰는 친구는 가져서는 안 될 것이다. 죽어서도 괴롭히기 때문에…. (끝)

(1920년 9월 6일)

[김인아 역]

---

36) 에도 시대 유키오에 화가들의 전기나 이력을 기록한 문서. 1780년부터 기록되기 시작한 것을 1941년 이와나미문고(岩波文庫)에서 나가타 가쓰노스케(仲田勝之助)의 교정으로 『浮世繪類考』을 발간하였다.

필리핀기행(比律賓紀行)

고바야시 아사키치(小林淺吉)

1회

인류의 번식과 발전은 서로 인과 관계를 지니는 흥국(興國)의 2대 요소이다.

그리고 국가의 인구가 번식하는 것에 따라서 민족의 발전은 세력 밖으로 나갈 수밖에 없게 된다. 이를 두고 발전을 기망(企望)하는 국가의 관심은 식민문제이며, 지금 국가정책의 중추가 사실상 이 식민문제에 있다고 할 정도로까지 절규하는 상황에 이르렀다. 즉, 다년간 먼로주의[1]를 지니고, 미국 전역을 세력으로 하는 것에 만족하고 있었던 미국조차도 하와이를 포함하여 필리핀을 영유하기에 이른 것은 국제 정국의 변화에 기반했다고 하지만 그 경향을 다시 살펴봐야 한다.

우리나라를 보면 인구는 해마다 눈에 띄게 증가율을 나타내고 있으며 국토의 밀도는 사실상 세계 제3위를 차지하고 있다. 각 계통을 살펴보면, 취업난, 생활난의 이야기로 시끄럽고, 식량의 결핍과 물가 상승을 보면, 식량문제는 직업문제와 함께 우리 국민의 생활에 있어서 커다란 하나의 위협이 되기에 이르렀다.

그렇다면 이에 대한 구제책은 어떻게 할 것인가. 공업의 발달, 농업의 개량, 경지의 정리 등을 시작으로 여러 방책도 있으나, 한계가 있어서 이를 길게 시행한다고 하여 해결되는 것은 아니다. 결국, 구제책으로 현재 이미 과잉 상태에 있는 국민과 앞으로 더욱 증가할 국민을 해외로 이주시켜야만 하는 것이다. 특히 우리 국민의 해외발전은 생존

---

1) 1823년 미국의 제5대 대통령 J.먼로가 의회에 제출한 외교방침. 미국과 유럽은 서로 간섭하지 않으며, 유럽 제국의 식민지 건설 배격을 주요 골자로 하고 있다.

을 위해서 그 필요에 쫓기고 있는 것이다.

그렇다면 우리 국민은 앞으로 어떠한 방면으로 이주하며, 어떠한 지방에서 발전해야 하는가. 이제까지 일본 국민의 천성은 춥거나 뜨거운 어떤 지방에서도 발전할 수 있는 소질을 지니고 있어서, 시베리아, 만주, 사할린처럼 빙설 기후 지방에서도 생활할 수 있고, 동시에 적도 바로 아래의 열대 지방에서도 생활하는 것을 어렵다고 생각하지 않는다. 따라서 어떠한 지방이라도 우리 국민을 필요하다고 생각하는 곳이 있다면, 바로 그쪽으로 향하여 활약할 수 있을 것이다. 그러나 우리 국민이라 하더라도 건강상태, 능력, 주변 정황에 따라서 스스로 어느 정도 춥고 더운 것에 대한 적합, 부적합의 판단은 필요하다. 그래서 만선 이민 집중론이 왕성하게 창도(昌道)함에도 불구하고, 우리나라의 이주민은 아직 30만 명이 되지 않는다. 홋카이도(北海道)와 사할린에서는 당국의 장려가 있었음에도, 이민의 도항(渡航)은 대만에 비하여 지지부진한 점이 있다. 이 지방들은 원래부터 우리 국민의 생활에 적합하지 않았던 것은 아니지만, 국민은 자신의 이익을 최대한 얻을 수 있는 방면을 선택한 결과, 보다 경제적 가치가 풍부한 지방으로 향하는 것을 선택하기 때문이다. 이러하여 우리 국민은 과거에 하와이나 미국, 캐나다로 끊임없이 이주하였으며, 이민 도항 금지가 실행되고 나서부터는 국민의 눈은 자연스럽게 남방을 향하게 된 것이다.

(1920년 10월 9일)

2회

이렇게 부정적인 지역으로 거리껴졌던 남양, 남미는 우리 국민의 이주자가 증가함에 따라 한동안 남양발전론은 생활상의 낙원으로 소개되어 지식인들의 입에 계속 오르내렸다. 게다가 우리 방인(邦人)의 남양발전은 결코 새로운 일이 아니어서 그 근원은 이미 삼백 년도 이전에 나왔던 이야기였다. 슈인센(朱印船)[2]의 발전은 필리핀, 하와이, 수마트라섬, 태국, 인도 이렇게 여기저기에 일본인 거리를 만든 것으로 이어졌다. 불행히도 도쿠가와 막부가 취했던 패국정책은 모처럼의 남방발전을 근본적으로 뒤집어서 일본인 거리 발전을 물거품으로 만들어버렸다. 근년에는 부인 혹은 유곽에서 일하는 여성들과 유곽을 운영하는 남자들에 의해서 이 일본인 거리의 기반이 세워졌던 것은 참으로 유감이라고 밖에 할 말이 없다.

지금에야 남양은 이 지리적 관계보다도 자원의 풍요로움이 해외발전을 염두에 두는 사람들의 초점이 되었다. 특히 필리핀은 다이쇼(大正) 6년(1917년)에 3,174명, 다이쇼 7년도에는 3,789명이 일본인 이주자로, 그 재류 방인의 수는 14,000명을 넘어서 앞으로의 발전은 더욱 눈에 띄는 것이 될 것이라고 예상하고 있다. 이는 자바섬, 수마트라섬, 술라웨시섬, 인도, 태국, 말레이반도의 전부를 합친 재류 방인이 겨우 2,000명 내외인 것과 비교하면 정말 천지 차이라고 할 수 있다. 특히 남양은 필리핀 군도가 어떻게 우리 방인의 이주에 적절한지 증명하고도 남는다. 필리핀의 넓이는 우리나라와 비견할만 하지만, 그 인구는 750만 명을 밖에 되지 않는다. 문물은 발전하고 있으며 산물(産物)은 풍부하고, 기후는 지나치게 덥지 않으며, 게다가 거리 또한 멀지 않으니, 방인의 이주를 환영하는 것이 풍조가 있다.

특히, 해외 발전지로 하는 것을 절호의 기회라고 생각하는 이주자가 이 방책을 싫어하지 않는다면 앞으로 10만, 20만의 이주민을 보내는 일은 반드시 어려운 일만은 아닐 것이다.

(1920년 10월 10일)

---

2) 일본의 근세 초기에 외국과의 교류 허가증을 가지고 무역을 하던 배.

3회

다이쇼 7년 6월 8일, 다이렌 기선 주식회사(大連汽船株式會社)의 화물선 고준마루(興順丸)에 편승하여 필리핀으로 향했다. 이 배의 속력은 10마일, 화물선으로는 배의 속도가 빠른 편으로 8일 정도에 마닐라 항구에 도착한다. 다이렌(大連)에서 나가사키(長崎)를 거쳐서 마닐라에 가는 것에 비하면, 날짜도 비용에서도 상당히 편리하다. 오후 1시, 배는 천천히 홋줄을 풀고 다이렌 항구 밖으로 나가 파도에 올라타 남방을 향해 일직선으로 흘러가기 시작했다. 다이렌이여, 잘 있거라.

치후(芝罘)3)의 앞바다에 도착했을 무렵, 기관의 울림과 선체를 두드리는 파도의 소리를 남기기고 조용하게 어둠 속으로 미끄러져 들어갔다. 어둠 속에서 항해의 무료함을 달래주는 마도로스의 노래는 여러 가지 로맨스를 이야기한다. 9일, 잠자리에서 일어나 갑판에 올라가자 구름의 틈 사이로 별이 반짝반짝 빛나고 있었다. 안개를 품은 해풍이 피부에 끈적끈적 달라붙어서 살짝 추웠다. 이윽고 동쪽에서 전광과도 같은 붉은 빛이 비치기 시작했다. 그것이 점차 진해져 이윽고 검은 구름의 틈에서 주분(朱盆)4)과도 같은 반원형의 태양이 나타났다. 이등 운전사가 일식(日食)이다. 일식이다. 하고 소리치는데, 처음에는 초승달의 형태에서 점차 커다란 원형이 되어 갔다. 오후에 배는 1 미터 남짓의 거친 파도에 갑판이 모두 젖으면서 청도(青島) 앞바다를 통과했다. 그리고 11일 정오에는 상해(上海) 앞바다를 지났다.

오른쪽으로 저 먼 바다에는 흑산도(黑山島)가 보이고 왼쪽으로는 주산열도(舟山列島)가 파도 사이로 들쑥날쑥 흔들리며 보였다. 12일은 종일 비와 바람이 강해서 파도는 갑판을 적시고, 10마일의 기준속도도 겨우 6마일 정도밖에 나오지 못했다. 하얀 파도가 높이 올랐다가 어두

---

3) 중국 산동성(山東省)의 도시, 옌타이(煙台)의 옛 명칭.
4) 빨간 염료를 칠한 납작하고 동그란 접시.

운 바다로 내리꽂힐 때 곤두박질치면서 물보라가 여기저기 흩날렸다. 바다와 하얀 파도 거품으로 만들어진 무늬는 뱃머리에 부딪혀 산산조각이 났다. 하늘에는 납빛의 구름이 낮게 걸렸다.

다음 날 13일은 바람도 조금 잦아들고, 비도 멈춰 파도도 상당히 온화해졌다.

듣자 하니 전날 밤 선원 모두 한숨도 자지 못하고 파도와 싸웠다고 한다. 배는 이미 대만(台湾) 앞바다에 있었고, 날이 맑지는 않았지만 엄청난 습도와 열기가 더해졌다.

춘추복을 견디기 어려워서 모두 여름옷으로 갈아입었다. 오후, 왼쪽에는 신고산(新高山)[5]에 이어지는 여러 높고 가파른 봉우리, 오른쪽으로는 팽호열도(澎湖列島)[6]가 보여서 수일간의 단조로움을 위로해주었다. 그러나 바람과 함께 동시에 여러 마리의 모기와 파리가 늘어나 선상의 쾌적함을 방해했다. 산동각변(山東角邊)에서 배에 뛰어든 5, 6마리의 새는 팽호도(澎湖島)[7]로 날아가 그 모습이 보이지 않게 되었지만, 그 대신에 특이한 작은 새 두 마리가 이상한 소리를 내면서 배 안의 무료함을 달래주었다. 배에 겁을 먹고 날아오른 날치들도 항해하면서 볼 수 있는 뛰어난 광경 중 하나이다. 이날 밤부터 모기가 너무 많아져서 모기장을 쳐주었다. 14일 밤, 배는 타이완의 남단을 지나고 15일 저녁에는 이른 시간에 여송도(呂宋島)[8]의 바다에 도착했다. 동쪽 저쪽으로 여송도의 산이 보였다. 16일의 아침에는 배가 해안 가까이 붙어서 움직였기에, 여송도의 산이 손에 잡힐 정도로 가까이 보였다.

(1920년 10월 13일)

---

5) 일본 식민지기 대만의 옥산(玉山)을 부르던 명칭.

6) 대만과 복건성(福建省)사이에 있는 64개 섬의 총칭.

7) 대만 팽호열도에서 가장 큰 섬.

8) 필리핀 북부에 있는 루손섬(Luzon)의 음역 표기.

4회

산은 높은 것도 낮은 것도 수목이 울창하여 도끼의 흔적은 보이지 않았다. 해안가 여기저기에는 야자나무 숲이 보였다. 바다속에서 자라나는 맹그로브가 눈이 닿는 모든 곳에 빽빽하게 자라나 있어, 너무나 생기가 있고 싱그러워서 해수면의 머리 장식처럼 반짝반짝 광채가 났다. 산의 모습 또한 풍류에 젖게 하여, 아무 말도 할 수 없는 경치였다. 타이완에서 함께 온 작은 새도 섬의 신록의 풍경에 홀려서 날아가고, 모기도 꽤 적어졌다. 파리는 아직 꽤 있지만 성가실 정도는 아니었다. 파도는 기름을 위를 흘러가는 것처럼 부드러웠고, 더위도 대만 앞바다보다 훨씬 약해졌다.

소나기가 세 번 내렸는데, 한 번에 20분 정도 내리다가 그쳤다. 소나기의 흔적이 남긴 선선함이 또 각별하여 열대 지방에 있다는 것을 잠시 잊었다. 밤 8시, 마닐라 항구에 도착했지만, 미국 참전 이후 늦은 밤에는 입항을 절대적으로 금지하고 있어서, 어기려는 자가 있으면 예외 없이 대포를 쏘게 되어있었다. 어쩔 수 없이 근해를 순항하며 날이 밝기를 기다렸다. 전방에 있는 3개의 등대에서 탐조등 빛을 쏟아내고 있어 경계가 너무나 삼엄했다.

17일 오전 4시 반, 동쪽 하늘이 밝아지고, 사라지지 않고 남아 있던 별빛을 따라 배는 드디어 항구에 들어갔다.

탐조등의 빛도 사라지고, 동방 산악의 위에서 아침 해가 반짝반짝 빛나고 있을 때, 배는 미국선 5척을 선두로 하여, 같은 3척의 호위(護衛)를 받으며 항구의 입구를 통과했다. 오른쪽의 섬에는 등대, 수십 동의 병사의 거처가 아침 바람을 맞으며 서늘한 듯이 서 있었고, 더욱이 앞으로 나아가자, 카비테⁹⁾의 군항이 보여, 군함 3척…, 순양함 같은

---

9) 필리핀 마닐라 항구에서 살짝 튀어난 곳에 위치한 도시.

것이 정박하고 있다. 경비가 삼엄한 것과는 반대로 이 근처의 경치는 압도적일 정도로 우아하고 아름다웠다. 9시 반, 항구 밖에 도착하자 미군 병사 식의 모자를 쓰고, 카키색의 옷을 입은 나이가 어려 보이는 토인(土人)[10]의 검역관이 검역선에서 올라와 선장에게 아픈 사람은 없는지 물었다. 그리고 갑판에 정렬한 선원 일동을 한번 훑어보더니 서둘러 돌아갔다. 그리고 물길 안내자인 미국인이 90kg는 넘는 것 같은 거대한 체구를 뒤뚱거리면서 힘들게 걸어왔다. 10시에 항구 내에 들어가 부두 조금 멀리에 닻을 내렸다.

(1920년 10월 14일)

5회

마닐라 항구는 스페인 시대에는 간단한 목조로 된 잔교(棧橋)[11]가 있었을 뿐이어서 작은 증기선 외의 대형 배는 모두 끈만 연결하고 바다 위에 떠 있는 상태였다. 이후 미국령에 포함되면서부터 공비(工費) 2000만 엔을 투자하여 개수(改修)하였다. 우선 파시그(Pasig)[12]의 남쪽 해안의 마닐라 성의 서쪽에 광대한 매립지를 만들었다. 거기에 650척과 600척의 철로 잔교를 짓고, 밖에는 길이 2마일의 방파제를 만들었다. 잔교 위에는 미국식의 토담집을 지어서 그 안에는 전기 크레인을 설치하여 고정했다. 잔교 부근 가까운 곳의 수심은 30피트로 여객선은 아무래도 이 잔교에 배를 묶을 수밖에 없었다. 이를 동양에서 제일 좋은 항구라고 알려진 다이롄 항구와 비교하면 손가락에도 들어갈 수

---

10) 필리핀 원주민을 뜻한다. 본문 그대로 명기한다.
11) 높은 곳에 널빤지를 걸쳐서 대충 만든 다리.
12) 필리핀의 메트로 마닐라에 있는 도시.

없지만, 항구로써 설비는 충분히 갖추고 있었다.

단지 고준마루와 같은 대물선(貨物船)은 여전히 바다 위에 떠 있는 상태로 잔교에 계류(繫留)하는 것을 허가받지 못했다.

이 항구의 뛰어난 점은 파시그 강에 준설 공사를 해서, 물에 잠기는 배의 밑 부분이 18노트 이하의 배는 에스칼의 옆으로 거슬러 올라가, 강의 양쪽 기슭에 계선(繫船)할 수 있게 한 것으로, 작은 기선은 전부 여기에 계선했다. 시의 중앙부, 가장 발전한 상업 중심 지구에서 가까워서 상인들이 누릴 수 있는 편리함이 매우 컸다. 필리핀제도의 무역 수입은 약 2억 페소, 수출 약 2억7천 페소(다이소 7년)의 4분의 3은 마닐라 항에서 이루어져, 항구 내에는 항상 커다란 선박이 계류하고 있다. 일본 선박도 일본 우편선, 동양기선, 오사카 상선, 다이렌 기선 등의 배가 항상 오간다. 일본과 무역의 대부분은 전부 마닐라에서 이루어졌고, 중국, 미국의 무역은 다른 항구에서 이루어져서 대부분 수출품으로 한정되어 있다. 다른 항구는 여러 곳이 있는데 세부(Sebu)[13], 홀로(Jolo)[14], 삼보앙가(Zamboanga)[15], 발라바크 섬(Balabac)[16] 이렇게 네 개의 항구로, 이 중에서 삼보앙가에는 호주로 가는 일본 배가 도착한다.

(1920년 10월 16일)

6회

배가 닻을 내리면 얼마 지나지 않아 세관사가 한 명이 와서 여러 배의 수속을 시작한다. 나도 손가방을 위탁하거나 여행 허가증 제출

---

13) 필리핀 중부의 섬으로 중부, 남부의 경제중심지.
14) 필리핀 남부의 술루(Sulu) 제도에 있는 홀로 섬의 항구도시.
15) 필리핀 민다나오섬 서쪽에 있는 항구도시. 이 섬에서 제일 큰 도시며 중요한 무역항.
16) 필리핀 남서부의 섬.

등의 수속을 끝내고 한숨 돌리고 있는 곳에 이마무라(今村) 군이 세관 보트를 얻어 타고 마중을 나왔다. 세관잔교에서 상륙하여 손가방 검사를 기다려서 오후 1시에 마차를 타고, 이마무라 군의 거처를 향해서 서둘렀다. 마차는 인트라무로스(Intramuros)[17]로 들어가 학교, 사원, 필리핀 군도 정부의 상하원 앞을 통과하여 성내를 가로질러 파시그강의 철교를 건넜다. 다리를 건너 에스콜타(Escotal) 거리로 나와 로사쿠오, 아스카라가 거리를 지나, 잔교에서 4 킬로미터 좀 못 미치는 곳인 톤도(Tondo)시 프랑코 거리에 우리를 내려주었다. 이 근처는 일본인 어부가 사는 지역으로, 몇 백 미터 앞의 해안에는 몇 척의 일본어선이 계류하고 있다.

이마무라 군의 집은 산뜻하고 세련된 목조 서양가옥으로 2층에는 발코니가 설치되어 있고, 그 앞에는 음악당이, 옆쪽으로는 커다란 영화관이 있다.

발코니를 면한 길은 중앙에 공원이 있어서, 잔디밭 위에는 야자나무, 빈랑나무[18], 파초, 아카시아 등 다양하고 많은 종류의 열대식물이 자라고 있었다. 약 50미터 못 미치는 곳이 해안으로 모래밭이 있고, 방카(Bangka)[19]나 일본 유선(流船)이 모래 위에 정박하고 있었다. 가옥은 토인 거리인 만큼 양식 목조 가옥과 니파 가옥이 반반 섞여 있어서, 상당히 미관을 해치고 있었다.

(1920년 10월 17일)

---

17) 스페인 지배기에 지어진 구역. 라틴어로 '성안쪽'을 의미하는 것 그대로 성벽으로 둘러싸인 요새 시설이다. 안에는 관공서, 학교, 성당 등이 있다.

18) 야자나무 과의 나무.

19) 필리핀의 전통적인 고기잡이배로 보통 나무로 만들고 1인용이다.

7회 (1) 마닐라시 가. 마닐라시 조감

마닐라시는 중국인이 이를 작은 여송이라고 불렀던 만큼, 정말 여송도에서 중요한 곳이었으며, 또한 필리핀 군도의 요소(要所)다. 꽤 예전부터 개화되어 문물을 수용하던 곳으로 스페인의 침략 이전, 즉 300년 전에 이미 인구가 3만 명에 도달했다. 이 근처 주민은 필리핀 북쪽 지역의 2대 민족 중 하나인 타갈로그 인으로, 당시에는 보루네오에서 이주한 모로족 추장의 지도 하에 있었다. 당시 문명의 정도는 다른 동양의 국가들과 큰 차이가 없었고, 사탕수수 야자, 쪽, 사탕수수, 이 외에도 구근류인 바나나, 빈랑자(檳榔子)[20] 람숨, 타마린드 나무(Tamarind)[21], 잎채소 류가 경작되었다. 또 마닐라 삼에서부터 원단을 만들고, 목화나무에서도 솜을 채취하였다. 광물을 정련(精煉)하여 무기나 병기를 만들었고, 작은 대포를 만들 수 있을 정도로 발전했다. 종교는 남방의 모로인의 감화를 받아 이슬람교를 가졌다. 중국과의 무역은 가장 오래되어 1200년대에 이미 도자기, 금속기, 철심, 진주, 등나무로 만든 바구니 등도 거래하고 있었다고 하는 것을 생각하면, 당시의 마닐라가 결코 야만인들이 득시글거리는 벽지가 아니었다는 것을 알 수 있다.

(1920년 10월 19일)

7회[22] (1) 마닐라시 가. 마닐라시 조감

마닐라 시가지는 베이 호에서 마닐라만까지 흐르는 파시그강의 남쪽 해안에 위치하여, 300여 년 전에는 강을 따라서 야자나무로 쌓은 장벽이 세워져 있었고, 그 위에 대포가 설치되어 있어 후방의 시가지

---

20) 빈랑나무 열매. Betel Nut라고도 한다.
21) 열매가 카레나 향신료의 재료로 쓰인다.
22) 원문에는 7회라 되어있으나 8회에 해당한다.

를 보호하고 있었다. 집은 소위 말하는 니파 가옥으로, 나무나 대나무의 기둥에 니파 야자나무 잎을 엮은 지붕, 벽도 대나무에 니파 야자나무 잎을 엮은 것으로 되어있다. 스페인은 처음에 남방의 세부섬을 공격하고, 다음으로 파나이섬으로 이동했다. 6년째에 마닐라를 공격하여 약탈에 쉽게 성공했다. 그 총대장은 유명한 미겔 레가스피(Miguel López de Legazpi)로, 마닐라를 공락(攻落)한 것은 그 손자인 후안 살세도(Juan de Salcedo)라고 하는 당시 21세의 청년과 마르틴 고이티(Martín de Goiti)라고 하는 늙은 무사였다. 정확히 1571년 이 시기에 스페인은 이 지역에 태수(太守)를 두고 필리핀의 수도로 했었으나, 무역이 멕시코의 아카풀코(Acapulco)[23]로 제한적이어서, 매해 양쪽 지역을 오가는 한 척의 배로 수출입을 하고 있었다. 그래서 당시 성대하게 발전했었던 상업은 한순간에 몰락하고 만다. 그 후 1789년(130년 전), 세계의 대세에 따라서 스페인의 시정 방침도 변하고, 1837년(지금으로부터 80년 전)에 마닐라를 외국과의 무역에 개방하게 되면서, 중국과의 무역으로 번영의 최고치를 달리게 된다. 그러나 당시의 마닐라는 역시 불결한 거리, 불편한 선박의 기항지로 알려져 있었을 뿐이어서, 일본 영사관에서도 일단 만들어 놓고 귀국을 한 상태였지만 미국령이 된 후에는 갑자기 새로운 곳으로 변화하였다.

현재 마닐라시도 물론 이 역사의 구형(舊型) 위에 존재한다. 파시그강의 남쪽 해안에는, 옛날의 장벽이 변화한 스페인의 고성이 있다. 그 성곽 내에 구 시가지가 있어, 중요한 관청, 사원, 학교 등이 있고, 상점이나 주택 등도 함께 있다. 이는 미국령이 되기 전의 마닐라를 이야기한 것으로, 주택상점 등은 모두 스페인식 목조 2층 집이다. 상업 지구는 이 성과 강을 지나서 북쪽 해안에 있어, 산타크루즈(Santa Cruz), 에

---

23) 멕시코에 있는 항구도시.

스콜타, 로사리오 거리 등을 중심으로 그 부근을 에워싸고 있다. 마닐라의 인구는 약 30만 명. 시내의 넓이는 요코하마(橫浜), 고베(神戶)에 비할 정도며, 전 시내를 몇 개의 행정구처럼 나누고 있다.

신 마닐라는 토인(원주민)이 과하게 표현해서 동양의 진주라고 이야기할 만큼 필리핀에 이런 거리가 있는가, 하고 생각할 정도로 훌륭한 거리이다. 수도 설비는 원래부터 있었고, 전등, 전차와 길 등도 완전하게 정비되어 있어, 바금바얀(Bagumbayan)[24]의 산책거리, 루네타 공원(Luneta Park)[25], 태프트 에비뉴(Taft Avenue)의 큰 거리, 마닐라 호텔 앞의 대광장 등은 온전히 미국적 특징을 발휘하여 지어진 곳들이다, 특히 하수도의 완비는 열심히 노력한 만큼, 강 하구의 불결함과는 전혀 달리 훌륭했다. 목조양식가옥에는 반드시 목욕실와 세척식 변소가 설치되어 있었다. 이런 것들은 상당히 과감한 방법으로 위생의 설비는 아쉬울 것 없이 모두 갖추어져 있었다. 교통 기관은 전기 전차가 시내외를 종횡하여 누비는 것 외에는 자동차가 4천 대, 가르테라카로마타(마차의 등급을 나눈 것으로, 상등(上等)을 가르테라라고 하고, 교외에서 사용하는 것은 하등(下等)으로 이를 카로마타라고 한다.)가 약 4 천대 있어, 요금도 물가의 인상과 관계없이 저렴했다.

마닐라시의 인구 30만 명을 분류하면, 가장 많은 것이 타갈로그 인(토인)으로 약 25만 명, 중국인이 약 4만 명이다. (일설에는 10만 명이라고도 한다.) 그리고 미국인, 스페인인이 약 만 명으로, 일본인은 약 3천 명, 그 외에 영국인, 인도인 등이 있다.

(1920년 10월 21일)

---

24) 메트로 마닐라의 한 도시인 케손 시티(Quezon City)의 지역구 리비스(Libis)의 옛 이름.
25) 리잘 공원(Riza Park)의 옛 이름.

8회[26] (1) 마닐라시 가. 마닐라시 조감 2.시장 구경
▲마차의 4시간

마닐라에 와서 바쁜 나날이 지나자 이제 정말 급한 일은 없어서 마음이 편해졌다. 이곳으로 와서 3년이 되는 이마무라 군이 오늘은 하루 놀 수 있다는 것을 기회 삼아서 우선 학교나 여러 관청이 있는 말라테(Malate), 인트라무로스 방면으로 향했다.

6월 23일 오전 8시. 늦은 집에서는 아직도 아침 식사 시간이지만, 내리 쪼는 것 같은 햇빛에 얼굴을 들 수 없었다. 기온은 화씨 90도(섭씨 32도). 하필 바람도 없었기 때문에 쓸데없이 더 더웠다. 가두에 서서 싯! 하고 개를 혼내는 것 같은 소리를 내면 마차가 알아서 왔다. 마차에 뛰어오르니 기세 좋게 다른 차를 추월하여 달려갔다. 일반적으로 마닐라에선 가까운 장소이거나 빈털터리인 상황이 아니면 걷지 않는다. 10분, 15분 정도 걸어야 하는 곳이라면 노동자나 하층계급이 아닌 이상 전차를 이용하거나, 마차를 이용한다. 이는 걸으면 땀이 나기 때문에 방문을 하는 경우 상대방에게 예의가 아닌 것과 회사나 그 외의 일반 가정에서도 방문시간은 오전 8시경부터 11시까지, 오후 2시에서 4시경으로 거의 불문율처럼 정해져 있기 때문에 사람을 방문하는 경우 어슬렁어슬렁 걸어서 갈 여유가 없다. 인구가 겨우 30만 명인 마닐라 시내에 자동차의 수가 약 4천 대 마차는 약 5천 대나 있는데, 이것들 대부분 거의 쉴 틈도 없이 달리는 것을 보고 있으면 정말로 많은 사람이 차를 이용하고 있다는 것을 알 수 있다. 그러나 이는 결코 사치라고는 볼 수는 없는 것이다. 마차는 정말 많은 거리와 동네를 끊임없이 달리고 있어서, 차를 타지 않고 아무 생각 없이 거리를 걷기 힘들다.

---

26) 원문에는 8회라 되어있으나 9회에 해당한다.

마차는 비논도(Binondo)의 사원의 왼쪽으로 꺾어 로사리오 거리를 지났다.

비논도의 사원은 석조로 지어져서 크고 훌륭했으며, 톤도의 사원보다 조금 작은 듯이 보였다. 톤도의 사원은 항해지도에 왼쪽에 보이는 커다란 원형 탑이 있는 그 부근을 톤도 지역이라 한다고 적혀 있었고, 항구 밖에서도 그것이라고 알 수 있을 만큼 컸다. 그 부근에는 작지만 멋진 산책로가 있어, 잔디밭에는 많은 종류의 남양 특유의 식물이 자라고 있었다, 음악당도 가지고 있어서, 매주 목요일의 오후 4시에서 6시까지는 군악대의 연주가 있다. 이 비논도의 사원 앞에는 커다란 공원이 있고 남양 아카시아의 커다란 나무로 둘러싸여 있었다. 두 대의 분수대에서는 물이 힘차게 솟구치고 있었다. 나무 아래는 구두 닦는 아이가 열댓 명씩 자리를 잡고 지나가는 사람을 부른다. 아무래도 대부분 빈민가의 아이로 맨발에, 머리카락은 산발로 엉망진창 자라나 있는 경우가 많았다. 어느 모퉁이에도 2,3명 정도가 자리를 차지하고 있어서 보행 중인 마차나 자동차의 왕복과 함께 마닐라에서 종종 보이는 성가신 것들 중의 하나이다. 구두닦이와 함께 이 아래에 자리를 차지하고 있는 것은 꽃장수들이다. 이들은 여자인 만큼 복장이 청결하고, 산더미처럼 쌓인 노랑, 빨강, 하양, 보라색의 다양한 색의 꽃을 야자나무 잎과 맹그로브의 나뭇잎 등으로 둥글게 다발을 만든 것을 꽂아서 이 부근 일대에 장식을 한다. 정말 아름다워서 처음에는 이 앞을 지나갈 때마다 나도 모르게 발을 멈추곤 했다.

(1920년 10월 22일)

9회[27] (1) 마닐라시 가. 마닐라시 조감 2) 시장 구경

그리고 유명한 타프트 애비뉴(Tafe Ave.) 거리를 차로 달렸다. 중앙

병원, 마닐라 대학, 사범학교, 중앙 소학교, 여학생 기숙사, 시청, 인쇄소 등 모두 철근 콘크리트로 모두 어마어마하게 큰 건물들이었다. 이 건물들 사이를 마차로 약 한 시간 반 달리니 주변의 모습은 대충 머릿속에 들어왔기에 나중에 또 천천히 구경하기로 하고 다시 타프트 애비뉴거리에서 에스콜타 거리 쪽으로 이동했다.

전체적으로 필리핀 지역의 주위는 전부 공원이라고 해도 좋을 정도이다. 스페인 다리 근처부터 루네타(Luneta)에 걸쳐서 이 일대는 좌우로 도로가 관통하고 전차도 여러 선이 통과하고 있으나 길의 양편 어디에나 푸릇푸릇한 잔디로 봉황나무, 빈랑나무, 야자나무와 그 외 수십 종의 수목이 나란히 보기 좋게 자라고 있다. 스페인 다리 가까이에는 제빙 회사와 우체국, 그리고 그 앞에 식물원이 있는데, 그곳에는 새 우리가 있었고, 식물원 내부는 격자로 길을 잘 구획해 놓아서 벤치, 음악당, 정자 등도 설치되어 있었다. 마차는 이제 이 식물원을 향해서 계속 달렸다. 파도 같은 잔디, 파릇파릇하고 커다란 잎을 기다리던 바람에 흔들고 있는 야자 나무과 그리고 여러 많은 나무들. 지금이 좋은 시기를 만나서 마음껏 붉은색 꽃을 피운 봉황목, 주변의 모든 것들에 남양이라고 느낄 수 있어서 뭐라고 말할 수 없는 유쾌함이 있었다. 마차는 식물원 앞에서 오른쪽으로 꺾어 엘미타(Ermita) 지역 코론 거리에 들어가자 오른쪽에 작은 일본인 상공회의 건물이 보였다. 파시그강의 다리를 건너서, 산미구엘(San Miguel) 지역 거리를 달리자 이 주변에는 일본인이 꽤 많이 살고 있었다. 키아포(Quiapo) 지역에 들어가자 마쓰이(松井) 상점, 오카베(岡部) 병원 등 일본식의 간판이 점차 늘어났다. 이 지역은 일본인이 가장 많이 사는 곳으로 아스카르가 거리의 일본영사관 뒤편은 토인 가옥과 뒤섞이면서도 완전한 일본인 거리를

---

27) 원문에는 9회라 되어있으나 10회에 해당한다.

조성하고 있었다. 일본인 여관인 세키(關) 호텔, 후지다(藤田) 여관 등 많은 여관이 근처에 많이 있다. 일본 잡화점도 키아포 상점 외에도 여러 가게가 있고, 주인은 대부분 목수로 이민을 처음 와서 마닐라 지역에서 하룻밤을 보내는 것은 대부분이 키아포 지역이다.

(1920년 10월 26일)

9회[28] (1) 마닐라시 가. 마닐라시 조감 2) 시장 구경

이른바 '일본인 거리'를 구경한 뒤, 산타클로즈 거리로 다시 나와서 이날의 구경은 일단락 짓기로 해서 다시 에스콜타와 로사리오, 그리고 여러 거리를 지나, 오후 지나서 귀가했다. 두루 돌아다니면서 구경하기를 4시간. 마닐라시의 중요한 곳들을 돌아보며 구경했는데, 지도와 맞춰보니 겨우 5분의 1 정도를 구경한 것뿐 이었다. 그러나 그 외의 곳들은 모두 주택가로 특별한 곳은 아니라고 했다.

정오부터 나카야마(中山)군에게 이끌려 미쓰이 물산의 바로 앞에 있는 비논도의 사원 부근에 있는 세무국에 가서 인두세를 2엔이나 지불했다. 이걸로 필리핀 그 어디에라도 당당히 활보할 수 있게 되었다.

▲톤도의 시장

필리핀에서 한동안 머무르려면 마켓을 알아야만 한다고 한다. 그래서 다음날 아침, 나카야마(中山)군에게 안내를 부탁해서 함께 나갔다. 톤도의 마켓은 북쪽에 있다. 마닐라시에는 10개 정도의 마켓 중에서 가장 큰 것이 이 마켓이고, 다음이 키아포의 마켓이다. 키아포의 마켓은 크기로는 두 번째이지만, 물건은 가장 잘 갖추고 있다. 이는 이 마켓이 시의 상류층의 주택지가 바로 뒤에 있어서, 성내의 말라테, 에르

---

28) 원문에는 9회라 되어있으나 11회에 해당한다.

시타(ェルシタ) 지역의 미국이나 스페인 사람들이 많은 양의 식료품을 사러 오기 때문이다. 톤도의 시장은 사각형으로 약 6천 평 정도의 크기이다. 5동의 함석지붕은 오히라(大平)의 집으로 건물의 바닥은 시멘트를 바르고 바깥 주변은 커다란 철로 된 울타리로 둘러싸고 있었다. 이 일대 필리핀 시장은 마닐라시만 그런 것은 아니라 어느 지방을 가도 있고 그 제도는 거의 같아서 해 뜰 무렵부터 해질녘까지, 그리고 일요일은 정오까지 영업하는 것으로 되어있다. 상인은 하루에 얼마간 금액을 정해서 세금을 시청이나 지역자치기관에 납부하게 되어있다.

과연 톤도의 시장에는 상인이 300명이나 있을까. 300명이라고 하면 300채의 가게가 있다고 계산할 수 있는데, 그 반은 토인 중에서 여자상인, 나머지 반은 중국인이다. 여기에는 일본인의 과자점도 가게를 내고 있고, 어부도 많이 가게를 내고 있었으나, 토인이라고 착각할 정도로 피부가 검었는데, "일본인이라면 싸게 해줄게"하고 일본어로 농담을 던져서 일본인이라는 것을 알게 될 정도였다. 시장은 그 동마다 야채·과일 부, 소·돼지·닭고기 부, 생선 부, 건어물 부로 나누어진다. 재미있는 것은 이 안에 음식점도 있어서 시장의 상인 전부가 여기서 하루 동안 모든 식사를 하면서, 물건을 사러 온 사람들까지 때를 가리지 않고 몰려들어 와구와구 먹는 것이다.

톤도의 시장에서 오만 명의 식량을 공급하고 있다고 말이 나올 정도라서, 이 물건의 풍부함에 정말 처음 가는 사람은 놀랄 수밖에 없다. 오전 8시 사람이 몰리고, 시장 앞에는 사람과 마차가 지나갈 수 없을 정도로 붐벼서 시장 안은 마치 전쟁터와 같아서 들뜬 마음으로 구경하면서 걷는 것은 불가능했다. 그래도 기왕 왔으니까 과일의 여왕이라고 불리는 망고, 일본의 감과 닮은 치코(Chico)[29] 등을 사서 간신히 밖으로

---

29) 사포딜라(Sapodilla) 나무의 열매. 겉모습은 감자 같이 보이지만 과육이 감과 비슷하

나올 수 있었다.

이 시장은 새벽 일찍부터 이렇게 많은 사람이 모여, 다소 한산해지는 것은 1, 2시 사이 정도라고 한다. 시장 앞에는 중국인의 잡화점 건너편에는 일본의 잡화점이 다섯, 여섯 채가 마주보고 있었다. 이 잡화점은 다카하시(高橋) 상점을 시작으로 모두 방인이 잡화점을 가지고 있어서, 다카하시 상점은 점원 몇십 명을 고용하여 도매를 전문으로 하는 한편 소매로도 가게를 경영하고 있어, 연간이익이 40만 엔 정도라고 한다. 다카하시 씨는 이른바 자수성가한 사람의 한 명으로, 7, 8년 사이에 오늘날의 성공을 거두었다. 주요 상품은 장난감으로 일본에서 수입한 장난감 중에서 일본인의 손에 들어가는 것이 40퍼센트를 차지하고, 그 외에는 과자나 식료잡화, 화장도구 등을 팔았다.

시장에서 나와서 아스카라가 거리로 나오니, 전차가 달리는 길과 나란히 철도가 있었다. 이 철도는 석탄이나 철도용품, 선차연락화물을 파시크강 하구의 세관에서부터 옮겨오는 것으로, 해안을 우회하여 이 길로 나와 톤도의 중앙역(마닐라역)에 도착한 것이다.

이 아스카라가 거리는 200미터 이상 되는 긴 길로 키아포에 가깝다. 이 근처에서 200미터 안 되는 곳에 일본영사관이 있고, 그 앞에는 일본인 소학교가 있다. 다카하시 상점에서 나왔던 그 길 앞에는 마닐라에 유일한 권투장이 있다. 권투는 일요일만 허락되고 입장료는 50전인데, 토인들은 여기에 닭싸움과 함께 돈을 걸었다. 여기까지 구경 온 김에 이 근처에 있는 일본인 어부 거리와 도살장과 물로 흘려보내는 변소(送便所)를 보기로 했다.

도살장은 아스카라가 거리의 남쪽, 해안 가까이에 있었다. 하루에

여 수분이 많고 달다. 나무껍질에 상처를 내면 치클(chicle)이라는 액이 나오는데 껌을 만드는데 쓰인다.

소, 돼지 백 몇십 마리를 도살하는 만큼 엄청난 대규모로 피에 젖은 소의 가죽이나 고기가 무척 높게 쌓여 있었다. 피가 다 빠진 것을 일단 다시 모아서 그 후에 속을 깨끗하게 씻는 것이었는데, 피 냄새와 그 광경은 도저히 길게 볼 수 없었다. 죽이는 것은 새벽 무렵으로 사람들에게 보이지 않는 시간이라고 한다.

(1920년 10월 28일)

10회[30] (1) 마닐라시 가. 마닐라시 도감 2) 시장 구경

물로 흘려보내는 변소(送便所)는 도축장 앞에 있는 해안가에 있다. 시내의 분변을 철로 된 관으로 여기까지 이송시켜서, 증기 분출의 힘으로 2리의 바다 속 깊은 곳에 방출하는 구조로 되어 있다. 미국이 이 방법을 취한 것은 적리(赤痢)[31], 콜레라[32], 장티푸스의 예방수단이기도 했지만, 사실 이는 십이지장충을 가장 두려워했기 때문이다. 십이지장충의 검사는 상당히 엄격하여 이 문제 때문에 이민자를 받을 때 꽤나 곤혹을 치루기 때문에, 대부분 이민회사를 거쳐서 일본을 출발할 때 출발 항구에서 엄격하게 검사를 받아야지만 나갈 수 있고, 더욱이 상륙할 때도 엄밀한 검사를 받게 되어있다.

시의 위생설비는 마닐라 시청에서 홍보하고 있는 것처럼 문명 도시로써 부끄럽지 않을 정도로 갖추고 있다. 도로는 일등가로(一等街路) 이외에는 반드시 청결하다고 말할 수는 없지만, 청소부가 여러 명 있고, 하루 종일 구석에서 구석까지 청소하고 있는 한편 가정의 쓰레기

---

30) 원문에는 10회라 되어있으나 12회에 해당한다.
31) 혈변, 복통, 설사 등의 증상을 지닌 대장 감염증의 하나로 전염성이 있고 여름철에 걸리는 빈도가 높다.
32) 본문에는 虎剌列라고 표기되어 있으나, 이는 虎列剌의 오류로 보인다.

도 매일 한 번, 마차나 자동차 등이 와서 한군데에 모은다. 음식점이나 그 외 특히 오물이 고이기 쉬운 곳에는 돌아다니며 살균제를 뿌려 모기의 발생을 미연에 방지하는 수단을 취하고 있다. 시의 번화한 구역에는 일정하게 건축 조례가 구비되어 있어서, 분변을 반드시 흘려서 내보내는 화장실이 설치되어 있어야 했다. 그러나 가옥은 아주 간혹 100엔 내외로 할 수 있는 니파 식이나, 양식과 니파식의 혼합의 집에 있어서는 200엔 이상을 필요로 하는 변소의 설치는 도저히 경제적으로 감당하가 어렵다. 그래서 이들은 시의 위생과에서 지급해주는 분통을 이용한다. 이 분변들은 후에 자동자로 이 송변소까지 옮겨와서 철로 된 관에 쏟아부어 다른 것처럼 바다 중에 방출하게 되어있다.

미국 정부가 십이지장충에 각별하게 신경을 쓴 결과, 농작물에 대해서 분변을 비료로 하는 방법을 엄격하게 금지하고 있었기 때문에 야채 등의 수확이 매해 어려웠다. 게다가 야채 뿐 아니라 모든 농작물의 수확률이 매해 줄어들고 있다고 말할 수 있을 것이다. 그러나 이는 굳이 십이지장충과 관련 있는 것만은 아니어서, 보통 토지가 비옥한 필리핀에서는 비료를 사용하지 않아도 식물은 잘 자란다. 따라서 중국처럼 분변 비료에 대한 집착이 없다. 토지가 많고 인민은 적어서, 정성을 들여서 경작한 토지여도 몇 년이 지나서 토지가 황폐해지면 버려도 상관없다. 토인의 경우는 비싼 비료를 쓰는 것은 경제적으로 불가능하기 때문이라고 한다. 이 결과 경작지 밖에서는 돈이 없어도 구할 수 있는 좋은 비료가 되는 풀이 그냥 무성하게 자라고 있었다. 이들은 이를 자연에 맡겨놓고 결코 이를 베어서 비료로 사용하지 않는다.

(1920년 10월 30일)

[김인아 역]

작품 해제

「동운화당을 방문하다(東雲畵堂を訪ふ)」 해제

가요세이(花葉生)의 「동운화당을 방문하다」는 1907년 8월 27일 게재된 수필로 기자인 가요세이가 경성에서 활동하고 있는 명망 있는 화가를 찾아가는 내용을 담고 있다. 여기서 방문하는 화가는 당시 경성에서 활동한 시미즈 도운(淸水東雲)으로 파악된다. 시미즈 도운은 일본인 화가 중에 일찍 경성에 자리 잡은 화가로, 덕수궁 뒤 정동에 살면서 일본인 화가들의 좌장 역할을 하였다. 그는 사진관과 화숙을 경영하며 제자를 가르치고 작품 활동을 하였는데, 이 기사 내용 가운데 "『일본미술, 사진기술교수(日本美術, 寫眞技術敎授)』"라고 간판이 쓰어 있었다는 기술을 통해 그가 시미즈 도운임을 유추할 수 있다. 이 수필은 당시 경성에서 활동하는 재조일본인 화가의 면모를 살펴보고 재조일본인 미술계의 흐름을 파악할 수 있는 중요한 기사이다. 다만『대한일보』가 지면이 남아있는 제호가 거의 없어서 부득이하게 상(上)만을 번역할 수밖에 없는 아쉬움이 큰 자료이다.

(이현희)

일본 전통시가 해제

1910년대 한반도에서 간행된 일본어 민간신문 중에서도 『경성신보(京城新報)』에는 하이쿠(俳句), 단카(短歌) 뿐만 아니라 그동안 시가 연구에서 주목받지 못했던 교카(狂歌), 도도이쓰(都々逸)와 같은 장르도 다수 수록되어 있다.

먼저 『경성신보』의 일본전통시가 장르 중 가장 많은 수를 점하고 있었던 하이쿠는 「백로음사(白露吟社)」, 「긴코카이(吟光會)」, 「경성 기사라기카이(京城 如月會)」, 「한양음사(漢陽吟社)」, 「인천 우즈키카이(仁川 卯月會)」, 「곳파카이(コッパ會)」 등 다수의 하이쿠회(俳句會)가 주도하고 있었음을 확인할 수 있다. 이들의 존속기간은 최장이 9개월 정도로 다소 산발적으로 운영되었으나, 『경성신보』 내 하이쿠의 절반 이상은 이러한 하이쿠 회에서 투고된 것이었다. 이들 하이쿠 회는 정기적인 모임에서 발표한 구 중 선발된 구를 엮어 신문에 발표하는 형식을 취하고 있었다. 그리고 가장 먼저 『경성신보』에 등장한 '백로음사'는 그 첫회 『백로음집』에서 "독자 여러분 중에 동 회의 회원이 되고 싶으신 분은 본사 편집국에 신청 바람"(『京城新報』(1908.9.10) 1면)이라는 문구를 곁들이고 있어 신문을 매개로 이루어진 초기 한반도 하이단(俳壇)의 면모를 확인해 볼 수 있다. 한편 이들 하이쿠 회의 구제(句題)는 주로 '화조풍영(花鳥諷詠)'을 테마로 주로 하여, 일본의 계어(季語)를 그대로 차용, 선자(選者)를 두고 각 구의 순위를 매겨 게재하는 등 여타 신문의 하이쿠란과의 차별적인 면모는 찾아볼 수 없다. 그러나 『경성신보』에는 이러한 하이쿠 회 이외에도 「時事俳評」이라는 독특한 하이쿠 란이 존재하고 있었다. 「時事俳評」은 당시 재한일본인 사회를 둘러싼 다양한 정치, 경제, 문화 등 다양한 시사점들을 구제로 한 『경성신보』 내의 독특한 하이쿠란으로, 하이진(俳人)으로 보이는 '지하루(千春)'가 1909년 1월 26일부터 1911년 8월 11까지 총

32회 연재하였다. 이처럼 시사와 하이쿠가 접목된 「時事俳評」은 신문이라는 매체에서만 찾아볼 수 있는 하이쿠란으로, 1892년 마사오카 시키(正岡子規)가 신문 『日本』에서 시도한 것이 그 시초라 알려져 있다. 「時事俳評」은 분명 〈문예란(文藝欄)〉임에 분명하지만 '화조풍영' 중심의 여타 하이쿠란과는 다르게 『경성신보』의 논조를 반영함으로써 하이쿠를 통한 '여론선도'라는 기능 또한 동시에 수행하고 있었다.

한편 단카의 경우 하이쿠 다음으로 많은 양을 차지하고 있었으나, 하이쿠 회와 같이 이를 전문으로 한 모임이나 작품이 게재된 것은 찾아볼 수 없다. 다만 1907년 창간부터 1908년 초까지 다마이 난켄(玉井南軒)이라는 자가 담당하였던 「佳羅丹之幾」라는 연재란이 가장 길게 존속하였던 것은 확인할 수 있다. 이외에는 「鷄林集」, 「折にふれて」, 「其の日其の日」, 「歌屑」과 같이 짤막하게 연재된 단카란이 전부로 확인된다. 이렇게 『경성신보』의 단카란을 살펴보았을 때, 이 시기에는 아직 집단적인 창작이 단카 장르에서는 이루어지고 있지 않는 등 불안정한 모습을 보이고 있었으나, 칙제(勅題) 와카는 연시에 빠지지 않고 등장하고 있었다. 칙제는 일본 왕실에서 연초 와카를 발표하는 연례 행사 「우타카이하지메(歌會始)」에서의 가제(歌題)를 이르는데, 『경성신보』에서는 1908년 「社頭松」, 1909년 「雪中松」, 1910년 「新年雪」, 1911년 「寒月照梅花」와 같이 총 4년 동안의 칙제를 찾아볼 수 있다. 먼저 1908년과 1909년에는 연초 일본의 황실에서 행해지는 「歌會始」에서 선발된 와카와 재한일본인 개별 작자들 작품이 단발적으로 실리다가, 1910년부터는 공표된 칙제를 『경성신보』의 신문 구독자들에게 응모를 받아 선발된 작품을 게재하는 형식을 취하고 있었다. 칙제는 「歌會始」전에 대중들에게 공표되고 이 가제를 읊은 와카 중 선발된 것이 새해 왕실에서 낭송되는데 이러한 「歌會始」의 과정(칙제 공표-와카 모집-선발)이 『경성신보』에서 그대로 재현되고 있었다고 할 수 있다. 본 번역서에는 1910년 칙제 「新年雪」의 응모 와카의 번역을 실어 이주지에서의 칙제 와카의 특색도 감상해 볼 수 있게 하였다.

『경성신보』에는 하이쿠, 단카 이외에도 7·7·7·5 네 구 스물여섯 글자의 형식의 도도이쓰(都々逸)도 다수 찾아볼 수 있다. 『경성신보』에는 그 명칭이 '리요(俚謠)', '정가(情歌)', '속요(俗謠)'등 통일되어 있지 않지만, 이 도도이쓰의 경우 대부분이 '魚友痴史[1]'라는 필명의 사람이 담당하고 있었음을 확인해 볼 수 있다. 그 중 「同可娛欄」은 교카와 도도이쓰가 혼합된 문예란으로 1908년 9월 15일부터 11월 29일까지 총 26회 연재되었다. 도도이쓰나 교카가 본래 풍자와 골계를 추구하는 오락성이 강한 문예라는 성격을 반영하듯 「同可娛欄」도 졸렬한 노래이지만 웃음을 줄 수 있는 문예란으로 운영되었다. 「同可娛欄」의 특징은 앞서 본 하이쿠, 단카와 다르게 상업성을 띤 '신문 광고'와 밀착하여 아래와 같이 가게의 이름을 넣어 읊는 이른바 '詠み込み' 형식을 취하고 있다는 것이다. 예를 들어 본 번역서에 실은 1908년 10월 14일 〈본지 등재 광고〉 난몽유(南門湯)는 실제 신문에 실린 광고를 보면 '인삼 약탕 개시'를 알리며 '조선 인삼탕의 효능'에 대해 장황하게 선전하고 있었는데, 이를 도도이쓰로는 '장기간 앓은 병의/ 낫기 어려운 점도/ 다 낫는 효험있는/ 인삼 목욕물'은 하나의 선전 문구와 같이 전달하고 있었다. 이외에도 화류계 관련 도도이쓰란도 상당히 눈에 띄는데 이는 가게의 선전과 마찬가지로 유곽의 이름이나 예기들의 예명을 넣어 읊고 있었다.

이와 같이 『경성신보』에는 이제까지 일본어 신문을 대상으로 한 문예물 연구에서 언급되지 않은 다양한 장르의 일본전통시가 장르들이 존재하고 있었다. 그리고 이러한 신문 속 일본전통시가 장르들은 각각 역할과 특색을 달리하며 각자의 문예란을 꾸려나가고 있었다. 특히 도도이쓰나 교카와 같은 장르는 앞선 두 장르와 다르게 광고와 화류계를 다루며

---

1) 魚友痴史에 대한 정보는 현재 미상이다. 그러나 그가 『경성신보』에 연재한 「瑞光餘影」에 순종의 서한(西韓)지역 순유 때 동행한 기록으로 보아 관직에 종사하고 있었던 사람으로 추정된다.

재미와 선전성이 느껴지는 내용들을 언어 유희를 통해 담아내고 있었다. 이러한 사실은 1920년대 한반도 유일의 리요 잡지로써 '조선적인 특색'과 '근대 일상의 소재'를 주된 내용으로 한 『까치(カチ鳥)』2)의 전사(前史)라 할 수 있다. 따라서 앞으로 이 장르의 전체상을 규명해 나가는데 신문에 게재된 도도이쓰는 더욱 규명되어야 할 여지를 남기고 있다.

(김보현)

근대시 해제

「화성 땅의 임에게(華城の地の君に)」 1908년 5월 1일

영등포에 거주하는 필명 류요세이(流葉生)에 의한 7·5조 신체시이며 맨 끝은 7·7로 마치 조카(長歌)의 마무리처럼 맺었다. 정조의 행궁인 수원 화성을 배경으로 하여 '죄인 아들'이 '실성 일으'켰다는 표현에서 미루어 영조, 사도세자, 정조로 이어지는 조선 왕조 삼대와 혜경궁 홍씨의 애증이 얽힌 비극적이고 유명한 역사적 일화를 소재로 한 것을 알 수 있다.

「마적(馬賊)」 상·하 1909년 7월 3일, 4일

만주 사내라는 필명의 시인은 이 시에서 일본 출신으로 현해탄을 건너 한반도를 거쳐 만주 벌판을 달리며 마적이 된 어떤 남자를 '나'로 구현하고 있다. 마적은 말을 타고 다니며 도적질하는 드넓은 만주 평야의 위협적인 존재임에 분명하지만, 불의나 부정한 것만을 빼앗는다는 도리어 인도를 따르며 약자에 연민하는 의적으로서의 자부심과 긍지, 나아가 명예마저 느껴진다.

---

2) 엄인경(2016)「식민지 조선의 일본어 대중시 도도이쓰(都々逸)」『동아시아 대중화 사회와 일본어문학』pp.233~256.

「끝나지 않은 전투(つきぬいくさ)」 상·하 1911년 3월 16일, 17일

쇼난(嘯南)이라는 필호의 인물에 의해 이틀에 걸친 연작으로 발표된
이 시는 7·5조를 견지한 신체시 계열이다. 구체적으로 어느 전투를 묘
사하는 것인지는 드러나지 않는데, 시기 상 제1차 세계대전 이전이므로
청일전쟁이나 러일전쟁을 합한 이미지 정도를 읽어낼 수 있다. 아비규환
의 지옥 같은 전쟁의 죽음과 전투에서 전사한 몸을 떠나 아내의 집을
헤매는 혼령이라는 신체와 영혼의 종착지가 대조를 이루어 전쟁의 무참
함이 강조된다.

「한산쌍첩곡(韓山雙棲曲)」 1911년 4월 1일

7·5조의 정형을 끝까지 지키고 있는 4행련 신체시 계열이다. 적적
한 한산 어느 집에 사서를 읽으며 옛날 일을 귀감 삼는 묵묵한 남편과
술안주를 함께 하며 곁을 조용히 지키는 아내의 돈독하고 평화로운 부부
의 초탈한 한 일상 장면을 그려냈다.

「옛 성벽 아래에 서서(古城壁下に立ちて)」 상·하 1912년 2월 7일, 8일

게이키 다카시(圭木隆)라는 사람에 의한 자유율 연작시다. 전체적으로
고향에 대한 그리움, 즉 망향의 정을 주된 정조로 하며 '외지'조선에서의
고단한 삶이 느껴진다. 일본이 근대 도시로 재건립하려는 경성은 조선의
고궁과 왕성을 둘러싼 성벽과 성곽이 고스란히 남아 있는 공간이었으므
로 경성 시내에 성벽이 잔존하는 것에 대한 위화감은 당시 재조일본인들
에게 일반적이었고, 따라서 일본어 시가에서 성곽이나 성벽은 조선색을
드러내는 소재로 자주 사용되었다. '사종(邪宗)의 피'라는 표현에서 근대
일본의 유명 시인 기타하라 하쿠슈(北原白愁)의 '사종문(邪宗門)'을 연상
케 하며, 감각의 이화나 난해한 외래어 표현 등의 기법 역시 영향관계를
추측케 한다. (엄인경)

「신 불여귀(新不如歸)」

시노하라 레이요(篠原嶺葉)의 「신 불여귀(新不如歸)」는 『경성신보(京城新報)』에 1908년 4월 24일부터 8월 23까지 연재된 소설로, 그 보다 2년 전인 1906년 8월 다이가쿠칸(大學館)에서 가정소설로서 단행본으로 간행된 바 있다. 작가 시노하라 레이요는 생몰연도에 대해서는 미상이고 본명은 시노하라 지로(篠原璽瓏)로, 1902년부터 활약한 메이지(明治)・다이쇼(大正) 시대 오락 본위의 통속 소설가이다. 작품으로는 1906년 「하이칼라 숙녀(ハイカラ令嬢)」, 1909년 「다즈코(田鶴子)」, 「신 금색야차(新金色夜叉)」등이 있다. 「다즈코」는 오자키 고요(尾崎紅葉) 영전에 바친 대표작으로 알려져 있으며 그 외에 『간카편(換果篇)』에 수록된 「파란 티켓(青切符)」, 1913년의 「3인 후지코(三人藤子)」(전편, 후편) 등이 있다. 나가이 가후(永井荷風)의 일기인 1925년 11월 「단장정일승(斷腸亭日乘)」에는 레이요가 아자부구회(麻布區會) 의원 후보가 되었다는 기사가 있으나, 그 외에 대해서는 알려진 바가 많지 않다.

「신 불여귀」는 제목에서 알 수 있듯이, 가정 내 신구사상의 대립과 알력, 전염병에 대한 사회적 지식 등을 다루며 당시 일반 대중에게 받아들여져 베스트셀러가 되고 한국에서도 조중환이 『불여귀』로 번안하여 널리 알려지고 근대한국어 형성에도 결정적 역할을 하게 된 도쿠토미 로카(德富蘆花)의 『불여귀(不如歸)』(『國民新聞』1898-1899)를 바탕으로 한 변주작이라 할 수 있다. 도쿠토미의 「불여귀」가 청일전쟁(1894-95)을 배경으로 하는 포스트 청일전쟁 소설이라 한다면, 레이요의 「신 불여귀」는 도쿠토미의 원작을 러일전쟁(1904-05)를 배경으로 하는 포스트 러일전쟁 소설로 번안한 것이라 할 수 있다. 따라서 전체적 구도 즉 부부간(나미코와 다케오, 유리코와 도시오)의 순수한 사랑과 여주인공인 며느리 나미코(浪子)・유리코(百合子)와 시어머니 가와시마(川島) 부인・계모 나카코 (奈

加子)의 갈등, 남자주인공인 아들 다케오(武男)·오바나 도시오(尾花敏男)와 어머니의 갈등, 지지와(千々石)와 아시가라(足柄)의 모략, 야마키(山木)와 그의 딸 오토요(お豊)나 사루와타리 간베에(勘兵衛)와 그의 딸 시마코(島子)의 존재, 여주인공의 불치병을 구실로 시어머니가 아들이 출정한 사이 강제 이혼을 시키는 점, 그 사이 여주인공들이 처절한 죽음을 맞이한다는 비련의 모티프 등은 원작을 그대로 옮겼다고 할 수 있다. 그러나 1906년에 집필된 「신 불여귀」는 러일전쟁 발발 직전에서 러일전쟁 종결까지의 시기를 작품의 시대배경으로 하고 있으며, 원작 「불여귀」보다 훨씬 더 시대적 콘텍스트가 전경화되어 있다. 이에 따라 작품의 기본 구도는 원작의 그것을 그대로 유지한다고 해도 구체적 설정은 상당히 변화를 주고 있다. 가장 눈에 띄는 차이는 여주인공 유리코의 아버지와 오빠라는 인물 설정이다. 유리코의 친정 아버지 니시와키 스케토시(西脇祐俊)는, 육군 소장으로 세이난전쟁(西南の役)과 대만출병에서 수훈을 세워 용맹을 떨쳤으며, 청일전쟁 때는 모여단장으로서 연전연승 큰 공훈을 세운 군신으로 받들어졌지만, 삼국 간섭에 의해 요동반도를 빼앗긴 울분을 못이겨 자결을 하고 오빠 요시스케(義祐)는 아버지의 원수를 갚고 유지를 실현하기 위해 전쟁에 참가한다. 이와 같은 설정으로 인해 「신 불여귀」는 원작의 가정 소설의 구도를 유지하면서도 러일전쟁이라는 역사적 사건을 작품을 이끌어가는 중심 모티프로 보이게 한다. 이것이 로카의 「불여귀」와 레이요의 「신 불여귀」의 가장 큰 차이라 할 수 있겠다.

(김효순)

「탐정실화 기이한 인연(探偵實話 奇緣)」·「기이한 인연 그 후(後の奇緣)」·「속 기이한 인연(續奇緣)」

1908년 11월 17일부터 19일까지 게재된 「탐정실화 기이한 인연(探偵

實話 奇緣)」(총 3회), 「기이한 인연 그 후(後の奇緣)」(11월 20일-22일 총 3회), 「속 기이한 인연(續奇緣)」(11월 26일-12월 1일 총 5회)은 히데코(ひで子)의 작품으로, 세 작품에 같은 등장인물이 나온다는 점에서 후속 작품으로 파악할 수 있다. 당시 경성신보(신문)에 실린 소설장르는 대부분 일본에서 게재되거나 발매된 작품이거나 일본에서 유명한 작가의 작품을 그대로 싣는 경향이 강했다. 그러나 히데코의 세 작품은 경성을 배경으로 하고 있으며, 경성에서 삶을 살아가는 재조일본인의 모습을 담고 있다는 점에서 재조일본인의 작품으로 추측할 수 있다. 또한 이 작품은 당시 탐정소설장르가 자리 잡기 이전 시기에 '탐정실화'라는 표재를 사용하고 있으며, 내용 또한 탐정소설적 요소인 수수께끼가 주를 이루고 있다는 점에서 한반도에서의 일본어 탐정소설 장르의 시도를 엿볼 수 있다. 히데코의 「기이한 인연」을 비롯한 세 작품은 일본에서도 창작탐정소설이 흔치 않던 시절 한반도에서 창작 탐정소설 집필을 시도했다는 점과 한반도에서의 탐정소설의 장르적 수용을 살펴볼 수 있는 의미 있는 작품이라 할 수 있다.

(이현희)

「실화 지옥 계곡(實話 地獄谷)」

1908년 12월 6일부터 11일까지 총 5회에 걸쳐 게재된 가에데(かへで)의 「실화 지옥 계곡(實話 地獄谷)」은 일본에서 경성으로 건너온 주인공의 이야기를 담고 있다. 경성의 어느 회사를 다니는 주인공이 남대문의 한 구역인 '지옥 계곡'이라고 불리는 유곽들이 즐비한 곳을 출근길에 탐방하면서 유곽과 그곳에서 일하는 여성과 관련하여 본인의 심정을 기술한다. 이 시기 유곽에서 일하는 여성을 중심으로 한 문예물이 많이 등장했는데, 이와는 달리 이들 여성을 외부에서 바라보는 재조일본인의 시선이 주인공의 눈을 통해 잘 드러나는 작품이다.

(이현희)

「밤의 경성(夜の京城)」

메가네(めがね)의 「밤의 경성」은 1908년 1월 16일 게재된 수필이다. 이 수필은 "낮에 보는 경성은 이제 싫증이 났다. 밤에 보는 경성이 어떠할지 밤을 새워서라도 비밀의 문을 열어본다면 흥미로운 신문 자료가 있지 않을까"라는 목적으로 경성의 밤거리를 돌아본 신문기자의 탐험담을 싣고 있다. 경성의 밤을 밝히는 여관들의 모습과 한인가옥의 화재를 진압하는 등 소소한 경성의 일상을 그리고 있다.　　　　　(이현희)

「나의 문학감 (余の文學感)」

산멘시(三面子)의 「나의 문학감(余の文學感)」은 1909년 1월 10일과 12일에 연재된 수필이다. 산멘시는 필명으로 작가가 누구인지 조사해보았지만 아직까지 실마리를 발견하지 못했다. 다만, 글의 내용으로 보았을 때 문학 작품을 쓰는 작가로 추측 가능하다. 이 글의 내용은 다음과 같다. 「나의 문학감」(상)에서는 당시 일본에서 유행하고 있는 자연파를 예로 들어 본인은 이에 반하는 자신의 문학감에 대하여 기술하였고, 「나의 문학감」(하)에서는 당시의 문명개화에 맞추어서 문학이나 문화도 함께 발전해야 한다고 주장하였다.　　　　　(이현희)

「경성의 독서계(京城の讀書界)
－일한서방 주임의 이야기(日韓書房の主任の談)」

후지코(富士子)의 「경성의 독서계–일한서방(日韓書房) 주임의 이야기」

는 1909년 11월 16일과 17일 양일간 게재된 수필이다. 기자인 후지코가 일한서방의 주임과 만나서 당시 경성의 독서경향을 취재한 내용을 게재하였다. 일한서방은 1906년 경성에서 모리야마 요시오(森山美夫)가 창립한 출판사로, 주로 일본 서적과 잡지를 유통 판매하였다. 이 수필에서는 조선에서 판매되는 일본 잡지 부수의 세세한 정보를 비롯하여 교과서, 사전 등 재조일본인 뿐만 아니라 한인들의 독서경향까지 엿볼 수 있다.

(이현희)

「조선의 풍습(朝鮮の風習)」

「조선의 풍습」은 1910년 3월 23일부터 29일까지 총 5회에 걸쳐 실린 작품이다. 1회 첫머리에 이 글을 게재한 목적을 기술하고 있는데, 이를 소개하면 다음과 같다. "외국인의 눈에는 장소마다 나라마다 풍습과 습관이라는 것이 이상하고 진묘하게 보인다. 이것은 문명국이건 야만국이건 마찬가지이며, 오래된 나라의 오래된 풍습을 그대로 지켜오는 것은 개방되지 않은 나라에서 더욱더 많고, 더욱더 진묘하게 느껴진다. 모 씨에게서 조선의 풍습담을 듣고 기록하여 독자 여러분과 함께 이 진묘함을 즐기고자 한다." 이와 같은 목적으로 연재된 「조선의 풍습」은 4회에 걸쳐 조선인의 출생-결혼-사망에 이르는 다양한 조선의 풍습을 소개하고 있으며, 마지막 5회에서는 조선의 진기한 명약을 소개한다.   (이현희)

「문학 발흥의 가을(文學勃興の秋)」

간칸세이(閑々生)의 「문학 발흥의 가을」은 상(上:1910년 9월 11일), 중

(中:1910년 9월 13일), 하(下:1910년 9월 16일)로 연재되었다. 간칸세이는 문학 발달의 조건으로 치평 성대를 주장한다. 그리고 이를 일본의 문학발달과 연결 지어 기술하고 있다. 더불어 조선반도의 문학에도 이러한 치평 성대를 이루는 시기가 와야 한다고 주장한다. 이 기사가 게재된 1910년 9월은 아직 한일병합이 이루어지지 않은 시기이다. 간칸세이는 곧 조선반도에서도 치평 성대한 시대가 찾아올 것이므로 반도문학에도 부흥할 가을이 오고 있다고 기술하는 방식으로 한일병합을 우회적으로 찬성하는 모습을 드러내고 있다. (이현희)

「진제이 하치로(鎭西八郎)」

당시의 신문 문예에는 고단(講談), 라쿠고(落語) 등의 구연 예능이 상당한 비중을 차지하고 있어, 양적으로 확연히 이들 장르가 소설을 능가하는 경향을 보인다. 특히 장편 고단의 연재가 두드러져 장기적으로 1면의 서너 단을 차지하며 게재되는 등, 현재의 인식과 달리 신문 문예의 대표격이라 할 위치를 차지했다고 할 수 있다.

본서에 수록한 「진제이 하치로(鎭西八郎)」는 헤이안(平安) 말기의 무장 미나모토노 다메토모(源爲朝)를 주인공으로 하는 무용담이다. 고단이라는 장르의 성격상 순수한 개인 창작으로서의 가치는 희박하고, 내용의 상당 부분은 『호겐모노가타리(保元物語)』, 『진세쓰유미하리즈키(椿說弓張月)』 등의 고전에서 그대로 차용한 것이다. 구연자인 간다 쇼리(神田松鯉, 1841-1920)는 본명을 다마가와 긴지로(玉川金次郎)라 하며, 15세의 나이로 초대 간다 하쿠잔(神田伯山)의 문하에 들어가 28세에 2대 하쿠잔을 습명(襲名)했다. 『경성신보』에도 명기된 바와 같이 만년에 개명하고 초대 간다 쇼리가 되었으며, 2019년 중요무형문화재보유자, 소위 인간국보(人間國宝)로 선정된 간다 쇼리는 그 3대에 해당한다.

장편의 경우 100석(본래 소설과 같이 독자를 상정하고 저술한 것이 아니라 공연 장소를 마련하여 이야기를 피로하는 전통 예능인 까닭에 고단 연재의 경우 일반적으로 '석(席)'으로 회수를 나타낸다)이 넘도록 연재되는 것도 드물지 않으나, 분량상 허락되는 범위에서 신문 고단 연재의 양상을 드러낼 수 있는 작품으로서 소개하고자 한다.　　　　　　　　　　(이윤지)

【『경성약보(京城藥報)』 신문 문학】

「형수님(義姉さん)」

세이빈(星濱)의 「형수님(義姉さん)」은 1908년 3월 3일에 게재된 단편소설이다. 이야기는 주인공이 누군가의 신음에 잠을 깨면서 시작된다. 신음은 형수님이 내는 소리였다. 형수님은 형에게 버림받고 시름시름 앓고 있었다. 주인공은 그런 형수님을 돌보고 있었다. 주인공이 형수님을 받아들인 것은 형과 결혼하기 전부터 형수님을 사랑했기 때문이다. 마지막까지 형수를 돌보는 주인공의 슬픈 사랑이 잘 묘사된 작품이다. 이 작품은 『경성약보』라는 신문의 특성에 맞춰 '위 막', '경부', '신경중추' 등 다양한 의학용어가 등장하는 것이 특징이다.

(이현희)

「타산지석(他山の石)」

후라이시(風來子)의 「타산지석(他山の石)」은 1908년 4월 3일과 6월 3일 총 2회에 걸쳐 연재된 수필이다. 이 수필은 일본뿐만 아니라 중국에서도 성공한 제약회사 사장의 경험담을 담고 있다. 이 사장은 중국에서의 성공을 발판삼아 조선에서도 사업을 시작하고자 하는 자로 『경성약보』라는 신문의 특수성에 맞춰서 중국에서 사업을 성공한 비법을 소개하고, 조선에서 활동하는 일본약상들의 문제점 및 조언을 말하고 있다.

(이현희)

【『용산일지출신문(龍山日之出新聞)』 산문 문학】

「첫사랑(初戀)」

마사코(まさ子)의 「첫사랑(初戀)」은 1908년 11월 26일부터 12월 15일까지를 번역하여 소개한다. 이 작품의 부제는 '잊을 수 없는 첫사랑에 괴로워 신세를 망친 게이샤 이야기'로 1회의 첫머리에는 다음과 같이 작품을 소개하고 있다.

"강가에 떠오른 대나무 속에서도 홀로 물에 떠다니는 한 게이샤의 이야기. 후회로 가득한 반생의 이야기는 흥미롭고 타락의 경로에는 동정할 만한 점도 보인다. 그녀가 살아온 지역과 게이샤 명은 이 이야기가 끝날 때까지 비밀로 하겠다."

번역한 작품은 주인공 게이사의 초창기 시절 이야기를 담고 있다. 그 후 더 많은 이야기 전개가 예상되지만, 『용산일지출신문』이 현존하는 지면이 많지 않아 소개에만 그치는 데 아쉬움이 남는다.　　　　　(이현희)

소품문(小品文) 독자의 영역(讀者の領分)

『용산일지출신문』에는 독자의 영역(讀者の領分)이라는 제목으로 소품문을 투고 받아 게재하였다. 본서에서는 1908년 11월 23일, 1908년 11월 26일, 1908년 12월 5일, 1908년 12월 23일에 실린 소품문을 번역하여 소개한다.

독자가 투고한 소품문은 내용이 길지 않지만, 「쓸쓸한 밤」이나 「황혼」 등의 제목에서도 알 수 있듯이 재조일본인의 경성에서의 삶을 엿볼 수 있는 좋은 자료이다. 특히, 1908년 11월 26일 이시노스케(石之助)의 「기차여행(汽車旅行)」은 대전을 방문하는 필자가 조선의 대전과 일본의 교토를 비교한 은사의 말을 반박하며 대전을 교토라고 한다면 용산은 큰 교토일 것이라 말한 점이 흥미를 끈다.

1908년 12월 23일에 실린 고로(五郎)의 「노상방뇨(立小便)」는 눈 내린 경성의 아침 풍경을 담고 있다. 출근이 늦어 서둘러 나간 저자가 노상방료를 하다가 순경에게 들키는 일상의 소소한 이야기를 담고 있다.

(이현희)

「겨울의 용산(冬の龍山)」

1908년 12월 15일 게재된 「겨울의 용산(冬の龍山)」은 '한강의 얼음지치기', '모모야마의 밤', '팔원경의 요리'라는 제목으로 겨울의 용산 풍경을 담고 있다. 조선에서 겨울을 지낼 재조일본인을 위해 '한강의 얼음지치기'라는 조선의 겨울 운동을 소개한다. '모모야마의 밤'은 용산의 모모야마 지역에서 불어오는 추운 강바람과 함께 가야금 소리가 들리는 정취가 있는 곳이라고 소개하고 있다. 마지막으로 용산에서 가장 유명하다는 '팔원경'의 겨울 특선을 소개하면서 끝을 맺고 있다. 『용산일지출신문』은 용산 지역의 다양한 당시의 풍경을 소개하고 있으며, 이 작품 또한 겨울의 용산의 풍경을 살펴볼 수 있는 자료이다.

(이현희)

「지옥의 행복(地獄の幸福)」

1920년 8월 31일부터 1920년 9월 6일까지 총 6회 연재된 구니에다 간지(邦枝完二)의 소설이다.

신문기자이자 극본가 후쿠마쓰 고치키(福松幸吉)가 지옥에 떨어져서 겪은 일들을 작가 구니에다에게 전한다. 이를 구니에다가 원고지에 옮겨 적었다고 하는 것이 이 소설의 시작이다.

망자가 염라대왕과 만나는 과정이 번호표를 뽑고, 대기실에서 기다리는 등 훨씬 체계적으로 정비되어 있다. 모든 일은 돈이 중요하다라고 말하며, 신문기자는 가장 쓸데없는 직업이라고 말하는 염라대왕의 말을 통해서 속세보다 더욱 세속적인 지옥을 엿볼 수 있다. 후쿠마쓰는 지옥에서 친구인 야스(安)를 만나게 되는데, 후쿠마쓰는 속세의 직업인 신문기자를 그대로 이야기한 탓에 지옥에서도 같은 직업을 가지게 된 것과는 다르게 야스는 한량이라고 거짓말을 해서 한량의 생활을 그대로 지옥에서도 이어가고 있었다. 염라대왕은 모든 일을 다 알고 계시는 거 아니냐는 후쿠마쓰의 질문에 야스는 그럴 리가 있냐, 그것은 어린애들 속이기 위한 겉치레일 뿐이라고 비웃는다.

일반적으로 지옥은 속세보다 미개하고 원시적이면서도, 한편으로는 청렴하다고 생각하지만, 이 소설에 등장하는 지옥은 속세보다 더욱 세속적이고, 지옥을 우습게 생각하는 속세를 비웃는다.　　　　　　　(김인아)

「필리핀기행(比律賓紀行)」

1920년 10월 9일부터 1920년 10월 30일까지 총 12회 연재된 고바야시 아사키치(小林淺吉)의 수필이다. 연재시작은 일본이라는 섬나라 특유의 영토의 한계와 발전을 위해서는 새로운 영토를 개척할 수 밖에 없으며, 유럽이나 미국이 아니라 동남아시아 쪽으로 눈을 돌리는 것이 필요하다는 것을 강조한다. 1920년은 일본은 세계로 눈을 돌려 대동아 정권을 위한 식민지 건설을 막 시작했던 시기였으며, 해외로의 이민을 장려하던 시기였다. 이 『필리핀 기행』은 결코 단순한 필리핀 여행 기록이 아니라, 필리핀으로의 이민을 장려하기 위해서 필리핀의 생활 전반을 소개하는 글이다.

내용은 필리핀으로 향하는 여정과 그곳에서의 생활에 대한 안내가 중점이 되고 있다. 필리핀으로 향하기 좋은 배편과 가는 길에 겪은 여러 가지 일들, 항구에 도착해서 받은 검문과 분위기 등이 전반부에 기록된다. 6회부터는 필리핀 시내를 탐색하는 내용이 이어진다. 주변에 어떤 건물이 있는지를 둘러보면서 필리핀의 간단한 역사도 언급한다. 그중에서 일본인 체류자의 수나 주로 거주하는 지역은 어떠한지, 시장의 분위기 등 단순 여행이 아니라 생활에 중요한 요소들을 설명한다. 특히 동남아시아라는 지역은 불결할 것이라는 오해를 풀기 위해, 화장실 등의 하수도 관리 체계나 말라리아나 장티푸스에 대한 철저한 방역이 이루어지고 있다는 점을 강조한다.   (김인아)

김계자(金季杅)

한신대학교 대학혁신단 조교수. 재일코리안문학·일본문화 연구.

주요 논고에 「북으로 귀국하는 재일조선인—1960년 전후의 잡지를 중심으로—」(『일본학보』 제118집, 2019), 저서에 『근대 일본문단과 식민지 조선』(역락, 2015), 『횡단하는 마이너리티, 경계의 재일코리안』(역락, 2017) 등.

김보현(金寶賢)

고려대학교 글로벌일본연구원 연구교수. 식민지 일본어문학·일본전통시가 연구.

주요 논고에 「일제강점기 대만 하이쿠(俳句)와 원주민—『화련항 하이쿠집(花蓮港俳句集)』(1939)을 중심으로—」(『비교일본학』 제36집, 2016), 「1910년 전후 조선의 가루타계(カルタ界)—『경성신보』의 가루타 기사를 중심으로—」(『일본언어문화』 제42집, 2018), 역서에 공역 『단카(短歌)로 보는 경성 풍경』(역락, 2016) 등.

김인아(金潾我)

고려대학교 글로벌일본연구원 연구교수. 일본 고전 문학 연구.

주요 논고에 「『헤이케모노가타리(平家物語)』의 재생산 양상 고찰 - 슌칸과 기요모리 관련 작품을 중심으로」(『동아시아문화연구』 72집, 2018), 「『헤이케모노가타리(平家物語)』에 나타나는 재해의 묘사와 목적 - 가쿠이치본(覚一本)을 중심으로」(『동아시아문화연구』, 68집, 2017), 공저로 『일본과 중국의 문화 콘텐츠 엿보기』(트리거, 2018) 등.

김효순(金孝順)

고려대학교 글로벌일본연구원 교수. 일본 근현대문학·식민지 조선 문예물의 일본어 번역 양상 연구.

주요 논고에 「1930년대 일본어잡지의 재조일본인여성표상—『조선과 만주』의 여급소설을 중심으로—」(『일본문화연구』 제45집, 2013), 「한반도 간행 일본어잡지에 나타난 조선문예물 번역에 관한 연구」(중앙대학교 『일본연구』 제33집, 2012), 저서에 공저 『동아시아문학의 실상과 허상』(보고사, 2013), 공저 『제국의 이동과 식민지 조선의 일본인들』(도서출판 문, 2010), 역서에 공역 『완역 일본어잡지 『조선』 문예란(1910.3~1911.2)』(제이앤씨, 2013), 공역 『조선 속 일본인의 에로경성조감도(여성직업편)』(도서출판 문, 2012) 등.

송호빈(宋好彬)

계명대학교 사범대학 한문교육과 조교수. 조선 후기 한문산문·한문문헌 연구.
주요 논고에 「『華東唱酬集』成冊과 再生의 一面: 日本 東洋文庫 所藏本 所收 海隣圖卷十種
「海客琴尊第二圖題辭」를 통해」(『震檀學報』 제123호, 2015), 「日本 東洋文庫 漢籍 整理 事
業의 展開와 現況」(『민족문화연구』 제71호, 2016) 등.

엄인경(嚴仁卿)

고려대학교 글로벌일본연구원 부교수. 식민지 일본어 시가문학·한일비교문화론 연구.
주요 논고에 「『京城日報』の三行詩と啄木」(『일본언어문화』 제47집, 2019), 「Changes to
Literary Ethics of Tanka Poets on the Korean Peninsula during the Japanese Colonial
Era」(『FORUM FOR WORLD LITERATURE STUDIES』 vol.10 no.4, 2018), 저서에 『한반도
와 일본어 시가 문학』(고려대학교출판문화원, 2018), 『문학잡지 国民詩歌와 한반도의 일본
어 시가문학』(역락, 2015), 역서에 『염소의 노래』(필요한책, 2019), 『요시노 구즈』(민음사,
2018), 『한 줌의 모래』(필요한책, 2017) 등.

이윤지(李允智)

고려대학교 글로벌일본연구원 연구교수. 일본 고전문학·중세 극문학 연구.
주요 논고에 「근대의 우타카이하지메(歌会始)와 칙제(勅題) 문예―일제강점기 일본인 발행
신문을 중심으로―」(중앙대학교 『일본연구』 제51집, 2019), 「노(能) 〈하시벤케이(橋弁慶)〉
의 인물상 연구」(고려대학교 『일본연구』 제20집, 2013), 역서에 『국민시가집』(역락, 2015),
공역 『조선 민요의 연구』(역락, 2016) 등.

이현희(李炫熹)

고려대학교 BK21PLUS 중일언어문화교육연구사업단 연구교수. 일본 근대문학 연구.
주요 논고에 「한반도에서 간행된 일본어신문 『경성신보(京城新報)』 문예물 연구―「탐정실
화 기이한 인연(奇縁)」을 중심으로―」(『일본학연구』 제55집, 2018), 「朝鮮半島における西
欧探偵小説の日本語翻訳と受容―1910年以前, 『朝鮮新聞』に掲載された翻訳探偵小説を中
心に―」(『跨境』 제8호, 2019), 역서에 공역 『역사와 주체를 묻다』(소명출판, 2014), 『근대세
계의 형성』(소명출판, 2019), 『유리병 속 지옥』(이상, 2019) 등.

일본학 총서 39
일제강점 초기 한반도 간행 일본어 민간신문의 문예물 연구 4

일제강점 초기 일본어 민간신문 문예물 번역집 1 〈경성 편〉

2020년 5월 22일 초판 1쇄 펴냄

집필진 고려대학교 글로벌일본연구원
　　　　일제강점 초기 한반도 간행 일본어 민간신문의 문예물 연구 사업팀
발행인 김흥국
발행처 보고사

책임편집 황효은·이경민
표지디자인 손정자

등록 1990년 12월 13일 제6-0429호
주소 경기도 파주시 회동길 337-15 보고사
전화 031-955-9797(대표), 02-922-5120~1(편집), 02-922-2246(영업)
팩스 02-922-6990
메일 kanapub3@naver.com / bogosabooks@naver.com
http://www.bogosabooks.co.kr

ISBN 979-11-6587-005-8　94800
　　　979-11-6587-001-0　(세트)

정가 38,000원

이 저서는 2016년 대한민국 교육부와 한국연구재단의 지원을 받아 수행된 연구임.
(NRF-2016S1A5A2A03926907)